KB151052

굿걸
배드
걸

GOOD GIRL BAD GIRL

굿걸 배드 걸

MICHAEL ROBOTHAM

마이클 로보텀

장편소설

최필원 옮김

북로드

조녀선 마골리스에게 바칩니다.

일러두기
옮긴이 주는 작은 괄호 안에 표기했다.

장난감이 없어서
아이를 잃어버렸네.

톰 웨이츠, 〈불행은 세상의 강 *Misery is the River
of the World*〉 노랫말 중에서

1

"저 중에서 누구지?" 나는 관측창 앞으로 몸을 기울이면서 묻는다.

"금발. 헐렁한 스웨터. 혼자 앉아 있는 아이."

"날 왜 불렀는지 얘기 안 해줄 거야?"

"네 결정에 영향을 끼치고 싶지 않아."

"내가 뭘 결정해야 하는데?"

"일단 좀 지켜봐."

나는 다시 한 무리의 십 대 아이들을 바라본다. 소녀들과 소년들. 하나같이 청바지에 롱톱 차림이고, 자해의 흔적을 감추려는 듯 소매를 길게 내려놓고 있다. 칼로 긋는 타입도 있고, 불로 태우거나 손톱으로 할퀴는 타입도 있다. 대식증 환자도, 거식증 환자도, 강박증 환자도, 방화광도, 반사회적 인격 장애자도, 자기 도취자도, ADHD(주의력 결핍 과잉 행동 장애―옮긴이) 환자도 있다. 음식이나 약물을 남용하는 아이, 이물질을 삼키는 아이, 일부러 벽에 몸을 부딪쳐대는 아이, 충격적인 행동으로 스스로를 위험에 빠뜨리는 아이도 있고.

이비 코맥은 마치 바닥을 신뢰할 수 없다는 듯 두 무릎을 끌어안고 있다. 뿌루퉁한 입과 예쁘장한 얼굴. 열여덟 살로 보이기도 하고, 열네 살 같아 보이기도 한다. 완전한 여자도, 유년기 끝자락에 선 소녀도 아니다. 산전수전 다 겪고도 용케 살아남은 듯한 아이는 나이를 먹지 않는 고정불변의 존재처럼 느껴진다. 마스카라로 떡칠한 속눈썹과 그 안에 갇힌 갈색 눈, 그리고 들쑥날쑥하게 잘라놓은 탈색한 단발머리. 아이의 두 손은 길게 늘어뜨린 스웨터 소매 끝을 쥐고 있다. 헐렁하게 늘어난 목둘레선 안으로 턱선을 따라 나 있는 빨간 얼룩이 보인다. 키스 마크일 수도 있고, 손가락 자국일 수도 있다.

애덤 거스리는 내 옆에 서서 이비를 지켜보고 있다. 마치 아이가 트와이크로스 동물원에 갓 들어온 신기한 동물이라도 되는 것처럼.

"저 앤 어쩌다 들어왔지?" 나는 묻는다.

"현재 죄목은 가중 폭행이야. 벽돌 반쪽으로 피해자의 턱을 박살 냈어."

"'현재'라니?"

"다른 죄목도 몇 가지 있거든."

"정확히 몇 가지나 되는데?"

"언급해야 할 정도로 많진 않아."

그는 나를 웃기려는 건지, 아니면 의도적으로 둔감한 척하는 것인지 모르겠다. 이곳은 거스리가 사회복지사로 활동하는 노팅엄의 랭포드 홀. 최첨단 보안 시스템을 자랑하는 소년원이다. 그는 헐렁한 청바지에 군화, 그리고 럭비 스웨터 차림이다. '저들'

처럼 보이려 무던히 애를 쓴 티가 난다. 아내와 담보대출에 두 아이까지 딸려 박봉에 허덕이는 하급 공무원보다는, 비행 청소년들의 동정적인 대변자로 비치기를 바라는 듯하다. 대학교 동창인 우리는 학교에서 함께 지낸 적이 있었다. 친구라고 하기에는 뭣하고, 그냥 스쳐 간 지인 정도로 보면 될 것이다. 몇 년 전 나는 그의 결혼식에 참석했고, 신부 들러리 중 한 명과 동침도 했다. 그때는 그녀가 거스리의 여동생이라는 사실을 몰랐다. 설령 알았다 해도 결과는 다르지 않았겠지만. 아무튼 그는 그걸 문제 삼지 않았었다.

"준비됐어?"

나는 고개를 끄덕인다.

우리는 방으로 들어간다. 그리고 의자를 끌어와 둥글게 모여 앉은 십 대 아이들 틈으로 비집고 들어가 앉는다. 그들은 의심과 따분함이 섞인 표정으로 우리를 쳐다본다.

"오늘은 아주 특별한 손님을 모시고 왔어." 거스리가 말한다. "이쪽은 사이러스 헤이븐."

"뭐 하는 사람이에요?" 한 소녀가 묻는다.

"난 심리학자야." 나는 대답한다.

"또!" 같은 소녀가 인상을 찌푸리며 말한다.

"사이러스는 그냥 관찰만 하러 온 거야."

"우리를요, 아니면 당신을요?"

"둘 다."

나는 이비의 반응을 살핀다. 아이는 나를 멍한 눈으로 본다.

거스리가 다리를 꼬자 바짓단이 정강이 위로 올라가면서 털 없는 창백한 발목이 드러난다. 쾌활하고 뚱뚱한 그는 무언가를

시작하기 전에 한껏 들뜬 얼굴로 두 손을 모아 비벼대는 버릇이
있다.

"일단 자기소개부터 해볼까? 사이러스에게 자기 이름과 어디
서 왔는지, 왜 이곳에 오게 됐는지 말씀드리도록 해. 자, 누가 먼
저 할래?"

아무도 먼저 나서지 않는다.

"네가 먼저 해볼래, 앨라나?"

소녀가 고개를 젓는다. 나는 이비 바로 맞은편에 앉아 있다.
아이는 분명 내 시선을 감지하고 있을 것이다.

"홀리?" 거스리가 묻는다.

"됐어요."

"이비?"

아이는 대답이 없다.

"오늘은 모처럼 옷을 제대로 갖춰 입었구나. 보기 좋다." 거스
리가 말했다. "너도, 홀리."

이비가 코웃음을 친다.

"그건 합법적인 시위였어요." 홀리가 흥분하며 말한다. "우린
이 백인 남성 주도형 강제 노동 수용소의 계층과 성별에 대한 구
닥다리 인식을 문제 삼은 거라고요."

"고마워, 동무." 거스리가 빈정거리는 투로 말한다. "네가 시
작해보는 건 어때, 네이선?"

"네이선이라고 부르지 말아요." 마른 체구에 키가 큰 소년이
말한다. 아이의 이마는 여드름으로 뒤덮여 있다.

"그럼 어떻게 불러줄까?"

"냇."

"벌레처럼?" 이비가 묻는다.

소년이 철자를 불러준다. "N······ A······ T."

거스리가 주머니에서 니트로 만든 작은 곰 인형을 꺼내 냇에게 휙 던진다. "네가 먼저 시작해. 인형을 갖고 있는 사람만 입을 열 수 있어. 나머지는 절대 끼어들어선 안 돼."

냇이 곰 인형을 자신의 허벅지에 짓이겨댄다.

"난 셰필드에서 왔어요. 내가 여기 들어온 이유는 이웃집 폭스바겐 안에 똥을 싸놨기 때문이고요. 문이 잠겨 있지 않더라고요."

몇몇이 킥킥 웃는다. 이비는 무반응이다.

"왜 그랬지?" 거스리가 묻는다.

냇은 무덤덤한 얼굴로 어깨를 으쓱인다. "그냥 재밌잖아요."

"운전석에 싸놨어?" 홀리가 묻는다.

"당연하지. 거기가 아니면 어디에 싸겠어? 그 새끼가 경찰에 신고를 했더라고. 그래서 친구들이랑 몰려가서 흠씬 두들겨 패줬지."

"죄책감이 들긴 했어?" 거스리가 묻는다.

"별로요."

"너희 때문에 평생 머리에 철판을 달고 다니게 됐는데도?"

"보험 처리 됐을걸요. 보상금도 두둑이 챙겼을 테고요. 우리 엄마는 벌금까지 냈다고요. 이 정도면 그 자식이 수지맞은 거나 다름없잖아요."

거스리는 입을 열었다가 이내 마음을 바꾼다. 아마도 소용없을 것임을 인정하기에.

곰 인형이 노팅엄에서 온 리바에게 건네진다. 극도로 마른 소녀는 뭐라도 먹이려는 아버지에 대한 반항의 의미로 자신의 입을 꿰매어버렸다고 한다.

"아버지가 뭘 먹이려고 하셨는데?" 또 다른 소녀가 묻는다. 허벅지에 어찌나 살이 많은지 무릎이 저절로 벌어질 정도다.

"음식."

"어떤 음식?"

"생일 케이크."

"넌 정말 멍청해."

거스리가 끼어든다. "그런 공격적인 발언은 자제해줘, 코넬리아. 곰 인형을 갖고 있는 사람만 말을 할 수 있어."

"그럼 나한테 넘겨요." 그녀가 리바의 무릎에서 곰 인형을 낚아챈다.

"야! 나 아직 안 끝났어."

거스리가 황급히 끼어들어 싸움을 말린다. 리바는 하고 싶었던 말을 그새 잊었다.

곰 인형이 뚱뚱한 소녀의 무릎에 얹어진다. "내 이름은 코넬리아예요. 리즈에서 왔죠. 누구든 내 심기를 건드리면 난 참지 못해요. 어떻게든 그 대가를 치르게 만들죠."

"쉽게 화를 내는 모양이지?" 거스리가 묻는다.

"그래요."

"주로 어떤 것들에 화가 나지?"

"사람들이 뚱뚱하다고 놀리는 거요."

"뚱뚱한 건 사실이잖아." 이비가 말한다.

"입 닥쳐!" 코넬리아가 자리에서 벌떡 일어나 소리친다. 아이의 덩치는 이비의 두 배다. "한 번만 더 주둥이 함부로 놀렸다간 내 손에 죽을 줄 알아.”

거스리가 두 소녀 사이에 끼어든다. “사과해, 이비.”

이비가 온화하게 미소를 지어 보인다. “‘뚱뚱하다’고 해서 미안해, 코델리아. 이제 보니 살이 좀 빠진 것 같아. 아주 호리호리해 보이네.”

“이게 보자 보자 하니까!”

“자, 이제 그만들 해.” 거스리가 말한다. “코델리아, 넌 어쩌다 여기 오게 됐지?”

“너무 빨리 어른이 돼서요.” 아이가 대답한다. “열한 살 땐가 순결을 잃었거든요. 남자들이랑 잤다가 여자들이랑 잤다가…… 마리화나도 엄청 피웠고요. 열두 살 때 헤로인을 시작했고, 열세 살 땐 아이스를 시작했어요.”

그 말에 이비가 눈을 굴린다.

코델리아가 이비를 노려본다. “보다 못한 엄마가 날 경찰에 신고했어요. 그래서 난 바닥 청소하는 세제로 엄마를 독살하려고 했죠.”

“응징하려고?” 거스리가 묻는다.

“아마도요.” 코델리아가 말한다. “그냥 재밌는 실험이었어요. 그걸 먹이면 어떻게 되는지 보고 싶었거든요.”

“효과가 있었어?” 냇이 묻는다.

“아니.” 코델리아가 말한다. “수프 맛이 좀 이상하다면서 먹다 말더라고. 구토만 좀 하고 멀쩡했어.”

“투구꽃을 썼어야지.” 냇이 말한다.

“그게 뭔데?”

“풀. 그 잎을 만지고 죽은 정원사 얘길 들은 적 있어.”

"우리 엄마는 정원 일을 싫어하는데." 요점을 놓친 코델리아가 말한다.

거스리가 곰 인형을 이비에게 넘긴다. "네 차례야."

"싫어요."

"왜?"

"내 인생의 디테일은 너무 하찮거든요."

"그렇지 않아."

이비가 한숨을 내쉬며 몸을 앞으로 기울인다. 아이는 팔뚝을 무릎에 얹은 채 두 손으로 곰 인형을 주무르기 시작한다. 아이의 말씨가 금세 달라진다.

"아버지는 벨기에 출신인데, 자기 계발에 병적으로 집착하는 빵집 주인이셨어요. 기면증을 살짝 앓으셨고, 항문 성교를 애호하셨죠. 어머니는 클로이라는 열다섯 살 먹은 프랑스 매춘부였어요. 발엔 물갈퀴가 있었고……."

나는 웃음을 터뜨린다. 모두의 시선이 내게로 옮겨진다.

"〈오스틴 파워〉에 나오는 대사야." 나는 설명한다.

아이들은 말없이 눈만 깜빡여댈 뿐이다.

"영화 말이야…… 마이크 마이어스 나오는…… 닥터 이블."

여전히 아무런 반응이 없다.

이비가 걸걸한 스코틀랜드 말씨로 말한다. "순서대로 하죠. 당신 변소가 어디 있죠? 거북 머리가 살짝 삐져나왔거든요."

"팻 바스타드." 나는 말한다.

이비가 미소를 지어 보인다. 거스리는 내게 짜증이 난 듯하다. 마치 내가 소요 사태를 빚기라도 한 것처럼.

그가 또 다른 십 대 소녀를 부른다. 아이의 머리 몇 가닥은 파란색으로 염색돼 있다. 귀, 눈썹 그리고 코에는 피어싱이 각각 붙어 있다.

"넌 어쩌다 여기까지 오게 됐니, 세레나?"

"설명하자면 좀 길어요."

여기저기서 끙 앓는 소리가 터져 나왔다.

세레나는 열여섯 살 때 교환학생으로 미국에 건너가 오하이오의 한 부부와 함께 지냈던 이야기를 들려준다. 그 집 아들은 살인죄로 복역 중이었고, 부부는 보름에 한 번씩 세레나에게 최대한 야한 옷차림으로 아들을 면회해달라고 부탁했다. 짧은 드레스. 가슴이 많이 파인 상의.

"그는 유리 반대편에 앉아 있었고, 그의 아버지는 나더러 계속해서 가슴이 보이도록 몸을 앞으로 숙이라고 했어요."

이비가 팔꿈치 안쪽에 대고 재채기를 한다. 짧고 날카로운 그 소리는 꼭 '뻥치시네'라고 도발하는 것처럼 들린다.

세레나는 이비를 매섭게 쏘아보다가 계속 이어나간다. "그날 밤, 곤히 자고 있을 때 아버지가 들어와 날 강간했어요. 너무 무서워서 부모님에게 털어놓지도, 경찰에 신고하지도 못했죠. 집에서 수천 마일 떨어진 외국에 나 혼자뿐이었으니 얼마나 겁이 났겠어요?" 아이가 동정을 바라듯 우리를 돌아본다.

이비가 다시 같은 소리를 내며 재채기를 한다.

세레나는 그냥 무시해버린다.

"집에 돌아와서부터 이상해졌어요. 술을 퍼마시기 시작했고, 자해도 하게 됐죠. 보다 못한 부모님은 날 심리 치료사에게 보냈어요. 처음엔 그럭저럭 괜찮았는데, 나중에 갑자기 괴물로 돌변해서 날 강간하더라고요."

"뻥치지 마!" 이비가 넌더리를 내며 한숨을 내쉰다.

"우린 남을 재단하려고 여기 모인 게 아니야." 거스리가 아이에게 경고한다.

"저 말을 누가 믿어요? 서로 거짓말하려고 모인 거예요?"

"닥쳐!" 세레나가 이비에게 중지를 펼쳐 보이며 빽 소리친다.

"너나 닥쳐." 이비가 받아친다.

세레나가 자리에서 벌떡 일어난다. "넌 미쳤어! 다들 알고 있다고."

"앉아." 거스리가 두 소녀를 말리며 말한다.

"날 거짓말쟁이 취급하잖아요." 세레나가 징징거린다.

"내가 언제 거짓말쟁이라고 했어?" 이비가 말한다. "사이코 거짓말쟁이라고 했지."

세레나는 자기를 말리는 거스리의 팔 아래 수그려 앉았다가 앞으로 잽싸게 몸을 날린다. 불시의 공격을 받은 이비가 의자에서 떨어진다. 두 소녀는 서로 엉겨 붙은 채 바닥을 뒹군다. 이비는 날아드는 주먹을 요리조리 피하며 실실 웃는다.

요란한 경보기 소리와 함께 보안 팀이 집단 치료실로 들이닥친다. 그들은 세레나를 질질 끌고 가버린다. 이비를 제외한 나머지 아이들에게는 당장 침실로 돌아가라는 지시가 내려진다. 옷을 툭툭 털고 일어난 소녀는 엄지와 검지로 입가를 문질러 피를 닦는다.

나는 아이에게 티슈를 건넨다. "괜찮니?"

"괜찮아요. 계집애 주먹이 세봤자죠, 뭐."

"목은 왜 그래?"

"누군가가 날 목 졸라 죽이려 했어요."

"왜?"

"내가 죽이고 싶은 얼굴을 가졌나 봐요."

나는 의자를 끌어와 이비에게 앉으라고 손짓한다. 소녀가 다리를 꼬고 앉자 발목에 채워진 전자 발찌가 살짝 드러난다.

"그건 왜 차고 있어?"

"내가 탈출할까 봐 겁이 났나 보죠."

"탈출하고 싶어?"

이비가 검지를 입술로 가져가 붙인다.

"기회가 생기면 여길 뜰 거예요."

2

'맨 오브 아이언'이라는 술집에서 거스리와 만난다. 상호는 몇 년 전 폐업한 인근의 스탠턴 제철소의 이름을 따서 지은 것이다. 그는 의자에 걸터앉아 있고, 그의 팔꿈치 사이에는 빈 맥주잔이 놓여 있다. 그는 새 맥주로 잔이 채워지는 것을 지켜보는 중이다.

"여기 단골이야?" 나는 그의 옆자리에 앉으며 묻는다.

"내 도피처야." 그가 대답한다. 통통하고 창백한 그의 손가락에는 세 줄짜리 결혼반지가 끼워져 있다.

바텐더가 다가와 주문을 하겠느냐고 묻는다. 내가 고개를 젓자 거스리가 실망한 표정을 지어 보인다. 혼자 마시는 게 싫은 모양이다. 그의 어깨 뒤편으로 라운지가 보인다. 그곳에는 당구대와 유원지 놀이기구처럼 번쩍거리며 경쾌한 소리를 내는 슬롯머신이 갖춰져 있다.

"좋아 보이네." 나는 말한다. 물론 거짓말이다. "결혼생활은 어때?"

"아주 만족해. 최고야. 뒤룩뒤룩 살찐 것 좀 보라고." 그가 자신의 배를 토닥이며 말한다. "자네도 한번 해봐."

"나더러 돼지가 돼보라고?"

"결혼 말이야."

"애들은 어때?"

"잡초처럼 쑥쑥 크고 있어. 아들 하나, 딸 하나야. 여덟 살 그리고 다섯 살."

그의 첫 번째 아내 이름은 기억나지 않는다. 하지만 그녀가 동유럽 출신에 억센 악센트를 가졌었다는 사실은 아직도 기억한다. 결혼식 때 그녀가 걸쳤던 흉측한 웨딩드레스도. 거스리는 런던의 한 영어 학교에서 파트타임 강사로 일할 때 그녀를 처음 만났었다.

"이비는 어떤 것 같아?" 그가 묻는다.

"꽤 매력 있던데."

"걔도 그들 중 하나야."

"그게 무슨 소리야?"

"거짓말 탐지기들."

나는 터져 나오려는 웃음을 간신히 참아낸다. 그는 못마땅해하는 표정을 지어 보인다.

"자네도 봤잖아. 그 앤 다른 애들의 거짓말을 간파했어. 진실 마법사truth wizard. 자네 논문에도 그런 케이스가 소개됐었지?"

"내 논문을 읽어봤어?"

"한 글자도 안 빼놓고 다 읽었어."

나는 얼굴을 찌푸린다. "그건 8년 전에 쓴 건데."

"어쨌든 발표된 거잖아."

"그 논문의 결론은 진실 마법사는 존재하지 않는다는 거였어."

"아니, 넌 논문에서 그들이 분명 존재하지만 그 수가 굉장히 적다고 했어. 500명에 한 명꼴이라던가. 그들 중 적중률이 80퍼센트 이상 되는 이도 있다고 했잖아. 게다가 누군가는 남다른 능력을 키울 수도 있을 거라고 했고. 감정에 휘둘리지도 않고, 피험자와 친밀하지 않아도 아무런 지장을 받지 않는, 한마디로 높은 수준에서 기능이 가능한 사람 말이야."

젠장, 정말 읽어본 모양이군.

나는 대화를 중단하고 거스리에게 잘못 짚었다고 말해주고 싶었다. 나는 무려 2년에 걸쳐 진실 마법사에 관한 논문을 완성했다. 그 작업을 위해 무수한 문헌을 훑었고, 역사를 파헤쳤으며, 3천 명 이상의 지원자를 상대로 실험까지 했다. 이비 코맥은 진실 마법사가 되기에는 너무 어리다. 진실 마법사는 대개 중년 이상으로, 형사, 판사, 변호사, 심리학자 그리고 첩보 요원 같은 특정 직종 출신들이다. 거울을 보거나 휴대폰 조작법을 익히느라 바쁜 십 대 아이들은 사람들의 표정이나 몸짓언어의 뉘앙스나 목소리 톤의 감지하기 힘든 미묘한 변화를 읽는 데 아무런 관심이 없다.

거스리는 내 대꾸를 기다리고 있다.

"자네가 오해한 거야." 나는 말한다.

"하지만 자네도 두 눈으로 똑똑히 봤잖아."

"걘 아주 똑똑하고 영악한 아이일 뿐이야."

사회복지사가 한숨을 내쉬며 반쯤 빈 자신의 잔을 들여다본다. "걔 때문에 내가 이렇게 돼버렸어."

"그게 무슨 소리야?"

"술 말이야. 주치의가 그러는데 내 신체나이가 예순 살 정도 됐대. 고혈압인 데다가 심장이 지방조직으로 뒤덮여 있고, 간경변 조짐까지 보인다나."

"그게 어째서 이비 때문이지?"

"개랑 애길 나눌 때마다 웅크려 앉아 펑펑 울고 싶어져. 올 초 스트레스 때문에 2개월이나 쉬었는데 말이야. 조금도 도움이 되지 않았어. 이젠 아내까지 나서서 당장 카운슬러를 만나지 않으면 이혼하겠다고 으르렁대는 중이야. 이 얘긴 누구에게도 들려준 적이 없었는데 이비가 그걸 다 알고 있더라고."

"어떻게?"

"개가 어떻게 알았겠어?" 거스리는 내 대꾸를 기다리지 않는다. "날 믿으라니까, 사이러스. 그 앤 상대의 거짓말을 귀신같이 간파하는 능력이 있어."

"설령 그게 사실이라도 난 내가 지금 여기 왜 와 있는지 모르겠어."

"자네라면 그 앨 도울 수 있어."

"내가 어떻게?"

"이비는 석방시켜달라고 법원에 신청서를 냈어. 하지만 랭포드 홀을 떠나려면 시간이 엄청 걸릴 거야. 난독증 환자에 반사회적이기도 하고, 폭력적이기까지 하니 말이야. 친구도 없고, 면회오는 사람도 없어. 그 앤 자기 자신과 남들에게 심각한 위협이 되고 있다고."

"열여덟 살이면 성인이나 마찬가지잖아."

거스리가 머뭇거리며 옷깃을 목에서 떼어 잡아당긴다.

"아무도 그 아이의 진짜 나이를 몰라."

"그게 무슨 뜻이야?"

"출생 기록이 없다고."

나는 눈을 깜빡이며 그를 쳐다본다. "뭐라도 있어야 정상인데. 병원 파일이랄지, 조산사가 작성한 보고서랄지, 학교 입학 기록이랄지……."

"아무 기록도 없어."

"그게 어떻게 가능하지?"

거스리는 찬찬히 맥주를 비우고 나서 바텐더에게 한 병 더 가져오라고 손짓한다. 그가 목소리를 낮추고 속삭인다. "내가 지금 들려주는 얘기는 극비야. 일급비밀이라고. 누구에게도 절대 발설해선 안 돼."

나는 터져 나오려는 웃음을 간신히 참는다. 거스리가 어울리지 않게 스파이 흉내를 내다니.

"난 진지해, 사이러스."

"알았어, 알았다고."

그가 주문한 맥주가 도착한다. 그는 판지로 된 컵받침에 맥주를 내려놓고 바텐더가 사라지기를 기다린다. 창문에서 한 줄기 햇빛이 스며들고 있다. 공중에 떠다니는 먼지가 술집을 은은한 성당 분위기로 바꾸어놓는다. 마치 사제가 되어 거스리의 고해를 듣고 있는 듯한 기분이다.

"이비는 상자 속 아이야."

"누구?"

"앤젤 페이스Angel Face."

예기치 못한 대답에 당혹스러워진다. 순순히 인정하고 싶지 않다. "그럴 리 없어."

"그 애가 맞다니까."

"하지만 그건……."

"6년 전 일이지."

나는 그 사건을 생생히 기억하고 있다. 런던 북부 한 집의 비밀의 방에서 발견된 소녀. 열한 살, 열두 살쯤 돼 보였던 소녀는 체중이 또래 아이들의 절반 수준에도 미치지 못했다. 더벅머리에 이글이글 타는 눈. 짐승처럼 몸을 웅크린 소녀는 마치 늑대에게 길러진 인간 같았다.

소녀의 은신처는 경찰이 부패한 남자의 시체를 발견한 지점에서 몇 미터 떨어지지 않았다. 의자에 바른 자세로 앉아 있던 죽은 남자는 고문을 받다 숨진 것으로 확인됐다. 소녀는 그 시체와 함께 몇 개월을 살았다. 아이는 음식을 훔쳐 와 정원에 묶여 있는 개 두 마리와 나눠 먹었다고 했다.

소녀의, 구출되던 당시의 이미지는 세계 전역에 널리 퍼졌다. 비번의 특별경찰관(영국에서 비상시에 치안판사가 임명해 활동을 허락하는 민간 경찰대원―옮긴이)이 자그마한 아이를 번쩍 안아 들고 병원 안으로 사라지는 장면. 소녀는 다른 누구의 손길도 허락하지 않았고, 오로지 먹을 것을 주문하고 개들의 안부를 물을 때만 입을 열었다.

간호사들은 소녀를 '앤젤 페이스'라고 불렀다. 이름을 모르니 그렇게 별명으로라도 불러야 했기 때문이다. 그 후 몇 주 동안 소녀의 감금에 대한 이야기들이 주요 뉴스로 다뤄졌다. 모두가 같은 의문을 품고 있었다. 저 소녀는 누구일까? 어디에서 온 아이일까? 어떻게 살아남을 수 있었을까?

거스리는 내게 차분히 곱씹어볼 시간을 주었다.

"그 애 신원은 끝내 밝혀지지 않았어." 그가 설명한다. "경찰이 모든 방법을 다 동원했는데도. 실종자 파일, DNA, 뼈 엑스레이, 안정 동위 원소 추적……. 그 애 사진을 전 세계에 뿌려봤지만 아무런 소득이 없었어."

어떻게 아이가 난데없이 나타날 수 있지? 출생과 살아온 기록도 전혀 없이?

거스리가 계속 이어나간다. "그 앤 법원의 피보호자가 됐고, 이비 코맥이라는 새 이름이 주어졌어. 내무장관은 법률 제39조에 따라 누구도 그 아이의 신원과 위치를 폭로하지 못하게 조치했지. 아이를 촬영하는 것도 금지됐고."

"그 아이에 대해 아는 사람은?" 나는 묻는다.

"랭포드 홀에선 나 혼자뿐이야."

"그 애가 왜 여기 있는 거지?"

"여기 말곤 갈 데가 없으니까."

"이해가 안 되는군."

"갠 열 곳도 넘는 위탁 가정을 전전하며 살았어. 어디로 보내지든 가출했다가 붙잡히기를 밥 먹듯 했지. 걜 맡았던 사례담당자만 네 명이야. 심리학자도 세 명이나 갈아치웠고. 사회복지사는 하루가 멀다 하고 교체됐어."

"현재 정신 건강 상태는?"

"발타자르부터 윈슬로까지 모든 심리 검사를 통과했어."

"난 아직도 내가 왜 이곳으로 불려 왔는지 모르겠어."

거스리가 맥주를 한 모금 넘기고 나서 술집 안을 찬찬히 둘러본다.

"내가 얘기한 대로 이비는 법원의 피보험자가 됐어. 그 아이에 대한 모든 중요한 결정은 고등법원이 내리고 있고, 그 아이의 일상은 지역 당국이 통제하고 있지. 두 달 전, 그 앤 성인으로 인정해달라고 청원을 넣었어."

"어차피 열여덟 살이 되면 자유의 몸이 될 텐데."

거스리가 하소연하듯 나를 빤히 쳐다본다. "갠 자기 자신은 물론 주변 이들까지 위험에 빠뜨릴 수 있어. 만약 그 청원이 받아들여진다면……." 그가 몸을 바르르 떨며 말한다. "그 애 능력을 자네가 갖고 있다고 상상해봐."

"그게 무슨 초능력이라도 된다는 거야?"

"초능력 맞아." 그가 진지한 얼굴로 말한다.

"오버하지 마."

"대번에 자넬 꿰뚫어 봤잖아."

"통찰력이 남다르다고 해서 진실 마법사가 되는 건 아니야."

그가 눈썹을 추켜세운다. 추가 설명을 기다린다는 듯이.

"내가 보기엔 네가 그 애 입막음을 시도하고 있는 것 같아." 나는 말한다.

"그랬으면 좋겠어." 그가 말한다. "하지만 이유는 따로 있어. 난 정말로 자네가 그 앨 도울 수 있을 거라 생각해. 남들은 다 실패했어도."

"걔가 음…… 그 집에서 무슨 일이 있었는지 들려준 적 있어?"

"아니. 이비는 자신에겐 과거도, 가족도, 기억도 없다고 했어."

"걔가 그것들을 다 차단해버린 거야."

"그랬는지도 모르지. 그뿐만 아니라 갠 거짓말을 밥 먹듯이 해. 상대를 혼란스럽게 하고, 뭐든 꽁꽁 숨기려 하고, 기만적이기까지 하다니까. 악몽 그 자체야."

"갠 진실 마법사가 아니야." 나는 말한다.

"알았어."

"나한테 보여줄 수 있는 파일 있어?"

"나중에 갖다줄게. 처음에 그 애 신원을 보호하려는 목적으로 삭제된 부분이 좀 있어."

"이비가 누군가의 턱뼈를 부러뜨린 적이 있다고 했지? 그게 누구였어?" 나는 묻는다.

"직원이 개 방에서 2천 파운드를 발견했어. 그는 이비가 그 돈을 훔쳤다고 짐작했지. 돈을 압수하고 그걸 경찰에 넘기겠다고 했어."

"그래서 어떻게 됐지?"

"이비는 그게 거짓말이라는 걸 알고 있었어."

"그 돈은 어디서 난 거야?" 나는 묻는다.

"갠 포커판에서 땄다고 주장했어."

"그게 가능해?"

"돈을 걸어야 한다면 난 그 애한테 걸겠어."

3

앤젤 페이스

나는 흡연의 수학을 즐긴다. 의사 사무실에 붙은 포스터에
의하면, 담배 각 한 개비는 내게서 14분씩의 수명을 앗아 간단
다. 한 개비를 끝까지 피우는 데 소요되는 시간, 6분을 더하면
총 20분이 된다. 세 개비를 피우면 한 시간을 버리는 셈이다. 나
는 이런 걸 계산하는 게 재밌다.

불행하게도 내게는 하루에 네 개비만이 허락된다. 나는 그것
들을 바깥 뜰로 가지고 나가 피워야 한다. 직원은 나를 지켜보다
가 라이터를 압수해 가버린다. 내가 그걸로 이곳에 불을 지르지
못하도록.

나는 필터를 힘있게 빤다. 가슴 속에 연기를 가득 담아놓고
는 독성 화학물질과 검은 타르가 폐 안에 차곡차곡 쌓여 암세포
를 만들고 폐 공기증을 일으키는 모습을 상상해본다. 이가 시꺼
멓게 썩어가는 모습도. 서서히 진행되는 죽음. 어차피 그게 인
생이 아니던가. 답답할 만큼 질질 끄는 자살.

나는 차가운 벤치에 앉아 있다. 콘크리트의 냉기가 찢어진

남색 리바이스 청바지를 뚫고 스며든다. 나는 닳아서 생긴 구멍 하나에 검지를 쑤셔 넣고 솔기 부분까지 죽 벌려나간다. 엄지로 허벅지를 꾹 누르니 피부에 핏기가 사라지면서 창백한 얼룩이 만들어진다. 맨발이지만 발이 시리지는 않다. 이보다 훨씬 추운 곳도 많이 다녀봤다. 지금보다 훨씬 헐벗어도 봤고.

나는 한쪽 발을 무릎에 얹어놓고 발톱에 칠한 매니큐어를 벗겨나가기 시작한다. 계집애 같은 분홍색과 연보라색이 더 이상 마음에 들지 않아서다. 한심한 선택이었다. 파스텔색이라니. 어울리지 않게. 한때 발톱을 새까맣게 칠하고 다닌 적이 있었다. 하지만 발톱이 병든 것처럼 보여서 그만두었다.

나는 집단 치료 시간을 떠올려본다. 거스리는 요상한 이름을 가진 정신과 의사를 데려왔다. 사이러스라던가. 아저씨치고는 잘생긴 편이었다. 서른 살쯤 됐을까. 숱 많은 검은 머리에 슬퍼 보이는 초록색 눈. 꼭 향수병을 앓고 있거나 누군가를 그리워하는 사람 같아 보였다. 그는 말이 별로 없었다. 그냥 유심히 관찰하고 경청하기만 했을 뿐이다. 대부분의 남자는 말만 많고 잘 듣지 않는다. 그들은 자기 이야기만 신나게 늘어놓거나 남에게 명령하거나 제멋대로 결정을 내리는 데만 익숙하다. 또한 그들은 잔인하고 굶주린 눈을 가지고 있다. 사이러스처럼 슬픈 눈이 아니라.

다비나가 창문에 노크를 하며 레게 머리를 흔들어 보인다. "누구랑 얘기하는 거야, 이비?"

"혼잣말이에요."

"어서 들어와."

"아직 안 끝났어요."

다비나는 '여사감' 중 하나다. 그런 칭호 때문에 랭포드 홀은 교도소나 다름없는 '소년원'이 마치 기숙학교인 것 같은 느낌을 준다. 나는 이곳을 나갈 수 없다. 문마다 자물쇠가 걸려 있고, CCTV는 항상 내 일거수일투족을 감시한다. 내가 갑자기 난폭하게 돌변하면 '통제 팀' 3인조가 신속히 출동해 나를 크리스마스 칠면조처럼 끌고 갈 것이다.

다비나가 다시 창문을 두드린다. 그녀가 먹는 시늉을 해 보이는 걸 보니 점심시간이 다 된 모양이다.

"배 안 고파요."

"그래도 먹어야 돼."

"컨디션이 안 좋아요."

"또 레드카드 받고 싶어?"

레드카드는 품행이 나쁘거나 직원에게 욕을 할 때 받게 된다. 어떻게든 레드카드만큼은 피해야 한다. 여기서 한 장이 더 누적되면 일요일 외출을 포기해야 할 테니까. 이번 주말에는 씨네월드에서 영화를 보기로 돼 있다. 허벅지 사이에 따끈한 팝콘 통을 끼워놓고 어둠 속에 앉아 눈앞에서 펼쳐지는 남들의 인생을 구경할 때마다 내 삶은 언제나 더 나아 보인다.

그린카드를 받는 경우는 거의 없다. 받고 싶다면 암을 낫게 하든지 세계 평화를 이룩하는 수밖에 없다. 알몸으로 샤워하는 모습을 포터 부인에게 보여주든지. 물론 그건 여자애들만 가능하다. 그녀는 남자애들에게는 아무 관심이 없다.

피우던 담배를 벽돌에 비벼 끈다. 불꽃이 확 타올랐다가 이내 꺼져버린다. 나는 진창으로 변한 정원에 꽁초를 떨어뜨린다. 다비나가 다시 창문을 두드린다. 나는 눈을 굴린다. 그녀가 손가락으로 꽁초를 가리킨다. 나는 꽁초를 주워 번쩍 들어 보이며 입 모양으로만 말한다. '됐어요?' 그런 다음, 꽁초를 입에 넣고 몇 번 씹다가 삼켜버린다. 나는 입을 크게 벌려 꽁초가 사라졌음을 확인시켜준다.

다비나가 넌더리를 내며 고개를 젓는다.

방으로 돌아온 나는 양치를 하고, 주근깨를 감추기 위해 마스카라와 파운데이션을 다시 바른다. 식사 시간에 15분 이상 늦지 않으면 '스트라이크'를 면할 수 있다. 식당에 도착하니 대부분의 아이들이 식사를 마치고 일어날 채비를 하고 있다. 따분함이 그들을 허기지게 만든 모양이다. 식당은 구운 치즈와 너무 많이 익힌 방울다다기양배추 냄새로 진동한다. 나는 쟁반을 챙겨 들고 '따뜻한 음식' 코너를 지나쳐버린다. 요구르트 두 병, 바나나 그리고 뮤즐리. 식사는 이것으로 족하다.

"그건 아침 식사용이야." 서빙하는 여자가 말한다.

"아침을 못 먹었어요."

"그게 누구 때문인데?" 그녀가 뮤즐리를 낚아챈다.

나는 앉을 자리를 찾아본다. 빈자리가 눈에 들어올 때마다 누군가가 얌체처럼 잽싸게 달려가 먼저 앉아버린다. 모두가 같은 게임을 하고 있다. 마침내 반응이 굼뜬 아이를 찾아낸 나는 그 애보다 한발 먼저 자리를 차지하고야 만다.

"괴물!" 그 아이가 웅얼거린다.

"고마워."

"레즈비언!"

"너무 친절한데."

"저능아."

"별말씀을 다 하시네."

나는 요구르트 뚜껑을 뜯고 스푼으로 떠먹기 시작한다. 입안에서 뒤집힌 스푼을 혀가 슥 훑어나간다. 내 뒤로 아이들이 하나둘씩 모이고 있다. 나는 한쪽 팔을 쟁반에 얹어놓는다. 누가 달려들어 쟁반을 뒤집어버리지 못하도록.

그들이 내 음식에 침을 뱉거나 코딱지를 떨어뜨리는 것까지막을 수는 없다. 하지만 요즘에 그런 일은 거의 일어나지 않는다. 그들이 나를 무서워하기 때문이다. 직원들 대부분도 웬만해서는 내게 접근하지 않는다. 특히 나를 '악마의 자식'이라고 부르는 포터 부인은 더더욱 그렇다.

그런 짓궂은 별명은 별로 거슬리지 않는다. 직원 어느 누구도 나보다 모질지 못하니까. 누구도 나처럼 증오하지 못하니까. 나는 내 몸을 증오한다. 내 생각도 마찬가지고. 나는 못나고 미련하고 더럽다. 하자품. 세상 누구도 이런 나를 원하지 않을 것이다.

나쁜 애들은 항상 짖어댄다. 나쁜 애들은 항상 비웃는다. 나쁜 애들은 항상 이긴다.

4

해가 저물어간다. 가을 날씨가 쌀쌀하다. 나는 파크사이드를 따라 지그재그로 달리다가 월라턴 공원 입구로 들어선다. 표지판은 공원이 사슴 분만 지역이며 목줄 없는 개는 출입할 수 없다고 알리고 있다. 하늘은 방금 전 성층권을 훑고 지나간 제트기의 비행운으로 뒤덮인 채다.

나는 잎이 진 나무들이 만들어놓은 터널로 들어간다. 발밑에서는 아스팔트 길이 컨베이어 벨트처럼 지나간다. 공원 벤치들, 화단들, 산책 나온 사람들 그리고 자전거족이 속속 시야에 들어왔다가 이내 사라져버린다. 나는 호수를 두 바퀴 돌고 나서 언덕을 오르기 시작한다. 언덕 위에는 엘리자베스 시대풍 별장이 자리하고 있다. 이 공원의 이름이기도 한 월라턴 홀은 한때 숨이 멎을 정도로 아름다웠지만, 이제는 당시에 느껴지던 감동이 많이 시들해졌다. 뭐랄까, 노골적으로 과시하는 것 같아 보이기 때문이다.

한가로이 풀을 뜯던 사슴 한 마리가 고개를 쳐들고, 길게 늘어선 라임 나무를 따라 언덕을 오르는 나를 돌아본다. 나는 공원의 동쪽 입구를 향해 분주히 걸음을 옮겨나간다. 오른쪽 골반에서 찌르르한 통증이 전해져온다. 이런 통증은 나로 하여금 더 집중하게 만든다. 조깅복 바지, 빨간색 누비 스포츠 재킷, 털모자 그리고 가벼운 운동화 차림으로 경쾌한 리듬에 맞춰 달려온 나는 미들턴 대로에서 방향을 틀고 왔던 길을 되짚어 나간다.

달리기에는 많은 의미가 있다. 평온, 고독, 형벌, 생존. 통제할 수 없는 문제로 득실대는 세상에서 몸은 내 명령에 고분고분 복종한다. 달릴 때는 머릿속이 맑아진다. 나는 달리면서, 감당할 수 없을 만큼 빠르게 도는 지구와 내가 보조를 맞추고 있다는 상상을 한다.

이비 코맥이 뇌리를 스친다. 그사이 추가로 알게 된 사실들이 있다. 그 아이는 위층 침실 큰 옷장 뒷벽에 숨겨진 공간에서 발견됐다. 런던 북부에 자리한 집에는 테리 볼랜드라는 잡범이 세 들어 살고 있었다. 6주 전, 경찰은 같은 침실에서 그의 시체를 발견했다. 그의 몸은 의자에 꽁꽁 묶여 있었고, 그의 목과 이마에는 벨트가 둘러져 있었다. 그는 죽을 때까지 고문을 당한 모양이었다. 킬러 또는 킬러'들'은 점안기를 이용해 볼랜드의 귀에 산酸을 떨어뜨렸다. 산은 그의 고막과 달팽이관과 청각 신경을 서서히 태워나갔다. 그들은 그의 귀를 완전히 먹게 만든 후 토치램프로 뜨겁게 달군 금속 부지깽이를 사용해 그의 눈꺼풀과 각막을 지졌다. 눈구멍 안에서 동공이 익을 때까지. 이 부분은 선정적인 타블로이드 신문을 통해 확인한 내용이다.

살인사건 수사가 한창 진행되고 있을 때 은신처에 숨어 지내던 앤젤 페이스가 발견됐다. 간호사들이 때투성이 소녀의 몸을 씻기고 머리를 감겨놓자 픽시(귀가 뾰족한 작은 사람 모습의 요정—옮긴이)를 연상시키는 주근깨와 칙칙한 갈색 눈이 비로소 뚜렷하게 드러났다.

그 후 며칠 동안 언론은 소녀 이야기만 주야장천 해댔다. 마치 온 국민이 그 아이의 양부모가 되어버린 것 같았다. 그들은 저녁 식탁에서, 호텔 바에서, 뒤뜰 울타리 너머로, 그리고 슈퍼마켓 계산대 앞에서 소녀의 소식을 신나게 나누었다. 많은 이가 여론에 호소했고, 신문에 현상금을 걸었으며, 아이를 입양하겠다고 나서기까지 했다.

나는 언론의 폭풍 한가운데 서는 것이 어떤 기분인지 잘 안다. 나 역시 한때 생존자였으니까. 킬러에게 부모와 누이들을 잃은 불쌍한 아이. 나 또한 소녀와 다르지 않은 지옥을 경험했다. 그래서 거스리가 굳이 내게 도움을 요청했던 걸까?

마지막 1킬로미터를 남겨놓고 나는 속도를 최대한 높여본다. 정문을 통과하면서 손목시계를 확인한다. 숨이 가빠 팔뚝을 제대로 들고 있기조차 힘들다. 최고 기록과 40초나 차이가 나버렸지만 이 정도면 나쁘지 않다.

정문 걸쇠를 올리고 높고 폭이 좁은 집을 향해 걸음을 옮겨나간다. 내 조상이 살아온 곳이다. 이곳에 살던 조부모는 몇 년 전 은퇴 후 웨이머스로 내려갔다. 유령이 나올 것 같은, 아니 최소한 다락에 미친 여자 하나쯤은 살고 있을 것 같은, 방 일곱 개 딸린 예스러운 저택보다 남해안의 수수한 단층집이 좋다면서. 그때부터 서서히 허물어져간 집은 이제 완전히 내려앉아버렸다. 도시의 퇴락이 완성한 걸작.

아래층에는 두 개의 커다란 퇴창이 나 있고, 멋들어지게 조각

된 출입구가 버티고 있다. 그 양옆으로, 세로로 홈이 새겨진 기둥이 세워져 있다. 태양이 특정 각도에서 비출 때마다 스테인드글라스 패널에서 뿌려지는 빨간색과 초록색 패턴이 복도 카펫 위에서 춤을 춘다. 한쪽에는 담쟁이덩굴로 완전히 뒤덮인 차고가 자리하고 있고, 뒤편 돌담 너머로는 아무렇게나 방치된 목초지와 나무들이 월라턴 공원의 조용한 한구석을 이루고 있다.

어릴 적 나는 이 집의 모든 공간과 구석을 속속들이 알았다. 형, 누이들과 신나게 누비고 다닌 덕분이었다. 우리는 이 집에서 숨바꼭질을 하거나, 가공의 총이나 검 또는 지하 감옥이나 용이 등장하는 다른 놀이들을 했다. 이 가구에서 저 가구로 뛰어 이동하는 연습도 숱하게 했다. 마치 바닥이 녹은 용암이나 거미 떼로 뒤덮여 있기라도 한 것처럼. 이제 이 집은 내 소유가 됐다. 상속받은 재산. 과거와의 마지막 연결고리.

주기적으로 부동산 개발업자나 중개인들이 찾아와 문에 노크를 하거나 우편함에 명함을 놓고 가곤 한다. 언젠가 그들 중 하나를 집으로 들이는 실수를 범한 적이 있었다. 그는 오전 시간을 보내는 별도의 거실과 보조 주방, 온실 따위에 대해 쉴 새 없이 주절대며 견적을 내주었고, 특별 할인을 약속했다.

"금광에 앉아 계신 거나 다름없습니다." 그가 말했다. "하지만 서둘러야 해요. 주택시장이 한창 과열됐을 때 결단을 내리셔야 합니다."

'이 집이 무너지기 전에 말입니다.' 그는 그렇게 덧붙였어야 했다.

나는 화분 밑에서 여분의 열쇠를 꺼내 든다. 다시 허리를 펴고 서자 집 건너편에 세워진, 아무 표식 없는 순찰차가 눈에 들어온다. 순찰차가 분명하다. 차 지붕에 송수신 겸용 무전기 안테나가 튀어나와 있는 것을 보면. 운전석에는 머리를 사각형으로 짧게 쳐올린 남자가 앉아 있다.

나는 문을 열고 주방으로 들어간다. 천장 높은 주방에는 박박 문질러 닦아놓은 나무 테이블, 그리고 그것과 같은 세트로 보이지 않는 나무 의자들이 놓여 있다. 나는 수도꼭지에서 물을 한 잔 받아 온다.

그때 초인종이 울린다. 물이 내 턱을 타고 흘러내린다. 나는 둘 다 무시해버리고 싶지만 그럴 수는 없다.

스테인드글라스 뒤로 형사의 흉측한 그림자가 보인다. 걸치고 있는 옷이 문제인지, 몸뚱이가 문제인지 모르겠다. 중간 키에 짧은 팔과 뾰족하게 세운 머리.

"실례합니다. 미리 연락드리려고 했는데 번호를 몰라서요."

"휴대폰이 없어요."

"세상에 휴대폰 없는 사람이 어디 있습니까?"

"휴대폰 대신 호출기를 쓰고 있어요."

그가 심상치 않은 눈빛으로 나를 쳐다본다. 정신장애를 의심하는 것 같다.

나는 돌아서서 복도를 따라 걸어나간다. 그가 나를 뒤따르며 자신을 소개한다.

"앨런 에드거 경사라고 합니다. 레니가 박사님을 모셔오라고 했어요."

"레니라고 불러요?"

그가 멋쩍게 웃으며 나를 쳐다본다. "'파벨 경감님'이라고 부릅니다."

나는 물을 한 잔 더 따라 와 마신다. 내 침묵이 그의 신경을 거슬리게 하는 모양이다.

"어젯밤 실종된 십 대 소녀의 시신을 찾았습니다."

"어디서요?"

"클리프턴…… 오솔길 바로 옆에서요."

나는 잔을 물로 헹구고 나서 건조대에 놓는다.

"샤워부터 좀 해야겠어요."

"차에서 기다리겠습니다." 그가 말한다. 그의 눈이 천장을 흘끔 훑는다. 당장이라도 집이 무너져 내릴까 걱정된다는 듯이.

나는 위층 화장실로 들어가 옷을 벗고 물을 튼다. 파이프가 철컥 소리를 내며 덜덜 떨린다. 잠시 후 샤워 꼭지에서 물이 뿜어져 나온다. 어떨 때는 나를 시험하려는 듯 차가운 물만 고집스레 나오고, 또 어떨 때는 나를 벌하려는 듯 펄펄 끓는 물이 쏟아져 내린다. 하지만 배관공을 부를 때마다 그는 늘 같은 조언만을 내놓고 사라진다. 난방 장치 전체를 뜯어내고 새것으로 바꿔 설치하라고. 하지만 내게는 그럴 여유가 없다.

마침내 뜨거운 물이 쏟아진다. 덕분에 나는 오늘도 깨끗해진다.

낡은 청바지와 면 플란넬 셔츠, 그리고 황록색 군용 코트를 걸치고 나와 입술 크림, 열쇠, 껌 그리고 지폐 클립으로 주머니를 채운다. 내게는 챙겨야 할 애완동물도, 가꿔야 할 화초도, 지켜야 할 시간 약속도 없다.

에드거 경사가 차 문을 열어준다. 그의 친구들이 그를 '포'라고 부르는지 궁금하다. 물론 세상에는 그보다 더한 별명도 많다. 내게도 끔찍한 별명들이 붙여졌었다. 학창시절, 친구들은 나를

'바이러스'라고 불렀다. 내 이름과 운이 맞는다는 이유로.

"심리학자시죠." 에드거가 말한다. 내게 던진 질문이 아니다. "기동타격대 소속 제 친구도 박사님의 도움을 받았습니다. 박사님께서 PTSD(심리적 외상 후 스트레스 장애—옮긴이) 진단을 내리신 후 산재 퇴직을 권하셨다고 들었습니다. 그 친구 불만이 엄청났었죠."

"임상 케이스에 대해선 언급할 수 없습니다."

"네, 그러시겠죠. 아마 박사님이 제대로 진단하셨을 겁니다."

'아마'라니, 내가 잘못 짚었다는 얘긴가?

내가 무슨 일을 하는지 알게 된 경관들이 자주 이와 유사한 반응을 보인다. 나는 그들이 폭행당하거나 총에 맞거나 혹은 총을 발사하거나 끔찍한 비극을 목격한 후 찾는 전문가다. 나는 그들의 정신 상태를 감정한다. 트라우마의 흔적을 찾아 자살을 예방하는 것도 내가 하는 일이다. 이따금 인질범들과 협상에 나서기도 한다. 경찰 업무만큼 사람의 정신을 피폐하게 만드는 것도 없다.

침묵이 길어지자 에드거가 불편해하는 기색을 보이기 시작한다.

"우리 보스는 어떻게 아십니까?" 그가 묻는다.

"알고 지낸 지 오래됐어요."

"업무차 만나신 건가요?"

"어릴 적에 처음 만났어요."

그는 아무 반응도 보이지 않는다. 하지만 나는 그가 무엇을 하려는지 알고 있다. 사실 관계를 확인하려는 것이다. 그는 내 가족이 어떻게 됐는지 알고 있다. 축구 연습을 마치고 돌아온 내가 거실에서 숨겨 있는 아버지와 주방 바닥에 널브러진 어머니, 함께 쓰는 위층 침실에서 난도질당해 죽은 쌍둥이 누이들을 발견한 사실도 분명 알고 있을 것이다. 그리고 아버지 시체에 두 발을 얹어놓고 거실 소파에 앉아 태연하게 TV를 보고 있던 형. 정말로 내 두 눈으로 목격한 광경이었나?

나는 그에게 조금의 빈틈도 내주지 않는다. "피해자에 대해 알아낸 게 있습니까?"

"조디 시핸. 나이 15세. 그 애가 마지막으로 목격된 곳은 불꽃놀이가 벌어졌던 클리프턴 운동장이었답니다. 그날 아침에 부모가 실종신고를 접수했다고 하고요. 시체는 정오쯤 실버데일 워크 옆 숲속에서 발견됐습니다."

"발견자는요?"

"개를 데리고 산책하던 여자입니다."

우리는 로터리 두 개를 지나 클리프턴 레인과 페어럼 브룩 사이에 낀 삼각형 모양의 작은 골목으로 들어선다. 이곳의 작은 집과 단층 연립주택들은 하나같이 낮은 지붕과 평평한 전면부, 우표만큼이나 자그마한 앞뜰을 갖고 있다.

이런 동네는 내게 아주 익숙하다. 저임금과 불안정한 직장과 내핍 상태에 빠진 정부에 대해 걱정이 많은 성실하고 점잖은 사람들은 생존을 위해 여러 가지 일을 겸직하고, 중고차를 몰고 다니며, 야심 찬 포부 대신 현실적으로 성취 가능한 목표에만 매달린다.

모퉁이를 돌아 나가자 도로로 쏟아져 나온 인파가 눈에 들어온다. 수십 명의 사람들이 죽은 소녀를 보기 위해, 또는 TV 화면이 아닌 현실 속 비극을 구경하기 위해 서로를 떠밀치며 앞으로 나오려 하고 있다. 주민 회관 입구 맞은편에는 순찰차 두 대가 세워져 있다. 담청색 작업복 차림의 현장감식반 대원들은 밴에서 은색 케이스를 꺼내는 중이다.

제복 경관 몇이 차량 진입 방지용 말뚝과 경찰 테이프 뒤로 몰려든 군중을 통제하는 데 진땀을 빼고 있다. 에드거 경사가 경관들에게 배지를 내보이고는 나를 위해 경찰 테이프를 번쩍 들어준다. 그때 인파에서 떨어져 나온 덩치 큰 남자가 소리친다. "우리 애 맞습니까? 우리 조디가 맞아요?"

그는 가슴에 꽉 끼는 황갈색 레인코트 차림이고, 머리는 마치 커다란 돌덩이처럼 어깨 위에 얹어져 있다.

"일단 댁에 돌아가 계십시오, 시헨 씨." 에드거가 말한다. "뭔가 밝혀지면 연락드리겠습니다."

경관들에게 앞이 막혀버린 그는 다시 뒤로 떠밀린다. 옆에 있던 젊은 남자가 그의 팔뚝을 붙잡는다. "자, 아빠." 그가 말한다. "이제 그만하세요." 짧은 머리에 구레나룻을 길게 기른 그는 그의 아버지의 풀 죽은 버전이다.

"딱한 사람들." 에드거가 아스팔트 길을 걸어가며 웅얼거린다. 우리는 목초지로 에워싸인 넓은 잡목림으로 들어선다. 이제 고작 4시 30분임에도 날은 빠르게 어두워져가고 있다. 길게 늘어선 가로등은 사방으로 불빛을 뿌려대며 우리 그림자를 늘렸다 줄이기를 반복한다. 나무들 틈으로 비집고 들어서자 철제 난간을 용접해 만든 보행자 전용 다리가 나타난다. 다리 밑에서 졸졸 물 흐르는 소리가 들려온다. 나는 넓어진 페어럼 브룩이 갈대로 에워싸인 연못과 합쳐지는 부분을 바라본다. 100미터 앞 빈터의 나무 둥치들은 눈부신 조명을 받아 은색을 띠고 있다. 휴대용 발전기의 둥둥 울리는 소리는 마치 루프를 걸어놓은 드럼 연주를 듣는 듯하다. 가파른 경사면 밑에는 하얀 캔버스 텐트가 세워져 있다. 안에 불이 켜진 텐트는 나방들이 갇힌 중국식 제등을 연상시킨다.

다리의 서쪽에는 사륜구동 랜드로버 두 대가 세워져 있고, 그 중 하나에는 레니 파벨이 타고 있다. 그녀는 송수신 겸용 무전기로 누군가와 교신 중이다. 나는 그녀가 나올 때까지 기다린다.

마침내 그녀가 다가와 악수를 청한다. 그녀는 나를 끌어안고 싶은 충동을 애써 참고 있을 것이다. 공사 구분은 확실히 해야하니까. 그녀의 적갈색 눈이 부드러워진다. "내가 원래 이러지 않는다는 거 알지?"

"원래 이러시잖아요."

창백한 얼굴의 그녀는 바버 재킷(왁스를 칠해 방수 처리한 암녹색 재킷―옮긴이)과 무릎까지 올라오는 웰링턴 레인부츠 차림이다. 창백하고 섬세한 이목구비에, 새까만 머리는 어깨에 살짝 스칠 정도로 짧게 깎인 상태다. 레니는 본명이 아니다. 그녀의 부모는 긴 이름이 품위 있어 보인다면서 딸에게 레노어 유스터스 메리 파벨이라는 이름을 지어 붙여주었다. 비록 레니는 이에 동의하지 않지만. 언젠가 그녀는 내게, 만약 시험지에 긴 이름을 적어 넣는 데 아까운 시간을 허비하지 않았으면 더 우수한 성적을 거두었을 거라고 푸념했었다.

레니는 우리 부모님과 누이들이 살해됐을 때 가장 먼저 현장에 도착한 경관이었다. 곡괭이로 무장한 채 정원 헛간 안에 숨어죽을 때만 기다리고 있던 나를 발견한 것도 바로 그녀였다. 나를 달래어 밖으로 나오게 한 후 자신의 코트로 내 몸을 감싸준 것

43

도, 지원이 도착할 때까지 내 곁을 든든히 지켜준 것도 그녀였고. 그녀가 순찰차의 열린 문 옆에 쪼그리고 앉아 내게 이름을 묻던 때가 아직도 생생히 기억난다. 그녀는 덜덜 떨리는 내 손에 틱택 캔디를 꼬옥 쥐여주었다. 그 순간, 그 손길은 내게 세상에 아직 온기가 남아 있음을 깨닫게 해주었다.

그 후 경찰서에서 조사를 받을 때도, 그들이 내준 접이식 침대에서 눈을 붙일 때도, 레니는 내 곁을 지켜주었다. 예심 때도, 그리고 재판 때도 그녀는 언론으로부터 나를 보호해주었고, 법정까지 안전하게 인솔해주었으며, 내 증언 순서가 올 때까지 함께 기다려주었다. 내가 피고석의 형에게 눈길도 주지 않고 오직 진실만을 말하겠다고 선서할 때는 법정 뒤편에 앉아 나를 지켜봐주었다.

당시 그녀는 경찰이 된 지 1년을 갓 넘긴 순경이었다. 하지만 그녀는 이제 노팅엄셔 경찰국 강력범죄수사대의 책임자로 활동 중이다. 결혼을 했고, 이혼을 했으며, 재혼을 했다. 그녀에게는 장성한 의붓자식이 둘 있다. 나는 그녀의 세 번째 자식이나 다름없다.

"에드거가 얼마나 들려줬어?" 그녀가 묻는다.

"조디 시핸. 15세. 어젯밤 실종됐다는 것까지요."

레니가 내게 두 소녀의 사진을 보여준다. 그녀의 손가락이 조디를 가리킨다. 올라간 눈꼬리, 숱 많은 갈색 머리, 교정기로도 고치지 못한 벌어진 치아.

"어젯밤 8시 5분에 그 애 사촌, 타스민 휘터커가 여기서 1킬로미터도 떨어지지 않은 곳에서 개랑 같이 불꽃놀이를 구경했대." 레니가 사진 속 두 번째 소녀를 가리킨다. 조디보다 키가 크고 체중이 더 나가 보이는 소녀의 둥근 얼굴이 뻐딱한 미소를 머금고 있다.

"조디가 타스민에게 사우스처치 드라이브에 있는 피시앤칩스 가게에 다녀올 거라고 했다더군. 잠깐 헤어졌다가 나중에 타스민의 집에서 만나기로 했는데 조디가 끝내 나타나지 않았대."

레니는 나를 이끌고 구불구불한 진흙 길로 들어선다. 텐트 앞에는 널빤지가 징검다리처럼 놓여 있다. 거미줄에 맺힌 이슬방울들은 눈부신 아크등 불빛을 받아 보석처럼 반짝인다.

캔버스 덮개를 걷어 올리자 시체가 모습을 드러낸다. 조디 시핸은 두 무릎을 가슴에 붙인 채 오른쪽으로 누워 있다. 아이의 머리에는 나뭇잎과 잔디가 붙어 있다. 청바지와 속바지는 스웨이드 부츠로 덮인 발목까지 내려져 있고, 스웨터는 턱밑까지 당겨 올라간 상태다. 후크가 풀리고 한쪽으로 말린 브래지어 밖으로 소녀의 작고 창백한 가슴이 드러나 있다. 브래지어에는 진흙인지 피인지 구분되지 않는 얼룩이 남아 있다. 살짝 뜨인 아이의 눈은 백내장에 걸린 것처럼 동공이 흐리멍덩해 보인다.

소녀의 알몸을 보니 나도 모르게 민망해진다. 청바지는 올리고 스웨터는 내려주고 싶다. 이런 모습으로 만나게 돼서 유감이라고도 말해주고 싶고, 사람들이 몰려들어 사진을 찍고 손톱 밑을 긁어내고 몸의 모든 구멍을 면봉으로 쑤셔대서 미안하다고 사과도 하고 싶다. 누가 이런 짓을 해놓았는지 말할 수도 없고, 용의자 선상에서 범인을 짚어낼 수도 없고, 종이에 그의 이름을 적어 보여줄 수도 없으니 얼마나 답답할까.

나는 몸을 웅크리고 아이의 머리에 달라붙은 나뭇잎과 잔디를 유심히 살펴본다. 소녀는 손과 팔뚝에 찰과상을 입었고, 오른쪽 눈에는 멍이 들었으며, 이마에는 혹이 나 있다. 아이의 한쪽 귀에 붙은, 정교한 은세공 귀걸이가 빛을 받아 반짝인다. 왜 한쪽 뿐이지? 범인에게 저항하는 과정에서 잃어버렸나? 아니면 범인이 기념으로 가져갔을까?

유령 같은 형체가 텐트 안으로 들어선다. 머리부터 발끝까지 후드 달린 작업복으로 뒤덮인 로버트 네스는 한눈에 알아보기 힘들 정도다. 그의 덩치 때문에 텐트가 한층 비좁게 느껴진다.

이따금 '네시'라는 별명으로도 불리는 이 수석 검시관은 사십 대 후반으로, 검은 피부가 그의 두 눈을 본래보다 훨씬 더 밝아 보이게 만든다. 그가 고개를 끄덕이자 무테안경이 번뜩인다.

"서로 아는 사이예요?" 레니가 묻는다.

우리는 고개만 끄덕일 뿐 악수는 나누지 않는다.

"최대한 서두릅시다." 네스가 말한다. "저 아이를 여기 오래 붙잡아두고 싶지 않거든요."

"사망 추정 시간은요?" 레니가 묻는다.

"이른 새벽이었을 겁니다. 어젯밤이 좀 추웠잖아요. 체온이 많이 떨어진 덕분에 벌레들이 꼬이지 않았어요."

"사인은요?"

"아직은 모르겠습니다. 둔기로 뒤통수를 얻어맞고 의식을 잃었던 모양이에요. 두개골이 골절되진 않았지만요. 부검을 해봐야 확실히 알 수 있을 것 같습니다."

"성폭행 흔적은요?" 나는 묻는다.

"머리칼에서 정액이 검출됐습니다."

순간 내 목구멍 안에 공기 방울 하나가 갇혀버린다.

검시관이 쪼그려 앉아 조디의 부츠를 가리킨다. "물로 가득 찾아요. 머리엔 수초가 붙어 있었고요. 페어럼 브룩은 저 나무들 너머에 있습니다." 그가 소녀의 이마에 난 타박상을 가리킨다. "이건 충격에 의한 상처입니다. 넘어지면서 부딪힌 흔적일 겁니다."

"팔과 얼굴에 난 긁힌 자국들은요?" 나는 묻는다.

"나뭇가지와 가시덤불 때문이겠죠."

저 아인 달아나려 했던 거야.

레니가 돌아서서 에드거 경사를 부른다. "동이 트자마자 잠수부들을 투입해. 저 아이 휴대폰과 물방울무늬 토트백을 찾아야 하니까."

현장감식반 텐트를 빠져나온 나는 널빤지를 딛고 현장 쪽으로 다가간다. 부츠 밑에서 얇고 바싹 마른 나뭇잎들이 바스락거린다. 땅 위로 삐죽 튀어나온 뿌리들은 내 발목을 낚아챌 기회만 노리고 있다. 대낮의 빈터는 오솔길이나 둑 위에서도 잘 보인다. 하지만 밤에는 낮게 늘어진 나뭇가지들이 은은한 불빛을 막아 빈터를 목초지보다 훨씬 어둡게 만들어놓는다.

레니가 내게로 다가온다. 우리는 나무를 붙잡고 둑을 오른다.

"오솔길을 따라 나가면 뭐가 나오죠?" 나는 묻는다.

"다리를 지나면 T자형 삼거리가 나오는데, 거기서 오른쪽으로 돌면 판버러가街야. 왼쪽엔 전차 선로가 있고. 그쪽으로 계속 가면 조디가 다녔던 포사이스 아카데미라는 학교가 나와. 그 애 가족은 그 너머, 클리프턴에 살고 있고. 여긴 집으로 가는 지름길이야."

"어디서 오는 지름길인데요?"

"걔 사촌네 집. 타스민 휘터커의 집이 5분 거리에 있어."

그때 네스가 부른다. "다 됐나요?"

"일단은요." 레니가 대답한다.

아래쪽에서 과학수사대 대원들이 조디의 시체를 번쩍 들어 하얀 플라스틱 시트에 담고 지퍼를 채우는 중이다. 두 겹으로 된 가방의 바깥쪽 지퍼도 채워진다. 사체포死體包에 담긴 아이는 손잡이를 하나씩 잡은 네 명의 대원에게 들려 대기 중인 구급차로 옮겨진다.

레니는 말없이 그들을 지켜본다. 그녀의 검은 머리가 바람에 날려 목을 후려치고 있다.

"타블로이드 신문들이 또 한바탕 난리를 치겠군." 그녀가 웅얼거린다. "교회에 성실히 다니던 예쁘장한 여학생. 피겨 스케이팅 챔피언."

"걔가 피겨 스케이터였어요?"

"영국 주니어 챔피언이었지. 지난여름, 〈타임스〉에 그 아이 특집 기사가 실렸었어. 영국 빙상계를 젊어질 구세주라나."

다리를 건넌 우리는 아스팔트 길을 따라 주민 회관으로 향한다. 추운 현장에 진을 치고 있던 주민 대부분은 집으로 돌아간 뒤다. 그 빈자리를 TV 중계진과 기자들이 속속 채워나간다. 어깨에 얹힌 카메라들. 눈부시게 빛나는 스포트라이트.

"조디예요?" 누군가가 소리친다.

"어떻게 죽었죠?"

"강간을 당했나요?"

"용의자는요?"

봇물 터지듯 인정사정없는 질문들이 쏟아지지만, 레니는 두 손을 주머니에 찔러 넣고 고개만 숙이고 있다.

우리는 순찰차 앞에 멈춰 선다.

"뭐가 필요하지?" 그녀가 묻는다.

"유족을 만나봐도 되겠습니까?"

"아직 정식으로 통보하지 않았어."

"이미 다 알고 있을 겁니다."

5

연립주택 아래층에는 퇴창이 하나 나 있고, 정사각형 모양의 작고 질척한 앞뜰은 삼면이 무릎 높이 생울타리로 둘러쳐져 있다. 진입로에는 차 두 대가 바짝 붙은 채로 세워져 있다. 하나는 검은색 택시, 또 하나는 차창이 새까맣게 코팅된 신형 렉서스다.

밖에 선 순경은 냉기 속에서 몸을 떨며 연신 발을 굴러대고 있다. 레니가 현관으로 다가가 초인종을 누른다. 두걸 시핸이 문을 열고 나와 우리 너머를 살핀다. 마치 우리가 그의 딸을 무사히 데려왔기를 바랐던 것처럼.

"레노어 파벨 경감입니다." 레니가 말한다. "선생님과 부인을 뵈러 왔습니다."

그가 말없이 돌아서서 우리를 과하게 꾸며진 거실로 이끈다. 거실에는 울퉁불퉁한 소파와 낡은 안락의자 두 개가 놓여 있다. 볼륨을 줄인 TV에서는 축구 경기 중계가 흘러나오고 있다.

매기 시핸은 주방의 아치형 문간에 서 있다. 그녀의 모든 것이 일그러지고 위축되어 있다. 구부정한 어깨, 눈 밑의 다크서클,

손에 꼭 쥔 반들거리는 나무 묵주.

"시핸 부인." 레니가 말한다.

"그냥 매기라고 부르세요." 그녀가 기계적으로 말한다. 그리고 주방 테이블에 앉아 있는 자신의 동생 브라이언과 그의 아내 펠리시티를 차례로 소개한다. 휘터커 부부는 타스민의 부모이고 누나 부부를 위로하기 위해 이곳에 왔다.

레니는 방 중앙에 서 있다. 두 다리를 살짝 벌린 채 서서 주먹을 불끈 쥔 모습이 꼭 연병장에 선 사람 같아 보인다. 어떤 이들은 자신들이 속한 모든 공간을 신속히 정복하려 애쓴다. 하지만 레니는 인격의 힘을 앞세워 방 안을 소리 없이 잠식해나간다.

매기가 소파로 다가가 앉는다. 그녀의 빗장뼈 위 피부는 주근깨로 얼룩져 있고, 화장한 눈 주변에는 금이 여럿 가 있다. 두걸이 그녀 옆에 앉는다. 그녀는 그에게 손을 뻗고, 두걸은 마지못해 그 손을 잡는다. 마치 약점을 내보이지 않으려는 듯이.

휘터커 부부는 아치형 문간에 나란히 서 있다. 두 사람 모두 무시무시한 상황을 짐작한 듯한 표정이다.

레니가 입을 연다. "실버데일 워크에서 십 대 소녀의 시체가 발견됐습니다. 알려주신 따님, 조디의 인상착의와 정확히 일치합니다."

매기가 눈을 몇 번 깜빡이다가 두걸을 흘끔 돌아본다. 통역을 기다리는 것처럼. 두걸의 감긴 눈에서 눈물이 흘러나온다. 그는 손등으로 눈물을 훔친다.

"어떻게 죽었습니까?" 그가 속삭인다.

"살해된 것으로 보입니다."

자리에서 일어난 두걸의 몸은 불안정하게 흔들리고 있다. 그는 잽싸게 의자 등받이를 붙잡는다. 거구의 그는 건축업자나 정육점 주인을 연상시키는 외모를 가졌다. 두꺼운 팔뚝, 큼직한 손.

"조디의 신원을 확인해야 하는데, 도와주시겠습니까?" 레니가 말한다. "꼭 오늘일 필요는 없습니다. 괜찮으시다면 내일 아침에 차를 보내드리겠습니다."

"그 앤 지금 어디 있죠?" 매기가 묻는다.

"퀸스 메디컬 센터로 보내졌습니다. 거기서 부검을 실시하게 될 겁니다."

"우리 아이의 몸을 난자하겠다고요?" 두걸이 말한다.

"살인사건을 수사하는 거니까요."

매기 시핸의 손가락이 묵주를 더듬기 시작한다. 그녀는 작은 십자가상을 손바닥에 선명한 자국이 생길 만큼 꼭 움켜쥔다. 그녀는 하루 종일 기적을 빌었겠지만 애석하게도 그 기도는 끝내 이루어지지 않았다.

브라이언과 펠리시티는 문간에 서서 서로를 끌어안는다. 두 사람이 비슷한 몸집이지만 아내가 남편을 붙든 듯한 자세다.

"우선 조디의 이동 경로를 짚어볼 필요가 있습니다." 레니가 말한다. "따님을 마지막으로 보신 게 언제였습니까?"

"불꽃놀이 때요." 매기가 속삭인다.

"매년 빠지지 않고 본파이어 나이트(매년 11월 5일에 벌이는 행사로, 1605년에 있었던 영국 의사당 폭파 기도를 기념하여 모닥불을 밝히고 불꽃놀이를 한다―옮긴이)를 구경하거든요." 펠리시티가 말한다. "예전엔 '가이 포크스(1605년의 일명 폭파 기도 사건 주동자 중 한 사람―옮긴이) 나이트'라고 불렸는데 이젠 안 그러더군요. 정치적으로 옳지 않아서일까요? 그, 왜 '화약 음모 사건'이라고 있었잖아요."

키가 크고 매력적인 여자다. 풍성한 검은 머리 틈으로 살짝 드러난 하얀 깃털이 왼쪽 관자놀이에서 블라우스 깃 부분까지 이어져 있다.

"조디가 누구와 불꽃놀이를 구경했습니까?" 레니가 묻는다.

"타스민. 우리 딸이랑요."

"다른 사람은요?"

매기는 잠시 머뭇거린다. "학교 친구들. 동네 친구들. 이웃들."

"모두가 그곳에 있었어요." 펠리시티가 설명한다. "거리 파티나 다름없었죠. 난 샴페인과 글라스를 챙겨 갔어요."

매기가 카디건 소매에서 면 손수건을 뽑아 들고 코를 푼다. 그 소리에 다른 사람들이 모두 그쪽을 쳐다본다.

"그때 그냥 내버려두는 게 아니었는데. 빨리 돌아오라고 내가 닦달했어야 했는데." 속삭이는 그녀의 목소리가 갈라진다. "내가 그냥 밖에 두지 말았어야 했어."

"형님 탓이 아니에요." 펠리시티가 반박한다.

"그 애가 집에 있었어야죠. 그럼 아무 일 없었을 거 아니에요."

두걸은 아무 반응이 없다. 하지만 나는 남편과 아내 사이의 팽팽한 긴장감을 똑똑히 감지할 수 있다. 맞비난은 그저 시작일 뿐, 논리가 무너지는 순간 감당할 수 없는 죄책감이 밀려들게 될 것이다.

"그 애를 마지막으로 본 게 정확히 몇 시였습니까?" 나는 묻는다.

"8시에 잠깐 돌아왔었어요." 매기가 말한다. "타스민의 집에

53

서 하룻밤 자도 되는지 묻더군요. 그래서 훈련이 있으니 반드시 일찍 일어나야 한다고 당부했죠."

"'훈련'이라고요?"

"곧 전국 대회가 열리거든요." 브라이언 휘터커가 설명한다. "갠 매주 엿새씩 훈련을 해왔어요. 늦어도 오전 6시 30분까진 링크에 도착해야 했죠."

"조디의 코치신가요?" 나는 묻는다.

"스케이트를 가르쳤습니다."

"갠 걸음마를 떼기도 전부터 스케이트를 배웠어요." 매기가 말한다.

남매는 눈과 코를 서로 쏙 빼닮았다. 매기는 동생보다 둥글고 부드러운 인상이다. 브라이언은 잘록한 허리와 가느다란 손을 가졌다. 떡 벌어진 어깨, 번쩍 치켜든 턱, 곧게 펴진 등. 흡사 무용수를 보는 듯하다.

그때 모든 시선이 TV로 쏠린다. 풋볼 중계가 잠시 끊기고 뉴스 속보가 흐르기 시작한다. 드론으로 촬영된 영상은 얽히고설킨 나뭇가지들에 가려진 현장감식반 텐트의 희미한 윤곽을 담고 있다. 곧바로 화면에, 무릎 높이로 자란 풀들을 헤쳐 나가며 목초지를 수색 중인 경찰의 모습이 떠오른다. 그들 중 하나가 멈춰 서서 쪼그려 앉는다. 경관은 누군가가 버리고 간 음료수 캔을 집어 비닐로 된 증거 채취용 봉지에 담는다. 또다시 화면이 바뀐다. 들것에 실린 조디의 시체가 둑 위로 올려지고 있다.

"TV 꺼요!" 매기가 소리친다. 두걸이 TV 리모컨을 향해 손을 뻗는다. 더듬거린다. 욕한다. 화면이 꺼진다.

"대체 누가 우리 앨 저 지경으로 만들었죠?" 매기가 속삭인다. 그녀의 어깨는 무거운 짐을 이쪽저쪽으로 옮겨 메기를 거듭하는 양 연신 들썩이고 있다.

레니가 나를 흘끔 쳐다보지만 나는 아무 말도 하지 못한다. 나는 앞으로 그들이 무슨 일을 겪게 될지 알고 있다. 하이에나 같은 언론은 조디의 삶을 끈질기게 물고 늘어질 것이다. 올림픽의 영광을 꿈꿔온 빙상계의 '골든 걸', 집에서 1킬로미터도 떨어지지 않은 춥고 질퍽이는 빈터에서 숨진 채 발견됨.

범죄심리학자인 나는 지금껏 무수한 킬러와 사이코패스와 소시오패스들을 만나봤다. 하지만 나는 사람들을 선과 악으로 이분하기를 거부한다. 범법행위는 선의 부재가 유발하는 것이다. 운명적으로 우리 DNA에 입력돼 있거나 나쁜 부모나 경솔한 교사나 못된 친구들로부터 주입을 당해서가 아니다. 악은 상태가 아니다. 일종의 '자산'이다. 인간이 충분한 '자산'을 소유했을 때, 그것들은 종종 분명히 드러나기 시작한다.

이런 얘기가 과연 시핸 부부에게 득이 될까? 절대 아니다. 그런 말은 오늘 밤, 나란히 누워 천장을 빤히 응시하며 이 사건을 차분히 곱씹어볼 그들 부부에게 조금의 위안도 안겨주지 못할 것이다. 자식을 잃은 사람들의 마음은 기묘한 모양으로 뒤틀려버린다. 자식을 잃는다는 건 그 누구도 섣불리 헤아릴 수 없는 엄청난 비극이다. 그런 비탄은 생물학적 이론을 부정한다. 또한 역사와 계보학의 자연율을 거부한다. 상식을 탈선시키고, 시간을 훼손하며, 닥치는 대로 희망을 삼켜버리는 크고 새까만 구멍을 만들어놓는다.

두걸은 바 캐비닛으로 다가가 술을 한 잔 따른다. 대부분의 술병에는 아직도 면세점 스티커가 붙어 있다. 매기는 남편이 자신에게 집중하지 않을 때 더 편안해 보인다. 말도 많아지고, 기억도 잘한다.

"조디가 자전거를 배울 때 난 그 애가 동네를 벗어나지 못하게 했어요. 딸이 시야에서 사라지는 게 두려웠거든요. 사람들은 내가 과잉보호한다고 했지만 난 그래야 마음이 놓였어요. 나중에 걔가 학교에 들어갔을 때 혼자 타스민 집에 놀러 가는 것까진 허락해줬어요. 하지만 어두울 때, 특히 그 오솔길로 가는 건 말렸죠. 한때 그 길을 '블랙 패스Black Path'라고 불렀어요. 그 길엔 아무 조명도 없었거든요. 지역 의회가 조명을 달아주고 나서도 우린 계속 거길 블랙 패스라고 불렀어요."

"어젯밤 조디와 타스민은 어떻게 갈라지게 된 겁니까?" 나는 묻는다.

"조디는 피시앤칩스를 사러 갔어요." 펠리시티가 말한다.

"혼자서요?"

아무도 대답하지 않는다.

"조디에게 남자친구가 있었습니까?" 나는 묻는다.

"정식 남자친구는 아니었어요." 펠리시티가 대답한다. "조디는 이따금 토비 리스와 어울려 다니곤 했죠."

"그 부잣집 애?" 두걸이 조롱의 톤으로 말한다.

"걘 별로 부자가 아니에요." 브라이언이 말한다. "걔 아버지가 자동차 딜러를 운영하고 있죠."

"토비는 몇 살이나 됐습니까?" 나는 묻는다.

"나이가 좀 많아요." 두걸이 말했다.

"열여덟 살이에요." 펠리시티가 설명한다. 그녀는 두걸의 말에 토를 달고 싶지 않은 것 같다. "걔들은 그냥 서로 어울려 다닌 것뿐이에요."

두걸은 화를 내며 받아친다. "그게 무슨 뜻이죠? 우리 조디는 그 촌놈이랑 삐까번쩍한 차를 몰고 여기저기 들쑤시고 다닐 시간이 없었어요. 훈련 소화하기도 벅찼을 텐데."

움찔하는 매기가 한층 더 침울해 보인다.

"조디가 실종됐다는 건 언제 처음 알았습니까?" 나는 화제를 바꾸기 위해 묻는다.

"걘 우리 집에 오기로 돼 있었어요." 펠리시티가 설명한다. "타스민은 11시까지 기다렸다가 잠들어버렸고요."

"조디에게도 집 열쇠가 있었습니까?"

"타스민이 테라스 문 잠금장치를 풀어놨어요."

"우리 앤 밤새 밖을 헤매고 다녔어요." 두걸이 갈라지는 목소리로 말한다.

펠리시티는 안락의자 끄트머리에 앉아 그의 볼을 살살 어루만진다. 그녀의 친밀한 제스처를 지켜보고 있노라니 사자의 발에서 가시를 뽑아주었다는 안드로클레스 이야기가 떠오른다. 다들 막역한 관계인가 보군. 나는 생각한다. 그들은 아이들을 키우며 생일과 세례식, 그리고 온갖 기념일을 함께 챙겨왔을 것이다. 한마디로 모든 고락을.

"훈련할 시간이 돼서 조디를 깨우러 갔는데 타스민의 방에 없더라고요." 브라이언이 말한다. "어젯밤에 집으로 돌아간 줄 알았어요. 그래서 걜 데리러 이곳에 왔죠. 그리고 여기서 그 애가 밤새도록 집에 돌아오지 않았다는 걸 알게 됐어요."

"곧바로 경찰에 신고했습니까?" 레니가 묻는다.

부부는 서로의 얼굴을 쳐다보며 상대가 먼저 입을 열어주기를 기다린다.

"먼저 우리끼리 찾아봤어요." 브라이언이 말한다. "난 아이스 링크로 달려갔고, 타스민은 친구들에게 일일이 전화를 걸어 조디의 행방을 물었어요."

레니가 두걸을 유심히 본다. "그럼 선생님은요?"

그는 검은 택시가 내다보이는 창문을 가리킨다. "난 일을 마치고 7시쯤 돌아왔어요. 집에 와서는 곧장 조디를 찾으러 나갔고요."

"어디로요?"

"오솔길을 살펴봤어요."

"가장 먼저 실버데일 워크를 살펴보신 이유가 뭐였죠?"

"집에 오는 길이니까요." 당연한 걸 왜 묻느냐는 듯 그가 대답한다. 그의 목소리가 메어온다. "조디가 있는 곳을 모르고 그냥 지나친 겁니다."

매기는 마치 과거를 들여다보는 것처럼 한쪽 벽을 물끄러미 응시한다.

"부인께선 뭘 하셨습니까?" 나는 묻는다.

"난 기도를 했어요."

"누군가는 집에 남아 있어야 했어요. 언제 조디가 전화를 할지, 또 언제 불쑥 나타날지 몰랐으니까." 펠리시티가 설명한다.

레니는 머릿속으로 사건 발생 순서를 차분히 짚어보고 있는 듯하다. 언제 경찰에 신고했는지는 전혀 중요하지 않다. 조디는 이미 숨진 상태였을 테니까.

"따님에게 해를 가하고 싶어 했던 사람은요?" 레니가 묻는다.

매기가 되묻는다. "그게 무슨 뜻이죠?"

"따님이 누군가가 자길 따라다닌다는 얘길 한 적 없었나요? 어딘지 모르게 불안해 보이거나 마음을 불편하게 만드는 사람이 있다는 얘긴요?"

아무도 입을 열지 않는다.

"이 댁 사람들에게 해코지를 하고 싶어 하는 사람은 없습니까?"

두걸이 피식 웃는다. "난 택시를 몰아요. 매기는 학교 매점에서 일하고요. 우린 천한 범죄자도, 인간쓰레기도 아닙니다."

레니는 반응하지 않는다. 어쩌면 부모를 떼어놓고 따로 면담하는 것이 현명한 방법인지도 모른다. 그래야 그들의 진술이 일치하는지 확인할 수 있을 테니까. 두걸은 강렬한 카리스마의 소유자이고, 매기는 항상 남편의 의견에 질질 끌려다니는 타입으로 보인다. 그녀는 보나 마나 남편에게 토를 달아본 적도, 남편의 말을 끊어본 적도 없을 것이다. 굴종은 아니지만 그렇다고 남편과의 관계가 동등한 것도 아니다.

나는 미닫이문으로 다가가 어둠에 묻힌 정원을 내다본다. 바깥 불빛에 온수 욕조가 갖춰진 덱이 드러난다. 욕조는 겨울을 앞두고 커버를 씌워둔 상태다. 나는 조디가 이곳에서 무엇을 했을지 상상해본다. 하지만 창백한 소녀의 시체에 생명을 불어넣기에는 내게 주어진 정보가 너무 적다. 소녀에게 무슨 일이 있었는지 이해하기 위해서는 우선 소녀가 어떤 사람이었는지 파헤쳐볼 필요가 있다. 다정하고 말 붙이기 쉬운 사람이었을까? 한밤의 오솔길에서 마주친 낯선 이에게 반갑게 인사를 건네는 사람이었을까? 가볍게 목례하며 미소를 지어 보였을까, 아니면 시선을 피하려고 고개를 푹 숙이고 걸어나갔을까? 공격을 당했으면 곧바로 달아났을까? 거칠게 저항했을까? 그냥 굴복해버렸을까?

"조디의 방을 둘러봐도 되겠습니까?" 나는 두걸에게 묻는다.

그는 잠시 망설이다가 나를 이끌고 계단을 오른다. 공용 화장실에서 가장 가까운 방이 조디의 침실이다. 두걸은 들어오지 않고 문간을 맴돈다. 들어와도 된다는 딸의 허락을 기다리기라도 하듯이.

조디의 침대에 놓인 베개에는 소녀의 머리가 마지막으로 닿았던 흔적이 남아 있다. 그 옆에는 흐느적거리는 봉제 인형이 놓여 있다. 곱슬곱슬한 노란 머리와 단추를 붙여 만든 눈. 특별할 것 없는 십 대 소녀의 방이다. 지저분하고, 어수선하고, 개성 있는. 버들가지 바구니 주변에는 빨랫감이 아무렇게나 널려 있고, 옷장 앞에는 신발 한 짝이 뒹굴고 있다. 나머지 한 짝을 찾아 나란히 놓아주고 싶지만 꾹 참는다. 전날 썼을 축축한 수건이 바닥에 펼쳐져 있다.

나는 방 안을 둘러보며 침대에 다리를 꼬고 앉은 조디를 떠올린다. 인형을 가지고 노는, 그리고 열심히 그림을 잘라 붙이는 어린 소녀. 아이는 쑥쑥 자랐고, 어느새 크레용 대신 아이라이너를 놀려댈 나이가 됐다. 바비 인형 대신 보이밴드에 더 관심이 생길 나이. 나는 디테일 하나하나에 집중한다. 침대 옆 탁자에 놓인 책. 낙서로 가득 찬 패지. 문손잡이에 걸어놓은 다양한 끈들.

소녀의 선반에는 스케이트 트로피와 메달이 나란히 진열돼 있다. 침대 위 벽은 스케이터들의 사진과 포스터들로 뒤덮여 있다. 눈에 익은 얼굴도 몇몇 보인다. 이름은 기억나지 않지만. 카타리나 비트도 있고, 테사 버츄와 스콧 모이어도 보인다. 대부분 공중에 붕 뜬 모습을 촬영한 것들이다. 중력을 거스르는 점프. 나머지는 스케이터들이 발레 댄서처럼 우아하게 빙판을 누비는 사진들이다.

조디의 책상 위 코르크 보드에는 폴라로이드 사진들이 붙어 있다. 대부분 조디와 타스민이 함께 찍은 사진들이다. 그들은 즉석 사진 촬영 부스 안에 나란히 앉아 익살스러운 표정을 짓고 있다. 둘 중 조디가 더 예쁘다. 타스민은 살찐 목을 감추려는 듯 고개를 한쪽으로 기울이고 있다. 체구는 조디가 작다. 스케이터답게 날씬하면서도 근육이 적당히 붙어 있다. 미니스커트와 몸에 딱 붙는 상의. 자신의 몸매에 자신감이 있다는 뜻이다.

문에는 빗장식 잠금장치가 비뚜름하게 붙어 있다.

"그건 조디가 붙여놓은 겁니다." 두걸이 설명한다. "프라이버시가 필요하다나요."

"누구의 출입을 막으려 했던 거죠?"

"오빠가 불쑥불쑥 들어오는 게 싫었나 봅니다. 펠릭스가 툭하면 조디를 괴롭혀댔거든요."

"몇 살이나 됐죠?"

"펠릭스는 스물한 살이에요."

나는 주민 회관에서 두걸을 설득해 집으로 돌려보내려 했던 청년을 떠올린다.

"펠릭스도 여기 사나요?" 나는 묻는다.

"종종 찾아옵니다."

조디의 침대 위 선반 역시 트로피로 가득 차 있다. 모스크바, 베를린 그리고 헝가리 주니어 선수권 대회에서 따온 것들이다.

"따님이 아주 자랑스러우셨겠습니다." 나는 말한다.

"걔가 스케이트를 탈 때마다 그랬었죠."

두걸은 깊이 들이쉰 숨을 잠시 참았다가 천천히 내쉰다.

"대부분의 사람들은 피겨 스케이트가 쉬운 운동인 줄 알아요. 빙판을 자유자재로 누비다가 공중으로 튀어 올라 서너 바퀴를 돌고 나서 칼처럼 날카로운 한쪽 날로 우아하게 착지하는 건 보통 용기와 기술만 갖고선 할 수 없어요. 난 무식해요. 책도 안 읽고, 시도 읊을 줄 모르고, 그림을 봐도 이해를 못 합니다. 하지만 빙판을 미끄러져 나가는 조디를 보면…… 황홀했습니다."

레니가 계단에서 나를 부른다. 갈 준비가 된 모양이다.

우리는 애도의 뜻을 표한 후 비탄에 빠진 두 사람을 남겨두고 나온다. 순찰차에 다다른 나는 잠시 멈춰 서서 집을 돌아본다. 위층 창가에 미동도 없이 서 있는 누군가가 눈에 들어온다. 형체는 우리 쪽을 빤히 응시하고 있다. 펠릭스 시핸은 웃통을 벗은 상태다. 하체를 볼 수 없어 완전히 알몸인지의 여부는 확인할 길이 없다. 그는 라이터를 들고 불을 켰다 끄기를 반복하고 있다. 우리에게 고정된 그의 시선에 묻어나는 증오는, 그를 부식시키기보다 지속시키는 증오다.

뭘 태우고 싶어 하는 걸까? 나는 생각한다. 왜 그걸 태우고 싶어 하는 걸까?

"어머니는 기억나니?" 거스리가 묻는다.

"엄마는 긴 금발에 새파란 눈을 가지셨어요. 하지만 내가 물려받은 건 엄마의 슬픔, 슬픔뿐이에요."

"데이비드 보위 곡이지?"

"데이비드 보위를 좋아해서요."

거스리는 어머니가 직접 떠준 것 같은 펑키한 패턴의 스웨터 차림이다. 중앙난방 장치가 갖춰진 이곳과는 어울리지 않지만 그는 끝내 벗지 않을 것이다. 그것으로 불룩한 복부를 감춰야 하기 때문이다.

"아버지는?" 그가 묻는다.

"아빠는 구르는 돌이었어요. 어디든 모자를 벗어두는 곳이 집이었죠. 아빠는 아무것도 남기지 않고 세상을 떠났어요."

"템테이션스."

"좋아하는 곡이에요."

"진지하게 대답할 순 없겠니?"

"전부 예전에 물었던 거잖아요."

"네가 대답을 안 했잖아."

"또 이 패턴인가요?"

나는 등받이에 몸을 붙이고 한쪽 발바닥의 오목한 부분으로 반대쪽 발등을 문지른다. 나는 신발도, 양말도 신고 있지 않다. 나는 맨발로 바닥을 딛고 다니기를 좋아한다. 내 전자 추적 장치는 족쇄처럼 생기지 않은 족쇄다. 언젠가 한번 시험해본 적이 있다. 경보음은 내가 주차장에 들어선 후에야 비로소 울렸다.

"다 널 위해서 이러는 거야." 거스리가 처량한 표정으로 말한다.

"날 위한다면 밖으로 내보내줘요."

"묻는 것부터 대답해."

내 침묵이 너무 조용한가? 나는 생각한다. 내 침묵은 분명 요란한 소리를 내고 있고, 나는 틈틈이 터져 나오는 괴성을 똑똑히 들을 수 있다.

거스리가 한숨을 내쉬며 목에 면도하다 난 상처를 살살 긁어댄다. 그의 시선이 다시 내 파일로 떨어진다. 그의 둥근 정수리에서는 탈모가 많이 진행된 상태다. 남자들은 다 저런가? 문득 궁금해진다. 생각난 김에 나는 머릿속으로 명단을 정리해본다. 주방에서 일하는 앨피와 딜런은 머리카락이 풍성하다. 정원사 패디는 탈모가 살짝 왔고, 카운슬러인 리노는 박박 민 머리에 기름까지 바르고 다닌다. 테리 볼랜드에게는 풍성한 머리카락이 있었지만 죽은 지 몇 주 만에 다 빠져버렸다. 그러니 같은 경우로 볼 수는 없다. 누구는 빠지고, 또 누구는 빠지지 않는 모양이다.

거스리는 진작부터 나를 담당해왔다. 그는 잔소리가 많은 타입이다. 목소리는 너무나 따분해서 명상 비디오 따위에나 어울릴 법하다. 오늘 내게 꽂힌 단어는 'soporific(최면성의)'이다. 매일 아침, 나는 사전에서 '오늘의 단어'를 하나씩 골라 그것을 문장에 끼워 넣는다. 어떤 단어들은 뇌리에서 쉽게 지워지지 않는다. 예를 들면, 'peripatetic(이동해 다니는)'이나 'serendipitous(뜻밖의)' 같은 음악적인 단어들. 나머지 단어들은 진작 잊어버렸다.

딴생각을 할 때면 벽들은 허물어지고 거리와 집과 도시들은 사라져버린다. 나중에 정신을 차려보면 나는 늘 나무 그늘에 누워 풀과 파헤쳐진 흙과 나무 훈연 냄새를 맡고 있다. 가까운 곳에서는 어머니가 버들가지 광주리를 산딸기와 레드커런트로 채워나가는 중이다. 이게 진짜 기억인지, 아니면 누군가가 나를 속이려고 내 머릿속에 심어놓은 가짜 기억인지 알 길이 없다. 하지만 은은한 황금빛 햇살과 생울타리 안에서 들려오는 호박벌의 윙윙거림, 그리고 풀의 거친 느낌은 생생히 기억하고 있다. 어깨까지 흘러내린 어머니의 곱슬한 검은 머리도.

갑자기 들려온 거스리의 목소리에 정신이 번쩍 든다. "여길 나갈 수 있다면 뭘 하고 싶니?"

"일자리부터 찾아봐야죠. 살 곳도 알아보고."

"그런 건 내가 도와줄 수 있어."

"잘됐네요."

"서류 작업은 오늘 중에 끝날 거야. 약간의 디테일만 덧붙이면 돼." 그가 펜을 딸깍대며 말한다. "우선, 생년월일. 그리고 본명과 출생지."

한숨이 터져 나온다. 얼간이를 앞에 두고 있는 기분이다.

거스리가 계속 이어나간다. "네가 정말 열여덟 살인지 어떻게 확인하지?"

"내 치아랑 손목뼈를 살펴봤잖아요. 엑스레이도 찍고, 또 길이도 재봤고 말이에요."

"그런 검사엔 오차범위가 있어."

"난 그 안에 포함되잖아요."

"테리 볼랜드는 어떻게 알게 됐지?"

"봄에 로큰롤 공연장에서 만났어요."

"그것도 노래 가사니?"

"그럴지도 모르죠."

"그가 널 납치했던 거야?"

나는 한숨을 내쉬고 운동복 바지 끈을 비비 꼬아대기 시작한다. 짜증을 낼 필요도, 속내를 드러낼 이유도 없다. 괜히 그랬다가는 또 한 장의 레드카드를 받을 게 뻔하니.

"물 한 잔 마셔도 돼요?" 나는 묻는다.

"안 돼."

"목마른데."

"묻는 말에 대답부터 해. 난 지금 널 돕고 있는 거야, 이비. 그러니 제발 협조 좀 해줘."

협조? 여기서 어떻게 더 협조하지? 사람들은 상대를 제대로 파악하지 못한 상태에서 그런 황당한 말을 늘어놓는 경향이 있다. 내가 다른 행성에서 왔을 수도 있는데. 과거에서 불쑥 튀어나왔거나. 하지만 그들은 잘 알지도 못하는 내게 조건 없는 절충을 요구한다.

나는 나 자신에게 만족한다. 나는 반쯤 박살 난 것들을 짜 맞춰 지금의 나를 완성했다. 어떻게 숨고, 도망치고, 안전을 유지해야 하는지 하나하나 터득해왔다. 문밖에 멈춰 서는 발소리나 벽 너머에서 들려오는 숨소리에 깜짝깜짝 놀라며 스스로를 착실하게 단련시켜온 덕분이었다.

나는 내게 눈길이 닿을 때마다 척추를 타고 흐르는 조마조마하고 우글대는 느낌을 잘 알고 있다. 내 얼굴을 찾으려는, 그리고 어떻게든 알아보고 싶어 하는 눈길들. 문 안으로 들어설 때나 어깨 너머로 '거기 있는 거 다 알아요'라고 외쳐댈 때 거리는 항상 텅 비어 있다. 발자국도, 그림자도, 나를 지켜보는 눈도 없다.

"네가 받았을 상처를 이해해." 거스리가 말한다. "그게 평범한 삶으로부터, 진실과 현실로부터 널 떼어놓았다는 것도 알아."

뭐가 진실이고 현실인지 어떻게 알지? 우리가 한때 사실로 받아들였던 것들이 이제는 거짓이 돼버렸다. 지구는 평평하지 않고, 흡연은 건강에 좋지 않고, 명왕성은 더 이상 행성이 아니며, 마녀들은 세일럼에서 화형에 처해지지 않았고, 인간에게는 다섯 개 이상의 감각이 있다. 모든 것은 반감기를 가지고 있다. 진실마저도.

거스리는 의자 등받이에 몸을 붙이고 초조한 눈빛으로 나를 본다. 그는 내 파일에 담긴 내용을 인용하기 시작한다. 그가 이미 잘 알고 있는 사실들. 위탁 가정, 숱한 탈출과 체포, 그리고 술과 마약.

나는 그의 말을 끊는다. "왜 날 여기 붙잡아두려는 거죠? 날 좋아하지도 않잖아요."

"좋아해."

"날 두려워하잖아요."

"아니."

"정말요? 아내분은 어때요? 아직 이혼하잔 얘기가 없었나요?"

"그건 네가 상관할 문제가 아니야."

"상담은 받아보고 있어요?"

"아니."

"거짓말! 다른 여자랑 바람피우고 있죠?"

"아니야!"

"그럼 아내분이?"

"당연히 아니지."

"내가 제대로 짚었다고요!"

"닥쳐, 이비."

"옛 남자친구인가요, 아니면 새로 사귄 친구? 직장 동료는 아닌가요?"

"레드카드 한 장."

"당신이 다비나랑 얘기하는 걸 들었어요. 다비나에게 아내가 직장에 복귀하는 걸 원치 않았다고 했죠? 하지만 당신 혼자 벌어서는 담보대출을 감당할 수 없었다면서요. 아내의 보스가 아주 추접한 사람이라는 얘기도 했죠? 그가 불륜 상대인가요?"

"제발 그만해." 거스리가 끙 앓는 소리를 낸다.

"날 보내줘요."

"넌 아직 준비가 덜 됐어."

"오늘 날 만나러 온 남자가 누구죠?"

"심리학자."

"왜 온 거였어요?"

"널 보려고."

"왜요?"

"그라면 널 도울 수 있을 것 같았어."

"그가 날 여기서 빼내줄 수 있나요?"

"어쩌면."

나는 그게 진실임을 알고 있다. 완전한 진실은 아니겠지만.
두려움과 흥분에 몸이 바르르 떨린다.

"나중에 또 보게 될까요?"

"부디 그러길 바라."

그건 나도 마찬가지다. 하지만 나는 그 말을 입 밖에 꺼내지
않는다.

7

조디 시핸의 사진 두 장이 〈노팅엄 포스트〉 1면에 대문짝만 하게 실렸다. 그중 하나는 교복 차림을 한 아이의 모습을 담고 있다. 단정하게 빗은 머리, 한 듯 안 한 듯한 메이크업. 조디는 카메라를 향해 환히 웃고 있다. 촬영자가 어떤 익살을 떨어댔기에? 두 번째는 반짝이는 스팽글 의상 차림으로 빙판을 누비는 사진이다.

1면의 헤드라인은 '빙판의 프린세스'다. 그리고 그 밑에는 이렇게 써 있다. '실종된 15세 소녀 조디, 숨진 채 발견.' 기사에는 조디의 시체가 발견되기까지의 과정과 단서 수색 과정이 상세히 묘사돼 있다. 예상대로 신문은 소녀를 동화 속 피해자같이 만들어놓았다. 오솔길에서 미치광이 늑대에게 붙잡힌 빨간 머리 소녀처럼.

기사에는 이웃, 학교 친구, 동료 스케이터들의 인터뷰 내용도 실려 있다. 그들 모두 충격과 비탄에 빠진 듯하다.

'여기서 이런 일이 벌어질 줄은 상상도 못 했어요.'

'이 지역은 그럴 만한 곳이 아니에요.'

'이제부터는 서로를 잘 지켜줘야 할 것 같아요.'

'누가 이런 끔찍한 짓을 벌였을까요?'

모두가 저토록 순진해 빠질 수 있다니. 하긴, 그렇다면 대안은 무엇이겠는가? 공포. 의심. 피포위 의식.

사진으로 꽉 채워진 지면 두 페이지가 더 보인다. 줄을 지어 목초지를 수색하는 경관들, 몰려든 구경꾼과 나무들 틈틈이 세워진 하얀 텐트들. 이건 시작에 불과하다. 어떤 범죄들은 스스로 에너지를 발산한다. 거센 바람을 타고 우듬지를 가로질러나가며 게걸스레 산소를 먹어치우는 산불처럼. 그런 범죄는 에너지가 소진될 때까지, 또는 새로운 비극으로 대체될 때까지 뉴스 매체를 소모한다. 앤젤 페이스 사건이 바로 그런 경우였다.

간밤에 거스리가 이비 코맥의 파일 일부를 보내왔다. 수천 페이지에 달하는 입원 기록, 병동 메모, 정신 감정 보고서, 그리고 탈출과 범행 기록.

나는 테리 볼랜드의 시체가 발견됐을 당시의 신문 기사부터 추려 훑어나가기 시작한다. 그는 런던 북부 호덤가 집에서 살해됐고, 그의 시체는 무려 두 달 만에 발견됐다. 악취를 견디다 못한 이웃들이 뒤늦게나마 집주인에게 알린 덕분이었다. 경찰이 문을 부수고 들어가 의자에 꽁꽁 묶인 채 썩어가는 몸뚱이를 발견했다. 시체의 부패 정도가 심해 지문 채취는 불가능했다. 게다가 볼랜드를 죽인 범인은 집 안 구석구석을 공들여 닦아놓기까지 했다. 바닥에는 표백제를 쓴 흔적이 남아 있었고, 양탄자는 진공청소기로 깨끗하게 청소된 상태였다. 그 어디서도 티끌 하나 찾아볼 수 없었다. 기적적으로 찾아낸 한 세트의 지문을 조회해보았지만 경찰 데이터베이스에는 끝내 뜨지 않았다. 그로부터 6주 후, 앤젤 페이스의 지문이 등록되기 전까지는.

피해자의 신원 확인을 위해 안면 인식 시스템까지 동원됐다. 컴퓨터 생성 이미지는 신속하게 언론에 공개됐고, 그 직후 입스위치에 사는 한 여자가 전화를 걸어와 자신이 테리 볼랜드의 전처라고 주장했다. 그녀에 의하면 볼랜드는 실직한 트럭 운전사로, 고향은 왓퍼드이고 나이는 서른여덟 살이었다. 결혼과 이혼을 각각 두 번 했으며, 경범죄와 가벼운 폭력 전과가 있었다.

뒤뜰 개집 안에서는 셰퍼드 두 마리가 발견됐다. 볼랜드가 숨진 지 꽤 지났음에도 개들의 상태는 놀라울 만큼 양호했다. 누군가가 개들을 굶기지 않고 성심껏 챙겨주었다는 뜻이었다. 킬러 또는 킬러'들'이 개들을 위해 집으로 돌아와, 자신들이 죽인 피해자보다 개들에게 더 온정을 베풀었을지 모른다는 가설이 떠올랐다.

고문에 대한 상세한 내용이 언론에 누설되자 이 살인은 훨씬 더 심각하게 다루어졌다. 외국 범죄 조직, 돈세탁, 마약 거래 등 실로 다양한 이론이 한꺼번에 쏟아졌다.

새로운 단서가 나오지 않자 언론은 개들의 운명에 더 관심을 보였다. 그들은 아예 개들에게 '윌리엄'과 '해리'라는 이름까지 붙여주었다. 〈더 선〉과 〈데일리 미러〉는 개들에게 새 주인을 찾아주자는 캠페인을 경쟁적으로 벌이기까지 했다. 독자 수백 명이 개들을 입양하겠다고 나섰고, 돈을 기부한 이들도 적지 않았다. 그렇게 셰퍼드들은 영국에서 가장 부유한 개들이 되었다. 입양자로 낙점된 바넷의 부시장은 상당한 액수의 기부금을 동물보호소를 짓는 데 쓰겠다고 약속했다.

그 후 몇 주 동안 그 사건은 신문 1면에 오르지 않았다. 그러다 마침내 앤젤 페이스의 존재가 드러났고, 소녀는 순식간에 전 세계에서 가장 주목받는 뉴스거리로 떠올랐다. 비밀의 방에서 발견된 미스터리한 아이. 현실이라기보다 그림 형제 동화에 더 가까운 사연이었다.

나는 거스리가 보내온 파일들 틈에서 그레이트 오먼드 스트리트 아동병원의 입원 기록을 발견했다.

성별:	여성
이름:	미상
생년월일:	미상
키:	130센티미터
몸무게:	26킬로그램
상태:	표준 체중 이하. 심각한 위생 상태. 옴에 걸린 흔적. 머릿니와 구루병의 흔적. 장기간 성적 학대를 받은 흔적. 회음부와 질에 남은 기다란 열상. 섬유성 결합 반흔 조직.
신체적 특징:	왼팔 안쪽에 나 있는 동전 크기만 한 모반. 오른쪽 허벅지, 무릎 바로 위에 있는 10센티 길이의 흉터. 등과 가슴에 담뱃불이 남긴 열상.
소지품:	색유리 조각 여덟 개. 거북딱지로 만든 커다란 단추.
옷차림:	지저분한 청바지. 가슴에 북극곰이 그려진 모직 스웨터. 면으로 된 속바지.

당시 담당 경관은 사샤 호프웰 특별경찰관이었다. 자료 사진 속에서 그녀는 앤젤 페이스를 안고 병원으로 들어서는 중이다. 이 장면은 이 사건의 상징적인 이미지로 굳어졌다. 나는 모니터 화면을 유심히 들여다본다. 호프웰 순경은 짙은 색 운동복 차림이다. 레깅스와 재킷과 운동화. 그녀의 무릎과 팔꿈치에는 하얀 가루가 묻어 있다. 품에 안긴 소녀는 지저분하고 수척해 보인다. 머리는 뱀처럼 엉켜 있고, 얼굴은 초췌하다. 입원 기록에 묘사된 것과 같은 옷차림을 하고 있다.

이비를 발견했을 때 사샤 호프웰은 스물두 살이었다. 이제 그녀는 스물여덟 살이 됐다. 대부분의 현직 경찰관들은 '특별경찰관'이라는 지위를 발판 삼아 정규 법집행관이 된다. 어쩌면 사샤는 런던 경찰청 소속으로 일하고 있을지도 모른다. 나는 그녀에게 어떻게 이비를 찾을 수 있었는지 묻고 싶다. 어떻게 오래전 살인사건이 벌어진 현장으로 되돌아갈 생각을 하게 됐는지.

나는 런던 북부에 자리한 바넷 경찰서로 전화를 걸어본다. 자동 응답기와 한참을 씨름한 끝에 가까스로 내근직 경사와 연결된다.

"처음 들어보는 이름인데요." 그가 짜증 섞인 톤으로 말한다.

"앤젤 페이스를 처음 발견한 경관인데요."

"아, 그 여자! 여기서 일하지 않아요."

"어디서 찾을 수 있을까요?"

"글쎄요. 그땐 그냥 자원봉사자였거든요."

"특별경찰관이었는데요."

"그게 그거죠, 뭐."

나는 전화를 끊고 구글로 사샤의 이름을 검색해본다. 부디 그녀에게 페이스북이나 트위터 계정이 있기를 바라면서. 하지만 그런 것들 대신 신문 기사만 화면에 속속 떠오른다. 그녀가 웸블리 파크의 집을 나서는 모습을 촬영한 사진. 어쩌면 그곳은 그녀 부모의 집인지도 모른다. 사진 속 그녀는 딱딱하게 굳은 얼굴로, 우르르 몰려든 사진사와 기자들을 헤치며 걸어나가고 있다.

화면을 스크롤해 내리자 〈해로 타임스〉 기사가 나타난다. 사샤의 아버지 로드니는 제발 딸을 괴롭히지 말라고 언론에 호소했다. "언론에 아무 말 말라는 경찰의 당부가 있었습니다. 우리 딸은 당신들에게 할 말이 없어요. 제발 부탁입니다. 우리 사샤가 일상으로 복귀할 수 있게 도와주십시오."

기사는 거리명을 언급하고 있다. 하지만 전화번호부에는 그들의 번호가 올라 있지 않다. 나는 운전면허청에 근무하는 옛 친구에게 전화를 걸어본다. 학교 1년 선배인 도나 포브스는 내가 아끼는 친구 중 하나다.

"옛날에 사귄 여자친구라도 찾는 거야?" 그녀가 묻는다.

"아니."

"못 믿겠는데."

"앤젤 페이스를 발견한 특별경찰관을 찾고 있어. 그 사건 기억해?"

"당연하지. 그런데 그 사람은 왜 찾아?"

"그건 아직 얘기할 수 없어."

"당연히 수사에 필요한 거겠지?" 도나가 잇새로 숨을 들이쉬며 말한다. "발각되면 난 모가지야." 잠시 후, 키보드 두드리는 경쾌한 소리가 들려온다. "모든 검색 작업은 흔적을 남긴단 말이야." 그녀는 계속해서 무언가를 입력한다. "웸블리 파크에 사는 로드니 호프웰의 번호야." 그녀가 주소와 전화번호를 불러준다.

"고마워. 나중에 한잔 살게." 나는 말한다.

"술보다 저녁을 거하게 사야지."

"넌 유부녀잖아."

"유부녀들은 굶어도 돼?"

로드니 호프웰은 네 번째 신호음이 울리고 나서야 전화를 받는다. 툴툴대며 그가 말한다. "무슨 일이십니까?"

"죄송합니다만, 사샤가 집에 있습니까?"

잠시 어색한 침묵이 흐른다.

"누구시죠?"

"친구입니다."

전화가 뚝 끊어진다. 그가 전화를 끊은 것인지, 아니면 전화선이 죽어버린 것인지 알 길이 없다. 다시 전화한다. 전화가 끊어진다. 또 한 번 걸어본다. 누군가가 수화기를 집어 들었다가 이내 끊어버린다.

나는 중단된 소리에 귀를 기울인다.

8

웨스트 브리지퍼드 경찰서의 수사본부실에서는 서둘러 마련한 것 같은 급조의 느낌이 물씬 풍긴다. 컴퓨터 케이블은 얽히고 설킨 상태로 바닥에 널려 있고, 책상들은 한쪽으로 떠밀려진 채다. 줄지어 늘어선 화이트보드들에는 지난 24시간 동안 수집한 정보가 빽빽이 적혀 있다. 사건 현장 사진, 시각표 그리고 통화 기록. 형광 마커로 강조 표시가 되거나 동그라미가 쳐진 정보도 있고, 손으로 그은 듯한 선들도 보인다. 조디 시핸의 생애 마지막 몇 시간의 스토리보드다.

이 사건에 투입된 마흔 명의 형사는 CCTV 영상을 확보하고, 탐문수사를 벌이고, 진술서를 작성하느라 정신이 없다. 밤을 꼬박 새운 그들은 따끔거리는 눈과 씨름 중이다. 누적된 피로와 과도한 카페인 섭취 탓이다. 형사들은 대부분 남성이다. 레니는 CID, 즉 범죄수사과에 여성 인력을 최대한 끌어오기 위해 무던히 애를 썼지만 끝내 윗선의 정치색과 성차별주의를 극복하지 못했다. 그 어떤 부당함에도 불평 한 번 해본 적 없던 그녀는 나이가 들면서 점점 거침이 없어졌다. 그녀는 이따금 자신조차도 고루하고 부당하다고 여기는 법을 직업적으로, 공개적으로 집행한다. 사정에 따라 시민보다 재산을 우선적으로 보호할 때도 있다. 그러는 동안 그녀는 속으로 범죄의 '진짜' 원인을 탓한다. 가난, 무료함, 우둔함 그리고 탐욕. 이것들은 변명이 될 수 없다. 그녀는 궁핍이 누군가로 하여금 정맥에 주삿바늘을 꽂아 넣거나 복지 수당을 몽땅 걸고 도박을 하거나 쓰레기통으로 진열창을 박살 내거나 노숙자의 몸에 불을 붙이도록 만들지 않는다고 믿는다.

'모든 사회는 자기들에게 걸맞은 범죄자들을 떠안기 마련이다. 경찰은 사회가 필요로 하는 만큼이 아닌, 딱 돈을 쓴 만큼의 수준만을 갖춘다.' 이것이 바로 그녀의 철학이다.

10시 브리핑이 한창 진행 중이다. 레니는 의자에 두 발을 올려놓은 채 책상에 앉아 형사들의 보고 내용을 묵묵히 듣고 있다. 그중에는 내가 만나본 형사도 몇몇 있다. 그들 대부분 별명을 갖고 있다. 먼로는 뻔한 이유로 '매릴린'이라 불린다. 금발이 아님에도. 그녀 파트너의 별명은 '프라임 타임'이다. 카메라 앞에 서기를 즐기기 때문이다. 그들 중 가장 인상적인 별명을 가진 형사는 데이비드 커런이다. 늘 맵시 있게 차려입는 이 젊은 형사는 '노바디'라고 불린다. 왜냐하면 '세상에 완벽한 사람은 없으니까 (Nobody's perfect).'

월요일 밤, 불꽃놀이를 구경한 사람은 2천여 명에 달했다. 주차장은 300대에 가까운 차들로 빽빽이 채워졌다. 주차장을 이용한 이들의 기록은 남아 있지만, 걸어 들어와 자리를 깔고 구경한 이들은 확인할 길이 없다. 군중을 촬영한 CCTV 카메라는 없었지만 럭비 클럽 주차장과 클리프턴 레인 신호등에는 카메라가 하나씩 설치돼 있었다.

스포츠형 머리를 한 경사가 노트북 화면을 훑어나가고 있다. "사건 현장에서 반경 5킬로미터 내에 사는 성범죄자가 스물두 명입니다. 그중 여덟 명을 만나봤고요. 오늘 나머지를 차례로 만나볼 계획입니다."

"그들 중 조디를 알았던 사람은 없어?" 레니가 묻는다.

"케빈 스토크스는 세 집 너머에 살고 있습니다. 컨벤트리의 한 수영장에서 남자아이 둘을 성추행한 혐의로 7년간 복역했던 전과자입니다. 당시 피해자들은 각각 다섯 살과 일곱 살이었고요."

"그게 정확히 언제였지?"

"8년 전에 출소했어요."

"나와선 잠잠했고?"

"네. 장애연금을 받아 먹고살더라고요. 전동 스쿠터 없인 외출조차 못 하는 처지입니다."

"담당 의사를 만나 확인해봐." 레니가 말한다. 그녀는 또 다른 형사를 돌아본다. "유족은?"

프라임 타임이 손가락 끝에 침을 묻히고 수첩을 한 장 넘긴다. "두걸 시핸은 택시를 몹니다. 7시에 집을 나섰고, 열두 시간 동안 일을 했답니다. 하지만 그의 이동 경로를 일일이 확인하는 건 쉽지 않을 것 같습니다. 현재 그의 업무 일지와 신용카드 사용 내역을 살펴보는 중입니다. 아이의 삼촌, 브라이언 휘터커는 국립 아이스 센터에서 코치로 일하고 있습니다. 알코올 의존증으로 고생하다가 지금은 회복 중이라고 하는데요, 8년 전엔 가르치던 학생에게 부적절한 행동을 해서 코치 자격을 잠깐 박탈당한 적도 있었다더군요. 그 혐의는 나중에 철회됐습니다."

"부적절한 행동이라면?"

"학생은 그가 여자 샤워실을 몰래 촬영했다고 주장했고, 그는 그런 적이 없다며 부인했습니다."

"사진은 나왔고?"

"아뇨."

"그 학생을 한번 만나봐." 레니가 먼로를 돌아본다. "조디의 오빠, 펠릭스는?"

"이른 저녁에 불꽃놀이 행사장에 있었는데요, 8시가 되기 전에 친구들과 나왔답니다. 나이트클럽으로 자리를 옮겨 놀다가 자정쯤 거기서 만난 여자와 그녀의 집으로 갔다고 하네요. 주소와 여자 이름은 기억나지 않는다고 합니다."

"웃기고 있네." 노바디가 웅얼거린다.

"조디 소식을 듣고 엄청 괴로워하던데요." 전날 밤, 시핸의 집 밖에서 본 순경이 말한다.

"그를 만나봤어?" 레니가 묻는다.

"네, 경감님. 말이 별로 없는 친구입니다. 과묵하다기보단 뚱한 타입에 가깝더라고요."

"그 친구 차 보셨습니까?" 에드거가 말한다. "최고급 렉서스더라고요. 사업이 잘되는 모양입니다."

"그게 무슨 사업인지 알아봐." 레니가 말한다. 그리고 노바디를 홱 돌아본다. "조디의 휴대폰은?"

"위치 추적을 해보니 8시까지는 불꽃놀이가 벌어지던 행사장에 있었던 걸로 나오더군요. 하지만 정확히 8시 12분에 신호가 끊겼습니다. 그 애가 전원을 꺼버린 모양이에요."

레니가 미심쩍다는 듯 그를 쳐다본다. "집에 애들 있어, 노바디?"

"아뇨, 경감님."

"나중에 자네에게 '노바디 주니어'를 낳아 안겨주겠다는 여자가 나타나면, 십 대 아이들이 휴대폰 없인 단 5분도 버티지 못한다는 걸 알게 될 거야. 조디가 휴대폰 전원을 꺼두었다면 분명 그래야 할 이유가 있었겠지."

"배터리가 다 돼서 꺼졌나 보죠, 뭐." 먼로가 말한다.

"그랬는지도 모르지." 레니가 회의적인 태도를 보이며 말한다. "그 애가 어떤 모델을 썼는지 알아봐. 위치 추적 소프트웨어나 우리가 원격으로 켤 수 있는 앱이 깔려 있을지 모르니까."

"알겠습니다, 경감님."

"정확히 언제, 어디서 신호가 끊겼지?"

"사우스처치 드라이브의 '인 플레이스'라는 피시앤칩스 가게입니다."

"거기 직원들을 만나봐. 그 앨 기억하고 있을지 모르니까. 통화, 문자 메시지 내역은 어떻게 됐지?"

"통신 회사에서 보내주기로 했습니다." 에드거가 대답한다.

"노트북은?"

"검색 기록에 특이사항은 없습니다만 자주 지운 흔적은 남아 있더군요. 기록을 보니 숙제, 뮤직비디오, 패션, 메이크업, 뭐 그런 것들과 관련된 검색이 대부분이었습니다. 아이클라우드 계정을 살펴봐야 하는데, 협조 요청을 보내면 시민 자유 어쩌고 하면서 정색을 합니다."

"그건 우리가 파시스트들이기 때문이야." 프라임 타임이 툴툴대며 말한다.

"'딥 스테이트(민주주의 제도 밖의 숨은 권력 집단—옮긴이)'예요." 먼로가 말한다.

레니가 자리에서 일어나 정장 바지를 끌어 올리고는 두 손으로 머리를 쓸어넘긴다. "월요일 저녁에 조디와 접촉한 모든 사람을 전부 만나봐야겠어. 친구들, 이웃들, 비밀 추종자들. SNS에서 그 앨 팔로우하는 사람들도 살펴보도록 해. 그 애 포스트에 댓글을 달아놓는 사람들도."

그녀는 특별 수사대를 네 개의 팀으로 나눈 후 고참 수사관들을 각 팀의 리더로 지정한다. 첫 번째 팀은 탐문수사에 집중하게 될 것이고, 두 번째 팀은 조디의 이동 경로를 짚어나가게 될 것이며, 세 번째 팀은 널리 알려진 성범죄자들을 살펴볼 테고, 네 번째 팀은 불꽃놀이 행사장에서 조디와 말을 섞은 모든 이를 조사하게 될 것이다.

브리핑이 끝나자 형사들이 뿔뿔이 흩어진다. 그중 몇몇은 의자 등받이에 걸쳐놓은 코트를 챙겨 입고 밖으로 나간다. 레니가 나를 보며 고개를 끄덕인다. 단둘이 할 이야기가 있다는 뜻이다. 그녀의 사무실로 들어가자 레니는 문을 닫고 등받이 높은 의자에 앉는다. 그런 다음 책상 서랍을 열고 향초를 꺼내 성냥으로 불을 붙인다. 이내 레몬 향기가 사방으로 은은히 퍼져 나간다.

"개인 트레이너가 추천해줬어." 그녀가 말한다. "스트레스 푸는 데 도움이 된대. 냄새를 가려주는 효과도 있고."

"무슨 냄새를요?"

"마흔 명의 형사, 패스트푸드, 그리고 넘쳐나는 카페인 냄새."

그녀의 노트북 화면 위에는 결혼 선물 목록이 펼쳐져 있다.

"동생이 또 결혼해." 그녀가 설명한다. "두 번이나 실패했으면 좀 간소하게 할 것이지. 이번에도 온갖 멋은 다 부릴 작정인가 봐. 마차에, 새하얀 웨딩드레스에, 장원 피로연까지. 온 가족이 참석해서 걔가 지난 8월에 카리브해 크루즈에서 만난 어떤 남자를 영원히 사랑하겠다고 서약하는 꼴을 지켜봐야 해."

"삼세 번 만의 행운이라는 말도 있잖아요."

"빌어먹을 치과의사래!"

레니가 노트북을 닫고 책상에서 물러나 창틀에 등을 갖다 붙인다. "뭐 알아낸 거 있어?"

"아직요."

"직감은 뭐라고 해?"

"이상하게도 오늘 아침부터 아무 말이 없네요."

레니가 고개를 끄덕인다. 알았다는 무언의 답이다.

나와는 격의 없는 사이지만 레니는 지금껏 한 번도 심리학을 과학으로, 범죄자 프로파일링을 중요한 도구로 인정해본 적이 없다. 교양이 없지는 않지만 어떤 이유에서인지 그녀는 심리학을 점괘 풀이나 초능력 같은 초자연적인 것 정도로만 여길 뿐이다. 레니는 범인의 도덕적 심신장애를 이해하려 하지도 않고 범인의 입장이 돼보려는 노력도 하지 않는다. 또한 범죄자의 눈으로 세상을 바라보고 싶어 하지 않는 것은 물론 그들의 고통을 헤아리는 것도, 범행 동기에 공감하는 것도 거부한다. 왜냐하면 그런 것들이 그들을 체포해 감옥에 처넣는 데 방해가 될 수 있으니까.

심리학자들은 범행 동기에 집착한다. 배심원들과 배우들, 그리고 자살로 사랑하는 가족을 잃어본 사람들과 마찬가지로. 강력계 형사에게 행위 그 자체보다 더 중요한 것은 없다. '이유는 개나 줘버려.' 레니는 그렇게 말할 것이다. '무엇이, 언제, 어떻게, 누가. 나한텐 그것만 얘기하면 돼.'

그녀는 팔짱을 낀 채 기다린다.

"범인에게 조디는 저위험군 피해자였습니다." 나는 말한다. "그 앤 어렸고, 나이에 비해 왜소했어요. 그만큼 제압하기 쉬웠을 거란 얘기죠. 범행 현장도 마찬가지였습니다. 인적이 끊긴 깊은 밤의 오솔길. 조디는 그곳에 발을 들일 이유가 전혀 없었어요. 범인은 그저 억세게 운이 좋았을 뿐입니다. 그들의 만남이 사전에 약속된 게 아니었다면 말이죠. 그랬을 가능성은 희박합니다. 소녀는 뒤에서 가격당했고, 눈 깜짝할 새 제압됐어요. 범인은 피해자를 묶을 끈도 챙겨오지 않았고, 범행 후 현장을 정리해놓지도 않았습니다."

"그래도 시체를 숨기려는 노력은 했잖아."

"나뭇가지 몇 개 얹어놓은 건 노력을 한 게 아니라 형식적인 제스처만 취한 것이죠. 그는 공황 상태에 빠졌거나 무언가에 겁을 잔뜩 집어먹은 상태였을 겁니다. 경험이 부족한 탓에 체계적으로 처리하지 못했을 거고요. 애초에 그는 그 앨 강간할 계획도, 살해할 계획도 없었을 겁니다."

그 순간 문에서 노크 소리가 들려온다.

"이것 좀 보시겠습니까, 경감님?"

그가 우리를 상황실로 이끈다. 두 형사가 월요일 저녁에 클리프턴의 카메라들에 잡힌 CCTV 영상을 살피고 있다. 그들은 레니에게 자리를 내주기 위해 의자를 뒤로 밀어놓는다. 나는 그녀의 어깨 너머로 모니터를 응시한다.

에드거가 '재생' 버튼을 누르자 줄지어 늘어선 상점들이 떠오른다. 네일숍, 편의점, 미용실, 카펫 청소 업체 사무소, 그리고 피시앤칩스 가게. 건물 앞 썰렁한 오솔길을 촬영한 영상이 떠오른다. 십 대로 보이는 네 명의 아이가 눈에 들어온다. 여자아이 하나, 남자아이 셋. 그들 중 둘은 맥주를 홀짝이고 있다. 소녀는 몸에 딱 붙는 청바지에 부츠, 두꺼운 패딩 점퍼 차림이다. 조디 시핸. 무리 중 가장 키 큰 소년이 조디의 어깨에 팔을 걸친다. 조디가 거칠게 뿌리치자 소년의 손에서 맥주 캔이 툭 떨어져 나간다. 소년이 조디를 무섭게 노려보며 거품이 뿜어져 나오는 캔을 집어 들고 손에 묻은 맥주를 털어낸다. 소년은 앞서 나가는 아이들을 따라잡으려 달려나가고, 무리는 이내 화면에서 사라진다.

"이건 14분 후 영상입니다." 에드거가 영상을 빨리 감으며 말한다. 화면으로 돌아온 조디는 혼자다. 아이는 가로등 아래 서서 휴대폰에 얼굴을 비춰 보며 립스틱을 고쳐 바르기 시작한다.

"누굴 기다리는 건가?" 레니가 화면 앞으로 몸을 기울이며 묻는다.

바로 그때, 조디가 고개를 들고 화면 밖의 누군가에게 손을 흔든다. 몇 초 후, 보도의 갓돌 아래로 내려간 소녀는 또다시 화면에서 사라진다.

"이게 전부입니다." 에드거가 '정지' 버튼을 누르며 말한다. 나는 화면 아래 찍힌 시간을 확인한다. 20:48.

"휴대폰 신호가 끊긴 게 정확히 언제였죠?" 나는 묻는다.

"20시 12분이요." 에드거가 대답한다.

"만약 휴대폰이 20시 12분에 꺼져 있었다면 어떻게 15분 후

가로등 아래서 전화를 쓸 수 있었을까요?"

"휴대폰이 하나 더 있었던 거야!" 레니가 불쑥 말한다.

나는 에드거의 어깨를 툭 치며 영상을 다시 재생해줄 것을 주문한다.

"느린 화면으로요."

조디는 가로등 아래 서서 누군가에게 손을 흔들어 보이다가 연석을 내려간다.

"저기!" 나는 화면 한 곳을 가리킨다. 아무도 반응하지 않는다. "조디의 그림자가 바뀌고 있어요. 길어질 뿐만 아니라 왼쪽에서 오른쪽으로 움직이고 있잖아요. 차가 유턴을 하고 있었던 것 같습니다."

"맞아." 레니가 말한다. "누군가가 태우고 간 거야."

9

버저가 울린다. 문이 열린다. 랭포드 홀의 새로운 섹션에는 카메라가 설치됐고 추가 인력이 배치됐다. 하지만 경비 인력은 오히려 줄었는지 눈에 잘 띄지 않는다. 각 침실에는 감시를 위한 비늘창이 나 있고, 문에는 조작이 불가능한 잠금장치가 설치돼 있다. 창은 아크릴 합성수지로 만든 가짜 유리고, 화장실 거울들도 죄다 플라스틱으로 바뀌었다. 이제는 그 무엇도 뜯어낼 수 없다. 무기나 올가미 따위로 만들 수도 없게 됐고.

이비의 방에는 싱글 침대, 책상, 그리고 옷을 걸어두는 곳과 서랍 부분으로 나뉜 옷장이 갖춰져 있다. 매끈한 표면마다 개 사진들이 붙어 있다. 잡지에서 오려낸 사진들을 모아 붙여놓으니 온갖 크기와 모양과 품종의 개들이 그럴듯한 콜라주를 만들어내고 있다. 푸들은 그레이트데인보다 커 보이고, 비글은 잭러셀테리어의 코 위에 아슬아슬하게 걸쳐 있다.

이비의 책상에는 사전이 펼쳐진 채 놓여 있다. 표시된 페이지들. 밑줄 쳐진 단어들. 그 옆에는 닳아서 해진 트럼프가 부채 모양으로 엎어진 채 펼쳐져 있다. 마치 누군가가 그중 하나를 골라 들 때를 기다리는 듯이. 조디 시핸의 침실과 달리 이비의 방에는 스포츠 스타나 팝 스타의 포스터도, 친구들 사진도 붙어 있지 않다.

"앉아도 돼?" 나는 묻는다.

이비가 애매하게 어깨를 으쓱인다. 나는 방의 유일한 의자를 침대 앞으로 끌어와 앉는다. 이비는 침대 헤드보드에 등을 기댄 채 앉아 있다. 아이의 두 다리는 앞으로 곧게 뻗어 있는 상태다. 포니테일로 묶은 젖은 머리는 목까지 흘러내렸다. 화장을 어찌나 진하게 해놨는지 속눈썹이 무거워 보일 정도다. 아이는 엄지손가락으로 볼펜을 연신 딸깍거린다.

"개를 좋아하는 모양이구나." 나는 벽을 둘러보며 말한다.

"질문이에요?"

"관찰일 뿐이야."

"잘했어요, 셜록."

"여기서 지낸 지 얼마나 됐지?" 나는 묻는다.

"이번에 들어와서는 10개월 하고 나흘, 그리고 열한 시간째 버티고 있어요."

"어쩌다가 들어오게 됐지?"

"알면서 왜 물어요?"

"너한테 직접 듣고 싶어."

"벽돌 반쪽으로 누군가의 턱뼈를 부러뜨렸어요."

"왜 그랬지?"

"내 돈을 훔쳐 갔으니까요."

"그래서 그런 봉변을 당해 마땅했다는 거야?"

"당연하죠."

아이가 눈을 가늘게 뜨고 오만한 표정으로 나를 쳐다본다. "당신이 뭘 하려는지 알아요. 내가 죄책감을 느끼게 만들려는 거죠? 내가 후회하는 기색을 보이면 두 번 다시 그런 짓을 저지르지 않을 거라고 생각해요? 천만의 말씀. 누구든지 내 것을 빼앗거나 날 해치려 들면 난 고스란히 되갚아줄 거예요."

이비가 끌어 올린 다리를 두 팔로 감싸안는다.

"네가 가장 원하는 게 뭐니, 이비?"

"내가 뭘 원하는지, 내가 진짜로 진짜로 원하는 게 뭔지 가르쳐줄게요." 아이가 노래하듯 말한다. 스파이스 걸스다. 이내 프린스의 곡으로 넘어간다. "난 당신의 애인이 되고 싶어요. 밤새도록 당신을 흥분시키고 싶어요. 당신이 목청껏 소리칠 때까지."

나는 더 이어지기 전에 거기서 끊는다.

"여기서 나갈 수 있다면 뭘 할 거지?"

"그땐 내 멋대로 살아야죠. 사회복지사나 당신 같은 사람들에게 더 이상 시달릴 일이 없을 테니까. 악의 없이 한 얘기니 기분 나빠하지 말아요."

"기분 나쁘지 않아."

아이가 침대 너머로 손을 뻗어 매니큐어를 집어 든다. 뚜껑을 연 후에는 오른발을 무릎에 얹어놓고 조심스레 발톱을 칠해나가기 시작한다. 자주색.

"심리 검사, 안 해요? 나 그거 되게 잘하는데." 아이가 연필을 혀로 핥고 시험에 임하는 시늉을 한다. "아프거나 슬퍼하는 사람을 보면 그 사람의 입장을 헤아릴 수 있습니까?" 스웨덴 악센트를 흉내 내고 있다. "(A) 전혀. (B) 조금. (C) 어느 정도는. (D) 충분히. (E) 당연히. (F) 씨발, 이미 그러고 있다고."

나는 반응하지 않는다. 아이는 계속한다.

"남이 당신의 생각과 감정을 통제한다고 믿습니까? (A) 전혀. (B) 조금. (C) 어느 정도는. (D) 충분히. (E) 당연히. (F) 씨발, 그걸 말이라고 해?"

나는 불쑥 끼어든다. "심리 검사 많이 받아봤니?"

"수십 번요."

"왜 그랬던 것 같니?"

"다들 내가 미쳤다고 생각하나 봐요."

"어째서?"

"그건 그쪽이 알겠죠. 심리학자니까. 날 자극하려고 온 거 아니에요? 내가 어떻게 반응하는지 보려고?"

"사람들을 경악하게 만드는 걸 좋아하니?"

"네."

"왜?"

"너무 쉽거든요." 이비가 보이지 않는 연필을 귀 뒤에 끼운다. "옛날에 마약쟁이였어요?"

"왜 그럴 거라 생각하지?"

"이곳 사회복지사들 중엔 과거에 마약중독에 빠졌던 사람이 많아요. 왜 그럴까요?"

"중독에 대해 잘 아니까?"

아이가 내 손목을 가리킨다. 살짝 올라간 셔츠 소맷동 아래로 문신의 일부가 드러나 있다.

"주삿바늘을 감추려고 문신을 하는 경우도 많죠."

"난 아니야."

"마리화나는 피워요?"

"끊었어."

"왜 끊었죠?"

"너무 의존하게 돼버려서."

"아주 솔직하시네요. 그리고…… 따분하고."

"내가 따분해?"

"당신이 아니라 이곳이 날 따분하게 만들어요."

"그래서 거짓말을 하고 옷을 훌훌 벗어젖히면서 집단 치료 시간을 방해했던 거니?"

"그건 아니고요. 맞나? 아무튼 내게도 쳇바퀴가 있어요."

"그게 뭔데?"

"햄스터 쳇바퀴 말이에요. 이런 데 갇혀 사는 사람에겐 그게 꼭 필요해요. 미치지 않으려면요."

"네 쳇바퀴는 뭐지?"

"완전히 신경을 끊고 사는 것."

"못 믿겠는데."

"믿든 말든 그건 당신 자유예요."

이비가 발가락에 대고 입김을 분다.

"여기 너랑 친한 친구가 있니?" 나는 묻는다.

"없어요."

"어째서?"

"몇몇은 괜찮아요. 네이선과 클리어리는 교도소를 경험했다는데, 여자애들 꼬시려고 그 사실을 아주 당당하게 밝히고 다녀요. 침대로 데려갈 수도 없으면서."

"너도 남자랑 자고 싶니?"

아이가 한쪽 눈썹을 치켜세운다. "내가 그렇게 문란해 보여요?"

"그냥 남자친구가 있는지 궁금해서 물었을 뿐이야."

"어쩌면 여자에게 더 관심이 있는지도 모르죠. 함부로 속단하는 건 좋지 않아요. 언젠가 샬럿 모리스와 키스한 적이 있었어요. 혀까지 써가면서. 비록 진실게임 벌칙이긴 했지만요."

"샬럿이랑 친했어?"

"별로요. 걘 집으로 돌아갔어요. 결국 다들 그렇게 떠나버리더라고요."

"너만 빼고 말이지?"

이비가 어깨를 으쓱인다. 시대를 초월한 인간성이 묻어난다.

"양부모는?" 나는 묻는다.

"한둘이 아니었죠."

"어떻게 됐지?"

"출소하면 날 다시 이곳으로 돌려보냈어요."

"전부 다?"

"그러기 전에 내가 가출한 적도 있었고요."

"마지막 양부모에 대해 들려줘."

"마사와 그레이엄. 그들은 히피였어요. 아주 엄격한 채식주의자였고요. 그들은 약초상을 무슨 뇌외과 의사 대하듯 했어요. 그리고 내 식습관이 나를 이토록 불량하게 만들었다고 했죠. 그러면서 온갖 엽기적인 것들을 먹이려고 기를 썼어요."

"그래서 가출한 거야?"

아이가 잠시 골똘한 생각에 잠긴다. "모르겠어요. 어쩌면요."

"집을 나와선 어디로 갔지?"

"에든버러로요."

"거기서 너 혼자 6주를 버틴 거야?"

"날 그냥 내버려뒀으면 혼자서 계속 잘 살았을 거예요."

"도박 혐의로 체포됐지?" 나는 테이블에 놓인 트럼프를 흘끔 보며 묻는다. "카드 게임 좋아해?"

"그쪽에 소질이 있어요."

전혀 허풍으로 들리지 않는다.

"저번에 보니 세레나에게 좀 심하게 굴던데."

"자꾸 거짓말을 하잖아요."

"그게 거짓말인지 아닌지 네가 어떻게 알아?"

"난 알아요."

이비가 발톱을 칠하다 말고 고개를 든다. 브러시를 엄지발톱 위에 얹어놓은 채로. 포니테일 머리에서 젖은 머리카락 몇 가닥이 삐져나와 있다.

"그냥 사이러스라고 불러도 돼요?"

"그럼."

"아무리 봐도 이건 불공평한 것 같아요, 사이러스. 날 연구하러 왔으면서 그 이유는 왜 들려주지 않는 거죠?"

"내가 널 연구하러 왔다고 생각해?"

"네."

이비가 매니큐어병 뚜껑을 닫고 발가락을 내 앞으로 내민다. "어때요?"

"멋진데."

"내 발 예쁘죠? 안 그래요, 사이러스?"

아이가 다리를 길게 뻗어 내 무릎에 두 발을 얹는다. 그리고 발가락 끝으로 내 사타구니를 지그시 누른다.

"여자 발을 보면 흥분하는 타입인가요?"

"아니."

나는 아이의 다리를 들어 침대로 돌려놓는다.

이비가 씩 웃는다. "분명 게이는 아닐 테고, 유부남이에요?"

"아니."

"여자친구 있어요?"

나는 잠시 머뭇거리다가 대답한다. "그래."

"음." 이비가 말한다. 못 믿겠다는 반응이다. "이름이 뭐죠?"

"클레어."

"동거해요?"

"외국에 나가 있어."

"언제 돌아오는데요?"

"나도 몰라."

"음." 이비가 다시 말한다.

나 자신에게 짜증이 난다. 이게 다 거스리가 겁을 준 탓이다. 그래서 이렇게 솔직히 모든 걸 털어놓게 된 것이다.

엄밀히 말하면, 클레어와 나는 아직 연인 관계다. 그러니까, 아직 헤어지지 않았다는 뜻이다. 비록 매일 해오던 스카이프 통화가 이제는 주간 행사, 아니 월간 행사가 돼버렸지만. 텍사스 법률 지원 서비스를 대표해 사형수의 항소를 떠맡게 된 그녀는 지금 오스틴에 머물고 있다. 원래 6개월짜리 임무였지만 10개월이 지났음에도 끝이 보이지 않는다. 우리는 뉴욕에서 크리스마스를 함께 보내기로 했지만 보름 전, 클레어는 연휴에도 계속 일을 하게 될 것 같다고 알려왔다. 내가 오스틴으로 가겠다고 했더니 집에 남아 자신의 몫까지 재미있게 지내줄 것을 당부했다.

"그 녀석들 이름이 뭐였지?" 나는 묻는다.

이비가 머뭇거린다. "누구 말이에요?"

"네가 정원에서 챙겨준 셰퍼드 녀석들. 언론은 윌리엄과 해리라고 불렀는데, 네가 따로 붙인 이름이 있었을 것 같아서."

순간 이비의 눈에서 공포가 번뜩인다.

"누구에게도 내 정체를 발설하면 안 돼요." 아이가 초조한 눈빛으로 문을 돌아보며 말한다. "그건 위법 행위예요."

"알아."

나는 아이에게 흥분을 가라앉힐 시간을 준다.

"시드와 낸시." 아이가 말한다.

"네가 지은 이름이야?"

"아뇨."

"테리가 섹스 피스톨즈를 많이 좋아했나 보군."

"그랬나 봐요."

"왜 개들을 풀어주지 않았지? 밤마다 몰래 빠져나가 개들에게 먹일 음식을 훔쳤다면서? 그냥 풀어줄 순 없었던 거야?"

이비는 입을 꼭 다물어버린다. 복도에서 누군가의 고함이 들려온다. 또 다른 목소리가 대꾸한다. 세 번째 목소리가 그들에게 닥치라고 소리친다.

"혼자서 적적했나 보네." 나는 말한다. "시드와 낸시가 친구가 돼주었겠지?"

이비의 머리 굴리는 소리가 들리는 듯하다. 아이는 다음에 던져질 뻔한, 그리고 가장 불쾌한 질문을 앞두고 마음을 다잡는다. 왜 기회가 있을 때 도망치지 않았는가? 하지만 나는 묻지 않는다. 왜냐하면 그건 아이가 공모자일 수 있으며 그 사건에 책임이 있다는 걸 넌지시 암시하는 것이니까. 그것이 전혀 사실이 아니라면.

나는 이미 답을 알고 있다. 엘리자베스 스마트, 제이시 두가드, 숀 호른벡, 나타샤 캄푸슈. 모두 유명한 납치사건의 피해자들로, 탈출할 기회가 있었음에도 납치범의 곁을 끝까지 지켰다는 공통점이 있다. 그릇된 충성심과 사랑, 또는 '학습성 무력감'에 사로잡혀서.

이비의 경우도 다르지 않았다. 아이 또한 납치범과의 구속적이고 문제적이면서, 또 한편으로는 동정적인 관계에 깊숙이 빠져들게 됐다. 아이는 지각 상실, 협박, 폭력 그리고 친절이라는 전형적인 방식으로 세뇌당했다. 그는 이비를 위한 새로운 규범을 만들었다. 아이에게는 부모가 죽었다거나 그들이 딸을 버리고 떠났다고 둘러댔을 테고. 어쩌면 모두가 이비를 죽이고 싶어하며 오직 테리 볼랜드 자신만이 안전하게 지켜줄 수 있다고 확신시켰는지도 모른다.

"사샤 호프웰과는 계속 연락하고 지냈니?" 나는 묻는다.

"누구요?"

"널 처음 발견한 경관 말이야."

이비는 그 이름이 기억나지 않는다는 듯 어깨를 으쓱인다.

"그녀는 어떻게 널 찾아낸 거지?" 나는 묻는다.

"운이 좋았겠죠."

"그보단 똑똑해서였겠지."

이비가 얼굴을 찡그린다.

"그 유명한 사진, 그녀가 널 안고 병원으로 들어가는 사진 말이야. 그걸 보면 그녀의 무릎과 팔꿈치에 하얀 가루가 묻어 있던데. 네 맨발에도 묻어 있고. 난 그게 뭘까 궁금했어. 그러다가 그녀가 은신처에서 널 어떻게 발견했는지 깨달았어. 내 생각엔 그녀가 어두워질 때까지 기다렸다가 바닥에 텔컴파우더를 뿌려놓은 것 같아. 다음 날 아침, 계단과 층계참을 지나 옷장으로 들어간 네 발자국을 확인할 수 있었겠지. 정말 기발한 방법이지 않니?"

이비는 아무 대꾸가 없다.

"인부들이 집의 보수 공사를 진행하던 중이었어. 집이 매물로 나왔거든. 그녀가 아니었어도 결국엔 발각되고 말았을 거야."

"또 다른 숨을 곳을 찾아냈을 거예요." 아이가 당연하다는 듯이 대꾸한다.

"시드와 낸시는?"

짜증이 난 아이는 대답하지 않는다. "이만 돌아가요."

"왜?"

"질문이 너무 많아요."

"그래서 화가 나?"

"네."

"또 뭐가 널 화나게 만들지?"

"지나친 일반화. 위선자들. 내가 하지도 않은 일들에 대해 책임을 져야 하는 현실. 아이들을 괴롭히는 사람들."

"너도 괴롭힘을 당했니?"

"어째서 그런 결론이 나오는 거죠?"

"그냥 궁금해서 물은 거야."

"파일에 다 담겨 있어요."

"아니, 없던데." 나는 말한다. "상대에 따라 네 진술이 매번 바뀌었더라고."

"진실은 원래 바뀌는 거예요."

이비가 손을 뻗어 내 셔츠 소매를 말아 올린다. 그 밑에 숨어 있던 꽃과 벌새 문신이 드러난다.

"나도 문신을 할 거예요." 아이가 말한다.

"생각해둔 도안이 있니?"

"대담하고 아무도 예상하지 못할 만큼 참신한 게 좋아요. 나비나 꽃이나 새 따위는 싫고요."

"난 새를 좋아하는데."

"나 자신을 가장 잘 표현할 수 있는 이미지를 골라야죠." 아이가 벌새의 윤곽을 찬찬히 더듬어나간다. "아파요?"

"아프지."

"솔직하군요."

"언제나."

"거짓말."

"머릿속에서 목소리가 들리곤 하니, 이비?"

"아뇨."

"불안감이 느껴지거나 하진 않고?"

"특별히 그렇진 않아요."

"가장 두려운 게 뭐지?"

"내가 죽기를 바라는 사람들이요."

"그들이 누군데?"

"정체 모를 남자들이에요."

"네게 특별한 재능이 있니?"

"아뇨."

"그럼 특별한 저주는?"

이비가 고개를 들고 나를 쳐다본다. 아이의 눈이 거울처럼 내 모습을 비춘다.

"네, 있어요."

10

시체 안치소 책임자는 매부리코를 가진 빼빼 마른 남자다. 그의 얼굴에서는 싱크홀만 한 콧구멍밖에 보이지 않는다. 그 콧구멍에서 시선을 떼는 게 쉽지 않다. 나는 명함을 내밀며 로버트 네스 박사를 만나러 왔음을 알린다.

"경찰은 아니시죠?" 척 보면 알 수 있는 모양이다.

"살인사건 수사를 돕고 있습니다."

책임자가 의심 어린 눈으로 나를 훑어본다. 마치 내가 시체 도둑이라도 된다는 듯이. 그가 어딘가로 연락해 알리자 이내 허락이 떨어진다. 나는 방명록에 서명한 후 카메라를 응시한다. 내 사진이 신속히 코팅되어 내 목에 걸린다.

시체 안치소는 퀸스 메디컬 센터 건물 4층에 자리하고 있다. 지하에 어울리는 장소를 지상 4층에 두다니. 어차피 죽으면 땅속에 묻히게 될 텐데. 먼지로 왔다가 먼지로 돌아간다, 이런 말도 모르나?

초록색 수술복 차림의 수습 검시관이 나타나 나를 긴 복도로 이끈다. 복도를 따라 줄지어 늘어선 부검실에는 스테인리스강으로 된 시신 처리대와 할로겐 조명 따위가 갖춰져 있다.

"늦었군요." 네스가 장갑을 벗어 유해 폐기물 수거통에 던져 넣으며 말한다. 그의 검은 손이 창백해 보인다. 손가락에 달라붙은 탤컴파우더 때문이다. 그가 두 팔을 번쩍 들자 수습 검시관이 다가와 그의 수술복 끈을 풀고 이마에 걸쳐진 고글을 벗겨준다.

조디의 시체는 작업대에 누워 있다. 소녀의 몸통에서부터 치골까지 십자수 모양의 꿰맨 자국이 남아 있다. 시체에서 끄집어 내진 장기들은 저울에 올려지고 면밀히 검사되었을 것이다. 봉합에는 별 노력을 기울이지 않았다. 어차피 조디에게는 예쁘장한 흉터가 필요치 않으므로. 눈부신 조명 아래 놓인 소녀의 하얀 몸이 마치 대리석 조각상을 보는 듯하다. 피부 표면 밑으로는 푸른 정맥들이 어지럽게 얽혀 있다. 소녀의 체구는 나이에 비해 작아 보인다. 골반은 좁은데, 스케이팅으로 다져진 다리에는 근육이 제법 붙어 있다. 팔뚝에는 찰과상이 여럿 나 있고, 눈구멍은 자주색 염료로 채워져 있는 듯하다.

네스가 손을 뻗어 높이 설치된 녹음기를 끄고 나를 돌아본다. 오른쪽 다리에 체중이 실리자 그의 얼굴이 일그러진다.

"괜찮으십니까?"

"통풍이에요." 그가 추가 설명은 필요 없다는 듯 그렇게 웅얼거린다. "주치의가 술과 담배와 기름진 음식을 끊으라더군요. 아무래도 그가 내 아내랑 공모한 것 같아요. 둘이 나 몰래 바람이 났는지도 모르죠."

"남편이 빨리 죽기를 바랐다면 부인께서 그렇게 마음 써주셨을 리 없죠."

"하긴."

또 다른 검시관이 다가와 서명이 필요하다며 클립보드를 내민다. 네스는 과장된 몸짓으로 서명한다. "연구실에 얘기해. 내일 아침까지 혈액 분석 결과를 가져오라고."

"어떤 것 같습니까?" 나는 묻는다.

"알아낸 것보다 궁금해진 게 더 많아요."

그가 벤치를 돌아 안쪽으로 들어가더니 하얀 시트로 조디의 시신을 덮어준다. 그런 다음 그 끝을 소녀의 턱 밑으로 밀어 넣고는 딸에게 작별인사하는 아버지처럼 한 손으로 볼을 살살 쓰다듬는다.

마침내 그가 작업대에서 떨어져 나온다. 마치 소녀 앞에서는 대화를 이어나가고 싶지 않다는 듯이.

"머리카락에서 검출된 정액으로 DNA 분석이 가능할 겁니다. 체내에선 나오지 않았지만 오른쪽 허벅지에 소량이 묻어 있는 걸 확인했습니다. 윤활제의 흔적도 남아 있었고요. 범인이 콘돔을 사용했다는 뜻이죠. 질이 손상된 흔적이 없는 걸로 보아 서로 합의한 성행위였던 것 같습니다. 적어도 처음엔 그랬겠죠."

"왜 섹스를 하고 나서 이 아이 머리에 대고 사정을 했을까요?"

"그 부분은 내 소관이 아닙니다." 네스가 말한다. 그가 플라스틱에 입을 대지 않은 채 물을 한 모금 마시고 나서 입가를 훔친다. "조디의 손톱 밑에 흙이 껴 있었습니다. 하지만 피부 세포나 방어흔은 없었어요. 찰과상은 가시덤불과 나뭇가지에 긁힌 것들이고요."

"머리에 충격을 받았다고 했죠?"

"둔기로 얻어맞은 흔적이 남아 있습니다. 두정골에 가는 선 골절이 보이지만 내출혈은 없었어요." 네스가 자신의 뒤통수를 손으로 토닥여 보인다. "예기치 못한 충격이었을 겁니다. 바로 의식을 잃었거나 일시적으로 혼란 상태에 빠졌었겠죠. 폐 안에 물이 차 있었고, 머리엔 수초가 붙어 있었습니다. 실수로 물에 빠졌거나 다리에서 누군가에 의해 떠밀렸다는 뜻이에요."

그가 빈 물병을 쓰레기통으로 휙 던진다. 물병은 쓰레기통 가장자리에 맞고 튀어 올랐다가 이내 쏙 들어가버린다.

"조디는 직접 옷을 벗지 않았습니다. 청바지는 그 애가 누워 있는 상태에서 벗겨졌어요. 걘 다시 일어나지 못했고요."

"어떻게 죽은 거죠?" 나는 묻는다.

"좋은 질문입니다." 네스가 말한다. 그는 잠시 뜸을 들이다가 가까운 벤치로 가서 신발을 갈아신는다. "혹시 '건식 익사'라고 들어봤습니까?"

"아뇨."

"흡입한 물이 폐로 들어가면 체내 산소가 차단됩니다. 몸은 기능을 멈추게 되고요. 폐를 다시 공기로 채우고 물을 토해내면 정상 호흡으로 돌아갈 수 있어요. 그렇게 모든 게 정상화되지만…… 예외의 경우가 있습니다."

네스는 혼란스러워하는 내 표정을 잠시 감상한다.

"'부차적 익사', 또는 '지연 익사'라는 게 있어요. 어린아이들에겐 눈 깜짝할 새 벌어질 수 있는 일이죠. 하지만 성인들은 시간이 좀 걸립니다. 짧게는 몇 시간, 길게는 며칠까지도요. 폐 손상이나 폐 질환을 앓는 사람들에게 주로 영향을 미칩니다. 조디 시핸은 8개월 전 폐렴으로 입원한 적이 있었어요."

"그 애가 마른 땅에서 익사했다는 얘긴가요?"

"이론상으론 가능한 일입니다. 내 생각엔 걔가 다리에서 실수로 떨어졌거나 누군가에게 떠밀렸던 것 같아요. 찬물이 정신을 번쩍 들게 만들었는지도 모르죠. 간신히 기어 나와 헐떡거렸을 겁니다. 횡격막이 호흡운동을 제대로 할 수 없었을 테니까요. 아무튼 그래서 움직임이 둔해졌을 수 있어요. 굼뜬 데다 혼란스럽고."

"쉬운 먹잇감이 돼버린 셈이군요."

"그렇죠."

네스가 코트 소매 안으로 팔을 집어넣는다. "정확한 사인은 아직 모릅니다. 하지만 월요일 밤 기온이 영하까지 떨어졌었고, 당시 조디의 상태가 어땠는지 되짚어보면 답이 대충 나오지 않겠습니까? 걘 온몸이 젖은 채로 추위와 사투를 벌였어요. 그것도 의식이 희미한 상태로요. 누군가에게 제때 발견되지 않았다면 그대로 죽을 운명이었던 것이죠."

나는 참관실과 대기실을 차례로 지나쳐 걷는다. 플라스틱 의자에 앉아 있는 한 남자의 모습이 눈에 들어온다. 팔꿈치를 무릎에 얹은 채 구부정한 자세로 앉아 있는 그의 눈은 바닥에 고정돼 있다. 얼굴을 확인하지 않아도 나는 그가 펠릭스 시핸임을 대번에 알아볼 수 있다.

"우리 처음 보는 거죠?" 나는 말한다. "난 사이러스라고……."

"당신이 누군지 알아요."

"동생 일은 유감입니다."

"당신은 걜 몰랐잖아요."

"맞아요. 하지만 그래도 유감입니다."

그의 한쪽 귀 뒤에 끼워진 담배가 눈에 들어온다. 그는 가끔 손가락으로 머리를 쓸어넘기면서 담배를 슬쩍슬쩍 건드리곤 한다. 길고 마른 체구의 그는 헐렁한 청바지에 후드가 달린 운동복 상의를 입고 있다. 마치 가는 철사 옷걸이에 걸린 옷을 보는 듯하다.

"오래 기다렸어요?" 나는 묻는다.

"조디를 보러 왔어요." 그가 목멘 소리로 말한다.

"이유를 물어도 되나요?"

"걔 내 동생이에요. 이 정도 이유면 충분하지 않나요?"

"당신 기분을 상하게 할 생각은 아니었어요. 부검이 막 끝났으니 곧 보게 될 겁니다."

안치소 직원들이 조디를 깨끗한 잠옷으로 갈아입히고 머리를 공들여 빗겨주는 모습이 머릿속에 그려진다. 그들은 소녀의 시신을 반듯하게 눕혀놓고 얼굴과 두 손만 빼꼼히 나오도록 하얀 시트를 덮어줄 것이다.

"조디를 마지막으로 본 게 언제였습니까?"

"불꽃놀이 보러 가서였어요."

"당신은 몇 시쯤 거기서 나왔죠?"

"젠장, 여기서도 질문 공세군." 그가 투덜거리며 경찰에게 들려준 답변을 줄줄 읊어나간다. 나이트클럽에서 여자를 꼬셨다고. "엄마 전화를 받고 조디에 대해 알게 됐어요."

"동생과의 관계는 어땠습니까?"

"무슨 질문이 그렇죠?"

"조디에 대해 더 잘 알고 싶어서요."

나를 노려보는 그의 까만 눈이 가늘어진다. "내가 걜 죽였다고 생각해요?"

"아뇨."

그는 내게서 눈을 떼고 긴장을 풀며 어깨를 으쓱인다. "나쁘지 않았어요. 나가서 살게 된 후로 동생을 볼 기회가 많이 줄었죠. 걘 또 스케이트 스케줄이 있었으니까. 나도 내 할 일이 많았고요."

"그 할 일이라는 게 뭐죠?"

"물건을 사서 이베이에 되팔아요. 누군가에게는 쓰레기지만 또 다른 누군가에게는 보물일 수도 있으니까."

"그게 돈이 좀 되나요?"

"엄청 짭짤해요. 사람들이 온갖 것들을 내다 버리거든요. 얼마 전엔 누군가가 버린 레코드판 한 상자를 주웠는데 그 안에 보니 〈스티키 핑거스〉가 있더라고요. 그, 왜 있잖아요. 롤링 스톤스 명반. 비닐 포장도 안 뜯은 채로 말이에요. 그런 건 최소 3천 파운드 이상 받을 수 있어요."

그는 쉴 새 없이 주절대면서도 경계의 눈빛을 거두지 않는다. 내 반응을 관찰하려는 듯이. 갑자기 그가 화제를 돌려버린다. "강간도 당했나요?"

"성폭행의 흔적이 발견됐어요."

그가 마른침을 한 번 삼킨다. "고통 속에서 죽어갔을까요?"

"그건 모르겠군요."

그가 주먹을 쥐었다 폈다를 반복한다. 그의 무릎이 리드미컬하게 흔들리고 있다. 그때 불쑥 간호사가 나타나 조디의 시신이 준비됐음을 알려준다. 펠릭스는 잠시 망설인다. 그는 초조해하며 아랫입술을 살짝 깨문다.

"생각이 바뀌었어요. 보고 싶지 않아요."

몸을 홱 돌려 복도를 걸어나간 그가 조바심을 내며 엘리베이터 버튼을 눌러댄다. 서둘러 이곳을 벗어나고 싶은 모양이다. 터져 나오려는 구토를 필사적으로 참고 있기라도 한 양. 엘리베이터에 오른 그가 두 팔로 머리를 감싼다. 문이 닫히기 직전, 그의 눈이 어두운 동굴 속에 박힌 원석처럼 번뜩인다.

11

화창한 낮의 실버데일 워크는 완전히 달라 보인다. 주황색과 빨간색을 띤 나무들이 꼭 불타고 있는 것 같다. 하지만 다른 편의, 잎이 다 떨어진 나무들은 음울한 잿빛을 띠고 있다. 완성을 앞두고 물감이 다 떨어져버린 화가의 작품을 보는 듯하다. 눈부신 햇살은 이곳의 풍광에 맥락을 불어넣어주었다. 전에 보지 못하고 흘려버렸던 것들이 속속 시야에 포착된다. 나무로 우거진 산마루, 온갖 풀로 덮인 잡목림, 잡초에 에워싸인 갈색 연못.

조디의 집에서 시체가 발견된 빈터까지는 걸어서 12분 거리다. 젊은 경관 하나가 현장을 지키고 서서 구경꾼들을 쫓아내고 있다. 임시로 만들어놓은 추모 공간에는 꽃다발과 카드, 인형 들이 수북이 쌓여 있다. 누군가가 만들어 온 팻말도 눈에 들어온다. '우리는 조디를 위해 정의를 원한다.' 사방에서 사건 현장 통제선 테이프가 바람에 나부끼고 있다.

한쪽에서는 경찰 잠수부들이 장비를 챙기고 있다. 그들은 산소 탱크를 나무 받침으로 옮겨놓고 젖은 잠수복을 난간에 걸쳐놓는다. 마지막 잠수부가 뒤늦게 수면으로 올라온다. 수초와 잡초로 덮인 그의 모습은 흡사 선사 시대의 바다 괴물을 보는 것 같다. 직립보행을 하지 못해서 기어 다니는.

그가 일어나 마스크를 벗는다. 가슴 앞으로 산소호흡기가 늘어져 있다. 잠수복 차림의 땅딸막한 남자는 마치 화강암이나 흑단 따위로 만들어진 것처럼 보인다. 그가 산소통을 땅에 내려놓고 몸에 둘렀던 띠를 푼다.

나는 몸을 숙이고 테이프 밑으로 들어간다. 진창이 돼버린 둑을 따라 걷는 게 쉽지 않다. 연못가에 서 있는 그의 옆으로 다가간다. 잠수부가 나를 흘끔 돌아보며 잠수복 후드를 벗는다. 텁수룩한 머리가 드러난다.

"헤이븐 박사님." 그가 말한다.

"손데일 경사님."

그와 악수를 나눈 나는 젖은 손을 허벅지에 문질러 닦고 싶은 충동을 간신히 억누른다.

잭 손데일은 한때 내게 상담을 받았던 적이 있다. 인질 협상가인 그는 열여섯 시간에 걸쳐 진행된 포위 작전이 실패로 돌아간 뒤 나를 찾아왔다. 앙심을 품은 회사원이 동료 직원 네 명을 총으로 쏴 죽이고 자살한 사건. 잭은 작전 실패를 자신의 탓으로 돌렸고, 하마터면 결혼생활과 공들여 쌓은 경력까지 몽땅 잃을 뻔했다. 그는 심리 치료 후 경찰 잠수부로 직장에 복귀했다. 미치광이들과 협상하는 것보다 오물을 헤집고 다니는 편이 훨씬 낫다면서.

"무슨 소식 없어요?" 나는 묻는다.

"들어가서 헤집어댈수록 흙탕물만 더 진해질 뿐이에요. 그 애가 여기에 휴대폰을 빠뜨렸다면 아마 지금쯤 하류로 흘러 내려갔을 겁니다. 진흙 속 깊이 파묻혀버렸거나요."

그가 연못에서 건져 올린, 쓰레기로 뒤덮인 방수포를 가리킨다. 자전거, 쇼핑 카트, 깨진 콘크리트, 금속 파이프, 반이 날아간 벽돌, 그리고 별 특징 없는 기계 부품들. 그것들 모두에 진흙이 말라붙어 있다.

"과학수사대가 살펴보고 있어요. 누가 압니까, 저 안에서 범행 도구가 나올지. 제 생각엔 그럴 것 같지 않지만."

밴에서 누군가가 그를 부른다. 추위에 덜덜 떠는 그의 동료들은 빨리 철수하고 싶어 안달이 나 있다.

잭이 그들에게 엄지손가락을 들어 보인다. "이 사건을 맡았어요?"

"네."

"행운을 빌어요. 운 따위는 믿지 않겠지만요." 그가 씩 웃으며 말한다.

잭과의 상담 중에 나는 기회와 운의 차이에 대해 그에게 들려준 적이 있다. 기회는 현실 속의 임의적 결과인 반면 운은 우리가 좋고 나쁨으로 꼬리표를 붙여놓는 가치다. 경찰이 조디의 휴대폰을 찾아내느냐 여부는 행운과 불행이 아닌, 단순한 우연의 문제에 불과할 뿐이다.

잭은 산소 탱크를 어깨에 짊어지고 둑을 따라 사뿐사뿐 걸어간다. 나는 인도교에 올라가 난간 너머로 내려다본다. 최근 내린 폭우로 개울은 많이 불어난 상태다. 유속이 빨라진 물이 연못으로 스며드는 부분에서 하얀 거품이 일고 있다.

이 고요하고 적막한 곳에 두 사람이 왔고, 그중 하나는 죽었다. 그들 사이에 분명 무슨 일이 있었을 것이다. 사소한 언쟁이었을 수도 있고, 격렬한 폭행이었을 수도 있다. 대체 이곳에서 그들은 어떤 얘기를 나누었을까? 그들이 함께한 마지막 순간은 어땠을까? 그들의 성격은 어떤 관계와 경험에 의해 형성됐을까?

사람마다 같은 상황에 보이는 반응이 제각각이다. 만약 월요일 밤에 조디가 이 길에서 낯선 이를 만났다면 그를 보자마자 위협을 느꼈을까, 아니면 미소를 지으며 반갑게 인사를 건넸을까? 먼저 다가가 말을 걸었을까, 아니면 그가 던진 질문에 대답을 했을까? 그에게 등을 보였을까? 달아났을까? 저항했을까? 애원했을까?

어쩌면 상대는 아이가 아는 인물이었는지도 모른다. 이곳으로 끌려왔든지, 신뢰하는 누군가가 아이를 이곳으로 불러냈든지 둘 중 하나였다. 조디는 그날 저녁 누군가의 차에 태워졌다. 아이에게는 두 번째 휴대폰이 있었다. 비밀리에 연락하는 자가 있었음을 암시하는 부분이다. 남자친구나, 어쩌다 알게 된 남자.

범인은 뒤에서 조디를 가격했다. 예고도 없이. 아이는 그에게 등을 보이고 있었다. 범인을 신뢰했든지, 아니면 겁을 먹고 달아나려 했든지. 아이는 의식을 잃고 다리 밑으로 떨어졌다. 범인에 의해 떠밀렸는지도 모른다. 얼음장처럼 차가운 물이 아이의 정신을 번쩍 들게 했다. 충격에 빠진 아이는 물을 먹고 익사 직전 상황에 놓이게 됐을 터다. 범인은 연못에 들어가 아이를 끌어냈거나, 자력으로 나온 조디를 뒤쫓았을 것이다. 아이는 제정신이 아닌 상태로 어둠을 헤치고 필사적으로 내달렸다. 나뭇가지와 가시덤불이 아이의 얼굴과 피부를 마구 할퀴어댔다. 마침내 아이는 쓰러졌고, 그렇게 누워 서서히 죽어갔다.

그가 다가와 황급히 아이의 옷을 벗겨냈다. 그런 다음, 콘돔 포장지를 뜯고…….

아니야! 그건 말이 되지 않아. 범인이 콘돔을 썼다는 건 과학 수사를 의식했다는 뜻이잖아. 그는 자신의 정체를 감추고 싶었던 거야. 하지만 콘돔까지 쓸 정도로 흔적을 남기지 않으려고 애쓴 놈이 왜 그 애 머리에 대고 사정을 한 거지? 그건 조디를 욕보이게 하려는 것이거나, 아니면 자신의 영역 표시를 한 것이거나, 혹은 절대적인 굴복을 의미할 텐데.

어쩌면 조디가 한 차례의 섹스 후 다시 하는 것을 거부했는지도 모른다. 뜻대로 발기가 되지 않은 그가 좌절했는지도 모르고. 그것은 그에게 섹스 경험이 많지 않다는 걸 의미한다. 사회성이 결여된 외톨이. 그는 여자친구를 원하지만 아무도 그에게 관심을 보이지 않는다. 또한 그는 이 지역 지리에 훤하다. 특히 이곳에.

어떤 강간범들은 범행 후 당황하여 피해자를 살해하는 것으로 자신의 정체를 감추려 한다. 또 어떤 강간범들은 숨이 끊어진 피해자를 농락하기를 즐긴다. 삽입의 타이밍이 그들에 대한 단서를 내어준다. 사건이 전개된 순서는 알 수 없지만 범인과 그의 타락한 욕정은 단지 오르가슴을 위해 한 생명을 희생시켰다. 일을 마친 후 그는 죽어가는 아이를 내버려두고 현장을 떠났거나 그 애가 숨을 거두는 모습을 유유히 지켜보았을 것이다. 자신이 벌인 짓을 감추려고 아이의 몸을 나뭇가지로 덮어둔 후에.

그는 집으로 돌아갔다. 그는 샤워를 하고 새 옷으로 갈아입은 후 자신이 벌인 짓을 뇌리에서 지워내려 애썼다. 하지만 쉽게 잊힐 만한 일이 아니었다. 그의 일부는 공포로 진저리치겠지만, 또 다른 목소리는 그 애가 죽어 마땅했다며 그를 위로할 것이다. 자업자득이었다고. 그 애 역시 그를 무시하고 업신여기고 비웃었던 다른 여자들과 다르지 않았다고.

무릎이 시큰해져온다. 너무 오랫동안 쪼그려 앉아 있었던 탓이다. 나는 허리를 펴고 찬 공기를 한 번 들이켠 후 다리를 내려온다. 그런 다음 주변을 넓게 돌며 발밑에서 전해지는 땅의 부드러움을 느껴본다.

경찰 수색의 흔적이 사방에 남아 있다. 증거 표시물, 부러진 잔가지, 부츠 자국들. 하지만 나는 그들이 찾던 것을 찾고 있는 게 아니다. 심리학자들은 형사들과는 다른 시각으로 범죄 현장을 살핀다. 경찰은 물리적 단서와 목격자를 찾아 헤매지만 우리는 전반적인 그림을 살피며 유독 눈에 튀는 부분을 짚어내려 애쓴다. 행동을 변화시킨 장애물과 경계들은 어디에 있는가? 누군가가 시야에서 사라지는 데 얼마나 걸리는가? 각 방향을 얼마나 멀리까지 볼 수 있는가? 현장을 관찰하기 좋은 지점과 그곳으로 통하는 지름길은 있는가?

저만치 앞에 있는 나무들 틈으로 곧게 세워진 무언가가 눈에 들어온다. 양치식물에 에워싸인 그것은 관리인의 오두막이나 사냥꾼의 숙소 같다. 잿빛을 띤 벽들은 수직 홈통에서 번져 나온 녹으로 얼룩져 있다. 전면의 작은 베란다에 둘러진 둥근 축 모양의 나무 난간은 덩굴로 완전히 뒤덮인 상태다.

풀이 제멋대로 자란 오솔길에는 사람이 지나다닌 흔적이 남아 있다. 진창에 찍힌 부츠 자국들, 그리고 뜯긴 거미줄. 경찰이 어제 이곳을 수색한 모양이다. 버려진 오두막으로 들어선 나는 눈이 어둠에 익을 때까지 잠시 기다린다. 온갖 것들로 얼룩진 나무 바닥은 깔쭉깔쭉하다. 사방에 쓰레기가 널려 있고, 벽들은 예술적 감각이 조금도 느껴지지 않는 낙서로 뒤덮여 있다. 낙서 대부분이 외설적인 내용을 담고 있는데, 간간이 이니셜을 담은 하트 따위도 보인다. 난로 안은 검게 그은 맥주 캔으로 가득 차 있고, 그 앞에는 누렇게 변색된 낡은 매트리스가 깔려 있다. 손을 뻗으면 닿을 만한 거리에는 반쯤 마시다 만 사과주가 놓여 있고, 그 옆에서는 빈 병 두 개가 뒹굴고 있다.

나는 다음 방으로 넘어간다. 눅눅한 곰팡내 나는 주방. 발목까지 잠기는 웅덩이에는 쓰레기가 둥둥 떠 있다. 과자 봉지와 콘돔 포장지들. 누군가가 뜯어놓은 구리관도 보인다. 보나 마나 고철상에 팔아치우려 했을 것이다. 침실로 보이는 마지막 방의 천장 일부는 내려앉은 상태다. 지붕에 난 작은 틈으로 파란 하늘과 나뭇가지들이 내다보인다.

나는 본능적으로 이곳의 용도를 알아차린다. 원래 무엇이었는지가 아니라, 무엇이 되어버렸는지. 어린 녀석들이 어른들의 눈을 피해 찾는 비밀 공간. 헤어지고, 화해하고, 놀고, 서로를 탐하는 곳. 몰래 숨어 술과 마약과 섹스를 할 수 있는 곳. 조디도 이곳을 찾았었나? 이곳이 그 아이나 범인에게 특별한 의미가 있었을까?

경찰은 오두막을 수색하면서 눈에 띄는 단서를 찾지 못했다. 형사들은 십 대 아이들의 세상을 이해하지 못한다. 지름길을, 은밀한 만남의 장소를, 그들만의 비밀 언어를.

오두막을 둘러보고 나온 나는 학교 건너편 공중전화 박스에서 레니에게 전화를 건다. 전화는 음성 사서함으로 연결된다.

"범인은 십 대 후반이거나 이십 대일 겁니다. 힘은 좋지만 머리가 똑똑하진 않아요. 이 지역 출신이고요. 여기가 바로 그의 영역입니다. 그는 이곳 지리에 훤해요. 숲속 오솔길과 오두막에 대해서도 일찌감치 알고 있었을 거고요. 여자들 앞에서 노출을 했다든지 그들의 속옷을 훔쳤다든지, 뭐 그런 지질한 짓을 하다가 체포되거나 심문받은 적이 있었던 인물을 살펴보세요.

사전에 강간이나 살인을 계획했던 것 같진 않습니다. 어디서도 체계적인 면이 보이지 않아요. 하지만 범인이 조디를 알고 있었거나 그 애가 그의 성적 판타지 안에서 무언가 역할을 했을 가능성은 있습니다.

그는 자신이 저지른 범죄에 대해 죄책감을 느끼고 있을 겁니다. 그에겐 이번이 첫 경험이었을 거예요. 살인 말입니다. 그는 경찰 수사를 유심히 지켜볼 겁니다. 그러면서 아주 기겁을 하겠죠. 하지만 또 한편으로는 묘한 호기심 같은 것도 느끼게 될 거예요. 그래서 구경꾼이나 행인인 척하며 범행 현장으로 돌아갈 수도 있어요. 몰려든 사람들 중에서 그의 얼굴을 찾아보세요. 그는 가까운 곳에서 이 모든 걸 지켜보고 있습니다."

노크 소리가 들린다.

"옷은 잘 챙겨입었니?" 다비나가 묻는다.

덩치가 산만 한 그녀는 어깨까지 내려오는 레게머리를 하고 있다. 형형색색의 구슬이 주렁주렁 매달린 머리의 끝부분은 돼지 꼬리처럼 말려올라가 있다. 그녀가 문틈으로 한쪽 허리를 불쑥 내민다.

"면회야."

"누군데요?"

"헤이븐 박사님."

순간 마음이 들뜬다. 나는 읽던 잡지를 던져버리고 두 다리를 홱 돌려 침대를 내려온다. 그런 다음 거울 앞으로 다가가 머리를 매만지고 손끝으로 눈썹을 다듬은 후 화장품 가방을 향해 손을 뻗는다.

"네 남자친구라도 돼?" 다비나가 피식 웃는다. 그녀는 아직도 문가에 버티고 서 있다.

저년의 뺨을 한 대 올려붙이고 싶지만 꾹 참는다.

"가서 네가 나온다고 알려줄까? 미리 바닥에 장미 꽃잎도 뿌려놓고."

"꺼져요!"

"레드카드야."

나는 운동복 상의의 후드를 쓰고 다비나를 따라 복도를 나아간다.

이전과 다르게 살짝 긴장이 된다. 심리학자나 사회복지사들을 대하는 건 내게 대수로운 일이 아니다. 그동안 무수한 연놈들을 겪어봤으니. 하지만 이 심리학자는 저번에 나를 은근히 불안하게 만들었다. 그의 언행이 거슬렸기 때문은 아니다. 그는 우리 가족이나 내 본명이나 내 출신이나 내 과거에 대해 아무것도 묻지 않았다. 그러는 대신 거울을 내밀고 내가 그것을 똑바로 봐주기를 바랐을 뿐이다.

식당으로 들어서니 테이블에 앉아 찻잔을 만지작거리는 그가 눈에 들어온다. 그가 자리에서 일어나 자기가 찰스 왕세자라도 되는 듯이 꾸벅 절을 한다. 그걸 본 나는 씩 웃고 만다.

어디 앉아야 할지를 놓고 잠시 고민에 빠진다. 맞은편이 좋겠지. 그의 얼굴을 똑똑히 볼 수 있게.

사이러스는 미소를 실실 흘리고 있다. 그는 무척 피곤해 보인다. 누군가가 눈에 대고 바람을 불어대기라도 하는 것처럼 연신 눈을 깜빡인다.

"왜 웃어요?" 나는 조심스레 묻는다.

"널 보니 반가워서."

나는 코웃음을 치며 그의 얼굴을 유심히 살핀다. 왠지 거짓말이 아닌 듯하다.

"다시 올 거라고 했잖아. 그동안 어떻게 지냈니?"

나는 어깨를 으쓱인다.

사이러스가 초콜릿 핑거비스킷을 하나 집어 들고 끝부분을 조금씩 뜯어먹기 시작한다.

"그건 그렇게 먹는 게 아니에요." 나는 말한다.

그가 손에 쥔 비스킷을 내려다본다.

"양쪽 끝부터 베어 먹어야죠. 그래야 남은 부분을 빨대로 쓸 수 있으니까."

"그걸로 차를 빨아 마시라고?"

"네."

사이러스가 몸을 숙이고 비스킷으로 차를 빨아본다.

"질척해지기 전에 먹어요." 나는 말한다.

그가 비스킷을 입에 넣고 씹는다. 이에 초콜릿이 껴 있다.

"맛이 괜찮은데."

"리츠 호텔에선 절대 이러면 안 돼요."

"리츠에 가본 적 있어?"

"오, 그럼요. 자주 갔었어요." 나는 상류층 말투로 대답한다. "거기 하이 티(오후 늦게나 이른 저녁에 요리, 빵, 버터, 케이크 따위를 차 등과 함께 먹는 것, 혹은 그 요리─옮긴이)가 썩 괜찮아요. 스콘이랑 고형 크림이랑 딸기잼이 나오거든요. 거기서 오이 샌드위치를 시켜 먹는 사람들은 통 이해가 안 되지만. 솔직히 아무 맛도 안 나잖아요."

"원래 거짓말을 잘하니, 이비?"

"얼마만큼 해야 잘하는 거죠?"

"사람들이 네가 거짓말쟁이라고 여길 만큼."

"난 그보다 더한 얘기도 많이 들어봤어요." 나는 어금니를 꽉 문다. 사이러스가 남들과는 달랐으면 좋겠다. "가끔은 거짓말을 해요. 그게 이상한가요? 당신도 이런 데 갇혀 살면 거짓말을 안 하곤 못 배길걸요. 여기선 다들 그러고 살아요. 그렇게라도 해야 따분함을 잊을 수 있으니까요."

"주로 어떤 거짓말을 하는데?"

"뭐 이런저런 것들. 거짓말을 하면서도 내가 왜 그러는지 모를 때가 많아요. 그냥 자동으로 나와버려요, 재채기처럼. 가끔 내 귀에도 황당하게 들리는 얘길 술술 늘어놓을 때가 있어요. 앞뒤가 하나도 안 맞는 헛소리인 줄 알면서도 멈출 수가 없더라고요. 며칠 전에 새로 들어온 코델리아한테 우리 아빠는 보물 사냥꾼이고, 버뮤다 삼각지에 침몰한 스페인 갤리온을 찾고 있다고 했어요. 또 캘리포니아에 있는 치어리더 학교에서 장학금을 받게 됐지만 테러리스트로 찍혀 출국 금지를 당하는 바람에 포기했다고도 했어요. 그 멍청한 것이 그 말을 다 믿더라고요."

사이러스는 웃음을 터뜨린다. 그는 보기 좋은 미소를 가졌다. 웃을 때마다 그의 양쪽 눈가에 잔주름이 잡힌다.

"나랑 카드놀이 할래요?" 나는 후드티 주머니에서 카드를 꺼내며 묻는다.

"그래."

"포커. 텍사스 홀덤. 괜찮겠어요?"

나는 카드를 반으로 나누었다가 다시 합쳐 섞기를 두 번 반복한 후 테이블에 요란하게 내려놓는다. 그런 뒤 손가락을 까딱여 패를 돌린다. 차례로 미끄러져 나간 카드들이 포마이카를 칠한 표면에서 빙그르르 회전한다.

나는 홀 카드(포커에서 1라운드에 엎어서 주는 패―옮긴이)부터 확인한다. 사이러스의 손은 굼뜨게 움직인다. 카드놀이에 익숙하지 않은 모양이다. 그가 손에 패를 쥔 모습만 봐도 알 수 있다.

"뭘 걸까요?" 나는 묻는다.

"도박은 사양할게."

"포커잖아요. 뭐라도 걸어야 해요."

"그래도 돈은 안 돼."

"그럼 질문을 걸고 하는 건 어때요?"

사이러스는 의심에 찬 눈빛으로 나를 보며 고개를 끄덕인다.

"이건 플롭이라고 하는 거예요." 나는 카드 세 장을 뒤집어 테이블에 내려놓는다. "자, 베팅해요."

"좋아. 질문을 하나 걸지."

"나도 따라갈게요."

나는 다음 카드를 내놓고 같은 과정을 반복한다. 잠시 후, 테이블에는 네 개의 질문이 남는다. 내가 쥔 패는 투 페어다. 에이스 두 장, 7 두 장. 그는 킹을 두 장 쥐고 있다.

나는 두 손을 싹싹 비빈다. "자, 시작해보죠. 가족 있어요?"

"형이 하나 있어." 그가 대답한다.

"부모님은요?"

"돌아가셨어."

"어떻게요?"

"살해당하셨어."

그의 얼굴에서 슬픔과 회한의 표정이 교차한다. 거짓말은 아닌 듯하다.

"그때 몇 살이었어요?"

"열세 살."

"누가 죽였죠?"

"질문 네 개 다 썼는데."

나는 짜증을 내며 새로 패를 돌린다. 이번에도 나의 승리.

"누가 죽였어요?"

"우리 형."

뜻밖의 대답에 나는 멈칫한다. 아무리 봐도 거짓말은 아닌 것 같다. 갑자기 내용을 자세히 알고 싶어진다. 괜한 걸 물었나? 사이러스에겐 감추고 싶은 과거일 텐데.

"이 게임 그만할래요." 나는 의자를 뒤로 밀어내며 말한다.

"난 아무것도 못 물어봤는데."

"어차피 당신은 날 이길 수 없잖아요."

"네가 그렇게 잘해?"

"네."

괜한 허세를 부렸다는 후회가 이내 뒤따른다. 뭐가 그리 잘 났다고 거만하게 구는 거지?

"딱 한 가지만 물어봐요." 나는 부드럽게 말한다. "단, 내 본명이나 고향이나 '테리'에 대한 질문은 안 돼요."

"여길 나가면 뭘 할 거니?"

다들 똑같은 것만 묻네. 나는 생각한다. '얘야, 나중에 크면 뭐가 되고 싶니?' 일자리가 옷처럼 눈앞에 줄줄이 걸려 있기라도 한 것처럼. 도살업자, 제빵사, 땜장이, 재단사, 웨이트리스, 접수 담당자. 아무거나 골라봐. 몸에 맞는지 먼저 입어보고.

"내 인생을 살아보고 싶어요." 나는 말한다. "난 지난 6년 동

안 이런 곳을 전전하며 살았어요. 이젠 내가 원하는 대로 해보고
싶어요."

"원하는 게 뭔데?"

"평범하게 사는 것."

13

지금의 이비를 보면, 6년 전 그들이 은신처에서 발견한 어린 소녀가 머릿속에 그려지지 않는다. 밤에만 모습을 드러내고, 낮에는 꼭꼭 숨어 지냈던 아이. 이웃집에서 음식을 훔치고, 정원 호스로 물을 마시면서 셰퍼드 두 마리를 보살핀 아이. 한 남자가 고문을 받다 죽는 소리를 듣고, 나중에는 그의 시체가 썩어가는 것까지 지켜봤을 아이.

정식 교육을 받지 않았음에도 이비는 꽤 똑똑한 것 같다. 무수한 위탁 가정을 전전하며 제대로 배울 기회가 없었을 텐데, 그렇다고 또래 아이들에 비해 많이 뒤처진 것 같지는 않다. 난독증이 있다지만 언어 구사 능력이 뛰어나고 산술 능력 또한 탁월하다.

어젯밤, 사회복지사와 상담가들이 과거에 진행했던 면담 기록을 살펴보았다. 그들은 모두 아이의 배경을 헤집으며 단서를 찾으려고 애썼다. 하지만 이비는 아무것도 드러내지 않았다. 배가 고플 때는 음식을, 목이 마를 때는 물을 요청했을 뿐이었다. 먼저 말을 거는 일도 없었고, 질문을 받으면 "예"와 "아니오"로만 짧게 답변했다. 이비의 말투와 악센트를 분석한 언어학자와 방언 전문가들은 '레인보우'를 "랜보우"로 발음하고 시제를 마구 뒤섞어 쓰는 습관을 예로 들며 아이가 한때 스코틀랜드에 살았으며, 말씨에 동유럽의 흔적도 미세하게 묻어난다는 결론을 내놓았다.

하지만 내 귀에는 그런 부분들이 감지되지 않는다. 내게 이비는 그저 누구도 신뢰하지 않는 평범한 십 대 아이일 뿐이었다. 구부정한 자세로 의자에 앉은 아이는 따분한지 혀를 돌돌 말아대고 있다. 만사가 다 귀찮다는 표정으로.

"화장이 너무 두꺼운 거 아니니?" 나는 묻는다.

"주근깨를 감추려고요. 그냥 두면 얼굴이 너무 지저분해 보이거든요."

"주근깨는 너만의 매력 포인트인데."

이비가 적개심과 혐오감이 교차하는 표정으로 나를 쏘아본다. 칭찬을 듣는 게 어색한 모양이다. 칭찬은 남들이나 받는 거라고 생각하는 걸까?

"왜 질문에 대답하지 않지? 뭘 하고 싶으냐니까?"

"일자리를 알아봐야죠."

"무슨 일? 설마 도박꾼이 되려는 건 아니겠지?"

"프로 포커 플레이어들도 있다고요."

"그것도 다 돈이 있어야 가능한 거야. 도박인데 뭐라도 걸어야 하잖니. 그럼 집은?"

"월세방을 찾아봐야죠."

"요즘 아파트 임대료가 얼마나 비싼지 아니? 거기다 전기 요금, 가스 요금, 전화 요금, TV 시청료까지 다 네가 부담해야 해."

"셰어하우스를 알아보면 되죠 뭐."

"넌 다른 사람과 어울리길 싫어하잖니, 이비. 그들을 신뢰하지도 않고."

아이가 딱하다는 눈빛으로 나를 쳐다본다. "거스리는 당신이 날 돕고 싶어 한다고 했어요. 이제 보니 그것도 다 거짓말이었군요. 당신도 남들과 다르지 않아요."

"이비, 설령 너한테 저축해둔 돈과 일자리와 거처가 있다고 해도 판사가 널 풀어주지 않을 수도 있어. 판사가 정신 건강 평가를 명령하면 넌 하는 수 없이 사회복지사, 의사, 심리 치료사들을……."

"헛소리 말아요." 이비가 신경질적으로 내뱉는다. "난 정신병자가 아니라고요."

"널 정신병자로 보는 사람은 없어."

"다들 그러고 있다는 거 알아요."

내가 반박을 위해 입을 여는 순간, 어딘가에 설치된 스피커에서 야속한 벨소리가 흘러나온다.

"통제 신호예요." 이비가 자리에서 벌떡 일어서며 말한다. "내 방으로 돌아가야 해요."

아이의 말이 끝나기가 무섭게 복도에서 새된 비명이 들려온다. 복부를 움켜쥔 여자가 휘청거리며 안으로 들어선다. 그녀의 드레스 앞부분이 검붉은색으로 빠르게 물드는 중이다. 허벅지를 지나 무릎으로.

"그가 날 찔렀어요." 그녀가 믿어지지 않는다는 듯이 말한다. "대체 칼이 어디서 났길래."

나는 그녀를 잽싸게 안으로 잡아끈다. 놀란 사람들이 사방으

125

로 내달리기 시작한다. 남성 잡역부 두 명이 문 앞을 빠르게 지나쳤다가 이내 되돌아온다. "칼!" 그중 하나가 소리친다. "물러나!"

잠시 후, 십 대 소년 하나가 불쑥 모습을 드러낸다. 눈을 휘둥그레 뜬 아이는 반쯤 넋이 나가 있다. 아이가 슬슬 뒷걸음질을 쳐 방으로 들어온다. 아이는 어깨 너머로 뒤를 살피다가 휙 돌아서서 내게 칼을 겨눈다. 나는 두 손을 번쩍 들고 뒤로 물러난다. 아이가 테이블을 문 쪽으로 밀어내 입구에 방어벽을 친다. 우리의 도주로가 막혀버린 것이다.

나는 부상당한 여자를 앉히고 진정시킨다.

"이름이 뭐죠?"

"로버타요."

"움직이지 말고 상처를 꼭 누르고 있어요." 나는 그녀에게 주먹으로 복부를 압박하는 방법을 알려준다.

"무슨 일이야, 브로디?" 마치 날씨에 관한 한담이라도 늘어놓듯 이비가 태연하게 말을 건다. 소년은 이비를 돌아보며 눈을 깜빡인다. 여드름으로 뒤덮인 소년의 갸름한 얼굴에 격노와 도탄의 감정이 교차한다.

"나쁜 년! 개 같은 년!"

"뭘 어쨌는데?" 이비가 묻는다.

"내 잡지를 뺏어 갔어."

"포르노?"

"포, 포, 포르노가 아니야." 브로디가 입가를 훔치며 더듬거린다. "이, 이, 이젠 더 못 참겠어. 이 마, 마, 망할 놈의 감방 생활." 소년의 얼굴이 아코디언처럼 일그러진다.

"의사를 불러야 해." 나는 로버타 옆에 쪼그려 앉아 말한다.

"저년이 주, 주, 죽었으면 좋겠어." 브로디가 칼을 휘두르며 말한다. 비상벨 소리는 아직도 쩌렁쩌렁 울려댄다. 소년의 목소리가 그 소음에 거의 파묻혀버렸다.

이비는 소년에게 조금씩 다가간다. 나는 아이에게 멈추라고 소리친다.

"너도 마, 맛 좀 볼래?" 브로디가 위협적으로 칼을 휘두르며 말한다.

"넌 나 못 찔러." 소녀가 두 팔을 넓게 벌려 보이며 덤덤하게 말한다. 어디 맘대로 해보라는 듯이.

"널 죽이기 전에 먼저 따, 따, 따먹을지도 몰라."

"왜?"

"왜냐면 넌 고상한 척하는 거, 거, 건방진 년이니까."

"날 잘 알지도 못하면서."

다비나와 남성 잡역부 두 명이 문가에 서서 휘둥그레진 눈으로 지켜보고 있다. 이비는 소년에게 더 바짝 다가간다. 아이의 목소리는 차분하다. 긴장하거나 불안해하는 기색이 조금도 보이지 않는다.

"제발 물러나 있어." 나는 말한다.

소녀는 못 들은 척 계속 걸음을 옮긴다.

"날 정말 증오해, 브로디? 난 널 증오하지 않는데. 너나 나나 다 피해자들이야. 재소자들. 체스판의 졸卒들. 내가 말을 안 걸어 줘서 불만이라고 했지? 지금은 이렇게 대화를 나누고 있잖아. 뭐든 상관없으니 나한테 하고 싶은 얘길 해봐."

"이 문젠 그, 그, 그렇게 간단한 게 아니야."

"그 문제라는 게 대체 뭔데?"

더듬거리느라 대답을 제대로 못 한 브로디가 마른침을 꿀꺽 삼키며 나지막이 욕을 한다.

"뭐가 문제인지 얘기해봐." 이비가 소년의 옆으로 바짝 다가서며 말한다. 아이는 브로디의 손목을 잡고 칼날을 자신의 가슴으로 끌어온다. 심장이 담긴 곳으로. "여길 찌르면 돼. 눈 딱 감고 꾹 찔러 넣으면 내 숨을 끊어놓을 수 있어."

브로디는 팔을 거두려 하지만 이비는 손목을 놓아주지 않는다. 소녀가 몸을 앞으로 기울여 소년의 이마에 자신의 이마를 가져다 댄다. 두 아이는 잠시 서로의 눈을 똑바로 쳐다본다.

"망설이지 말고 한 번에 꾹 찔러 넣어. 그래야 고통 없이 죽을 수 있거든." 소녀가 속삭인다. "날 위해 그래줄 수 있지?"

"널 죽이고 싶을 만큼 증오하진 않아."

"아깐 '건방진 년'이라고 했잖아."

"그야 네가 아무한테도 마, 마, 말을 걸지 않으니까."

"할 얘기가 없어서 그런 거야."

다비나는 이비에게 물러나라고 애원한다. 하지만 누구도 섣불리 움직이지 않는다. 칼날이 아이의 심장에 겨누어졌기 때문이다. 브로디는 혼란스러워하는 표정이다. 길을 잃어버린 듯한 표정. 소년은 또다시 팔을 거두려 한다. 이비의 입에서 신음이 새어나온다. 칼날이 가슴을 파고든 것일까?

"이, 이, 이러지 마……." 브로디가 더듬대며 말한다. 바로 그때, 이비가 이마로 소년의 얼굴을 냅다 들이받는다. 코뼈 부러지는 소리와 함께 사방으로 피가 튄다. 브로디는 얼굴을 감싸쥔 채 욕을 하며 뒤로 물러난다. 칼은 둔탁한 소리와 함께 바닥에 떨어진다.

남성 잡역부 두 명이 잽싸게 달려와 브로디를 제압한다. 이비는 얼얼한 이마를 문지르며 몸을 숙여 칼을 집어 든다.

"이리 줘." 다비나가 말한다.

이비는 칼날을 살살 어루만지다가 손잡이 쪽을 다비나 앞으로 내민다.

잠시 후, 구급대원들이 들이닥쳐 로버타의 정맥에 주삿바늘을 찔러 넣기 시작한다. 그들은 그녀를 들것에 싣고 로비를 가로질러 밖에 세워둔 구급차로 향한다.

나는 이비를 방으로 데려간다. 아이는 거울을 들여다보며 화장이 번지지는 않았는지 꼼꼼히 확인한다.

"죽고 싶어서 환장했니?" 침묵을 깨고 나는 묻는다.

"걘 날 찌르지 못했을 거예요."

"그걸 네가 어떻게 알아?"

아이가 한숨을 내쉬며 어깨를 으쓱인다. "그냥 척 보면 알아요."

14

레니 파벨의 비서, 안토니아는 고양이 눈처럼 생긴 안경을 걸치고 다니는 통통하고 장난기 많은 여자다. 손목에서는 금속 팔찌 몇 개가 짤랑거린다. 그녀의 책상은 회색 선돌 같은 서류 캐비닛들 사이에 쐐기처럼 끼워져 있다.

"우유만 넣고 설탕은 넣지 않았어요." 그녀가 찻잔을 내려놓으며 말한다. "다이제스티브? 아니면 홉놉스?"

"난 됐어요."

"설마 다이어트를 하는 건 아니겠죠? 군살도 하나 없으면서. 여자들은 살집이 좀 있는 남자를 좋아한다고요." 그녀가 장난스레 윙크하며 비스킷을 하나 집어 든다.

한쪽 벽에는 납작하게 접은 상자들이 기대어놓여 있다.

"이사라도 가나요?" 나는 묻는다.

"못 들었어요? 파벨 경감님이 다른 데로 발령받으셨어요."

"어디로요?"

"순찰대요."

"하지만 그녀는 형사잖아요."

"선택의 여지가 없으셨어요."

나는 어리둥절해하며 묻는다. "이유가 뭡니까?"

안토니아가 과장된 표정으로 어깨를 으쓱여 보인다. "그건 나도 모르겠어요." 그녀가 내 앞으로 몸을 기울이며 '헬러-스미스'라는 이름을 속삭인다.

티머시 헬러-스미스는, 언젠가 기어이 지서장 자리에 오를 거라고 모두가 입을 모으는 노팅엄셔 경찰국의 떠오르는 스타다. 헬러-스미스는 지난 5년간 정보국 책임자로 활동하며 대규모 마약 조직을 일망타진하고, 시리아에서 ISIS 소속으로 활동한 후 돌아온 영국 태생의 이슬람 극단주의 조직원들을 줄줄이 체포하는 등 혁혁한 공을 세웠다.

레니가 자발적으로 인사이동을 요청했을 리는 없다. 사복형사가 되기 위해 얼마나 애를 썼던 사람인데.

"헬러-스미스가 그녀를 쫓아낸 것 같아요." 안토니아가 가슴에 떨어진 비스킷 부스러기를 떨어내며 속삭인다.

"왜죠? 레니가 자기한테 무슨 위협이 된다고."

"여자가 차기 지서장 자리에 앉아야 한다고 얘기하는 사람이 많아요." 마치 동커스터 첫 번째 레이스의 승리마를 귀띔이라도 해주듯 코를 두드리며 그녀가 말한다.

그때 사무실 문이 벌컥 열리면서 레니가 들어온다. 외투를 걸친 그녀가 어깨를 으쓱인다. "아래 차를 대기시켜놨어."

"어디로 가는데요?"

"조디 시핸의 학교 사물함을 살펴보려고."

레니는 프런트데스크에서 열쇠를 집어 든다. 우리는 주차장으로 통하는 옆문으로 빠져나간다. 그녀가 전자열쇠의 버튼을 누르고 어느 차에서 불이 깜빡이는지 확인한다.

"왜 말씀 안 하셨어요?" 나는 묻는다.

"뭘?"

"순찰대로 가신다는 거."

"넌 내 남편이 아니야, 사이러스."

"경감님은 여기 일에 만족하시잖아요." 나는 말한다.

"그 얘긴 그만하자고."

"그냥 이대로 물러나실 거예요?"

"다들 내 일에 상관하지 말아줬으면 좋겠어."

레니는 차를 몰아 주차장을 빠져나간다. 우리는 웨스트 브리지포드 침례교회가 나올 때까지 렉토리가를 따라 남서쪽으로 달려나간다. 교회를 끼고 오른쪽으로 방향을 틀자 트렌트강이 나타난다. 그녀가 무려 10분 만에 입을 연다.

"이제 은퇴할 때가 된 것 같아. 내년까지만 버티면 연금 전액을 수령할 수 있거든."

"은퇴 후엔 뭐 하시게요?"

"남들이랑 똑같지, 뭐. 여행도 다니고, 책도 읽고, TV도 몰아서 보고……."

"일을 안 하면 빨리 늙어요."

"다 그런 건 아니야."

잠시 무거운 침묵이 흐른다. 그녀의 어깨가 살짝 들렸다가 내려가며 긴 한숨이 터져 나온다. "세상엔 많지는 않지만 선한 사람들도 있어, 사이러스. 그중 누구라도 천사들 편에 서야 하지 않겠어?"

포사이스 아카데미는 조디의 시체가 발견된 장소에서 500미터도 떨어지지 않은 클리프턴 운동장 한쪽 구석에 자리하고 있다. 8년 전, 철거한 후 새로 지은 건물은 고등학교라기보다는 세균전 실험 시설 같아 보인다.

레니가 초록색 바리케이드 앞에 차를 세우고 인터폰 버튼을 누른다. 그녀가 신원을 밝히자 바리케이드가 스르르 열린다. 우리는 검은색 바지와 흰색 셔츠 차림의 아이들이 축구를 하고 노는 전천후 운동장을 지나쳐 달려나간다. 햇살이 은은하게 뿌려지는 사각형 안뜰의 벤치와 테이블에서는 여학생들이 삼삼오오 모여 수다를 떠는 중이다.

어린 학생 하나가 쪼르르 달려와 우리를 안내한다. 아이가 걸음을 내디딜 때마다 뒤로 묶은 금발머리가 좌우로 살랑거린다. 아이의 손목에는 화려한 색상의 실을 땋아 만든 팔찌가 끼워져 있다.

"여학생들이 직접 만들어 차고 다녀요." 아이가 설명한다. "조디를 추모하는 의미로요. 하나 드릴까요? 공짜예요."

아이가 주머니에서 각기 다른 색의 비슷한 팔찌 네 개를 꺼내 보인다. 나는 그중 하나를 고른다. 그때 그레이엄 교장이 나타난다.

"고마워, 캐시." 그가 소녀에게 말한다. "그 팔찌는 학교 복장 규정에 어긋나는 거야."

그가 내 손목의 팔찌를 보고 말을 그친다.

그레이엄 교장은 오십 대 후반으로, 길고 갸름한 얼굴을 가졌다. 그의 턱살은 산사태라도 난 것같이 축 늘어져 있다. 그가 목소리를 낮추고 우리를 맞는다.

"아주 끔찍한 일입니다. 모두가 큰 충격을 받았어요. 교직원들도, 학생들도……." 교장실 문이 닫힌다. "여학생 몇은 며칠 동안 울음을 그치지 않았을 정도예요. 정오에 조례가 있을 텐데 아이들에게 무슨 얘길 들려줘야 할지 막막합니다."

내게 던지는 질문 같다. 나는 본능적으로 그 이유를 알아차린다. 그는 내가 누군지 알고 있다. 내 가족에 대해서도. 그는 내가 상실의 아픔에 신음하는 아이들을 도울 만한 특별한 통찰력을 가졌고 그래서 조언을 제공할 수 있으리라 기대하는 모양이다. 문득 부모님과 누이들의 장례를 치른 후 처음으로 학교에 발을 들였던 날의 기억이 떠오른다. 조부모님은 내가 예전의 평범한 삶으로 돌아가기를 바랐다. 그래서 나는 같은 학교로 되돌아갔다. 페인 선생님이 나를 첫 수업이 있는 교실로 이끌었다. 생물 시간. 교실로 들어서자 완전한 정적이 나를 맞아주었다. 그때 핀이 떨어졌다면 아마 크래시 심벌 소리만큼이나 요란했을 것이다. 내 눈은 바닥에서 떨어지지 않았다. 나를 빤히 지켜보는 아이들을 탓하지 않았다. 그 모든 건 우리 형, 엘리어스 탓이었다.

"조디가 살해됐다고 얘기해야 하나요?" 그레이엄 교장이 묻는다.

"이젠 숨길 이유가 없어졌죠." 나는 대답한다. 본의 아니게 비꼬는 투로 말이 나와버려 당혹스럽다. 나는 다시 톤을 정리해본다. "다들 뉴스를 통해 소식을 접했을 겁니다. 솔직하게 알려주시죠. 감정에 휘둘리지 마시고. '너희 심정이 어떨지 이해한다.' 또는 '선생님도 누군가를 잃어본 적이 있다.' 뭐 이런 말씀은 삼가시는 게 좋겠습니다. 굳이 아이들을 위로하려 애쓰지도 마시고요. 긍정적인 면을 부각시키려는 노력도 좋지 않습니다. 어차피 그런 건 없으니까요."

"그럼 뭐라고 얘기해야 할까요?"

"아무 말씀도 필요 없습니다. 그냥 아이들 이야기를 귀담아 들어주시기만 하면 됩니다."

"그 많은 아이들 이야길 어떻게 다 들어줍니까?"

당신은 내 이야기조차 귀담아듣지 못하는군요.

나는 다시 입을 연다. "아이들은 특히 비탄에 취약합니다. 물론 슬픔과 혼란에 순응하는 법을 용케 익혀나가는 아이들도 있지만요. 모든 아이들이 조디와 가깝진 않았을 겁니다. 그러니 모두가 그 앨 그리워한다는 얘긴 안 하시는 게 좋겠습니다. 그냥 그 애 친구들과 가족을 생각하면 마음이 아프다는 정도만 말씀하시죠."

그에게 사별 전문 상담사를 학교에 초대하는 일이 없도록 하라고 조언하고 싶었다. 그들은 사람들이 당연히 트라우마에 시달려야 한다는 인식을 강화시킬 뿐이다. 무수한 정신과 의사와 심리 치료사와 카운슬러를 겪어본 나는 누구보다도 그걸 잘 알고 있다. 그들은 쏟아진 과자를 놓고 싸우는 갈매기처럼 꽥꽥대며 내 기분이 어때야 하는지 코치하고, 참지 말고 분통을 터뜨릴 것을 강요했다.

레니가 불쑥 끼어든다. "조디 시핸의 사물함을 살펴보려고 왔습니다."

"네, 그러셔야죠." 그레이엄 교장이 수화기를 집어 들고 비서에게 '헨드릭스 선생'을 호출해달라고 요청한다.

"이언은 조디의 담당 멘토입니다." 그가 설명한다. "포사이스 아카데미는 모든 학생에게 멘토를 한 명씩 붙여줍니다. 멘토들은 각자에게 배정된 아이를 매일 만나 챙기게 되죠. 출석과 교복 상태도 체크하고요. 학생들은 학교나 집에서 문제가 생겼을 때 멘토를 찾아가 도움을 구합니다. 친구들에게 괴롭힘을 당하거나 숙제가 어려워 도움이 필요하거나…… 뭐, 그럴 때 말이죠."

"조디에게 무슨 문제라도 있었습니까?" 나는 묻는다.

"만약 그랬다면 이언이 누구보다도 잘 알고 있을 겁니다."

"조디가 이 학교에 다닌 지는 오래됐습니까?"

"7학년 때부터 다녔어요. 스케이트에 소질이 있었죠. 그 애 부모가 찾아와서 훈련 때문에 학교를 빠질 때가 많을 거라며 혹시 조디를 위해 특별 과외 수업을 제공해줄 수 있는지 묻더군요. 저희는 그 부분에서 최대한 배려해주었습니다."

누군가가 문을 노크한다. 문이 열리고 이언 헨드릭스가 들어온다. 그는 캐주얼한 바지에 넥타이를 매지 않은 셔츠 차림이다. 삼십 대로 보이는 그는 호리호리하면서 탄탄한 체구를 가지고 있다. 사무라이 스타일로 묶은 머리에는 새치가 드문드문 섞여 있다. 척 봐도 '쿨한 교사' 이미지를 연출하려 애쓰고 있다는 걸 알 수 있다. 시를 읊거나 책상 위에 뛰어 올라가거나 유행하는 팝송 가사를 인용하는 방법으로 아이들에게 어필한 존 키팅(영화 〈죽은 시인의 사회〉에 나오는 교사—옮긴이)처럼. 보나 마나 그는 인스타 그램과 스냅챗 계정을 공들여 관리하고 있을 것이다.

"파벨 경감님과 헤이븐 박사님이 조디 시핸의 사물함을 살펴보시겠답니다." 그레이엄 교장이 설명한다. "조디에 대해 물어볼 것도 있다고 하시고요. 누구보다도 조디에 대해 잘 알고 있을 것 같아서 불렀습니다."

헨드릭스는 살짝 당황하는 반응을 보인다. "사물함 열쇠는 저한테 없는데요."

"수위실에 연락하면 절단기로 열어줄 겁니다."

잠시 후, 우리는 지붕 덮인 보도를 따라 2층짜리 벽돌 건물로 향한다. 건물 양옆으로는 계단이 자리하고 있다. 여기저기서 아이들이 선생님을 부를 때마다 헨드릭스는 손을 흔들며 그들의 이름을 일일이 불러준다.

"학생들을 다 알아요?" 나는 묻는다.

"800명이나 되는 애들을요? 그건 불가능하죠." 그가 애써 웃음을 지으며 말한다.

"조디는요?"

"지난 한 해 동안 그 아이 담당 멘토였어요. 스케이트 훈련 때문에 학교를 자주 빠졌었죠. 전 개가 너무 뒤처지지 않도록 도왔습니다."

"어떻게 말이죠?"

"각 과목 교사들로부터 수업 노트를 받아 숙제, 과제들과 함께 이메일로 전달해주었어요."

"학교에서 인기 있는 아이였나요?" 나는 묻는다.

"그랬다고 볼 수 있죠. 걜 모르는 아이가 없었으니까요."

"성격은 외향적이었고요?"

"네."

"공부는 잘했습니까?"

"성적은 별로였어요." 그가 계단통 높이 나 있는 창문을 바라본다. "공부에 소질이 있는 아이들도 있기는 하지만, 조디는 남들보다 몇 배 더 열심히 해야 간신히 따라갈 수 있었죠. 수업 중에 졸 때도 많았지만 강도 높은 훈련 탓이라고 생각한 선생님들은 문제 삼지 않았습니다."

"그 애가 출전한 시합을 본 적이 있습니까?" 나는 묻는다.

"아뇨. 그냥 좀 너무한다 싶긴 했어요."

"뭐가 말입니까?"

"어린애를 그토록 모질게 몰아붙이는 거 말이에요. 매일 아침 6시에 기상해야 하고, 먹고 싶은 것도 마음껏 못 먹고, 체육관 훈련이니 웨이트 트레이닝이니 댄스 레슨이니, 거기에다 곡예까지 배워야 했으니……. 평범한 아이로 지낼 기회가 단 1분도 주어지지 않았죠."

"얘길 들어보니 아동 학대 수준이었군요."

"그보단 백인 노예에 더 가까웠죠." 그가 씁쓸하게 미소를 지어 보인다. "자녀에게 지나치다 싶을 만큼 큰 기대를 거는 부모도 있는가 하면, 아무 기대도 걸지 않는 부모도 있고, 어느 쪽이 더 낫다고는 할 수 없겠죠."

계단통 밑부분 벽을 따라 철제 사물함이 줄지어 세워져 있다. 회색 제복 차림의 수위가 나타나 절단기로 싸구려 자물쇠를 손쉽게 뜯어낸다.

레니가 라텍스 장갑을 내게 휙 던진다. 그녀는 두 손을 꼼지락대며 장갑의 주름진 부분을 편다. 사물함 문의 뻑뻑한 경첩이 끽 소리를 낸다. 사물함 안에는 잡지에서 오려낸 사진들이 덕지덕지 붙어 있다. 이번에는 스케이트 선수가 아니라 보이밴드, 팝 가수, 영화배우 들 사진이다. 그중에서 저스틴 비버와 에드 시런 정도는 알아볼 수 있다.

레니는 사물함을 뒤지기 전에 사진부터 찍어놓는다. 사물함은 두 개의 선반으로 나뉘어 있다. 맨 아래 칸에는 교과서와 링

바인더가 빽빽이 꽂혀 있다. 조디는 바인더에 형형색색의 스티커를 붙여놓았다. 중간 선반은 펜, 형광펜, 단어 암기 카드, 핸드크림, 헤어밴드, 기침약, 립밤, 껌, 지퍼 달린 작은 메이크업 가방, 축하 카드 등으로 가득 차 있다.

레니는 바인더를 하나씩 꺼내 펼쳐본다. 나는 카드를 차례로 살핀다. 생일 카드도 있고, 밸런타인데이 카드도 보인다. 나는 발송인의 이름을 확인한다. 단서를 찾아서. 꽃 한 송이가 끼워진 카드도 있다. 파란 물망초. 카드에는 이런 내용이 새겨져 있다. '난 어리지 않아요. 당신도 나이가 많지 않고요. 난 당신의 루스이고, 당신은 나의 토미예요. 날 버리지 말아줘요.'

"뭐야?" 레니가 내 어깨 너머로 내려다보며 묻는다.

"밸런타인데이 카드네요."

"조디가 쓴 거야?"

나는 카드의 필적을 바인더의 것과 비교해본다. "쓰긴 했는데 용기가 없어 부치지 못한 모양입니다." 나는 다시 메시지를 들여다본다. "가즈오 이시구로의 소설 《나를 보내지 마》에 나오는 대사예요."

"무슨 내용인데?"

"필멸의 로맨스죠."

이언 헨드릭스는 계단에 앉아 휴대폰을 들여다보고 있다. 나는 그에게 조디가 영어 시간에 무엇을 배웠는지 묻는다.

"디스토피아 소설을 읽었어요."

"직접 가르쳤습니까?"

"네."

레니는 계속해서 수색을 이어나간다. 그녀는 메이크업 가방의 지퍼를 열고 내 옆구리를 쿡 찌른다. 가방 안을 들여다보니 콘돔 상자가 눈에 들어온다. 상자는 열려 있다. 그녀가 뚜껑을 들추고 안에 든 것을 세어본다. 총 열두 개 중 네 개가 비어 있다.

"부모는 항상 가장 늦게 알게 되는 법이지." 그녀가 속삭인다.

그녀는 콘돔을 증거 채취용 봉지에 담고 날짜와 시간과 장소를 기록한다.

사물함 안 뒤편에는 겉면이 고무 재질인 검은 손전등이 세워져 있다. 뚜껑을 열고 흔들자 'D 사이즈' 건전지 하나가 손바닥에 툭 떨어진다. 이게 다가 아닐 텐데. 안을 유심히 살피니 돌돌 말린 종이가 보인다. 아니, 종이가 아니다. 지폐. 100파운드, 50파운드, 20파운드 지폐 들.

레니가 내게서 돈을 낚아챈다. "5, 6천 파운드는 족히 될 것 같은데."

"이 많은 돈이 어디서 났을까요?"

계단통에서 메아리치는 질문에 누구도 답을 내놓지 않는다. 순간 레니와 나는 동시에 깨닫는다. 조디는 우리가 상상했던 평범한 아이가 아니었다는 사실을.

15

나는 20분째 호덤가에 나와 서 있는 중이다. 태양은 처마 밑으로 그림자를 드리우고, 창문 위 스테인드글라스의 색채를 한층 돋워주고 있다. 경사진 슬레이트 지붕 위에 세워진 '시간의 할아버지(시간을 의인화한 가상의 존재로, 큰 낫과 모래시계를 든 노인 형상으로 묘사된다—옮긴이)' 풍향계는 바람 부는 방향과는 상관없이 서쪽만을 뚝심 있게 가리키고 있다.

79번지는 런던 북부의 평범한 골목에 자리한 평범한 집이다. 골목을 따라 플라타너스가 줄지어 서 있고, 부동산 중개인 광고판과 지역 초등학교의 가을 축제 포스터가 사방에 붙어 있다.

6년 전, 숨어 지내던 이비 코맥이 발견된 곳이다. 당시 이 집은 개조 공사가 한창이었다. 정원에는 잡초가 무성하고, 수직 홈통들은 녹으로 덮여 있으며, 페인트가 벗겨진 창틀은 흉측하게만 보인다. 집의 외벽에는 여름 내내 거침없이 자란 등나무 줄기가 찰싹 달라붙어 있다. 덕분에 현관은 꽃무늬 커튼으로 반쯤 덮인 것처럼 보인다. 공사가 마무리된 뒤로도 계속 제자리를 지켜온 등나무는 현관 앞 계단에 항상 연보라색 꽃잎을 뿌려댔다. 색종이 조각이 어지럽게 널린 주말 결혼식장을 연상시키는 풍경이다.

집에서 한 여자가 걸어 나온다. 빨강머리에 야윈 얼굴을 한 여자는 휴대폰으로 누군가와 통화하고 있다.

"도와드릴까요?" 그녀가 계단에 멈춰 서서 큰 소리로 묻는다.

"아뇨, 괜찮습니다."

"그럼 썩 꺼져요!"

"네?"

"우린 당신 같은 사람들 환영하지 않아요."

"나 같은 사람들이 누구죠?"

"유령 사냥꾼, 심령술사, 트루 크라임 작가, 뭐 그런 사이코들 말이에요."

"난 경찰의 수사를 돕는 사람입니다." 나는 명함을 꺼내며 말한다.

그녀가 조심스럽게 다가와 눈을 가늘게 뜨고 명함을 들여다본다.

"심리학자! 심리학자도 한둘이 왔다 간 게 아니에요." 그녀는 여전히 한쪽 귀에 휴대폰을 가져다 댄 상태다. 그녀가 휴대폰에 대고 말한다. "맞아요. 누군가 했더니 역시나예요……. 그럴게요……. 그럼 끊어요."

휴대폰을 내린 그녀는 이내 묻지도 않은 질문에 대한 답을 쏟아내기 시작한다. "미안하지만 들어올 수 없어요. 비밀의 방은 더 이상 존재하지 않아요. 유령도, 요상한 현상도, 섬뜩한 소음도 없고요. 뒤뜰에 있던 개집도 없었어요. 앤젤 페이스가 어떻게 됐는지도 몰라요." 그녀는 누가 묻지도 않은 일을 술술 털어놓는다. "우린 살인사건이 벌어지고 나서 이 집을 샀어요. 덕분에 싸게 사긴 했는데, 이 정도로 유명세를 치를 줄은 몰랐어요."

"귀찮게 하려고 온 건 아닙니다." 나는 말한다.

"이만 돌아가요." 그녀는 돌아서서 슬리퍼를 질질 끌며 집으로 들어가버린다. 육중한 문이 거칠게 닫히면서 창문을 진동시킨다.

"프랜신 저러는 건 신경 쓰지 마요." 울타리 너머에서 목소리가 들려온다. "원래 살가운 사람이 아니거든." 돌출된 귀를 가진 노인이 갈퀴에 몸을 기댄 채 서 있다. 말투를 들어보니 스코틀랜드 출신인 듯하다. 헐렁한 바지를 걸친 탓에 안짱다리인 것처럼 보인다. "뭐가 그리도 불만이 많은지……. 그때 여기 살지도 않았으면서. 정말 서커스였는데 말이야."

"'서커스'라고요?"

"골목이 경찰이랑 기자들, 방송국 밴들로 넘쳐났었지. 발 디딜 틈이 없어서 집 밖으로 나다닐 수도 없을 정도였어. 냄새는 또 얼마나 지독하던지."

"그때 여기 사셨습니까?"

그가 한 손을 불쑥 내밀며 자신을 머레이 리드라고 소개한다.

"집주인에게 연락한 게 바로 나였지. 밤마다 개들이 짖어대서 잠을 통 잘 수가 없었거든. 잔디도 몇 주째 깎지 않아서 잡초가 무성했고. 세입자가 야반도주를 했으려니 생각했지. 집세 낼 돈이 없어서 말이야. 가서 문을 두드려봤는데 아무도 없더라고. 우편물 넣는 구멍을 열었더니 안에서 역한 냄새가 확 풍겨 나왔어. 엄청난 냄새였지."

"테리 볼랜드는 잘 아셨습니까?"

"그 이름은 처음 듣는데? 내가 본 그 사람은 이름이 빌이라던가, 아무튼 그랬을 거야. 울타리 너머로 몇 번 인사를 나눈 적은 있었지. 밖에 나와 차를 고치거나 집 안으로 뭔가를 나르는 것도 봤었고."

"그가 어떤 소녀랑 함께 있는 건 못 보셨습니까?"

"본 적 없는데. 사람들이 들락거리는 건 봤지. 살인자들이었겠지만 아무도 신경 쓰지 않더라고. 하지만 꼬마 애는 본 기억이 없어. 아직도 그 생각만 하면 온몸에 소름이 돋아요. 그 어린 게 시체랑 같이 저 집에 갇혀 지냈다잖아. 그래도 뭐, 아이를 생각하면 다행이지."

"그게 무슨 말씀입니까?"

"놈이 더 이상 그 앨 괴롭히지 못하게 됐으니 말이오."

갑자기 구름이 태양을 가려버리기라도 한 듯 냉기가 엄습해 온다.

"그들이 왜 그를 고문했을까요?" 나는 묻는다.

머레이가 어깨를 으쓱인다. "처음엔 그가 폭력배나 마약상일 거라 생각했지. 재수 없게 위험한 놈들과 엮였을 거라고 말이야. 하지만 '앤젤 페이스'가 발견된 걸 보니 그게 아닌 것 같더라고. 아무튼 그런 고약한 소아성애자는 죽여 마땅해. 그 어린 걸 잡아 두고 온갖 못된 짓을 해댔을 테니."

그때 자전거를 타고 다가오는 아이들이 눈에 들어온다. 신나게 떠들어대던 아이들이 두 어른을 보고 입을 딱 닫아버린다.

머레이가 그들 중 하나를 큰 소리로 부른다. "조지!"

십 대 소년이 고개를 들고 그를 쳐다본다. 곤혹스러워하는 기색이 역력하다. 아이가 친구들에게서 떨어져 나와 우리 쪽으로 다가온다.

"헤이븐 박사님이시다. 경찰을 돕고 계시다는데." 머레이가 설명한다. "조지는 이 근처에 사는데, 앤젤 페이스를 본 적이 있답니다."

"딱 한 번뿐이에요." 조지가 말한다. 아이는 키가 크고 멀쑥해 보인다. 앞머리는 눈을 가릴 만큼 길고 나머지 머리는 짧게 쳐놓았다.

"걜 언제 봤지?" 나는 묻는다.

"아빠가 그 얘긴 아무한테도 하지 말라고 하셨어요."

"왜?"

"이 동네 집값 떨어진다고요."

머레이가 피식 웃는다. 조지는 노인의 반응이 거슬리는 모양이다. "저 집을 보려고 타지 사람들이 구름떼처럼 몰려든다고 아빠가 그러셨어요. 아빠는 경찰이 아무짝에도 쓸모가 없다고 불평하세요. 기분 나쁘게 듣진 마세요, 아저씨."

"기분 나쁘지 않아. 그건 그렇고, 혹시 살해된 남자와 이야길 나눠본 적 있니?"

"아뇨."

"그냥 보기만 했어?"

"네."

"네가 아주 어릴 때였겠구나."

"열 살 때였어요."

"저기서 여자애도 봤고?"

조지가 어깨를 으쓱인다. "그 애가 여자애라는 것도 몰랐어요. 머리가 짧아서 남자애인 줄로만 알았죠."

"정확히 어디서 봤지?"

"위층 창문에서요." 아이가 집을 가리킨다. "손을 흔들어봤는데 걘 아무 반응이 없었어요."

"그 얘길 누구한테 들려줬고?"

"어떤 경찰 아줌마한테 얘기했어요."

"사샤 호프웰 말이구나."

소년이 고개를 끄덕인다.

"강도 사건에 대해 물어볼 게 있다면서 찾아왔었지." 머레이가 말한다.

"강도 사건?"

"이것저것 사라진 게 많았거든. 죄다 하찮은 것들이었어요. 난 캐시미어 담요랑 감초 사탕 한 봉지를 도난당했지. 버미어 부인은 개 사료를 도난당했다고 하고."

"누군가가 내 해리 포터 책을 훔쳐갔어요." 조지가 덧붙인다. "에펠탑 스노볼이랑."

"호프웰 순경이 앤젤 페이스를 찾아내기 전까진 다들 동네 꼬마 놈들을 의심했었어요." 머레이가 말한다. "그 어린 게 몇 주나 혼자서 버텼다는 게 아직도 믿어지지가 않아. 걔가 어떻게 됐을지 궁금했었는데. 가족한테로 돌아갔으려나? 어디서든 별일 없이 잘 지냈으면 좋겠어."

또 다른 동네의 또 다른 집. 반투명 유리 뒤에서 그림자 하나가 움직인다.

"누구시죠?" 문 뒤에서 여자가 묻는다.

"사이러스 헤이븐 박사입니다. 사샤 호프웰을 찾고 있습니다."

"여기 없는데요."

"경찰 수사를 돕고 있습니다. 그녀가 어디 있는지 알려주시겠어요?"

"싫어요."

"문 밑으로 명함을 넣고 가겠습니다."

반쯤 밀어 넣었을 때, 명함이 안으로 쏙 빨려 들어가 사라져 버린다. 몇 초간 정적이 흐른 뒤에 자물쇠 풀리는 소리가 들린다. 갈색에 가까운 주황색 머리에 두꺼운 안경을 쓴 여자가 체인 너머로 나를 내다본다.

"사샤는 왜요?"

"미해결 사건을 수사하고 있습니다. 그녀의 협조가 필요합니다."

"'앤젤 페이스' 말인가요?"

"네."

"돌아가요!"

그녀가 문을 거칠게 닫는다. 나는 초인종을 누른다. 벨소리가 멎지 않자 남편으로 보이는 남자가 문을 열더니 썩 꺼지지 않으면 경찰을 부르겠다고 으르렁거린다.

"제가 경찰이라니까요." 나는 말한다.

"다들 말은 그렇게 하지."

"누구 말입니까?"

"이만 돌아가요."

"아까 나랑 통화했던 로드니, 맞죠? 딱 5분만 내줘요. 아주 중요한 일입니다."

문이 다시 닫히고, 나지막이 다투는 소리가 흘러나온다.

"사샤가 안 된다고 했잖아."

"위험해 보이진 않는데."

"함정이면 어쩌려고?"

"심리학자라잖아."

"이 명함을 어떻게 믿어?"

잠시 후, 체인이 풀리고 다시 문이 열린다. 그들은 문간에 나란히 서 있다. 늦게 귀가한 아이를 혼내주려고 준비 중인 부모들 같다.

"그 애가 어디 있는지 말해줄 수 없어요." 호프웰이 말한다.

"알겠습니다. 잠시 들어가도 되겠습니까?"

그들은 당황해하며 서로를 바라본다. 체구가 큰 호프웰 부인은 꽃무늬 드레스와 카디건 차림이다. 큰 키에 호리호리한 체격을 가진 그녀의 남편은 보이지 않는 추를 매달고 있기라도 한 듯 자세가 구부정하다.

내가 문으로 들어서자 그가 속삭인다. "부탁인데, 도미니크의 심기를 거스르지 말아요. 지금 상태가 말이 아니라서요."

주방은 춥다. 싱크대 안에는 쓰고 버린 티백들이 굳어진 채 쌓여 있고, 수도꼭지에서는 물방울이 일정한 간격으로 떨어지는 중이다.

호프웰 부인이 히터를 켜준다. 육십 대 중반으로 보이는 그녀의 숱 많은 염색 머리는 헤어밴드로 단정히 묶여 있다. 팔짱을 낀 부부는 어깨를 맞대고 나란히 앉는다.

"미해결 사건 수사를 도와달라는 경찰의 요청이 있었습니다. 그래서 따님, 사샤를 만나보려는 거고요."

"걘 아무 도움도 못 될 겁니다." 호프웰이 말한다.

"도우려 나서지도 않을 거고요." 옆에서 그의 아내가 거든다. "그 애가 얼마나 괴로워할지 생각 안 해봤어요?"

"무슨 말씀이신지……."

"애초에 사샤가 앤젤 페이스를 발견한 게 잘못이었어요."

"어째서죠?"

"그것 때문에 우리가 딸을 잃었으니까요." 호프웰 부인이 땅이 꺼져라 한숨을 내쉬며 말한다.

당최 무슨 소리인지 알아들을 수가 없다. 하지만 그들의 마음고생이 적지 않음은 쉽게 짐작할 수 있다.

"처음부터 차근차근 말씀해주시겠습니까?"

부부가 잠시 눈빛을 교환한다. 그들은 나를 신뢰하지 않는다. 하지만 가슴 아픈 사연을 언제까지나 마음속에만 담아두고 싶어 하는 눈치는 아니다.

"사샤가 졸업하고 경찰이 되겠다고 했을 때……." 호프먼 부인이 말한다. "난 여자에게 어울리는 직업이 아니라고 반대했어요. 차라리 간호사나 교사가 되라고 했죠. 하지만 딸애의 의지가 확고했어요. 런던 경찰청에 들어가려고 했는데 두 번이나 거절당했죠. 처음엔 너무 어리다면서 거절했고, 그다음엔 런던에 거주해야만 자격이 된다며 받아주지 않았다더군요."

"그래서 특별경찰관이 됐던 겁니다." 이번에는 호프웰이 입을 열었다. "딸앤 그걸 발판으로 삼겠다고 했어요. 지금으로선 그게 최선이라면서."

부부는 일제히 침묵에 빠진다. 나는 사연이 이어질 때까지 묵묵히 기다린다.

그가 다시 입을 연다. "우리 애가 앤젤 페이스를 발견하고 나서 모든 게 바뀌었어요. 그 일로 한동안 유명세를 치러야 했죠. 모두가 그 아일 만나고 싶어 했어요. 신문사, 방송사, 잡지사…….
하지만 출세는커녕 비탄만 떠안게 됐죠."

"어째서죠?"

"세상이 그 앨 가만 놔두지 않았거든. 한밤중에 전화가 걸려 오고, 사람들이 졸졸 따라다니고."

"기자들 말씀인가요?"

"처음엔 그랬죠. 하지만 나중엔 온갖 놈들이 다 들러붙더라고요. 좋은 말로 타일러도 듣지를 않았어요. 우리 집도 두 번이나 털렸고, 우리 애 차도 몇 번이나 파손됐는지 몰라요."

"대체 누가 그런 거죠?"

그때 호프웰 부인이 폭발한다. "그건 당신이 더 잘 알 거 아니에요!"

나는 아무 대꾸도 할 수가 없다.

"지금 사샤는 어디에 있습니까?"

"여행 중이에요."

"좀 더 구체적으로 말씀해주실 수 있습니까?"

"지난주엔 프랑스에 있다고 했어요. 저번 달에는 독일에서 연락이 왔었고, 그 전엔 스코틀랜드와 이탈리아, 아일랜드에서 엽서가 날아왔어요."

호프웰이 냉장고를 가리킨다. 냉장고는 딸이 보내온 엽서들로 완전히 뒤덮여 있다. "한곳에 며칠 이상 머물지 않더라고요.

그래서 그들이 찾지 못하는 겁니다."

"누구 말씀이죠?" 나는 묻는다.

"그 앨 찾고 있는 사람들 말이에요." 그가 당연한 걸 왜 묻느 냐는 듯 대답한다.

"그들을 만나보신 적 있습니까?"

"아뇨."

"사샤가 그들의 이름을 알고 있나요?"

"아뇨."

"사샤가 누군가에게 협박을 당한 적은요?" 나는 묻는다.

"그 애한텐 모든 게 위협이었어요." 그녀의 아버지가 말한다.

대화가 계속 겉돌고 있다.

"그들은 이름을 남기지 않았어요." 호프웰이 말한다. "그냥 밖 에서 기다리면서 우릴 감시하듯 지켜볼 뿐이었죠. 사샤가 출근 할 때도, 쇼핑을 갈 때도, 운동하러 갈 때도 졸졸 따라다녔고요. 그렇게 하면 우리 애가 자기들을 앤젤 페이스에게로 이끌어줄 거라 생각했나 봐요."

"사샤가 경찰에 알리진 않았습니까?"

"경찰은 우리 애가 피해망상에 사로잡혀 있다고 했어요. 그 애가 하는 주장이 다 허위라고 말이죠. 런던 경찰청은 정서적으 로 불안정하다면서 사샤를 받아주지 않았어요."

"통화는 가능합니까?" 나는 묻는다.

"걘 휴대폰이 없어요."

어이없게도, 내가 이해 못 할 답은 아니다.

"이따금 걔가 전화를 걸어와요." 호프웰이 말한다. "언제 또 걸려올지 우리는 알 길이 없어요. 자기 오빠나 이모한테 연락할 때도 있고요."

그녀는 흔적을 감추려 하고 있어.

"당신이 사샤를 집에 데려올 수 있겠어요?" 그의 아내가 묻는다. 그녀는 테이블 밑으로 남편의 손을 잡고 있다.

뭐라고 해야 하지? 난 그녀가 훌쩍 떠나버린 이유조차 모르는데.

호프웰이 나를 돌아보며 우물거린다.

"솔직히 말하면……. 난 사샤에게 화가 많이 나 있어요. 언제 그렇게 훌쩍 커버렸는지, 야속할 때가 있습니다. 애초에 떠나지 못하게 방에 꽁꽁 가둬뒀어야 했는데. 우린 맨날 여기 이렇게 앉아 또다시 전화벨이 울리기를, 또 다른 엽서가 도착하기를 기다립니다. 앞으로도 그럴 거고요. 매일 아침 눈을 뜨면 같은 일상이 기다리고 있어요. 우리 부부의 하루는 그 애로 시작해서 그 애로 끝납니다."

노팅엄으로 돌아오는 길. 서쪽에서 몰려온 비구름이 폭우를 뿌려댄다. 굵은 빗줄기가 들판과 숲이 어우러진 주변 풍경을 흐려놓았다. 와이퍼는 질척한 메트로놈처럼 분주하게 앞 차창을 훔쳐내느라 바쁘다.

나는 호프웰 부부와 나눈 대화를 차근히 곱씹어본다. 내 일부는 그들의 의심과 망상을 모른 척 무시해버리고 싶지만, 두 사람은 확인이나 정당화를 구하고 있지 않았다. 피해망상적인 사람들은 세상이 자신들을 해하려는 음모를 꾸미고 있다고 믿는다. 실수를 저질러도 자신들의 잘못이 아니라고 우긴다. 피해망상적인 사람들은 오로지 자신들이 보고 싶어 하는 것에만 집중한다.

하지만 나는 음모 따위에 집착하지 않는다. 세상에 음모가 없다는 이야기가 아니다. 그저 너무 많은 사람들이 뻔한 답을 외면하고 일부러 복잡한 답에 휘둘리는 게 못마땅할 뿐이다. 그들은 무시무시한 대적이나 수상한 조직이나 '딥 스테이트'가 배후에서 사회를 조종하고 있다고 믿고 싶어 한다.

하지만 현실은 다르다. 풀로 덮인 둔덕에 저격수가 숨어 있는 것도 아니고, 피자 가게가 아동 성착취 조직의 아지트도 아니며, 세상을 통제하는 비밀 결사 따위가 존재하는 것도 아니다. 마크 트웨인식으로 표현하자면, 우리를 난처하게 만드는 건 우리가 모르는 것들이 아니라 그렇지 않다고 우리가 굳게 믿고 있는 것들이다.

16

미니버스는 정오에 출발하기로 돼 있다. 나는 나머지 승객들이 법석을 떨며 차에 오를 때까지 멀찌감치 물러서서 기다린다. 그들은 '샷건'이라고 불리는 조수석이나 창가 쪽 좌석을 차지하려고 신경전을 벌인다.

"빨리 타기나 해."'미스' 매크레디가 냇의 팔뚝을 꼬집으며 말한다.

"아야! 왜 그래?"

"자꾸 등신처럼 구니까 그러지." 나지막한 톤이지만 내게까지 똑똑히 들린다.

미스 매크레디의 파트너인 주디는 운전석에 앉아 있다. 그녀는 나이트클럽의 문지기나 럭비팀 감독을 연상시키는 외모를 가졌다. 각진 머리, 헐렁한 옷차림, 짧게 자른 머리.

"둘 중 누가 남자 역할인지 쉽게 구분되는데."클로이가 속삭인다.

"그게 무슨 뜻이야?"나는 묻는다.

"저 여자가 남자 역할이야. 톱이라고."

레즈비언들에게는 누가 '톱'이고 누가 '보텀'인지가 중요한 가, 궁금하다.

오빠의 친구와 생물 교사에게 오럴 섹스를 선물한 사실을 자랑스레 떠벌리고 다니는 클로이는 스스로를 섹스 전문가라 여긴다. 참고로, 문제의 교사는 자신의 '물건' 사진을 클로이에게 전송했다가 덜미를 잡혀 해고됐다. 그는 발신인을 익명으로 처리했다고 생각했지만, 사진을 적절히 편집하는 걸 잊었다. '늙은 교사는 죽지 않는다. 다만 클래스를 잃을 뿐이다'라고 적힌 커피 잔이 사진에 찍혀 있었다니, 그야말로 아이러니다.

나는 다른 승객에게 시달릴 가능성이 적은 앞쪽 좌석을 골라 앉는다. 이어폰을 꽂았음에도 뒷좌석에서 야단을 떨며 함께 앉을 사람을 고르는 클로이의 요란한 목소리를 똑똑히 들을 수 있다.

미스 매크레디는 인원수를 확인한 후 모두에게 버릇없이 굴면 그에 상응하는 징계가 있을 거라고 경고한다. 그녀의 말이 끝나기가 무섭게 리노가 버스에 오른다. 순간 여기저기서 함성이 터져 나온다. 리노는 가장 인기 있는 직원이다. 그는 젊고, 음악에 심취해 있으며, 전날 밤에 본 〈러브 아일랜드〉새 에피소드에 대해 신나게 떠벌리는 취미가 있다. 그는 로드킬이라는 이름의 술집 밴드에서 키보드도 연주한다. 랭포드 홀에서 공연을 펼친 적도 있었다. 이웃들은 소음에 시달려야 했지만 우리에게는 아주 즐거운 시간이었다.

리노는 내 옆자리에 앉아 주먹을 불쑥 내민다. 나는 마지못해 그와 주먹을 맞부딪고 나서 그를 흘끔 본다. 까칠하게 수염이 자란 볼과 귓불에 붙은 귀걸이. 남자애들 몇이 휘파람을 불며 놀리기 시작한다. "우우우우우." 나는 반응하지 않는다. 나중에 되갚아주면 되니까.

리노는 스리랑카에서 신혼여행을 보내고 막 돌아왔다. 그는 지도를 꺼내 정확한 위치를 짚어주었지만, 거리 감각이 전혀 없는 나로서는 그곳이 여기서 얼마나 떨어져 있는지 짐작할 수도 없었다.

진입로를 빠져나온 버스는 주택가를 지나 염가품 판매점과 전당포가 늘어선 동네로 들어선다. 이슬람교 서점, 유대교 율법에 따라 도축한 고기만을 취급하는 정육점, 아랍 식료품 잡화상 그리고 아시안 슈퍼마켓. 사람들은 이곳을 거대한 용광로라고 부른다. 하지만 정작 그 무엇도 녹아들거나 혼합되지 않는다. 나는 오히려 그게 마음에 든다. 모두가 각기 다르게 살아가는 풍경.

내가 싫어하는 건 절름거리며 걷고, 정류장에 축 늘어져 버스를 기다리고, 슈퍼마켓 계산대에서 굼뜨게 잔돈을 세는 노인들이다. 백발에 덤플링처럼 통통 부은 사람들. 그들은 젊은 사람들이 언성을 높이거나 민첩하게 움직이거나 그냥 숨만 쉬어도 못마땅한 듯 투덜거린다. 스케이트보드 타지 마. 음악 틀지 마. 그런 옷 걸치고 다니지 마.

미니버스가 신호등에 걸려 멈춰 선다. 리노는 휴대폰으로 신문 기사를 훑고 있다. 노팅엄에서 강간당하고 살해된 여학생에 관한 기사다.

"범인이 누구예요?" 나는 묻는다.

"어떤 사이코."

"그걸 어떻게 알아요?"

"뭐?"

"범인이 사이코인 줄 어떻게 아느냐고요. 그냥 천성이 사악한 사람일 수도 있잖아요."

리노가 어깨를 으쓱인다.

"그래서 우리가 랭포드 홀에 갇혀 사는 건가요?"

"아무도 널 사이코라고 하거나 사악하다고 생각하지 않아."

나는 고개를 돌리고 유리에 이마를 갖다 댄 후 숨을 내쉴 때마다 뿌예지는 차창을 물끄러미 쳐다본다.

극장에 도착한 우리는 미스 매크레디가 티켓을 사 올 때까지 기다린다. 휘황찬란한 오락기들은 연신 경쾌한 기계음을 토해 낸다. 테이블 축구에 집중하는 척하는 소년들은 소녀들의 은근한 시선을 의식하고 있을 게 분명하다. 클로이가 리바의 팔뚝을 붙잡고 소년들 쪽으로 향한다. 클로이는 자신감에 찬 걸음으로 나아간다. 가슴을 한껏 내밀고 수줍은 미소를 흘리는 것도 잊지 않는다. 가장 잘생긴 아이가 즉각 반응을 보인다. 짧게 깎은 소년의 금발은 헤어 젤을 발라 고슴도치처럼 뾰족하게 세워놓은 상태다. 희부연 회색 눈과 깨끗한 피부, 그리고 무엇보다도 자신감 넘치는 태도가 가장 눈에 들어온다. 대체 어디서 나오는 자신감일까? 나이에서? 달고 있는 물건에서? 아니면, 아마존에서 온라인으로 주문할 수도 있는 건가? 익일 배달로 받을 수 있게?

아이가 다가와 클로이의 어깨에 팔을 얹는다. 그의 손이 클로이의 등을 따라 조금씩 내려간다.

"클로이 프링글!" 미스 매크레디가 소년을 매섭게 노려보며 빽 소리친다. 그녀는 클로이를 우악스럽게 끌고 온다. 클로이는 어깨 너머로 돌아보며 소년에게 말한다. "나중에 봐." 그리고 보란 듯이 고개를 까딱여 머리를 다시 넘긴다.

우리는 팝콘을 사려고 줄을 선다. 나는 뒷사람들에게 순서를 양보한다. 돈을 쓰는 데 신중한 리바가 엄청나게 시간을 끌고 있기 때문이다. 카운터 뒤에 선 남자는 꼭 비행기를 놓칠까 봐 초조해하는 것처럼 보인다. 그가 리바에게 잔돈을 거슬러준다. 리바는 잔돈을 세고 나서 말한다. "잔돈을 덜 받았어요."

"네?"

"20파운드를 냈잖아요."

"10파운드 받았는데요."

"아니에요."

그가 계산대를 열고 10파운드 지폐를 꺼내 보인다. "봐요!"

"분명 20파운드를 냈어요." 당황한 리바가 거들어줄 사람을 찾아 좌우를 둘러보며 말한다.

"다음 손님." 남자가 리바 너머를 건너보며 말한다.

"난 분명 20파운드 지폐를 챙겨 왔어요." 리바가 미스 매크레디와 클로이, 냇, 그리고 나머지 아이들을 차례로 돌아본다. "분명히 20파운드짜리를 냈다고요."

"네가 착각한 게 아니고?" 미스 매크레디가 말한다.

"엄마가 생일선물로 보내신 돈이란 말이에요."

카운터 뒤의 남자가 불쑥 끼어든다. "난 분명 10파운드 지폐를 받았어요. 여기서 이런 사기를 치는 애들이 어디 한둘인 줄 알아요?"

"사기 아니라니까요!" 리바의 언성이 높아진다.

미스 매크레디는 리바를 진정시키고 카운터에서 떨어져 나간다.

"저 사람이 내 돈을 훔쳐 갔다고요."

"조용히 해, 리바!" 그녀가 아이를 나무란 후 남자에게 대신 사과한다.

멀찌감치 물러서서 지켜보던 나는 한참을 망설인 끝에 그들에게로 다가간다. "리바 얘기가 맞아요."

미스 매크레디가 인상을 찌푸린다. "저 애가 돈 내는 걸 봤어?"

"리바는 거짓말하고 있는 게 아니에요."

미스 매크레디가 나를 카운터로 끌고 간다. "넌 저기 멀리 서 있었잖아, 이비. 저기서 어떻게 그걸 볼 수 있었지?"

"저 애가 20파운드를 건네는 걸 똑똑히 봤다니까요."

"얘도 한 패인 모양이네요." 남자가 말한다. "둘이 짜고 사기를 치는 거라고요."

"사기는 당신이 쳤어요." 나는 몸을 건들거리며 받아친다.

카운터 뒤 남자는 당황한 모습이다. "당장 꺼지지 않으면 매니저를 부르겠어요."

"부를 테면 불러봐요." 나는 말한다.

"경찰을 부를 수도 있어."

"마음대로 해요."

내 단호한 톤에 그는 흠칫 놀라는 모습이다. 하긴, 여자아이에게 다그침을 받아본 건 이번이 처음일 테니 무리도 아니다. 그가 내 앞으로 몸을 기울인다. 내 뺨을 올려붙이려는 걸까?

그때 날 보호하려고 리노가 끼어든다. 순간 내 안에 자신감이 차오른다.

"이번이 처음이 아니죠?" 나는 말한다. "아까 받은 20파운드 지폐는 이미 당신 주머니에 들어가 있을 거예요, 맞죠?"

남자가 어색하게 격분하는 모습을 보인다.

"주머니 비워봐요." 리노가 말한다.

남자가 알아들을 수 없는 말을 우물거리며 계산대 돈통을 연다. 그리고 10파운드 지폐를 꺼내 리바 앞으로 휙 던진다. 아이가 바닥에서 돈을 집어 청바지 주머니에 쑥 찔러 넣는다.

"네가 거짓말을 한 게 아니길 바라." 내 뒤를 바짝 쫓아 극장으로 들어서며 미스 매크레디가 속삭인다.

리바는 저만치 앞서 나간다. 그러다 어깨 너머로 나를 돌아본다. 고맙다는 말을 하고 싶지만 적절한 표현이 떠오르지 않는다는 듯이.

17

일요일 오후. 노팅엄성이 드리운 그림자 속에서 또래로 보이는 두 소년과 한 소녀가 외바퀴 손수레를 밀며 광장을 가로지르고 있다. 수레에는 밀짚이나 넝마 조각 따위를 채워 넣은 듯한 가이 포크스 인형이 축 늘어진 채로 실려 있다. 모직의 빨간 머리, 납작한 모자, 단추로 만들어 붙인 짝짝이 눈.

"많이 늦었군요." 나는 말한다. "본파이어 나이트는 지난주였는데."

"내년에 일찍 하려고 그러는 모양이죠, 뭐." 캐롤라인 페어팩스가 말한다. 이비 코맥의 변호사는 삼십 대 초반으로, 짙은 색의 웨이브 진 머리를 앨리스 헤어밴드로 단정하게 정돈했다. 크림색 블라우스에 새것처럼 보이는 청바지를 입은 그녀는 커피에 설탕을 두 숟가락 넣더니, 바로 굳어버릴까 봐 걱정이라도 되는지 마구 휘저어댄다.

"요즘은 가이 포크스 인형 보기가 힘들어진 것 같아요." 나는 말한다.

"그게 꼭 나쁜 것만은 아니죠." 그녀가 대꾸한다. "반가톨릭 의식은 이제 구닥다리가 됐잖아요."

"가톨릭 신자예요?"

"절대 아니에요! 난 기회균등주의자이자 무신론자예요." 그녀가 숟가락에 묻은 거품을 핥으며 말한다.

일본 관광객들이 길 건너 로빈 후드 동상 앞에서 포즈를 잡고 서서 사진을 찍는 모습이 눈에 들어온다. 초록색을 띤 로빈은 펠트 모자와 중세 스타일 튜닉, 메이드 메리언 머리 가리개, 그리고 터크 수사 곰 인형(메이드 메리언은 로빈 후드의 연인, 터크 수사는 로빈 후드의 동료다—옮긴이) 따위를 파는 기념품 가게에 당장이라도 화살을 날릴 기세다.

"로빈 후드에 대해선 어떤 입장이죠?" 나는 묻는다.

"남에게 빌붙어 먹고사는 기식자와 부당하게 복지 수당을 뽑아 먹는 사기꾼들에게 돈을 나눠 준 위험한 진보주의자였죠. 요즘이었다면 감옥에 가거나 노동당 당수가 됐을 거예요."

그녀가 씩 웃어 보인다. 그녀와 눈이 마주치는 순간 강렬한 끌림을 느낀다. 마치 그녀에게 아랫도리를 단단히 잡혀버린 듯한 기분이다. 나는 얼굴이 붉어지기 전에 고개를 돌려버린다. 캐롤라인의 눈은 내 얼굴에서 떨어지지 않는다. 그녀가 다시 숟가락을 핥는다.

"이비의 사건 심리는 수요일이에요." 나는 말한다.

"우리가 이렇게 만나서 얘기해도 되나요?"

"그게 무슨 뜻이죠?"

"당신이 저쪽 증인으로 불려 나갈 수도 있는데."

"그 애 사건에 이쪽저쪽, 편이 나뉘어 있나요?" 나는 묻는다.

"모두가 그 애 편이 아니었어요?"

그녀가 모호한 눈빛으로 나를 바라본다. "대개 그렇게들 얘기하죠. 정작 자기들은 엉뚱한 편에 서 있으면서."

"이비가 세상에 맞설 준비가 됐다고 생각해요?"

"내 임무는 이 무시무시한 세상에 발을 들이기엔 그 아이에게 너무 하자가 많다고 믿는 당신 같은 사람들한테 질문을 던지는 거예요."

"그래도 당신만의 의견이 있을 텐데요."

"난 법률 보조 변호사예요. 심리학자가 아니라요."

"몇 살 때 집을 나왔죠?" 나는 묻는다.

뜻밖의 질문에 그녀가 당혹스러워한다. "그게 이 일과 무슨 상관이죠?"

"대학 다닐 때였나요?"

"그래요."

"방학이 되면 집에 돌아갔죠? 학자금 대출, 자가용, 부모님이 꼬박꼬박 챙겨주는 용돈도 있었을 거고."

"지금 무슨 말을 하고 싶은 거예요?"

"이비에겐 누구도 그런 지원을 해주지 않아요. 돌아갈 집도 없고요."

"부모가 없다고 해서, 부모가 물려준 돈이 없다고 해서 사람을 가둬둘 순 없어요."

내가 머뭇거리는 동안 캐롤라인이 다시 입을 연다. "난 그 아이가 누군지 알아요."

"네?"

"이비 말이에요. 난 진실을 알고 있어요."

나는 아무것도 모르는 척 잠자코 있다.

"걔가 바로 앤젤 페이스예요." 잠시 뜸을 들이던 캐롤라인이 목소리를 한층 낮춘다. "물론 이건 내 짐작일 뿐이에요. 그 애 또래 중 자기 진짜 나이를 모르는 아이가 몇이나 될 것 같아요?"

"아무에게도 얘기하지 말아요."

"법에 대해선 나도 잘 알아요, 헤이븐 박사님."

"그냥 사이러스라고 불러요."

약속이라도 한 듯 빨간 숄더백을 하나씩 걸쳐 멘 또 다른 관광객 무리가 노란 우산을 배턴처럼 휘두르는 가이드를 따라 분주히 움직이고 있다.

캐롤라인이 묻는다. "이비를 계속 그렇게 가둬두고 싶어요?"

"아뇨."

"그럼 여긴 왜 온 거죠?"

어떻게 대답해야 할까? 진실을 들려주는 게 현명한 일일까? 이비 코맥이 예기치 못한 순간에 손에 박혀버린 가시처럼 나를 거슬리게 만든다는 걸 어떻게 설명하지? 그 아이는 내 마음을 사로잡고, 나를 불안하게 만들며, 내가 왜 심리학자가 되었는지를 새삼 깨닫게 한다.

일상적 생활을 무난하게 해내는 사람들의 머릿속은 딱히 들여다볼 필요가 없다. 정상적으로 기능하는 '기계'를 어설프게 손보는 건 무척 위험한 일이다. 대부분의 사람들은 각자 나름의 대응기제를 개발해 트라우마와 박탈감을 극복한다. 그들은 실패나 상실에 집착하는 대신 묵묵히 앞만 보고 걸어 나간다.

이비가 자신에게 벌어진 일들을 기억하고 있는지, 아니면 일부러 잊었는지 알 길은 없다. 억눌렸던 정신적 외상에 의한 기억들이 나중에 표면화되는 것을 두고 심리학자와 신경과 의사들은 지난 30년간 갑론을박을 이어왔다. 하지만 1990년대의 '기억 전쟁'은 여전히 현재진행형이다. 나는 이비가 기억을 억눌러왔으리라고 생각하지 않는다. 우리는 그 애가 어떤 일을 겪었는지 대략적인 내용은 알고 있다. 그 애는 한 남자가 고문을 받으며 죽어가는 소리를 들었다. 또한 썩어가는 시체와 단둘이 몇 주를 보내기까지 했다. 어릴 적부터 성폭행을 밥 먹듯이 당했고, 의사들은 이비가 영영 아이를 갖지 못할 거라고 입을 모았다.

무수한 심리 치료사, 상담가, 그리고 심리학자들에게 불려 가치료를 받아왔음에도 아이는 지금껏 단 한 번도 자신이 무엇을 목격했는지, 어쩌다 비밀의 방에 갇히게 됐는지 털어놓지 않았다. 비록 겉으로는 멀쩡해 보이지만 이비에게는 크나큰 상처가 남아 있었다. 아이는 당시의 기억을 결코 잊지 못할 것이다.

캐롤라인이 손가락으로 기품 묻은 커피 잔의 가장자리를 훑는다.

"한 잔 더 할래요?" 나는 묻는다.

"그럴 시간이 없어요." 그녀가 휴대폰을 들여다보며 대답한다. "나중에 당신을 이비의 증인으로 불러도 될까요?"

"아뇨, 응할 수 없어요."

"그 애랑 많은 얘길 나눴잖아요."

"걘 내게 아무것도 털어놓지 않았어요."

"그 애 파일은 읽어봤을 거 아니에요."

"그래도 안 됩니다."

"그렇게 끔찍했어요? 그 애가 겪은 일들?"

나는 그녀 앞으로 몸을 기울인다. "이렇게 답을 하죠. 지금까지 이비가 자기 자신은 물론 남들에게도 큰 위험이 될 수 있다는 걸 인정하지 않는 사람을 만나본 적이 없어요."

"당신도 거기에 동의하나요?"

"전적으로 동의하진 않아요. 내 생각에 이비는 자멸적이고 자기혐오적이면서 반사회적이에요. 자신에 대한 비판에도 둔감하고요. 하지만 그 앤 스스로를 늘 자각하고 어떤 상황에서든 의연해지려고 애써요. 난 지금껏 그 아이만큼 낙관적인 사람을 본 적이 없어요. 곁에서 지켜보니 이비는 친구도, 인정도, 인간 사이의 상호작용도 필요로 하지 않는 것 같더군요. 하지만 그것이 그 애가 남들에게 위험이 될 수 있다는 의미는 아니잖아요. 물론 자신을 어떤 식으로든 모욕한 사람들을 공격한 전례는 있지만 말입니다."

"그래서 그 애가 계속 갇혀 지내야 한다고 생각하는 거예요?" 캐롤라인이 질문한다.

"그런 얘기가 아니지 않습니까. 난 이비를 돕고 싶어요. 단지 그 방법을 아직 찾지 못했을 뿐이라고요."

"그 애를 랭포드 홀에 계속 가둬야 할 이유로 충분하지는 않군요."

"알아요."

딱딱하게 굳었던 캐롤라인의 표정이 살짝 누그러진다.

"우리 사무실의 누구도 이 사건을 맡으려 하지 않았어요. 다들 풋내기인 내게 떠넘겼죠. 난 지금껏 달랑 두 건의 소송만 진행해봤을 뿐인데, 어쩌다 보니 고등법원에 서게 됐네요."

"잘할 수 있을 거예요." 나는 최대한 진심을 담아 말한다.

"하지만 당신 말이 맞아요. 그들은 이비에게 온갖 질문을 퍼

부을 거예요. 어떻게 경제적으로 독립할 것인지, 어디에 살 것인
지……. 난 그들에게 내놓을 답이 없어요."

"도움이 못 돼서 미안해요."

캐롤라인이 테이블 뒤에 두었던 서류 가방을 집어 든다.

"그 앨 증인석에 세울 건가요?" 나는 묻는다.

"다른 선택의 여지가 없잖아요."

"그러지 않았으면 좋겠어요. 그 앤 아직…… 그 앤……." 나는
말을 잇지 못한다.

"그럼 내가 어떻게 하길 바라죠?"

"다른 건 몰라도 그것만은 안 됩니다."

18

티머시 헬러-스미스 총경이 수사본부 상황실로 성큼 들어서며 소리친다. "놈을 잡았어!" 그리고 잔디 깎는 기계에 시동을 걸듯 바닥을 향해 주먹을 휘두른다.

개방형 사무실 곳곳에서 환호가 터져 나온다. 모두가 서로 주먹을 부딪치거나 하이파이브를 하며 기뻐한다. 총경의 한마디가 탈진 상태에 빠져 있던 수사팀에 다시 활기를 불어넣어주었다. 총경은 레니 파벨과 제복 경관 한 명을 데려왔다. 예기치 못한 스포트라이트에 경관은 적잖이 긴장한 모습이다. 레니는 헬러-스미스와 달리 시큰둥한 반응이다. 그녀는 상관이 브리핑을 이어나가는 동안 단 한 번도 입을 열지 않는다. 형사들은 귀를 쫑긋 세우고 총경의 설명을 경청한다. 나는 사무실 뒷벽에 몸을 기댄 채 서 있다.

고급 정장에 빨간 실크 넥타이로 멋을 부린 헬러-스미스는 경찰 간부라기보다 정치인에 가까워 보인다. 까맣게 염색한 숱 없는 머리는 기름으로 범벅이 돼 있고, 입은 끊임없이 움직이는 게 꼭 입술 두꺼운 한 마리의 물고기 같다.

"이 친구는 해리 플러버 순경이야."

누군가가 잘못 불린 이름을 바로잡아준다.

"글러버 순경은 조디 시행 사건 해결에 큰 공을 세웠어. 어떻게 된 일인지 이 친구 입을 통해 직접 들어보자고."

레니는 끓어오르는 분노를 필사적으로 억누르는 중이다.

젊은 순경은 초조한 듯 주변을 둘러보며 두 손으로 모자를 주물러댄다.

"수요일 오후였…… 아, 조디가 발견된 바로 그다음 날이었죠. 실버데일 워크에서 현장 보존 임무를 수행하고 있는데 한 남자가 개를 끌고 다가왔습니다. 그 사람, 말이 엄청 많더군요. 오솔길을 자주 이용한다면서 덕분에 주변 지역을 훤히 알고 있다고 했습니다. 그래서 제가 물어봤습니다. 최근에 현장 주변에서 수상한 사람을 보지 못했는지요. 지나가는 여자들을 미행하거나, 뭐 그런 짓을 하는 놈들 말이죠. 그랬더니 나중에 용의자를 찾게 되면 사진을 보여달라고 하더군요. 혹시 몰라 일단 이름과 주소를 받아 적어놨습니다."

헬러-스미스가 그에게 계속하라고 손짓한다.

"그날 늦은 오후에 여자아이 둘이 현장을 찾았습니다. 시민 회관 옆에 마련된 추모 공간에 꽃을 놓아두러 왔다더군요. 그중 하나는 조디랑 같은 학교에 다녔다고 했습니다. 그 아이한테 언제 소식을 접했는지 물었더니 화요일 오후 사우스처치 드라이브의 버스 정류장에서 한 남자를 만났다고 하더라고요. 오스트레일리안캘피를 끌고 다니는 남자가 다가와서는 경찰이 다리 밑에서 여자아이 시체를 찾았다며 실버데일 워크엔 가지 말라고 했다더군요. 제가 그 아이에게 그게 정확히 언제였느냐고 물었더니 3시 반쯤이었다고 대답했습니다. 사람들은 조디가 실종된 사실을 알고 있었습니다만 그 친구는 시체가 발견됐다는 것까지 이미 알고 있었던 겁니다. 시체의 위치까지 정확히 알고 있었고 말이죠."

"바로 그거야." 헬러-스미스가 말한다. "그 정보는 6시 기자회견에서 처음 공개됐어." 그가 글러버의 경찰 수첩을 높이 들어 보인다. "플러버 순경은 그 점을 대번에 알아차렸을 뿐만 아니라 그 아이에게 인상착의까지 물어봤어. 그리고 그게 이 친구가 실버데일 워크에서 본 남자의 것과 인상착의가 일치한다는 걸 확인했지. 대단해. 정말 대단해."

그가 글러버 순경의 이름을 또다시 잘못 부르며 그의 어깨를 두드린다.

레니는 비꼬듯 미소 지으며 헬러-스미스에게 "통찰력 돋보이는 브리핑"에 대한 찬사를 보낸다. 악의가 묻어나지 않는 말은 강력한 펀치처럼 내질러진다. 두 사람은 잠시 반감 어린 눈빛으로 서로를 바라본다.

총경이 나가자 레니가 긴장을 풀고 책상으로 다가가 풀썩 주저앉는다.

"우리 용의자는 크레이그 팔리야. 26세. 조디가 발견된 현장에서 1킬로미터도 떨어지지 않은 베인턴 그로브에 혼자 살고 있어. 한 시간 전에 체포됐고, 현재 과학수사대가 그의 집을 수색 중이야. 팔리는 퀸즈 메디컬 센터에서 잡역부로 일하고 있어. 조디는 8개월 전 폐렴으로 같은 병원에 입원했었고. 용의자는 그때 병원에서 그 앨 보고 음흉한 마음을 품게 됐는지도 몰라.

더 중요한 건 그가 네더게이트 스트림 근처 센트럴 파크에서 불특정 여성들을 향해 알몸을 노출한 혐의로 두 번 체포된 전과가 있다는 사실이야. 덜미를 잡힐 때마다 그는 일광욕을 즐기고 있었을 뿐이라고 주장했지. 두 번째 체포됐을 땐 반성의 기미가 보인다고 집행 유예를 받고 풀려났어. 열여덟 살 땐 미성년자와 성행위를 한 혐의로 붙잡혔었지. 당시 상대는 고작 열네 살이었어. 하지만 그 아이 부모는 용의자를 고발하지 않았고, 덕분에 팔리의 이름은 성범죄자 명부에 등록되지 않았다더군."

레니가 결의에 찬 모습으로 형사들의 얼굴을 차례로 본다.

"팔리의 이웃 중 하나가 화요일 아침에 옷가지가 담긴 쓰레기 봉지를 들고 가는 그의 모습을 봤다는 거야. 물어보니 자선 단체에 갖다줄 거라고 했다더군. 이제 우리가 할 일은 노팅엄의 모든 중고 상점과 헌옷 수거함을 샅샅이 뒤져보는 거야."

형사들의 입에서 끙 앓는 소리가 속속 터져 나온다. 레니는 그 소리를 무시하고 벽시계를 올려다본다.

"팔리는 앞으로 24시간 더 붙잡아둘 수 있어. 필요하다면 구금 연장 신청을 할 거고. 시간이 촉박하니 최대한 신속하게 그에 대한 모든 걸 살펴보도록 해. 직장 동료들과 친구들, 전 여자친구들, 그리고 이웃들을 일일이 만나보는 건 물론이고 팔리의 최근 행적도 철저히 추적해봐. 내 예감이 틀리지 않다면 그 자식은 범인이 분명해."

"DNA는요?" 먼로가 묻는다.

"검사 결과가 나오려면 사나흘 정도 걸릴 거야. 난 그 전에 자백을 받아내고 싶어. 에드거와 내가 퍼스트 팀이고, 먼로와 프라임 타임이 세컨드 팀이야."

"놈이 변호사를 불렀나요?" 노바디가 묻는다.

"아직. 우린 규칙대로 진행할 테니 문제될 건 없을 거야. 두 시간마다 휴식 시간도 보장해줄 거고. 물과 식사도 제때 제공해 줘야지. 강하게 밀어붙이되 선을 넘지는 마. 다음 브리핑은 4시 야."

그녀가 돌아서는 순간 수화기가 내밀어진다. 지서장의 전화 다. 레니가 수화기에 대고 말한다. "네, 지서장님…… 한 시간 전 쯤입니다…… 꽤 확실합니다…… 그렇지 않아도 막 시작하려고 요…… 네, 지서장님. 명심하겠습니다. 제일 먼저 지서장님께 보고 올리도록 하겠습니다."

레니가 전화를 끊고 내게 따라오라고 손짓한다. 우리는 아래 층으로 내려가 건물 뒤편에 자리한 취조실로 향한다. 하얗게 칠 해진 방에는 테이블과 의자 세 개, 그리고 심문 장면을 촬영할 수 있도록 반투명 거울이 갖춰져 있다.

크레이그 팔리는 축 늘어진 채 의자에 앉아 손거스러미를 물 어뜯고 있다. 손가락에 박힌 가시를 뽑는 듯이. 그가 갑자기 벌떡 일어나 문 쪽으로 다가온다. 그는 노크를 하려는 것처럼 주먹을 번쩍 들었다가, 이내 생각을 바꾼다. 돌아서서 거울에 비친 자신 의 모습을 빤히 응시하기 시작한다.

그의 외모에서는 특별히 눈에 띄는 부분이 없다. 키는 178센 티미터 정도 돼 보이고, 10킬로그램쯤 과체중인 것 같다. 머리는 갈색인데, 초조해하는 모습임에도 이상할 만큼 무표정이다. 어 쩌다 여기까지 오게 됐는지 이해가 안 된다는 듯한 모습이다.

레니와 에드거 경사가 취조실로 들어가 자신들을 소개한다. 그들은 팔리에게 간단한 요깃거리나 음료가 필요한지 묻는다.

그는 그냥 집에 가고 싶다고 말한다.

"당신은 체포된 거예요." 레니가 설명한다.

"뭔가 오해가 있었던 모양이에요. 당신들이 엉뚱한 사람한테 누명을 씌운 거라고요."

"무슨 누명 말이죠?"

팔리가 잠시 머뭇거린다. "내가 무슨 짓을 저질렀다고 믿는 진 모르겠지만 당신들이 잘못 짚은 거예요."

"부디 그게 사실이길 바랍니다." 레니가 말한다. "왜냐하면 이 게 보통 심각한 문제가 아니거든요, 크레이그. 하지만 이 모든 게 오해라면 금방 풀려날 수 있을 겁니다." 그녀가 의자를 가까이 끌어와 앉는다. 팔리는 그 와중에도 자제력을 잃고 그녀의 가슴 과 엉덩이를 힐끗 살핀다.

"정확히 어떤 부분이 오해라는 거죠?" 레니가 묻는다.

"난 그 애랑 아무 상관이 없었어요."

"그 애요?"

"신문에 난 여자애 말이에요."

"그 애 이름을 알아요?"

"조디 뭐라던데."

"이 아이 말이군요." 에드거 경사가 파일을 열고 사진을 한 장 꺼낸다. "조디 시핸의 최근 사진입니다. 2018년 3월에 학교 사진 사가 찍은 겁니다."

팔리는 사진을 흘끔 내려다보다가 이내 시선을 돌려버린다.

"예쁘장하죠? 안 그런가요?" 레니가 묻는다.

"내 스타일은 아니에요."

"어떤 스타일을 좋아하죠? 어린 소녀들 아니었어요?"

그는 대답하지 않는다.

"미성년자랑 섹스도 했으면서."

"난 기소도 안 됐어요."

레니가 사실을 바로잡아준다. "당신은 유죄 선고를 받지 않았을 뿐이에요. 진단서엔 당신이 그 아이에게 무슨 짓을 했는지 상세히 나와 있어요."

팔리가 고개를 끄덕인다. "걔가 원했던 거예요."

"그 아이가 당신 여자친구였다죠?"

"그래요."

"여자친구를 왜 그토록 거칠게 다뤘죠?"

"걔 아버지가 문제였지 내가 잘못한 게 아니었어요."

그가 이해를 구하는 것같이 두 사람의 얼굴을 차례로 본다.

레니는 화제를 바꾼다. "조디는 어디서 만났나요?"

순간 팔리의 눈이 번뜩인다. 하지만 그의 입에서 답변은 신속히 나오지 않는다.

"난 걜 만난 적이 없어요."

"병원에서도 못 봤어요?"

그의 미간이 찌푸려진다.

레니가 주머니에서 작은 플라스틱 시험관을 꺼내 든다. "이게 뭔지 알아요, 크레이그? 이걸로 당신 입안의 상피 세포를 채취할 거예요. 자, 입을 크게 벌려봐요."

팔리가 고개를 젓는다. "당신들 못 믿겠어요. 내 DNA로 현장을 조작하려는 거잖아요."

"무슨 현장 말이죠?" 에드거가 묻는다.

"그 아이가 살해된 현장 말이에요. 거기다 내 침을 뿌려놓을 거잖아요."

"용의선상에서 빨리 벗어나고 싶지 않아요?"

팔리가 입을 굳게 닫고 고개를 젓는다.

"뭐, 사실 그런 건 아무래도 상관없어요." 레니가 말한다. "필요하면 얼마든지 붙잡아둘 수 있으니까. 경관 네댓 명을 불러들여서 당신을 강하게 몰아붙일 수도 있고요."

팔리는 몸을 움츠린 채 거울에 비친 자신의 모습을 흘끗 돌아본다. 그리고 심문받는 이가 자신이 아니기를 바라는 양 한 손을 번쩍 들어본다.

"키우는 개의 이름이 뭡니까?" 에드거가 묻는다.

팔리는 마치 유도 질문을 받기라도 한 것처럼 반응한다.

"클랜시요."

"품종은요?"

"오스트레일리안캘피요."

"매일 그놈을 데리고 산책합니까?"

"암컷이에요."

"주로 어디로 산책을 다닙니까?"

"코스는 많아요. 주로 강을 따라 걷는 편입니다. 가끔 러시클리프 컨트리 파크에 갈 때도 있고요."

"센트럴 파크는요?" 레니가 묻는다.

"거긴 안 가요."

"하긴, 알몸 일광욕을 좋아하지 않으니까." 에드거가 말한다.

팔리가 발끈한다. "그건 오해였다고요."

"그럼 실버데일 워크는요?" 레니가 묻는다. "글러버 순경에겐 매일 거기서 산책한다고 했다면서요."

"매일은 아니에요."

"월요일 밤엔요?"

그가 또다시 멈칫한다. 침묵. 다급히 머리를 굴리는 소리가 들리는 것만 같다. 그에게는 자신이 늘어놓은 거짓말을 뒷받침하거나 형사들이 무엇을 알고 있는지 추측할 만한 지적 능력도, 생각의 속도도 없다. 그는 평균 이하의 IQ를 가졌고, 사회적 기술도 부족하다. 조디의 시체를 숨기려는 어설픈 시도, 법과학 지식의 부족, 미성년자와 부적절한 성관계를 가진 전과 그리고 저급한 성범죄들이 그 사실을 입증해주었다.

레니와 에드거는 팔리의 월요일 저녁 행적을 꼬치꼬치 캐물으며 서서히 그를 압박해나간다. 노골적인 접근법이다. 모두가 자신의 역할을 충실히 수행하고 있다. 팔리마저도.

만약 그가 내 환자였다면 나는 다른 방식으로 심문을 진행했을 것이다. 가장 먼저 그의 어린 시절과 학교 교육, 가족관계를 파헤쳤겠지. 그의 과거를 살펴본 후에는 그의 성적 취향과 환상을 파고들 것이다. 그가 어떤 여성을 선호하는지, 무엇이 그를 흥분시키는지, 어떤 상상을 하며 자위를 하는지, 상대의 체취나 옷차림이나 걸음걸이 따위에 집착하지는 않는지. 무수한 관찰과 심문 과정을 거치면서 정상적이고 무난했던 연애 취향이 어쩌다 폭력, 착취, 강압의 생각들에 오염돼 변질됐는지 알아볼 것이다. 어쩌면 그는 어릴 때 학대를 받았는지도 모른다. 처음으로 대시했던 상대에게 보기 좋게 거절당했을 수도 있고, 여자들에게 잦은 외면과 모욕을 당한 게 원인인지도 모른다.

그의 환상은 바로 그때 형성됐다. 꿈에 그리던 여자를 차지하고, 좋은 직장에 취직하고, 멋진 차와 친구들에 둘러싸인 삶을 마음껏 누리는 매우 상세한 시나리오. 하지만 그가 현실 속 연애에서 실패를 거듭할수록 그의 환상은 점점 극단으로 치닫게 된다. 로맨틱한 사랑과 성적 어울림에 초점을 맞추는 대신 자신을 기피하는 여자들과 자신을 해고한 직장 상사들, 그리고 자신을 괴롭혀온 불한당들에게 복수하는 상상에 사로잡히게 된다. 상상 속에서 그는 원하는 여성을 차지하는 것으로 만족하지 않고, 그들로 하여금 자신을 외면한 대가를 톡톡히 치르게 한다. 그들 모두로 하여금.

성적 복수에 관한 환상은 끊임없는 연료 보충을 필요로 한다. 포르노와 폭력적인 영화들이 어느 정도 그 역할을 해주었을 테지만 오래가지 않아 그는 싫증을 느끼게 되었다. 그래서 현실적인 것들을 찾아나서기에 이르렀다. 장소, 피해자, 기념품……. 그는 여자들을 집까지 미행하거나, 빨랫줄에서 속옷을 훔치거나, 창문으로 안쪽을 몰래 엿보기 시작했다. 또한 함께 뜨거운 시간을 보내고 싶다고 슬쩍 떠보면 기꺼이 따라와줄 것 같은, 나이가 어리고 분위기에 쉽게 휘둘릴 만한 표적을 골라 대담한 접근을 시도하기도 했다.

이런 모든 행동들이 진행의 일부다. 하지만 조디를 강간하고 살해한 것은 그의 과거 행적과 비교했을 때 정도가 너무 심했다. 무언가가 그를 부추긴 것이 틀림없었다. 가족의 비극이나 해고가 도화선이 됐을 수도 있고, 예기치 못한 실패나 수모가 원인이었는지도 몰랐다.

만약 내가 심문을 진행한다면 최대한 여유를 가지고 접근하겠지만, 지금 경찰에는 그럴 여유가 없다. 판사로부터 구금 연장 승인을 받아오지 않으면 그들은 24시간 후에 팔리를 풀어주어야만 한다.

　두 시간 후, 수사팀은 잠시 쉬기로 한다. 옆방으로 들어선 레니의 얼굴에는 만족의 표정이 떠올라 있다. 취조실에 홀로 남겨진 팔리는 연신 웅얼대며 같은 자리를 빙빙 맴돈다.

　"어떤 것 같아?" 그녀가 묻는다.

　"곧 자백할 것 같은데요."

　그녀는 입을 닫고 추가 설명을 기다린다.

　"제 생각에 저 친구는 분위기에 쉽게 휩쓸리는 타입 같습니다."

　"우리가 원하는 답을 내놓지 않고 있잖아."

　"좀 더 강하게 몰아붙이면 무슨 말이든 다 늘어놓을 거예요."

　레니가 인상을 쓰자 눈이 파묻힐 만큼 주름이 깊이 팬다. 그녀는 무척 성이 나 있는 상태다.

　"그래도 자기가 하지 않은 걸 했다고 자백하진 않을 거야."

　"알아요. 하지만 그의 옷에서 DNA와 섬유 조직을 채취할 거잖아요. 저 친구를 무너뜨리려고 애쓸 필요는 없어요. 팔리는 완전히 격리됐고, 무척 혼란스러운 상태예요. 그에게 조디를 강간하도록 부추긴 아드레날린 과분비가 그쳤으니 자신이 얼마나 곤란한 상황에 빠져 있는지, 자기가 얼마나 끔찍한 괴물인지 깨달았겠죠."

　"자살 위험이 있을까?"

　"네."

　"부디 그래주면 시간과 비용이 많이 절약될 텐데 말이야."

　"그 얘긴 못 들은 걸로 할게요."

19

"젠장! 완벽한 타이밍이군." 경찰서 유리문 밖을 내다보며 레니가 중얼거린다.

오솔길에 몰려든 군중이 도로로 쏟아져 나오고 있다.

"한 시간 전부터 저렇게 모여들더라고요." 제복을 입은 경사가 말한다.

"누군가가 내부 정보를 흘려서 저렇게들 모여든 거라고." 레니가 툴툴대며 말한다.

군중 틈에서 펠릭스 시핸의 모습이 눈에 들어온다. 그는 또래 남자 하나, 그리고 십 대 소녀 둘과 나란히 서 있다. 여학생들의 옷차림에는 일부러 나이 들어 보이게 애쓴 흔적이 역력하다. 어쩌면 차가운 인상을 주려고 노력한 흔적인지도 모른다.

제복 경관 두 명이 정문을 지키고 있다.

한 시위자가 소리친다. "그놈 이름이 뭡니까? 자백은 했습니까?"

시위대가 즉각 구호를 외치기 시작한다. "놈을 데려와! 놈을 데려와!"

막 도착한 TV 중계진이 카메라를 어깨에 걸치고 시위대를 촬영하기 시작한다. 시위대의 함성이 한층 높아진다. 나는 늘 군중 심리에 관심을 가져왔다. 익명성이 어떻게 책임을 면제시키고, '자기'라는 감각을 사그라지게 만드는지. 사람들은 무리에 속해 있을 때 주체성을 잃지 않는다. 오히려 부족의 일원으로서 새로운 주체성을 얻게 된다.

"인력을 더 끌어와 배치시켜야겠어." 레니가 유리문을 열고 나가며 웅얼거린다. 카메라가 일제히 돌기 시작하고 기자들이 우르르 몰려든다.

"짧은 성명을 발표하겠습니다." 그녀가 말한다. "지역 주민이 조디 시핸 살인사건과 관련해 심문을 받고 있습니다. 이상입니다."

"용의자 이름이 뭐죠?" 한 기자가 소리친다.

"그건 공개하지 않을 겁니다."

"저희가 인터뷰를 해도 될까요?"

그 말에 여기저기서 웃음이 터져 나온다.

레니가 계속 이어나간다. "부탁입니다. 이만 돌아가주세요. 수사는 저희에게 맡겨주시고요."

"저희에겐 여기서 취재할 권리가 있습니다." 무리의 우두머리로 보이는 자가 소리친다. 그의 민머리에는 문신이 새겨져 있고, '자유는 공짜가 아니다'라는 문구가 적힌 티셔츠에는 극우 운동가 토미 로빈슨의 사진과 함께 유니언 잭이 박혀 있다.

레니는 그냥 무시해버린다. 군중은 구호를 외쳐댄다. "인간쓰레기! 인간쓰레기! 인간쓰레기!"

펠릭스는 시위대에서 슬그머니 벗어나려 하는 중이다. 정문으로 빠져나온 나는 군중 속에서 그를 놓치지 않으려고 민첩하게 움직인다. 시야에서 잠시 벗어났다가 다시 나타난 그는 멈춰선 차들을 요리조리 피해 길을 건너간다. 그는 여전히 젊은 남자와 십 대 소녀 세 명을 이끌고 있다. 나는 적당한 거리를 유지한 채 렉토리가를 따라 어슬렁어슬렁 걸어가는 그들을 미행한다. 그들은 몸을 축 늘어뜨린 채 담배를 빨고 있다. 두 소녀의 허리를 각기 감싸안은 펠릭스의 두 손이 척추를 따라 밑으로 스르르 내려간다. 손가락이 그들의 청반바지 뒷주머니 속으로 사라질 때까지.

그에게 묻고 싶다. 조디의 사물함에서 발견된 돈의 출처에 대해서. 하지만 지금은 적절한 타이밍이 아니다. 나는 계속해서 그를 미행한다. 이것은 내가 상대에 대해 알아가는 방식이다. 나는 그들의 걸음걸이와 말투, 그리고 그들이 세상과 소통하는 방식을 유심히 살핀다. 구조 공학자는 다리나 건물을 보며 축방향력, 하중 지지점, 항장력 따위를 자연스레 떠올린다. 내 경우에는 상대의 동작과 얼굴, 목소리 톤 등을 유심히 관찰한다. 그들이 무엇을 걸치고 있는지, 운전 습관은 어떤지, 그리고 그것들 사이에 어떤 연결고리가 있는지. 굳이 노력하지 않아도 상대에 대해 많은 걸 알게 된다. 그들의 삶을 면밀하게는 파헤칠 수 없어도 그들 성격의 형태는 어떤지, 또 무엇이 그들의 행동에 영향을 주는지 따위는 대충 파악된다.

펠릭스와의 거리가 많이 좁혀졌다. 미행을 들키면 어쩌나 걱정했지만 그는 소녀들과 노닥거리느라 정신이 없다. 잠시 후, 그는 렉서스 차가 주차된 곳에 도착한다. 반대편에는 내 낡은 피아트가 세워져 있다. 순식간에 결심을 굳힌 나는 길을 건너가 차 문을 연다. 펠릭스는 주먹과 어깨를 맞대며 일행과 작별인사를 나눈다. 한 소녀가 그의 귀에 대고 뭐라 속삭이지만 그는 시큰둥하게 반응한다.

나는 지금껏 차로 누군가를 미행해본 적이 없다. 술집에서부터 집까지, 또는 시골에서 피크닉 장소까지 미행하는 것과는 차원이 다른 문제다. 펠릭스는 조급하게 차를 몬다. 신호가 녹색으로 바뀔 때마다 그는 미친 듯이 액셀러레이터를 밟아댄다. 그는 두 번이나 나를 따돌렸지만 극심한 교통량 탓에 멀리 벗어나지 못했다.

트렌트 브리지를 건너온 우리는 런던가를 따라 달려나간다. 그는 메도우 레인 경기장을 지나자마자 왼편의 퀸스가로 들어선다. 그리고 노팅엄 철도역 근처 다층 주차장 안으로 사라진다. 따라 들어가보니 옥상 층에 렉서스를 세워놓고 내려오는 그가 눈에 들어온다. 그는 검지에 끼운 열쇠고리를 빙빙 돌리며 빠르게 계단을 내려간다. 쩌렁쩌렁 울리는 그의 발소리가, 미행하는 내 발소리를 완전히 덮어버린다.

나는 30미터쯤 떨어져서 그를 뒤쫓는다. 기차역 중앙 홀로 들어선 그는 택시 승차장을 지나 자동문으로 빠져나간다. 그는 출발과 도착 시간을 알리는 전광판 아래 멈춰 서지만 시간표는 살피지 않는다. 누군가를 찾고 있는 듯하다. 어쩌면 곧 도착할 누군가를 태우러 온 것인지도 모른다.

그는 카페와 매표창구가 있는 홀과 남자 화장실을 차례로 지나쳐 걸어간다. 줄지어 늘어선 자동판매기 옆에 다시 멈춰 서더니, 배낭을 베고 바닥에 드러누운 두 남자를 잠시 내려다본다. 펠릭스가 먼저 그들에게 말을 건다. 한 남자가 얼굴에 덮어놓은 야구 모자를 살짝 들어 올리고 고개를 젓는다.

그는 정문으로 빠져나가 스테이션 가 너머 잡센터 플러스(영국의 고용 서비스 제공 기관—옮긴이)로 향한다. 자동문이 열리자 길게 줄을 선 사람들이 눈에 들어온다. 면접 차례를 기다리는 구직자들이다. 펠릭스는 진입 경사로에서 어정거리며 들락이는 사람들을 지켜본다. 이따금 그들에게 다가가 짧게 몇 마디를 나누기도 한다.

후드 달린 운동복 상의를 걸친 또 다른 청년 하나가 주머니에 손을 찔러 넣은 채 다가온다. 펠릭스는 환한 표정으로 그에게 담배를 권하고, 청년은 기꺼이 받아 문다. 그들은 담배에 불을 붙인 뒤 찬 공기에 대고 연기를 길게 뿜어낸다. 서로 아는 사이 같아 보이지는 않는다. 그들은 오늘 처음 만난 것이 분명하다.

몇 분에 걸쳐 대화를 하던 펠릭스가 주머니에서 펜을 꺼내 든다. 그는 십 대 소년에게 소매를 걷으라고 손짓한 후 그의 팔뚝에 무언가를 적어준다. 전화번호? 주소? 너무 멀리 떨어져 있어 확인할 길이 없다.

마침내 청년이 떨어져 나간다. 그는 뒤도 돌아보지 않고 제 갈 길을 간다. 펠릭스는 휴대폰을 꺼내 무언가를 체크한다. 그러고 나서 두 손으로 타이핑을 시작한다. 작성된 메시지에 만족한 그가 돌아서서 기차역으로 되돌아간다. 방금 전, 대체 무슨 일이 벌어졌던 걸까? 인력 모집? 사업 협정?

펠릭스에게 조디의 사물함에서 발견된 돈의 출처를 여전히 묻고 싶지만, 역시 때가 아니다. 내가 미행해왔다는 걸 그에게 들켜서는 안 된다. 개 옆에서 꾸벅꾸벅 졸고 있는 노숙자를 지나쳐

가려던 펠릭스가 멈칫한다. 그는 지폐 클립에서 10파운드 지폐
한 장을 뽑아 남자의 주머니에 쑤셔 넣는다. 그러고 나서 기차역
을 향해 가벼운 발걸음을 계속 옮겨나간다.

20

수요일 아침. 바람에 겨울의 느낌이 묻어난다. 얼룩덜룩한 구름은 고원지대, 그리고 그 너머의 아일랜드를 향해 흘러가는 중이다. 조깅을 하려던 나는 바깥 기온을 확인하고 나서 생각을 바꾼다. 중앙난방 장치가 또 고장이다. 점화용 불씨가 꺼져버린 것이다. 20분에 걸쳐 엄지손가락을 정신없이 놀린 끝에 간신히 깜빡이는 불꽃을 안정적인 파란 불로 만드는 데 성공한다.

나는 9시에 맞춰 도착한 택시 뒷좌석에 오른다. 기사는 라디오를 듣고 있다. 내 눈에는 그의 뒤통수만 들어올 뿐이다. 기름이 발라진 그의 민머리는 오래된 가죽 축구공 같은 색을 띠고 있다.

"일주일 전 노팅엄의 오솔길에서 시체로 발견된 십 대 여성 조디 시핸을 강간하고 살해한 혐의로 한 병원 직원이 기소됐습니다. 26세 남성 크레이그 팔리는 일요일, 조디의 시체가 발견된 현장에서 1킬로미터도 떨어지지 않은 베인턴 그로브의 자택에서 체포됐습니다.

어제 늦게 열린 기자회견에서 레니 파벨 경감은 팔리가 모든 범행을 자백했으며, 오늘 오전 노팅엄 형사 법원에 출두하게 될 거라고 밝혔습니다."

곧이어 레니의 목소리가 흘러나온다.

"용의자는 경찰 수사에 적극 협조하는 것으로 조디 가족의 추가적인 심적 고통을 덜어주었습니다. 이 자리를 빌려 지난 한 주간 눈 한 번 제대로 붙이지 못한 채 수사에 전력을 다한 저희 수사팀에 감사의 뜻을 전합니다. 그들의 뛰어난 기량과 헌신 덕분에 용의자 검거가 신속히 이루어질 수 있었습니다. 모두가 조디와 유가족을 위해 필사적으로 수사에 임했습니다. 비록 피해자를 되살릴 순 없지만, 조디가 영원히 기억될 수 있도록 최선의 노력을 다해야 할 것입니다."

기사가 어느새 내게 말을 걸고 있었다.

"죄송합니다. 방금 뭐라고 하셨습니까?" 나는 묻는다.

그가 턱으로 라디오를 가리킨다. "친구들이랑 내가 잘못 짚었다고요."

"뭘 말입니까?"

"조디 시핸. 우린 그 애 가족을 의심했거든요. 그 애와 가장 가까웠던 인물 말이에요."

"이유가 뭡니까?"

"대개 그렇지 않던가요? 듣기로는 80퍼센트쯤 그렇다던데."

대체 어디서들 이런 통계를 접하는 거지?

그는 내가 맞장구쳐주기를 기다리고 있다.

"유가족을 아세요?" 나는 묻는다.

"그 애 아버지를 알죠. 성질이 얼마나 고약한지 몰라요."

나는 두걸 시핸의 이름을 입 밖으로 꺼내려다 꾹 참는다.

"그 친구도 우리처럼 택시 기삽니다." 기사가 말한다. "오래전에 사고를 친 적이 있었죠. 어떤 여자 손님이 폭행을 당했다고 신고했거든요. 칼버튼까지 태우고 갔는데 그 손님이 갑자기 돈이 없다고 하더랍니다. 가방을 도난당했다나요. 두걸이 경찰을 부르겠다고 했더니 그 여자가 선수를 치더랍니다. 그에게 인질로 잡혀 있었다고 고발해버린 거예요. 그녀 팔뚝엔 멍 자국이 남아 있었습니다. 두걸이 그런 걸 수도 있고, 남자친구가 그런 걸 수도 있었겠죠."

"그래서 어떻게 됐습니까?"

"법정까진 가지 않았어요." 그가 백미러를 흘끔 들여다본다. "그래서 나도 냉큼 요걸 달아놨죠." 그가 계기판 위에 붙은 작은 상자를 가리킨다. "몰래카메랍니다. '치즈' 하세요!"

우리는 더비가를 따라 렌턴 애비와 대학교를 차례로 지나쳐 간다. 로터리의 첫 번째 출구로 빠져나와서 콘크리트 배수로로 전락해버린 린강을 건너간다. 황금빛 플라타너스 터널이 바람에 살랑인다. 흔들리는 나뭇가지들 틈으로 캐슬 록에 우뚝 선 노팅엄성이 보인다. 정복되고 파괴되고 재건됐다가 또다시 정복된 성은, 이제는 탑과 총안 흉벽이 둘러진 요새라기보다는 웅장한 대저택에 더 가까운 모습이다.

택시는 나를 현대식으로 지어진 형사 법원의 아치형 유리 정문 앞에 내려준다. TV 중계진은 거센 바람을 피해 정문 안에 피신해 있다. 그들은 크레이그 팔리가 처음으로 법원에 출석하는 순간을 포착하기 위해 법원 건물의 커다란 문장紋章 앞에 카메라를 설치해놓은 상태다.

고등법원 심리는 건물의 전혀 다른 공간에서 진행된다. 이비 코맥의 사건에 대한 심리는 10시 30분에 시작될 예정이다. 초조해하는 게 자연스러운 반응이지만 어쩐지 이비는 그럴 것 같지 않다.

복도는 변호사와 의뢰인들로 북적이고 있다. 이곳은 가족법 소송을 처리하는 장소다. 이혼과 자녀 양육권 분쟁 따위. 서로 눈을 맞추지 않으려 애쓰는 사람들은 부부가 분명하다. 모두가 각자의 변호사들과 실실대며 수다를 떠느라 바쁘다. '서로 사랑하고 존경하고 존중하겠다'는 진심 어린 서약으로 시작되는 결혼 생활은 결국 이렇게 누가, 언제, 어디서, 무엇을 차지할 것인지에 대한 상세한 내용이 가득 담긴 링 바인더 몇 개로 끝을 맺고 만다. 사소한 언쟁은 그들을 이 자리로 인도했고, 판사는 그 누구도 감히 건드릴 수 없는, 신이 단단히 묶어놓은 끈을 사정없이 잘라버릴 것이다.

한쪽에 서 있는 캐롤라인 페어팩스가 눈에 들어온다. 그녀는 전형적인 '법원용 복장'을 하고 있다. 칼라를 단 하얀 블라우스에 검은 스커트와 재킷 콤보. 가까이 다가가보니 혼자가 아니다. 다른 존재가 서서히 눈에 들어오기 시작한다. 주근깨, 새처럼 야윈 몸, 그리고 살짝 들린 코. 이비는 완전히 딴사람 같아 보인다. 아이의 머리는 좀 더 자연스러운 색으로 바뀌어 있었고, 단정한 드레스 위로는 목까지 단추를 채운 카디건이 덮여 있다. 발목 높이의 부츠 덕분에 아이는 몇 센티미터 더 커 보인다. 이런 색다른 모습이 내게는 대단해 보이지만 한편으로 마치 부대나 헤어셔츠(과거 종교적인 고행을 하던 사람들이 입던, 털이 섞인 거친 천으로 만든 셔츠—옮긴이)를 걸치고 있는 듯 비참해 보인다.

나는 미소를 지어 보인다.

"뭘 봐요?" 아이가 퉁명스럽게 묻는다.

"정말 예쁘지 않아요?" 캐롤라인이 말한다.

나는 고개를 끄덕인다. 이비는 내게 꺼지라고 한다.

"여기서도 그러면 안 돼." 캐롤라인이 말한다.

"뭘 말이에요?"

"욕하는 거 말이야. 법정에서 그러면 큰일나."

"내가 바보인 줄 알아요?" 이비가 말한다. 아이는 카디건 깃을 세우고 전혀 숙녀답지 않은 모습으로 속바지 고무줄을 매만진다.

떡칠 대신 절제된 화장은 캐롤라인의 손길이 스쳤음을 짐작하게 해준다.

어디선가 내 이름을 부르는 소리가 들린다. 거스리가 와보라고 손짓하고 있다. 그는 변호사로 보이는 흑회색 양복 차림의 두 남자와 함께 서 있다. 그와 대조적으로 사회복지사는 헐렁한 코르덴 바지에 트위드 재킷 차림이다. 재킷에 뿌려진 선황색 얼룩들이 그를 황달에 걸린 사람처럼 보이게 한다.

두 변호사 중 키가 큰 남자는 자신을 데릭 하지 칙선勅選 변호사(영국 최고 등급 법정 변호사—옮긴이)라고 소개한다. 노팅엄 시의회 측 법정 변호사란다. 그의 동료는 스티븐 카터라는 사무 변호사다. 하지는 손가락이 부러질 만큼 억세게 악수한다. 또한 상대에게 겁을 주려는지, 아니면 서열을 확고히 정리하려는지 몸을 부자연스럽게 앞으로 기울이는 버릇이 있다. 링 바인더를 한 아름 안고 있는 카터는 말없이 가볍게 목례를 보낸다.

"여기서 만나다니, 다행이야." 거스리가 말한다. "하지 변호사가 자넬 증인으로 부르고 싶어 하서."

"날?"

"이비 코맥이 법원이 지정한 심리학자를 거부했어. 그래서 자네가 그 애 입을 여는 데 성공했다고 알려줬지."

"그냥 딱 두 번 만나봤을 뿐이야. 임상 환경도 아니었고."

"그래도 칼부림 사건 때 현장에 있었지 않습니까." 하지가 내 눈을 똑바로 보며 말한다. 어설픈 연기 따위는 집어치우라는 듯이.

"그게 이거랑 무슨 상관이죠?"

하지가 대답한다. "이비 코맥이 정서적으로 불안정한 아이에게 칼로 자길 찔러달라고 사주했어요."

"그건 사실이 아닙니다."

그의 오른쪽 눈썹이 씰룩이며 머리칼과 맞닿으려 한다.

"CCTV 영상을 봤어요. 그 애가 칼을 자신의 가슴으로 끌어오는 걸 봤단 말입니다."

"그를 무장 해제시킨 겁니다."

"그 아이에게 자길 찌르라고 사주했다니까요."

"이비는 그 애가 차마 못 할 거라는 걸 알고 있었어요."

"그걸 당신이 어떻게 알죠?"

"이비가 설명해줬으니까요."

하지가 피식 웃는다. 정나미가 뚝뚝 떨어진다.

"증인석에 앉는 게 좀 부담스럽네요." 나는 말한다. "난 그냥 관람하러 왔을 뿐이에요."

"누굴 대표해서요?"

"날 대표해서요."

거스리가 얼굴을 살짝 붉힌다. "이비를 돕고 싶지 않아?"

"당연히 돕고 싶지."

"괜찮습니다." 사무 변호사가 말한다. "판사는 이비의 사연을 알고 있어요. 자료도 모두 제출됐고요. 그걸로 충분할 겁니다." 그가 캐롤라인 쪽을 슬쩍 돌아본다. "마침 부담스러운 상대도 아니니."

그가 더 밥맛이다.

그때 스피커에서 곧 심리가 시작된다는 안내 방송이 흘러나온다. 하지가 사무 변호사를 돌아보며 고개를 끄덕인다. "후딱 해치우고 나오죠."

심리는 이비의 신원과 사생활 보호를 위해 비공개로 진행된다. 법원이 인정한 전문가 증인인 내게는 증언 의무 이행 여부와 상관없이 작은 방청석에 앉을 권리가 주어졌다.

캐롤라인과 나는 긴 테이블의 한쪽 끝에, 하지와 카터는 그 반대편에 각각 자리를 잡고 앉는다. 자문을 맡은 거스리의 자리는 그들 바로 뒤다. 옆문으로 세일 판사가 들어선다. 까만 머리에 오묘한 잿빛 눈썹을 가진 중년 남자가 미소를 흘리며 모두를 반가이 맞는다. 그는 양측 변호사의 이름을 받아 적고 나서 이비에게로 시선을 돌린다.

"만나서 반가워요, 코맥 양. 분위기가 위협적으로 느껴질 수 있겠지만 우린 누굴 벌하거나 책임을 물리려고 여기 모인 게 아니에요. 여긴 안전한 곳이니 마음 놓고 솔직하게 답변하면 돼요."

그가 변호사들을 돌아본다. "이 심리에 비밀 유지 규정이 엄격하게 적용된다는 거, 다들 아시죠? 사건과 밀접한 관련이 있는 진술은 다 읽어봤습니다. 여러분의 최종 변론을 다 듣고 난 후

판결을 내리도록 하겠습니다. 괜찮으시다면 이비의 진술부터 듣 겠습니다."

이비는 아무 반응도 보이지 않는다. 초조해하지 않으려고 애 쓰는 모습이 역력하다.

"먼저 시작하시겠어요, 페어팩스 씨?" 판사가 말한다.

캐롤라인이 자리에서 일어나 이비를 돌아본다. 그리고 수첩 을 잠시 들여다보다가 어깨를 활짝 편다.

"이비 코맥은 6년 전, 신원 확인과 가족을 찾는 노력이 수포 로 돌아갔을 때 이 법원의 피보호자가 됐습니다. 가족 중 누구라 도 나타나주길 바랐지만 그러지 않았죠. 이비를 입양하겠다고 나서는 사람도 없었고요.

큰 위험에 노출된 아이에겐 케어 오더(아이의 보호를 부모가 아니 라 지역 기관에 맡기는 조치—옮긴이)가 내려지게 돼 있지만, 이비의 경 우에는 이미 상당한 피해를 입은 상태였습니다. 이 아이는 런던 북부의 한 주택의 비밀 공간에 숨어 지내다가 발견됐습니다. 오 랫동안 씻지 못해 위생 상태가 엉망이었고, 영양실조에도 걸려 있었어요. 구루병을 포함해 여러 질병을 앓고 있었고요."

하지가 자리에서 일어난다. "판사님, 박식한 변호사님께서 역 사 강의를 계속 이어나가시려는 것 같습니다. 그 내용들엔 아무 논란의 소지가 없는데 말이죠."

"있지요." 캐롤라인이 말한다. "그것도 가장 중요한 사실에요. 이비의 나이 말입니다."

세일 판사가 그녀에게 계속하라고 손짓한다.

"판사님, 관습법에는 주의의무注意義務가 존재합니다. 법원의 과거 판결들로부터 유래된 것입니다만, 개인이나 조직은 아이를 적절히 돌봐야 하고 또 예측 가능한 피해로부터 아이를 보호해야 하는 의무를 갖는다는 내용입니다. 이비 코맥의 경우, 지역 당국이 해당 부분을 성실히 수행했죠. 이비는 이제 18세가 됐으니 독립을 허락해달라고 요청하고 있는 겁니다."

"실제로는 열여섯 살인지도 모르지 않습니까." 하지가 손에 쥔 펜을 빙빙 돌리며 끼어든다.

"열아홉 살일 수도 있고요." 캐롤라인이 받아친다. "제 의뢰인은 성인이 됐고, 이제부터 성인으로 대접받고 싶어 합니다."

"원한다고 다 누릴 수 있는 건 아닙니다." 하지가 말한다. "저 아이는 어떻게든 지역 당국과의 연을 끊으려 하고 있습니다. 부모 자식 사이나 다름없는데 말입니다."

"그럼 이 아이에겐 어떤 판례법을 적용해야 하죠?" 캐롤라인이 말한다.

"애초에 저 아이가 성인답게 행동했다면……." 하지가 말한다. 그는 여전히 자리에서 일어나 있는 상태다. 캐롤라인이 이의를 제기하려 하지만 하지는 틈을 내주지 않는다. "이비 코맥의 나이 문제는 그렇다고 치죠. 하지만 저 아이의 정신 건강과 자해, 그리고 폭력적 성향 등 꼼꼼히 따져볼 것들이 많습니다. 이비는 무려 열두 차례에 걸쳐 안전하고 안정적이며 따뜻한 가정에 위탁됐지만, 매번 전쟁을 선택했습니다. 이비는 스무 번도 넘게 위탁 가정에서 가출했고, 한번 사라지면 몇 주 동안 나타나지 않았습니다. 절도, 마약, 도박, 음주, 경찰 희롱, 체포 불응……."

"역사 강의는 그쪽이 하고 있는 것 같은데요." 캐롤라인이 말한다.

"이런 역사 강의는 꼭 필요한 것이죠, 미스 페어팩스." 하지가 받아친다. "이비 코맥은 지난 4년간 경비가 삼엄한 소년원에 수감돼 지냈습니다. 규칙을 따르지 않고 나이에 걸맞은 행동을 보이지 않았기 때문입니다. 저 아이는 그곳 직원들과 아이들, 정신 건강 관리를 위해 파견된 사회복지사, 치료사, 심리학자, 정신과 의사들을 괴롭혔습니다. 그중 대부분이 판사님께 진술서를 제출했고요. 오늘 법정에 나온 이비의 담당 직원은 저 아이가 자신이 이제껏 담당한 원생 중 최악이었다고 진술했습니다. 지난주엔 랭포드 홀에서 발생한 참혹한 사건에 연루되기도 했습니다. 칼을 잡아 쥐어 자신의 심장에 겨누고는 제정신이 아닌 청년에게 자길 죽여달라고 했답니다."

"이비는 그를 무장 해제시킨 거예요." 캐롤라인이 말한다.

"스스로가 희생자를 자처하고 나서는 것으로 말이죠?"

"그건 영리한 계책이었어요."

하지가 코웃음 치며 한 손을 살랑여 보인다. 마치 캐롤라인이 의미론에 집착하고 있다고 조롱하기라도 하는 것처럼.

"시스템으로부터 독립하기에 이비 코맥은 아직 충분히 성숙하지 못했습니다. 정신적으로 안정적이라고도 볼 수 없고요. 저 아이에겐 이렇다 할 생계 수단도 없습니다. 직업 훈련을 받은 적도 없고, 당장 묵을 거처도 없는 상태입니다. 그뿐만 아니라, 범죄 관련 통계를 보면 교도소 재소자들 중 소년원 출신이 상당 부분을 차지하는 것으로 나타났습니다."

"지역 당국 홍보에 참으로 도움이 되겠군요." 캐롤라인이 말한다.

"이비 코맥의 나이를 증명하는 건 심의회의 책임이 아닙니다." 하지가 말한다.

"그럼 그건 누가 할 일이죠?"

"저 아이가 직접 해야 할 일이죠. 거스리 씨의 진술서를 보면 이비 코맥이 자신의 본명과 진짜 나이를 알고 있음에도 공개를 거부했다는 내용이 담겨 있습니다. 저 아이가 바로 자기 자신의 최악의 적입니다. 이비에게 독립을 허락하는 건 시기상조입니다. 설령 성인이라는 게 증명이 된다 해도 말이죠. 지역 당국은 정신보건법에 따라 이비를 보안이 철저한 정신병원으로 보내라는 지시를 내렸습니다."

"말도 안 돼요." 캐롤라인이 말한다.

"헛소리 집어치워!" 이비가 자리에서 벌떡 일어서며 소리친다. 아이가 앉았던 의자가 요란한 소리와 함께 넘어간다. 아이는 그의 목을 갈가리 찢어버릴 듯이 테이블 너머의 하지에게로 무섭게 달려든다. 캐롤라인이 황급히 달려가 이비의 허리를 감싸 안는다. 그리고 자그마한 체구의 이비를 번쩍 들어 옮겨놓는다. 아이는 미친 듯이 발길질을 해댄다.

화들짝 놀란 하지가 뒤로 주춤 물러난다. "제 주장이 이렇게 증명되는군요."

"이 개새끼!" 이비가 소리친다.

"제발 가만히 좀 있어." 캐롤라인이 애원한다. 그녀는 당혹스러운 눈빛으로 나를 힐끗 돌아본다.

이비가 제자리로 돌아가 앉자 꾹 참고 기다렸던 세일 판사가 아이에게 경고한다. "또 한 번 이러면 그땐 그냥 넘어가지 않을 겁니다."

격노에 휩싸인 이비의 어깨가 들썩인다. 얼굴을 볼 수 없어 울고 있는지 확인할 길이 없다.

판사가 파일을 열고 서류를 몇 장 넘겨본다. 여백에 휘갈겨 쓴 메모와 밑줄 쳐진 단락들이 눈에 들어온다.

"코맥 양, 판사석으로 와주겠어요?" 그가 말한다. "와서 이쪽 에 앉아요."

이비가 어색하게 일어나 안짱걸음으로 조심스레 이동한다. 아이는 어깨 너머로 뒤를 살핀다. 판사가 자신의 자리와 같은 높 이에 위치한 나무 의자를 가리킨다.

"아까 그 얘기 듣고 많이 심란했죠?" 그가 부드러운 어조로 말한다. "그런 식으로 자신이 묘사되는 걸 들으면서 적잖이 불쾌 했을 거예요."

이비는 대꾸하지 않는다.

"요청서는 읽어봤어요. 요청인의 입장이 이해되더군요. 아이 들이 시설이나 위탁 가정에 맡겨지는 이유는 많습니다. 부모의 학대와 방임이 주원인으로 꼽히죠. 하지만 그들을 거둬줄 사람 이 없는 경우도 적지 않아요. 이 케이스는 특히 더 심각합니다. 그래서 이 법원의 피보호인이 된 거죠."

무릎을 모은 채 반듯한 자세로 앉아 있는 이비는 초조한 모 습으로 경청한다.

"정확한 나이를 알고 있나요?" 그가 묻는다.

"열여덟 살이에요."

"생년월일은?"

"그건 확실하지 않아요."

"나이에 비해 어려 보이긴 하네요."

"그쪽도 판사치곤 어린 것 같은데요."

그 말에 그가 미소를 머금는다.

"보육 전문가 여덟 명의 진술서가 제출됐어요. 그들 모두가 당신이 당신 자신과 사회에 큰 위험이 될 거라고 입을 모았습니다."

"그렇지 않아요."

"당신을 옹호하는 유일한 의견서가 어제 제출됐습니다." 세일 판사가 안경을 코끝에 걸쳐놓고 파일을 뒤적이기 시작한다. "당신이 독립해도 될 만큼 성숙하고 안정된 상태라는 의견을 낸 건, 헤이븐 박사라는 심리학자입니다."

이비가 고개를 돌려 나를 바라본다. 캐롤라인의 시선도 내게 돌아온다. 잠시 내게로 쏠렸던 모두의 관심이 금세 세일 판사 쪽으로 되돌아간다.

"이제 어쩔 셈인가요? 독립하면 어디서 살 거죠?"

"런던에 가서 일자리를 알아볼 거예요."

"자격증도, 고용 기록도 없잖아요. 국민 보험 번호와 은행 계좌도 없고, 독립을 위해 모아둔 돈도 없어요. 당신이 고작 열여섯 살밖에 되지 않았다는 하지 씨의 주장이 맞을 수도 있겠다는 생각이 드는데요."

"열여섯에 결혼하는 사람도 많다고요."

"그것도 부모의 동의가 있어야 합니다."

"군대도 갈 수 있고요."

"그것 역시 부모 동의가 필요해요."

이비는 거기서 딱 멈춰버린다. 자신이 결코 이길 수 없는 논쟁이라는 걸 깨달았기 때문이다.

세일 판사가 계속 말한다. "경제적으로 자급자족할 수 있고, 정서적으로 충분히 안정돼 있다는 걸 증명해야만 독립을 허락할 수 있어요. 그게 아니면 미성년자에게 알맞은 가정환경이란 걸 증명해야 하고요."

"열여덟 살이라니까요."

"증명을 해야 한다니까요."

"저 사람들도 내가 열여덟이 아니라는 걸 증명 못 하잖아요."

"그래서 문제라는 거예요."

세일 판사는 안경을 벗어 쥐고 주머니에서 작은 천 조각을 꺼낸다. 그런 다음 양쪽 렌즈에 각각 입김을 뿌린 후 조심스레 닦는다.

"난 당신을 계속 시설에 머물게 하고 싶지 않아요, 이비. 하지만 스스로를 부양할 능력과 진짜 나이를 증명하지 못하면 나로서도 어쩔 수 없어요."

이비는 고개를 세차게 가로젓는다. 예상처럼 분노를 폭발시키는 대신, 아이는 조용히 눈물짓기 시작한다. 하지만 끝내 눈물을 떨구지 않는다. 하지는 의기양양하게 미소를 짓고 있다.

세일 판사가 안경을 다시 걸치고는 무언가를 적어 내려가기 시작한다.

"상고인, 이비 코맥의 생년월일을 확정 짓도록 하겠습니다. 상고인은 6년 전, 9월 6일에 발견됐습니다. 그러므로 내년 9월 6일을 상고인이 18세가 되는 날로 지정하도록 하겠습니다. 그때까지 상고인은 심의회의 보호 관리를 받아야 합니다." 그가 이비를 돌아본다. "그때까지 잘 처신토록 해요, 아가씨. 변호사 말 잘 듣고 공부도 열심히 해야 합니다. 안 그러면 나중에 여러 문제에 발목 잡히게 될 거예요."

이비는 넋 나간 얼굴로 세일 판사를 바라본다. 순식간에 결정된 자신의 운명이 믿어지지 않는 모양이다. 결정의 속도. 완전한 반전.

나는 본능적으로 깨닫는다. 이것이 끝이 아니라는 것을. 이비의 마음속 깊은 곳에서는 격노가 꿈틀거리고 있다. 그리고 그것은 완벽한 타이밍에 터져 나와 세상을 뒤집어놓을 것이다.

마음속에서 증오가 끓어오른다. 배 속에서부터 치밀기 시작한 그것은 목구멍을 타고 올라와 내 목과 볼로 퍼져 나간다. 법정의 정적 속에서 고래고래 비명을 지르고 싶어졌다. 누구라도 붙잡고 흠씬 두들겨 패고 싶어졌다. 나는 피와 대학살과 파멸을 원했다.

나는 힘겹게 일어나 바 테이블 뒤로 돌아간다. 캐롤라인이 내 팔뚝에 살며시 손을 얹는다. 나는 마치 뜨거운 것에 데기라도 한 듯 황급히 팔을 거두어들인다. 잡티 하나 없는 피부와 명품 옷, 코코넛 향이 나는 아름답고 곧은 머리. 갑자기 부모를 잘 만나 은수저를 물고 태어난 이 여자가 마음에 들지 않는다. 보나마나 그녀는 명문 학교에 다녔을 것이고, 매년 외국에 나가 휴가를 즐겼을 것이며, 발레와 바이올린 레슨을 기본으로 받았을 것이다. 그녀는 모든 걸 손쉽게 얻었을 것이 분명했다. 학교, 직장 그리고 약혼자까지. 그녀가 사는 아파트도 부모가 선물한 것이리라. '캐롤라인 페어팩스'라는 이름부터가 영화배우나 패션 디자이너 같지 않은가.

나는 그녀가 싫다. 그들 모두 마음에 들지 않는다. 판사도, 거 스리도, 짜증 나는 변호사들도. 얼간이들! 병신 새끼들! 쓰레기 같은 놈들! 나는 그들을 쳐다보지 않을 것이다. 내가 역겨워하 는 모습을 보이지 않을 것이다. 그들은 나를 희망 고문했다. 그 리고 결국 내 앞길을 망쳐놓았다. 차라리 날 두들겨 팰 것이지. 뼈 몇 개 부러뜨리고 도랑에 던져버리면 깔끔하게 끝날 일을. 왜 내 복부에 주먹을 찔러 넣지 않는 거지? 왜 내 사타구니를 걷어 차지 않는 거지?

그게 바로 지금 내 솔직한 기분이다. 이런 개 같은 상황은 처 음이 아니다. 항상 내가 문제다. 인간쓰레기, 혐오스럽고 어디 서도 환영받지 못하는 시궁창 같은 존재, 샌드백, 동네북, 막돼 먹고 역겨운 년.

과거로부터 벗어날 방법은 없다. 나는 또다시 아이로 돌아왔 다. 뚱하고, 징징대고, 이 집에서 저 집으로 쫓겨 다니며 택배 취 급을 받는 아이로. 예쁘장하게 치장되고, 애지중지 보살핌을 받 는. 역할놀이.

'아빠라고 불러라.'

'지미 삼촌이라고 불러.'

'메리 이모라고 불러.'

'알았어요, 아빠. 제발, 아빠. 때리지 말아요, 아빠. 제발. 다 음엔 안 그럴게요.'

뒤에서 여러 목소리가 한데 뒤섞여 들려온다. 사이러스. 판 사. 캐롤라인. 나는 그 소리에 귀 기울이지 않는다. 그 누구의 말 도 들어줄 가치가 없다. 내 목에는 카디건이 타이트하게 감겨져 있다. 신고 있는 부츠 때문에 발이 아프다.

문득, 같은 법정에 들어선 또 다른 나의 모습이 떠오른다. 내 손에는 기관총이 들려 있다. 방아쇠를 당기자 총알이 사방으로 뿌려진다. 배와 가슴과 안와眼窩에 구멍이 속속 뚫리고, 벽은 시뻘건 피로 뒤덮인다.

그들 모두가 죽었을 때, 그들의 시체가 사방에 널브러졌을 때, 나는 법정을 나와 복도를 걸어간다. 계단을 내려온 다음 로비를 가로질러 거리로 나온다. 그리고 무장한 경비원들에게 소리친다. '이렇게 제 발로 나왔으니까 마음껏들 쏴보라고!'

캐롤라인이 내 어깨를 붙잡고 가볍게 흔든다. "이비, 내 말 들려?"

가슴이 아려온다. 사이러스 헤이븐은 증인석에 들어가 있다. 어째서? 대체 그가 언제······?

"헤이븐 박사님이 자기랑 같이 지내는 게 어떠냐고 물으시는데?"

"네?"

"양녀로 말이야."

"그게 무슨 소리죠?"

세일 판사가 입을 연다. "헤이븐 박사님이 당신의 위탁 보호자가 돼주실 거예요. 물론 지방 정부 당국과 경찰의 최종 승인을 먼저 받아야 합니다. 만약 승인이 떨어지면 박사님과 함께 지낼 마음이 있습니까?"

"우린 이런 이야길 해본 적이 없었잖니." 사이러스가 내게 말한다. "즉석에서 떠올린 아이디어인 데다가 우리가 아직 서로를 잘 모른다는 거 인정해. 하지만 이건 장난으로 던진 제안이 아니야. 노팅엄에 큰 집이 있어. 오래되고 허름하긴 하지만 지내는 데 불편함은 없을 거야. 너 혼자 쓰는 개인 방과 화장실도 갖게 될 거고."

"물론 학업은 계속 이어나가야 해요." 판사가 말한다. "그게 싫으면 직업 훈련을 받든지 취직을 하든지 해야 하고요. 내년 9월까지 법원의 피보호자 신분을 유지하게 됩니다. 위탁 가정에서 지내는 동안은 지역 당국이 정기적으로 모니터하게 될 겁니다."

나는 여전히 입을 꼭 닫고 있다. 무슨 꿍꿍이지? 나는 생각한다. 저 사람이 갑자기 왜 저러는 거지? 이상한 흑심을 품고 있는 건가? 내 몸에 손가락 하나라도 댔다간…….

"언제까지 도망만 다니며 살 순 없지 않겠어요?" 세일 판사가 말한다. "9월까진 어떻게든 얌전히, 조용히 지내야 해요."

나는 그들의 얼굴을 차례로 쳐다보다가 다시 내 발을 아프게 하는 부츠를 내려다본다. 그에게 절대 입을 열지 않을 거야. 아무 말도 하지 않을 거야.

22

"대체 무슨 생각으로 그런 결정을 내린 거야?" 흥분한 거스리가 속삭인다. 법정 뒤편으로 빠르게 달려온 그는 당겨 여는 문을 있는 힘껏 밀어대고 있다. 이비와 캐롤라인은 아직도 바 테이블에 머물러 있다. 그들은 한바탕 언쟁을 벌이는 중이다. 보나 마나 이비도 거스리와 같은 잔소리를 늘어놓고 있을 것이다.

"저 앨 도와달라고 했지, 맡아서 키우라곤 안 했어. 이비가 얼마나 위험한 앤지 알기나 해?"

이비는 의심과 살의가 가득 찬 눈으로 우리를 돌아보고 있다.

"저 앨 좀 봐." 거스리가 내 시선을 따라 고개를 돌린다. "쟨 벌써부터 널 어떻게 구워삶을지 궁리하고 있다고."

"자네가 걱정하는 일은 벌어지지 않을 거야."

"예전에 쟤가 벽돌로 누군가의 턱을 박살 내버린 적이 있었어. 보나 마나 테리 볼랜드도 쟤가 죽였을 거야."

"말도 안 돼."

"일주일도 못 버티고 저 앨 반환하게 될걸."

"안 그래."

"그게 아니면 참다못한 자네가 저 앨 죽여버리게 될 거야."

"쓸데없는 소리 마."

"잰 네 약점을 찾아 집요하게 파고들 거야, 사이러스. 네 머릿속을 마구 휘저어놓을 거라고."

그게 그렇게 나쁜 일인가?

거스리가 손가락으로 머리를 쓸어 올리며 입을 살짝 연다. "지금이라도 늦지 않았어. 가서 못 하겠다고 해."

"이미 끝난 일이야. 이비 문제는 내게 맡겨줘."

"젠장!" 그가 웅얼거린다.

"오히려 자네가 반길 줄 알았는데. 저 아이로부터 해방된 셈이잖아."

문득 깨달음이 찾아든다. 턱이 박살 난 건 바로 거스리였다. 그는 이비의 돈을 훔쳤고, 그 사건에 대해 경찰에 거짓말까지 했다. 하지만 아이는 진작 모든 걸 알고 있었다.

"책 내려고 그러는 거지?" 그가 의심에 찬 눈빛으로 묻는다.

"뭐?"

"너 무슨 올리버 색스라도 되는 것처럼 이비 코맥에 대해 책을 쓰려는 거잖아. 잰 너의 솔로몬 셰레셰프스키가 되는 거고."

셰레셰프스키는 러시아의 유명한 기억술사로, 무작위로 정리한 숫자나 단어들을 정확히 기억해낸 이다. 앞에서부터 순서대로, 뒤에서부터 거꾸로, 심지어는 자신이 모르는 언어로도. 그는 1920년대에 알렉산더 루리아라는 신경심리학자에 의해 발견됐고, 루리아는 그에 관한 책을 출간해 유명해졌다.

거스리가 계속 이어나간다. "자네가 이럴 줄 몰랐어, 사이러스. 이제 보니 위선자였군. 남들처럼 이비를 이용해먹으려는 거, 누가 모를 줄 알아?"

순간 내 볼이 화끈 달아오른다. 거스리의 폭신한 복부에 강력한 펀치를 꽂아 넣고 싶은 충동이 솟아오른다. 그가 바닥에 널브러져 숨을 할딱거리도록. 오로지 상대의 나쁜 점만 보려 하는, 자기기만적이고 기회주의적인 악덕 공무원 같으니라고. 이비가 무슨 싸워서 쟁취해야 하는 트로피라도 되나?

캐롤라인 페어팩스가 우리에게 다가온다. 거스리는 딱하다는 눈빛으로 나를 잠시 보다가 끙 앓는 소리를 토하며 법정을 나가버린다.

"무슨 얘길 그렇게 심각하게 해요?" 캐롤라인이 묻는다.

"아무것도 아니에요." 나는 홀로 앉아 있는 이비를 바라보며 대답한다.

"아이가 당신에게 할 얘기가 있대요." 캐롤라인이 말한다.

나는 고개를 끄덕이며 자리를 옮길 것을 제안한다. 점심을 먹으며 이야기하자고. 캐롤라인은 자신이 축하의 의미로 한턱내겠다고 나선다. 하지만 이비의 반응은 시큰둥하기만 하다. 우리는 근처 모퉁이 주변의 레스토랑으로 향한다. 멀리 걷기에는 날씨가 너무 춥기 때문이다.

이비는 내 맞은편 자리에 앉는다. 나는 아이가 먼저 입을 열어주기를 기다린다. 이비는 매니큐어가 전부 지워질 때까지 물어뜯은 자신의 손톱만 내려다볼 뿐이다. 충격에 허기짐마저 잊은 모양이다. 캐롤라인이 이비를 대신해 주문한다. 햄버거.

"난 채식주의자예요." 이비가 퉁명스럽게 말한다.

"사탕옥수수 튀김도 있어."

이비가 어깨를 으쓱인다. 캐롤라인은 화장실에 다녀오겠다며 일어선다. 어쩌면 우리에게 단둘이 대화할 기회를 내주기 위한 배려인지도 모른다.

"위탁 보호자는 필요 없어요." 이비가 우둔한 인간을 대하듯 말한다.

"판사는 너랑 생각이 다른 것 같던데."

"아저씨, 변태예요?"

"아니."

"난 아저씨랑 같이 자지 않을 거예요."

"듣던 중 반가운 소리군!"

"100만 파운드를 준다 해도 절대 그런 일은 없을 거예요."

"우와! 이제 보니 너 엄청 비싼 아이였구나!"

아이만큼이나 유치하기 짝이 없는 내 모습에 짜증이 난다.

"난 널 도우려는 것뿐이야." 나는 말한다. 내 목소리는 딸을 꾸짖는 성난 아버지의 것을 닮아 있다. 아이의 눈빛이 점점 차가워진다. 잘 가다가 벽돌 담에 막혀버린 느낌이다.

"일단 가서 어떤지 보고 결정해도 늦지 않아." 나는 말한다.

"아무리 그래도, 내게 무슨 일이 있었는지는 털어놓지 않을 거예요."

"알았어."

"행복한 척하지도 않을 거고요."

"그건 나도 못 해."

이비는 아랫입술을 씹어대며 감정하듯 나를 쳐다본다. "내가 어떻게 하면 되죠?"

"넌 나랑 같이 지내게 될 거야. 개인 침실과 화장실을 내줄게.

크고 화려하진 않아도 불편하지는 않을 거야. 집안일은 나랑 나눠서 하면 되고."

아이의 윗입술이 살짝 밀린다. "난 아저씨의 노예가 아니에요."

나는 무시한다. "공과금은 내가 처리할 거야. 넌 공부만 하면 돼. 취직을 하든지. 돈을 벌기 시작하면 당연히 방세를 받을 거고."

"위탁 보호자가 되면 지원금이 나오지 않나요?"

"그 돈은 널 위해서 차곡차곡 모아둘 거야. 열여덟 살이 되면 한꺼번에 줄게. 네가 우리 집에서 뭘 훔치거나 거짓말을 하거나 가출만 하지 않는다면."

돌아온 캐롤라인이 우리 사이에 자리를 잡고 앉는다.

"이렇게 극적인 반전은 처음이에요." 그녀가 환히 웃으며 말한다. "물론 제 경력이 짧긴 하지만요. 미리 계획해둔 일이었어요?"

"아뇨."

"하지만 당신이 판사에게 보낸 편지는……."

"그건 이틀 전에 쓴 거였어요."

이비는 부츠의 지퍼를 내리고 발뒤꿈치를 주무르기 시작한다. 창백한 발목에서 푸른 정맥이 눈에 들어온다. 아이가 불쑥 끼어든다.

"혹시 개 키워요?"

"아니."

"왜 안 키우죠?"

"집을 비울 때가 많으니까."

"있으면 내가 잘 돌볼 수 있는데."

"어차피 나랑 오래 지낼 것도 아니잖아."

"298일." 아이가 말한다. 그것까지 계산해둔 모양이다. "개를 사주면 내가 키우다가 나갈 때 데려갈게요."

"다른 건 몰라도 개는 안 돼."

"집주인 맘대로 하시겠다?" 아이가 웅얼거린다. 하지만 그 문제에 더 집착하지는 않는다. 이비가 이토록 생기 넘치는 모습을 보인 건 처음이다. 지금까지는 늘 부자연스럽고 방어적인 태도로 모든 질문을 피하거나, 해체해야 하는 지뢰인 양 여겼었는데. 이제야 내게 마음을 열어주려는 모양이다. 내 착각일 수도 있겠지만.

"집은 언제 보여줄 거예요?" 아이가 묻는다.

"말 나온 김에 지금 당장 보러 가는 건 어때요?" 캐롤라인이 묻는다.

"그 전에 준비할 게 좀 있어요. 청소도 해야 하고."

"지하실에 감옥도 만들어야 할 테고." 이비가 말한다.

"방금 되게 웃겼어."

"먼저 집부터 보고 결정해도 된다면서요."

"알았어."

우리는 점심을 먹는다. 캐롤라인은 법정에서의 모든 주요 장면을 차례로 되짚어나간다. 그녀는 직속 상사가 그것들을 목격하지 못했다는 사실에 아쉬워한다.

이비는 우리를 빤히 지켜본다. 마치 우리 대화에 무언가 감추어진 비밀이 있기라도 한 듯이. 아이는 이따금 미간을 찌푸리거나, 가르랑거리거나, 음료수병 위로 바람을 불어 묵직한 소리를 만들어낸다.

캐롤라인이 계산을 하러 자리를 비운다.

"무슨 문제라도 있니?" 나는 묻는다.

이비가 내 앞으로 몸을 기울인다. "저 여자한테 추파 던지는 거예요?"

"그게 아니라는 거 알잖아."

"그래봤자 소용없어요. 저 여잔 약혼한 상태거든요."

"그걸 네가 어떻게 알아?"

"내 눈은 멀지 않았어요." 이비가 왼손을 들고 약지를 살랑살랑 흔들어 보인다. "여자친구가 있다면서요?"

"맞아."

"확실해요?"

"제발 이러지 마."

나는 시선을 돌려버린다. 이비는 그런 내 반응이 재미있는 모양이다.

캐롤라인이 다시 돌아온다. "무슨 얘길 그렇게 재밌게들 해요?"

"아무것도 아니에요." 나는 필요 이상으로 예민하게 반응한다.

"사이러스가 변호사들을 좋아하나 봐요." 이비가 짓궂게 눈을 번뜩이며 말한다.

캐롤라인은 어색한 반응을 보인다. 나 역시 민망하기는 마찬가지다. 갑자기 이비의 입에 냅킨을 쑤셔 넣고 싶은 충동이 강하게 인다. 사람을 곤란하게 만드는 건 이비의 특기다. 모두가 경고했던 일이 마침내 터진 것이다.

잠시 후, 레스토랑을 나온 우리는 보도를 따라 걷는다. 코트의 단추를 채우고 목도리를 두르면서 택시를 잡는다. 문득 집 안 꼴이 어떨지 떠오른다. 부디 중앙난방 장치가 제대로 돌고 있기를.

우리는 내가 택시를 타고 왔던 길을 고스란히 되돌아간다. 대학교와 월라턴 공원을 차례로 지나서. 내가 사는 골목에 들어서자 이비의 눈에 파크사이드가가 어떤 모습으로 비쳐지고 있을지 궁금해진다. 혹시 내가 부자라고 생각하고 있지는 않을까? 이 동네가 그래 보여서? 하지만 차가 멈춰 선 순간 그런 환상은 산산이 부서져버렸을 것이다. 아무렇게나 자라난 장미와 클레마티스에 파묻힌 우리 집은 내가 기억하던 것보다 훨씬 추레해 보인다.

"집이 엄청 크네요." 캐롤라인이 예의상 말한다.

"당장이라도 무너져 내릴 것 같은데요." 이비가 말한다.

"조부모님이 사셨던 집이야."

"죽었나요?" 이비가 묻는다.

"은퇴 후 웨이머스로 이사 가셨어."

"그분들이랑 같이 살면 안 돼요?"

현관문을 열자 우편물 투입구 밑에 받쳐둔 그물 바구니에서 온갖 광고 전단지가 쏟아져 내린다.

"여기서 산 지 오래됐어요?" 캐롤라인이 애써 밝은 어조로 묻는다.

"좀 됐어요." 나는 말한다.

17년.

나는 그들에게 아래층부터 보여준다. 응접실, 작업실, 서재, 거실, 주방. 이비가 냉장고를 열어본다.

"먹을 게 하나도 없네요."

"배고플 때마다 나가서 사 오거든."

"매번 테이크아웃 음식으로 때우는 모양이죠?"

"아니, 직접 만들어 먹어."

이비가 화제를 돌린다. "컴퓨터는 있어요?"

"물론."

"와이파이도 되고요?"

"당연하지."

"휴대폰이 하나 필요한데."

"하나도 없어."

"네?"

"난 휴대폰을 좋아하지 않아."

이비가 마치 멸실환(진화 과정에서 유인원과 인간 사이에 존재했을 것으로 추정되지만 화석은 발견되지 않은 생물—옮긴이)이라도 찾은 것 같은 표정으로 캐롤라인을 돌아본다. 나는 곧바로 해명에 들어가지만 그럴수록 나 자신이 신기술 반대자가 된 듯한 기분이 든다.

"휴대폰은 양보 못 해요." 아이가 단호하게 말한다.

다른 건 몰라도 아이가 나름의 계획을 갖고 있는 것 같아 다행이라는 생각이 든다. 오히려 잘된 일일 수도 있다.

캐롤라인이 다시 거실로 돌아온다. 양탄자는 닳아 해졌고, 반들반들한 낡은 가구들은 빛을 받아 번뜩인다. 그녀가 커튼을 젖히자 먼지가 햇살 속에서 일제히 춤을 추기 시작한다. 커다란 벽난로 주위는 장식용 타일로 덮여 있고, 그 위 선반에는 가족사진이 가지런히 놓여 있다. 대부분 평범한 스냅 사진들이다. 피사체가 카메라를 의식하지 못하고 있을 때 촬영된 것들. 헨리에서 어머니와 함께 오리들에게 먹이를 뿌려 주는 사진. 아버지의 어깨에 올라탄 사진. 브라이턴 부두에서 아이스크림을 먹는 사진. 그

중 내가 가장 좋아하는 건 1975년에 촬영된 부모님의 흑백 결혼 사진이다. 당시 아버지는 스물아홉, 어머니는 스물여섯 살이었다. 사진 속에서 그들은 몸을 숙인 채 웃느라 정신이 없다. 어머니는 드레스 자락을 움켜쥔 채 부케를 떨어뜨리지 않으려고 안간힘을 다하고 있다. 스튜디오에서 정식으로 촬영한 유일한 가족사진에서는 연출된 티가 심하게 났다. 부자연스럽게 밝은 톤이 마치 물감으로 덧칠한 것 같다.

이비는 그 사진에 유독 관심을 보인다. 그것을 집어 들고 손끝으로 얼굴들을 살살 더듬어나간다.

"식구들 이름이 뭐였어요?"

나는 손가락으로 사진 속 얼굴들을 차례로 짚는다. "에이프릴과 에스메는 쌍둥이였어. 걔들이 일곱 살 때 찍은 사진이야. 그때 난 아홉 살이었고. 엘리어스는 열다섯 살."

"지금은 다들 어디 있어요?" 캐롤라인이 묻는다.

"부모님은 죽었어요." 이비가 말한다. 아이가 내 형을 가리킨다. "이 아이가 죽었어요."

캐롤라인은 크게 충격받은 모습이다. "당신 동생들은요?"

"걔들도 죽었어요." 나는 이비로부터 사진을 낚아채면서 대답한다. 사진은 다시 벽난로 위 선반에 놓인다. 아까와 똑같은 각도로.

"그 얘기 나한텐 안 했잖아요." 이비가 짜증 섞인 투로 말한다.

"네가 묻지 않았잖아." 나는 화제를 돌린다. "위층을 보여줄게."

그들이 나를 따라 올라온다. 무언가를 속닥거리면서. 발에 물집이 잡힌 이비는 다리를 살짝 절고 있다.

"여기가 네 방이야." 나는 침실 문을 열며 말한다. 싱글베드, 서랍장, 옷장, 그리고 너무 지저분해서 보고 있으면 물속에 잠겨 있는 듯한 착각이 들게 만드는 창문. 이비는 탐탁지 않아 하는 반응이다.

"물론 네가 들어오기 전에 깨끗이 치워놓을 거야."

"침대도 바꿔줘요."

"이 침대가 어때서?"

이비가 미간을 찌푸린다. "당신 조부모가 저 위에서 섹스했을 거 아니에요."

"여긴 내 방이었어."

"웩! 그게 더 역겨워요."

캐롤라인이 나무라도 이비는 전혀 움츠러들지 않는다.

"방을 내 마음대로 꾸며도 돼요?"

"너 원하는 대로 해."

이비가 방 안을 천천히 맴돌기 시작한다. 벌써부터 배색을 놓고 고민에 빠진 듯하다.

캐롤라인은 재고에 들어간 듯하다. "정말 괜찮겠어요?" 그녀가 속삭인다.

"왜요?"

"아동가족센터에서 모든 걸 승인해야 해요. 이 집을 포함해서."

"내가 싹 치워놓을 거예요."

이비는 밖으로 나가 계단을 올려다본다. "저 위엔 뭐가 있어요?"

"거긴 닫혀 있어."

"왜요?"

"방이 더 필요 없으니까."

"구경해도 돼요?"

"안 돼!"

의도하지 않은 성난 톤. 이내 후회가 밀려든다. 이비는 살짝 황당해할 뿐 별다른 반응을 보이지 않는다. 어쩌면 나중에 있을 충돌의 순간을 위해 나에 대한 악감정을 차곡차곡 모아두려는 것인지도 모른다.

"이비를 랭포드 홀에 데려다줘야죠." 나는 말한다.

"내가 할게요." 캐롤라인이 말한다.

아래층으로 내려온 이비는 새로 산 옷과 어울리지 않는 낡은 더플코트를 걸친다. 캐롤라인이 먼저, 나와 가볍게 포옹한다. 이비는 자신도 그래야 하는지를 놓고 고민에 빠진 모습이다. 아이가 어색하게 올린 두 팔은 내게 미치지 않는다.

"미안해. 생각보다 낡고 지저분하지?" 나는 말한다.

"그래도 유령이 나오진 않아요." 이비가 말한다.

"그걸 어떻게 알아?"

"유령이 나오는 집에서 지내봤거든요."

23

그날 밤, 나는 꿈을 꾼다.

가장 먼저 세상을 뜬 건 어머니였다. 완두콩을 곁들인 사프란 치킨슈림프 파에야를 만들고 있을 때. 요상한 웃음, 약자들에 대한 특별한 애착, 위선에 대한 증오, 교사들에 대한 애정, 다크 초콜릿, 그리고 베일리스 아이리시 크림. '어머니' 하면 떠오르는 것들이었다. 통화용 고상한 말투, 분홍색 립스틱, 포푸리 향기가 나는 속옷 서랍, 그 누구의 방해도 용납하지 않고 굳게 잠긴 문 뒤에서 즐기는 거품 목욕. 어머니는 남은 쌀밥을 이용해 라이스 푸딩을 만들었고, 닭 구이를 먹을 때면 모두가 위시본(닭고기에서 목과 가슴 사이에 있는 V자형 뼈로, 이것의 양 끝을 두 사람이 잡고 서로 잡아당겨 긴 쪽을 갖게 된 사람의 소원이 이루어진다는 미신이 있다—옮긴이)을 차례로 누릴 수 있게 해주었다. 농장에서 유년기를 보낸 어머니에게는 '트웰브'라는 이름의 조랑말(키가 열두—트웰브—뼘밖에 되지 않아)이 있었지만 정작 우리에게는 개 한 마리 키우는 것도 허락하지 않았다. 어릴 적 키웠던 복서 '신밧드'의 죽음이 씻지 못할 트라우마를 안겨주었다나.

그날 밤, 칼에 경동맥을 베였을 때 어머니는 냉동 완두콩 봉지를 들고 냉동고 앞에 서 있었다. 하얀 타일이 깔린 바닥은 금세 초록과 빨강으로 물들었다. 어머니는 늘 하얀 타일에 대해 불평을 늘어놓았었다. 음식 부스러기와 쓸린 자국과 떨어뜨린 완두콩이 하얀 바탕에서 너무 뚜렷이 보인다는 게 그 이유였다.

주방 벤치와 싱크대, 활짝 열린 포크 나이프 서랍, 그리고 필요할 때 뚜껑을 쉽게 찾도록 공들여 정리해놓은 타파웨어 박스들에도 새빨간 피가 튀었다. 핏자국은 한쪽 구석에 놓인 고양이 사료 그릇까지 이어졌다. 티블스는 피를 핥아먹었고, 바닥 곳곳에 흉측한 발자국을 남겨놓았다.

다음은 아버지 차례였다. 아버지는 부동산 관리 일을 했다. 말이 좋아 부동산 관리지, 사실은 임대료를 수금하고 건물 임대차 계약을 진행하는 정도의 직업만 맡아 처리했다. 아버지는 엘리어스에게 운전을 가르쳐주겠다며 술집으로 데려가 주차 연습을 시켰고, 자신은 틈틈이 안에 들어가 한 모금씩 목을 축이고 나왔다. 화이트 라이언, 라스트 포스트, 비키퍼 그리고 커머셜 인 같은 곳들에서. 나중에 아버지는 〈미드소머 머더스〉를 켜놓고 소파에서 곯아떨어졌다.

집에서 직접 맥주를 양조해 마신 아버지는 레코드판을 수집하는 취미가 있었다. 또 언젠가는 골프장에서 때린 땅볼이 운 좋게 컵 속으로 빨려 들어간 적이 있었는데, 아버지는 당시 스코어 카드를 마치 가보라도 되는 양 액자에 넣어 소중히 보관했다. 아버지는 '증오'라는 단어를 즐겨 쓰지 않았다. 대신 싫다는 표현은 늘 분명히 했다. 인종차별주의자들, 리얼리티 TV 프로그램,

맨체스터 유나이티드, 잘 까지지 않는 피스타치오, 15분 이상 줄을 선 끝에 카운터에 다다랐지만 뭘 주문할지 몰라 우물쭈물하는 사람들…… 뭐, 그런 것들.

아버지는 DVD 플레이어 앞에 넙죽 엎드린 자세로 숨졌다. 쌍둥이 중 하나가 기계를 만지던 중 디스크가 안에 껴버렸기 때문이다. 칼날에 척추가 끊어진 아버지는 하반신이 마비돼버렸다. 간신히 몸을 굴려 바닥에 누운 아버지는 두 팔을 번쩍 들어 괴한의 공격을 막아보려 했고, 그 과정에서 왼쪽 손가락 두 개와 오른쪽 엄지를 잃고 말았다. TV 캐비닛 밑으로 굴러 들어간 아버지의 잘린 엄지는 한동안 발견되지 않았다.

내 쌍둥이 여동생들은 함께 쓰는 침실에서 숙제를 하고 있었거나 놀고 있었던 모양이다. 그들은 이상한 낌새를 챘는지 문을 걸어 잠그고 빈백 의자와 봉제 인형, 그리고 할머니가 물려준 갈기 빠진 흔들 목마로 바리케이드를 쳐놓았다.

고작 20분 먼저 태어난 에이프릴은 늘 언니 행세를 했다. 진지하고 도도한 아이는 축적가에 자랑쟁이기까지 했다. 컵케이크 굽는 것을 즐겼고, 딸기 향 립글로스와 뱀 모양 젤리를 좋아했으며, 잉글랜드의 모든 왕과 여왕의 이름을 외워서 줄줄 읊을 수 있었다.

에스메는 언니와 다르면서도 같았다. 한 몸의 일부이면서 동시에 같은 얼굴을 가진 또 다른 절반이기도 했다. 약간의 차이는 있었지만 나란히 놓으면 묘하게 대칭을 이루었다. 에스메는 수줍음이 많았고, 온순했고, 노래를 잘 불렀으며, 댄서의 우아함과 작고 귀여운 발을 가졌다. 중재자에 변호사 역할을 자청해온 에스메는 뜨개질에 남다른 재능이 있었다. 일기장의 페이지마다 꽃을 끼워두었고, 만나는 모든 동물에게는 일일이 이름을 붙여주기도 했다.

엘리어스는 도끼로 문을 부순 후 구멍 안으로 손을 넣어 자물쇠를 풀었다. 형은 흔들 목마와 빈백 의자를 한쪽으로 던져버렸다. 자연율에 따라, 그리고 늘 그래왔듯 언니인 에이프릴이 먼저 오빠에게 달려들었다. 아이의 늑골을 파고든 칼날은 척추 바로 옆으로 삐져나왔다. 벽지와 침대보, 대머리 목마와 인형의 집에 피가 튀었다.

에스메는 침대 밑으로 기어 들어가려 했지만 오빠에게 발목이 잡혀 질질 끌려 나오고 말았다. 아이는 바닥을 필사적으로 할퀴어댔다. 아이의 몸 밑에서 양탄자가 돌돌 말려갔다. 나는 동생이 느꼈을 극도의 공포, 쇠붙이가 공기를 가르는 소리, 금속이 살을 파고드는 소리, 그리고 그 직후에 찾아들었을 정적을 떠올리고 싶지 않다.

사람들은 늘 묻는다. 그때 나는 어디 있었느냐고.

축구팀 훈련 중이었거나 훈련을 마치고 집으로 돌아오는 중이었을 것이다. 당시 나는 셔우드 스트라이커스 소속 선수로 첫 시즌을 보내는 중이었고, 그날은 팀의 두 번째 훈련 과정이 있는 날이었다. 15세 팀에서 갓 올라온 나는 위압감에 잔뜩 주눅 들어 있었다.

우리는 집에서 3킬로미터쯤 떨어진 브렐스포드 파크에서 훈련했다. 자전거를 타고 예선로曳船路(내륙 수로를 운항하는 선박의 예인을 위해 호안을 따라 낸 길—옮긴이)를 따라 10분 정도 달리면 도달할 수 있는 곳이었다. 엄마는 무조건 6시 전에는 귀가해야 한다고 했고, 오면서 감자튀김 가게에 들르지 말 것을 당부했었다. 물론 나는 그 말을 듣지 않았다. 점심시간 이후 아무것도 먹지 않아 배가 고팠고, 팻 프라이어에서는 감자튀김 1인분을 단돈 1파운드면 살 수 있었기에 어쩔 수가 없었다(아쉽게도 식초는 포기해야만 했다. 입에서 식초 냄새를 풍기면 엄마에게 들켜버릴 테니까).

나는 감자튀김을 급하게 먹으며 에일사 파이퍼의 집 쪽으로 자전거를 몰았다. 그 애가 정원에 나와 있어주기를 바라면서. 운이 좋으면 네트볼 연습을 마치고 귀가 중인 그 아이와 마주칠 수도 있을 것이다. 에일사는 나보다 한 살 많았다. 언젠가 그 애가 등굣길에 잃어버린 팔찌를 내가 찾아준 적이 있었다. 그 후로 말을 걸어보지는 못했지만 매번 마주칠 때마다 그 아이는 환히 웃어주었다. 나는 그 미소를 보기 위해 그 애와 우연히 맞닥뜨린 것으로 보이는 상황을 자주 연출하곤 했다.

나는 6시 안에 도착하기 위해 자전거 안장에서 일어난 채로 힘껏 페달을 밟아나갔다. 집에 다다른 나는 옆문으로 들어가 공구 창고 외벽에 자전거를 기대어놓았다. 진흙 묻은 축구화는 뒷문 계단에 아무렇게나 벗어 던졌다. 문을 열자 거실 TV에서 나오는 웃음소리가 들려왔다. 큰 소리로 엄마를 불러봤지만 응답이 없었다.

나는 늘 이 부분에서 잠을 깬다. 주방으로 들어서는 순간 시야에 확 들어오는, 고양이 화장실 옆에 뿌려진 피. 비명을 지르며 눈을 뜬다거나 침대에 벌떡 일어나 앉지는 않는다. 그저 볼이 땀에 젖어 있고, 목소리가 쉬어버렸을 뿐. 그렇게 악몽에서 헤어나면 나는 무작정 달리기 시작한다.

월라턴 공원을 두 바퀴째 돌고 있을 때 차 한 대가 다가오는 듯싶더니 내 옆에 바짝 붙는다. 타이어 밑에서는 낙엽과 도토리와 꼬투리가 짓이겨진다. 차창이 스르르 내려간다.

"오솔길엔 차가 들어올 수 없어요." 나는 말한다.

"용의자를 쫓고 있어." 레니가 말한다.

"그가 뭘 어쨌는데요?"

"휴대폰 소지를 거부하고 있어."

"그것도 범죄예요?"

"범죄는 아니지만 엄청 짜증 나."

그녀는 손목을 핸들에 얹고 있다. 옷깃은 바짝 세워진 채다.

나는 다시 지름길을 따라 내달리기 시작한다. 놀이터를 지나 호수에 다다를 때까지 레니는 내 뒤를 바짝 쫓아온다. 그녀가 다시 내 옆에 차를 세운다.

"문제가 생겼어."

"문제가 생겼다고 찾아오는 사람들 대부분이 자신들의 문제를 내 문제로 만들려고 애를 쓰더라고요."

"도움이 필요해."

그녀는 피곤해 보인다. 그녀 역시 나처럼 진정될 줄 모르는 불안정한 마음이나 자꾸만 수면 위로 기어 올라오는 과거 때문에 밤잠을 설치는지도 모른다. 나는 뛰는 속도를 줄이고 가까운 벤치로 다가가 스트레칭을 한다. 두 다리를 차례로 펴고 나서 이마가 정강이에 닿을 때까지 몸을 반으로 접어본다.

차에서 내린 레니가 내 옆으로 다가와 벤치에 앉는다. 가슴 앞으로 코트 깃을 여미어 쥔 그녀가 두 손을 주머니에 집어넣자 안에서 열쇠 꾸러미와 동전이 짤랑거린다.

"DNA 검사 결과가 나왔어." 그녀가 립밤을 꺼내 입술에 바르며 말한다.

"그런데요?"

"조디의 머리에서 채취된 정액은 크레이그 팔리의 것으로 확인됐어."

"그럼 그걸로 끝났군요."

"그녀의 허벅지에서 또 다른 남성의 정액이 검출됐어. 하지만 증거로서 온전한 상태가 아니라 신원 확인이 쉽지 않아. 한 가지 분명한 건 그게 팔리의 정액은 아니라는 거야."

"그날 저녁 조디가 누군가와 섹스를 했다는 뜻이군요."

"아니면 팔리에게 공범이 있었거나."

"공범의 존재에 관한 다른 증거가 없지 않습니까."

레니가 볼을 살살 긁자 창백한 피부에 벌건 자국이 생긴다. "팔리는 자기가 숲속에서 조디를 발견했을 때는 이미 의식을 잃은 뒤였다고 주장했어."

"그 말을 믿으세요?"

"당연히 안 믿지! 누가 봐도 거짓말이잖아. 하지만 두 번째 정액이 마음에 걸려. 그것 때문에 새로운 의혹이 생겨났으니까. 돈 값 하는 변호사라면 어째서 우리가 공범이든 남자친구든 또 다른 용의자의 신원을 밝혀내지 못했느냐고 따져 물을 거야. 그래서 우리가 수사를 더 강화해야 하는 거라고. 팔리가 미꾸라지처럼 빠져나가지 못하도록."

"제가 뭘 어떻게 해드리길 바라시죠?"

"증거를 살펴봐줘."

"어느 정도까지 봐드릴까요?"

"너도 경찰과 함께 일하고 있잖아."

"파트타임으로 돕고 있을 뿐이에요."

레니는 못 들은 척한다. "팔리의 심문 내용을 살펴보고 우리가 뭘 빼먹었는지 알려주면 돼."

"제가 직접 그를 심문해도 되나요?"

"아니. 팔리의 변호사는 우리가 그를 협박해 자백을 받아냈다고 주장하고 있어." 레니가 잠시 내 표정을 살핀다. "그런 눈으로 보지 마. 우린 규정과 절차를 충실히 따랐다고. 제때 휴식시간도 줬고, 얼마나 정중히 다뤘는데." 그녀는 방어적인 자신의 말투에 짜증이 나는 모양이다.

"다른 용의자를 찾고 계신가요?"

"공식적으론 아니야."

"비공식적으론?"

"모든 가능성을 열어두고 있어."

멈춰 선 지 꽤 됐다. 몸으로 슬슬 한기가 스며들기 시작한다. 레니가 집까지 태워다주겠다며 나를 차로 이끈다. 그녀는 히터를 세게 틀고 차를 몰아 공원을 빠져나간다.

우리 사이로 무거운 침묵이 찾아든다. 하지만 그 침묵은 어색하지 않고, 낡은 슬리퍼나 즐겨 입는 스웨터처럼 자연스럽고 친숙하게 여겨진다. 우리가 처음 만났을 때 나는 열세 살이었다. 레니는 이십 대 초반이었다. 그녀는 든든한 지지자이자 가혹한 비평가로 내 곁을 지켜왔다. 때로는 자상한 의붓어머니처럼, 때로는 깐깐한 숙모처럼, 때로는 다정한 친구처럼. 누구보다 나를 잘 아는 그녀는 내게는 공명판과도 같은 존재였다.

"며칠 전에 아동가족센터에서 흥미로운 연락을 받았어." 그녀가 말한다. 차는 어느새 집 앞에 도착해 있다. "누군가가 위탁 보호 신청서에 나를 신원 보증인으로 지정했다더군."

나는 아무 말도 하지 않는다.

"그 사람이 어떤 문제아를 맡아 키우고 싶은가 봐. 처음엔 장난 전화려니 생각했지. 아직도 확실히 모르겠어."

"장난이 아니에요." 나는 차 문을 열며 말한다.

"아주 악질이라고 들었어."

"그렇진 않아요."

"대체 무슨 생각으로 그러는 거지?"

"별일 없을 거예요."

"십 대 아이를 키우는 게 보통 힘든 일인 줄 알아?"

"저도 한때 십 대였어요."

"넌 십 대 시절을 그냥 건너뛰었잖아." 경솔한 발언이지만, 레니의 말이 옳다.

"그래서 뭐라고 하셨어요?" 나는 묻는다.

"네가 새끼 고양이를 고문하거나 돌고래를 쏴 죽인 적이 없다고 했어."

"고마워요."

레니가 몸을 앞으로 기울이고 정면의 차창 너머로 풀이 제멋대로 자란 뜰과 더러운 창문을 유심히 바라본다. "집을 팔아치우지 그래? 관리도 못 하는걸."

"아이들 몇 명을 더 거둬 키우면 되죠, 뭐."

그녀는 이게 농담이라는 걸 알고 있다. 그녀가 뒷좌석으로 손을 뻗어 완충재를 댄 봉투를 집어 든다. 봉투 안에는 DVD 여섯 장이 담겨 있다.

"총 스물두 시간 동안 진행된 인터뷰 영상이야. 그걸 다 보고 나면 샤워를 하든지 목을 매고 싶어질걸."

24

"뭘 도와드릴까요?" 가구점 드림타임 웨어하우스의 판매원이 묻는다.

머리의 양쪽을 시원하게 밀어버린 브래드의 정수리는 산발이 된 머리털로 덮여 있다. 꼭 주말농장을 뒤덮은 잡초를 보는 듯하다.

"침대를 보러 왔어요." 나는 말한다.

"잘 오셨습니다."

경박스러운 브래드의 미소는 진실해 보인다. 우리는 테니스 코트 몇 개를 합친 것만큼 광활한 전시실 한복판에 서 있다. 사방이 매트리스와 침대 틀과 다양한 이층 침대들로 넘쳐난다.

"어떤 사이즈를 찾고 계십니까?" 그가 묻는다. "싱글, 스몰 더블, 더블, 킹 사이즈, 아니면 슈퍼 킹 사이즈?"

"아…… 그게…… 아마 싱글이 맞을 거예요."

"선생님께서 쓰실 건가요?"

"아뇨."

"그럼 자제분께서?"

"젊은 여자가 쓸 겁니다."

"현재 쓰고 계신 걸 바꾸시려고요?"

"네."

"그 젊은 여성분 침실은 크기가 어떻습니까?"

"그 애가 지난번 썼던 방보단 커요."

"그럼 싱글보단 더블이 낫지 않을까 싶은데요."

"좋아요."

고개를 움직일 때마다 그 반대쪽으로 흔들리는 브래드의 머리칼이 자꾸만 내 시선을 잡아끈다.

"어떤 스타일을 원하십니까?" 그가 묻는다. "플랫폼, 패널, 썰매 스타일, 바퀴가 달린 것도 있고요, 기둥이 세워진 것도 있고, 덮개가 씌워진 것도 있습니다. 푸톤 스타일, 나무 프레임, 황동 프레임, 연철 프레임……."

"그냥 보통 것으로요. 평범한 게 좋습니다."

"매트리스와 프레임 콤비네이션을 추천해드리고 싶군요. 마침 저희 슬럼버랜드 제품들이 특별 세일 중이거든요."

그가 나를 이끌고 전시실을 가로질러 나간다. 잠시 후, 우리는 나란히 늘어선 네 개의 침대 앞에 멈춰 선다.

"저 침대요." 나는 손가락으로 가리키며 말한다.

"탁월한 선택이십니다. 자, 이젠 매트리스를 골라볼까요?"

"매트리스가 딸려 오는 거 아니었어요?"

내 말을 농담으로 들었는지 브래드가 웃음을 터뜨린다. "잘 골라보시죠, 선생님. 오픈 스프링 스타일도 있고, 포켓 스프링 스타일도 있고, 메모리 폼, 라텍스……."

"손님들이 대체로 어떤 걸 사 가시나요?"

"포켓 스프링이 가장 고급스럽습니다. 직물로 된 주머니 안에 작은 스프링이 담겨 있어서 개개의 스프링이 독립적으로 움직이죠. 주무시면서 몸을 뒤척여도 바로 옆에 누운 파트너의 수면을 방해하지 않아요."

"그럼 그걸로 주세요."

"소프트, 미디엄, 그리고 단단한 타입이 있습니다."

하느님, 맙소사!

"직접 차이를 느껴보시겠습니까?" 브래드가 매트리스를 가리키며 말한다. "구두는 벗지 않으셔도 됩니다. 매트리스에 보호용 커버가 씌워져 있거든요."

나더러 누워보라는 얘기다. 마치 관 속에 누워 있는 시체가 된 기분이다. 브래드의 설명이 이어진다.

"골반과 어깨와 허리 하부를 잘 받쳐주지 않나요? 함께 쓰시는 파트너분과 체중 차이가 크게 난다면 이 매트리스를 적극 추천해드립니다."

"우린 '파트너' 관계가 아니에요."

"아, 그렇군요. 그럼 그분을 모시고 오시죠. 그분이 직접 고르실 수 있게 말입니다. 저희는 쉬는 날 없이 주 7일 영업합니다."

"금요일이나 돼야 데려올 수 있을 거예요." 나는 말한다.

스위치를 내려버린 것처럼 브래드의 미소가 사라진다.

"그 전에 침실을 꾸며주려는 겁니다." 나는 잽싸게 덧붙인다. "곧 나올 거라서요. 그러니까, 내 말은, 걔가 나오면 나랑 같이 지내게 된다는 얘기예요."

"그러시군요." 브래드가 말한다. 그가 내 말을 이해한 것으로는 전혀 보이지 않지만.

"매트리스는 미디엄으로 할게요. 배달도 되죠?"

"가격도 모르시잖아요."

"얼마죠?"

"원래 천 파운드가 넘는 제품인데요, 선생님껜 특별히 699파운드에 해드리겠습니다."

내 얼굴에 충격받은 표정이 살짝 스친 모양이다.

"엄청 깎아드린 겁니다, 선생님. 사람들은 하루에 몇 번 앉지도 않는 소파에 훨씬 많은 돈을 들이죠. 매일 여덟 시간씩 쓰는 침대는 경시하면서 말입니다."

"알겠습니다."

"매트리스 커버는요?"

"그건 됐어요."

"침대보와 이불도 필요하실 텐데요."

그는 나를 진열실의 또 다른 구석으로 이끈다. 그리고 온갖 종류의 면이 가진 각각의 특징과 스레드 카운트(1제곱인치의 천에 들어간 실의 가닥수—옮긴이)에 대해 쉴 새 없이 떠들어댄다. 무수한 정보가 빠르게 스쳐 간다. 이비가 도착하기 전에 얼마나 많은 덧거리를 장만해야 할지 대충 감이 잡힌다. 그 아이 화장실에 놓아둘 비누와 샤워 젤. 화장지. 여자들이 쓰는 게 뭐가 있지? 탐폰이나 생리대가 필요할 텐데. 그런 건 태어나서 단 한 번도 사본 적이 없다. 그런 건 이비가 알아서 챙겨 오지 않을까? 캐롤라인 페어팩스에게 물어볼까? 안 돼, 그게 아니라도 쑥스러운 일은 이미 충분해.

차를 몰고 집으로 돌아가던 중 테이크아웃 전문점에 잠시 들른다. 냉장고에 넣어둔 남은 음식들은 녹색 곰팡이로 뒤덮인 상태다. 이비가 도착하면 이것저것 제대로 만들어 먹여야 한다. 추가적인 책임을 떠안는 건 내게도 좋을 것이다. 쇼핑 리스트를 만들고 몸에 좋은 건강식품을 챙겨 먹어야 한다. 술은 줄여야 하고, 더 이상 가구에 발을 올려놓거나 식탁에 앉아 발톱을 깎는 일도 없어야 한다. TV 리모컨도 그 애랑 사이좋게 나눠 써야 하고, 듣기 싫은 음악도 참고 들어줘야 한다. 내가 가장 아끼는 의자를 내놓으라고 하면 어쩌지?

충분한 숙고도 없이 너무 조급하게 결정을 내린 건 아닐까? 내 방식에 물들어 살기에는 아직 너무 어린데. 차근차근 나 자신에 대해 알아나가야겠다. 이비와 함께.

접시를 닦은 후 맥주를 챙겨 들고 서재로 들어온 나는 책상 서랍에서 풀스캡 편지지와 만년필을 꺼낸다. 마지막으로 종이와 봉투를 갖추고 '정식으로' 편지를 써본 게 언제였는지 기억도 나지 않는다. 과연 이 편지가 사샤 호프웰에게 닿을지는 모르겠지만 일단 시도는 해봐야 한다.

사샤,

성을 빼고 이름으로만 불러도 될까요? 난 사이러스라고 해요. 우린 만난 적은 없지만, 난 당신 부모님께 이 편지를 당신에게 전해달라고 부탁드렸어요. 만약 당신이 지금 이걸 읽고 있다면 당신 부모님께 감사드려야겠죠.

내가 불쑥 찾아갔을 때 두 분이 많이 놀라지 않으셨기를 바라요. 그러려고 찾아갔던 건 아니었어요. 당신 부모님은 내게 당신이 왜 집을 떠났는지, 그리고 왜 계속 거처를 옮겨 다니는지 설명해주셨어요. 정확히 무슨 일이 있었는지 완벽히 이해하지는 못했어요. 하지만 두 분이 받으신 고통의 깊이는 똑똑히 봤습니다. 당신 부모님은 집 나간 딸을 무척 그리워하고 계세요.

난 노팅엄셔에서 심리학자로 활동하고 있어요. 몇 주 전, 의회가 보호하는 한 소녀를 만났습니다. 그 애 이름은 밝힐 수 없어요. 그러지 말라는 법원의 명령이 있었거든요. 하지만 6년 전, 런던 북부 한 가정집의 비밀 공간에서 발견된 아이라고 하면 당신은 그 애가 누군지 대번에 알 수 있을 거예요. 비범한 아이지만 골칫거리이기도 해요. 당신은 그 애가 신뢰하는 몇 안 되는 사람 중 하나예요. 그래서 이렇게 편지를 쓰게 된 겁니다. 난 당신이 앤젤 페이스와 함께 했던 당시의 이야기를 듣고 싶어요. 혹시 그 애가 자기 가족에 대해 언급하진 않았었나요? 어릴 적 기억을 들려준 적도 없었고요? 가본 상소라든지, 좋아하는 장난감, 혹은 형제자매 이야기 같은 거요.

이런 질문을 숱하게 받아왔다는 거 알아요. 하지만 내가 당시 상황을 정확히 이해할 수 있게 당신이 도와주면 좋겠어요.

전화번호는 없어요(그 이유를 설명하자면 얘기가 너무 길어집니다). 하지만 주소와 호출기 번호를 알려줄게요. 당신이 어디서 무엇을 하며 지내는지, 왜 은둔생활을 하고 있는지는 알리지 않아도 됩니다(당신이 들려주고 싶어 한다면 몰라도).

연락 줘요. 부탁이에요. 당신과 나눈 얘긴 그 누구에게도 발설하지 않을게요.

사이러스 헤이븐

"언제 떠나?" 다비나가 내 어깨를 쿡 찌르며 묻는다.

"금요일에요."

"마음이 들떠?"

내 마음이 어떤지는 나도 모른다.

우리는 식당에서 아침식사 준비를 하고 있다. 내게 주어진 임무 중 하나다. 우리는 그릇과 숟가락과 시리얼 상자를 세팅하고 소스 병을 새로 채운다. 소금과 후추 용기들도 체크한다.

식당에서는 감자튀김과 삶은 콜리플라워 냄새가 진동한다. 어떤 이유에서인지 카펫용 세제 냄새도 진하게 풍긴다. 식당 바닥은 타일로 덮여 있는데.

"왜 하필 그 사람이지?" 다비나가 묻는다.

"누구 말이에요?"

"헤이븐 박사 말이야. 넌 그동안 무수한 수양 가족들한테서 도망쳐 나왔잖아. 그런데 왜 그 사람은 거부하지 않는 거지?"

"달라서요."

"어떻게?"

"날 진짜로 이해해주는 것 같거든요." 나는 설득력 없는 어조로 말한다. 솔직히 나도 그 이유를 알지 못한다. 그만큼 성숙해졌다는 뜻일까? 어쩌면 내가 이곳에 신물이 나 있다는 뜻인지도 모른다. 그래서 이토록 바득바득 떠나려 했던 것인지도.

"네가 많이 보고 싶을 거야." 다비나가 말한다.

"거짓말."

"그러지 마."

"뭘 말이에요?"

"예의상 하는 거짓말은 나쁜 게 아니야."

그녀의 요점은 이해한다. 하지만 그렇다고 평생 해온 습관을 굳이 바꿀 필요가 있을까?

솔직히 식당 허드렛일은 그럭저럭 할 만하다. 불안감이 엄습해오면 나는 OCD(Obsessive Compulsive Disorder, 강박 장애—옮긴이)와 한바탕 전쟁을 치러야 한다. 거스리는 그걸 'CDO'라고 부른다. 알파벳 순서만 다를 뿐 OCD와 똑같다는 게 그의 설명이다. 나는 강박적으로 깔끔을 떤다. 모든 걸 순서대로 반듯하게 정돈해놔야 직성이 풀린다. 언젠가 식료품 저장실에 몰래 잠입한 적이 있다. 먹을 것을 훔치러 들어간 게 아니라 유효기간을 체크하고 모든 통조림을 라벨이 보이게끔 정리해놓으려고 했을 뿐이다. 아무도 내 기행을 알아채지 못했다. 몇 주 후, 나는 또다시 잠입을 시도했다. 하지만 들어가보니 모든 게 완벽히 정돈돼 있었다. 그래서 일부러 저장실을 어수선하게 흩트려놨다. 다음 날 밤 다시 들어가 원 없이 정리할 수 있게끔. 하지만 몰래 빠져나오던 중 덜미를 잡히고 말았다. 소드의 법칙(어떤 일을 하고자 할 때 뜻하지 않은 것에 방해받는 현상을 이르는 말—옮긴이).

다비나는 내 강박증을 불편해하지 않는다. 그녀에게는 오스카라는 네 살배기 아들이 있다. 그녀는 항상 휴대폰에 저장된 사진을 내보이며 아들 자랑을 해댄다. 그녀가 일할 때는 아이의 아버지가 오스카를 돌본다고 한다. 아주 가난해 보이지는 않지만 형편이 넉넉한 것 같지도 않다. 다비나에게 치아 교정을 권유할 때마다, 그녀는 돈이 없어서 슈퍼모델의 길을 포기했다고 대꾸한다. 그녀 스타일의 농담이다.

그녀와 함께 사는 스노든이라는 사람은 이따금 랭포드 홀에서 잡다한 일을 맡아 한다. 손재주가 좋은 그는 특히 자동차 수리에 탁월한 재능이 있다. 차를 개조해 되파는 게 그의 주업이다. 고용될 때마다 그는 정식으로 받는 일당을 챙기기 위해, 자기가 맡은 작업을 무조건 네 시간 이상 끌고 가는 수완을 발휘한다.

테리 볼랜드는 자동차를 좋아했다. 한때 그는 리무진을 몰았던 적도 있다. 길고 우아한 순백색 리무진들. 처음에는 조수석에 나를 태워주기도 했다. 하지만 나중에 낡은 포드 에스코트를 몰게 됐을 때는 나를 항상 트렁크 안에 꼭꼭 숨겨놓았다.

그는 나를 긴 지퍼 백에 담아 차로 옮겼다. 나는 트렁크가 닫히고 나서야 비로소 지퍼를 열고 나올 수 있었다. 나는 스페어 타이어 위에 몸을 웅크린 채 누워 디젤 연기와 기름 냄새를 맡아야 했다. 얼굴에서 불과 몇 센티 떨어진 도로의 소음을 고스란히 맞으면서.

테리는 가끔 나를 데리고 저녁 산책을 다니곤 했다. 하지만 그럴 때도 나는 지퍼 백 안에 갇힌 채였다. 우리는 먼길을 달려 맥도날드나 KFC가 있는 고속도로 휴게소를 찾았다. 그는 가장 어두운 구석에 차를 세워놓고 나를 트렁크에서 꺼내주었다.

"우리 각본을 기억해야 해." 그가 말했다. "넌 내 딸이야. 우린 네 조부모를 만나러 리버풀로 향하는 길이고. 네 이름은 세라. 난 피터."

"우리 성은요?"

"존스."

"내가 다니는 학교는요?"

"그건 중요하지 않아. 내 옆에 바짝 붙어 다니는 거 잊지 마. 누구와도 눈을 맞추지 말고, 말도 섞으면 안 돼."

나는 고개를 끄덕이고 모처럼 신선한 밤공기를 한껏 들이마셨다. 언젠가 별이 하나도 보이지 않는 밤하늘을 올려다본 기억이 난다. 그때 나는 별들이 전부 떨어져버린 줄로만 알았다. 다른 사람들이 발 빠르게 소원을 빌어버리는 바람에. 하지만 테리는 다른 불빛들 때문에 런던에서는 별이 보이지 않는다고 설명해주었다.

그는 내 손을 잡고 환하게 조명이 켜진 푸드코트로 들어섰다. 한쪽 구석에는 케이트 미들턴을 표지에 내세운, 번들거리는 광택지로 된 잡지들이 반듯하게 정돈돼 있었다. 모두가 윌리엄과 케이트 부부의 '2세 소식'을 간절히 기다리는 상황이었다. 테리는 그들의 결혼식 실황 중계를 TV로 볼 수 있게 해주었다. 그것 말고는 볼 게 없었기 때문이다. 케이트가 "네"라고 서약했을 때, 나는 카메라가 그녀의 얼굴을 확대해주기를 바랐다. 그녀의 반응을 유심히 지켜보고 싶었기 때문이다. 거짓말을 하고 있는지, 아니면 자신의 선택을 후회하고 있는지.

나는 늘 치즈버거를 주문했다. 당시만 해도 고기에 거부감이 없었다. 오히려 혀를 감도는 지방의 느낌을 좋아했다. 종종 감자튀김과 초콜릿 밀크셰이크도 곁들여 먹곤 했다. 어느 날 밤, 집으로 돌아오는 길에 나는 트렁크 안에서 속을 비워내고 말았다. 테리는 매트와 봉지를 씻어야 한다며 역정을 냈다. 하지만 그건 내 잘못이 아니었다. 매연이 나를 그렇게 만든 것이었다.

그 후로 우리는 아주 오랫동안 저녁 산책을 나가지 않았다. 모처럼 외출을 할 때면 그는 내게 수면제를 먹였다. 불안하거나 긴장이 될 때마다 나는 그 지퍼 백을 떠올렸다. 부드럽고 안전했던 나만의 비밀 공간을.

다비나가 내 어깨에 살며시 손을 얹는다. 나는 뒤로 슬그머니 물러난다.

"무슨 생각을 그렇게 골똘히 해?" 그녀가 웃음을 터뜨리며 말한다.

"아주 엄청난 생각이요."

26

첫 번째 디스크를 DVD 플레이어에 넣고 처음 몇 분 동안의 영상을 빨리 감기로 훑어본다. 크레이그 팔리가 화면에 모습을 드러낼 때까지. 그는 눈에 익은 웨스트 브리지포드 경찰서 취조실 테이블에 앉아 있다. 불안해하면서도 꽤 협조적인 모습인 그는 반듯한 자세로 앉아 이따금 캔에 담긴 청량음료를 홀짝인다.

그의 맞은편에는 형사 두 명이 앉아 있다. 프라임 타임과 에드거는 팔리와 연배가 비슷하고 축구를 좋아한다는 공통점이 있다. 그들은 좋아하는 선수들과 프리미어 리그 주말 경기 결과에 대해 신나게 수다를 떨다가 "여자 꼬시기 좋은" 술집이 어디인지를 놓고 열띤 토론을 벌인다.

조디 시핸에 대한 질문이 나오지 않자 팔리는 조금씩 긴장을 풀기 시작한다. 그는 형사들에게 성경보다도 오래된, 금발 여자에 관한 조크를 늘어놓기까지 한다. 형사들은 적절한 타이밍에 웃음을 터뜨리며 그를 무장 해제시켜나간다.

"병원도 여자 꼬시기 좋죠?" 에드거가 말한다. "예쁜 간호사들이 득실대는 곳이잖아요."

"그럼요. 제복 차림의 여자들, 섹시하잖아요. 안 그래요?" 프라임 타임이 맞장구친다.

팔리가 신이 나서 고개를 끄덕인다. "괜찮은 애들도 좀 있어요. 나이 들어 신경질적으로 변하기 전의 영계들."

"맞아요. 기왕이면 젊은 애들이 낫죠." 프라임 타임이 말한다. "일하면서 재미 좀 봤겠네요."

"뭐, 그냥."

"에이, 설마요."

"거만하고 도도한 애들이 좀 있어요. 모피 코트 두르고 다니면서 속바지는 안 입는 애들."

"당신 취향은 뭐죠, 크레이그?" 에드거가 속삭임에 가까운 나지막한 톤으로 묻는다. 마치 비밀 얘기를 나누듯이.

"뚱뚱한 애들은 별로예요." 팔리가 말한다. "살집이 적당히 붙은 건 괜찮아요. 말이 많거나 시끄러운 애들은 질색이고요."

"여자들 꼬시는 방법이 있어요?" 에드거가 묻는다.

순간 팔리의 얼굴에 화색이 돈다. "클랜시를 훈련시켜놨죠."

"네?"

"우리 집 개 말이에요. 걜 써먹는다고요. 녀석이 발발거리고 돌아다니면 여자들이 먼저 다가와 걜 쓰다듬어요. 그렇게 대화가 시작되고 서서히 긴장이 풀리면……."

"풀리면?"

"알잖아요."

"조디도 그렇게 만났어요?"

팔리가 움찔한다.

"분명 걜 본 적이 있을 텐데, 안 그래요, 크레이그? 그 앨 모르는 사람이 없잖아요. 피겨 챔피언이기도 했고."

그는 여전히 말이 없다.

"그 앨 어디서 봤죠? 전차 정거장에서? 등굣길에서? 아니면 공원에서?"

"난 걜 만나본 적이 없어요."

"그 애 머리카락에서 당신의 정액이 검출됐어요."

팔리는 더 듣고 싶지 않다는 듯 고개를 가로젓는다.

"DNA가 뭔지 알죠, 크레이그? 당신이 포스트잇에 이름과 주소를 적어 그 애 이마에 붙여놓은 거나 다름없다고요."

"난 걜 죽이지 않았어요."

"우발적으로 벌어진 일이었나요?" 프라임 타임이 묻는다.

"어떻게 그게 우발적일 수 있지?" 에드거가 피식 웃는다.

"걔가 발이 걸려 넘어졌을 수도 있잖아. 재수 없게 머리를 부딪혀서 죽었으면 그게 사고사지, 뭐." 프라임 타임이 말한다.

"내가 죽인 게 아니라고요."

"그럼 누가 죽인 거죠?"

"그걸 내가 어떻게 알아요?"

"혹시 친구와 작당해서 조디를 덮친 거 아니에요? 둘 중 당신만 운 나쁘게 덜미를 잡힌 거고." 프라임 타임이 말한다.

"아니에요."

"당신 친구도 곧 잡혀 올 거예요, 크레이그. 보나 마나 그 친구는 조디를 미행하자는 게 당신 아이디어였다고 주장할걸요. 그 앨 쓰러뜨리고 옷을 벗기자고 한 것도 마찬가지고."

팔리는 할 말을 잃어버린 표정이다. 그는 몸을 꼼지락대며 탁자와 형사들로부터 최대한 멀리 떨어지려 애쓴다. 목이 메어오는지 입도 제대로 열지 못한다.

에드거와 프라임 타임은 그에게 정신을 가다듬을 시간을 내준다.

나는 커피로 졸음을 쫓으며 인터뷰 영상을 마저 지켜본다. 그렇게 몇 시간이 흐르자 테이블에 앉은 남자가 달라 보인다. 처음에 팔리는 주춤 물러서는 모습을 자주 보였다. 최대한 정제된 답변을 내놓으려고 노력하는 모습. 필요할 때마다 추가 설명을 덧붙였고, 도움이 되지 않는 디테일은 과감히 쳐냈다. 하지만 그는 서서히 지쳐가는 중이다. 그 과정에서 당당하던 태도도 조금씩 바뀌어간다. 그의 목소리에 팽팽한 긴장감이 묻어난다. 거짓말이 들통날 때마다 꽉 오므려지는 입술은 꼭 핏기 없는 선 같다. 어느 순간부터인가 그는 형사들의 비위를 맞추려는 노력을 포기한 듯하다. 그는 체포의 부당함과 편파적인 취조 내용에 대해 강력히 반발하며 역공에 들어간다.

경찰은 취조팀을 자주 교체하며 팔리가 내놓는 답변의 불일치성을 집요하게 물고 늘어진다. 형사들은 나란히 앉아 있다가 서로에게서 멀리 떨어지기를 반복하면서 팔리의 정신을 흩뜨려놓는다. 그의 고개가 테니스 경기를 볼 때처럼 좌우로 연신 돌아간다. 빠르게 던져지는 질문들은 그에게 반응할 기회를 충분히 주지 않는다. 쉴 새 없이 쌓여가는 혐의의 무게에 짓이겨진 그의 몸은 보기에도 안쓰러울 만큼 움츠러들어 있다.

"우릴 바보 취급하지 말아요, 크레이그." 레니가 말한다.

"그런 적 없어요."

"지금 그러고 있잖아요. 당신 친구는 당신이 조디를 미행했

240

다고 할 거예요. 당신이 그 아이의 청바지를 벗기고……."

"난 딱 거기까지만 했을 뿐이에요."

"네?"

"그 애 청바지를 벗기기만 했을 뿐이라고요."

형사들이 서로의 얼굴을 본다. 한껏 흥분한 그들은 겉으로 내색하지 않으려 애쓰고 있다.

레니가 말한다. "그러니까 당신이 오솔길을 따라서 조디를 미행했다, 이거죠?"

"아뇨."

"그 앨 처음 본 게 어디서였죠?"

"연못 근처에서였어요."

"걔가 거기서 뭘 하고 있었죠?"

"연못 옆에 반듯하게 누워 있었어요. 처음엔 술에 취해 있는 줄 알았죠."

"당신은 어디 있었고요?"

"오솔길에요."

"거기서 뭘 했죠?"

"그 애가 무사한지 확인해보고 싶었어요."

"그래서 말을 걸어봤나요?"

"아뇨."

"어째서죠?"

"걔가 기침을 해댔거든요. 날 보고 놀랐는지 달아나려고 하더라고요."

"그래서 쫓아갔어요?"

"아뇨. 그게 아니라…… 난 그저 걔한테 아무 일 없는지 확인하려고만 했을 뿐이에요."

"콘돔은 누가 가져왔죠?"

"네?"

"당신이 콘돔을 썼잖아요."

"아니에요. 난 걜 도우려고 했다니까요."

"그래서 강간을 한 거예요?"

"체온이 떨어지는 걸 막으려고 했을 뿐이에요."

"그 애 머리카락에서 당신 정액이 검출됐어요."

팔리의 얼굴이 심하게 일그러진다.

"똑바로 답변해요, 크레이그. 보다시피 녹음 중이잖아요."

그가 웅얼거린다.

"안 들려요."

"난 그러려고 했던 게……."

"그럼 뭘 어쩌려고 그런 거죠?"

"걜 만져보려고요." 그가 쉰 목소리로 속삭인다. "도와주고 싶었어요. 난 그저…… 걔가 땅에 누워 있길래……."

"그 아이 바지를 벗겼나요?"

"그때로 돌아갈 수만 있다면…… 난 그러려고 한 게……."

그의 목소리가 갈라진다. 그는 앉은 채로 몸을 앞뒤로 흔들며 흐느끼기 시작한다. 코끝에 콧물이 방울진다.

무너져 내린 그를 지켜보는 동안 머릿속에서 형체 하나가 떠오른다. 아니, 형체가 아니라…… 묵직한 느낌. 아니, 명확하지 않은 무언가에서 스멀스멀 기어나온 그림자. 마치 크레이그 팔리와 나란히 발을 맞추어 걷고 있는 기분이다. 그와 같은 눈으로 세상을 보고, 그의 신발을 신고 땅을 딛는 기분. 외롭고, 무얼 해도 어설프기만 한 청년. 학창 시절에는 둔해서 따돌림을 받았을 것이다. 팀을 나눌 때도 맨 나중에 뽑혔을 것이고, 항상 놀림감이 되어 아이들에게 시달렸을 것이다. 왕따라는 사실을 정작 자기는 깨닫지 못한 채. 사회성이 부족해 늘 불안해하는 데다 숫기까지 없어 쭈뼛쭈뼛 말도 제대로 하지 못했을 게 분명하다. 그럼에도 불구하고, 어느 무리에라도 끼고 싶어 안달했을 것이다.

나이를 먹어가면서 없던 자신감이 생겨나는 경우도 있다. 다른 외톨이들을 친구로 들이거나 그냥 참고 꾸역꾸역 버티며 사는 이들도 있을 테고. 그중 일부는 우울증을 앓다가 술이나 마약에 빠지기도 한다. 그런 흥분제가 자신들의 낮은 자존감을 극복하는 데 도움이 돼주기를 바라면서. 이따금 완벽주의를 향한 병적 욕구에 사로잡히기도 한다. 살을 빼고, 역기를 들고……. 그러는 동안 약하고 한심했던 과거에 대한 증오는 점점 커져만 간다. 만약 거절과 고립이 계속 이어지면 그들은 악에 받쳐 자신들의 실패를 남의 탓으로 돌리게 된다. 여자친구가 없고, 직장이 형편없고, 좋은 차를 몰지 못하고, 여전히 부모 집에서 독립하지 못한 것이 자기들 탓이 아니라는 거다.

하지만 왠지 그가 킬러라는 생각은 들지 않는다. 조디는 분명 누군가로부터 도망쳤다. 하지만 시체에서는 방어흔이 발견되지 않았다. 팔리가 청바지를 벗겼을 때 조디는 무의식 상태였을 가능성이 크다. 하지만 성교 중에는 의식이 있었을 것이다. 강간당한 흔적은 없었으니.

사건이 발생하고 진행된 순서가 중요하다. 하지만 모든 팩트를 시각표에 끼워 맞추는 건 쉬운 일이 아니다. 하지만 만약, 만약에……. 문득 뇌리를 스친 아이디어는 내가 생각해도 너무 황당하다. 레니 파벨이 뭐라 할지 대충 짐작이 된다. 그녀는 웃음을 터뜨리며 더 들으려고도 하지 않을 것이다. 그래도 시도는 해봐야 하지 않겠나.

나는 그녀의 번호를 누른다. 그녀는 응답하지 않는다. 전화는 음성 사서함으로 넘어가버린다.

삐!

"급히 할 얘기가 있어요."

27

레니 파벨은 오르막길을 걷고 있다. 그녀의 이마에는 젖은 머리 몇 가닥이 달라붙어 있고, 코끝을 타고 흐르는 땀방울이 러닝머신 위로 떨어진다. 사방에 붙은 거울이 다양한 각도에서 그녀의 모습을 비추고 있다. 체육관이 아니라, 꼭 댄스 스튜디오에 와있는 기분이다.

은색 복싱 트렁크에 특대형 티셔츠 차림의 레니는 라이크라 레깅스와 유명 브랜드의 상의로 무장한 운동 중독자들 틈에 녹아들려고 애쓰지 않는다.

그녀는 그들과 어울리는 데 아무런 관심이 없다. 그들 눈에 자신이 어떤 모습으로 비치게 될지도 전혀 신경 쓰지 않는다. 사람들의 곱지 않은 눈길과 손가락질과 뒷담화에 늘 시달려온 나는 그런 그녀의 자신감이 부럽기만 하다.

"지금 농담하는 거지?" 레니가 황당하다는 표정으로 말한다.

"모든 단서가 팔리를 가리키고 있다는 거 알아요. 하지만 만약 조디가 이미 죽어 있었거나 죽어가는 중이었다면요? 그가 우연히 의식이 반쯤 남은 그 앨 발견한 거라면?"

그녀의 얼굴이 딱딱하게 굳어간다. "아니, 아니, 아니."

"조금만 더 들어봐요. 부탁이에요. 이런 사건에선 통제권과 주도권을 잡으려는 흔적이 발견되기 마련이에요. 성적으로 흥분한 범인이 여성을 미행해 납치하고 공포를 불어넣은 후 강간한다, 그리고 입을 꾹 닫아버린다. 하지만 이 사건은 그렇게 진행되지 않았어요."

레니가 정지 버튼을 누르고 러닝 머신에서 내려온다. 그녀는 돌아서서 빠르게 걸어가고, 나는 잽싸게 그 뒤를 쫓는다.

"알아요, 내 얘기가······."

"설득력이 없다는 거? 터무니없다는 거?"

"색다르다는 거요."

"성범죄자가 길을 가다가 이미 죽었거나 죽어가는 십 대 소녀를 우연히 발견할 가능성이 얼마나 될 것 같아?" 그녀가 묻는다. "서장이 들으면 어이없어하며 날 사무실에서 쫓아내버릴걸."

"그에게 바이올렛 제숍 이야기를 들려주면 되잖아요."

"누구?"

"1911년, 바이올렛 제숍이라는 RMS 올림픽호 승무원이 있었어요. 그 배는 솔렌트에서 영국 군함과 충돌해 침몰할 뻔했죠. 그녀는 운 좋게 살아남았어요. 그리고 1년 후, 타이타닉호에서 일하게 됐는데, 아시다시피 배가 대서양에서 침몰했잖아요. 하지만 그녀는 그때도 용케 살아남았어요."

"그래서?"

"4년 후, 바이올렛은 병원선인 브리타닉호에서 간호사로 일하게 됐어요. 하지만 그 배도 운명의 장난으로 독일군의 기뢰와 충돌해 침몰했죠. 그녀는 배 밖으로 떨어져 배의 용골 밑으로 빨려 들어갔다가 기적적으로 살아 나왔어요. 두개골 골절 정도의 부상만 입은 채로 말이죠."

"대체 지금 무슨 말을 하고 싶은 거야?"

"세상에선 온갖 기묘한 일들이 벌어져요. 믿기 힘든 우연도 많고요. 난 크레이그 팔리에게 발견됐을 때 조디가 이미 죽었거나 죽어가는 중이었다고 생각해요. 다른 누군가가 그 애 머리를 가격한 후 다리 밑으로 던져버린 게 분명합니다."

레니가 끙 앓는 소리를 낸다. "말도 안 돼. 킬러가 왜 그런 위험을 감수했겠어? 팔리가 그 애 머리를 가격하고 강간한 거야. 그런 다음엔 죽게 내버려둔 채 현장을 뜬 거고. 놈이 자백까지 했잖아."

그녀는 고정식 자전거에 올라 버튼을 눌러 난이도를 조절한 후 힘껏 페달을 밟기 시작한다. 나는 자전거 핸들을 꼭 붙들고 논쟁을 이어간다. 이번에는 사실관계의 순서를 다르게 나열해본다.

"조디는 뒤에서 가격당했어요. 그리고 연못으로 떨어졌거나 범인에 의해 내던져졌어요. 얼음장처럼 차가운 물이 몸에 닿자 그 충격에 의식을 되찾았고, 필사적으로 기어 둑으로 나올 수 있었죠. 하지만 여전히 제정신이 아니었을 거예요. 조디는 살을 에는 냉기에 몸을 떨며 기침을 해댔어요. 폐 안 가득 물을 머금은 채로 휘청대며 오솔길을 걸어가다가 호흡기계가 작동을 멈추면서 다시 쓰러졌겠죠. 그게 사인이 아니라면, 영하의 기온이 그 앨 죽인 거예요."

레니는 아닌 척하지만, 나는 그녀가 내 말에 집중하고 있다는 걸 알고 있다.

"팔리는 포르노와 어린 소녀들에게 빠져 있어요. 노출증도 있고요. 그런 사람이 무의식 상태의 소녀를 발견하면 어떻게 반응할 것 같아요?"

"정상인이라면 도움부터 요청하겠지."

"팔리는 정상인이 아니에요. 그는 조디의 옷을 벗겨놓고 자위행위를 했어요. 그러다가 자신이 무슨 짓을 했는지 깨닫고 혼란에 빠졌죠. 그는 황급히 현장을 수습하려고 했어요. 나뭇가지를 모아 조디의 몸에 덮어놓고 집으로 달아나버렸죠. 입고 있던 옷은 전부 내다 버렸고요."

안장에서 일어난 레니는 더 힘껏 페달을 밟는다. 그녀의 목에는 수건이 둘러져 있다.

"누군가가 콘돔을 착용하고 조디와 성교를 한 겁니다." 나는 말한다.

"그 짓을 한 게 팔리야."

"강간범이 뭐 하러 콘돔을 썼겠어요? 성교 후 그 애 머리엔 왜 사정을 해놨고요?"

"공범이 있었나 보지, 뭐."

"팔리에겐 친구가 없다고요."

레니가 입을 굳게 다문다. "정말 서로 아무 관련도 없는 두 '포식자'가 같은 날 밤 그 앨 발견하고 그런 몹쓸 짓을 벌였다고 믿는 거야? 한 놈은 그 앨 가격한 후 다리 밑으로 던져버렸고, 우연히 지나던 또 한 놈은 그걸 보고 '이런 행운이 있나. 이런 데서 의식 잃은 아이를 발견하다니. 어서 가서 신나게 딸을 쳐야지.' 그랬단 말이야?"

"전 사실관계를 증거에 맞추고자 애쓰고 있을 뿐이에요."

"아니, 넌 내 수사를 전복시키려고 폭탄을 깔아두고 있는 거야." 그녀가 목소리를 낮춰 으르렁거린다. "제발 거기까지만 해, 사이러스. 제발!"

"증거를 살펴봐달라고 부탁한 건 그쪽이잖아요."

"이젠 제발 닥치고 모든 걸 잊어달라고 부탁하잖아. 이 내용은 절대 서면화해선 안 돼, 알았지? 놈은 자백을 했고, 우린 DNA 증거를 갖고 있어. 놈이 범인이라고."

"방금 전엔 공범이 있을지도 모른다면서요?"

"공범은 없었어."

"그건 배심원단이 알아서 판단하겠죠."

자전거에서 내려온 레니는 수건으로 얼굴을 훔치며 돌아선다. 나는 그녀를 따라 탈의실로 들어간다. 여성 회원 몇 명이 옷을 갈아입는 중이다. 그중 하나가 외마디 비명을 지르며 몸에 두른 수건을 끌어 올린다.

"체포당하고 싶어서 환장했어?" 레니가 묻는다.

"조디의 사물함에서 발견된 돈은요? 그날 밤 누가 그 앨 차에 태웠는지, 걔가 어떻게 오솔길에 이를 수 있었는지 밝혀진 게 하나도 없잖아요."

레니는 묵묵히 가방을 싼다.

"타스민 휘터커를 만나보고 싶어요." 나는 말한다.

"우리가 이미 이야기했어."

"경찰이 했지 내가 한 건 아니잖아요. 친한 친구 사이엔 비밀이 있기 마련이에요. 어른들에게 털어놓을 수 없는 얘기들 말이에요. 사람들은 조디가 춤과 음악, 스케이팅을 좋아하는 평범한 십 대 아이였다고 하지만 그게 전부는 아닐 거예요."

"그걸 어떻게 알아?"

"당연한 거 아닌가요?"

28

"배고파?" 나는 묻는다.

이비가 시큰둥한 반응을 보인다.

"저녁 준비를 시작해볼까?"

"그러시든지요."

나는 냉장고에서 온갖 재료를 꺼내 온다. 그런 다음 냄비에 물을 받기 시작한다.

"채식주의자지?"

"그런데요?"

"그 외에 내가 알아야 할 게 있어?"

아이가 또다시 어깨를 으쓱인다. 이비가 온 후로 우리의 대화는 늘 이런 식이다. 아이는 주로 어깨를 으쓱이거나 얼굴을 찌푸리거나 단음절로 된 짧은 대꾸를 툭툭 내뱉는 것으로 내게 반응했다.

나는 다시 시도해본다. "어떤 음식을 잘 먹지?"

"먹는 걸 별로 즐기지 않아요."

"랭포드 홀에선 주로 뭘 먹었지?"

"똥이요."

이비는 인도 명상가처럼 책상다리를 하고 의자에 앉아 있다. 나는 성냥으로 버너에 불을 붙인 후 냄비를 올려놓는다.

"내가 이걸 어떻게 만드는지 잘 봐둬."

"왜요?"

"독립하면 네가 직접 만들어 먹어야 할 테니까."

"그건 걱정 말아요."

또다시 긴 침묵이 찾아든다. 나는 깍둑썰기한 양파와 마늘을 묵직한 냄비에 담아 볶는다.

"당분간 함께 지낼 운명이니 서로에 대해 좀 더 깊이 알아둘 필요가 있겠어." 나는 말한다. "간단한 것부터 시작해볼까? 내가 제일 좋아하는 노래는 밥 딜런의 〈싱즈 해브 체인지드〉야. 넌?"

"〈구피의 근심〉이요."

"누구 곡인데?"

"똥구멍 서퍼스요."

"정말 있는 밴드야?"

"그럼요."

아이가 내 제안에 진지하게 임하고 있는지 확인할 길이 없다.

"내가 제일 좋아하는 색은 남색이야." 나는 말한다. "넌?"

"검정이요."

"엄밀히 따지면 그건 색이 아니야."

"그래서 어쩌라고요?"

"좋아하는 영화. 난 〈쇼생크 탈출〉."

"그건 나도 봤어요." 이비가 말한다.

"어땠어?"

"별로였어요."

"왜?"

"답을 친절하게 다 내주잖아요. 관객에게 생각할 여지도 남겨주지 않고. 적당히 애매한 맛이 없더라고요. 결국엔 행복한 사람들끼리 해변에서 서로 부둥켜안으면서 끝나잖아요. 그게 현실성 있게 보여요?"

"해피 엔딩을 싫어하니?"

"현실에서 해피 엔딩은 없어요."

"어째서 그렇게 생각하지?"

"우린 결국 죽을 운명이니까."

"아, 이제 보니 운명론자였군."

"뭐라고요?"

"우리가 미래의 결과에 어떤 식으로든 영향을 줄 수 없다고 믿잖아. 운명이 진작 우리의 미래를 결정지어놓았다고 생각하지? 그래서 세상 모든 게 다 무의미하다는 거 아니야?"

"결국 다 죽는다는 건 거스를 수 없는 운명이잖아요."

하긴, 그건 그렇지.

나는 통조림을 가져와 껍질 벗긴 토마토를 냄비에 쏟는다. 그리고 나무 주걱으로 으깨가며 바질 잎과 소금, 그리고 후추를 적당히 뿌린다. 물이 끓고 있다. 나는 스파게티를 넣고 나서 냉장고에서 꺼내온 파르메산 치즈 덩이를 강판에 간다.

"네가 좋아하는 영화는 뭔데?" 나는 묻는다.

"〈트루 로맨스〉요."

"타란티노를 좋아해?"

"누구요?"

"쿠엔틴 타란티노. 〈트루 로맨스〉 각본을 썼잖아."

이비는 멀뚱한 얼굴로 나를 쳐다본다.

나는 화제를 돌려보기로 한다. "좋아하는 음식은?"

"마르게리타 피자요."

"휴가 때 가장 가고 싶은 곳은?"

"태어나서 지금껏 휴가를 가본 적이 없어요."

"그래도 어디든 가고 싶은 곳이 있을 거 아니야. 그리스? 타히티? 미국?"

아이의 얼굴은 감정을 철저히 감추고 있다.

"기억 나는 가장 오래된 건? 난 통통히 살이 오른 백조에게 쫓겨 다닌 적이 있어. 어머니와 함께 오리들에게 모이를 던져주다가. 우린 헨리에 있었어. 조정 경기장 근처에."

"조정이라면……. 노 젓는 배 말인가요?"

"보통 노 젓는 배들하고는 많이 달라. 훨씬 더 복잡하고."

이비가 먼 산을 바라보며 입을 연다. "언젠가 아빠랑 보트를 타러 간 적이 있어요." 아이는 우리가 공동의 관심사를 찾았다고 생각하는 모양이다. "아빠가 빌린 보트를 타고 부두와 만을 빠져나가 확 트인 공해로 들어섰죠. 바람이 거셌고, 파도도 높았어요. 아빠는 겁을 집어먹었지만 내색하지 않으려고 무던히 애썼어요."

이비는 과장된 표정과 손짓으로 뱃머리에 부딪혀 부서지는 파도와 거센 돌풍을 묘사한다.

"그래서 어떻게 됐지?"

"마침 지나가던 어선에 구조됐어요. 그들이 우리 보트를 부두까지 끌어와줬죠."

"보트 타고 자주 나갔어?"

"기억 안 나요."

이제야 대화에 진전이 있군. 나는 삶은 스파게티를 체에 담아 물을 뺀 후 접시에 나눠 담으며 생각한다. 숟가락을 이용해 소스를 면에 끼얹고 있을 때, 냉장고에 붙은 엽서가 눈에 들어온다. 거센 바람에 옆으로 살짝 기울어진 돛단배. 뱃머리에 부딪혀 하얗게 부서지는 파도.

"네가 지어낸 이야기는 아니지?"

이비는 대답이 없다.

"나한테까지 거짓말할 필요는 없어."

"나한테까지 이것저것 캐물을 필요도 없어요."

우리는 침묵 속에서 식사를 한다. 이비는 스파게티에 치즈를 갈아 뿌리는 나를 지켜본다. 나는 치즈를 아이 앞으로 내민다.

아이는 파르메산 치즈를 받아 들고 킁킁대며 냄새를 맡아본다. "역겨운 냄새가 나요."

"먹어보면 생각이 달라질걸."

이비가 자신의 소스에 치즈를 조금 갈아 넣는다. 나는 아이가 포크를 집어 들고 면을 돌돌 말아 입으로 가져가는 걸 지켜본다. 이비가 눈을 감고 입을 우물거린다. 잠시 후, 아이의 입에서 들릴 락 말락 한 신음이 새어 나온다.

"어때? 괜찮지?"

아이는 대답 없이 빠르게 포크만 놀려댄다. 아이의 한쪽 팔은 음식을 지키려는 듯 테이블에 얹혀 있다. 교도소 매점에 있는 재소자처럼.

"아침에 조깅을 할 건데 같이 나가지 않을래?"

"난 운동 같은 거 안 해요."

"일자리를 알아보는 건 어때? 이력서 쓰는 걸 도와줄게."

"이력서에 쓸 것도 없는데요, 뭐."

그건 아이의 말이 맞다.

"다시 학교로 돌아가는 건?"

"그러기엔 너무 늦었어요. 공백이 너무 길어요."

"읽는 건 좀 어떠니?"

"그럭저럭. 매일 새 단어를 하나씩 익히려고 해요. 오늘 배운 단어는 '커머전curmudgeon'이에요. '성질 괴팍한 놈'이라는 뜻이죠."

"나도 무슨 뜻인지 알아."

아이는 뿌듯해하며 미소를 흘리다가 이내 화제를 바꾼다.

"휴대폰 사준다고 했죠?"

"그런 약속은 한 적 없는데."

"휴대폰을 왜 싫어하죠?"

"휴대폰이 싫은 게 아니야. 그냥 상대랑 얼굴을 맞대고 대화하는 게 좋아서 쓰지 않을 뿐이야. 상대의 말을 경청하고 그들에 대해 알아가는 게 심리학자가 하는 일이거든. 문자 메시지나 트위터는 별로 효과적이지 않아."

"그다지 프로답지 않은 것 같아요." 이비가 말한다.

"그 대신 호출기가 있어. 호출이 오는 즉시 통화가 가능하니 휴대폰이 따로 필요 없다고."

"상대를 가려가면서 소통하겠다는 거잖아요."

"그건 아니야."

이비는 내가 거짓말을 하고 있는지 확인하려는 듯 내 얼굴을 빤히 쳐다본다.

접시를 깨끗이 비운 이비가 자리에서 일어난다. 나는 뒷정리를 함께하기로 한 약속을 아이에게 상기시킨다. 아이가 주방을 찬찬히 둘러본다. "식기 세척기는 어디 있어요?"

"없는데."

"그럼 설거지는 어떻게 해요?"

"옛날 방법으로." 나는 세제와 고무장갑과 냄비 닦는 수세미를 꺼내며 말한다.

이비가 물을 틀고 세제를 뿌려대기 시작한다.

"잔부터 닦아." 나는 말한다.

이비는 내 말을 무시하고 접시부터 집어 든다. 미끈거리는 손에서 접시가 떨어진다. 아이가 황급히 손을 내밀어보지만 접시는 타일 깔린 바닥에 떨어서 산산조각 나버린다. 이비는 나를 노려본다. 마치 그게 내 잘못이기라도 한 것처럼. 아이의 얼굴에 절망과 상실의 표정이 빠르게 스쳐간다.

"그냥 접시일 뿐이야." 나는 쓰레받기와 비를 가져온다. "신경 쓰지 마."

이비는 약한 모습을 보이지 않으려고 홱 돌아선다. 그러고는 분위기를 반전하려는 것인지 엉뚱한 문제를 걸고넘어진다.

"그만 좀 봐요."

"뭐?"

"아까부터 계속 날 봤잖아요. 당신도 남들과 똑같아요. 심리학자들, 심리 치료사들, 사회복지사들. 당신도 내 머리를 가르고 그 안을 쿡쿡 쑤셔대고 싶죠? 뭐가 날 폭발하게 만드는지 확인해

보려고 말이에요."

"아니, 전혀."

내 거짓말을 간파한 이비가 코웃음 친다.

"나한테 과거나 감정을 되새기게 만들 필요가 없을지도 모른다는 생각, 단 한 번이라도 해본 적 있어요? 제발 날 고치려고 하지 말아요. 난 고장 나지 않았으니까."

29   앤젤 페이스

오래된 집이 내게 말을 건다. 집이 삐걱대며 신음할 때마다 나는 사이러스가 문밖 복도에 서 있는 모습을 상상한다. 쌕쌕대는 숨소리, 소심한 노크, 스르르 열리는 문, 바닥에 번지는 불빛.

나는 침대에서 내려와 서랍장에 어깨를 갖다 붙이고 힘껏 밀기 시작한다. 서랍장은 나무 바닥을 가로질러 가 마침내 문 앞에 버티고 선다.

다시 침대로 돌아와 숨겨놓은 칼을 찾아 베개 밑을 더듬거린다. 설거지를 하는 동안 몰래 챙긴 것이다. 랭포드 홀에서는 식사 후 모든 주방용품의 수를 꼼꼼히 체크한다. 감자 칼마저. 하지만 사이러스는 그렇게 철두철미한 사람이 아닌 것 같다.

나는 눈을 감아보지만 잠은 찾아들지 않는다. 생소한 환경 탓이다. 내가 살던 곳의 문은 늘 굳게 걸려 있었고, 조명도 항상 어스레했었다. CCTV 카메라는 내 일거수일투족을 감시했고, 히터는 중앙난방 스위치로 통제됐으며, 샤워 중 배수구를 막으려 하면 여지없이 물 공급이 중단됐다. 매일 아침 7시 45분에 나는 버저를 눌러 문을 열어달라고 요청했다. 문은 즉시 열렸지만 이따금 그들은 비상 상황을 핑계로 시간을 질질 끌었다.

사이러스는 내 침실 문을 걸어 잠그지도 않았고 내게 불을 끄라고 요구하지도 않았다. 재소자가 아니니 언제든 주방에 내려가 간식을 먹어도 된단다. 원한다면 밖에 나가 가로등 불빛 아래서 춤을 춰도 된다고 했다. 아무도 말리지 않을 거라면서. 어쩌면 그게 내 잠을 앗아 가버렸는지도 모른다. 무한한 선택이라는 것이.

나는 다시 침대에서 내려와 가방을 열고 구슬과 색유리 조각과 어머니의 단추를 차례로 꺼낸다. 그런 다음 이불을 평평하게 펼쳐놓은 후 봉투에서 꺼낸 지폐를 액수별로 차곡차곡 쌓아가기 시작한다. 10파운드, 20파운드, 50파운드. 합쳐서 2,580파운드다. 구석에 놓은 낡은 안락의자가 눈에 들어온다. 색바랜 꽃무늬 천이 반들거린다. 무수한 엉덩이가 깔고 앉아 비벼댄 흔적이다. 나는 의자를 한쪽으로 돌려놓고 스테이플러로 고정된 덮개와 바늘땀을 유심히 살펴본다. 그리고 칼로 솔기를 조심스레 뜯어나가기 시작한다. 돈을 숨기기 딱 좋을 만큼만. 작업을 마친 후 의자를 구석에 밀어 넣고 다시 침대로 기어 올라간다. 그리고 미동도 없이 누워 느리게 심호흡을 해본다.

바로 그때 금속끼리 맞닿는 쨍그랑 소리와 어디선가 끼끼대는 후두음이 들려온다. 짐승이 덫에 걸리기라도 한 건가?

나는 방을 가로질러 가 서랍장에 몸을 기대고 귀를 문에 가져다 댄다.

짤랑! 짤랑! 짤랑!

발밑에서 들려오는 소리다. 아래층에서. 지하실. 당장 내려가 살펴보고 싶지만 또 한편으로는 침대로 돌아가 베개를 뒤집어쓴 채 눕고 싶기도 하다. 아무 소리도 스며들지 않게. 나는 서랍장을 한쪽으로 밀어내고 층계참으로 나가본다. 내 손에는 칼이 꼭 쥐여져 있다. 나는 걸음을 멈추고 귀를 쫑긋 세운다. 같은 소리가 계속 들려온다. 신음. 금속끼리 부딪는 소리.

나는 손끝으로 벽을 더듬으며 그 소리를 따라 천천히 계단을 내려간다. 발에 닿아 삐걱대는 마룻장이 꼭 지뢰처럼 느껴진다.

문틈으로 불빛이 새어 나오고 있다. 공포와 호기심에 단단히 사로잡힌 나는 그 앞으로 바짝 다가가 방 안을 들여다본다. 잉크로 얼룩진 것 같은 형체가 금속 막대 아래 웅크려 앉아 있다. 다양한 색을 띤 휠 캡 크기의 금속판이 양옆에 잔뜩 끼워진 막대는 형체의 어깨 부분에서 밑으로 구부러진 상태다. 형체는 쪼그려 앉았다가 일어서기를 반복한다. 호흡이 가빠진 그의 허벅지가 바르르 떨린다. 움직임이 점점 느려지고 둔해진다. 잠시 후, 그가 끙 앓는 소리를 내며 바벨을 받침에 내려놓는다.

그의 가슴과 팔은 제비, 참새, 벌새, 비둘기, 잉꼬새, 울새로 뒤덮여 있다. 그가 움직일 때마다 온갖 새들이 함께 움직인다. 피부 속 근육과 목과 가슴을 타고 흘러내리는 땀방울이 연출해 낸 한 편의 애니메이션을 보는 기분이다.

사이러스는 물병이 놓인 쪽으로 돌아선다. 그의 등과 어깨는 팔죽지까지 이어지는 커다란 접힌 날개로 덮여 있다. 척추 양쪽으로 흘러내린 날개는 그의 반바지 속으로 사라졌다가 허벅지 부분에서 다시 나타난다. 깃털 하나하나가 실물처럼 정교하고 아름답게 그려져 있다. 그가 등을 구부리면 날개가 활짝 펴지면서 그대로 붕 떠오를 것만 같다.

사이러스는 봉에 무게를 더한 뒤에 다시 그 밑으로 기어 들어간다. 그는 봉을 어깨에 얹고 힘을 주기 시작한다. 끙, 하는 신음 소리. 막대는 꿈쩍도 하지 않는다. 감당할 수 없는 무게인 듯하다. 그는 다시 시도한다. 이번에는 봉이 아주 조금 들썩인다.

그의 팔뚝에서 정맥이 꿈틀댄다. 얼굴은 검붉게 변해 있다. 이건 단순한 운동이 아니다. 자학이다. 자기 처벌.

나는 그가 똑바로 서주기를 바라지만, 그의 무릎은 맥없이 풀리고 만다. 그가 비틀거린다. 위태롭게 흔들흔들. 그걸 지켜보는 내 숨이 턱 막힌다. 당장이라도 고꾸라질 것만 같던 사이러스는 용케 자세를 가다듬고 천천히 막대를 내려놓는다. 그는 벤치에 풀썩 주저앉아 벌어진 무릎 사이로 고개를 떨어뜨린다.

나는 조용히 뒤로 물러난다. 관음증 변태, 아니 도둑이 된 기분이다. 다시 침실로 돌아온 나는 더 이상 서랍장으로 바리케이드를 치지 않는다.

30

노크를 하자 펠리시티 휘터커가 활기찬 얼굴로 문을 연다. 다른 손님을 기대하고 나온 모양이다. 화들짝 놀란 그녀가 꺅 소리를 내며 두 손을 얼굴로 가져간다. 맨 얼굴을 들키기라도 한 것 같이. 그녀는 색바랜 청바지와 헐렁한 스웨터 차림이다. 머리에는 스카프가 씌워져 있다.

"청소를 하고 있었어요."

"불쑥 찾아와 죄송합니다."

"미안해하실 거 없어요."

그녀가 스카프를 벗고 흘러내린 머리카락 몇 가닥을 귀 뒤로 쓸어넘긴다. 그녀는 축 늘어져 짤랑대는 종류의 장신구를 선호하는 모양이다.

"집안일은 긴장을 푸는 데 아주 도움이 되죠." 나는 말한다. "성취감도 느낄 수 있고요."

"댁에 청소해주시는 분을 두지 않았나 보죠?"

"네."

"부인은요?"

"없습니다."

펠리시티가 흠칫 놀라는 척하며 눈썹을 치켜세운다. 내게 추파를 던지는 걸까? 나는 아직도 문 앞에 서 있다. 그녀가 사과하며 발로 진공청소기를 밀어낸다. 나는 그녀가 내준 얼마 안 되는 틈을 비집고 안으로 들어간다.

주방 식탁에는 시리얼 상자와 그릇들이 널려 있다. 그릇에 담긴 시리얼은 이미 눅눅해진 상태다.

"오늘 아침에 모두 늦잠을 잤어요." 그녀가 의자를 가리키며 설명한다. "차 한 잔 하시겠어요?"

"고맙습니다."

그녀가 주전자에 물을 채운다. 내 눈은 과일 모양 자석으로 냉장고에 붙여진 엽서들을 찬찬히 훑어나간다. 뉴올리언스, 시드니, 멕시코 시티 그리고 베를린의 풍경을 담은 사진들.

"이 많은 곳에 다 가보셨어요?"

"그랬을 리가요." 그녀가 웃음을 터뜨린다. "펜팔들이 보내온 거예요. 열한 살 때부터 펜팔을 사귀었어요. 초등학교 때 그런 프로그램이 있었거든요. 다른 나라 학교들과 짝을 이뤄서 편지를 주고받았죠." 그녀는 식탁을 치우며 말한다. "나중에 복권에 당첨되면 저곳들을 다 가볼 거예요. 세계 여행이요. 어리석은 꿈이라는 거 알지만."

"어리석다뇨."

거실에서는 멀쑥하게 생긴 청년이 전기 기타를 치고 있다. 그는 헤드폰을 썼고, 손가락은 프렛보드를 신나게 누비며 오직 그 자신만 들을 수 있는 음악을 만들어내는 중이다.

한 소녀가 그의 허벅지를 베고 누워 휴대폰 화면을 들여다보고 있다.

"우리 큰애예요, 에이든." 펠리시티가 미소를 지어 보인다. "저 애는 아마 소피일 거예요. 아닐 수도 있고. 우리 앨 위로해주러 왔대요. 조디가 죽고 나서 우리 애들 인기가 높아졌어요." 그녀의 표정에 죄책감이 묻어난다. "이렇게 얘기해도 되는 건지는 모르겠지만."

에이든이 기타 줄을 퉁기며 가볍게 헤드뱅잉을 시작한다.

"밴드 활동을 하나 보죠?" 나는 묻는다.

"천만에요! 절대 안 될 일이죠." 그녀가 웃음을 터뜨린다. "내년에 케임브리지에서 법을 공부하게 될 거예요. 장학금도 이미 승인이 났고요. 전액 지원이에요."

"잘됐군요."

"그렇죠? 너무 자랑스러워요."

그녀는 찬장을 열고 무언가를 찾아 열심히 뒤지다가 마침내 케이크 굽는 그릇과 타파웨어 용기 뒤에서 비스킷 한 팩을 찾아낸다. 아이들 모르게 숨겨놓았던 모양이다.

"이 동네에서 벗어나는 건 쉽지가 않아요. 에이든의 친구들은 죄다 졸업하자마자 실업 수당을 받아 챙겼어요. 취직을 해도 기껏해야 콜센터나 프랜차이즈 가게에 갇혀 장래성 없는 일을 할 뿐이죠. 심심풀이로 여자친구를 임신시키고, 그러다가 아무런 준비도 없이 결혼을 하고, 결국엔 울며 겨자 먹기로 죽어도 하기 싫은 가업을 물려받고요. 하지만 우리 에이든은 달라요. 저 앤 나중에 변호사가 될 거고, 런던의 대형 로펌에서 일하게 될 거예요. 햄스테드의 대저택에 살면서 이탈리아에 별장도 하나

장만할 거고요."

"아드님을 위해 모든 계획을 치밀하게 짜두셨군요."

펠리시티가 또다시 웃음을 터뜨린다. 그녀의 귀걸이가 짤랑거린다.

"브라이언은 어디서 처음 만나셨습니까?" 나는 묻는다.

"빙판 위에서요. 미끄러져 넘어졌는데 그 사람이 달려와 일으켜주더라고요. 손발이 막 오그라들죠? 알아요. 그날은 내 열아홉 번째 생일이었고, 난 친구들과 놀고 있었어요. 하지만 브라이언에게 달라붙어 스케이트를 타는 동안 걔들 생각이 하나도 안 나더라고요. 꼭 토빌과 딘(영국의 유명한 아이스댄싱 팀—옮긴이)이 된 듯한 기분이었어요."

"남편분께선 선수 생활을 하셨나요?"

"한때는요. 하지만 지원을 제대로 받지 못해 도중에 그만 뒀어요. 그리고 곧장 코치의 길로 들어섰죠. 조디에게 스케이트를 가르친 것도 바로 그 사람이었어요. 조디는 꼭 뭐 같았냐면……." 그녀가 적절한 표현을 찾아 잠시 머리를 굴린다. "펭귄들도 스케이트를 타나요?"

"글쎄요."

"걘 천부적인 재능이 있었어요."

펠리시티가 접시에 비스킷을 보기 좋게 담는다. "사람들은 피겨 스케이팅이 우아하고 섬세한 운동인 줄 알아요. 하지만 사실은 아주 지독한 선수만이 살아남는 잔인한 운동이에요. 어디 그뿐인 줄 알아요? 툭하면 넘어져서 부상을 당하기 일쑤죠. 조디는 대회에 나가서 지면 모든 걸 남 탓으로 돌렸어요. 심판……브라이언…… 자기 엄마."

그녀가 찻잔에 담긴 티백을 살살 휘젓기 시작한다.

"시누이는 성자 같은 사람이에요. 새 드레스를 사 입거나 휴가를 쓰거나 미용실을 찾는 걸 한 번도 본 적이 없어요. 하지만 조디는 항상 새 의상을 걸치고 운동을 했죠. 개가 타는 스케이트는 천 파운드가 넘는 최고급 스케이트예요. 매년 새 걸로 갈아야 하고요. 그게 다가 아니에요. 발레 레슨도 받아야지, 체조도 배워야지, 물리치료에 안무까지. 브라이언은 무보수로 스케이트를 가르쳤지만, 어쨌든 그 애한테 쏟아부은 돈이 한두 푼이 아니었어요."

펠리시티가 흘러내린 머리카락을 귀 뒤로 쓸어 넘긴다. 하지만 머리카락은 이내 다시 흘러내리고 만다.

거실에서 에이든이 큰 소리로 제 엄마를 부른다. "엄마, 레드불 좀 갖다줘요."

"네가 갖다 마셔. 엄만 손님이랑 같이 있잖니."

에이든이 샐쭉거리며 주방으로 들어온다. 가까이서 보는 건 이번이 처음이다. 에이든은 성별이 구별되지 않는 얼굴을 갖고 있다. 곧은 선과 예리한 각도가 넘쳐나는 얼굴, 커다란 눈과 길고 까만 속눈썹이 묘한 중성적 매력을 느끼게 한다.

"이쪽은 사이러스 헤이븐이란다." 펠리시티가 말한다. "경찰 수사를 돕고 계셔."

"형사세요?"

"심리학자야."

"반가워요." 그가 악수도 청하지 않고 말한다. 에이든은 냉장고에서 레드불 한 캔을 꺼내 다시 소파와 기타가 기다리는 거실로 돌아간다. 소녀가 그의 무릎 위에 다리를 얹는다. 에이든이 그

발을 밀어낸다. 소녀는 그의 목에 얼굴을 비벼대지만 그는 무관심해 보인다. 따분해진 소녀는 휴대폰을 들고 소파 끝으로 가서 앉는다.

펠리시티는 찻잔을 들고 입으로 살짝 바람을 불어 차를 식힌다. "조디에게 그런 일이 생길 거라곤 상상도 못 했어요. 앞길이 창창한 아이가 어쩌다……. 올림픽에도 나가고 유명해져서 돈도 많이 벌었을 텐데."

"스케이트로 돈을 많이 벌 수 있나요?"

"물론이죠. TV 진행자가 될 수도 있고, 라스베이거스에서 〈디즈니 온 아이스〉 같은 쇼에도 출연할 수도 있었을 거예요. 〈댄싱 위드 더 스타즈〉에도 나갈 수 있고요. 나한테 그 아이 재능의 10분의 1만 있었어도……."

그녀는 말끝을 흐린다. 하지만 나는 그녀의 말에 묻어나는 회한을 똑똑히 감지할 수 있다.

"품었던 야망 같은 게 있습니까?" 나는 묻는다.

그녀가 쓸쓸하게 미소를 지어 보인다. "난 야심가가 아니에요. 한때 승무원이 되고 싶어서 영국항공에 이력서를 넣어볼까 생각했던 적이 있어요. 그러다가 브라이언을 만나게 됐죠. 우리 둘 다 아이를 간절히 원했지만 막상 시도해보니 보통 어려운 게 아니더라고요."

"무슨 말씀이죠?"

"임신이 잘 안 됐어요. 우린 체외 수정에 전 재산을 쏟아부었죠. 당시 매기에겐 펠릭스가 있었고, 난 패배자가 된 기분이었어요. 번듯한 직장도 없는 데다 아이까지 가질 수 없었으니."

"그래서요?"

그녀가 거실 쪽을 힐긋 돌아본다. "에이든은 신의 선물이에요. 저 앨 갖고 나서 얼마나 안심이 되던지. 이따금 파티에서 내 직업을 물어보는 사람들이 있어요. 직업도 없이 전업주부로 산다는 사실이 찔릴 때도 있지만, 그래도 이게 내가 가장 잘할 수 있는 일이에요. 내가 가장 원하는 일이고요. 그럼 됐죠, 뭐."

냉장고가 그 말에 구두점을 찍듯 윙윙대기 시작한다.

"사실 조디에 대해 여쭙고 싶었습니다." 나는 말한다.

"경찰이 범인을 잡았다면서요?"

"아직 갈 길이 멉니다."

펠리시티가 고개를 끄덕인다.

"그 애가 성장하는 과정을 곁에서 지켜보셨죠?" 나는 말한다.

"난 그 아이의 두 번째 엄마나 다름없었어요."

"어떤 아이였나요?"

"모두에게 소중한 아이였죠."

나는 '소중한'이나 '보물'이나 '공주' 따위의 표현을 좋아하지 않는다. 그것들이 내게 아무런 정보도 주지 않기 때문이다. 내게는 조디에 관한 더 구체적인 내용이 필요하다. 남들에게 치근대는 성격이었는지, 극성맞았는지, 말수가 적고 내성적이었는지, 남의 시선을 많이 의식했는지.

"조디는 우리 타스민을 잘 챙겨줬어요." 펠리시티가 말한다.

"어떻게 말이죠?"

"십 대 아이들이 좀 잔인하잖아요. 타스민은 초등학교 때부터 친구들에게 괴롭힘을 당했어요. 그 이유는 묻지 말아요. 우리 애가 남들 눈에 예뻐 보이지 않는다는 거 알아요. 운동신경이 좋은 것도 아니고 사교성이 있는 것도 아니에요. 댄스 코치는 발표회가 있을 때마다 우리 애를 맨 뒷줄에 꽁꽁 숨겨놨을 정도였죠. 하지만 우리 타스민은 누구보다 착한 아이예요."

그녀의 목소리는 어느새 많이 탁해져 있다. 그녀의 시선은 찻잔에서 떨어질 줄 모른다. 설탕을 넣었는지 안 넣었는지 깜빡 잊은 사람처럼.

"조디는 늘 타스민 편에 서서 우리 애가 따돌림당하지 않게 챙겨줬죠."

"타스민을 만나봐도 되겠습니까?"

펠리시티의 시선이 천장으로 올라간다. "지금 위층에 있어요. 학교 친구들이 꽃을 사 왔더라고요." 나는 꽃병에 꽂힌 너덜너덜한 카네이션 다발을 돌아본다. "참으로 아이러니하죠."

"뭐가요?"

"타스민을 따돌렸던 아이들이 갑자기 친한 척하는 거 말이에요. 난 바보가 아니에요. 보나 마나 타스민한테서 상세한 정보를 뽑아내려고 찔러대는 중일 거예요."

그때, 기다렸다는 듯이 천장이 우르르 울려댄다. 잠시 뒤 세 아이가 계단을 내려온다.

"우리 배고파요." 타스민이 비스킷을 향해 손을 뻗으며 말한다. 펠리시티가 딸의 손을 찰싹 때린다. "손님용이야."

"얘들도 손님이라고요."

"크럼핏(영국식의 작은 팬케이크―옮긴이) 좀 구워 줄까?"

타스민이 쭈뼛쭈뼛 친구들을 돌아본다. 소녀들의 반응이 시원치 않다.

펠리시티가 과일 그릇을 가리킨다. "사과랑 좀 시든 바나나가 있어."

"갈색이 돼버렸잖아요." 타스민이 말한다.

"맛은 똑같아."

키가 큰 친구는 몸에 착 달라붙는 셔츠와 짧은 데님 스커트 차림이다. 아이는 문가에 서서 에이든의 시선을 끌어보려 애쓰지만, 그는 끝내 고개를 들지 않는다.

"안녕, 에이든." 마침내 소녀가 입을 연다.

"안녕, 브리안나." 그가 소녀를 흘끔 돌아보았다가 이내 기타로 시선을 되돌린다.

소파에 앉은 소녀가 브리안나를 매섭게 쏘아본다.

"헤이븐 박사님이셔." 펠리시티가 말한다. "경찰 수사를 돕고 계신 분이야. 조디에 대해 너한테 묻고 싶은 게 있으시대."

그 말에 브리안나가 에이든에게서 눈을 떼고 나를 돌아본다.

"형사님이세요?"

"그냥 자문을 해주고 있는 거란다."

"전 올리브예요." 소외감을 느꼈는지 또 다른 소녀가 말한다. 아이는 인형 같은 눈과 어깨까지 내려오는 곱슬한 금발을 갖고 있다. 두 소녀 모두 타스민보다 예쁘게 생겼다. 타스민은 친구들 사이에서 기죽은 모습이다.

"조디한테 친구가 많았니, 아니면 가까운 친구 몇 명이랑만 어울렸니?" 나는 묻는다.

"우리가 그 애랑 제일 친했어요." 무리의 리더임이 분명한 브리안나가 대답한다.

"걔가 리더였니, 아니면 따라다니는 쪽이었니?" 나는 묻는다.

소녀들은 일제히 당혹스러워하는 반응을 보인다. 내 표현이 부적절했던 모양이다. 나는 다시 물어본다. "너희 중에서 최신

유행…… 그러니까 패션에 가장 발 빠르게 반응하는 사람이 누구지?"

"저요."브리안나가 대답한다.

"그래? 그럼 너희 중 가장 무모한 사람은?"

"그건 조디였어요."타스민이 처음으로 입을 열고 말한다.

"주말에 뭘 할지 계획을 세울 때 주로 누가 아이디어를 내지?"

"그것도 조디였어요."아이가 다시 말한다.

"조디가 뭘 좋아했는지 아니?"

"피겨에 소질이 있었죠."올리브가 불쑥 말한다.

"그걸 모르는 사람이 어딨어?"브리안나가 장난스레 쏘아붙인다.

"다른 건?"

"춤추는 걸 좋아했어요."올리브가 기죽은 얼굴로 말한다.

"맞아, 춤."브리안나가 말한다. "춤도 배우러 다녔었지?" 두 소녀의 시선이 자신에게 쏠리자, 타스민이 고개를 끄덕인다.

"좋아했던 음식은?"나는 묻는다.

"피자랑 브라우니랑 과일 스무디."브리안나가 말한다. 보나마나 대충 꾸며낸 답변일 것이다.

"피자는 못 먹었어요."펠리시티가 말한다. "매기가 혹독하게 다이어트를 시켰거든요."

"그래도 가끔 먹었어요."타스민이 말한다. "매기 고모가 없을 때."

"조디한테 또 어떤 비밀이 있었지?"나는 묻는다.

아이들은 심문에 부담을 느끼는지 말없이 서로의 얼굴을 쳐다본다.

"남자친구는 있었고?"

"토비 리스." 브리안나가 말한다. "12학년이에요."

타스민이 고개를 젓는다. "조디는 걔가 F-보이(난잡하고 문란한 남성을 이르는 속어—옮긴이)라고 했어요."

"뭐?" 펠리시티가 묻는다.

타스민이 얼굴을 붉히며 바닥을 내려다본다.

"오직 한 가지에만 관심이 있는 남자라고요." 브리안나가 올리브의 옆구리를 쿡 찌르며 설명한다.

"조디와 토비가 정식으로 사귀었던 거야?"

"같이 잠도 잤어요."

"딱 한 번뿐이었어." 타스민이 말한다.

"그런 적이 몇 번 있었어. 셸리 폴러드의 파티에서도 그랬고, 구스 페어에서도 그랬었고."

"극장에서도 그랬어." 올리브가 잽싸게 덧붙인다. "우리가 〈인피니티 워〉 보러 갔던 날에."

"토비도 불꽃놀이를 보러 왔었니?" 나는 묻는다.

세 소녀가 일제히 고개를 끄덕인다.

"거기서 그 친구랑 조디가 만났었고?"

타스민이 잠시 망설인다. "토비가 짓궂게 장난을 쳤어요. 조디의 토트백을 냉큼 낚아채서 달아나버렸죠."

"그래서 조디가 어떻게 했지?"

"쫓아가서 따귀를 때렸어요. 하지만 토비는 재밌다면서 웃기만 했죠. 그때 패트릭 신부님이 나타나셨어요."

"패트릭 신부?"

273

"본당 신부님이세요." 펠리시티가 설명한다.

"신부님이 토비에게 가방을 돌려주라고 하셨어요." 타스민이
말한다.

"조디가 다른 사람을 만나진 않았고?"

"많은 사람을 만났죠. 걔한텐 저녁 내내 사람들 발길이 끊이
지 않았어요."

"왜지?"

타스민이 어깨를 으쓱인다.

브리안나가 올리브를 돌아보며 능글맞게 웃는다. 둘만 아는
조크가 있는 모양이다.

나는 타스민에게 집중한다. "조디는 왜 불꽃놀이를 보다 말
고 자리를 떴지?"

"누군가가 문자를 보냈어요. 그걸 보더니 갈 데가 있다면서
사라지던데요."

"넌 경찰에게 조디가 피시앤칩스를 사러 갔다고 했잖아."

"걔가 그렇게 말했으니까요."

"조디에게 또 다른 휴대폰이 있었다는 거 알았니?"

타스민은 대답하지 않는다.

"누군가와 만나기로 한 건 아니었을까?"

"그랬는지도 모르죠."

"새로운 남자친구라도?"

타스민이 도움을 요청하는 눈빛으로 어머니를 돌아본다. "조
디의 베개 위에 잠옷을 놔뒀어요. 우린 걔가 늦게라도 돌아올 거
라고 생각했어요. 하지만 걘 끝내 돌아오지 않았어요." 아이의
아랫입술이 가볍게 떨리기 시작한다.

"눈을 뜨고 침대가 여전히 비어 있는 걸 확인했을 때 어떤 생각이 들었지?"

타스민이 대답을 위해 입을 여는 순간 펠리시티가 불쑥 끼어든다. "우린 걔가 집으로 돌아간 줄 알았어요."

"너도 그렇게 생각했니?" 나는 타스민에게 묻는다.

아이가 고개를 끄덕인다.

"그 앨 찾아는 봤고?"

"네."

"어디서?"

아이의 입이 살짝 열렸다가 이내 닫힌다. 아이는 마른침을 한 번 삼키고 나서 자신의 두 손을 내려다본다. "토비의 집에 가봤어요. 왠지 조디가 거기에 있을 것 같아서……."

"조디가 그를 좋아하지 않았다며?"

"그런 것처럼 보였지만 난 조디가 여전히 그 애한테 빠져 있다는 걸 알고 있었어요."

"그래서 토비는 만나봤어?"

아이가 어깨를 으쓱이며 웅얼댄다. "다른 여자애랑 같이 있더라고요."

"'F-보이'답네." 브리안나가 들릴 듯 말 듯 작게 속삭인다.

"토비 리스는 어디에 가야 찾을 수 있지?" 나는 묻는다.

"스케이트 파크요. 하루 종일 거기 죽치고 있거든요." 브리안나가 말한다.

올리브가 한 손을 살며시 들어 보인다. 여기가 교실이라도 되는 것처럼. "누군가가 조디를 강간한 거예요? 그래서……." 아이는 말을 맺지 못한다.

"그건 왜 묻지?"

갑자기 자신감을 잃어버린 아이가 고개를 젓는다.

펠리시티는 뻣뻣하게 경직된 모습이다. "아이들이 그런 것까지 알아야 하는지 모르겠네요."

"경찰이 조디의 학교 사물함에서 콘돔을 발견했습니다." 나는 말한다.

"그럴 줄 알았어!" 브리안나가 환히 웃으며 말한다. "그렇게 몸을 바쳐댔으니 토비가 달라붙을 수밖에."

"조디에 대해 그렇게 말하지 마." 펠리시티가 말한다.

"하지만 사실인데요, 뭐." 브리안나가 투덜댄다.

"너희들은 이만 가보렴."

"안 돼요." 타스민이 우는소리를 한다.

브리안나가 흘러내린 머리를 한쪽으로 쓸어 넘긴다. "가자, 올리브. 이 집에 있으면 소름이 끼쳐." 그들은 돌아서서 복도를 걸어간다. 하지만 브리안나는 이내 다시 돌아와 내게 말한다. "사람들은 조디가 무슨 디즈니 공주라도 되는 것처럼 말해요. 순진하고 천진난만한 아이인 것처럼 말이에요. 진실을 알고 싶으면 그 애 오빠를 만나봐요."

"왜?"

아이는 또다시 웃음을 터뜨리며 머리카락을 넘긴다. 나는 치아 교정기와 여드름으로 무장한, 굴욕을 감수하는 열네 살 소년으로 되돌아간 기분이다.

31

소녀들이 우르르 몰려나간 후 나도 그곳을 나선다. 어쩌면 아이들은 나를 경악하게 만들기 위해 일부러 도발적이고 교활한 태도를 보였는지도 모른다. 그들 나이였을 때 나는 자신감이 넘치는 여자애들을 무서워했었다. 자각 능력이 뛰어난 그들은 어깨를 가볍게 으쓱이거나 윗입술을 살짝 비죽거리거나 머리를 쓸어 넘기는 행동만으로 나를 무너뜨릴 수 있었다.

그중에서도 캐런 하인즈는 특히 더 위협적이었다. 내 사연을 아는 급우들은 나를 딱하게 여겼지만 캐런만은 기회가 있을 때마다 나를 비하하고 창피를 주었다. 비극으로 얻게 된 내 인기에 질투심이 폭발했던 모양이었다. 나는 호르몬이나 원만치 않은 가정 분위기, 혹은 A 레벨(영국 대입 준비생들이 치르는 과목별 상급 시험—옮긴이) 때까지 계속되는 생리를 탓하고 싶었지만 캐런은 그냥 나쁜 계집애일 뿐이었다. 내가 아직까지 그 애를 증오한다는 사실에 화가 난다.

실버데일 워크를 찬찬히 둘러보다가 보행자 전용 다리를 건

너자 갈림길이 나타난다. 나는 왼편의 목초지와 철로를 차례로 지나 포사이스 아카데미에 다다른다. 낙엽으로 덮인 아스팔트 길 곳곳이 부서져 있다.

10분 후, 나는 상류층이 모여 사는 클리프턴으로 들어선다. 잘 가꾸어진 정원, 번들거리는 새 차들, 아무 데나 버려져 있는 슈퍼마켓 카트가 보이지 않는 골목. 나는 학교를 왼편에 두고 클리프턴 스케이트 파크에 이를 때까지 판버러가를 따라 걸음을 옮긴다. 열 명 남짓 되는 십 대 아이들이 콘크리트 경사로와 곡면 벽과 점프대를 신나게 누비고 있다. 사방에서 약초 냄새가 진동한다. 그들 중 하나가 못마땅한 눈으로 나를 지켜보며 침에 젖은 마리화나 담배를 길게 한 모금 빤다. 나머지 아이들과 마찬가지로 소년도 그들의 '비공식 제복'을 입고 있다. 헐렁한 청바지, 운동복 상의 그리고 야구 모자.

나는 가까이에 모여 있는 한 무리의 아이들에게로 다가간다. 남자 넷에 여자 하나.

"토비 리스를 찾고 있는데."

"누구시죠?" 소녀가 거만하게 묻는다.

한 남자아이가 돼지 소리를 내자 친구들이 일제히 웃음을 터뜨린다. 아이가 자신의 어깨 너머를 돌아본다. 토비 리스가 가까이에 있는 모양이다. 두 번째 무리는 콘크리트 점프대가 갖춰진 트랙에서 BMX 자전거를 타고 있다.

"저 중에 누구지?" 나는 묻는다.

소녀가 휘파람을 분다. 분주히 움직이던 스케이트보드와 자전거들이 일제히 멈춰 선다. 나는 무리 중 토비를 대번에 짚어낸다. 헬멧도 모자도 쓰지 않은 그는 나머지 아이들보다 거만해 보인다. 그는 부르는 소리를 무시한 채 다시 페달을 밟는다. 램프에서 거의 수직으로 떨어진 그는 평평한 바닥에서 속도를 한층 높인 후 점프 기술을 이어나간다. 마침내 반대편 램프 끝에 다다른 토비가 가파른 경사면을 튀어 올라 멋진 스핀 무브를 선보인다. 자전거는 50미터 떨어진 램프 위에 사뿐히 내려앉는다.

"나랑 얘기 좀 할까?" 나는 큰 소리로 말한다.

"기자예요?"

"심리학자야."

"심리 상담은 필요 없는데요."

"경찰 수사를 돕고 있어."

"경찰엔 이미 진술했어요."

"그럼 답을 다 알고 있겠네." 나는 수직으로 떨어지는 경사면을 내려다본다. "네가 이쪽으로 오는 편이 낫겠어."

"여기서도 다 들려요."

"조디가 여자친구였다며?"

"여자친구 없는데요."

"그럼 '전 여자친구'라고 부르지."

토비는 멍한 표정으로 나를 바라본다. "파티에서 같이 재미 좀 봤다고 사귄다고 얘기하는 건 오버 아닌가요?"

그 말에 아이들이 웃음을 터뜨린다. 토비는 씩 웃으며 머리를 귀 뒤로 쓸어 넘긴다.

"걔가 살해된 건 알고 있지?" 나는 말한다. 그제야 그의 얼굴에서 허세의 표정이 싹 가신다. "걘 고작 열다섯 살이었어. 미성년자였다고."

"열여섯이었어요."

"미안하지만 아니야."

토비가 어깨를 으쓱인다. 아까의 당당함은 보이지 않는다.

다시 페달에 발을 얹은 그가 잠시 두 바퀴로만 중심을 잡고 서 있다가 몸을 앞으로 기울여 램프를 내려간다. 이내 경사면을 박차고 붕 떠오른 자전거가 나를 덮칠 듯이 앞으로 던져진다. 앞바퀴가 내 얼굴을 강타하려는 찰나, 토비가 자전거를 능숙하게 제동한다.

나를 시험하려는 것이다. 나는 움찔하지 않는다.

"대체 무슨 일 때문에 그러죠?" 그가 툴툴대며 말한다.

"조디랑 같이 불꽃놀이를 봤지?"

"그래서요?"

"넌 조디를 짓궂게 놀렸고, 걘 네 뺨을 후려쳤어."

"하! 누가 그런 거짓말을 하던가요?"

"나중에 조디랑 만나기로 했었지?"

"아뇨."

"걔한테 문자도 보냈고?"

"아뇨."

"네 차로 태워 간 거야?"

"귓구멍이 막혔어요?"

"목격자들이 있어, 토비. 네가 조디랑 같이 있는 걸 본 사람들이 있다고. 넌 조디의 가방을 빼앗았고, 걘 홧김에 널 때렸어."

"그래요, 걜 만났어요. 그게 어때서요?"

"넌 사우스처치 드라이브에 있는 피시앤칩스 가게 밖에서 개랑 또 맞닥뜨렸어. 조디가 네게서 캔맥주를 빼앗아 냅다 던져버렸지?"

그는 대꾸가 없다.

"대체 조디한테 무슨 얘길 한 거지? 무슨 말을 했길래 걔가 폭발한 거야?"

토비는 자전거를 구겨버리거나 땅속에 박아넣으려는 듯이 핸들을 있는 힘껏 움켜쥔다.

"술김에 우리 집에 같이 가자고 했어요. 그 말이 기분 나빴나 봐요." 그가 한숨을 내쉬며 눈을 깜빡인다. "그냥 농담처럼 내뱉은 말이었어요. 내가 괜한 말을 했나 봐요."

나는 퇴창 앞에 서서 커튼 밖을 내다보고 있다. 도로를 따라 분주히 이동하는 사람들. 엄마에게 이끌려 학교로 향하는 아이들. 수레와 빗자루로 무장한 청소부들. 카트를 밀고 나타난 우체부.

아침을 먹고 올라온 나는 레모네이드를 벌써 세 캔째 마시는 중이다. 긴장을 푸는 데는 설탕만 한 게 없다. 왜 이리 많이 마시냐고? 그래도 되니까. 원한다면 맥주도 마음껏 꺼내 마실 수 있다. 위스키도. 언젠가 충동에 휩쓸려 술병을 열어본 적이 있었다. 하지만 확 풍겨온 지독한 냄새에 두 손을 들어버리고 말았다.

사이러스는 아침에 집을 나섰다. 나는 현관문을 열고 밖으로 나가보았다. 그것도 두 번이나.

밖.

안.

밖.

안.

안으로 들어온 나는 곧바로 현관문에 체인부터 걸어놓았다. 그리고 집 안 곳곳을 들쑤시고 다니며 모든 창문을 단단히 걸어 잠갔다. 커튼과 블라인드도 꼭꼭 쳐놓았다. 처마와 천장의 돌림 띠를 유심히 살펴보았지만 사이러스의 말대로 카메라는 설치돼 있지 않았다.

나는 초콜릿 비스킷 포장지를 뜯으며 구석구석을 제대로 둘러보기 시작한다. 먼저, 사이러스가 체력 단련실로 쓰는 지하실부터. 걸려 있는 수건은 간밤에 그가 흘린 땀으로 축축하다. 나는 손가락으로 금속 봉을 더듬어나가다가 두 손으로 그걸 꼭 움켜잡고 힘을 주어본다. 바벨은 꿈쩍도 하지 않는다. 한쪽만이라도 들어보려 하지만 쉽지 않다.

거실로 올라온 나는 TV를 켜고 리모컨을 집어 든다. 채널이 다 어디 갔지? 위성 TV가 아닌가? 케이블도 없고? 다음 방은 서재다. 무슨 책을 이렇게 많이 채워놨지? 어차피 다 읽지도 못할 거면서. 나는 갈색 가죽으로 장정된 묵직한 책을 한 권 뽑아 든다. 책등에는 '대영 백과사전'이라는 글자가 찍혀 있다. 본문은 단이 나뉘어 있고 삽화도 있다. 말하자면 그림이 있는 사전이다.

나는 책을 펼쳐 들고 큰 소리로 읽기 시작한다.

애니 오클리. 본명은 피비 앤 모시. (1860년 8월 13일, 오하이오주 다크카운티에서 출생. 1926년 11월 3일, 오하이오주 그린빌에서 사망.) 미국의 여자 명사수로, 버펄로 빌의 와일드 웨스트 쇼에 출연해 '리틀 슈어 샷'이라는 별명을 얻었다.

나는 또 다른 페이지를 골라 읽어본다.

조지 M. 풀먼. 본명은 조지 모티머 풀먼. (1831년 3월 3일, 뉴욕
주 브록턴에서 출생. 1897년 10월 19일, 시카고에서 사망.) 미국의 기업
가이자, 밤샘 여행을 위해 고급 객차인 풀먼 침대차를 발명한
인물.

이 많은 대영 백과사전에 과연 몇 명의 소개가 담겨 있을지
문득 궁금해졌다. 나는 다른 이름들을 찾아본다. 사이러스 헤이
븐, 애덤 거스리, 테리 볼랜드. 하지만 이 중 누구도 언급되지 않
는다.

서재 한쪽에는 번들거리는 나무 책상이 놓여 있다. 양쪽으로
서랍이 있고, 위로는 램프가 솟아 있다. 내 체중에 눌린 가죽 의
자가 삐걱거린다. 나는 볼펜을 집어 들고 엄지손가락으로 뒤를
눌러서 딸깍대기 시작한다. 책상 한구석에는 납부를 기다리는
고지서가 수북이 쌓여 있다. 전기, 가스, 인터넷. 입출금 내역서
에 찍힌 사이러스의 잔고는 1,262파운드다. 흥미롭게도 그는 이
중으로 된 성을 갖고 있다. 헤이븐-사이크스. 그중 '헤이븐'만을
공식적으로 사용하는 이유가 궁금해졌다.

나는 완충재를 덧댄 봉투를 집어 안에 담긴 내용물을 책상
위에 쏟아낸다. 플라스틱 DVD 케이스 여섯 개. 케이스마다 '노
팅엄셔 경찰국' 스탬프가 찍혀 있다. 그중 하나를 골라 열고 라
벨을 읽어본다. 번호, 날짜 그리고 이름. 크레이그 팔리. 나는 서
재 한쪽에 놓인 DVD 플레이어를 잠시 바라보다가 모든 걸 제자
리에 돌려놓는다.

아래층을 꼼꼼히 둘러본 후 계단을 올라 주 침실로 들어가
본다. 헝클어진 이부자리를 보니 대충 덮어놓고 나간 모양이다.

사이러스가 침대에 덩그러니 누워 있는 모습이 떠오른다. 한 손은 가슴에 얹어놓고 또 한 손으로는 눈을 가린 채로. 그의 몸에 새겨진 문신의 의미가 궁금해졌다. 그것들이 어떤 의미인지. 새길 때 아프진 않았는지. 혹시 그런 고통을 즐기는 건 아닌지.

나는 옷장을 열어본다. 청바지 네 벌, 셔츠 대여섯 장, 스웨터 두 벌, 조끼, 파란색 블레이저, 그리고 드라이클리닝 비닐로 덮인 검은 양복. 금속 단추가 달린 데님 셔츠도 보인다. 나는 그걸 꺼내 걸치고는 소매를 걷어 올린다. 썩 잘 어울린다. 내가 걸치니 셔츠가 아니라 재킷 같아 보인다.

양말과 티셔츠와 운동용 반바지는 서랍에 가지런히 정리돼 있다. 하이킹 부츠를 포함해 신발은 총 네 켤레. 나는 그중 하나를 골라 발을 넣어본다. 꼭 아버지 신발을 신은 꼬마가 된 기분이다. 어릴 때 그랬던 기억은 없지만. 아버지에 대한 기억은 거의 남아 있지 않다. 벽난로 앞 안락의자에 앉은 남자의 모습이 내 기억의 전부다. 무릎에 나를 앉혀놓고 책을 읽어주는 모습. "머리도 잘 닦고, 이도 잘 빗었니?" 아버지는 매일 밤 까칠한 턱을 내 볼에 문질러대며 그렇게 묻곤 했었다. 어머니에 대한 기억은 그보다 선명하다. 하지만 그마저도 사라지려 하거나 닳아 해지기 시작하고 있다. 사이러스네 바닥에 깔린 낡은 깔개처럼 색깔도 문양도 잃어버리고 있다.

내게는 아끼는 기념품이 하나 있다. 거북딱지로 만든 단추. 엄마가 가장 좋아하던 코트에서 떨어져 나온 것이다. 특별한 날에만 꺼내 입었던, 안에 털가죽을 댄 선홍색 코트. 내가 엄마를 마지막으로 보았을 때 엄마는 그 코트를 걸치고 있었다. 나는 엄마를 놓아주지 않았다. 그렇게 꼭 붙들고 있을 때 코트에서 단추가 뜯겨 나왔다. 나는 엄마를 부르며 울부짖었다. 엄마가 지금 있었으면 좋겠다. 나는 그 단추를 손에 꼭 쥔 채, 내가 간절히 바라면 그것이 엄마를 되돌려주리라고 믿는다.

방을 원상태로 되돌려놓은 후 화장실에 들어가 세면대 위 캐비닛을 뒤져본다. 각종 유리병과 용기들의 뚜껑을 열어 내용물을 확인하고 냄새도 맡아본다. 사이러스는 약 따위는 먹지 않는 모양이다. 캐비닛 안에는 뜯지 않은 콘돔 패키지도 하나 보관돼 있다. 나는 캐비닛 문을 닫고 거울을 들여다본다. 얼굴이 썩 마음에 들지 않는다. 푸석거리는 머리도, 축 늘어진 입꼬리도, 두툼한 아랫입술도, 콧등에 뿌려진 주근깨도, 흉측하게 돌출된 귀도, 앙상한 다리도.

아래층에서 초인종 소리가 들려온다. 순간 가슴이 철렁 내려앉는다.

아래층으로 뛰어 내려가 복도에 멈춰 서자 초인종이 다시 울린다. 나는 문에 난 작은 구멍으로 밖을 살펴본다. 내 또래 정도 돼 보이는 싸구려 양복 차림의 청년 둘이 나란히 서 있다. 나는 조심스레 문을 열어본다.

"안녕하세요. 반갑습니다." 그들 중 하나가 환히 웃으며 말한다. "집이 아주 멋지네요." 빈정대는 어투는 분명 아니다. "신을 믿으세요?"

"아뇨."

"그럼 뭘 믿죠?"

"아무것도 안 믿어요."

"예수 그리스도에 대해 많이 알고 있나요?"

"당신들 누구예요?"

"저희는 예수 그리스도 후기 성도 교회에서 나왔어요. 예수 그리스도의 말씀을 전해드리려고 찾아왔습니다. 제 이름은 엘더 그림쇼고, 이쪽은 엘더 그린입니다."

"당신들도 헷갈리지 않나요?" 나는 묻는다. "둘 다 '장로(엘더 elder에는 장로라는 뜻도 있다―옮긴이)'라고 불리니까 말이에요."

"저희는 선교사들입니다."

"원래 선교사들은 가난한 나라에 가서 일하지 않나요?"

"아뇨, 세상 모든 곳이 저희 무대입니다. 저희의 경험을 공유하면서 예수 그리스도의 거룩한 사랑을 전파하고 있어요. 모두가 저희처럼 평화와 성취를 누릴 수 있도록 말이죠. 좀 더 깊이 알고 싶으신가요?"

"아뇨."

"당신을 도우러 온 겁니다."

"우격다짐으로 내 생각을 바꾸려는 건 날 돕는 게 아니에요."

두 모르몬교도가 서로의 얼굴을 쳐다본다. 나는 언제든지 문을 닫아버릴 수 있도록 한쪽 발을 현관문 안쪽에 붙여놓는다. 둘 중 말이 없는 청년은 파트너가 얼어붙은 대화를 계속 이어나가 주기를 기다리고 있다.

나는 그를 빤히 본다. "정말로 신이 존재한다고 믿어요?"

"진심으로 믿습니다."

"당신 친구는 믿는 것 같은데 당신은 아닌 것 같아요. 흔들림 없는 믿음이 생기면 그때 다시 와요."

나는 문을 닫고 위층으로 올라가 계속 집 안을 살펴본다. 위층 방들은 출입 금지 구역이다. 그 부분에 대한 사이러스의 분명한 경고가 있었다. 하지만 그건 실수였다. 무관심했던 사람의 호기심을 마구 자극해버렸으니.

방마다 낡은 가구와 돌돌 말아놓은 깔개, 그리고 잡지와 악보와 사진으로 가득 찬 상자들이 널려 있다. 몇 세대가 이 집을 지켜왔을지 문득 궁금해진다. 이곳에서 몇 명이나 죽어 나갔을지.

집의 음울한 분위기가 내 안으로 파고든다. 사이러스가 빨리 돌아와주면 좋겠는데. 함께 있으면 가면에 감춰진 이면을 들여다보겠다며 나를 들들 볶아댈 게 뻔하지만.

다락방까지 샅샅이 뒤지고 나서 먼지로 덮인 작은 창문으로, 텅 빈 거리와 맞은편 집들과 줄지어 세워진 차들과 옥상 너머의 풍경을 바라본다. 유모차를 밀고 가는 여자. 빠르게 스쳐 지나가는 자전거.

내 뒤편 어딘가에서 테리의 경고가 들려온다.

"네가 누군지 절대 얘기해선 안 돼."

"얘기 안 해요."

"약속해."

"약속해요."

33

시행의 집으로 다가가는데, 이웃 주민 하나가 불쑥 모습을 드
러낸다. 그는 두 다리를 쫙 벌린 채 전동 스쿠터에 앉아 있다. 벨
트 너머로 흘러넘친 뱃살 때문에 어디서부터 다리가 시작되는지
확인할 수가 없다.

"경찰 맞죠?" 그가 공격적으로 묻는다.

"아닙니다."

나는 걸음을 멈추지 않는다. 졸졸 따라오는 그는 내 페이스에
맞춰 스쿠터의 속도를 조금씩 높여나간다. 나는 그가 누군지 알
고 있다. 사진에서 본 얼굴. 케빈 스토크스. 지역 수영장에서 두
소년을 성추행한 혐의로 징역 8년을 선고받았던 수영 강사.

"에이, 경찰 맞잖아. 저번에 그쪽을 봤어요. 그나저나 저건 언
제나 지워줄 텐가?" 그가 자신의 집을 가리킨다. 누군가가 그의
집 울타리 앞면에 빨간 페인트로 '소아성애자'와 '변태' 따위의
단어를 적어놓았다.

나는 계속 걸음을 옮긴다.

"내 권리는 이렇게 무시해도 되는 겁니까?" 그가 소리친다.

"당신이 추행한 아이들은요?" 나는 퉁명스럽게 내뱉는다.

시핸의 집 현관문을 열고 나온 건 경관이다. 제복 차림의 여성 경관.

"집주인은요?" 나는 묻는다.

"시핸 부인은 성당에 가셨어요."

"시핸 씨는요?"

"오늘 아침 일찍 나가셨어요."

순경이 메모지에 약도를 그린 후 인근 성당의 주소를 적어준다. 그녀가 알려준 대로 걷다 보니 두 블록 떨어진 곳의 첨탑이 눈에 들어온다. 성당의 정문은 굳게 닫혀 있다. 나는 옆문을 통해 안으로 들어간다. 한 가닥으로 모아진 아치형 천장의 기둥들이 분홍색을 띤 벽까지 이어져 있다. 제단을 중심으로 배치된 신도석은 세 개 방향으로 늘어서 있다.

매기 시핸은 꽃줄기를 잘라 긴 꽃병에 꽂는 중이다. 그녀는 사심 없어 보이는 온화한 얼굴과 넓은 이마, 그리고 담청색의 눈을 가졌다. 성격은 내성적인 것 같다. 처음 만났을 때 두걸의 의견에 습관적으로 맞장구를 치고, 매번 그에게 먼저 말할 기회를 내주며, 자신의 의견을 내놓기 전에 눈짓으로 먼저 그에게 허락을 구하는 듯한 모습을 보면 알 수 있다. 그녀는 뒤로 물러나 있는 데 익숙해진 듯했다. 마음만 먹으면 흔적도 남기지 않고 벽지 속으로 스며들거나, 증발해버릴 수도 있으리라.

"불쑥 나타나 죄송합니다, 시핸 부인." 나는 헛기침을 한 번 하고 나서 말한다. "절 기억하십니까?"

"헤이븐 박사님."

"그냥 사이러스라고 불러주십시오."

그녀는 다시 쥐고 있는 꽃들로 시선을 돌린다. "꽃 선물을 너무 많이 받았어요. 집에 다 둘 수가 없어서 좀 챙겨 왔어요." 그녀가 설명한다. "세상엔 착한 사람이 참 많은 것 같아요. 전 매주 꽃을 가져와 여기 이렇게 꽂아놔요. 패트릭 신부님을 위해 사제관도 청소해드리고."

"아까 펠리시티를 만나봤어요." 나는 말한다. "그녀가 가까이 살면서 곁을 지켜주니 든든하겠어요."

"올케는 자매처럼 날 대해줘요. 사람들은 브라이언과 내가 쌍둥인 줄 아는데, 사실 걔가 나보다 두 살 어려요. 걔가 처음으로 펠리시티를 집에 데려와 부모님께 소개했을 때가 생각이 나요. 브라이언이 내 귀에 대고 속삭이더라고요. '난 이 여자랑 결혼할 거야.' 그리고 결국 그 말대로 돼버렸죠."

그녀가 또 다른 꽃줄기를 잘라낸다.

"그때 난 두걸과 약혼한 상태였어요. 우린 합동결혼식을 올리기로 했는데, 내가 덜컥 임신을 해버리는 바람에 걔들보다 먼저 식을 올릴 수밖에 없었어요. 충격이죠?"

"아뇨."

"요즘엔 세상이 달라져서 혼전에 관계를 갖는다고 누가 뭐라 안 하잖아요. 임신한 신부도 많고. 내가 애를 낳을 때 펠리시티는 옆에 바짝 붙어서 날 챙겨줬어요. 두걸이 '적나라한 과정'을 보고 싶지 않다면서 나가버렸거든요. 그 사람은 정말 그렇게 말했어요. 아무튼 난 플립한테 나중에 애 낳을 때 곁을 지켜주겠다고 약속했어요. 하지만 올케는 임신이 잘 안 되더라고요."

"플립?"

"내가 올케한테 붙여준 애칭이에요. 체외 수정을 하고 좌절하는 과정이 끝없이 이어졌고, 올케는 점점 지쳐갔죠. 그러다 기적이 일어났어요. 기대도 안 했는데 에이든이 들어선 거예요. 걜 만나봤어요? 아주 잘생겼죠? 마음씨도 착하고, 애가 얌전해요. 내년엔 케임브리지에서 공부하게 될 거예요."

"펠리시티에게 들었습니다."

그녀가 미소를 지어 보인다. 나 역시 미소로 화답한다. 우리의 목소리가 텅 빈 성당 안에서 메아리친다. 그녀가 카네이션을 집어 들고 전지가위로 줄기를 적당히 쳐낸다.

"한때 아이를 갖는 건 죽음의 사신을 속이는 거라고 생각했었어요." 그녀가 골똘한 생각에 잠긴 듯 말한다. "우린 문이 닫히기 직전에 문틈으로 한쪽 발을 쑥 밀어 넣은 거나 다름없어요. 적어도 세상에 우리 일부를 남기고 떠날 수 있게 돼서 얼마나 다행인지 몰라요."

"그래도 천국은 믿으시잖아요."

"물론이죠. 어느 때보다도 그 믿음이 확고해졌어요. 하루라도 빨리 올라가서 우리 조디를 보고 싶어요." 매기가 고개를 들고 천장을 올려다본다. 위에서 우리 대화를 엿듣고 있는 조디의 모습을 상상하는 모양이다. "패트릭 신부님은 신에게 화를 내도 된다고 하셨어요. 분노는 통제가 불가능하거나 우리 머리로는 절대 이해할 수 없는 상황에서 자연스레 드러나는 인간적인 반응이라면서. 난 아직도 분이 풀리지 않았어요. 우리 조디가 왜 이런 일을 당해야 하는지. 내가 왜 이렇게 고통받아야 하는지. 패트릭 신부님은 더 이상 뛸 수 없으면 걷고, 걸을 수 없으면 기어가라고 하셨어요. 그것도 안 되면 천국을 올려다보며 그리스도에게 도움을 청하라 하셨고요."

매기가 또 다른 꽃줄기를 자르고 나서 꽃병에 꽂아 넣는다.

"경찰이 조디의 학교 사물함에서 6천 파운드를 찾았습니다."

나는 그렇게만 말한다. 매기는 멍한 얼굴로 나를 보며 눈을 깜빡인다.

내 입이 다시 열린다. "그런 큰돈이 어디서 났을까요?"

"모르겠어요. 우리도 그런 큰돈은 없어요. 하루하루 벌어먹어야 하는 처지라서."

"조디가 누군가의 돈을 잠시 맡아 보관해온 건 아니었을까요?"

"누구 돈을요?"

"펠릭스 아닐까요?"

매기는 황당하다는 반응이다. 마치 내가 헛소리를 늘어놓기라도 한 것처럼.

"그 애가 뭔가 위험한 일에 휘말렸던 건 아닐까요?"

"예를 들면요?"

"글쎄요. 그걸 알고 싶어서 질문을 드린 겁니다."

"무슨 문제라도 있나요, 매기?" 제의실 쪽에서 들려온 사제의 목소리가 성당 안을 쩌렁쩌렁 울려댄다. 사십 대 초반의 사제는 보기 좋게 웨이브 진 새까만 머리를 갖고 있다. 그는 검은 바지에 윗단추를 푼 하얀 셔츠 차림이고, 양쪽 깃에는 금으로 된 작은 십자가 핀이 붙어 있다.

"패트릭 신부님이시죠?" 내 소개를 하며 손을 내민다. 그는 야릇한 표정으로 따뜻한 손을 내밀어 악수에 응한다.

"우리가 언제 만난 적이 있었던가요?"

"아뇨, 타스민 휘터커와 얘길 나누고 오는 길입니다. 신부님 께서도 불꽃놀이를 보러 오셨다고요? 조디가 토트백을 돌려받 도록 손을 써주셨다고 들었습니다."

매기는 어리둥절한 표정이다.

"남자애들이 조디에게 짓궂은 장난을 친 모양이에요." 나는 설명한다. "패트릭 신부님께서 그놈들을 쫓아버리셨답니다."

예기치 못한 폭로에 사제는 당혹스러워한다.

"교구에는 얼마나 오래 계셨습니까?" 나는 묻는다.

"8년 됐습니다."

"그럼 조디를 아주 잘 아셨겠군요."

"사제라면 교구 주민에 대해 잘 알아야죠."

즉답을 피하는군.

"경찰이 조디의 학교 사물함에서 큰돈을 발견했대요." 매기 가 말한다. "6천 파운드나요."

"그런 큰돈이 어디서 났을까요?" 사제가 묻는다.

그녀는 고개를 젓는다.

"경찰이 조디의 학교 사물함에서 발견한 또 다른 물건에 대 해 여쭙고 싶은 게 있습니다. 저랑 조용한 곳으로 자리를 옮겨 서……."

매기는 고개를 젓는다. "패트릭 신부님이 계신 여기가 좋아 요."

"조디의 사물함에서 콘돔 한 상자가 나왔습니다."

그 말에 매기의 입이 떡 벌어진다. 그녀는 본능적으로 손을 올려 입을 막는다.

"우리 조디는 순진하고 착한 아이였어요." 그녀가 방어적으로 말한다.

"네, 잘 압니다. 하지만 그 애가 살해된 날 밤 누군가와 성관계를 가졌다는 증거가 나왔습니다."

"강간당한 거잖아요."

"강간범들은 콘돔을 쓰지 않죠."

매기의 어조가 공격적으로 바뀐다. 그녀의 눈가가 촉촉해져 있다. "왜 내게 그 얘길 들려주는 거죠? 당신…… 당신한텐 그럴 권리가 없어요!"

"저는 단지 이해가 되지 않아서……."

"내 어린 딸은 강간당하고 살해됐어요. 당신은 우리 앨 두 번 죽이고 있는 거라고요."

"분명히 말씀드리지만 그건 제 의도가 아닙니다."

"이만 가보시는 게 좋겠습니다." 패트릭 신부가 내 앞을 막아서며 말한다. 그에게서 샴푸와 애프터셰이브 로션과 구강 청결제 향기가 물씬 풍긴다. 그의 입술에는 침 거품이 맺혀 있다.

그가 매기의 어깨를 살며시 감싸안는다. 사제에게 몸을 기댄 그녀는 그의 가슴에 얼굴을 묻는다.

사제가 말을 잇는다. "지난주 내내 매기에게 이야기했어요. 조디가 그렇게 된 건 그녀 잘못이 아니라고. 가끔 선한 사람들에게 끔찍한 일이 벌어질 때가 있다고. 매기는 자기가 나쁜 엄마라고 생각하고 있어요. 딸을 구하지 못한 자신을 용서하지 못하고 있다고요. 주님과의 소통을 유일한 위안으로 여기는 사람에게……."

"죄송합니다. 제가 오해를 산 것 같은데……."

"이만 돌아가시죠."

나는 중앙 통로를 따라 걸으며 정문으로 향한다. 구둣발이 판석 깔린 바닥에 떨어질 때마다 소리가 메아리친다. 나는 육중한 문을 열면서, 나란히 앉아 있는 패트릭 신부와 매기를 돌아본다. 두 손으로 매기의 얼굴을 감싸쥔 사제가 손수건으로 그녀의 볼을 타고 흐르는 눈물을 닦아주고 있다.

34

앤젤 페이스

"외출 안 했니?" 사이러스가 묻는다.

나는 고개를 끄덕이며 중국 식당에서 사 온 음식을 꺼내 플라스틱 쟁반 위에 늘어놓는 그를 지켜본다.

"어디 갔었어?"

"가게에요."

"뭘 샀는데?"

"아무것도 안 샀어요."

나는 젓가락과 잠시 씨름한다. 젓가락을 쥐는 건 쉬운 일이 아니다. 스프링 롤이 툭 떨어지면서 사방으로 소스가 튄다.

"포크로 먹을까?" 그가 묻는다.

"됐어요!" 나는 날카롭게 반응한다. 그는 능숙하게 해내는 일에 어째서 나는 이토록 서툰 건지 짜증이 난다.

"22번 버스 타고 갔어?" 그가 묻는다.

"그랬을걸요."

순간 내 실수를 깨닫는다. 22번 버스는 이 동네를 지나지 않는다. 이번에도 그는 내 거짓말을 손쉽게 간파해버렸다. 곧 후속 질문이나 비판이 이어지리라. 하지만 그는 무반응이다.

"덤플링 좀 먹어봐."

나는 냄새부터 맡아본다. "안에 뭐가 들었는데요?"

"고기는 안 들었어."

"개고기가 안 들었다는 걸 어떻게 확신하죠? 중국에선 개를 잡아먹는다고요. 판다 고기도 먹고."

"판다 고기는 안 먹을걸."

나는 젓가락으로 덤플링을 찍어 한쪽 끝부분을 살짝 씹어본 후, 종이 용기에 담긴 나머지 덤플링을 내 그릇에 몽땅 쏟는다.

사이러스는 유리잔에 와인을 따른다.

"나도 한잔해도 돼요?"

"아직 열여덟 살도 안 됐잖니."

"또 그 얘기예요?"

"고등법원 판사랑 약속한 거라 어쩔 수 없어."

마지막 스프링 롤은 내 차지다. 사이러스가 와인 반 잔을 내쪽으로 민다. 나는 조심스레 한 모금을 목구멍으로 넘겨본다. 맛이 영 마음에 들지 않지만 내색하지 않는다.

"오늘은 뭘 했어요?" 나는 묻는다. 사실 알고 싶지도 않다.

"몇 사람 만나봤어."

"조디 시핸 살인사건 때문에요?"

"그걸 네가 어떻게 알지?"

"사방에 다 널려 있던데요, 뭐."

"뭐가?"

나는 어깨를 으쓱여 보인다.

사이러스는 그제야 서재에 둔 크레이그 팔리의 심문 기록이 떠오른 모양이다.

"그 DVD를 봤어?" 그가 묻는다.

나는 대답하지 않는다. 그는 내 침묵의 의미를 대번에 알아차렸을 것이다.

"맙소사, 이비! 그 DVD는 아무나 함부로 봐선 안 되는 거야. 그건 법정에서 쓸 거라고. 형사 사건 재판에 제출할 증거."

"내가 그걸 누구한테 발설하겠어요?"

"이 문제의 핵심은 그게 아니야."

"서재도 출입 금지 구역이란 얘긴 없었잖아요."

"그걸 꼭 말로 해야 아니?"

"말로 안 하면 내가 어떻게 알아요?" 나는 말한다. "이제부터 규칙은 전부 벽에 붙여놔요. 난 그게 익숙하니까. 관계자 외 출입 금지. 소등 시간. 식사 시간. 할 일. 교훈."

사이러스는 툴툴대며 앞으로는 문에 자물쇠를 걸어놓겠다고 선언한다. 나는 못 들은 척하며 젓가락 하나로 다음 덤플링을 찍는다.

우리는 한동안 침묵 속에서 식사를 이어간다.

"그가 죽인 게 맞아요?" 나는 묻는다.

"네 생각은 어때?"

나는 잠시 골똘한 생각에 잠긴다. "그렇게 갈궈대면 자기가 진주만을 폭격했다는 자백도 받아낼 수 있을 것 같은데요."

"그의 진술을 믿어도 될까?"

"글쎄요. 모르겠어요."

사이러스는 당혹한 표정으로 다시 입을 연다. "난 네가 진술의 진위 여부를 가릴 수 있을 거라고 생각했어. 네가 가진……
특별한 능력 때문에. 네 '촉'이 어떤 방식으로 작용하는지 모르
겠어. 있었다가 사라지기를 반복하는 건지, 아니면 그걸 촉발시
키는 무언가가 있는 건지."

어떻게 대꾸해야 할지 난감하다. 내게 보이는 것들을 설명할
방법이 없다. 나는 그저 상대의 얼굴에 적혀 있는 걸 읽어낼 뿐
이다. 엉뚱한 음표, 깜빡거림, 보이지 않는 빛…….

"상대에게 최대한 가까이 접근해야 해요." 나는 속삭인다.

"응?"

"상대가 거짓말을 하는지 확인하려면 가까이 접근해야 한다
고요. 같은 공간에서 얼굴을 살펴야 알 수 있어요. 다른 방법은
없어요."

"DVD로 봐선 모른다는 얘기니?"

"대충 감은 잡을 수 있지만 정확도는 떨어질 수밖에 없겠죠."

"팔리를 보니 어떤 감이 들었지?"

"그는 자신이 저지른 게 나쁜 일이라는 걸 알아요. 하지만 왠
지 그가 저지른 일과 당신이 그가 저질렀다고 믿는 일이 다를 것
같다는 생각이 들어요."

사이러스는 음식을 씹다 말고 내 앞으로 몸을 기울인다. 왜
저런 눈으로 날 보는 거지?

내가 불안해하는 기색을 감지했는지 그는 더 밀어붙이지 않
고 기울였던 몸을 원위치로 되돌린다.

나는 식탁을 정리하고 설거지를 시작한다. 유리잔은 자국이
남지 않도록 깨끗한 물로 헹군다. 그에게 배운 대로.

사이러스가 마른 행주를 집어 든다. "네가 꼬치꼬치 캐묻는

걸 좋아하지 않는다는 거 알아. 하지만 딱 하나만 더 물어봐도 되겠니?"

나는 대답하지 않는다.

"언제부터 그런…… 특별한 능력을 갖게 됐지?"

"기억나지 않아요."

"네가 이비 코맥이 되기 전부터?"

나는 고개를 끄덕인다.

"네가 왜 겁을 먹는지 알 것 같아." 그가 말한다. "나라도 마찬가지였을 거야."

"상대의 거짓말을 꿰뚫어 보고 싶어 하지 않았나요? 그게 가능해지면 당신이 하는 일도 훨씬 수월해질 텐데."

"그럴 수 있다면 내가 할 일이 아예 없어지겠지."

35

이른 아침. 레니 파벨이 호출기로 메시지를 보내온다. 내게 할 이야기가 있단다. 나는 서재로 올라가 노트북을 열고 그녀가 영상 통화를 걸어오기를 기다린다. 잠시 후, 그녀의 모습이 화면에 떠오른다. 그녀의 정수리만. 그녀가 투덜대며 카메라 각도를 조절한다. 하지만 이번에는 너무 내려버렸다. 화면은 그녀의 턱과 가운의 깃으로 가득 차버린다. 그녀는 다시 각도를 조절해 자신의 얼굴이 화면 중앙에 오게 한다. 뒤쪽으로 그녀의 남편 닉의 모습이 보인다. 그는 커피를 준비하는 중이다. 그는 티셔츠와 사각팬티 차림이고, 무성한 털로 뒤덮인 허벅지를 드러낸 상태다. 닉은 내가 지금껏 만나본 사람 중 가장 털이 많다. 그래서 레니는 남편을 '곰'이라고 부른다.

"안녕, 사이러스." 그가 화면에 대고 손을 흔들며 말한다.

"안녕하세요, 닉."

"제발 옷 좀 걸쳐." 레니가 손으로 카메라를 가리며 말한다. 그들의 장난스러운 언쟁이 잠시 이어진다. 닉은 의사와 클리닉을 상대로 의료기구를 파는 세일즈맨이다. 덕분에 탄력적인 근무시간을 마음껏 누리는 중이다. 그의 두 아들은 지금쯤 대학에 다니거나 졸업을 했을 것이다. 착한 아이들이다. 부부의 자랑.

레니가 카메라를 막았던 손을 뗀다.

"어젯밤에 네스의 연락을 받았어. 독극물 검사 결과가 나왔대. 조디 시행에게선 약물과 알코올이 검출되지 않았어."

왠지 그게 다가 아닐 거라는 생각이 든다.

"네스가 그러는데, 조디의 호르몬 수치가 꽤 높게 나왔대. 그래서 검사를 해봤는데…… 피살될 당시 임신을 한 상태였다더군. 임신 11주. 태아로부터 DNA를 뽑아낼 순 있겠지만 분석 작업은 미국에서만 가능하다네. 결과를 받아보기까지 최소 일주일은 걸릴 것 같아. 태아의 DNA에는 아버지 유전자의 절반이 담겨 있어서 친부의 신원을 어렵지 않게 확인할 수 있대."

"조디도 자기가 임신했다는 걸 알았을까요?" 나는 묻는다.

"요즘 애들이 얼마나 똑똑한데. 스마트폰 세대라 그런 건 절대 모를 수가 없어."

나는 잠시 머리를 굴려본다. 과연 그게 조디의 죽음과 상관이 있을까? 아이의 허벅지에서 채취된 정액에는 큰 의미가 있었다. 팔리의 것이 아니라는 게 확인됐으니까. 조디는 그날 저녁, 합의하에 성관계를 가졌을 것이다. 남자친구나, 아니면 처음 만난 누군가와. 하지만 아이의 시간표에서 다섯 시간은 여전히 규명되지 않은 채로 남아 있다.

레니에게 다른 '시나리오'를 묻기에는, 팔리에게 불리한 증거가 너무 많다. 공범이 있었을 가능성 역시 더 희박해진 셈이다.

그렇다고 경찰이 새 증거를 외면하고 있다는 건 아니다. 그들은 기소에 차질이 없도록 모순점을 하나씩 제거해나가는 데 총력을 쏟고 있다. 게다가 레니는 그 누구보다도 꼼꼼하고 성실하다. 누구보다도 정직하고. 증거를 조작하거나 용의자에게 누명을 씌울 사람은 결코 아니다. 시간과 자원의 낭비를 무엇보다도 싫어하기에 확증 없이는 절대 움직이지 않는다는 게 문제일 뿐.

덜거덕대는 파이프가 이비가 샤워 중임을 알려준다. 수건을 머리에 두른 채 내려온 아이가 나를 쏘아본다.

"온수가 안 나와요."

"미안, 보일러에 불이 꺼진 모양이야. 저장식이라 보일러가 데워지려면 시간이 좀 걸릴걸."

잠시 툴툴대던 아이가 내 옷차림을 유심히 살핀다.

"어디 가요?"

"만나볼 사람들이 좀 있어."

"나도 같이 가면 안 돼요?"

"안 돼."

"방해하지 않을게요. 차에 남아 있거나 아래층에서 기다릴 테니까……."

이비가 애원하는 눈빛으로 나를 본다. 혼자서 집을 지키는 데 신물이 난 모양이다. 외로움 타는 이비를 상상해본 적이 없다. 친구를 만들거나 세상과 소통하려는 시도조차 하지 않는 아이인데. 하지만 나 또한 아이 혼자 으스스한 집에 갇혀 지내는 걸 원치 않는다. 허락도 없이 내 물건을 뒤져댈 게 안 봐도 뻔하다. 자꾸 밖으로 이비를 끌어내 세상에 다시 소개시킬 필요가 있다. 조금씩 시야를 넓혀갈 수 있도록.

"15분 내로 준비하고 나와." 나는 말한다.

"5분이면 충분해요."

이비는 청바지와 카우보이 부츠, 그리고 재킷처럼 걸친 데님 셔츠 차림으로 계단을 내려온다. 나한테도 저런 셔츠가 있는데. 나는 생각한다. 자주 꺼내 입지는 않지만.

나는 피아트의 앞 차창에서 낙엽을 걷어낸다. 한때 새빨갰던 내 차는 얼룩덜룩한 분홍빛으로 색이 바랜 상태다. 보닛은 비둘기 배설물로 뒤덮여 있다. 누군가가 창고 정리 세일이 한창인 카펫 가게의 광고 전단지를 와이퍼 아래 꽂아놓고 가버렸다. 이런 처참한 몰골의 내 피아트를 버려진 차량으로 오해한 이웃들 덕분에, 지방의회로부터 두 차례나 견인 통보를 받기도 했다.

"멋지네요." 이비가 경박한 톤으로 말한다.

시동은 한 번에 걸리지 않는다. 내가 들릴락 말락 한 소리로 다그치자 엔진은 폐결핵 걸린 흡연자처럼 기침을 토하며 돌기 시작한다. 진동이 어찌나 격한지 차가 좌우로 마구 흔들릴 정도다. 나는 엔진에 적당히 열이 오를 때까지 잠시 기다린다.

"운전 가르쳐줄 수 있어요?" 이비가 묻는다.

"아니."

"왜요?"

"집에서 2분만 가면 버스 정류장이야."

"운전을 할 줄 알면 더 독립적으로 살 수 있다고요."

"넌 차도 없잖아."

"이 차를 빌려 타면 되죠."

"꿈도 꾸지 마."

아이가 팔짱을 끼고 창밖을 내다본다. 월라턴 공원을 지난 차는 더비가를 따라 빠르게 나아간다. 이른 일요일 아침의 거리는 한산하다.

"조디 시핸은 어떻게 죽었죠?" 이비가 묻는다.

"그건 말할 수 없어."

"비밀이에요?"

"그건 아니야."

"그런데 왜 안 되죠?"

나는 대답하지 않는다.

"나도 인터뷰한 걸 봤다고요." 아이가 말한다. "뒤에서 습격당했다면서요?"

"제발 허락도 없이 내 작업실을 뒤지지 말아줘."

이비는 대꾸가 없다. 아이가 카우보이 부츠를 사물함 위 계기판에 올려놓는다. 우리는 애비가를 따라 달리고 있다. 수도원 교회를 지나 캐슬 대로로 들어서서 도심부 남쪽으로 빠져나온다.

"CD 플레이어는 제대로 작동해요?"

"아니."

"라디오는요?"

"차가 덜컹댈 때 가끔 켜지곤 해."

아이가 넌더리를 내며 한숨을 쉰다.

"부검 결과가 좀 애매하게 나왔어." 나는 아이의 첫 번째 질문에 답을 한다. "익사했는지, 아니면 체온 저하로 숨졌는지 명확히 알 수가 없대."

"팔리는 걜 강간하지 않았다고 했죠?" 이비가 말한다. "그래도 그 애 머리에 대고 자위를 한 것 자체가 역겨운 변태 짓 아닌가요? 그런 놈은 감방에 처넣어야 해요. 하지만 그런 걸로 그가 살인자라고 넘겨짚기엔 무리가 있지 않나요?"

"결백한 사람이라면 그 앨 도우려 했겠지."

"가끔은 선택의 여지가 없을 때도 있다고요."

아이의 말이 내 안의 무언가를 뒤흔들어놓는다. 나는 귀에 염산이 뿌려진 테리 볼랜드가 의자에 꽁꽁 묶여 있는 모습을 떠올려본다. 그의 비명을 듣고 있는 이비의 모습도.

노팅엄 유흥가의 유료 주차장에 차를 세우고 나서 이비에게 차에서 기다릴 것을 주문한다.

"너무 추운데요. 같이 들어가면 안 돼요?"

"좋아. 하지만 말썽을 부려선 안 돼. 알았지?"

나는 이비와 함께 오솔길을 걸어간다. 아이는 깃을 바짝 세우고 두 손을 주머니에 찔러 넣는다. 모퉁이를 돌아 나온 이십 대로 보이는 젊은 남녀 배낭족 한 쌍이 외국어로 신나게 수다를 떨며 우리를 지나쳐 간다. 여자가 웃음을 터뜨리면서 남자를 부른다. 순간 이비가 걸음을 멈추고 그들을 홱 돌아본다. 커플이 시야에서 사라질 때까지 아이의 눈은 그들에게서 떨어지지 않는다.

"왜 그러니?" 나는 묻는다.

"아무것도 아니에요."

"저 여자가 한 얘기 때문에 그래?"

"아뇨."

"러시아어나 폴란드어를 쓰는 것 같았는데. 그 여자가 하는 얘길 알아들었어?"

"아뇨."

"그럼 왜 그런 반응을 보인 거지?"

"저 여자 얼굴이 눈에 익어서요." 이비가 말한다. 아이의 말을 믿어야 할지 말아야 할지 갈피를 잡을 수 없다. 이비는 바로 그 점이 문제다. 모든 행동을 퍼즐처럼 풀어야 한다는 것. 반응, 무반응, 침묵, 으쓱이는 어깨……

우리는 볼레로 광장을 가로질러 국립 아이스 센터로 향한다. 강철과 유리로 지어진 쌍둥이 건물. 회전문을 밀고 휑뎅그렁한 로비로 들어서자 과거와 현재의 영국 스케이트 챔피언들의 몽타주를 담은 거대한 포스터가 우리를 맞아준다.

프런트의 여직원이 이비를 올려다본다.

"아카데미 선발 대회 참가자지?"

그녀는 대답을 기다리지 않는다.

"이 신청서부터 작성해. 탈의실은 저쪽에 있어. 링크에 들어갈 때까지 스케이트는 신지 말고."

"이 아이는 선수가 아닙니다." 나는 설명한다. "브라이언 휘터커를 만나러 왔어요."

"지금 애들을 가르치고 있는데요."

"기다릴게요."

이비와 나는 표지판을 따라 콘서트 홀 크기의 원형 경기장으로 들어간다. 사방으로 줄지어 한 층씩 높아지는 좌석들이 어둠 속까지 이어져 있다. 링크는 푸르스름한 빛을 머금은 채다. 열 명 남짓한 스케이터들이 우아한 모습으로 얼음을 지치며 몸을 푸는 중이다. 그들은 힘 하나 들이지 않은 최소한의 동작만으로 피루엣(한쪽 발로 서서 빠르게 도는 동작—옮긴이)을 하거나 후진을 한다.

빠르게 나아가던 한 스케이터가 폴짝 뛰어올라 공중에서 회전한 후 한쪽 날로 완벽하게 착지한다. 구부정한 자세로 멈춰 선 소녀가 두 팔을 활짝 편친다.

그들 대부분 몸에 착 달라붙는 검은 레깅스와 상의를 걸치고 있다. 훈련복이다. 그들 틈에서 브라이언 휘터커의 모습이 보인다. 운동복 차림의 그는 열서너 살쯤 돼 보이는 소녀들에게 큰 소리로 무언가를 설명하고 있다. 다른 코치들은 각자 맡은 제자들을 옆에 끼고 지도하는 중이다.

휘터커가 손뼉을 쳐 신호하자 소녀들이 링크 가장자리로 우르르 몰려간다. 그는 아이들에게 지시 사항을 들려준다. 한 소녀가 고개를 가로젓는다. 그가 아이의 뒷덜미에 한 손을 얹고 자신의 이마를 아이의 이마에 가져다 댄다. 그가 무언가를 속삭이자 아이의 눈이 번뜩인다. 그의 손목에서 금으로 된 팔찌가 반짝이고 있다.

소녀가 고개를 끄덕이며 그에게서 떨어져 나간다. 링크 한쪽 구석에서 심호흡을 몇 번 하던 아이가 힘차게 출발한다. 소녀는 두 팔을 흔들며 속도를 최대한 높였다가 휙 돌아선다. 잠시 빠르게 후진하던 아이는 이내 다시 돌아서서 한 발로 빙판을 박차고 뛰어오른다. 두 팔을 가슴에 모은 채 공중에서 두 바퀴 회전한 소녀가 반대쪽 발로 사뿐히 착지한 후 두 팔을 날개처럼 펼치고 원을 그리며 우아하게 얼음을 지친다.

지켜보던 휘터커가 박수를 친다. 아이의 얼굴에 환한 미소가 떠오른다. 그가 다음 소녀를 돌아보며 고개를 끄덕인다. 구석에서 빠르게 튀어나온 아이는 자신감이 없어 보인다. 많이 긴장했는지 동작이 뻣뻣하다. 아이는 자기 최면을 걸며 스스로에게 점프할 것을 주문하지만, 마지막 순간에 시도하기를 포기한다. 아이는 링크를 크게 한 바퀴 돌며 애꿎은 자신의 허벅지를 찰싹 후려친다. 소녀는 정신을 가다듬은 후 다시 시도에 나선다. 얼굴에는 단호한 표정이 떠올라 있다. 아이가 빙판을 박차고 튀어 오른다. 속도는 충분하지 않고, 두 팔은 제대로 모이지 않는다. 공중에서 다리가 꼬여버린 아이는 중심을 잃고 빙판에 엉덩방아를 찧고만다. 통제력을 잃은 아이가 죽 미끄러져 광고판과 충돌한다.

휘터커가 그쪽으로 달려가 아이를 부축해 일으킨다. 아이는 부상을 입었는지 펑펑 울고 있다. 그는 아이의 눈물을 닦아주며 애완동물 다루듯 아이의 등을 쓰다듬는다.

"다시 해볼래?"

아이가 고개를 끄덕인다.

"꼭 할 필요는 없어."

"알아요."

소녀는 무릎과 엉덩이를 털고 다시 얼음을 지치기 시작한다. 아이는 아까보다 훨씬 더 단호한 표정이다. 나는 아이가 실패하는 걸 다시 보고 싶지 않다. 이비의 마음도 나와 같은 모양이다.

"그냥 한 바퀴만 돌면 되는데." 아이가 속삭인다. "두 바퀴는 무리예요."

마침내 소녀의 몸이 붕 떠오른다. 하지만 제대로 회전도 못 해보고 이내 빙판 위로 툭 떨어진다. 소녀가 벌떡 일어나 다시 시도하려 하자 휘터커가 달려가 말린다.

"오늘은 그 정도로 됐어, 라라. 내일은 성공할 수 있을 거야."

아이들이 와글대며 게이트 쪽으로 몰려간다. 휘터커는 링크 가장자리로 돌아가 클립보드를 집어 들고 뭔가를 기록한다.

"여기서 기다려." 나는 이비에게 말한다. 아이는 눈앞에서 펼쳐지는 광경에 압도된 듯하다.

나는 링크를 따라 브라이언 휘터커에게 다가간다. 키가 작은 그는 고운 손과 발레리노를 연상케 하는 자세를 갖고 있다.

"헤이븐 박사님." 그가 나를 힐끗 보더니 이내 클립보드로 시선을 되돌린다. "잠시만요." 그는 계속해서 펜을 놀린다. "펠리시티한테서 집에 들르셨다는 얘기 들었어요. 타스민의 친구들이 집에 놀러 왔었다면서요?"

게이트를 빠져나온 그가 벤치에 앉아 스케이트 끈을 풀기 시작한다.

"훈련 강도가 꽤 높더군요." 나는 말한다.

"그럴 수밖에 없어요. 더블 악셀을 못하면 트리플은 꿈도 꿀 수 없거든요. 트리플을 못하면 탑 레벨에 오를 수 없고요." 한쪽 끈을 다 푼 그가 다른 쪽으로 넘어간다. "피겨 스케이팅은 우아하게 보이지만 빙판에 넘어지면 몸과 정신 모두에 적잖은 충격을 받게 돼요."

"조디도 아까 그 아이처럼 힘들어했나요?"

그는 잠시 뜸을 들인다.

"보통 더블 악셀을 마스터하기까진 2년 정도가 걸려요. 하지만 조디는 한 달 만에 그걸 해냈죠. 난이도가 엄청 높은 점프인데 척척 해내더라고요. 굉장히 드문 케이스였어요."

"조디가 임신 중이었다는 거, 알고 계셨습니까?"

순간 그의 얼굴에 어리둥절해하는 표정이 스친다. 이비라면 이 반응이 얼마나 진실한지 꿰뚫어 볼 수 있지 않을까?

"걔가 얘기하지 않던가요?"

"네."

"그걸 아셨다면 어떻게 반응하셨을까요?"

"낙태하게 했겠죠."

"아이 부모에겐 알리지 않고요?"

휘터커는 잠시 머뭇거리며 링크를 맴돌고 있는 정빙기를 바라본다. "매기는 독실한 가톨릭 신자예요. 낙태에 찬성하지 않았을 겁니다."

"두걸은요?"

"그 앨 임신시킨 놈을 찾아 반쯤 죽여놨겠죠."

스케이터 몇 명이 링크를 돌며 정빙기가 나가주기를 기다리고 있다. 휘터커는 서로 팔짱을 낀 채 우르르 몰려다니는 아이들을 물끄러미 지켜본다.

"8년 전, 제자에게 고소당한 적이 있었죠? 샤워하는 제자를 몰래 촬영한 혐의로 말입니다."

"그런 사진 찍은 적 없습니다. 들어가기 전에 분명 노크를 했다고요. 탈의실에 아무도 없는 줄 알았어요."

"거긴 왜 들어가셨던 거죠?"

"한 아이가 전화를 했어요. 탈의실에 지갑을 두고 온 것 같다고요. 그래서 확인하러 들어갔던 겁니다. 물론 들어가기 전에 노크를 했고요. 안에 아무도 없는 줄 알았어요. 샤워하던 아이에겐 사과를 했고요."

"그 아인 왜 찍지도 않은 사진 얘길 한 거죠?"

"그건 그 애 아버지가 주장한 겁니다. 날 협박해 돈을 뜯으려고 했던 거겠죠."

"지금 그 아인 어딨습니까?"

"리즈로 이사 갔어요."

"그럼 다른 링크를 이용하겠군요."

"그렇겠죠." 그가 잠시 머뭇거린다. "그 아이에 대해 묻는 이유가 뭡니까?"

"검시관이 조디의 배 속 태아에서 DNA 검체를 추출할 수 있다고 합니다. 그걸로 친부의 신원을 밝혀낼 수 있다더군요."

그가 태연한 모습으로 어깨를 으쓱여 보인다.

"관심 없으십니까?"

"별로요."

"그 이유를 여쭤봐도 되겠습니까?"

"친부가 누군지 밝혀낸다고 죽은 조디가 살아 돌아오진 않을 테니까요."

그의 태도가 살짝 거슬린다. 그가 조카의 죽음을 슬퍼하고 있는지, 아니면 자신에게 크나큰 명예를 선사할 미래의 챔피언을 잃게 된 것을 애석해하고 있는지 구별이 가지 않는다.

"아주 친밀한 것 같습니다. 코치와 제자의 관계 말입니다. 함께 훈련하고, 행사가 있을 때마다 함께 다니고, 또 같이 숙식을······."

그가 바짝 긴장한 모습으로 나를 노려본다.

"지금 무슨 말을 하고 싶은 겁니까?"

"숙소에서 각자 다른 방을 썼나요?"

당황하는 휘터커의 얼굴에 격노의 표정이 떠오른다. 그의 얼굴은 마치 붉은 안개가 내려앉은 듯 상기돼 있다. 딱딱하게 굳은 이목구비가 얼굴 중앙으로 몰려드는 중이다.

"어떻게 그따위 말을······ 감히 나한테······."

"실례인 줄 압니다만, 한 번은 짚고 넘어가야 할 문제라서 말이죠."

"그런 황당한 질문이 공들여 쌓은 내 커리어를 한순간에 무너뜨릴 수 있습니다." 그가 이를 갈며 말한다. "사실 여부를 떠나 그런 질문이 던져지는 것 자체만으로 이 바닥에서 쫓겨날 수 있단 말입니다. 대체 무슨 자격으로 이러는 겁니까? 당신…… 당신……." 그는 차마 말을 잇지 못한다. "내가 조카랑 동침을 했다고요? 당신 지금 제정신입니까? 미친 거 아니에요?"

36

앤젤 페이스

그들이 대화하는 모습을 지켜보고 있지만 너무 멀리 떨어진 탓에 어떤 말이 오가는지 알 길이 없다. 그들이 거짓말을 하는지도 확인할 수 없고. 두 사람 모두 포커를 잘할 것 같지는 않다. 저렇게들 감정을 숨기지 못하니. 사이러스는 그나마 노력하는 것 같지만 한껏 흥분한 저 코치라는 사람은 답이 없어 보인다.

사람들은 성서에 손을 얹고 오직 진실만을 말하겠다고 맹세하지만, 다 허튼소리다. 법정에서는 모두가 거짓말을 한다. 변호사들, 사회복지사들, 카운슬러들, 의사들, 위탁 양육자들, 십대 청소년들, 어린아이들. 원래 인간은 다 그렇다. 모두가 숨을 쉬고, 먹고, 마시고, 거짓말을 한다.

언젠가 랭포드 홀에서 혼자 조사를 해본 적이 있다. 하루에 거짓말을 총 몇 번이나 듣게 되는지. 1인당 평균 열여덟 번의 거짓말을 했다. 점심시간이 되기도 전에. 새로 한 네 머리가 마음에 들어. 그렇게 차려입으니까 예쁜데. 네 요거트는 가져가지 않았어. 그런 종류의, 상대를 배려하는 차원에서 늘어놓는 선의의 거짓말은 집계에서 뺐다. 오로지 노골적인 거짓말만 집계한 결과다. 나머지는 스스로를 속이기 위해 주문처럼 읊조리는 거짓말이었다. 난 뚱뚱하지 않아. 난 늙지 않았어. 그게 사라진 걸 아무도 눈치채지 못할 거야. 난 잘하고 있어. 시간만 조금 더 주어졌다면 지금보다 훨씬…….

노골적인 거짓말은 쉽게 짚어낼 수 있다. 반면 다른 타입의 거짓말들은 더 꼭꼭 숨겨져 있거나, 혹은 진실에 너무 가까워서 그 경계를 구분하기가 쉽지 않다. 어떤 거짓말들은 이기적이다. 과장되거나 융합된 거짓말도 있고, 완화시키거나 단순히 생략하는 거짓말도 있다. 정당한 이유로 거짓말을 하는 경우도 있다. 사람들은 막연히 그래도 된다는 생각에 거짓말을 한다. 통제권을 잃지 않으려고, 진실이 너무 불편하다는 이유로, 상대를 실망시키지 않기 위해, 또는 그것이 진실이기를 간절히 바라는 마음에서 거짓말을 한다. 나는 모든 종류의 거짓말을 다 들어보았다. 직접 해보기도 했고.

나란히 늘어선 좌석들 사이로 걸어나가 탈의실로 들어간다. 링크에서 본 소녀 두 명이 옷을 갈아입고 있다. 그들 중 화를 다스리지 못한 한 아이가 문을 거칠게 닫고 절뚝거리며 나가버린다. 다른 아이는 말없이 앉아 스케이트 끈을 푸는 데만 집중한다.

"아주 잘하던데." 나는 말한다. "피겨 선수를 실물로 본 건 오늘이 처음이었어. TV로 볼 땐 선수들이 얼마나 빠른지 체감이 안 되거든. 링크에서 무슨 말이 오가는지도 들을 수 없고."

나는 아이 맞은편 벤치로 다가가 앉는다. "난 이비라고 해."

"난 앨리스."

"스케이트 탄 지 얼마나 됐어, 앨리스?"

"다섯 살 때부터 탔어."

"내가 배우기엔 많이 늦었을까?"

"스케이트는 누구라도 할 수 있어. 재미로 타는 건데, 뭐."

"너도 스케이트가 재밌니?"

"오늘은 재밌었어. 하지만 내일은 또 어떨지 모르지."

앨리스가 두꺼운 플리스 스웨터를 걸치고 깃 안에 갇힌 긴 머리를 끄집어낸다.

"조디 시핸을 아니?" 나는 묻는다.

"물론이지. 나랑 같이 훈련했는걸."

"같은 코치 아래서?"

앨리스가 고개를 끄덕인다. "휘터커 코치님."

"그가 조디를 편애하진 않았어?"

소녀의 얼굴에 애매한 표정이 살짝 스친다. "다른 애들보다 조디를 더 강하게 몰아붙이셨어."

"왜?"

"걔가 우리 중에서 제일 잘했으니까."

"걔가 스케이트 타는 걸 보고 싶었는데." 나는 손가락으로 스케이트 날을 조심스레 만져본다. "나랑 게임 하나 할래, 앨리스?"

소녀가 초조해하는 표정으로 나를 본다. "엄마가 곧 데리러 오실 거야."

"오래 걸리진 않을 거야. 두 개의 진실과 하나의 거짓말이라는 블러핑 게임이거든. 나에 대해 세 가지 내용을 들려줄 테니까 그중 뭐가 거짓말인지 맞혀봐."

"그래."

"내 본명은 이비가 아니야. 난 쌍둥이야. 입안에 삶은 달걀 네 개를 한꺼번에 넣을 수 있어."

"그게 거짓말 같은데." 앨리스가 웃음을 터뜨린다.

"달걀 말이야? 아니, 그건 진실이야. 삶은 달걀이 있으면 한번 증명해 보이는 건데. 자, 이젠 네 차례야. 조디에 대해 세 가지를 들려줘. 두 개의 진실과 하나의 거짓말."

"왜 하필 조디야?"

"그래야 게임이 재밌어지니까."

앨리스는 잠시 골똘한 생각에 잠긴다. "좋아. 조디는 스케이트를 그만두고 싶어 했어. 걘 비밀리에 남자친구를 사귀었어. 언젠가 걔가 공포 영화를 보던 중에 비명을 빽 질러서 바로 옆에 앉은 애가 깜짝 놀라 바지에 실례한 적이 있어."

"그건 좀 웃기네." 나는 말한다. "옆자리에서 오줌 싼 애가 너였어?"

앨리스가 얼굴을 붉히며 고개를 끄덕인다. "그걸 어떻게 알았지?"

"그냥 때려 맞힌 거지, 뭐. 그런데 조디는 왜 스케이트를 그만두려고 했던 거야?"

앨리스가 어깨 너머를 흘끔 살피고 나서 나지막이 속삭인다. "두통 때문이었어. 세 번 연속으로 뇌진탕에 걸렸었거든."

"빙판에 넘어져서?"

앨리스가 고개를 끄덕인다. "걘 트리플 악셀을 연습 중이었어."

"휘터커가 성공할 때까지 연습하라고 시킨 거였어?"

"조디는 코치님을 실망시키고 싶어 하지 않았어."

"걔 남자친구는?"

"그건 거짓말이었어야 하는데." 앨리스가 말한다. "당장 떠오르는 게 하나도 없어서."

"정작 필요할 때 거짓말을 떠올리는 건 쉬운 일이 아니야." 나는 아이에게 말한다. "이름을 알아?"

"아니."

"걘 왜 그를 몰래 만나고 다녔던 거지?"

"남자친구의 나이가 좀 많았던 것 같아."

"어째서 그렇게 생각하는데?"

"그 애는 남자친구를 단 한 번도 언급한 적이 없었거든. 그래서……." 앨리스의 휴대폰이 삐삐 소리를 낸다. 소녀가 화면을 들여다본다. "이만 가볼게."

소녀는 스케이트가 담긴 가방을 사물함에 우악스럽게 쑤셔넣는다.

"조디한테도 사물함이 있었어?" 나는 묻는다.

앨리스가 고개를 끄덕이며 나를 한쪽 구석으로 데려간다. 그리고 파란색과 하얀색의 경찰 통제선 테이프가 대각선으로 붙여진 사물함을 가리킨다.

"경찰이 와서 수색했어." 앨리스가 말한다. "그런데 다른 사물함은 그냥 지나치더라고."

"다른 사물함?"

"조디는 사물함을 두 개 썼어. 여름에 나타샤가 그만두고 나가면서 열쇠를 조디한테 줬거든. 조디는 그걸 반납하지 않았고."

앨리스는 나를 라벨 없는 사물함 앞으로 이끈다.

소녀의 휴대폰이 다시 울린다. 작은 배낭의 어깨끈을 잡아 쥔 아이가 한 손을 들어 살랑인다. "스케이트 타고 싶으면 링크 개방될 때 오면 돼."

"그럴게." 나는 문제의 사물함에서 눈을 떼지 않은 채 말한다.

이제 탈의실에는 나 혼자만 남아 있다. 링크에서 틀어놓은 클래식 음악이 닫힌 문 안으로 스며든다. 나는 철제 문에 몸을 기대고 서서 자물쇠가 채워진 손잡이를 당겨본다. 머리에서 헤어핀을 뽑아 부러질 때까지 앞뒤로 구부린다. 이로 플라스틱 부분을 벗겨내자 금속으로 된 팁이 모습을 드러낸다. 나는 그 뾰족한 끝을 자물쇠 안으로 밀어 넣고 쑤셔대기 시작한다.

자물쇠 따는 기술은 포리저라는 아이에게 배운 것이다. 우리는 자물쇠로 굳게 닫힌 랭포드 홀 주방을 자유롭게 드나들며 비스킷과 주스, 주방장이 숨겨놓은 초콜릿을 훔쳐 먹는 그 아이에게 '포리저Forager(약탈자, 징벌꾼이라는 뜻—옮긴이)'라는 별명을 붙여주었다. 포리저가 열지 못하는 자물쇠는 세상에 없다. 포리저는 자신이 가진 모든 노하우를 전수해주고 싶어 했지만, 나는 자물쇠 따는 기술을 통달하는 것으로 만족했다. 툭하면 붙잡혀 곤욕을 치러야 했기 때문이다.

사물함 자물쇠를 여는 건 식은 죽 먹기다. 경쾌한 딸깍 소리와 함께 자물쇠가 풀리면서 내 손으로 툭 떨어진다. 사물함 안에는 발레 슈즈, 레깅스, 양말, 안감이 플리스로 된 재킷 등이 보관돼 있다. 재킷에는 '브리티시 주니어 피겨 스케이팅 팀'이라고 적힌 배지가 붙어 있다. 나는 재킷 주머니와 신발 안을 살펴본다. 맨 아래 선반 깊숙한 곳에 덮개가 뜯긴 노란색의 두툼한 봉투가 놓여 있다. 봉투 안에는 조디의 여권과 포장을 뜯지 않은 SIM 카드 몇 개, 그리고 싸구려 휴대폰이 담겨 있다. 봉투를 거꾸로 들고 탈탈 털자 안에서 펜 모양의 물체가 떨어진다. 한쪽 면에는 무언가가 적혀 있고, 작은 원형 창에는 분홍색 줄이 두 개 그어져 있다. 임신 테스트기.

시야 밖 어딘가에서 문이 열린다. 순간적으로 탈의실 안 기온이 살짝 낮아진 느낌이다. 나는 사물함을 닫고 문에 등을 기댄다. 뒷짐 진 손으로 황급히 자물쇠를 채운다. 봉투는 내 오른쪽 소매 밑으로 밀어 넣었다. 사이러스의 헐렁한 데님 셔츠 안에.

"여기서 뭐 해?" 여자가 묻는다. 링크에서 봤던 코치들 중 하나다.

"화장실이 급해서요."

"여긴 아카데미 학생들만 출입할 수 있어."

"방광이 터져버릴 것 같았어요."

여자가 의심 가득한 눈으로 나를 본다. 나는 그녀를 빤히 응시하며 두 손을 펼쳐 보인다. 아무것도 훔치지 않았다는 걸 증명하려는 듯이.

"여기서 나가줄래?"

"짜증 나게 구네."

"뭐라고?"

"아무것도 아니에요. 실수로 들어왔어요. 미안해요."

나는 봉투를 겨드랑이에 낀 채 벤치 사이를 당당하게 걸어서 나간다. 탈의실 앞 터널을 빠져나와 계단을 오른다. 그리고 로비에서 기다리는 사이러스에게 다다를 때까지 뒤를 돌아보지 않는다.

"어디 갔었어?" 그가 안도한 음성으로 묻는다.

"화장실에요."

"말도 없이 사라지면 어떻게 해?"

"왜요? 내가 죄수라도 돼요? 여자 화장실까지 따라오려고요? 그런 거 좋아해요? 아저씨 변태예요?"

그는 대꾸하지 않는다.

우리는 나란히 걸어 볼레로 광장으로 향한다. 나는 그와 속도를 맞추기 위해 보폭을 최대한 늘인다.

"조디 시핸은 스케이트를 관두려고 했어요." 나는 엄청난 폭로라도 되는 양 말한다.

"누구한테 들었어?"

"앨리스요. 조디랑 같이 스케이트를 배웠대요."

사이러스가 걸음을 멈추고 나를 돌아본다. "네가 앨리스를 어떻게 알지?"

"걔랑 대화를 나눴어요. 아까 훈련 끝나고 나서. 앨리스가 그러는데 조디한테 남자친구가 있었대요. 나이가 좀 많았다는데, 이름은 모른다고 하고요."

사이러스는 멍한 얼굴로 나를 빤히 본다.

나는 셔츠 안에서 봉투를 꺼낸다. "조디가 임신 중이었다는 얘기는 왜 안 했어요?"

"네가 그걸 어떻게 알아?"

"그 애 사물함에서 이걸 찾았거든요."

37

이비에게 소리를 지르는 건 TV나 시동이 걸리지 않는 차에 대고 소리를 지르는 것과 같다. 언성은 점점 높아지지만 아이는 계속 시큰둥하게 반응할 뿐이다. 완전히 무시당하는 기분이다.

"네가 얼마나 많은 법을 어겼는지 알아? 너 때문에 내가 얼마나 곤란해졌는지 아느냐고! 그건 누군가의 개인 사물함이야. 넌 결정적인 증거일 수도 있는 물건을 훔쳤어. 넌 이 일로 기소될 수도 있고, 난 밥줄이 끊길 수도 있어. 젠장, 이비! 이제 어쩔 셈이야, 이 바보야!"

아이는 태연한 표정으로 나를 쳐다본다. 회한도, 후회도 없어 보인다. 그나마 남았던 온기와 친밀함이 사라지고, 어쩌면 두 번 다시 마주할 수 없을지 모를 싸늘한 황무지가 빈자리를 채운다.

나는 아이에게 차에 탈 것을 명령한다. 아이는 꿈쩍도 하지 않는다. 높아진 내 언성에 지나는 행인들이 힐끗힐끗 쳐다본다. 나는 마치 폭탄이라도 되는 것처럼 노란 봉투를 꼭 쥐고 있다.

바람이 불어와 이비의 이마에 붙은 머리카락을 걷어내준다.

아이는 눈물을 머금고도 끝내 눈을 깜빡이지 않는다. 넋이 완전히 나간 모습이다. 나는 끓어오르는 격노를 애써 진정시킨다. 이비는 냉정하거나 생각이 많은 타입이 아니다. 아이는 그저, 공격이 들어올 때마다 그래왔듯 안전한 장소로 대피했을 뿐이다. 아이는 수년에 걸친 성적 학대를 그렇게 버텨냈다.

"부탁이야, 차에 타." 나는 화를 누그러뜨리고 말한다.

이비가 활짝 열린 차 문을 바라본다.

"큰소리 내서 미안해. 그러면 안 되는데."

아이는 말이 없다.

"다시 랭포드 홀로 돌아가고 싶니?"

"아저씨는 날 거기에 버려두고 싶어요?" 아이가 속삭인다.

아이의 질문이 내 가슴을 짓이겨댄다. 어떻게든 좋은 말로 안심시켜야 하지만 그러기에는 분노가 충분히 식지 않았다. 이 아이는 대체 어떻게 다뤄야 하는 거지? 파일을 꼼꼼히 읽어봤음에도 나는 이비에 대해 아는 게 거의 없다. 아이는 무례하고 배은망덕하고 완고하다. 내가 거두기에는 한없이 버거운 아이다. 나는 이렇게 소리치고 싶었다. '어린애처럼 굴지 마! 철 좀 들라고!' 하지만 이비는 정상적인 유년기를 누리지 못한 딱한 아이다. 이비에게는 바로 이 순간이 철없는 유년기인 셈이다.

차는 쏟아지는 빗줄기를 헤치고 달려 나간다. 와이퍼가 거슬리는 소리를 내며 앞 차창에 뿌려지는 빗물을 열심히 밀어내는 중이다. 집에 도착하기가 무섭게 이비는 자신의 방으로 올라가 버린다. 한 시간 후, 나는 아이의 침실 문밖에 서서 노크를 할지 말지 고민에 빠진다. 나무 문에 귀를 가져다 대보지만 안에서는 아무 소리도 들리지 않는다.

나는 서재로 돌아가 봉투에 담긴 내용물을 책상 위에 쏟아낸다. 임신 테스트기와 SIM 카드들과 싸구려 휴대폰. 구형 노키아 폴더 폰은 중고로 구입했을 것이다.

봉투는 경찰에 전달하는 게 좋을 것 같다. 하지만 이걸 손에 넣게 된 경위를 어떻게 설명하지? 이비가 허락도 없이 조디의 사물함을 뒤졌다고 솔직히 털어놓으면 그들은 아이를 랭포드 홀로 돌려보낼 게 뻔하다. 나 역시 조사를 받고 난 후 직장을 잃게 될 테고.

익명으로 보내볼까? 레니의 현관 앞에 몰래 놓아두는 건? 하지만 내용물에 이비의 지문이 덕지덕지 묻어 있잖아. 내 지문도 마찬가지고. 젠장!

경찰은 이미 조디가 살해된 날 아이가 두 번째 휴대폰을 지니고 다녔다는 걸 알고 있다. 조디가 첫 번째 휴대폰의 전원이 꺼진 후로도 계속 문자 메시지를 수신해 확인했으니 말이다. 이제 우리는 세 번째 휴대폰과 SIM 카드 여러 개가 존재한다는 걸 알게 됐다. 열다섯 살 소녀에게 이토록 많은 전화번호가 대체 왜 필요했을까? 그리고 6천 파운드로는 뭘 하려고 했던 걸까?

어제 휘터커의 집에서 브리안나는, 조디가 남들이 생각하는 것과 달리 순진하지 않았다면서 내게 그 애 오빠를 만나볼 것을 조언했다. 만약 그게 대수롭지 않은 십 대 소녀의 고자질이 아니라 결정적인 힌트였다면? 그 아이가 가리키는 대로 펠릭스 시핸이 해답의 열쇠를 쥐고 있다면?

그 전에 봉투부터 처리해야 한다. 나는 노트북을 열고 레니에게 화상 전화를 건다. 그녀는 휴대폰으로 응답한다. 그녀 뒤에서 누군가의 웃음소리가 들려온다.

"통화하기 곤란하세요?"

"점심 먹는 중이었어. 분위기가 꼭 동물원 먹이 주는 시간 같아."

"조디 시핸의 유류품을 갖고 있어요. 이걸 어떻게 손에 넣었는지는 묻지 마세요."

"싫어, 물어볼 거야." 레니가 단호하게 말한다.

"누군가가 우리 집 현관 앞에 놔두고 갔어요."

"장난치지 마, 사이러스."

"이번만 좀 봐주세요."

그녀가 잠시 입을 닫고 심호흡을 몇 번 한다.

"그게 지금 어디에 있지?"

"당장 차를 보내주세요."

38 앤젤 페이스

나는 고개를 푹 숙인 채 버스 정류장에 앉아 있다. 후드를 뒤집어쓴 채 젖은 도로를 빠르게 지나쳐 가는 차량들 소리에 귀를 기울인다. 어찌나 화가 나던지 입안에서 분노의 맛이 진하게 느껴질 정도다. 사이러스, 자기가 뭔데 나한테 고함을 쳐? 난 그저 도우려 했을 뿐인데. 잘했다고 칭찬은 못 할망정 잔소리나 퍼붓고. 그쪽의 동정도, 슬퍼 보이는 눈빛도, 정신분석도, 내겐 다 필요 없어. 나쁜 새끼!

버스가 멈춰 서고 문이 열린다. 나는 잠시 망설인다.

"탈 거야?" 운전사가 억센 말투로 묻는다. 나는 버스에 올라 요금을 건넨다.

"현금은 안 받아." 그가 짜증 섞인 어조로 말한다. "카드만 돼."

나는 주머니를 뒤적이다가 사이러스가 챙겨준 버스 패스를 꺼내 들고 그의 앞으로 내민다.

"리더기에 찍어. 여기 상자 보이지?"

"처음이라 몰랐어요." 나는 웅얼거린다. 버스는 다시 움직이기 시작한다. 비틀거리며 통로를 걸어 들어간 나는 거울에 비친 내 모습이 보이지 않는 자리를 골라 앉는다. 외투 안으로는 드레스를 입고 있다. 법원 출두를 앞두고 캐롤라인 페어팩스가 사준 옷이다. 나는 드레스에서 하이칼라를 뜯어내고 단추 몇 개를 일부러 풀어서 섹시해 보이도록 만들었다. 마스카라와 아이섀도는 내 눈을 더 크게, 그리고 속눈썹을 더 풍성해 보이게 만들어주었다.

언젠가 클로이 프링글은 음순의 색과 매치되는 립스틱이 여자의 섹슈얼리티를 강조하는 효과가 있다고 내게 귀띔해주었다. 그 역겨운 설명을 듣고 나서 한 달 동안은 립스틱을 바르지 못했다.

외투 주머니에 손을 넣고 돌돌 말린 지폐 다발을 만지작거린다. 내 비상금. 내 전 재산. 머지않아 그 누구의 도움도 필요치 않게 될 것이다. 사이러스의 도움도.

벽돌로 지은 오래된 창고는 콜택시 회사와 중고차 딜러 사무소 사이에 끼어 있다. 바로 뒤에 철로가 있어 화물열차가 지나갈 때마다 건물 전체가 진동한다. 돌무더기와 잡초로 가득한 맞은편 공터에는 차 몇 대가 세워져 있다.

문 앞을 지키고 선 기도는 목에 보조기를 차고 있다. 그는 상체를 숙이고 힘겹게 나를 내려다본다.

"뭐야?"

"캐시 게임 하려고 왔는데요."

"몇 살인데?"

"열여덟이에요."

"증명할 수 있어?"

나는 외투에 감춰져 있던 드레스와 부츠를 살짝 내보인다. 머리는 나이 들어 보이게 말아 올렸다.

"노력은 가상하지만……." 그가 말한다. "꺼져!"

나는 20파운드 지폐 두 장을 뽑아 그의 바지 주머니에 슬그머니 찔러 넣는다. 손으로 그의 바지 앞섶을 슬쩍 더듬는 것도 잊지 않는다.

"이젠 내가 몇 살로 보여요?" 나는 속삭인다.

그가 움찔하는 틈을 타 몸을 숙이고 그의 겨드랑이 밑으로 잽싸게 파고든다. 문을 무사히 통과한 나는 그가 따라붙기 전에 계단을 뛰어 올라간다. 덩치 큰 출납원은 과산화수소로 염색했는지, 어둠 속에서도 빛을 발하는 금발을 하고 있다. 그녀는 창유리 뒤편 나무 부스에 앉아 있다. 나는 그녀에게 돈을 건넨다. 그리고 여자가 서랍에서 다양한 색의 칩을 꺼내 꼼꼼히 세는 모습을 지켜본다. 나는 앞으로 내밀어진 칩을 모아 들고 손끝으로 더듬어 세어본다.

"몇 개 비는데요."

"하우스가 5퍼센트 떼는 거예요." 출납원이 말한다. "에이시스 하이 룸이에요. 오른쪽에서 세 번째 방. 화장실은 뒤편에 있고요. 음료는 별도 구매예요. 게임하다가 피곤하면 소파에 누워 눈을 붙일 수 있어요. 미리 자리를 맡아놓을 순 없고요."

나는 칩을 챙겨 들고 복도를 따라 걸어간다. 그리고 노크도 하지 않고 지정된 방으로 들어간다. 아무도 고개를 들고 돌아보지 않는다. 초록색 베이즈 깔개로 덮인 테이블에는 남자 네 명이 둘러앉아 있다. 눈부신 조명이 설치된 방 안에는 매캐한 담배 연기가 자욱하다. 도박꾼들 앞에는 칩과, 다양한 술이 담긴 텀블러가 놓여 있다. 젊은 여성 딜러는 의자에 걸터앉아 있다.

나는 헛기침을 한 번 한다.

딜러가 호기심에 찬 눈빛으로 나를 본다. "어서 와요. 처음 보는 얼굴인데, 누굴 기다리는 건가요?"

"아뇨, 게임하러 왔어요."

그 말에 남자 하나가 웃음을 터뜨린다. "집에 가서 〈세서미 스트리트〉(아동 대상의 인형극 TV 프로그램—옮긴이)나 봐."

딜러가 테이블 밑으로 그를 걷어찬다. "매너 없게 그게 무슨 말이에요?"

뚱뚱한 남자가 정강이를 문지르며 벽에 기대진 의자를 자기 자리 옆으로 끌어온다.

"여기 앉아, 아가씨." 그가 의자에서 먼지를 훔치는 척하며 말한다. "왠지 나한테 행운을 가져다줄 것 같아서 말이지."

"자네한테 필요한 건 행운이 아니라 신의 개입이라고." 육중한 체구의 흑인 남자가 말한다. 짧은 곱슬머리를 한 그 남자의 왼쪽 귀에는 작은 에메랄드 귀걸이가 붙어 있다.

세 번째 남자는 얼굴을 삼켜버릴 듯한 커다란 선글라스를 걸치고 있다. 그의 티셔츠에는 '도박을 그만둘 순 있지만 그러지 않겠다. 내 사전엔 포기란 없으니까'라는 문구가 적혀 있다. 그는 대화를 이어나간다. "자기는 여자가 득실대는 데 빠져도 그냥 손가락만 빨다 나올 만큼 운이 없으면서."

그때 네 번째 남자가 불쑥 끼어든다. 그의 목소리가 방 안을 뒤흔든다. "다들 닥치고 게임이나 해!"

그의 얼굴은 한쪽으로 처져 있다. 마치 무너져 내린 것처럼.

하지만 반대쪽 얼굴은 생기가 넘친다. 그쪽 눈이 섬뜩하게 타오른다.

"뭘 봐?"

나는 험상궂은 얼굴에서 눈을 떼고 고개를 돌려버린다.

딜러가 몸을 앞으로 기울이며 말한다. "바넘은 신경 쓰지 말아요. 입만 살았으니까."

"죄다 잭뿐이네. 에이스는 하나도 안 나오고." 뚱보가 코 푼 휴지를, 원래 모양을 알 수 없는 재킷의 주머니에 쑤셔 넣으면서 말한다.

검은 바지와 하얀 블라우스 차림의 딜러는 이십 대 후반쯤 돼 보인다. "난 케이틀린이에요." 그녀가 말한다. "뭐라도 마실래요?"

"아뇨, 괜찮아요."

"그러지 말고 한잔하라고." 흑인 남자가 스카치위스키 병을 들어 보이며 말한다. "난 리빙스턴이야."

"싫다는 사람한테 억지로 먹이지 마." 임산부처럼 배가 불룩 튀어나온 뚱보가 말한다.

"빨리 패나 돌리라고." 바넘이 잘 관리된 손가락으로 베이즈 테이블을 톡톡 두드린다.

"우린 텍사스 홀덤을 하고 있어요." 케이틀린이 말한다. "베팅 한계선은 없어요. 바이인buy-in은 2천 파운드. 블라인드는 10과 20이에요."

나는 칩을 액수에 맞춰 테이블에 늘어놓는다. 얼마를 땄는지, 또는 잃었는지 수시로 확인이 가능하도록. 첫 번째 게임은 빠르게 진행된다. 나는 일단 분위기 적응에 주력한다. 꽤 좋은 패를 쥐고 있을 때도 일부러 빠르게 죽어 남자들끼리 판돈을 놓고 치열하게 싸우도록 유도한다.

뚱보의 표정은 너무나 쉽게 읽힌다. 쓸데없이 말이 많은 그는 잠시도 몸을 가만두지 못한다. 그에게는 툭하면 칩을 세는 습관이 있다. 선글라스 남자도 마찬가지다. 그는 베팅하기 전에 항상 시간을 끌며 리버(테이블 중앙에 마지막 '공통 카드'인 다섯 번째 카드가 깔리는 것―옮긴이)를 체크한다. 리빙스턴은 미신에 집착하는 타입이다. 그는 손에 쥔 패에 따라 어느 더미에서 칩을 꺼내 베팅할지 결정한다. 바넘은 예측이 불가하다. 한쪽으로 흘러내린 얼굴과 조급해하는 성격 탓이다. 그는 게임의 진행 속도를 높이는 데 혈안이 돼 있다. 그는 완벽한 패가 만들어질 때까지 끈기 있게 기다리는 타입이다. 지나치게 신중해서 늘 플랍(테이블 중앙에 깔린 세 장의 '공통 카드'를 공개하는 것―옮긴이) 직전에 베팅을 하거나 판돈을 올린다. 하지만 어떤 식으로든 위협이 감지되면 지체 없이 죽어버린다.

두 시간에 걸쳐 게임에 임한 나는 높은 승률로 500파운드를 따냈다. 자잘하게 자주 이겼을 뿐 한 번에 크게 따지는 못했다. 남자들은 툭하면 블러핑을 해댔지만 나는 거기에 휩쓸리지 않고 얌전히 죽어버렸다. 그리고 말없이 그들의 일거수일투족을 지켜보았다.

자정. 테이블에는 네 명만 남게 됐다. 뚱보가 집으로 돌아갔기 때문이다. 나는 가져온 돈의 두 배 이상을 딴 상태다. "나도 이만 일어날게요." 나는 테이블에서 일어서며 말한다.

"왜? 잘 시간이 지났어?" 바넘이 말한다.

"그냥 보내줘." 리빙스턴이 말한다.

"쟤가 우리 돈을 다 따 갔잖아. 딱 한 판만 더 하고 가. 손해 볼 거 없잖아."

"그냥 무시해." 케이틀린이 말한다.

앞섰을 때 미련 없이 떠나야 한다는 걸 알지만, 그러기에는 딴 돈이 너무 많다. 나는 다시 자리에 앉아 앞으로 내밀어진 카드를 내려다본다. 페어. 9가 두 장 들어왔다. 바넘이 가진 칩 전부를 테이블 중앙으로 밀어낸다. 그의 눈은 내게서 떨어지지 않는다. 어리석은 도발이다. 나는 그의 패가 형편없다는 걸 알고 있다. 속이 훤히 들여다보이는 블러핑이다.

나는 칩을 내놓고 플랍 카드를 기다린다. 이번에도 9.

바넘은 더 이상 나를 지켜보지 않는다. 그는 손가락을 분주히 움직여 칩을 세고 있다. 잠시 후, 그가 높이 쌓은 칩을 테이블 중앙으로 밀어낸다. 그리고 남은 칩도 그 위에 쏟는다. 3천 파운드.

케이틀린이 헉하고 숨을 들이쉰다. 머릿속 목소리는 내게 죽으라고 조언한다. 딴 돈을 챙겨서 떠나라고. 그의 계략에 말려들지 말라고. 그를 믿지 말라고. 나는 테이블에 수북이 쌓인 칩을 바라본다. 내게 오랜 자유를 선물할 큰돈이다. 산뜻한 새 출발을 위해 절실히 필요한 돈.

"얼마나 배짱이 좋은지 한번 볼까?" 바넘이 조롱하듯 말한다.

심하게 거슬리지만 동요해서는 안 된다.

그는 두 손으로 패를 가린 채 고개를 푹 숙인다. 그의 얼굴을 봐야 하는데. 그의 표정을 읽어야 하는데.

"통 크게 따라올 거야, 아니면 죽을 거야?" 그가 고개를 한쪽으로 젖히며 말한다. 그의 멀쩡한 쪽 눈이 불빛을 받아 번뜩인다.

나는 칩을 테이블 가운데로 밀어낸다. 전부 다.

방 안의 분위기가 순식간에 바뀐다. 이건 더 이상 게임이 아니다. 전투다.

마침내 리버 카드가 공개된다. 스페이드 잭. 바넘이 고개를 뒤로 젖히고 웃음을 터뜨린다. 뭔가 이상하다.

"전부 잭이잖아. 에이스는 없고, 응?" 그가 가리고 있던 패를 공개한다. 쓰리 잭.

나는 굳이 패를 내보이지 않는다. 나는 자리에서 일어나 코트를 걸친다.

"꽤 선전했지만 아직은 나한테 안 돼." 바넘이 말한다.

나는 천천히 돌아서서 속삭인다. "속임수인 거 알아요."

방 안이 순식간에 진공 상태가 돼버린 듯하다.

바넘이 벌떡 일어나 으르렁거린다. "지금 뭐라고 했어?"

나는 테이블 위로 몸을 기울이고 그의 패를 뒤집는다. "이건 새 카드예요. 당신이 바꿔치기한 거예요."

그는 내게 간파당했다. 그의 얼굴에 다 적혀 있다. 속임수였다고.

선글라스 남자가 문제의 카드를 집어 들고 나머지 것들과 대조해본다. 바넘의 카드 중 두 개는 확실히 새것이다.

"헛소리 마!" 바넘이 말한다.

"주머니를 비워봐." 선글라스 남자가 말한다.

"끼어들지 마!"

바넘이 한 손으로 셔츠 아래쪽을 붙잡고 테이블에 쌓인 칩을 그 안에 담는다. 리빙스턴이 그의 손목을 우악스럽게 움켜잡는다. 바넘이 나머지 손으로 펀치를 날려보지만 덩치 큰 흑인 남자는 그보다 훨씬 빠르고 강하다. 사방으로 튄 포커 칩이 테이블과

의자 밑으로 와르르 떨어진다.

리빙스턴은 바넘의 한쪽 팔을 등 뒤로 꺾고 그의 얼굴을 벽에 짓이긴다. 바넘의 다른 쪽 소매에서 카드가 떨어져 나온다. 퀸 두 장과 킹 두 장. 클럽 7과 하트 6도 있다. 몰래 그림 카드를 쥐고 있다가 기회가 왔을 때 바꿔치기한 것이다.

쿵쾅대며 계단을 내려온 기도가 떡 벌어진 어깨로 문을 막아선다.

케이틀린이 나를 잡아끌고 옆방으로 들어간다.

"내 돈은요!"

"나중에 챙겨줄게."

그녀는 잽싸게 문을 걸어 잠근다. 옆방에서 금발 출납원의 호통이 들려온다. 그녀가 출입금지 명령을 내리자 바넘은 경찰에 신고하겠다고 맞불을 놓는다.

"당신 아내한테 빚이 얼만지 폭로할 거예요." 출납원이 소리친다.

케이틀린이 브래지어 안에서 담배를 꺼낸다. "어린 게 되게 쿨하더라. 속임수를 썼다는 걸 어떻게 알았지?"

나는 어깨를 으쓱여 보인다.

"포커를 너처럼 치는 사람은 처음 봤어. 상대를 노려보는 눈빛 하며, 나이답지 않게 대담무쌍하던데."

그녀가 담배를 권하자 나는 덜덜 떨리는 손으로 한 개비를 받아 든다. 라이터가 불을 붙여주기가 무섭게 나는 하얀 연기를 길게 뿜어낸다.

"아예 프로로 나가보는 건 어떠니?" 케이틀린이 말한다. "그 바닥 대스타가 될 텐데."

나는 대답하지 않는다. 내 머릿속은 오로지 이곳을 벗어나야 한다는 생각뿐이다.

"포커 투어에 한번 참가해봐." 케이틀린이 말한다. "대규모 국제 토너먼트가 많거든. 텔레비전에도 나올 수 있어. 네 외모와 실력이면 눈 깜짝할 새 메인 테이블에 앉게 될 거야."

"난 TV에 나오고 싶지 않아요."

"판돈이 수백만 달러야. 내가 도와줄게. 네 파트너가 돼서 말이야."

"파트너는 필요 없어요."

"스폰서도 붙여줄 수 있어. 브랜드랑 계약도 맺을 수 있고."

필요 없다는 내 말 못 들었나?

"내 돈이나 챙겨줘요."

"알았어, 알았어. 보스한테 얘기해볼게."

나는 케이틀린을 따라 방을 나온다. 출납원은 바닥에 엎드려 포커 칩을 줍고 있다.

"다 저 아이 칩이에요." 선글라스를 쓴 남자가 나를 가리키며 말한다.

"증거 있어요?" 출납원이 묻는다.

"내가 증인입니다."

"나도요." 케이틀린이 말한다.

출납원은 부스로 돌아가 금고를 연다. 그리고 돈다발을 꺼내 꼼꼼히 세기 시작한다.

"원한다면 내가 이 금고에 보관해줄 수도 있어. 내일 와서 찾아가든지 다음에 게임하러 와서 찾아 쓰든지 좋을 대로 해."

"여긴 다시는 안 올 거예요." 나는 말한다.

출납원은 짜증 섞인 표정을 지어 보인다. 그녀가 7천 파운드도 넘는 거액을 내게 건넨다. 나는 코트 주머니에 돈을 쑤셔 넣고 계단을 내려간다.

기도는 보이지 않는다. 선글라스 남자도, 리빙스턴도, 그리고 바넘도. 내려앉은 어둠 속에서 가로등 불빛은 그다지 힘을 쓰지 못한다. 엷은 안개가 밤공기를 축축이 적셔놓았다.

케이틀린이 나를 따라 밖으로 나온다. "내가 태워줄까?"그녀가 묻는다. "내 차는 저쪽에 있어." 그리고 공터를 가리킨다. 돌무더기 틈에 세워진 차 두 대가 눈에 들어온다.

"이 시간에 택시를 잡는 건 불가능해." 그녀가 코트의 깃을 세우며 덧붙인다. "특히 이 동네에서는."

"역까지는 얼마나 걸리죠?" 나는 묻는다.

"기차도 끊겼을걸."

머쓱해진 나는 코를 훌쩍인다.

"오늘 밤은 우리 집에서 자고 가." 케이틀린이 말한다. "소파에서 자면 돼. 내 남자친구는 신경 쓰지 말고."

다시 어색한 침묵이 찾아든다.

"빨리 결정해. 이러다 얼어 죽겠어." 케이틀린이 돌아서며 말한다. 몇 걸음 나아가던 그녀가 멈춰 서서 소리친다. "바넘 그 새끼랑 어디서 맞닥뜨리게 될지도 몰라!"

나는 텅 빈 거리를 좌우로 살펴본다. 정말 그렇게 될까? 그녀는 어느새 자신의 차 앞으로 바짝 다가가 있다. 나는 그쪽으로 달려간다. 그녀가 조수석 문을 열고 차 안으로 몸을 숙여 바닥에 널린 봉투와 패스트푸드 포장지를 주섬주섬 집어 든다. 그런 다음 허리를 펴고 내가 탈 수 있도록 문을 잡아준다.

"머리 조심해."

나는 몸을 수그린다. 바로 그때 케이틀린이 내 머리채를 움켜쥐고 내 이마를 문틀에 있는 힘껏 찧는다. 머리가 뒤로 튕기자 그녀는 또다시 같은 공격을 반복한다. 다리가 풀린다. 추락한 상체가 위로 솟은 무릎과 충돌하면서 머리가 옆으로 꺾여버린다. 순간 칠흑 같은 어둠이 엄습해온다.

39

불길한 기운이 감도는 밤이다.

나는 호출기를 손에서 놓지 못한다. 액정 화면을 뚫어져라 들여다보며 이비의 메시지가 떠오르기를 기다린다. 아니, 그 누구의 메시지라도 상관없다. 이비에게 된통 당해도 괜찮다. 나를 욕하거나 협박해도, 갑자기 돌변해 랭포드 홀로 돌아가버린대도 아이만 무사하다면 다 감내할 수 있다.

우리가 처음 만났을 때 이비는 내게 적잖은 이가 자신이 죽기를 바라고 있다고 말했다. 나는 아이의 과장이 심하다고 생각했다. 작고 사소한 일을 대참사로 키우고 싶어 하는 취미가 있다고. 대체 누가 인생의 3분의 1을 보호 시설에서 보낸 십 대 소녀를 협박한단 말인가.

사샤 호프웰의 부모 역시 딸이 정체 모를 사악한 음모를 피해 도망쳤다고 믿었다.

봉투를 훔쳐 온 것을 나무라며 이비에게 고함을 쳤던 게 후회된다. 차분하게 아이의 설명을 들어주었어야 했는데. 대립이 아닌 대화로 풀어나갔어야 했는데. 내가 일을 망쳐버리고 말았다. 오랜 훈련을 거쳤음에도 나는 여전히 이런 일에 미숙하다. 당혹스럽기 그지없다.

나는 이비의 방을 샅샅이 뒤져보았다. 아이는 옷과 화장품이 든 배낭을 챙겨 가지 않았다. 캐롤라인 페어팩스가 법원 심리를 앞두고 사다 준 드레스와 부츠를 걸치고 나간 듯하다.

이비는 침실 벽에 초록색과 하얀색 페인트로 수직 줄무늬를 그려놓았다. 세탁실이나 뒤뜰 창고에서 오래된 페인트를 찾아낸 모양이다. 어떻게 이토록 곧은 선을 그려낼 수 있었을까?

나는 이번에도 아이를 과소평가하는 실수를 저질렀다. 하루 종일 온 구석을 들쑤시고 다니며 봐선 안 되는 것들을 몰래 들춰보느라 바쁘기만 한 줄 알았는데. 이비에게도 이런 면이 있을 줄이야. 아이는 식료품 저장실과 세탁실도 깔끔하게 정리해놓았다. 통조림과 병들을 알파벳 순서대로, 크기별로 반듯하게 배열해놓은 데다 모든 라벨이 바깥쪽을 향하도록 돌려놓기까지 했다.

당장 무엇을 해야 할지 아이디어가 떠오르지 않는다. 설마 다리에서 뛰어내리거나 달려드는 기차 앞으로 몸을 날리진 않았겠지? 의식을 잃었거나 기억상실증에 걸린 건 아닐까? 나는 시내의 모든 병원에 일일이 전화를 걸어 새로 들어온 환자 중 이비의 인상착의와 일치하는 환자가 있는지 물어보았다. 경찰에 실종신고를 하는 것이 바람직한 조처겠지만, 섣불리 그랬다가는 감당하기 힘든 후폭풍을 맞게 될 수도 있다. 이비는 가출자로 분류되어 랭포드 홀로 돌려보내질 것이고, 거스리를 비롯한 상담자들은 아이의 독립을 필사적으로 막게 될 것이다. 내가 틀렸음이 확인되는 건 두렵지 않다. 나는 싫다는 이비를 강제로 데리고 살지 않았다. 아이에게 선택권을 주었다. 옷과 새 침대와 채식자용 음식, 그리고 달달한 시리얼도 사다 바쳤다. 휴대폰 제공도 약속했고. 정상성, 집, 자유도 내주었다……. 나는 그토록 어리석게 군 것에 스스로를 꾸짖었다. 이비는 피해를 입었다. 부서졌다. 제멋대로다.

유년 시절 학대당한 피해자들은 친절을 베푸는 상대를 선뜻 신뢰하지 않는다. 그들에게서 공정함도 균형 감각도 기대해서는 안 된다. 이비가 나를, 세상 남자들을, 막강한 실력자를, 그리고 전문가들을 불신하는 게 당연하다. 나와 단둘이 이 집에 갇혀 지내는 게 얼마나 두렵고 불편했을까?

마지막으로 남자와 단둘이 살던 때, 이비는 밀실에 감금돼 성폭행을 당했다. 한동안 학대자에게 의지해온 아이는 정신적으로 큰 충격을 받았고, 그 트라우마로 절호의 기회가 왔을 때 도망치지 못했다. 아이는 남자를 죽이러 온 킬러들과 경찰은 물론 집의 개조 공사를 맡은 인부들에게 발각되지 않게 꼭꼭 숨어 다녔다.

이토록 합리화 작업에 열심일 때, 또 다른 생각이 뇌리를 스친다. 나는 다시 침실 안을 둘러본다. 새로 칠해진 벽과 낡은 가구들, 그리고 아직까지 플라스틱 냄새를 머금고 있는 침대. 층계참에 서서 잠시 망설이던 나는 꼭대기 층을 향해 계단을 오르기 시작한다. 이 구역은 폐쇄된 공간이다. 이곳의 방들은 창고 대용이거나 빈 상태로 방치돼 있다. 나는 각 방을 차례로 둘러본다. 불이 켜지지 않는 방도 있다.

가장 외진 방은 다락에 자리하고 있다. 카펫이 깔리지 않은 좁은 계단을 올라야만 이를 수 있는 곳이다. 발을 디딜 때마다 체중에 눌린 계단이 삐걱댄다. 우묵하게 난 작은 창문은 거미줄과 먼지로 뒤덮여 잿빛을 띠고 있다. 경사진 지붕에서 처마까지 이어지는 기둥들 아래에는 할아버지의 유품이 담긴 상자들이 수북이 쌓여 있다. 눈에 들어오는 모든 게 축소된 듯한 느낌이다. 내가 그새 너무 커버렸나?

곳곳에서 누군가가 휘젓고 다닌 흔적이 뚜렷이 보인다. 먼지 쌓인 판지 상자에는 손자국이 찍혀 있고, 바닥에는 트렁크가 옮겨진 자국이 남아 있다. 미묘한 변화의 흔적들. 나는 이 공간을 발견하고 정적과 그림자 속을 신나게 누비는 이비의 모습을 떠올려본다. 대체 여기서 뭘 찾고 있었던 걸까?

돌아서서 나가려는 순간, 칸막이를 이룬 상자들 사이에 생긴 작은 공백이 눈에 들어온다. 나는 몸을 웅크리고 둥지 안을 들여다본다. 이비는 지저깨비가 널린 바닥에 먼지막이 커버를 덮어놓았다. 담요와 작은 쿠션, 생수 두 병, 바싹 마른 비스킷 한 팩, G부터 H까지 다루고 있는 대영 백과사전, 그리고 구슬과 색유리 조각들.

여기서 잔 건가? 문득 궁금해진다. 내가 그렇게 무서웠나?

아래에서 초인종 소리가 들려온다. 순간 가슴이 철렁 내려앉는다.

나는 영원처럼 느껴지는 몇 분 동안 계단을 부리나케 내려가 현관에 다다른다. 들뜬 마음으로 문을 벌컥 열어보지만 문 앞에 버티고 선 건 이비가 아닌, 오래 알고 지낸 지인이다.

지미 버빅이 나를 와락 끌어안는다. 우리는 그렇게 어색한 포옹을 한동안 이어간다. 그의 입김이 내 귀에 뿌려지고, 그의 덥수룩한 수염은 내 볼을 연신 간질여댄다.

마침내 그가 내게서 떨어져 나간다.

"헤이븐 박사."

"버빅 의원님."

"예고도 없이 불쑥 찾아와 미안하네."

"괜찮습니다." 나는 말한다. 그가 무슨 용건으로 찾아왔는지 알 수 없다.

그의 뒤로는 이동식 화장실같이 생긴 덩치 큰 경호원 둘이 나란히 서 있다. 고급 정장 차림이지만 내 눈에는 꼭 부대 자루를 뒤집어쓴 것처럼 보인다. 정치인들은 대개 홍보 담당 직원이나 참모들을 몰고 다니지만 지미는 우락부락한 경호원을 대동한다.

"불이 켜져 있는 걸 봤어."

"우연히 근처를 지나시던 중이었나 보군요."

"자네가 야행성이라는 걸 알거든."

그는 내 어깨 너머로 복도를 살핀다.

"싹 바뀌었군. 수수하면서도 세련돼 보여."

"아뇨, 그냥 수수하기만 할 뿐이죠."

그는 고개를 까딱여 경호원들에게 밖에서 기다릴 것을 지시한다. 그런 다음 이탈리아제 고급 구두를 도어 매트에 문질러 닦는다. 그는 주름 잡힌 바지에 넥타이를 매지 않은 셔츠, 그리고 블레이저 차림이다. 왠지 지미의 옷장에는 그 어떤 상황과 자리에도 완벽히 어울리는 무수한 옷이 갖춰져 있을 것 같다.

엄청난 부자인 그는 노팅엄 시장 자리에 두 차례나 올랐고, 현재는 헤아릴 수 없이 많은 위원회와 이사회와 자선 재단에 소속돼 있다. 노팅엄 최고 실세인 그는 독실한 기독교 신자에 자선가이고, 정치인이며 사업가다. 또한 요트와 비행기를 모는 고급 취미를 가진 멋쟁이이기도 하다. 그는 이 도시에서 벌어지는 모든 일에 깊숙이 관여하고 있다.

지미는 자신이 미천한 출신임을 종종 강조한다. 가난한 탄광촌에서 성장했으며 탄규폐증으로 아버지를 잃었다고 광고하듯 떠벌리고 다닌다. 하지만 나이트클럽과 보육원과 별 다섯 개짜리 특급 호텔을 소유한 그의 호화로운 삶은 전혀 노동자 계급 출신답지 않다. 그럼에도 그에게서는 평민의 분위기가 물씬 풍긴다. 그는 관람석에서는 축구팬들과, 시어터 로열에서는 오페라 애호가들과 신나게 수다를 떨 수 있다. 언젠가 자선 하키 경기에 참석해 블루라인에서 슬랩 샷으로 골을 넣은 적도 있다. 프로-아마추어 혼합 골프 대회에서는 5번 아이언으로 200미터를 때려 홀인원을 기록할 뻔했다.

사람들은 그가 잘생겼다고 하지만 달걀 흰자위처럼 매끄러운 피부와 촉촉한 갈색 눈 때문인지 내게는 중성적인 느낌으로 와닿는다. 육십 대 초반인 그는 무수한 미녀들과 염문을 뿌리며 오랫동안 가십 칼럼의 주인공으로 활약해왔음에도 아직 독신의 몸으로 남아 있다.

우리 부모님과 누이들이 살해됐을 때 지미는 장례식 비용을 전액 부담했고, 내 교육을 위해 신탁 자금을 조성해주었다. 우리 가족과도 나와도, 일면식도 없었다. 그냥 해주었다. 어쩌면 그는 나를 딱하게 여겼던 건지도 모른다. 하지만 다른 사람들 모두가 그랬다. 앞으로 나선 것은 지미였다. 관이 성당을 떠났을 때 그는 내 앙상한 어깨에 손을 얹으며 말했다. "무엇이든 필요한 게 있으면 날 찾아오렴, 사이러스. 알겠니?"

그 후로 줄곧 그는 자신이 언행이 일치하는 사람임을 증명해 보였다. 그는 내 종업식과 졸업식을 일일이 챙겨주고, 그것이 언론 플레이로 비쳐지지 않도록 애썼다. 대부분의 사람들은 그를 좋은 사람이라고 하고, 나 역시 같은 생각이다. 하지만 지미는 신념에 따르는 대신 분위기에 휩쓸려 풍향계처럼 오락가락하는 경향이 있다. 근래 노팅엄의 상황을 보면 그가 얼마나 우세풍에 휩쓸려 무모하게 일을 벌여왔는지 알 수 있다.

시장직에서 물러난 후로도 지미는 시의회 의원과 노팅엄의 명예 판사로서 왕성한 활동을 이어가는 중이다. 그는 특히 관광객 맞이에 열심이다. 카메라 앞에서 기꺼이 포즈를 취해주고, 로빈 후드의 전설도 앞장서서 홍보한다.

"무슨 일로 오셨습니까, 의원님?" 나는 묻는다.

"그냥 지미라고 부르라니까."

우리는 주방에 들어와 있다. 나는 마실 것을 권하지만 그는 사양한다. 그는 잠시 의자를 유심히 살피다가 앉는다.

"정말 오랜만이지?" 그가 말한다. "생각해보니 부활절 이후로 자넬 처음 보는 것 같아."

"파킨슨병 모금 행사 때 뵈었죠."

"맞아. 많이 좋아 보이는군. 운동도 꾸준히 하고 있나?"

지미는 한담에 능하다. 이 시간에 불쑥 찾아온 것을 사교성 방문으로 볼 수는 없다. 나는 그걸 알면서도 그가 계속 한담을 이어가도록 내버려둔다.

"우리 직원 하나가 어제 날 찾아왔네. 자네 때문에 많이 불편했던 모양이야."

"저 때문에요?"

"그 친구 얘긴 도무지 믿기지 않더군. 워낙 자네답지 않은 일이라서."

"그 직원이 정확히 누굽니까?"

"두걸 시핸."

"그가 의원님 밑에서 일하는 줄은 몰랐습니다."

"내 파트타임 운전기사야. 내가 아끼는 직원이고. 그 친구는 큰 충격에 빠져 있네. 하긴, 그건 우리 모두 마찬가지겠지. 조디처럼 착한 아이가 그렇게 됐으니. 열정적이고 예쁘기까지 했는데."

"그 앨 알고 계셨어요?" 나는 놀라는 내색 없이 말한다.

"걜 모르는 사람도 있었나?" 그는 젠체하며 받아친다. "두걸이 그 앨 소개해줬다네." 그가 설명한다. "이따금 우린 조디를 롤스로이스에 태워 학교까지 데려다주곤 했지. 아이가 되게 좋아하더라고."

"조디가 스케이트 타는 것도 보셨습니까?"

"물론이지. 나도 그 애 스폰서였는걸."

"조디에게 돈을 주셨어요?"

그가 어깨를 으쓱여 보인다. "이런저런 자잘한 비용을 처리해줬지. 두걸과 매기가 무척 고마워했어." 그가 나를 힐끔 쳐다본다. "기억하겠지만, 자네에게도 같은 도움을 주었었지. 자네 가족이 그런 일을 당했을 때. 필요한 곳에 도움을 주는 것. 그게 내가 하는 일 아닌가, 사이러스."

지미는 잠시 입을 닫고 내 반응을 살핀다. 자신의 선의를 의심하는 내게 죄책감을 떠안기기 위해서일 것이다. 나는 그와 눈을 맞추지 못한다.

"두걸은 폐인이 다 됐네." 그가 설명한다. "어떻게 위로해야 할지 모르겠어. 두걸이 그러는데, 매기가 성당에서 자넬 만나고 와서 펑펑 울었다더군. 자네가 조디의 이름에 먹칠을 했다며?"

"그럴 의도는 아니었습니다."

"그럼 자네 의도는 대체 뭐였나? 용의자가 자백을 했고, 곧 재판이 열릴 텐데, 아직도 못 미더운 건가?"

"크레이그 팔리의 단독 범행이었는지 여부에 의문이 남아 있습니다."

"그에게 공범이 있었다고 생각해?"

"DNA 증거가 그 가능성을 제기했습니다."

지미가 머리를 쓸어 넘기더니 입을 작게 오므린다. 그는 인상을 쓰려고 하지만 희고 매끈한 그의 이마가 끝내 주름을 허락하지 않는다.

"물론 그게 자네가 할 일이라는 거 알아, 사이러스. 하지만 우선은 조디의 유족에게 초점을 맞춰주면 안 되겠나?"

"물론 그래야죠."

지미가 고개를 끄덕이며 미소를 머금는다. 방문의 목적을 달성했다는 듯. 그가 황폐한 상태에 빠진 주방을 찬찬히 둘러본다.

"며칠 전에 자네에 대한 소문을 들었네." 그가 창문에 비친 자신의 모습을 바라보며 말한다. "내가 가십을 좋아하지 않는다는 거, 자네도 알지?"

나는 하마터면 웃을 뻔한 것을 참는다. 농담도 잘하는군.

"자네가 수양딸을 들였다던데."

"그렇습니다."

"그래야 할 이유라도 있었나?"

"갈 곳 없는 아이라서요."

그가 내 너머로 시선을 돌린다. "지금 집에 있나?"

"자고 있어요."

"정말 대단해, 사이러스. 그래도 언젠가는 좋은 사람 만나 정식으로 가정을 꾸려야 하지 않겠나? 혹시 누구 만나는 사람이라도 있어?"

"아뇨. 의원님은요?"

지미가 희고 고른 치아를 드러내며 웃음을 터뜨린다. "그래, 알았어. 그 부분은 내가 참견하지 않아도 자네가 알아서 잘할 테지. 그저 자네가 내 아들 같아서 하는 얘기야, 사이러스."

무수히 많은 아들 중 하나에 불과한데요, 뭐. 이렇게 받아치고 싶지만 꾹 눌러 담는다. 지미에게 마음의 빚을 많이 진 탓이다.

"엘리어스는 만나봤어?" 그가 묻는다.

"못 본 지 오래됐어요."

"자주 만나러 가도록 해. 누가 뭐래도 자네 형이지 않은가."

형이 내게 남은 유일한 혈육이라는 얘기를 하고 싶은 모양이다. 이미 다 아는 사실인데. 나는 요즘도 매일 그날 밤을 되새기며 몸서리를 친다. 내가 무엇을 잃었는지, 형이 내게서 무엇을 앗아 가버렸는지 거푸 상기하면서.

나는 지미를 따라 현관으로 향한다. 그의 경호원들은 문 앞 계단 양옆에 보초병처럼 버티고 서 있다.

"불꽃놀이가 있었던 날 밤에도 두걸 시핸이 의원님을 수행했습니까?" 나는 묻는다.

"그랬지. 가이 포크스 연례행사가 있었거든. 두걸이 손님들을 집으로 실어 날랐어."

"경찰엔 그 얘길 안 했더군요."

지미가 또다시 미소를 지어 보인다. "우리 직원들은 다 입이 무겁거든."

"두걸이 몇 시에 일을 시작했습니까?"

"9시쯤이었을 거야."

"그를 보셨습니까?"

"아니."

"그가 롤스로이스로 손님들을 모셨습니까?"

"미쳤나? 내가 레인지로버를 내줬네. 만취한 식객들이 송아지 가죽 시트에 대고 속을 비워내면 큰일이잖나."

지미가 두 팔을 벌리고 다시 나를 와락 끌어안는다. "조만간 점심이나 같이하세나. 연락하지."

"제겐 전화가 없는데요."

"자네처럼 별난 괴짜는 처음 본다니까, 사이러스."

경호원 하나가 앞장서 나가며 주변을 유심히 살핀다. 그가 롤스로이스 실버섀도의 문을 열어주자 지미가 안으로 미끄러져 들어간다. 이내 문은 닫히고, 차는 유유히 멀어져간다. 문득 1950년대 유행했던 광고 슬로건이 떠오른다.

'시속 60마일로 달릴 때도 최신형 롤스로이스 안에서는 전기 시계 소리만이 들릴 뿐입니다.'

눈이 번쩍 뜨인다. 나는 비좁은 공간에 태아처럼 웅크린 채 누워 어쩌다 이 지경에 이르게 됐는지 의아해한다. 냉기에 빳빳해진 손가락과 발가락을 차례로 움직여본다. 다리와 팔도 굽혔다 펴본다. 혀를 움직이자 금속성 맛이 전해져온다. 피. 나는 다리 사이로 손을 가져가 속바지를 더듬어보고 나서야 비로소 안도한다.

고개를 드는 순간 머리가 무언가에 부딪힌다. 입에서 외마디 비명이 터져 나온다. 손가락으로 기름투성이 금속을 더듬어본다. 나는 차의 섀시 아래 누워 있다. 이 밑으로 기어 들어온 기억이 어렴풋이 난다. 나는 가쁜 숨을 몰아쉬며 차 밑을 빠져나온다. 그제야 하늘이 눈에 들어온다. 자갈과 깨진 콘크리트 조각들을 손으로 짚고 힘겹게 몸을 일으켜보지만, 극심한 통증에 이내 포기하고 만다. 나는 다시 땅에 누워 헥헥거린다.

케이틀린과 게임장을 나와 함께 길을 건너던 순간이 떠오른다. 그녀는 나를 위해 차 문을 열어주었고…… 내 머리가 차 지붕에……. 코트 주머니에 손을 넣어보지만 게임에서 딴 돈은 만져지지 않는다. 그 어느 주머니에도 돈은 들어 있지 않다.

젠장! 빌어먹을!

나는 버려진 차 밑으로 다시 기어 들어가 혹시 어딘가에 흘렸을지 모를 돈을 찾아본다. 절대 그랬을 리 없다는 걸 이미 알면서도.

내 가슴을 가득 채운 비참한 기분이 목구멍을 타고 솟구쳐 오른다. 헛구역질이 시작되지만 바짝 마른 입안에서는 한 방울의 침도 새어 나오지 않는다. 압도적인 고적감과 무력감. 내게는 익숙한 기분이다. 몇 주간 테리의 시체와 함께 집에 방치됐을 때, 그리고 그 후로도 나는 늘 자살 충동에 휩싸였다. 구체적인 자살 계획도 마련해두었었다. 주방에서 훔쳐 온 칼로 가슴을 찌를 생각이었다. 내 안에서 요동치는 심장을. 그들의 발소리가 무섭게 다가왔을 때 주저 없이 칼을 꺼내 쥔 적도 두 번이나 된다. 미약한 내 힘이 못 미더울 때마다 나는 용기를 내라고 스스로 다그쳤다. 그리고 때가 오면 망설이지 않겠노라고 나 자신과 굳게 약속했다. 하지만 정작 때가 왔을 때 나는 차마 칼끝을 가슴에 박아 넣지 못했다. 겁쟁이! 약골!

천천히 몸을 일으킨 나는 비틀거리며 공터를 가로지른다. 하지만 몇 걸음 못 가 덩굴의 무게에 눌려 주저앉아버린 철사 울타리에 몸을 기대고 서서 숨을 할딱거린다. 늑골이 부러졌나? 아니면 내출혈? 이마에 생긴 혹이 꼭 피부에 싸인 달걀처럼 느껴진다.

내게는 돈도, 휴대폰도, 갈 곳도 없다. 사이러스의 모습이 뇌리를 스쳐간다. 보나 마나 그는 내 방을 샅샅이 뒤져보았을 것이다. 문에 노크를 하고 들어가도 되는지 상냥하게 물었겠지? 내가 옷을 제대로 걸치지 않았을 수도 있고, 헤어드라이어를 사용 중이거나 헤드폰을 쓰고 있어서 노크 소리를 듣지 못할 수도 있다고 생각해서. 그는 단서를 찾아 구석구석을 수색했을 것이다. 과연 얼마나 더 기다렸다가 경찰에 실종신고를 할까?

나는 다시 허리를 펴고 도로를 따라 조심조심 걸음을 옮겨나 간다. 철교가 있는 쪽으로. 탁한 물색을 띤 창백한 가로등 불빛 이 뿌려지고 있다. 트럭 한 대가 우르릉거리며 지나쳐 간다. 맹 렬히 달려오던 택시는 속도를 줄인다. 마치 옛 풍경 속에 갇혀버 린 듯한 기분이다. 구빈원으로 향하는 부랑아나 거리로 쫓겨난 매춘부가 돼버린 느낌. 나는 종종 다른 모습으로 남의 인생을 사 는 나 자신을 그려보곤 한다. 메건 마클이나 테일러 스위프트처 럼 유명인도 돼보고, 에이미 와인하우스나 매릴린 먼로처럼 비 운의 주인공이 되어보기도 한다.

다리를 반쯤 건넜을 때 나는 얼룩진 벽돌에 손을 얹고, 지축 을 울리는 요란한 소리를 내며 밑으로 지나는 화물열차를 내려 다본다. 나는 모든 걸 망쳐놓았다. 이제는 돈도 없고, 탈출의 희 망도 사라졌다. 갈 곳도 없고. 런던에 가려면 돈이 얼마나 들까? 훔쳐? 아니면 거지처럼 구걸을 해봐?

요크가 버스 터미널은 빅토리아 센터 인근에 자리하고 있다. 그곳 쇼핑몰의 백화점과 양품점, 카페, 푸드코트는 아직 영업을 시작하지 않았을 것이다. 터미널의 중앙 홀에는 환한 조명이 켜 져 있다. 곯아떨어진 배낭족과 비닐봉지나 쇼핑카트에 짐을 가 득 실은 노숙자들이 드문드문 보인다. 런던행 버스는 4시 30분, 그리고 5시에 출발한다. 오늘 밤 9시 전에는 런던에 도착할 수 있다는 뜻이다. 단돈 10파운드만 있다면.

나는 화장실에 들어가 거울을 들여다본다. 이마에 생긴 혹을 빼면 얼굴은 별로 상하지 않았다. 희미한 멍 자국은 앞머리를 내려 가리면 감쪽같을 것이다.

한 중년 여자가 화장실로 들어온다. 그녀가 거울 속 나와 눈을 맞춘다. 여자는 청바지에 즈크화, 헐렁한 스웨터 차림이다. 숱 많은 머리는 잦은 염색으로 원래 색을 완전히 잃은 상태다. 그녀는 한 칸을 골라 들어가 문을 걸어 잠근다.

"실례합니다." 나는 말한다. "10파운드만 빌려주실 수 있어요? 엄마가 많이 편찮으셔서 급하게 런던에 가봐야 하거든요."

여자는 답이 없다.

"지갑을 잃어버렸어요. 누군가가 훔쳐 간 것 같아요."

"미안하구나." 여자가 말한다.

"딱 10파운드만요."

"네가 마약쟁이가 아니란 걸 내가 어떻게 알지?"

"절대로 아니에요."

"증명할 수 있어?"

"마약쟁이들이 이렇게 걸치고 다니는 거 보셨어요?"

"매춘부일 수도 있고."

"매춘부라면 이렇게 돈을 빌릴 필요도 없었겠죠."

"하지만 넌 지금 돈을 빌리려고 하지 않니."

"꼭 갚을게요."

"그 말을 믿으라고?"

그녀가 변기 물을 내린다. 문을 열고 나온 여자의 손에는 정체불명의 작은 캔이 쥐어져 있다. 그녀가 캔으로 내 얼굴을 겨눈다. "가까이 다가오면 뿌릴 거야." 그녀가 에어로졸을 흔들어 보이며 말한다.

"그건 데오도란트잖아요." 나는 말한다.

"페퍼 스프레이야."

"나도 브랜드 이름은 읽을 줄 알아요. '도브'라고 적혀 있잖아요."

여자는 토트백을 꼭 움켜쥐고 나를 멀리 돌아 세면대로 간다. 그러면서도 눈은 내게서 떼지 않는다. 그녀의 청바지 지퍼는 여전히 내려진 상태다.

"손 안 닦을 거예요?" 내가 소리친다. 여자는 뒤도 돌아보지 않고 후다닥 나가버린다.

중앙 홀로 돌아온 나는 매표소로 향한다. 중년 남자가 프린터에 새 종이를 채워 넣고 있다.

"잠깐만 기다려요, 아가씨." 그가 뚜껑을 닫고 버튼을 눌러 종이가 잘 물렸는지 확인한다.

작은 키에 다부진 체구의 남자는 몸에 꽉 끼는 제복 차림이다. 단추 사이로 천이 벌어져 있고, 그 안으로 하얀 러닝셔츠가 살짝 보인다.

"뭘 도와드릴까요?"

"런던행 기차표가 필요해요."

"왕복 티켓?"

"편도요."

그가 모니터 화면을 들여다본다. "10분 후에 출발하는 기차가 있어요. 좌석이 딱 세 개 남았네요."

"그걸로 주세요."

그가 금전 등록기를 두드린다. "9파운드 50펜스."

"돈이 한 푼도 없어요."

그가 인상을 쓰는 대신 긴 한숨을 쉰다.

"나한텐 상대의 거짓말을 손쉽게 간파하는 재능이 있어요."
나는 말한다.

"이런 우연의 일치가 있나, 나도 그런데."

"이건 장난이 아니에요. 못 믿겠으면 날 테스트해봐요."

"꺼져."

"아무 얘기나 해봐요. 그게 사실인지 거짓인지 맞혀볼 테니
까."

"너랑 장난 칠 시간 없어."

금전 등록기의 돈 서랍이 열려 있는 게 보인다. "아무 지폐나
하나 골라봐요. 나한테 보여주지 말고. 일련번호의 마지막 숫자
가 뭔지 알려줘요. 그게 거짓말인지 아닌지 맞혀볼게요."

직원이 주위를 살피기 시작한다. 몰래카메라일지 모른다고
의심하는 모양이다. 그가 10파운드 지폐를 골라 집어 든다.

"마지막 숫자가 뭐죠?" 나는 묻는다.

"7."

"당신은 진실을 말했어요. 자, 다음 숫자 불러봐요."

"첫 번째 숫자는 0."

"거짓말."

점점 자신감이 커져간다. "만약 내가 두 문제를 더 맞히면 그
땐 런던행 티켓을 상으로 줄래요?"

직원은 아무 말 없이 지폐만 뚫어지게 들여다볼 뿐이다. "네
번째 숫자는 9."

"내 얼굴을 보면서 답하면 안 돼요?"

"뭐?"

"당신 얼굴을 봐야 맞히죠."

"내 얼굴을 보든 안 보든 그게 무슨 상관이야?"

"9는 분명 아니에요." 나는 맥 빠진 톤으로 말한다.

그가 뜨거운 콧김을 길게 뿜어낸다. "창구에서 물러나."

"왜요? 이러지 말아요. 내가 맞혔잖아요!"

"내가 나오기 전에 친구를 시켜서 10파운드 지폐를 여기다 심어놨지? 네가 일련번호를 달달 외운 후에 말이야."

"전 친구가 없어요. 못 믿겠으면 다른 지폐를 골라 테스트해 봐요."

"물러서지 않으면 경찰을 부를 거야." 그가 전화기를 향해 손을 뻗는다.

나는 씩씩대며 돌아선다. 또다시 강도를 당한 기분이다. 나는 빈자리에 털썩 주저앉아 무릎을 끌어안는다. 부츠가 떨어졌던 곳에서 통증이 느껴진다. 지금쯤이면 사이러스가 경찰에 실종신고를 했을 것이다. 그들은 나를 잡아 랭포드 홀로 돌려보낼 게 뻔하다. 그보다 더 끔찍한 곳으로 보낼지도 모르고. 서둘러 터미널을 벗어나야 했다. 그들이 가장 먼저 수색할 장소일 테니까.

"안녕." 목소리가 말한다.

나는 바짝 긴장한 채 달아날 채비에 들어간다. 젊은 남자가 나를 보며 환히 웃고 있다. 그의 손에는 코카콜라 캔 두 개가 쥐어져 있다. "네가 목말라하는 것 같아서." 그가 캔 하나를 내 앞으로 내민다.

나는 경계의 눈빛으로 그를 올려다본다. 그는 캔 하나를 따콜라를 들이켜기 시작한다. 음료가 넘어갈 때마다 그의 후골이 꿈틀댄다. 목구멍 안에 자그마한 짐승이 갇혀 있는 듯하다. 큰 키에 호리호리한 체구. 남자의 양쪽 볼은, 턱에 이르기 전에 기운이 다한 듯 보이는 양고기 모양의 구레나룻으로 덮여 있다.

"난 펠릭스라고 해." 그가 나지막이 트림을 하며 말한다. "넌 이름이 뭐니?"

"그건 알아서 뭐 하게요?"

"하긴." 그가 깨진 앞니를 드러내고 웃는다. "네가 네페르티티 여왕이라고 한들 뭐가 달라지겠어?"

"그게 누군데요?"

"세상에서 가장 아름다운 여자였어. 이집트의 여왕. 파라오랑 결혼했지. 네페르티티는 이집트어로 '미녀가 왔다'는 뜻이야."

"어떻게 이집트에 대해 그렇게 잘 알아요?"

"전생이니까." 펠릭스가 또다시 웃음을 터뜨린다. "배 안 고파? 근처에 일찍 문 여는 식당을 아는데. 프랑스 페이스트리를 제대로 할 줄 아는 곳이야. 빵 오 레장이랑 빵 오 쇼콜라. 냄새만 맡아도 파리에 와 있는 듯한 착각이 들걸."

"난 파리에 가본 적이 없어요."

"잘됐네. 나랑 같이 가서……."

나는 캔을 딴다. 차가운 액체가 목구멍을 타고 기분 좋게 내려간다. 당분이 정맥으로 스며들어 피로를 씻어내준다. 나는 펠릭스를 힐끗 쳐다본다. 거울도 안 보나? 왜 저런 우스꽝스러운 수염을 기르고 있지?

"10파운드만 빌려줄래요? 런던에 갈 건데 돈이 없어요."

"남자친구 만나러 가려고?"

"아뇨."

"가족은?"

"가족도 없어요."

내 대답에 펠릭스는 만족하는 반응이다. "세상에 공짜란 없어." 그가 이내 신중해진 태도로 말한다. "돈이 필요하면 벌어야지."

나는 경계의 눈초리로 그를 올려다본다. "당신이랑 안 잘 거예요."

"목소리 낮춰." 그가 어깨 너머를 살피며 속삭인다. "갑자기 그 얘기가 왜 튀어나와?"

"내가 뭘 하면 되죠?"

"그건 아침 먹으면서 의논해보자."

"사 먹을 돈도 없어요."

"괜찮아. 내가 쏠 거니까."

41

나도 모르는 새 잠에 빠져든 모양이다. 으스스한 꿈이 연달아 찾아든다. 연못에 둥둥 떠 있거나 숲속 빈터에 반나체로 뻗어 있는 조디 시핸의 모습. 내 정신의 눈은 나뭇가지들 사이로 소녀를 내려다보고 있다. 서서히 뚜렷해지는 소녀의 모습. 조디의 얼굴이 아니다.

나는 스프링이 튀듯 벌떡 일어나 앉는다. 숨이 제대로 쉬어지지 않는다. 목구멍 안에 갇힌 비명은 끝내 터져 나오지 못한다. 하지만 나는 잠에서 깬 것이 아니다. 나는 꿈에서 깬 꿈을 꾸는 중이다. 이비가 침대 옆으로 바짝 다가와 서 있다. 손을 뻗으면 아이의 몸에 닿을 것 같다. 아이의 손에는 카드 한 벌이 쥐어져 있다. 이비가 카드를 섞으며 게임을 제안한다.

"아저씨가 이기면 내게 뭐든 물어볼 수 있게 해줄게요."

"본명이 뭐지?"

"그런 질문은 안 돼요."

"집으로 돌아올 거니?"

"집이 어딘데요?"

침대 옆 탁자에서 호출기가 진동한다. 잽싸게 뻗은 손에 맞은 호출기가 바닥에 떨어지면서 건전지를 토해낸다. 나는 바닥에 납작 엎드려 건전지를 다시 끼워 넣는다.

로버트 네스가 전화번호를 남겼다. 급하게 옷을 챙겨입은 나는 코트를 걸치고 모퉁이 상점으로 향한다. 짤랑대는 종소리와 함께 문이 열리자 카운터 뒤에서 파텔 부인이 환히 웃어 보인다. 단정하게 땋은 그녀의 긴 회색 머리는 초록색과 금색 사리 위로 늘어뜨려져 있다.

"어서 오세요, 헤이븐 박사님."

"그냥 사이러스라고 불러주세요."

"미안해요. 자꾸 까먹네요."

"일부러 그러시는 것 같은데요."

그녀가 또다시 미소를 머금으며 무선 전화기를 내민다.

미망인인 파텔 부인에게는 딸이 둘 있다. 한 명은 에든버러 의과대학에 다니고 있고, 또 한 명은 A레벨 시험을 준비 중이다. 그들 가족과 알고 지낸 지 오래됐지만 나는 지금껏 써니와 비투가 다른 아이들처럼 골목에 나와 뛰어노는 걸 본 적이 없다. 아이들은 항상 학교에 있거나 집에서 공부했고, 아니면 매일 아침 7시에 문을 열어 밤늦게까지 영업하는 가게에 나와 일을 했다. 알코올 중독자였던 파텔은 10년 전에 심장마비로 세상을 떠났다. 무려 네 명의 구급대원이 그의 시신을 들고 폭 좁은 계단을 낑낑대며 내려왔다. 나는 그가 카운터를 지키는 모습을 한 번도 본 적이 없다.

나는 전화를 건다. 첫 번째 신호음 만에 네스가 응답한다.

"대체 휴대폰은 언제 장만할 겁니까?"

"왜요? 야한 문자라도 보내시게요?"

"으이구, 말이나 못 하면." 네스가 말한다. 그가 커피를 홀짝이는 소리가 새어 나온다. "미국에서 연락이 왔습니다. 조디 시핸의 자궁 속 태아로부터 DNA를 확보하는 데 성공했답니다. 정확한 결과는 며칠 후에 나온다는데, 일단 팔리는 제외시킨 모양입니다."

"하긴, 남자친구 타입은 아니죠. 레니는 뭐라고 하던가요?"

"아무리 그래도 자백은 외면할 수 없다고 합니다." 네스가 말한다. "그건 나도 같은 생각이에요. 공범의 존재 가능성은 기소를 힘들게 만들 뿐입니다."

"조디가 그날 저녁 누군가와 합의하에 성관계를 가졌을 수도 있지 않겠습니까?"

"그랬을 수도 있겠죠."

"그렇다면 그 애 남자친구를 찾는 게 급선무 아닌가요?"

"아니면 그냥 모른 척 넘어가거나."

"제 말이 맞다면요?"

"그래도 당신이 틀린 겁니다." 그가 웃음을 터뜨리며 이어나간다. "조디의 사물함에서 발견된 콘돔 있죠? 거기서 온전한 엄지손가락 지문을 채취할 수 있었어요. 컴퓨터가 일치하는 지문을 찾아냈습니다. 그 애 삼촌, 브라이언 휘터커요."

"레니는 뭐라던가요?"

"세상의 모든 남자를 부대 자루에 담아 물에 빠뜨려버리고 싶답니다. 물론 총아인 당신은 빼고요."

"용건 끝났으면 끊어요!"

"기꺼이요."

네스는 전화를 끊는다. 나는 전화기를 파텔 부인에게 돌려준다. 전화 사용료를 지불하겠다고 하자 그녀가 손을 내젓는다. 나는 우유를 한 통 사는 것으로 대신한다.

"며칠 전에 당신 사촌을 봤어요." 그녀가 살짝 바뀐 어조로 말한다.

"누구 말씀이시죠?"

"이비요. 애가 착해 보이더라고요. 사촌 집에 잠깐 놀러 왔다고 하던데요."

"오."

"페인트 붓을 씻어야 한다면서 테레빈유를 사 갔어요. 걔 오래 데리고 있을 거예요?"

"아뇨."

"아쉽네요. 그 큰 집을 어떻게든 채워야죠. 결혼도 하고, 가정도 꾸려봐요."

그녀의 악의 없는 지분거림에 익숙한 나는 미소를 흘리며 고개를 끄덕인다.

레니가 집 앞에서 나를 기다리고 있다. 그녀는 차 문을 활짝 열어놓은 채 라디오를 듣는 중이다. 나뭇가지 틈으로 스며든 희미한 햇살이 그녀의 살짝 기울어진 얼굴에 뿌려진다.

"응답이 없더라고." 그녀가 말한다. "새로 들어왔다는 손님을 만나보고 싶었는데."

"자고 있어요." 나는 말한다. 거짓말이 이토록 술술 나오다니.

"적응은 잘하고 있어?"

"아무 문제 없어요."

레니에게 사정을 털어놓을까? 그녀라면 비공식적으로 손을 써볼 수도 있을 것이다. 그렇게라도 해야 이비가 의식을 잃고 병원에 누워 있는지, 경찰서 유치장에 갇혀 있는지, 아니면 그보다 더 암담한 상황에 빠져 있는지 확인할 수 있지 않겠는가. 하지만 레니에게 비밀 유지를 요청할 수는 없다. 그런 부탁은 공정하지도, 직업상 적절하지도 않으니까. 때가 되면 이비가 무탈한 모습으로 돌아올지도 모르는 일이다. 섣불리 실종신고를 했다가는 수습이 불가능한 상황을 맞게 될 수도 있다.

레니가 말 없는 나를 유심히 지켜본다. "무슨 문제라도 있어?"

"아뇨, 들어가서 커피나 한잔해야겠어요." 나는 사 들고 온 우유를 살짝 들어 보인다.

"그럴 시간이 없어." 그녀가 조수석 문의 잠금장치를 풀어주며 말한다.

"어디로 가는데요?"

"CCTV 분석 결과가 나왔어. 사우스처치 드라이브의 피시 앤칩스 가게 밖에서 포착된 조디 시행의 영상 말이야. 가게 유리창에 비친 차량의 모델과 번호판 일부를 확인했어. 그 앨 태우고 사라진 차. 푸조 207. 그 애 학교에 그 차를 모는 교사가 있더라고. 모델과 번호판이 일치해. 조디의 지도교사였던 이언 헨드릭스."

"왜 그는 아무 말이 없었죠?"

"내 말이."

레니가 열심히 기어를 바꾸며 속도를 높인다. 사복형사들을 태운, 아무 표식 없는 또 다른 순찰차가 우리를 뒤쫓는다.

"헨드릭스에 대해 알아낸 게 있습니까?" 나는 묻는다.

"기혼. 자녀가 셋 있고, 아내가 넷째를 임신했대. 전과는 없고. 과속 딱지 하나 받은 기록이 없어. 학교 이사회는 그가 떠오르는 스타라고 했어. 아이들과 동료들에게 인기가 좋다나 봐."

느릿느릿 앞서나가던 스쿨버스 한 대가 다음 정차 구역에서 멈춰 선다. 휴대폰과 무선 이어폰에 정신이 팔려 있던 아이들이 그쪽으로 우르르 몰려간다.

레니의 설명이 이어진다.

"헨드릭스는 2011년에 리즈 대학을 졸업하고 2년 후 교사의 길로 들어섰어. 2014년부터 포사이스 아카데미에서 영문과 소속으로 일했고, 거기서 종교 교육 코스를 밟았다고 해."

"정의로운 놈들이 가장 몹쓸 위선자들이죠."

"거짓말쟁이들은?"

"그들도 마찬가지고요."

막다른 골목에 자리한 이층집은 주변의 다른 집들과 마찬가지로 특색이 없다. 한쪽에는 아이들이 다니는 곳이니 서행하라는 내용의 표지판이 붙어 있다. 집 앞의 원형 공터는 아이들의 놀이터가 됐는지 램프와 사방치기 놀이판 따위로 가득하다. 주황색 원뿔형 교통 표지와 쓰레기통으로 조잡하게 만들어놓은 장애물 코스도 보인다.

열 명 남짓의 어린아이들이 밖에 나와 놀고 있다. 그들 중 몇

몇은 미취학 아동들 같아 보인다. 아이들은 합판으로 된 커다란 '마을 방범대' 표지판 아래서 다양한 종류의 자전거와 스쿠터를 타고 노는 중이다.

레니가 현관에 올라 초인종을 누르고 자신의 발밑을 내려다본다. 도어 매트에는 '커피와 예수님의 사랑이 넘치는 집입니다'라고 적혀 있다.

잠시 후, 한 여자가 나와 우리를 맞는다. 갓난아이를 오른쪽 허리로 받쳐 안은 여자는 배가 볼록 튀어나와 있다. 헤어핀을 꽂지 않은 그녀의 곱슬머리가 앞으로 흘러내려 눈을 가리고 있다. 그녀가 입으로 바람을 불어 머리를 위로 날린다.

"어떻게 오셨죠?"

"파벨 경감입니다. 이쪽은 사이러스 헤이븐 박사고요. 남편분을 뵈러 왔습니다."

그녀의 콧날 바로 위 이마에 주름이 잡힌다. 쪼르르 달려 나온 어린 소년 둘이 엄마의 허벅지에 찰싹 달라붙는다. 두 아이 모두 교복 차림에, 왼쪽으로 가르마를 탄 머리를 단정히 빗어놓았다.

"이언은 출근 준비를 하고 있어요." 그녀가 뒤를 흘긋 돌아보며 말한다. "급한 일인가요?"

"네, 죄송합니다." 레니가 유감스럽다는 듯이 말한다.

위층에서는 전자 키보드 소리가 흘러나오고 있다. 록 비트에 맞춘 경쾌한 코드다.

"저는 캐시예요." 그녀가 우리를 거실로 안내하며 말한다. 큰 아들이 아빠를 데리러 간다. 잠시 후, 아이가 계단을 뛰어 내려온다. 쉴 새 없이 흐르던 키보드 소리가 뚝 멎는다.

"이언은 교회 밴드에서 키보드를 쳐요." 그녀가 설명한다.

"어느 교회에 다니시죠?" 나는 묻는다.

"트렌트 비니어드요."

내가 아는 곳이다. 렌턴 산업단지의 휑뎅그렁한 창고에서 불빛 쇼와 흥겨운 록 음악으로 교리를 전하는 교회. 매주 일요일마다 수천 명의 신도가 모여 주님을 찬송하며 지갑을 여는 곳. 구원받기 위한 주말 상납. 신용카드 환영.

이언 헨드릭스가 그녀 뒤로 모습을 드러낸다. 근심 어린 표정의 그가 애써 상냥하게 우리를 맞는다.

"애들 데려다주고 올게." 캐시가 두 아들을 이끌고 안으로 들어간다. 아이들은 부산을 떨며 코트와 목도리를 걸친다. 뒤편에서 그녀의 목소리가 흘러나온다. "아빠는 바쁘셔. 그래, 경찰…… 아니, 아무 일도 아니야."

헨드릭스가 씁쓸하게 미소를 지어 보인다.

"저희를 기억하시죠?" 레니가 묻는다.

"네, 물론이죠." 헨드릭스가 말한다. "파벨 경감님이시잖아요. 그리고……?" 그가 손가락을 딱딱 부딪치며 기억을 더듬는다.

"사이러스 헤이븐입니다." 나는 말한다.

"아, 맞다. 심리학자시죠?"

레니가 꽉 끼는 코트의 단추를 풀고 안락의자에 앉는다.

"어떤 차를 모시죠, 헨드릭스 씨?"

"7인승 혼다 오디세이가 있는데요."

"푸조 207은요?"

"그건 제 아내 차예요."

"불꽃놀이가 있던 날 밤 푸조 207을 몰고 나가셨습니까?"

헨드릭스가 머뭇거린다. "솔직히 기억이 안 나요."

"불꽃놀이를 보러 가긴 하셨죠?"

"네. 하지만 우린 일찍 나왔어요. 트리스탄이 열이 나서 집으로 데려왔거든요."

"하지만 그 후에 또 나가셨잖아요."

헨드릭스는 혀를 살짝 내밀어 윗입술을 적신다. 하지만 입안이 바짝 말라버려 그마저도 쉽지 않은 듯하다. 그는 레니가 어디까지 알고 있는지 궁금해하는 눈치다.

"저녁으로 먹을 피시앤칩스를 사러 나갔어요."

"사우스처치 드라이브에 있는 가게로요?"

"네."

레니는 그의 말이 이어지기를 기다린다.

헨드릭스가 다시 입을 연다. "그곳 오솔길에서 조디 시핸과 마주쳤어요. 제가 먼저 차로 데려다주겠다고 했죠. 술 취한 젊은 친구들이 소란스럽게 몰려다니고 있었거든요. 어린애 혼자 다니기엔 좀 위험할 것 같아서요."

"왜 진작 이 얘길 들려주지 않으셨죠?" 레니가 묻는다.

헨드릭스의 눈이 불안하게 흔들리고 있다. "별로 중요한 것 같지 않아서요. 경찰은 이미 범인을 잡았잖아요. 그래서…… 굳이 이 얘길 꺼낼 필요가……."

"이 사건에 휩쓸리고 싶지 않으셨던 거군요."

그가 이해를 구하는 표정으로 고개를 끄덕인다.

"우리가 만났을 땐 크레이그 팔리가 체포되기 전이었는데요." 레니가 말한다.

"교사가 학교 밖에서 제자를 친밀하게 대하는 건 부적절하잖아요. 누가 그걸 곱게 보겠어요?"

"친밀하게 대한다는 건……?"

"제자랑 단둘이 있는 것 말입니다."

"그게 부적절하다는 걸 알면서 왜 그러신 거죠?"

"그냥 잠깐 대화를 나눴을 뿐이에요."

"단둘이 차 안에서 말이죠?"

"눈살이 찌푸려진다는 거 알아요. 하지만 조디는 다른 아이들과 달랐어요. 그 앤 우리 교회에도 몇 번 나온 적이 있어요."

"그 앨 교회로 초대하셨어요?"

"네."

"왜죠?"

그는 잠시 골똘한 생각에 잠긴다. "조디는 많이 지쳐 있었어요. 고된 훈련도 그렇고, 여기저기 돌아다니는 것도 그렇고, 경쟁도 그렇고. 그 아이에겐 파티에 참석하는 것도, 남자친구를 사귀는 것도 허락되지 않았어요."

"걔가 자기 입으로 그러던가요?"

헨드릭스가 고개를 끄덕인다. "그래서 예수님과 대화해보면 답을 얻을 수 있을 거라고 알려줬어요."

"그 앨 개종시키려고 하셨던 거군요."

"개종이 아니라 포용이죠."

"그래서 조디를 포용하셨나요?"

"경감님이 상상하시는 그런 포용이 아니에요. 도대체 무슨 생각을 하시는 겁니까?"

"조디로부터 쪽지를 받으신 적이 있습니까?" 나는 학교 사물함에서 발견한 밸런타인데이 카드를 떠올리며 묻는다.

"아뇨."

"밸런타인데이 선물은요?"

그는 입을 꼭 닫아버린다.

"그날 조디에게 선물을 챙겨주셨습니까?"

"그런 일 없습니다."

"여자애들이 젊고 잘생긴 교사에게 홀딱 반하는 건 자연스러운 일이지 않습니까. 교사 입장에선 어깨에 힘이 들어갈 일이고요."

"그 아이와는 아무 일도 없었습니다!"

"당신은 조디에게 관심을 보였어요. 그 아이 얘기도 귀담아들어줬고요."

"그 아이의 지도교사였으니까요."

"성적이 나빴나요?"

"네."

"수업 중에도 조디를 각별히 챙기셨고요? 아이들이 손을 들면 가장 먼저 조디에게 발언권을 주지 않으셨나요?"

헨드릭스는 고개를 젓는다.

"그러다가 급기야는 둘만이 이해하는 농담과 은밀한 미소를 주고받는 관계로까지 발전하게 됐겠죠? 남의 눈에 띄지 않게 슬쩍 스킨십도 했을 거고요. 당신은 조디를 특별한 아이라고 불렀어요. 그리고 그 애와 단둘이 남겨질 수 있게 온갖 핑계를 만들어냈을 겁니다. 속으론 10년만 젊었으면 좋았을걸, 하며 한탄했을 거고요."

"닥쳐요!" 교사가 나지막이 말한다. "난 독실한 크리스천이라고요."

"그건 연쇄살인범 마이라 힌들리도 마찬가지였어요." 레니가 말한다. "요크셔 리퍼도 독실한 신자였고요."

"걔가 날 마음에 두고 있었다 해도 그건 내 잘못이 아니지 않습니까." 헨드릭스가 말한다. "난 그저 영적 조언을 몇 마디 해줬을 뿐이라고요. 주님께 맹세해요."

"꼭 그렇게 주님을 끌어들여야 합니까?" 나는 묻는다.

"그냥 비유적인 표현이에요."

그가 두 손에 얼굴을 파묻는다. 그의 정수리가 눈에 들어온다. 가르마 부분에 비듬이 드문드문 들러붙어 있다.

"그 애랑 성관계를 가졌습니까?"

"절대 그런 일 없었어요!" 그의 언성이 살짝 높아진다.

"조디가 임신한 사실을 알고 있었나요?"

그 말에 교사의 고개가 번쩍 들린다. 그의 눈에서 공포의 빛이 번뜩인다. "네? 아뇨, 몰랐어요."

레니가 재킷 주머니에서 면봉이 담긴 작은 플라스틱 튜브와 라텍스 장갑을 꺼내 든다.

"로카르의 교환법칙에 대해 들어봤습니까, 헨드릭스 씨?"

헨드릭스가 고개를 젓는다.

"접촉하는 두 개체는 서로의 흔적을 주고받는다. 흙, 섬유 조직, 정액, 피부 세포, 머리카락 같은 것들 말이죠. 당신이 어디에 발을 들였든, 무엇을 만졌든, 교차 오염이 발생할 수밖에 없어요."

레니가 플라스틱 용기의 뚜껑을 비틀어 연다.

"지금 뭐 하는 겁니까?" 헨드릭스가 묻는다.

"DNA 샘플을 채취하려고요. 과학이 당신 차에 조디를 태워

줄 거예요. 또 그 애 몸에서 당신 정액을 찾아낼지 모르고, 그 애 자궁에서 당신 아이를 찾아낼 수도 있어요."

"말도 안 돼! 난 아내와 행복하게 잘 살고 있는 사람이에요. 우리 애들의 아버지이고요. 그런 내가 어떻게 그런 짓을…… 난 아니에요. 우린…… 그냥 만나서 대화를 나눴을 뿐이에요. 우리 사이엔 아무 일도 없었다고요." 그가 애원하는 어조로 말한다.

"입 벌려요."

"싫어요."

"수사 협조 요청을 거부하는 겁니까?"

"변호사를 부르겠어요."

레니가 넌더리를 내며 한숨을 쉰다. "양심적인 교사라면 변호사가 필요 없겠죠. 정말로 결백하다면 DNA 검사에 기꺼이 응해야 하는 거 아닌가요? 양심적인 교사라면 두려울 게 없어야죠. 어린 제자와 부정한 일을 저지르지 않았다면."

잠시 고민에 빠졌던 헨드릭스는 마침내 레니가 면봉으로 입 안을 훑을 수 있도록 입을 벌린다.

아이들을 학교까지 바래다준 그의 아내가 집 안으로 들어온다. 다채로운 색상의 코트를 걸친 갓난아이의 모습이 꼭 팔다리가 붙은 비치볼을 보는 듯하다. 밖에서는 작업복 차림의 남자 둘이 윈치로 들어 올린 녹슨 푸조 207을 경찰 표식이 붙은 트럭에 싣고 있다.

"저건 내 차예요!" 그녀가 외친다.

"괜찮아, 캐시. 이 사람들이 영장을 받아 왔어." 헨드릭스가 말한다.

"그 여자애 때문이죠? 그렇죠?" 그녀가 말한다.

"조디 시핸을 아셨습니까?" 나는 묻는다.

"걘 우리 교회에 다녔어요."

"불꽃놀이를 할 때 그 앨 보셨나요?"

"못 봤어요."

"남편분은 그날 밤 부인의 차를 빌려 타고 나가 조디 시핸을 태웠다고 진술하시던데요." 레니가 말한다.

캐시 헨드릭스가 남편을 차가운 눈빛으로 쏘아본다. 그들 사이에 무언의 메시지가 오간다.

"남편분은 몇 시쯤 귀가하셨습니까?" 레니가 묻는다.

"기억 안 나요."

"저녁으로 먹을 피시앤칩스를 사러 나갔다고 하시던데요."

그녀는 당황하는 기색이 역력하다. "트리스탄이 열이 좀 있었어요. 전 그 앨 재우고 나서 일찍 잠들었어요."

"남편분은 어디서 주무셨고요?"

"애들 방에서요." 그녀가 해석이 필요 없는 눈빛으로 또다시 남편을 쏘아본다.

"그냥 집에 바래다만 줬어." 헨드릭스가 말한다. "정말 아무일도 없었다고. 내가 어떻게…… 난 그런 사람이 아니야. 당신도 알잖아."

캐시는 아이를 오른쪽 허리에 받쳐 안고 홱 돌아선다. 남편을 위해 알리바이를 제공하는 대신 오히려 남편을 곤경에 빠뜨리겠다는 의지의 제스처다.

하지만 만약…….

만약…….

푸조는 캐시의 소유로 돼 있다. 만약 그녀가 그날 밤 조디를 찾으러 나갔던 거라면? 그리고 헨드릭스가 아내 대신 죄를 뒤집어쓴 것이라면? 세 아이의 어머니, 게다가 넷째를 임신 중인 그녀에게는 가족을 보호해야 할 분명한 이유가 있다. 특히 교사에게 홀딱 반한 예쁘장한 십 대 소녀로부터. 소문 하나, 혐의 하나가 캐시의 완벽한 삶을 무너뜨리고 그들의 결혼생활을 갈가리 찢어놓을 수도 있었다.

이언 헨드릭스는 현관에 나와 바퀴에 쇠사슬이 채워진 푸조를 물끄러미 지켜본다.

"당신은 조디와 대화만 나눈 게 아니었어요. 그 앨 태우고 어디론가 향했었죠?" 레니가 묻는다.

헨드릭스는 대답이 없다.

"그 앨 어디로 데려갔나요?"

"핸드폰으로 문자를 받은 것 같았어요. 대뜸 약속 장소까지 태워달라고 하더라고요."

"거기가 어디였는데요?"

"시내였어요. 로프워크에 있는 집."

레니와 나는 잠시 눈빛을 교환한다.

"그 집을 다시 찾아갈 수 있겠어요?" 그녀가 묻는다.

"네."

레니가 자신의 차를 가리킨다. "타요."

"출근해야 하는데요."

"오늘은 지각해도 괜찮아요."

카페에서는 설탕과 계피 향이 은은히 풍긴다. 나는 뺑 오 레
장 빵 두 개와 밀크커피 두 잔으로 허기진 배를 채운다. 펠릭스
는 내가 게걸스럽게 먹는 모습을 흐뭇하게 지켜보지만 나는 모
른 척한다. 어쩌면 그는 사육사인지도 모른다. 푸아그라용 거위
처럼 꾸역꾸역 음식을 먹일 뚱뚱한 여자를 찾는 중인지도. 다행
히 나는 그의 표적이 될 만큼 살이 찌지 않았다.

그는 온갖 잡담을 늘어놓는다. 주변 사람들이나 날씨나 곧
시작될 러시아워나 오래된 에비앙 생수, 그리고 고무 롤러로 차
의 앞 유리를 닦아주는 노숙자에 대해서도 의견을 내놓는다.

"이름이 뭐야?" 내가 흘린 빵 부스러기를 치우면서 그가 묻
는다.

"그게 왜 중요하죠?"

"이름을 알아야 널 부를 수 있지."

"이비."

나는 그의 손가락 마디에 남겨진 흉터와 털 없이 매끈한 가

슴 앞으로 늘어뜨려진 두꺼운 은목걸이를 유심히 본다.

"좋아, 출발이 좋군. 자, 이비. 이제 네가 원하는 게 뭔지 들려 줘."

"런던엔 가고 싶어요."

"그래? 거기 가서 뭘 하려고?"

"그건 당신이 신경 쓸 일이 아니에요."

"하긴." 그가 앞으로 몸을 숙이고 우리 사이에 놓인 의자에 한쪽 발을 얹어놓는다. "돈이 없으니 멀리 못 가겠네. 10파운드로 버스표를 사고 나면? 그런 다음엔 어쩌려고? 공원에서 노숙이라도 할 거야? 여자애 혼자선 위험해. 아니, 노숙은 누구에게라도 위험한 일이야."

"일자리를 알아볼 거예요."

"일할 때 걸칠 옷도 없으면서. 핸드폰도 없고. 아무 계획도 없잖아. 경찰이 널 붙잡아 집으로 돌려보낼 거야. 너, 집에 돌아가고 싶진 않지?"

나는 대답하지 않는다. 펠릭스가 자신의 볼을 살살 긁는다.

"사람들은 대부분 무언가를 갈망해, 이비. 큰 집, 멋진 차, 따뜻한 곳에서의 휴가, 사랑, 돈." 그는 내 얼굴을 뚫어지게 응시한다. 마치 내가 그에게 잭팟을 안겨줄 슬롯머신이라도 되는 것처럼. "그냥 무탈하기만을 바라는 사람도 있고. 나? 난 존중받기를원해. 독립적인 삶도 갈망하고. 난 아버지가 생각하는 나보다더 잘나고 싶어."

"아버지가 무슨 일을 하시는데요?" 나는 묻는다.

"그건 중요하지 않아. 너, 당장 갈 데가 없지? 응?"

이번에도 나는 대답하지 않는다.

"이마에 난 멍 자국을 보니 누군가에게 얻어맞은 것 같은데, 그렇지? 나랑 있으면 안전해."

"당신한테 보호받고 싶지 않아요."

"하지만 속으론 그걸 바라고 있을걸. 나랑 같이 지내는 게 어때? 네가 쓸 따뜻한 방을 내줄게. 개인 침대도 갖춰져 있고. 보름만 나랑 같이 지내면 런던행 버스표와 천 파운드를 손에 넣을 수 있어."

"내가 뭘 해야 하는데요?"

"날 위해 일해주면 돼."

"그게 뭔데요."

"심부름."

"마약 배달?"

"아니, 난 건강 보조 식품을 유통하는 일을 해. 스테로이드, 비타민, 뭐 그런 것들."

거짓말도 제대로 못 하네. 누굴 바보로 아나?

"마약 딜러, 맞죠?" 나는 말한다.

"너랑 의미론적 논쟁은 하고 싶지 않아." 그가 말한다. "정상적인 방법으로는 구할 수 없는 물건도 취급한다고만 얘기할게. 아무튼 그래서 아주 신중하게 처리해야 하는 거야."

"신중한 처리라면?"

"비밀 유지. 난 주로 VIP들과 거래하거든. 변호사, 은행가, 건축가 그리고 정치인들. 전부 입이 무거운 사람들이야. 돈도 제때 지불하고."

"내가 할 일은요?"

"배달. 택시비는 내가 부담해. 네가 쓸 핸드폰도 제공할 거고. 너 지금 몇 살이지?"

"열일곱 살이에요."

"좋아."

"왜요?"

"아직 미성년자니까. 만에 하나 경찰에 덜미를 잡혀도 넌 기소되지 않을 거야. 재판에 넘겨져도 금세 풀려날 거고."

"난 체포되고 싶지 않아요."

"그런 일은 절대 없을 테니 걱정 마. 약속할게."

입만 열면 거짓말이네.

"지금 당장 결정하지 않아도 돼. 일단 우리 집으로 가자. 네가 묵을 방을 보여줄게. 씻고 푹 쉬면서 고민해봐. 내 제안을 거절해도 10파운드는 선물로 줄게. 서로 얼굴 붉힐 일 없을 거야."

이 자식, 진실을 말할 줄은 아나?

나란히 걸으면서도 펠릭스의 입은 쉬지 않는다. 그는 나를 다층 주차장으로 데려간다. 그의 사륜구동 렉서스는 장애인 주차 공간에 세워져 있다. 그가 조수석 문을 열어준다. 하지만 나는 그가 멀리 떨어질 때까지 차에 오르지 않는다. 조수석 바닥에는 음료수 캔과 공처럼 구긴 주차 티켓, 패스트푸드 포장지, 그리고 카펫 창고와 할인점 광고지가 어지럽게 널려 있다.

"온열 시트야. 온도는 이렇게 조절하면 돼." 펠릭스가 손을 뻗어 시범을 보인다. 나는 뒤로 물러나며 두 주먹을 불끈 쥔다.

"알았어, 알았다고. 분위기 파악했어. 대체 누구한테 얻어맞은 거야?"

"그 얘긴 하고 싶지 않아요."

"뭐, 좋을 대로."

펠릭스는 내게 과시하려는 것처럼 과격하게 차를 몰아나간다. 마구 차선을 변경하고, 정지 신호를 무시한다. 굼뜬 차가 앞서가면 바짝 붙어 겁을 주기도 하고.

"터미널에서 여자 헌팅하는 게 취미예요?" 나는 묻는다.

"자원봉사자를 모집하기 좋은 곳이거든."

"난 자원봉사자가 아니에요."

"물론 아니지. 넌 그냥 직원일 뿐이야. 하지만 내 눈에 먼저 띈 걸 행운으로 알라고. 파키스탄이나 방글라데시 놈들이 얼마나 악질인 줄 알아? 그 자식들의 주 표적은 가출한 애들, 특히 백인 여자애들이야. 처음엔 햄버거를 사주면서 접근했다가 순식간에 마약과 술로 넘어간다고. 그러다 보면 어느샌가 침대에 꽁꽁 묶여 온갖 남자들의 성노예로 살고 있는 자신을 발견하게 돼."

이건 거짓말처럼 안 들리는데.

차는 버려진 것처럼 보이는 허름한 건물 밖에 멈춰 선다. 외벽에는 '코치 하우스 인'이라는 간판이 걸려 있다. 깃대에는 누더기가 된 깃발이 꽂혀 있고, 회오리 모양의 철책에는 '무단침입자는 기소될 수 있습니다'라고 적힌 경고판이 붙어 있다.

"볼품없지?" 펠릭스가 말한다. "하지만 외관만 보고 섣불리 판단하면 안 돼."

외관이 이따위인데 안이라고 다를까?

그가 몸을 숙이고 울타리에 난 틈으로 들어간다. 그리고 철판을 잡아당기자 도어 록이 설치된, 허름한 건물과는 어울리지 않는 입구가 모습을 드러낸다.

펠릭스는 몸으로 숫자 키패드를 가린 채 암호를 입력한다. 하지만 나는 버튼이 내는 전자음만 듣고 손쉽게 암호를 알아낸다. 4.9.5.2.

"여기 살아요?"

"아니. 집은 딴 데 있어."

"여긴 누가 살아요?"

"너 같은 사람들."

우리는 부서진 가구와 깨진 천장 타일이 사방에 널린 로비로 들어선다. 벽마다 외설스러운 낙서와 스프레이 페인트로 그려놓은 남녀의 성기 그림이 가득하다. 한쪽 구석에는 누군가가, 또는 무언가가 똥을 싸놓았다. 거기서 풍기는 악취에 욕지기가 난다. 복도는 세 개 방향으로 나 있다. 펠릭스는 그중 하나를 골라 걸어 들어간다. 역겨운 악취는 서서히 잦아들기 시작한다. 그가 발로 밀어 문을 연다.

"여기가 네가 묵을 곳이야."

나는 안을 들여다본다. 불빛은 그림자가 생기지 않을 만큼 희미하다. 방은 추레하지만 깔끔하게 정돈돼 있다. 침대, 탁자, 의자. 카펫에는 담뱃재 자국이 나 있고, 색바랜 초록색 침대보에는 노란 얼룩이 져 있다. 얼룩이 아닌 다른 것이라고는 생각하고 싶지 않다. 지금껏 이곳에서 묵은 사람이 몇 명이나 될까? 수천 명? 이 매트리스에선 또 어떤 엽기적이고 필사적인 행위들이 벌어졌을까? 격렬히 부딪치는 몸뚱이들, 식어가는 시체들, 고독한 여행자들, 관광객들, 부정한 배우자들, 영업 사원들, 그리고 아이들을 끌어안고 펑펑 울며 잠을 청하는 매 맞는 아내들.

방에 딸린 화장실에는 변기와 세면대와 샤워 부스가 갖춰져 있다. 나는 뒤편 커튼을 열고 녹슨 차체와 뒤틀린 금속으로 가득 찬 폐차장을 내다본다. 또 다른 울타리 너머로는 선적 컨테이너가 반듯하게 쌓인 공장이 자리하고 있다.

나는 화장실 바닥에 널린 옷을 내려다본다. 찢어진 청바지, 싸구려 블라우스, 미키 마우스 재킷. 미키의 귀에는 은색 스팽글이 붙어 있다.

"누구 방이에요?"

"걘 떠났어."

"왜 집을 두고 갔죠?"

펠릭스가 어깨를 으쓱여 보인다. "내가 돈을 너무 많이 쥐여 줬나 봐. 어쩌면 내게서 돈을 훔쳐 갔는지도 모르지." 그가 널브러진 옷을 내려다본다. "원한다면 네가 가져도 돼."

나는 고개를 젓는다.

"뭐, 좋을 대로." 펠릭스가 옷을 집어 복도로 휙 던진다.

"자기 왔어?" 새된 목소리와 함께 앳되어 보이는 수척한 여자가 달려 들어와 펠릭스에게 와락 안긴다. 여자를 안은 펠릭스가 뒤로 주춤 물러난다. 그녀의 다리는 그의 허리에, 그녀의 팔은 그의 목에 감긴다. 여자는 청바지와 브래지어 차림이다. 그녀는 그에게 키스를 퍼부으려 하지만 펠릭스는 매정하게 고개를 돌려버린다. "입 냄새 나."

"자다 일어나서 그래."

앳된 여자의 시선이 그제야 내게로 옮겨진다. "쟨 뭐야?"

"이름은 이비야."

"필요 없다고 더는 했으면서."

"문법 좀 맞춰서 말할 순 없어?" 펠릭스가 말한다.

앳된 여자가 다크서클이 낀 멍한 눈을 찡그린다. 마치 두 개 골이 내려앉기라도 한 듯이. 그녀는 열두 살로도 보이고, 서른 살로도 보인다. 청바지 허리 밴드 위로 관골膊骨이 예리하게 돌출돼 있다. 가슴은 아예 없는 것 같다.

"이쪽은 킬리." 펠릭스가 소개한다.

"우린 커플이야." 킬리가 펠릭스에게 찰싹 달라붙은 채 말한다. 그녀의 팔뚝과 목에 멍 자국이 여럿 나 있다.

"날 위해 뭐 안 가져왔어?" 그녀가 애원하는 투로 묻는다. "베이비는 약이 필요해."

"나중에." 그가 퉁명스럽게 대답한다. "손님이 왔잖아."

"약속했잖아."

"나중에 갖다준다고 했잖아!"

킬리가 그의 몸에서 떨어져 나간다. 그가 주먹을 휘두르기라도 한 것처럼. 그는 주먹을 쥐는 대신 주머니에서 돈다발을 꺼내 20파운드 지폐를 몇 장 뽑아 든다. "가서 먹을 거나 좀 사 와. 이비가 쓸 치약도 사 오고."

"그걸 왜 내가 해야 돼?"

"내가 정중하게 부탁했으니까."

킬리는 내키지 않는 모양이다. 하지만 펠릭스가 매섭게 쏘아보자 마지못해 말을 듣는다. 그녀가 내게 눈을 흘기며 방을 나선다. 나는 아직도 펠릭스의 주머니에서 나온 돈다발을 생각하고 있다.

그가 방 안을 천천히 맴돈다. "역시 집이 최고지? 보기엔 허름해도 길거리에 쓰러져 자는 것보다는 훨씬 나아. 샤워 부스가 있으니까 원하면 씻고 와도 돼. 주방은 없지만 킬리 방에 가면 전자레인지가 있어. 그게 싫다면 먹을 걸 테이크아웃해서 와도 되고."

"어디 가려고요?" 나는 묻는다.

"엄마 보러."

"아까 여기서 돈을 벌 수도 있다고 했죠?"

"그렇다니까. 하지만 아직 시간이 일러. 배달은 주로 밤중에 다니거든."

"그때까지 난 뭘 해야 하죠?"

"자야지. 지금 네 몰골이 말이 아니야."

나는 지지 않고 받아치려다가 포기한다. 피곤해서 머리가 제대로 돌지 않는다.

펠릭스가 지금껏 늘어놓은 말 중에 한두 가지는 진실이었을 것이다. 하지만 아직은 무턱대고 신뢰할 때가 아니다. 지금으로서는 다른 옵션이 없다. 지금 내게는 당장 지낼 곳과 새 출발에 필요한 돈이 절실하다. 그리고 이 도시에서, 그걸 얻기 위해 내가 할 수 있는 일이라고는 달랑 이것뿐이다.

43

레니는 스피커폰으로 에드거 경사와 조디 시핸의 대포 폰에 대해 의논 중이다.

"불꽃놀이 때 수천 명의 인파가 몰렸습니다. 그들 대부분이 휴대폰을 소지하고 있었고요." 에드거가 말한다. "건초 더미에서 바늘 찾기입니다."

"이게 도움이 돼줄 거야." 레니가 말한다. "이언 헨드릭스가 월요일 저녁 피시앤칩스 가게 밖에서 조디를 차에 태웠어. 그는 9시 반쯤 로프워크의 어느 집에 조디를 내려줬다고 주장하고 있어. 그 장소들에서 신호를 추적하면 조디가 어떤 휴대폰을 썼는지 확인할 수 있을 거야."

"걔가 로프워크에선 대체 뭘 했을까요?" 에드거가 묻는다.

"그건 나중에 다시 물어봐줘. 지금 그쪽으로 갈 거야."

통화를 마친 레니는 표지판을 따라 다운타운을 향해 달린다.

한동안 뒷좌석에 얌전히 앉아 있었던 이언 헨드릭스는 로프워크가 가까워질수록 점점 더 흥분하는 모습을 보인다. 로프워크는 으리으리한 빅토리아 시대풍 저택들로 넘쳐나는 부촌이다. 그곳 저택들 대부분은 아파트나, 회계사와 변호사 사무실로 개조된 상태다. 완벽히 복원된 몇몇 민가는 보는 이로 하여금 마치 자갈 깔린 골목을 신나게 누비던 시절로 되돌아간 듯한 기분을 느끼게 한다. 여자들이 고래수염 코르셋을 받쳐 입고, 남자들이 프록코트 차림으로 돌아다니던 시절로.

"저깁니다." 헨드릭스가 운전석과 조수석 사이로 몸을 기울이며 말한다.

우리는 당의糖衣를 입힌 웨딩 케이크를 연상시키는, 인상적인 크림색 저택 밖에 멈춰 선다.

"정확해요?" 레니가 묻는다.

"네, 그 앨 저기 보이는 정문 앞에 내려줬어요. 조디는 진입로를 따라 올라가 옆문으로 들어갔고요. 집 전체에 조명이 환히 켜져 있었어요. 꼭 파티가 벌어진 집처럼 말이죠. 골목엔 차들이 길게 늘어서 있었고요."

"이 집을 알아요." 나는 말한다. 그 말에 두 사람이 흠칫 놀란다. "지미 버빅의 집이에요."

"시장 말이야?" 레니가 말한다.

"이젠 노팅엄 명예 판사예요."

보이지 않는 손이 피부를 쥐어짜기라도 하듯 그녀의 이마에 깊은 주름이 팬다. "조디 시핸이 여긴 왜 왔을까?"

"그 애 아버지가 지미의 전용 기사로 일하고 있어요."

"경찰에 진술할 땐 그런 얘기 없었는데."

차에서 내린 레니가 두 번째 차를 타고 뒤따라온 형사들에게 신호를 보낸다.

"헨드릭스 씨를 학교까지 모셔다드려."

교사는 순찰차에서 내려 뒤의 차로 갈아탄다. 레니는 단호한 경고를 잊지 않는다.

"긴장 풀지 말아요, 헨드릭스 씨. 살인사건과 관련된 결정적인 정보를 숨긴 혐의로 언제든지 경찰에 기소될 수 있으니까."

"난 그저 그 앨 여기 내려줬을 뿐이에요. 정말이라니까요."

두 번째 차가 그를 태우고 사라진다. 레니와 나는 오솔길에 나란히 서 있다. 그녀가 몸을 틀고 웅장해 보이는 저택의 철문을 바라보며 웅얼거린다. "지미 버빅."

"그냥 몇 마디 나누고 나올 텐데 긴장하지 말아요." 불안해하는 그녀의 반응을 확인한 나는 말한다.

"버빅 의원과 지서장이 꽤 친해. 같이 골프 투어도 다니고, 주말마다 연어 낚시도 다니는 사이야. 그렇게 가까운 사이라니 몰래 스와핑도 즐길지 누가 알겠어?"

"지미는 미혼이에요."

"그냥 말이 그렇다는 거야."

마치 누군가가 엿듣고 있기라도 했던 것처럼 철문이 갑자기 움직이기 시작한다. 체인이 문을 잡아끌자, 모퉁이에서 불쑥 튀어나온 메르세데스 스포츠카 하나가 빠른 속도로 다가온다. 진입로로 들어선 차의 운전석에는 젊은 여자가 타고 있다. 그녀는 커다란 선글라스와 목에 느슨하게 두른 스카프로 멋을 낸 채다.

우리는 메르세데스를 따라 스르르 닫히는 철문 안으로 들어간다. 차는 집 앞에 멈춰 선다. 차 문이 열리고, 하얀 리넨으로 싸인 우아한 두 다리가 차례로 모습을 드러낸다. 여자의 발에는 하이힐이 신겨져 있다. 그녀는 차 안으로 몸을 기울여 눈부실 정도로 코팅된 쇼핑백을 챙겨 든다. 루이비통과 까르띠에. 우리가 다가오는 소리를 들었는지 그녀가 허리를 펴고 선글라스를 이마에 걸쳐놓는다. 큰 키에 늘씬한 체구를 가진 여자는 이십 대 중반쯤 돼 보인다. 자신감에 찬 그녀의 얼굴에 미소가 머금어진다.

"사이러스 헤이븐 박사님이시죠?"

"어떻게 아셨습니까?"

"지미에게 박사님 얘길 귀가 따갑게 들었거든요. 서재엔 박사님 사진도 걸려 있어요."

"실례지만 누구십니까?"

"스칼릿이에요." 그녀가 한 손을 내민다. 손등에 입이라도 맞추라는 건가? 그녀의 표정은 쉽게 읽히지 않는다. 아름답기는 하지만 묘하게 밋밋한 이목구비를 가졌다. 흡사 포토샵이나 에어브러시로 손질한 고급 잡지 속 모델을 보는 듯하다.

"의원님은 댁에 계십니까?" 나는 묻는다.

"그럴 것 같은데요."

그때 지미가 기다렸다는 듯 차양 밑 대리석 계단을 가볍게 뛰어 내려온다.

그가 환히 웃으며 나를 끌어안는다. "사이러스! 연락도 없이 불쑥 나타나다니, 놀랐잖나."

놀랐다는 건 그가 우리를 불청객으로 여긴다는 의미다. 연락도 없이 찾아와 불쾌하다는 뜻일 테다.

나는 레니에게 지미를 소개한다.

"아, 그래. 파벨 경감님, 조디 시핸 사건 수사를 지휘하고 계시죠? 신속히 범인을 잡아들이셨더군요. 아주 잘하셨습니다. 지서장에게 전화로 축하 메시지를 전했습니다."

지서장과의 친분을 왜 굳이 강조하는 거지?

지미가 스칼릿의 허리를 꼭 감싸안는다. "또 내 돈을 흥청망청 쓰고 온 거야?"

"다음 주가 자기 어머니 생신이잖아요. 벌써 까먹은 거예요?"

"이 사람 말이 맞아요." 지미가 웃음을 터뜨리며 말한다. "스칼릿은 내 개인 비서이자 충실한 하녀이자 걸어다니는 파일로팩스(세계적인 시스템 다이어리 브랜드—옮긴이)라니까요."

"파일로팩스가 뭐예요?" 그녀가 묻는다.

지미가 또다시 웃음을 터뜨리며 말한다. "오래된 구닥다리 장비야." 그 말에 여자는 불쾌해하는 반응을 보인다. 토라진 그녀는 또각또각 구둣발 소리를 내며 집 안으로 들어가버린다.

"스칼릿은 또 어디서 찾으셨어요?" 나는 묻는다.

"내 여동생이 소개해줬네. 자네, 제네비브는 만나본 적 있나?"

"없습니다."

"맨체스터에서 직업소개소를 운영하고 있어."

"직업소개소가 아니라 모델 에이전시 아닌가요?"

"그래. 저 친구, 미모가 좀 출중하긴 해." 지미가 짓궂어 보이는 미소를 머금는다. "저번에 한번 만나자는 얘길 하긴 했지만, 사이러스, 자네가 연락도 없이 이렇게 찾아올 줄은 몰랐네."

"업무상 방문입니다." 레니가 말한다. "조디 시핸이 살해된 날, 그 애가 이 집에 왔다는 정보를 입수했습니다."

"이 집에 말이오!"

"네."

"누가 그럽디까?"

"그건 말씀드릴 수 없습니다."

지미가 도움을 요청하듯 나를 돌아본다. 그가 얼굴 근육을 씰룩이며 미소를 지워낸다. 그는 사근사근한 표정을 유지하려 애쓰지만 그럴수록 점점 더 어색해 보일 뿐이다.

"파벨 경감님, 누군가가 날 곤경에 빠뜨리려고 작정한 것 같습니다. 정치판에선 이런 비열한 플레이가 흔히 벌어지죠. 악의를 담아 소문을 퍼뜨리는 일 말입니다. 설마 노팅엄셔 경찰국이 그런 뻔한 함정에 빠지지는 않겠죠?"

그의 목소리에 더 이상 온기는 묻어나지 않는다.

"그날 밤 행사가 있었다고 하셨잖아요." 나는 바짝 얼어붙은 분위기를 풀어보려고 말한다.

"가이 포크스 파티. 매년 열리는 행사야. 한 가지 분명한 건 조디 시핸의 이름이 하객 명단에 올라 있지 않았다는 사실이네."

"총 몇 명이 그 행사에 참석했습니까?" 레니가 묻는다.

"200명 정도 참석했습니다. 하지만 분위기로는 그보다 훨씬 많이 온 것 같았죠."

"파티 하객들 모두를 개인적으로 아셨습니까?"

"물론 아니죠. 오픈 바가 마련돼 있으면 공짜 술과 음식에 눈이 먼 놈들이 엄청 꼬입니다."

"하지만 하객 명단을 갖고 계셨지 않습니까."

지미가 쓴웃음을 짓는다. "참석자 중 몇몇은 유명 인사였습니다. 워낙 지체 높으신 분들이라 이런 불쾌한 일로 경찰의 심문을 받는 걸 못마땅해할 이들입니다."

"한 아이가 강간당하고 살해된 사건입니다."

"체포된 용의자가 자백했다면서요." 지미가 두 손을 펴 살짝 들어 보인다. "대체 여긴 왜 오신 겁니까, 형사님? 범인을 잡았지 않습니까. 그와 관련해 기자회견도 하고, 또 시민들의 찬사도 받았으면 된 거 아닌가요?"

"조디의 타임라인에 틈이 보입니다."

"틈이라……. 그렇군요. 정치판을 오랫동안 뒹굴며 깨달은 게 있습니다. 그런 틈은 언론에 의해 잘못된 정보로 손쉽게 메워질 수 있다는 것. 원래 기자들은 무해한 디테일을 마구 섞어 무고한 사람들한테 누명 씌우는 걸 좋아하지 않습니까."

내가 예상했던 것과 달리 그는 '가짜 뉴스'라는 표현을 입 밖에 내지 않는다. 레니가 내 얼굴을 슬쩍 돌아본다.

"저 문으로 들어가면 뭐가 나오나요?" 나는 저택의 옆문을 가리키며 묻는다.

"주방."

"주방은 누가 관리합니까?"

"우리 집 가정부인 로위나가 관리하지. 하지만 그날 밤엔 출장 뷔페를 불렀어. 지역 업체에서."

집 안으로 사라졌던 스칼릿이 다시 밖으로 나온다. 그녀는 그새 색바랜 청바지와 헐렁한 상의로 갈아입은 상태다. 여전히 선글라스를 걸친 그녀는 손에 과일 스무디가 담긴 긴 유리잔을 쥐고 있다.

"파티가 열렸던 날 밤 조디 시핸을 보셨나요?" 나는 묻는다.

"누구요?"

"그, 왜 살해된 여자애 있잖아." 지미가 말한다.

"두걸의 딸 말이죠."

순간 지미의 얼굴이 밝아진다. 오랫동안 거슬렸던 문제가 깨끗이 해결됐다는 듯이. "맞아! 그날 밤 두걸은 일을 했어. 조디가 아버지를 찾으러 왔던 게 분명해." 그가 레니와 내 얼굴을 번갈아 본다. 은근히 우리의 동조를 기대하는 모습이다.

"걔가 왜 아버지를 만나러 왔을까요?" 나는 묻는다.

"아버지랑 같이 집에 가려고 왔던 게 아니었을까?"

나는 스칼릿에게 집중한다. 그녀는 기억을 짜내려 애쓰는 모습이다.

"출장 요리사가 주방 문으로 들어오더니 어떤 여자아이가 누군가를 찾고 있다고 알려줬어요. 그 애가 이름은 끝내 가르쳐주지 않았대요. 걘 누군가에게 전화를 걸고 나서 답신이 오기를 기다리고 있었는데, 내가 쫓아버렸어요."

"그 앨 봤다고요?"

"아뇨, 출장 요리사한테 쫓아내라고 시켰죠."

확신이 사그라들었는지 지미는 또다시 불편해하는 기색을 내보인다. "그 목격자가 대체 누굽니까?" 그가 회의적인 어조로 묻는다.

"조디를 이곳까지 태워다 준 사람이 있어요. 걔가 철문 안으로 들어가는 걸 지켜봤답니다." 레니가 대답한다. 그리고 지미의 반응을 살핀다. "조디 시핸을 마지막으로 보신 게 언제였습니까?"

"그날 밤은 아니었어요."

"그럼 언제였죠?"

"몇 주 전이었나? 두걸이 내게 조디의 스폰서가 돼달라고 부탁했어요. 난 그 애의 여행 경비 일부를 대신 부담해줬어요. 여기저기 몇천 파운드씩."

"후원금은 어떻게 전달하셨습니까?" 레니가 묻는다.

"두걸을 통해서 전달했죠. 그리고 조디에겐 돈이 더 필요하면 언제든 직접 찾아오라고 말했어요."

그의 진술이 내 안 깊은 곳을 울린다. 지미는 내 부모와 누이들의 관이 성당을 나설 때도 내게 같은 약속을 했다. 그에게는 다른 속셈이 없었다. 그저 해야 할 일일 따름이다.

"오늘도 두걸 시핸이 일을 나왔습니까?" 레니가 묻는다.

지미가 차 네 대를 거둘 수 있는 차고를 돌아본다. 네 개의 문 중 두 개가 열려 있다.

"제발 비탄에 빠진 아버지를 괴롭히지 말아요."

"수사에 협조해주셔서 감사합니다, 의원님." 레니가 말한다.

지미는 정중한 태도로 화답하면서도 내게서 눈을 떼지 않는다. 그는 예고도 없이 경찰을 끌고 나타난 내가 많이 야속할 것이다.

"오기 전에 연락을 했어야지." 레니가 충분히 멀어지자, 그가 나지막이 나무란다.

"휴대폰이 없어서 말이죠."

우리는 어둡고 서늘한 차고로 들어선다. 두걸은 레인지로버에 광을 내고 있다. 사방에서 왁스와 창문 닦는 약 냄새가 풍긴다. 그는 손수건으로 땀에 젖은 눈썹을 훔치더니, 옷을 보호하기 위해 걸친 비닐 앞치마 주머니에 그걸 쑤셔 넣는다.

레니는 저번에 만났을 때만큼 정중한 태도를 보이지 않는다.

"당신이 조디가 사라진 날 밤 버빅 의원 집에서 일한 사실을 왜 털어놓지 않았죠?"

"택시를 몰았다고 하지 않았습니까. 그거나 이거나 똑같은 거 아닌가요? 그날 밤 난 손님들을 집에까지 바래다주느라 바빴어요."

"그날 밤에 조디를 봤습니까?"

"못 봤습니다."

"하지만 그 앤 분명 이 집에 왔습니다." 나는 말한다.

그 말에 두걸이 흠칫 놀란다.

"조디는 9시가 막 지난 시간에 여기 도착했어요. 그리고 곧장 정문으로 들어섰죠."

"그 애가 여길 왜 와요?" 두걸이 묻는다.

"당신한테 그 이유를 들으러 왔어요."

그는 잠시 레니와 나를 번갈아 본다. "지미도 그 앨 봤나요?"

"버빅 의원님은 그날 밤 조디를 본 기억이 없다고 하셨습니다."

두걸의 왼손이 가볍게 떨리기 시작한다. 이것은 병약함의 징후가 아니다. 그는 어떻게 반응해야 할지, 또 무슨 말을 해야 할지 몰라 난처해진 것이다.

"당신이 근무 중이라는 걸 조디가 알았나요?" 레니가 묻는다.

"글쎄요. 알았을 수도 있겠죠, 뭐."

"예전에도 조디가 이곳을 찾아온 적이 있었나요?"

"한두 번 있었어요."

"과학수사대가 이곳 차들을 살펴본다면 과연 그 안에서 조디의 DNA를 찾아낼 수 있을까요?"

두걸은 절벽 끝에 서서 뛰어내려야 할지 고민에 빠진 사람처

럼 시선을 바닥으로 떨어뜨린다. "걘 실버섀도에 탄 적이 있어
요."

"지미랑 말이죠?"

"네, 걜 스케이트 훈련장에서 태워 학교로 데려갔었죠."

롤스로이스를 찬찬히 살피던 그녀가 두 손을 차창에 대고 안
을 들여다본다. 유리 표면이 지문으로 금세 지저분해진다.

"버빅 의원님을 위해서 또 무슨 일을 하고 있죠?" 그녀가 묻
는다.

"그게 무슨 뜻이죠?"

"가끔 심부름을 하거나 하진 않나요?"

"그럴 때도 있죠."

"사람들을 실어 나른다든지."

"그럼요."

"마약은요?"

"그게 무슨 소립니까?"

"조디는 왜 대포 폰을 썼을까요?"

"뭐라고요?"

"일회용 휴대폰 말이에요." 레니가 말한다. "그 애 사물함에서
여분의 SIM 카드와 현금이 발견됐어요. 스파이나 테러리스트
나 마약 딜러가 아니라면 그런 걸 숨겨놓을 필요가 없지 않겠어
요?"

두걸의 눈에서 정체 모를 붉은빛이 번뜩인다. 그것은 한동안
사그라지지 않는다. 왠지 그가 무언가 중요한 정보를 내줄 것만
같은 분위기다. 하지만 내 기대와 달리 그는 심상치 않은 얼굴로
나지막이 속삭인다.

"우리 조디는 강간당하고, 살해당했어요. 어둡고 추운 빈터에서 홀로 쓸쓸히 죽어갔다고요. 시체 안치소에서 딸아이를 마주하는 것보다 더 끔찍하고 잔인한 일은 없을 거라고 생각했어요. 하지만 오늘 보니 내 생각이 틀렸네요. 이게 더 끔찍해요. 당신들은 사악한 괴물이에요."

44

"네 생각은 어때?" 틱택 케이스를 흔들어 캔디를 손바닥에 뿌리며 레니가 묻는다. 그녀가 내게도 권하지만 나는 사양한다.

우리는 여전히 지미 버빅의 저택 밖에 머물러 있다. 그녀의 표식 없는 순찰차 안에. 나이 든 커플이 신발을 질질 끌며 지나쳐 간다. 남편은 보행 보조기를 앞세우고 힘겹게 걸어간다. 그의 아내는 교차로에 다다를 때마다 멈춰 서서 남편을 기다린다.

"조디는 자기 아버지를 만나러 여기 온 게 아니었어요." 나는 말한다.

"나도 같은 생각이야."

"뭔가를 전달하거나, 챙기러 왔을 겁니다."

"계속해봐."

"펠릭스 시핸에 대해 얼마나 아시죠?"

"걘 알리바이가 있잖아."

"허술한 알리바이죠. 그날 밤 그가 어디서 뭘 했는진 확인 못 했잖아요."

레니가 두 손으로 눈을 비벼댄다.

"펠릭스에게 전과가 있나요?" 나는 묻는다.

"성인이 된 후론 없어."

"미성년자였을 땐요?"

"소년원 기록은 봉인돼서 확인할 수 없어."

"있다는 얘기군요."

레니는 내가 모르는 무언가를 알고 있지만 어떤 이유에서인지 털어놓기를 꺼리는 듯하다. 경찰을 위해 뛰고 있음에도 그들은 나를 '클럽'에 끼워주려 하지 않는다. 그녀는 내게 흔들림 없는 명료성과 확실성을 요구하지만, 세상 모든 것을 오로지 선악으로만 구분하는 그녀를 만족시키기란 쉽지 않다.

그녀가 차에 시동을 걸려다가 멈칫한다. 갑자기 정문이 스르르 열리기 시작했기 때문이다. 잠시 후, 검은 택시 한 대가 불쑥 나타나 우리 앞을 빠르게 지나쳐 달려간다. 운전석에는 두걸 시핸이 앉아 있다.

레니는 망설이지 않고 택시를 뒤쫓기 시작한다. 빨간불에 걸리지 않게, 그리고 앞차의 백미러에 포착되지 않도록 최적의 거리를 유지하며 미행하는 건 나보다 그녀의 특기다.

우리는 침묵을 이어나간다. 하지만 펠릭스에 대한 내 질문은 여전히 그녀의 뇌리를 맴돌고 있을 게 분명하다.

"왜 소년원 기록이 봉인되는지 알아?" 그녀가 묻는다.

"갱생과 치료를 위해서, 아닌가요?" 나는 대답한다.

"맞아, 아이들에게 범죄자 낙인이 찍히는 걸 원치 않으니까. 마지막으로 기회를 한 번 더 주려고."

"나도 그래야 한다고 생각해요."

"펠릭스는 셔우드 포레스트에서 열린 여름 음악 페스티벌에서 체포됐어. 탐지견이 그에게서 소량의 크리스털과 메타암페타민, 엑스터시를 찾아냈거든. 당시 그는 열네 살이었어. 기소하기엔 너무 어렸지. 보나 마나 지역 갱단의 마약 운반책으로 활동했을 거야."

"아직도 그 짓을 하고 있을까요?"

"녀석이 어리석다면. 1월 이후로 칼부림 사건이 세 건이나 발생했어. 셋 다 여전히 미해결 상태로 남아 있지. 맨체스터에서 '모스 사이드 블러드' 멤버들이 모여들고 있어. 현재 가장 위험한 갱단으로 꼽히는 놈들이야. 갱들은 될 수 있으면 연고지에서 최대한 멀리 떨어져 활동하려고 하지. 그래야 라이벌 갱단들과 지역 경찰의 관심을 끌지 않을 수 있으니까. 놈들이 거점을 옮겨 가장 먼저 하는 일은 아지트로 쓸 만한 장소를 찾는 거야. 주로 불법 거주 건물이나 버려진 건물들을 표적으로 삼지. 마약쟁이나 정신병자 같은 취약한 사람들에게 접근해 친분을 쌓은 후 그들의 집에 들어가 살기도 하고. 그들은 그 방식을 '뻐꾸기'라고 부르더군. 그렇게 시장에서 자리를 잡고 나면 놈들은 본격적으로 운반책을 모집해 키우게 돼. 주로 기차역, 오락실, 스케이트보드 파크 같은 곳에서 쓸 만한 애들을 고르지. 가출한 아이들이나 사회의 눈 밖에 난 문제아들이 주 표적이고. 그들은 경계하는 아이들에게 술이나 담배나 게임 따위를 제공하며 호감을 사. 그렇게 마약쟁이가 돼버리는 애들도 있고, 매춘부로 전락해버리는 아이들도 있어."

나는 기차역과 직업 안내소를 들락이는 펠릭스를 떠올린다. 만약 그가 아직까지 그 바닥에 발을 들인 채라면, 조디가 대포폰을 사용하고 사물함에 현금을 숨겨놓은 이유가 설명되는 것이다. 그가 동생을 마약 운반책으로 부려왔던 걸까?

우리는 메이드 메리언 웨이를 따라 추격을 이어나간다. A612 도로를 향해 질주하는 차 옆으로 브로드마시 쇼핑센터와 카날가가 차례로 스쳐 지나간다. 노팅엄 변두리에 다다른 검은 택시는 로터리를 돌아 노팅엄 경마장 표지판이 세워진 출구로 빠져나간다. 또다시 우회전을 하면 강에 닿을 수 있다. 강변에는 '트렌트 베이슨'이라 불리는 고층 건물 개발지가 자리하고 있다. 스카이라인을 망쳐놓은 크레인, 그리고 "호화로운 강변 아파트"를 홍보하는 대형 광고판들.

택시는 적재 구역에서 갑자기 멈춰 선다. 두걸 시핸이 차에서 내려 입구로 향한다. 그리고 초조한 모습으로 인터폰 버튼을 꾹꾹 눌러댄다. 유리문이 열리자 두걸은 허둥대며 계단을 올라간다. 레니는 닫히기 직전의 문 사이로 발을 밀어 넣고 그를 뒤쫓아 올라간다. 나는 그녀로부터 열 단 정도 아래에 있다.

우리는 두걸을 따라 안이 확 트인 아파트로 들어선다. 바닥에서부터 천장에 이르는 커다란 창문으로 강이 내려다보인다. 안쪽에서 고함이 들려온다.

"대체 무슨 짓을 한 거야?" 두걸이 언성을 높인다.

"그게 무슨 소리예요? 이거 놔줘요!"

"걜 놔줘! 부탁이야!" 여자의 목소리가 애원한다.

"조디가 거긴 왜 갔던 거지?" 두걸이 묻는다.

"그게 무슨 소리냐니까요!"

"애가 아프잖아. 그만 놔주라니까!" 여자가 울부짖는다.

"경찰입니다!" 레니가 문을 박차고 화장실로 들어간다.

아들 위로 몸을 웅크린 두걸 시핸이 펠릭스의 머리를 변기 안으로 쑤셔 넣고 있다. 그가 레버를 눌러 물을 내린다. 펠릭스의 머리 위로 쏟아져 내린 물이 변기 밖으로 넘친다.

"이러다 우리 애 죽겠어요! 이러다 죽는다고요!" 매기 시핸이 징징대며 애원한다.

두걸이 다시 레버를 누른다. 숨을 쉬지 못하는 펠릭스의 다리가 꿈틀거린다.

레니가 두걸의 무릎 뒤쪽을 힘껏 걷어차자 그의 다리가 풀린다. 그녀는 두걸의 한쪽 팔을 잽싸게 등 뒤로 꺾고 그의 얼굴을 하얀 타일에 짓이긴다. 그제야 펠릭스가 몸을 틀어 변기에서 떨어져 나온다. 그의 입이 육지로 밀려온 물고기처럼 열렸다 닫히기를 반복한다. 피로 물든 이는 분홍빛을 띠고 있고, 머리에서는 물이 뚝뚝 떨어진다.

매기가 무릎을 꿇고 앉아 아들을 와락 끌어안는다. 그녀의 블라우스가 금세 젖어든다. 펠릭스는 어머니를 거칠게 떠밀고 힘겹게 몸을 일으켜 욕조에 등을 기대앉는다. 셔츠를 걸치지 않고 오목가슴을 드러낸 그는 엉덩이 골이 보일 만큼 흘러내린 헐렁한 바지 차림이다.

"대체 무슨 일입니까?" 레니가 묻는다.

펠릭스가 벌어진 입을 훔친다. "저쪽에 물어봐요."

두걸의 얼굴은 아직도 타일 표면에 짓이겨지고 있고, 그의 입은 흉측하게 뒤틀려 있다. "우리 집안일이니까 신경 쓰지 말아요." 그가 투덜대며 말한다.

"조디 때문인가요?"

두 남자 모두 대답이 없다. 레니의 시선이 매기에게로 옮겨진다. "안 털어놓을 거예요?"

우둔한 그녀는 제대로 답할 수 없을 만큼 겁을 집어먹은 상태다.

잠시 침묵이 이어진다. 레니는 강하게 몰아붙여서는 결코 해결될 문제가 아님을 깨닫는다.

"경찰서로 끌려가고 싶지 않으면 묻는 말에 성실히 대답해요." 그녀가 넌더리를 내며 말한다. 레니에게서 풀려난 두걸이 그녀를 매섭게 노려보며 자기 어깨를 주무른다.

"당신들은 나가 있어도 돼요. 펠릭스와 단둘이 할 얘기가 있으니까." 그녀가 말한다.

"아이가 어려서 부모가 반드시 동석해야 돼요." 두걸이 받아친다.

"천만에요. 열여덟 살이라 괜찮아요." 레니가 펠릭스를 돌아본다. "엄마나 아빠가 동석해주길 바라?"

"변호사나 불러줘요."

"좋아." 레니가 말한다. "서에 가서 기다릴래? 우리 유치장도 분위기는 나쁘지 않아. 여기처럼 잘 꾸며놨다고. 가구도 대충 다 갖춰져 있고. 마약쟁이를 비롯해서 온갖 인간 말종들이 득실대는 곳이라 꼭 집에 온 기분이 들걸." 그녀는 잠시 입을 닫고 수건으로 손을 닦는다. "다른 선택지는 지금 이 자리에서 모든 걸 털어놓는 거야. 아직은 구속된 상태가 아니니까 너무 겁내지 않아도 돼."

레니가 고개를 들고 두걸을 쳐다본다. "아직도 안 나갔어요?"

"앤 내 아들입니다."

"그런데 왜 익사시키려 했죠?"

"우리 애가 뭘 잘못했는데요?" 매기가 묻는다. "조디와 관련된 일인가요?"

"자리를 비켜주시겠어요, 시핸 부인? 두 번 다시 묻지 않을 겁니다."

아파트를 나선 부부는 엘리베이터를 기다리며 나지막이 언쟁을 이어간다.

"도대체 우리 애가 뭘 어쨌다고."

"아무 일 아니니까 걱정 마."

"저게 아무 일 아닌 것 같아?"

"제발 좀 닥치고 있어!"

펠릭스는 수건으로 젖은 머리를 말린다. 여전히 셔츠를 걸치지 않은 그가 거실로 나가 미닫이 유리문을 열고 발코니의 탁자에서 담배를 집어 든다. 뽑아 든 담배의 양쪽 끝을 자신의 손목에 대고 톡톡 두드린다.

창밖으로는 도시 남부의 풍경이 펼쳐져 있다. 서쪽에 자리한 레이디 베이 브리지도 눈에 들어온다.

"멋진 집인데." 나는 방 안을 찬찬히 둘러보며 말한다. 평면 TV, 콘솔 게임기, 최고급 사운드 시스템. "네 소유야?"

"친구 집이에요. 난 그냥 집을 봐주고 있을 뿐이에요."

"그 친구 이름이 뭐지?"

"존 스미스요."

펠릭스가 담배에 불을 붙이고 한 모금 길게 빨더니 가죽 소파에 풀썩 주저앉는다. 앞으로 어떤 일이 펼쳐질지 다 안다는 듯 여유로운 모습이다.

레니가 안락의자로 다가가 앉는다. "아버지가 왜 저토록 화를 내신 거지?"

"하얀 빨래 색깔 빨래."

"뭐?"

펠릭스가 씩 웃어 보인다. "하얀 세탁물에 빨간 양말을 넣었거든요. 그래서 엄마가 가장 아끼는 블라우스가 엉망이 돼버렸어요."

그의 도발에도 레니의 눈빛에는 흔들림이 없다. "그보다 더한 헛소리도 귀가 따갑도록 들어봤어."

나는 활짝 열린 유리문 앞에 서서, 갈고리라는 뜻의 '후크'라 불리는 강 너머 자연보호 구역을 바라본다. 야생화로 가득한 목초지와 과수원에 에워싸인 드넓은 삼림지대다.

"버빅 의원을 알아?" 나는 묻는다.

"시장 말이에요?"

"한때 그랬지."

"그런데 그건 왜 묻죠?"

"그 사람도 네 고객 중 하나야?"

"그런 사람은 만나본 적도 없어요."

"네 아버지가 그의 운전사로 일하시지?" 레니가 말한다.

펠릭스가 불쾌한 악취라도 맡은 듯 코를 찡긋거린다.

"버빅 의원에게 물어보면 그가 널 안다고 대답할까?"

그 질문에 펠릭스는 잠시 머리를 굴린다.

"언젠가 만났을 수도 있어요. 이 바닥에선 온갖 사람을 다 상대해야 하니까."

"정확히 네가 하는 일이 뭐지?" 나는 묻는다.

"얘기했잖아요. 이것저것 사고판다고."

"그 '이것저것'이라는 게 대체 뭐지?"

"주로 골동품을 취급해요."

"이 집엔 골동품같이 보이는 게 없는데." 레니가 말한다.

"개인적으로 좋아하진 않아요." 펠릭스가 말한다. "하지만 그런 거에 환장하는 사람이 많죠. 당신 아버지도 마찬가지일걸요."

레니는 미끼를 물지 않는다. "사업이 잘되나 봐."

"나쁘지 않아요."

"경찰이 조디의 학교 사물함에서 현금 6천 파운드를 발견했어. 동생이 어떻게 그런 큰돈을 손에 넣게 됐는지 아니?"

"그야 모르죠."

"우리가 좀 살펴봐도 될까?"

"영장 갖고 왔어요?"

"네가 허락하면 영장이 필요 없잖아."

펠릭스가 두 팔을 펼쳐 보인다. "마음껏 둘러들 보세요."

약아빠진 녀석이 유죄를 입증하는 증거가 될 만한 걸 집에 보관해둘 리 없다. 그래도 한번 둘러보고 싶기는 하다. 그에 대해 더 깊이 알기 위해서. 유리 탁자에는 블랙베리 휴대폰이 놓여 있다. 블랙베리는 갱 멤버들이 즐겨 쓰는 브랜드다. 군사 보안 등급의 암호화가 가능해 경찰이 데이터에 접근할 수도, 메시지를 도청할 수도 없기 때문이다.

"조디는 실종된 날 밤 휴대폰을 썼어." 나는 블랙베리를 살펴보며 말한다. "그 애 휴대폰이 아니라, 싸구려 일회용 폰이었지. 경찰이 새 휴대폰을 들여다보고 있어. 문자 메시지와 통화 기록를 확인하는 건 시간 문제야."

"그 애의 이동 경로도 추적할 수 있겠지." 레니가 내 말에 맞장구친다. "데이터를 암호화해놔서 네겐 불똥이 튀지 않을 것 같지, 펠릭스? 그럼 신호는 어떻게 감출 건데? 모든 폰은 각자 고유의 신호를 갖고 있어서 가장 근접한 기지국에 자동으로 반응하게 돼. 그건 우리가 네 행적을 추적할 수 있다는 뜻이야. 네가 다녀간 모든 집, 술집, 주차장…… 여자친구들의 거처는 물론 업무차 미팅을 가진 장소들까지 확인할 수 있다고."

펠릭스는 대꾸가 없다. 그는 담배만 뻐끔대며 매캐한 연기가 스며든 눈을 끔벅거릴 뿐이다. 그의 시선이 블랙베리 쪽으로 슬그머니 돌아간다. 그러다 갑자기 몸을 날려 휴대폰을 집어 들더니 발코니의 열린 틈으로 힘껏 내던진다. 그와 동시에 반응한 나는 미닫이 유리문을 잽싸게 닫아버린다. 강을 향해 날아가던 휴대폰이 미끄러지듯 닫힌 유리문에 막혀버린다. 나는 바닥에 떨어진 휴대폰을 집는다.

"돌려줘요." 펠릭스가 말한다.

"증거 인멸 시도는 중범죄야." 레니가 내게서 건네받은 휴대폰을 주머니에 넣으며 말한다.

펠릭스는 당황하는 기색이 역력하다. "영장도 없이 이럴 수 있어요?"

"그게 소원이면 받아 올게."

나는 청년의 태도 변화에 주목한다. 그는 위협적으로 달려들고 싶어 하지만, 대부분의 깡마른 남자들이 그렇듯 허세만 잔뜩 부릴 뿐 강하게 나서지는 못한다. 헤비급인 그의 아버지 같은 사람들이 둔하게 어기적대면서도 손쉽게 상대를 압도하는 것과는 다르게.

"조디는 운반책으로 활동했을 거야, 그렇지?" 레니가 말한다.

"노코멘트하겠어요." 그가 대답한다.

"동생이 임신한 사실, 알고 있었어?"

펠릭스는 잠시 망설이는 모습을 보인다. "몇 주 전에 와서 임신했다고 하더라고요."

"아이 아버지가 누구지?"

"그건 안 알려줬어요."

"물어는 봤어?"

소년이 어깨를 으쓱인다.

"조디가 정확히 뭐라고 했지?"

"엄마 아빠에겐 비밀로 해두고 싶다고 했어요. 특히 엄마가 알면 집안이 뒤집힐 게 뻔했으니까요. 펑펑 울면서 하루 종일 기도만 하고."

"조디가 뭔가를 원했을 텐데."

"돈이요."

"왜?"

"낙태하려면 돈이 필요하잖아요."

"노팅엄에서 임신 중절 수술은 무료잖아. 그런데 왜 돈이 필요했을까?"

"노팅엄에서 수술받고 싶지 않았을 테니까요. 여긴 보는 눈이 너무 많잖아요. 나름 유명 인사인데. 걘 런던으로 가고 싶어 했어요."

"그래서 6천 파운드를 준 거야? 보기와 달리 아주 관대한데?"

"걔가 훔쳐 간 거예요. 만약의 경우에 대비해 숨겨둔 비상금이었는데 걔가 그걸 날름 가져가버렸어요."

"왜 돌려받지 않았지?"

펠릭스는 대답하지 않는다.

"동생이 협박을 한 모양이네." 나는 말한다.

이번에도 그는 입을 열지 않는다. 펠릭스는 엄지손톱을 입에 넣고 씹어대기 시작한다.

"동생이 실종된 날 밤, 걜 로프워크에 있는 집으로 보냈지?"

"노코멘트."

"인정한 걸로 칠게. 그날 조디는 누구한테 물건을 전달하기로 돼 있었지?"

펠릭스가 웃음을 터뜨린다. "내가 바보인 줄 아나 봐."

"당연하지." 레니가 말한다. "문제는 얼마나 바보인가지."

나는 계속 조디에게 초점을 맞추고 싶다. "동생이 언제쯤 런던으로 가려고 했지?" 내가 묻는다.

"그런 얘긴 안 했어요. 작은 여행 가방을 하나 사 와서 빈방에 놓고 가더라고요. 나중에 떠날 때 가지러 오겠다면서요."

"그 가방은 지금 어디에 있지?" 레니가 묻는다.

펠릭스가 턱으로 침실 쪽을 가리킨다.

"우리가 좀 봐도 될까?" 나는 묻는다.

순간 펠릭스의 표정이 싹 바뀐다. 얼굴에 계산적인 미소가 야릇하게 스민다. "제 핸드폰부터 돌려주시겠어요?"

레니는 잠시 고민에 빠진다.

"네 얘기가 전부 사실로 확인되면 그때 돌려줄게. 하지만 거짓이라는 게 밝혀지면, 넌 내가 아주 끝장을 내버릴 거야."

그가 능글맞게 웃는다.

침실에 들어선 나는 옷장 문을 열고 영국 아이스 스케이팅 팀의 엠블럼이 스텐실로 찍힌 작은 여행 가방을 꺼내 온다. 레니는 내게 라텍스 장갑 한 켤레를 건네고 자신도 같은 장갑을 낀다. 지퍼를 열자 조디의 옷이 드러난다. 속바지, 속옷, 스웨터, 스커트 두 벌, 청바지, 귀덮개가 붙은 털모자. 세면도구와 화장품이 담긴 파우치도 보인다. 가방 밑바닥에는 봉제 인형이 하나 파묻혀 있다. 눈알이 하나 빠지고 귀를 물어뜯긴 토끼. 아이는 엽산과 《아기를 기르고 밀어내는 법》이라는 책도 챙겨놓았다.

"왜 가방을 싸놓았을까?" 나도 모르게 머릿속 의문이 입 밖으로 새고 만다.

"런던으로 가려고 했다잖아." 레니가 말한다.

"기차로 두 시간밖에 안 걸리는 거리잖아요. 당일치기로 충분히 다녀올 수 있는 곳인데. 네스에 의하면, 조디는 임신 11주였답니다. 시급히 병원을 찾아야 할 만한 상황이 아니었다는 뜻이에요. 약물을 써서 아이를 지울 수 있었을 거라고요."

나는 다시 가방 속 내용물을 내려다본다. 옷, 화장품, 비타민, 그리고 아끼는 어린 시절의 장난감. 문득 그 답이 뇌리를 스친다.

"조디는 아이를 지우려는 게 아니었어요. 여기서 도망치려 했던 거예요."

45

문을 열어준 타스민 휘터커는 여전히 교복 차림이다. 아이가 눈을 가늘게 뜨고 문의 체인 걸린 틈으로 나를 내다본다. 소녀의 윗입술에는 설탕 가루가 묻어 있다.

"엄마 아빠 집에 안 계세요."

"난 널 만나러 온 거야."

순간 아이의 표정이 어두워진다.

"조디에 대해 물어볼 게 있어."

타스민이 두 손으로 문을 꼭 잡아 쥔 채 자신의 왼쪽 어깨 너머를 돌아본다.

"누구야, 타스?" 안에서 목소리가 묻는다.

"경찰." 아이가 대답한다.

"난 경찰이 아니라 심리학자야."

에이든이 타스민을 옆으로 밀어내고 현관문을 활짝 연다. 그는 운동복 바지와 헐렁한 축구 셔츠 차림이다. 둘은 전혀 남매처럼 보이지 않는다. 여자아이인 동생보다 예쁘장하게 생긴 에이든은, 긴 속눈썹에 도드라진 광대뼈와 잡티 하나 없는 매끈한 피부를 갖고 있다.

"무슨 일로 오셨죠?" 그가 묻는다.

"타스민과 할 얘기가 있어서."

"이야긴 저번에 나누지 않으셨나요?"

"몇 가지 추가 질문이 생겼어."

에이든은 호락호락 들여보내줄 것 같지 않다. "부모님이 안 계셔서 지금은 곤란하겠는데요."

"공식 면담은 아니야." 나는 말한다. "법을 좀 아는 것 같군."

"케임브리지에서 법을 공부하고 있어요."

"법대 진학은 내년이라고 했던 것 같은데."

"이 정도는 상식이죠." 그가 반항적으로 말한다.

"제법인데." 나는 말한다. "나중에 훌륭한 변호사가 되겠어."

에이든은 그것이 진심을 담은 칭찬인지 의아해하는 것 같다. 타스민이 우리 사이로 끼어든다. "베이비시터는 필요 없어요."

"그럼 너희와 함께 이야기하는 건 괜찮겠지?" 나는 말한다.

에이든은 마지못해 동의하고 나를 들여보내준다. 거슬리는 딸깍 소리와 함께 내 뒤로 문이 잠긴다. 우리는 노란 천 조각들과 재봉틀이 식탁에 올라가 있는 주방 대신 거실에서 대화하기로 한다.

"엄마가 장례식장에 입고 갈 코트를 꾸며주고 계세요." 타스민이 설명한다. "노란색은 조디가 가장 좋아하는 색이었거든요."

"장례식이 언제지?"

"모레예요. 차 한잔하실래요?" 아이의 목소리는 어머니를 꼭 닮았다.

"아니, 괜찮아."

에이든이 휴대폰을 체크한 후 동생 옆에 자리를 잡고 앉는다. 타스민은 소파 끝에 바짝 긴장한 모습으로 앉아 있다. 취업 면접이라도 보러 온 사람 같다. 무릎에 올려놓은 작은 원숭이 인형 때문인지 소녀는 나이에 비해 앳돼 보인다.

"아끼는 인형이니?" 나는 묻는다.

"조디가 구스 페어(노팅엄에서 매년 열리는 놀이동산 축제—옮긴이)에서 따 온 거예요. 공이 후프를 다섯 번 이상 통과하면 받을 수 있죠. 제가 던진 공은 하나도 통과하지 못했어요."

"조디와는 오랫동안 알고 지냈니?"

"같은 초등학교를 다녔어요. 포사이스 아카데미 동창이기도 하고요. 거기에다 댄스 클래스랑 스케이팅까지. 저흰 휴가도 함께 보냈어요."

"너도 스케이트를 타니?"

"아뇨. 아빠는 내가 스케이트 타는 모습이 꼭 새끼 하마 같다고 하셨어요." 아이의 목소리에 유감스러운 감정은 묻어나지 않는다.

"조디는 얼마나 자주 이 집에 놀러 왔었지?" 나는 거실을 찬찬히 둘러보며 묻는다.

"거의 매일요. 저흰 자매나 다름없었어요." 이번에도 아이는 '어머니 스타일'로 대답한다.

"방과 후에?"

"네, 에이든이 가끔 그 애 숙제를 도와주곤 했었어요."

나는 그 부분을 확인하기 위해 에이든을 돌아본다. "걘 툭하면 학교를 빠졌어요." 그가 휴대폰 화면에 눈을 고정시킨 채로 말한다. "저는 그 애한테 수학을 가르쳐줬어요."

"얼마나 자주?"

"일주일에 두 번요."

"그건 누가 결정했지?"

"매기 고모가 먼저 엄마한테 부탁하셨고, 엄만 제게 부탁하셨어요."

"돈도 받았어?"

"네?"

"돈을 받고 가르쳐줬냐고."

"네."

또다시 침묵이 찾아든다. 오빠에게만 질문이 집중되자 타스민은 따분해하는 것 같다. 무릎에 올려놓은 원숭이 인형의 긴 두 팔로 매듭을 묶었다가 펴기를 반복한다.

"조디의 스케이트 친구를 만나봤어. 조디는 운동을 그만둘 생각을 하고 있었다던데. 부상도 잦고, 두통도 낫지를 않아서. 조디가 네겐 아무 언급도 없었니?"

"아빠가 아셨으면 아주 난리가 났었을 거예요." 에이든이 말한다.

나는 타스민의 대답을 기다린다. 아이는 앞코 부분이 긁혀 흠이 난 자기 운동화를 내려다보고 있다.

"네." 마침내 아이가 나지막하게 속삭인다. 나는 그게 거짓임을 바로 간파한다.

"조디를 부러워한 적은 없었어?"

뜻밖의 질문에 움찔한 아이가 애써 태연한 척한다. "늘 부러워했었죠."

"왜?"

"조디는 모두의 관심을 독차지했으니까요. 걔가 재채기를 하거나 코를 훌쩍이거나 넘어질 때마다 사람들이 우르르 몰려가 물고 빨고 아주 야단법석을 떨어댔죠. 의사를 부르고 티슈도 뽑아 건네면서 말이에요. 우리 조디, 정말 끝내주지 않아요? 너무 예쁘죠? 재능도 엄청나고……."

"그러지 않았어." 에이든이 불쑥 말한다.

"그걸 오빠가 어떻게 알아?" 타스민이 쏘아붙인다. "자기도 같은 대접을 받았으면서. 오빤 우리 집의 골든 차일드고, 난 골든 리트리버잖아."

"닥쳐, 타스."

"오빠나 닥쳐!"

나는 그들 사이에 끼어들며 묻는다. "조디가 몰래 만나는 나이 든 남자친구는 없었니?"

"이제 와서 그게 왜 중요한 거죠?" 에이든이 묻는다.

"난 그저 걜 더 잘 이해하고 싶을 뿐이야."

콧날을 살살 긁는 타스민의 얼굴에 질투나 따분함과는 또 다른 표정이 떠오른다.

"가끔 걘 매기 고모한테 나랑 같이 지내고 싶다고 말하곤 했어요. 뭐, 말만 그렇게 하고 늘 딴짓을 해대긴 했지만."

"딴짓이라니?"

"또 무슨 소설을 쓰려는 거야?" 에이든이 말한다.

"이건 소설이 아니야. 조디는 한밤중에 몰래 빠져나갔다가 우리가 깨기 전에 슬그머니 돌아오곤 했었다고. 운 좋게도 덜미를 잡힌 적은 없지만. 난 걔가 훈련에 늦을까 봐 늘 조마조마했어."

"걔가 한밤중에 어딜 다녀왔는지 아니?" 나는 묻는다.

타스민은 고개를 젓는다.

"걔가 언제부터 그랬지?"

"여름방학 때부터요."

나는 에이든을 돌아본다. "너도 알고 있었어?"

"난 걔 사촌이지 베이비시터가 아니라고요."

"걔가 몰래 나갔다가 들어오는 걸 몰랐다고?"

"내가 지내는 곳은 따로 있어요." 그가 뒤뜰을 가리키며 말한다. 울타리 앞에 달걀 모양의 작은 이동식 주택이 덩그러니 세워져 있다. 뜰을 가로질러 집 안까지 이어진 전기선이 보인다.

"조디는 어떻게 집에 들락거렸지?" 나는 묻는다.

"제가 파티오로 통하는 미닫이문 잠금장치를 풀어뒀어요." 타스민이 말한다.

"걔가 실종된 날 밤은? 그날도 네가 문을 열어놨니?"

고개를 떨어뜨린 소녀는 핏기가 사라질 때까지 아랫입술을 깨문다.

"혹시 깜빡하진 않았고?"

"깜빡한 건 아니에요." 아이의 속눈썹에 맺힌 눈물방울이 점점 굵어지더니 뚝 떨어진다. "그냥 홧김에 그랬어요. 불꽃놀이를 보다가 나만 두고 사라진 개가 미웠거든요. 날 데려간다고 무슨 큰일이 나는 것도 아닐 텐데."

"네가 알면 안 되는 뭔가가 있었나 보지." 에이든이 동생의 어깨에 팔을 두르며 말한다.

"제가 문을 잠그지만 않았어도 조디는 자기 집으로 가려고 하지 않았을 거예요. 그랬으면 이런 일도 없었을 거고……."

타스민은 말을 맺지 못한다. 에이든은 흐느끼는 동생을 어떻게 위로해야 할지 몰라 난처해하는 모습이다.

그때 잠금장치 풀리는 소리와 함께 현관문이 열린다. 브라이언과 펠리시티 휘터커가 식료품이 가득 담긴 봉지를 들고 안으로 들어선다. 오는 길에 차 안에서 시작됐을 두 사람의 언쟁은 집에 도착해서도 계속 이어진다. 마침내 우리를 발견한 그들의 입이 딱 다물어진다.

"여기서 뭐 하는 거예요?" 브라이언이 험악해진 눈빛으로 묻는다.

"에이든과 타스민을 만나러 왔어요."

"우리 허락도 없이 말입니까?"

"에이든은 성인인데요."

그가 봉지를 바닥에 거칠게 내려놓는다. "우린 당신들이 우리 애들한테 허락도 없이 접근하는 걸 원치 않아요. 또 애들에게 무슨 헛소리를 하려고."

"그러려고 온 게 아닙니다."

거실 안 분위기가 순식간에 얼어붙는다. 펠리시티는 흐느끼는 타스민을 제쳐두고 에이든에게로 달려가 아들의 허리를 꼭 끌어안는다.

"조디는 임신 중이었고, 가출을 계획하고 있었습니다." 나는 설명한다. "걔가 타스민과 상의했을지도 모른다고 생각했어요."

"우리 딸이 의도적으로 그 사실을 덮어줬단 말입니까?" 브라이언이 묻는다.

"그 얘기가 아닙니다."

"그럼 뭡니까?"

"됐어, 브라이언." 펠리시티가 말한다. "이제 그만해."

"저 자식은 내가 조디를 성추행했다고 의심했어."

타스민이 웩, 하는 소리를 내자 에이든이 웃음을 터뜨린다. 문득 궁금해진다. 과연 브라이언 휘터커는 무엇이 더 못마땅할까? 내가 불쑥 나타난 것? 아니면, 방금 아이들이 보인 반응? 체구도 크지 않은 그가 별안간 내게 달려든다.

잽싸게 남편을 막아선 펠리시티가 그를 뒤로 떠밀며 내게 나가달라고 요청한다.

나는 재킷에서 명함을 꺼내 에이든과 타스민에게 건넨다.

"내 주소와 호출기 번호야. 뭔가 기억나는 게 있으면 언제든 연락해."

"두 번 다시 찾아오지 말아요." 브라이언이 소리친다. "알아들었어요?"

내가 오솔길로 들어서기 전에 펠리시티가 쪼르르 달려와 나를 불러 세운다. 그녀는 앞으로 흘러내린 머리를 쓸어 올리며 눈을 깜빡인다.

"헤이븐 박사님, 우리 가족이 어떤 식으로든 조디에게 해를 가했을 거라 생각한다면 그건 당신이 잘못 짚은 거예요."

피자는 싸늘하게 식은 상태로 도착한다. 나는 한 조각만 먹고 나머지는 킬리에게 양보한다. 그녀는 게걸스럽게 피자를 먹는다. 입술에 치즈가 달라붙었지만 전혀 신경 쓰지 않는다. 그녀는 피자를 씹는 틈틈이 분홍빛 와인을 마치 코디얼(물을 타 희석해서 주스로 만들어 마시는, 일종의 과일 청―옮긴이)이라도 되는 듯이 들이켠다. 저렇게 먹는데 왜 살이 안 붙을까?

오후에 우버 기사가 내 옷이 담긴 비닐봉지 두 개를 배달해주었다. 짧은 스웨이드 스커트, 빨간 타이츠, 팬티, 양말, 그리고 피터 팬 스타일 깃이 달리고 체형을 살려주는 디자인의 하얀 블라우스. 전부 새 옷이다. 레이스 붙은 검은색 팬티는 사이즈가 너무 작다. 나는 지금껏 끈 팬티를 입어본 적이 없다. 랭포드 홀은 여자애들에게 막스 앤 스펜서 매장에서 구입한 듯한 할머니 스타일의 팬티와 몸에 잘 맞지도 않는 스포츠 브라를 제공한다.

킬리는 내 옷을 하나하나 살펴보며 코를 찡긋거린다. 그녀는 더러운 무언가를 대하듯 엄지와 검지로만 옷을 집어 든다. 하지만 에나멜가죽 앵클부츠만은 탐이 나는 모양이다.

그녀는 침대에 앉아 내가 샤워를 마치고 나오기를 기다린다.

"어디서 왔어요?" 욕실 안에서 나는 묻는다.

"알아서 뭐 하게?"

"그냥 궁금해서요."

그녀는 잠시 망설인다. "셰필드."

"가족은 있어요?"

"엄마랑 이복 남동생 둘. 지금쯤 한 놈은 두 살, 또 한 놈은 네 살이 됐을 거야."

"자주 만나러 가요?"

"아니."

"왜요?"

"계부 때문에."

추가 설명이 필요치 않은 답변이다. 랭포드 홀에도 계모나 계부에게 쫓겨난 아이들이 여럿 있다. 새로 들어온 사자가 새끼를 죽이거나 쫓아내는 방법으로 단숨에 무리를 장악하고 자기 자손을 위해 길을 터주는 것과 별반 다르지 않다.

샤워를 마친 나는 수건을 향해 손을 뻗다가 거울에 비친 내 처참한 몰골을 목격하고 만다. 늑골에 남겨진 진보랏빛 멍 자국의 가장자리는 노랗게 변해가는 중이다. 이제는 손으로 누를 때만 통증이 느껴질 뿐이다.

나는 수건 두 장을 몸과 머리에 하나씩 두르고 욕실에서 나간다.

"펠릭스는 어디 살아요?"

킬리가 어깨를 으쓱인다.

"거기 가본 적 있어요?"

"아니."

"그의 여자친구인데도요?"

순간 그녀의 눈빛이 차가워진다. "그게 무슨 뜻이야?"

"아무것도 아니에요."

"함부로 입 놀리지 마. 그이한테 치근거리지도 말고."

나는 주섬주섬 옷을 걸치기 시작한다. 킬리는 내 음모를 유심히 살피다가 피식 웃는다.

"왜요?"

"네 수풀."

민망해진 나는 홱 돌아서서 스커트를 허벅지 아래로 끌어내린다. 옷을 다 입고 나서는 용기를 내어 거울을 다시 들여다본다. 실로 놀라운 변화다. 어릴 적, 그들은 종종 내게 새 옷을 가져다주곤 했다. 드레스와 점퍼스커트와 타이츠와 가운 따위를. 어떤 옷은 나를 앳돼 보이게 만들었고, 또 어떤 옷은 나이 들어보이게 만들었다. 하지만 그 어떤 옷도 내 소유라는 생각은 들지 않았다.

그때 어딘가에서 문이 열리더니, 요란한 목소리들이 버려진 건물을 쩌렁쩌렁 울려대기 시작한다.

"그들이 왔어." 킬리가 말한다.

"누구 말이죠?"

"곧 알게 될 거야." 방문자들은 라운지에 앉아 있다. 이십 대 흑인 남자 두 명, 그리고 빼빼 마른 중년 여자. 여자는 마치 따뜻한 곳에서 휴가라도 보내고 있는 것같이 사롱(말레이시아, 인도네시아 등지에서 남녀가 허리에 두르는 민속 의상—옮긴이)과 샌들 차림이다.

투바라는 이름의 흑인 남자는 밀밭의 크롭 서클(논밭의 작물을 일정한 방향으로 눕혀서, 공중에서 볼 때 기하학적인 원이나 도형이 나타나게 만든 정체 불명의 문양—옮긴이)처럼 머리를 깎아놓았다. 피부가 밝은 톤인 그의 친구는 끔찍할 만큼 비만이다. 그가 내게 '람보'라는 이름으로 불러줄 것을 당부하자 투바가 말한다. "실없는 소리 마, 케브."

"람보라는 이름이 뭐가 어때서?" 케브가 툴툴대며 말한다. 왠지 외기권에서도 보일 것 같은 번들거리는 주황색 운동복 차림의 그는 목걸이를 여러 개 두르고 있다.

"그러지 말고 '스타-로드'라고 부르는 건 어때?" 투바가 말한다. "아니면 헐크."

"헛소리 집어치워!"

중년 여자는 그들의 대화를 무시하고 담배에 불을 붙인다. 그녀는 내게 눈길 한 번 주지 않고 손톱 끝을 잘근잘근 씹어대며 휴대폰 화면에 집중한다.

내 소개를 해보지만 그녀는 계속해서 나를 외면한다.

"카를라는 신경 쓰지 마." 투바가 말한다. "보다시피 남들이랑 어울리기 좋아하는 타입이 아니거든."

"저 여자, 부두교 여사제야." 케브가 말한다. 그리고 갑자기 해리 포터처럼 두 손을 휘휘 저어대며 〈당신에게 주문을 걸어요〉를 불러대기 시작한다.

펠릭스는 맥주 두 상자를 들고 나타난다. 그는 샤워를 하고 나와 외출을 위해 옷을 갈아입는다. 고급 청바지와 유명 브랜드 셔츠. 그는 공들여 연마한 그들만의 '악수법'으로 투바와 케브를 맞는다. 어깨도 비벼대고, 주먹도 부딪치면서. 그에게 달려가 와락 안긴 킬리가 그의 귀에 대고 가르랑거린다.

　마침내 휴대폰에서 눈을 뗀 카를라가 말한다. "동생 일은 참 안됐어." 오랜 흡연과 음주 탓인지 그녀의 목소리는 거칠고 탁하다.

　"유감이야." 투바가 거든다. "어떻게 그런 일이."

　"TV에서 엄청 다루더라고." 케브가 말한다. "조디랑 너희 부모님 사진도 공개하고."

　펠릭스는 대꾸가 없다.

　"동생이 어떻게 됐는데요?" 호기심이 발동한 나는 묻는다.

　"아무것도 아니야." 펠릭스가 말한다.

　"얼마 전에 살해된 애 말이에요?"

　"그 얘긴 하고 싶지 않아."

　그의 단호한 반응에 나는 더 밀어붙이지 못한다.

　케브는 다리를 쩍 벌리고 앉아 있다. 투바는 TV에서 본 포주처럼 연신 건들거린다. 카를라는 담배를 또 꺼내 물고 불을 붙인다. 어찌나 세게 빠는지 입술에 물린 필터가 납작해질 정도다.

　"얜 뭐지?" 그녀가 새빨갛게 칠한 손톱으로 나를 가리키며 묻는다.

　"새로 들어온 애예요."

　"얘가 마약반 끄나풀이 아니란 걸 어떻게 알지?"

　"진심으로 얘가 마약반 끄나풀로 보여요?" 펠릭스가 묻는다.

　"어디서 찾았는데?"

　"버스 터미널에서요."

　"오, 멋지군! 그래, 그렇다면 마약반 끄나풀일 리가 절대 없지."

그녀의 빈정대는 톤에 펠릭스가 짜증을 낸다. "당신과는 알코올 중독자 모임에서 만났잖아요. 그럼 당신을 더 의심해야 하는 거 아닌가요?"

카를라는 불쾌해하면서도 반박하지 못한다. 펠릭스는 내게 밖에서 기다리라고 한다.

오히려 잘됐다. 그렇지 않아도 심상찮은 방 안 분위기나 대화가 흘러가는 방향이 영 마음에 들지 않았는데. 모두가 진심을 담아 펠릭스를 위로했지만 조디 시핸의 이름이 언급되는 순간 급속도로 얼어붙어버린 분위기는 쉬이 반전될 것 같지 않았다.

사이러스는 조디에게 오빠가 있었다는 사실을 알려주지 않았다. 크레이그 팔리의 경찰 심문에서도 그의 이름은 언급되지 않았다. 하지만 그는 분명 존재했고, 지금 내 눈앞에 저렇게 멀쩡히 살아 있다. 비타민인지 스테로이드인지 정체 모를 수상한 약을 운반하는 나쁜 일을 하면서. 솔직히 많이 놀랐다. 이유는 알 수 없지만. 물론 모범적인 가정에서만 살인사건 피해자가 나오는 건 아니다. 이번처럼 그 반대인 경우도 분명 있기는 했다.

나는 어스레한 복도에 서서 닫힌 문에 귀를 가져다 대본다. 그들이 긴장을 풀고 맥주를 마시기 시작하자 웅얼대던 목소리가 점점 명확해져간다.

"길 잃은 애들을 자꾸 데려오면 어떻게 해?" 카를라가 말한다. "저러다 큰일 난다고."

"쟨 소년원 출신이에요. 가출한 아이고요. 누군가한테 흠씬 두들겨 맞았더라고요." 펠릭스가 대꾸한다.

"쟨 우리 이름을 알고 있어. 우리가 어떻게 생겼는지도 알고."

"여기 오래 머물지 않을 거예요."

"듣던 중 반가운 소리네." 킬리가 말한다. "난 쟤가 마음에 안 들어."

"다들 닥쳐요." 펠릭스가 버럭 소리친다. "일을 맡기기 전에 꼼꼼히 체크해볼 테니까 걱정들 말라고요, 네?"

"오늘 밤에 작업할 거야, 아니면 여기서 이렇게 수다만 떨고 있을 거야?" 투바가 말한다.

"당분간 배달 작업은 보류할 거예요." 펠릭스가 말한다. "아까 짭새들이 찾아왔었어요. 들키진 않았지만 그래도 한동안 자중하는 게 좋을 것 같아요."

"얼마나 오래?" 케브가 묻는다.

"분위기가 잠잠해질 때까지."

"난 지불할 청구서가 있단 말이야." 카를라가 투덜댄다.

"그게 아니라 못된 습관 때문일 텐데." 케브가 말한다.

그는 카를라의 반응을 촉발하는 다음 말을 덧붙인다. "역시 교양이 넘치시네요."

"넌 뒤룩뒤룩 찐 살이나 어떻게 좀 해봐." 그녀가 받아친다.

"범인이 잡혔다며." 투바가 말한다.

"그래. 하지만 짭새들이 계속 살펴보고 있으니 딱 일주일만 얌전히 기다려보자고. 길어야 열흘이야."

"그때까진 뭘 하지?"

"휴가를 받았다고 생각해. 따뜻한 데서 푹 쉬다 오든지. 옷도 벌써 그렇게 차려입었구만, 뭐."

"고객들은 어쩌고?" 투바가 묻는다.

"운반이 재개되면 그때 디스카운트해주면 돼."

나는 문에서 떨어져 나와 두 팔로 어깨를 감싼다. 춥지도 않은데 온몸이 덜덜 떨리고 있다. 저 사람들은 신뢰할 수 없다. 킬리한테서 피자 살 돈을 훔쳐 런던행 버스에 올랐어야 했는데. 아니면 사이러스에게로 돌아갔어야 했다. 설령 그가 날 랭포드 홀로 돌려보낸다 해도 크게 손해볼 건 없다. 어차피 영원히 갇혀 살 것도 아니니까. 뭐가 그렇게도 두렵지? 이제까지 내 삶의 대부분을 이런저런 상자 안에 갇혀 하염없이 기다려왔으면서.

미팅이 끝난 모양이다. 투바와 케브는 함께 움직인다. 그들의 육중한 몸과 웃음소리가 복도를 가득 채운다. 나를 본체만체하며 지나쳐 걸어가는 카를라는 담배 연기를 잔뜩 뿌려놓고 모퉁이 너머로 사라진다.

킬리는 아직도 펠릭스에게 몸을 밀착시킨 채 그의 다리에 대고 골반을 흔드는 중이다. 그는 그녀를 밀쳐내고 주머니에서 자그마한 비닐봉지를 꺼낸다. 그리고 봉지를 자기 다리에 대고 몇 번 가볍게 턴 뒤 그녀에게 건넨다.

"이제 꺼져, 바쁘니까."

킬리는 혐오의 표정을 잔뜩 머금고 나를 본다. 그녀의 흐리멍덩한 눈빛이 야릇한 느낌을 준다. 마치 몸과 정신이 분리된 것처럼.

펠릭스가 열린 문 주변을 서성이는 내게 앉으라고 지시한다. 그는 냉장고에서 맥주를 한 병 더 꺼내 온다. 그리고 카운터 가장자리를 이용해 뚜껑을 딴 후 주먹으로 병을 툭 친다.

"한 병 마실래?"

나는 고개를 젓는다. "오늘 배달 나가는 거 아니었어요?"

"오늘 밤은 아니야."

"하지만 내 돈은……."

"염려 마. 약속대로 챙겨줄 테니까."

그가 스테레오를 켜고 볼륨을 크게 높인다. 베이스가 요란하게 깔린 일렉트로닉 팝 음악이 흘러나와 속을 뒤흔들어놓는다.

"어떤 음악 좋아해?" 그가 묻는다.

"이런 건 싫어요."

그가 씩 웃으며 얼룩이 진 소파에 앉는다. 소파에 덮인 직물은 심하게 닳아 해진 상태다. 한 손으로 맥주병을 쥔 그가 주머니에서 작은 유리 파이프를 꺼낸다. 파이프의 한쪽 끝은 임신한 시험관처럼 둥글게 부풀어 있다. 그걸 보니 랭포드 홀에서 과학 실험을 했던 때가 떠오른다. 분젠 버너와 두 개의 플라스크를 이용해 소금물을 담수로 증류하는 실험.

펠릭스가 허벅지 주머니에서 또 다른 투명한 비닐봉지를 꺼내 암염 알갱이 같은 내용물을 잠시 들여다본다. 그는 손가락으로 결정체를 집어 유리 파이프에 떨어뜨린 후 싸구려 라이터로 파이프 밑 부분을 달구기 시작한다. 작은 불꽃이 튀면서 자글거리는 소리가 방 안을 채워나간다. 파이프 안에서 탈지면처럼 새하얀 연기가 만들어진다. 펠릭스는 그 연기를 깊이 들이마시고 고개를 뒤로 젖힌다. 그가 야릇한 미소를 흘리며 연기를 조금씩 내뿜는다. 화학 반응. 원인과 결과. 그의 눈에서는 희열이 넘실댄다.

그가 내 앞으로 파이프를 내민다. 나는 고개를 젓는다.

"겁낼 거 없어. 긴장 풀라고."

"그냥 맥주 마실래요."

펠릭스가 냉장고에서 맥주를 꺼내 온다. 그리고 홱 돌아서서 웃통을 벗는다. 나는 아직도 유리 파이프와 그 안에서 점점 검어지는 결정체를 지켜보고 있다. 예전에 마리화나를 피워본 적은 있지만 이런 건 아직 경험이 없다. 한번 해볼까? 설마 죽기라도 하겠어? 지금껏 내가 무난한 인생을 살아온 것도 아니고. 오히려 그 반대였지. 질문만 넘치고 답은 하나도 얻지 못했던 삶. 엉망진창인 인생.

상담가와 치료사들은 늘 내게 현실을 받아들일 것을 조언했었다. 하지만 그들 중 누구도 내가 그래야 하는 이유를 제대로 설명하지 못했다. 고통과 슬픔으로 가득 찬 세상에서 왜 현실을 받아들여야 하지? 그걸 바꿀 생각은 하지 않고. 남이 돼보고 싶다는 사람들의 강박적 욕망 때문에 TV에서 '메이크오버' 프로그램이 넘쳐나는 거 아닌가? 자신들의 따분하고 한심한 인생을 더 나은 삶과 바꿔보려고? 회피하고, 부인하고, 잊기 위해서?

펠릭스가 뚜껑을 딴 맥주병을 내게 건넨다. 나는 소매로 병 주둥이를 문질러 닦은 후 맥주를 마신다. 차가운 액체가 바싹 말라 있던 입안과 목구멍을 기분 좋게 적셔준다. 나는 마지막 한 방울이 혀에 떨어질 때까지 멈추지 않는다. 냉장고에서 맥주가 또 한 병 꺼내진다. 나는 무릎 사이에 맥주병을 끼워놓고 이번에는 좀 더 천천히 마셔보겠다고 다짐한다.

펠릭스가 파이프를 다시 집어 들고 라이터로 지져댄다. 그가 또 한 모금 빨자 파이프 안에서 연기가 요동친다.

그는 내 앞으로 파이프를 밀고 라이터를 거꾸로 쥔다.

"겁낼 거 없어. 긴장 풀고. 그냥 분위기에 몸을 맡기면 돼."

나는 몸을 앞으로 기울이고 입을 연다.

"꼭 용을 타는 기분이 들 거야." 그가 말한다. "구름 속에 파묻혀 술을 마시는 기분."

복부에서 경련이 일기 시작한다. 방 안의 벽들이 갑자기 불룩해졌다가 원상태로 돌아간다.

그가 내게 무언가를 먹였다. 아마 내 잔에 약을 탔을 것이다. 나는 루피스(의식을 잃게 하는 불법 진정제—옮긴이) 같은 데이트 강간 약물에 대해 어느 정도는 알고 있다. 하지만 설마 내가 당하게 될 거라고는……. 대체 뭘 믿고 경계를 늦췄던 거지? 바보! 멍청이!

펠릭스는 무언가를 이야기하고 있다. 그의 얼굴은 핼러윈 가면과 괴생명체로 변해가는 중이다. 흉측하게 뒤틀린 입술과 치아, 그리고 무수히 돋아난 눈들.

"내게 뭘 먹인 거죠?" 혀가 꼬여 말이 잘 나오지 않는다. 꼭 남의 목소리를 듣고 있는 것 같다. 음악은 또 언제 바뀌었지?

그가 나를 일으켜 세운다. 내가 위태롭게 비틀대자 그가 내 허리를 잽싸게 감싸안는다. 그에게 눕고 싶다고 말하고 싶지만 내 입에서는 알아들을 수 없는 웅얼거림만 새어 나올 뿐이다. 그는 나를 이끌고 복도를 걸어나간다. 그가 열쇠로 문을 열자 침실이 나타난다. 침대, 카메라, 삼각대…….

그가 나를 매트리스에 눕힌다. 나는 몸을 둥글게 말고, 밀려드는 졸음에 백기를 든다. 잠에 빠져들려는 찰나 눈부신 불빛이 내 감긴 눈꺼풀을 파고든다. 그가 두 손으로 내 얼굴을 붙잡고 키스를 퍼붓기 시작한다. 그의 혀가 내 입안을 쑤셔댄다. 그의 입김에서 암모니아 냄새가 풍긴다. 나는 고개를 옆으로 돌리고 헛구역질을 한다. 그의 어깨를 잡고 힘껏 떠밀어보지만 무릎을 내 허벅지 사이에 단단히 끼워 넣은 그는 꿈쩍도 하지 않는다.

그의 손톱이 내 피부를 할퀴며 고무 밴드를 잡아 내린다. 거칠게 손을 놀려대는 그에게 멈추라고 애원해보지만 내 목소리는 끝내 입을 벗어나지 못한다.

펠릭스가 몸을 뒤로 젖히고 바지를 벗는다. 그런 다음 엄지손가락으로 내 귀밑의 연약한 살을 누르면서, 단단히 움켜쥔 내 머리를 자신의 하체 쪽으로 이끈다. 나는 그가 무엇을 하려는지 깨닫고 거칠게 저항한다. 나는 그의 손가락을 잡아당기며 용서해달라고, 자비를 베풀어달라고 애원한다. '자비'가 정확히 무슨 뜻인지도 모르면서. 이게 바로 나이고, 내 인생이다. 이용당하고, 학대당하고, 사랑받지 못하는 밉상.

복부에 경련이 일면서 구토가 터져 나온다.

펠릭스가 움찔하며 외마디 비명을 토해낸다.

"이년이!"

그는 두 팔을 번쩍 들고 자신의 셔츠에 뿌려진, 곤죽이 된 치즈와 피자 반죽을 내려다본다.

"100파운드짜리 셔츠인데."

그는 화장실로 달려가 셔츠를 벗고 흐르는 물에 문질러 빨기 시작한다.

도망칠 절호의 기회다. 나는 힘겹게 일어섰다가 이내 고꾸라지고 만다. 나는 필사적으로 기어 복도로 나간다. 그리고 카펫 깔린 바닥에 또다시 속을 비워낸다.

다시 몸을 일으킨 나는 휘청거리며 복도를 걸어간다. 좌우로 흔들리는 몸이 양쪽 벽에 번갈아 부딪힌다. 나는 심호흡을 하며 정신을 차려보려 애쓴다.

뒤에서 들려오던 물소리가 뚝 멎고, 쏟아져 나온 불빛이 복도를 채운다.

"이봐! 어디 가는 거야?"

마침내 불 꺼진 출구등 앞에 다다른다. 어깨로 문을 밀어 열고 밖으로 나가 짧은 계단으로 통하는 층계참으로 들어선다. 어느새 성큼 다가온 펠릭스는 비명이 터져 나오는 내 입을 막으려고 두 팔을 맹렬히 휘저어댄다. 그는 나를 벽돌 벽에 메다꽂고, 나는 입안으로 들어온 그의 엄지손가락을 힘껏 깨문다. 피부가 찢기면서 그의 뼈가 느껴진다. 그가 욕설을 뱉으며 떨어져 나간다. 나는 부츠로 그의 정강이를 냅다 걷어찬다.

"미친년!" 그가 소리친다.

그에게서 벗어난 나는 필사적으로 달리기 시작한다. 찬 공기가 정신을 번쩍 들게 해준다. 후크가 풀려버린 스커트가 조금씩 내려간다. 나는 울타리에 난 틈으로 빠져나와 도로로 뛰어든다. 그리고 불빛을 향해 비틀대며 나아간다. 무섭게 달려오던 차가 급제동하며 미끄러진다. 나는 뒤도 돌아보지 않고 급하게 방향을 바꾸어 모퉁이를 돌아나간다. 환한 불빛을 머금은 버스 한 대가 경적을 울린다. 멈출 수 없어…… 멈추지 않을 거야…… 저 새끼한테 붙잡혀 죽을 순 없어.

그때 눈부신 불빛과 함께 어딘가에서 경찰 사이렌이 터져 나온다. 순간적으로 눈이 멀어버린 나는 멈춰 선 차의 측면에 부딪힌 후 고꾸라진다. 경관이 달려와 몸을 숙이고 알아들을 수 없는 말을 늘어놓기 시작한다.

다시 아이로 돌아가버린 것 같다. 밀려드는 졸음과 몽롱한 꿈에 취한 느낌. 문이 열리고 형체가 모습을 드러낸다. 형체는 이불을 걷고 내 이름을 속삭인다. "내가 널 사랑하는 거 알지?

내가 널 해치지 않을 거라는 것도 알고?"

　형체는 내 팔에 손을 얹고 가만히 누워 있을 것을 주문한다.

　죽을 만큼 고단하지 않았다면 펑펑 울었을 텐데…….

47

"늑골에 타박상을 입었지만 부러지진 않았습니다." 구겨진 파란색 수술복 차림의 응급실 의사가 말한다. 그의 머리에는 면으로 된 모자가 삐딱하게 씌워져 있다. 목에는 적갈색으로 변한 화장지 조각이 달라붙어 있는데, 아침부터 그 자리에 붙어 있었을 게 분명하다. 조만간 다시 면도를 해야 할 것이다.

"이비는 정체 모를 약을 탄 술을 마셨다고 했어요. 그래서 일단 독성 검사를 주문했습니다. 해독제도 먹였고, 진통제도 처방했어요. 머리 위로 팔을 올리는 게 아직은 많이 아플 거예요. 곁에서 옷 갈아입는 걸 도와주셔야 할 겁니다."

"혹시……." 나는 차마 묻지 못한다.

"성폭행을 당하진 않았느냐고요? 그건 알 수 없어요. 검사를 완강히 거부하고 있거든요."

응급실에 딸린 대기실에는 부러지고 상처 입고 피 흘리는 사람들이 드문드문 앉아 있다. 형광등 불빛 때문인지 모두 황달에 걸린 환자들처럼 보인다. 경찰이 호출기에 남긴 메시지를 확인하자마자 부리나케 달려온 나는 자정이 지나서야 이곳에 도착할 수 있었다. 이비는 병원으로 향하는 구급차에서 잠에 빠져들기 전에 내 연락처를 그들에게 건넸다.

의식을 되찾은 아이는 현장에서 자신을 가장 먼저 발견한 두 경관과 대화를 나누고 있다. 나는 의자에 앉아 음식물 얼룩이 진 셔츠 차림의 곱슬머리 남자가 진통제를 내오라며 응급실 간호사와 옥신각신하는 모습을 지켜본다. 그녀는 얌전히 앉아 있지 않으면 경비를 부르겠다고 엄포를 놓는다. 남자는 자동문 밖에 세워둔 쇼핑 카트로 되돌아간다. 카트 안에는 지저분한 담요와 접은 판지가 담겨 있다.

진료실에서 나온 두 경관이 잠시 머리를 맞대고 몇 마디 나누고 나서 나를 부른다. 둘 중 상관으로 보이는 남자가 적의를 머금은 표정으로 나를 본다. 마치 야근으로 가족을 못 보게 된 것이 내 탓이기라도 한 양.

"버튼 순경입니다." 그가 말한다. "이쪽은 헌틀리 순경이고요. 선생님께선 이비 코맥을 어떻게 아십니까?"

"제가 후견인입니다."

"신분증을 보여주시겠습니까?"

나는 그에게 운전면허증을 꺼내 보여준다.

"저 애가 어젯밤 어디서 뭘 했는지 아십니까?"

"이비가 뭐라던가요?"

"친구를 만나러 갔다가 약을 탄 술을 마시게 됐답니다. 그 후에 무슨 일이 있었는지는 기억나지 않는다고 하고요. 어디서 누구랑 같이 있었는지도요. 친구들도 미성년자라서 이름을 댈 수 없다나요. 선생님께서 좀 도와주시겠습니까?"

"저라고 뾰족한 수가 있지는 않아요."

"이비를 마지막으로 보신 게 언제였습니까?"

"어제 오후였어요." 나는 거짓으로 둘러댄다.

"어젯밤 저 애가 어디 있었는지 짚이는 데가 없나요?"

"네."

경관이 위로 넘기는 작은 수첩에 무언가를 적어 내려간다.

"이봐요, 사이러스. 그냥 '사이러스'라고 불러도 되겠습니까?"

싫다고 해도 그렇게 부를 거면서.

"이비의 수중엔 돈도, 휴대폰도, 신분증도 없었어요. 걸치고 있던 옷의 상태와 타박상의 흔적을 통해 저 애가 누군가에게서 공격을 받았다는 걸 확인할 수 있습니다. 강도를 만나 모든 걸 빼앗긴 것 같고요. 성폭행까지 당했을 가능성이 매우 높습니다. 하지만 보복당할까 봐 범인의 정체를 밝히지 않으려는 것 같습니다. 들어가서 설득해봐요. 이게 다 그 앨 위하는 일이라고 안심도 시켜주고."

정말 이게 다 저 앨 위하는 일일까?

"알았어요." 말은 그렇게 했지만 솔직히 막막하다. 끔찍한 일을 겪은 이비에게 어떻게 접근해야 할지 마땅한 아이디어가 떠오르지 않는다. 지금껏 수십 명의 성폭행 피해자를 치료해왔다. 그중 가해자를 경찰에 신고한 이는 얼마 되지 않았다. 대부분 자신이 겪은 비극을 비밀로 묻어두려 했다. 어느 쪽이 현명한지는 알 수 없다. 범인들 가운데 세 명은 기소조차 되지 않았거나, 배심원단에 의해 혐의를 벗게 됐다. 지금 당장은 이비에게 집중해야 할 때다. 아이가 무슨 일을 겪었는지, 그리고 어떻게 해야 온전히 회복할 수 있을지.

마침내 그들이 나를 아이에게로 데려간다. 이비는 진료실 침대 가장자리에 걸터앉아 있다. 고개를 푹 숙인 이비의 흘러내린 앞머리가 눈을 완전히 덮어버린 채다. 아이는 내 목소리를 듣고도 아무런 반응이 없다.

"좀 어때?"

"최악이에요."

"통증은?"

"괜찮아요."

경관들은 아이의 반응을 유심히 지켜보고 있다. 이비의 몸짓 언어를 읽어보려는 것이리라. 보나 마나 그들은 성범죄 데이터베이스에서 내 이름을 검색해보았을 것이다. 복지부에도 연락해 내 신원 조사를 해봤을 테고.

"화장실에 다녀올게요." 이비가 나를 밀치고 나간다. 우리는 아직도 눈을 맞추지 못하고 있다. 간호사는 화장실까지 아이를 호위하는 것에 그치지 않고 밖에 서서 기다리기까지 한다. 경관들은 누군가와 통화하고 있다. 이따금 그들의 시선이 내게로 슬쩍슬쩍 돌아온다.

"이비를 집에 데려가도 되겠습니까?" 나는 의사에게 묻는다.

"정신병동에서 검사를 받아볼 필요가 없다고 생각되시면요."

"제가 심리학자입니다."

그 말에 의사가 한쪽 눈썹을 추켜세운다.

그렇게 몇 분이 흐른다. 이비는 여전히 무소식이다. 화장실에 또 다른 출구가 있는지도 모른다. 어쩌면 탈출을 시도하고 있을지도 모른다. 간호사를 붙들고 화장실을 살펴봐줄 것을 부탁하려는 찰나, 이비가 모습을 드러낸다. 세수를 했는지 머리에서 물을 뚝뚝 떨어뜨리고 있다. 얼굴에는 립스틱과 아이섀도를 그린 흔적이 남아 있다. 간호사가 화장품을 내준 모양이다.

나는 아이의 옷차림을 유심히 살펴본다. 스웨이드 스커트, 찢긴 블라우스, 앵클부츠. 저게 다 어디서 난 거지?

"이거 걸쳐." 나는 코트를 벗어 건넨다. "날씨가 추워."

정문에 다다랐을 때 버튼 순경이 우리 앞을 막아선다. 그는 이비에게 명함을 쥐여주며 기억나는 게 있으면 연락할 것을 당부한다. 아이는 무성의하게 고개를 끄덕인다.

젊은 경관이 이비를 밖으로 이끄는 동안, 그의 파트너가 내 어깨에 손을 얹고 얼굴을 불쑥 들이민다.

"당신이 저 앨 건드렸다는 게 확인되면, 그땐 내가 가만두지 않을 겁니다. 험한 꼴을 보게 될 거예요."

48

손을 뻗어 안전띠를 매주려 하자 이비가 움찔하며 고개를 돌려버린다. 아이의 시선은 차츰 밝아가는 하늘에 고정된다. 나는 차에 시동을 걸고 주차장을 빠져나간다. 비에 젖은 도로는 한산하다.

"어디 갔었어?" 침묵을 깨고 내가 묻는다.

"포커 치러요."

"이틀씩이나?"

아이는 대답이 없다.

나는 앞질러 가는 버스를 추월해, 환히 밝혀진 차 안을 살펴본다. 게슴츠레한 눈을 한 야간 근무자 몇이 유리창에 머리를 기댄 채 앉아 있다.

"내가 땄어요." 이비가 속삭인다.

"경관들은 너한테 돈이 없었다던데."

"빼앗겼어요."

"누구한테?"

"이름을 물어볼 경황이 없었어요."

평소 같았으면 한껏 빈정대면서 내뱉었을 말이지만, 지금 이비에게는 그럴 기운이 조금도 남지 않은 듯하다.

"왜 경찰에 신고하지 않았지?"

"왜였을 것 같아요?"

"나한테 문자라도 하지."

이비가 갑자기 차가운 눈빛으로 나를 쏘아본다. 아이는 무언가를 잃은 사람 같아 보인다. 지체, 결손. 아이가 이런 모습을 내게 보인 건 이번이 처음이 아니다. 나는 지금껏 이토록 노골적인 허무주의자를 본 적이 없다. 신종 인간을 대하는 기분이다. 섬멸적 자기혐오 속에서 자라온 모양이다. 한때 품었을 자존감도 그것에 완전히 파괴됐을 테고. 아이의 정신과 마음속에서, 자신의 존재는 스스로 걷는 땅과 숨 쉬는 공기에 대한 모독이다. 이비의 모든 용기와 지능은, 아이에게 세상을 증오하라고 부추기고 있다. 세상에 뒤통수를 맞기 전에 먼저 박살 내버리라고.

하지만 내 경험으로 느끼건대, 아이는 정상이 되고 싶어 한다. 정상인으로서 세상의 일원이 되고 싶어 한다. 이비는 마치 파티에 한 번도 초대받지 못한 아이 같다. 창문에 얼굴을 갖다 붙이고 안에서 새어 나오는 웃음소리를 엿듣는, 신나는 게임을 부러운 눈으로 바라보는, 그리고 누군가가 먼저 손을 내밀어주기를 내심 바라면서도 충동이 끓어오르면 주저 없이 그 집에 불을 지를 아이.

"다시 돌려보낼 건가요?" 아이가 볼 안쪽을 깨물며 묻는다.

"아직 결정 못 했어."

"그럼 내가 보호 관찰에 처해진 건가요?"

"넌 이미 보호 관찰 중에 있었어."

핸들을 쥔 내 두 손에 힘이 잔뜩 들어가 있다. 문득 내가 이비를 두려워하고 있다는 걸 깨닫는다. 물론 이 깨달음도 이번이 처음은 아니다. 나는 아이와의 근접한 거리가 두렵고, 그리고 아이의 어둠이, 아이가 자신의 기세를 감지하면 언제라도 내게 가할 수 있을 손상이 두렵다.

이비는 창밖 풍경에서 눈을 떼지 않는다. 우리의 목적지가 집도, 랭포드 홀도 아님을 눈치챘을 것이다. 그럼에도 아무 말이 없다. 우리는 강을 건너 동쪽으로 향하고 있다. 트렌트 브리지 크리켓 경기장을 지나 노팅엄 변두리를 가로지르자 주택가는 사라지고, 생울타리로 나뉜 들판이 빈자리를 채운다.

래드클리프 동물 센터에는 작은 가게가 딸려 있고, 사육장과 미니어처 항공기 격납고처럼 생긴 조립식 건물들이 줄지어 늘어서 있다.

"자." 나는 차에서 내리며 말한다. 이비는 아직도 내 코트를 걸치고 있다. 아이는 나를 따라 사무실로 들어간다. 카운터 뒤에 앉은 여자는 마마이트(맥주 효모를 농축해서 만든, 빵에 발라 먹는 식품—옮긴이)가 발라진 삼각형 토스트를 씹고 있다.

그녀가 손가락을 쪽 빨고 나서 말한다. "일찍 오셨네요."

"개를 보러 왔습니다." 나는 말한다.

그녀가 옆으로 돌아앉아 서류를 뽑아 든다. "입양인가요, 위탁인가요?"

"위탁이요." 나는 대답한다. "일단은 그렇게 해보려고요."

나는 서류를 이비에게 건넨다. 할 말을 잊은 아이가 나를 올려다보며 눈을 깜빡인다.

"맨 위에 이름과 주소를 적으면 돼."

서류에는 몇 가지 질문이 적혀 있다. 뜰이 얼마나 큰지, 실내용을 원하는지 옥외용을 원하는지, 어떤 품종과 성별을 원하는지. 당황한 이비는 계속 내 눈치만 본다.

"네가 결정해." 나는 말한다.

"먼저 몇 마리 만나보고 결정해도 돼요." 여자가 말한다. 그녀가 워키토키를 들고 랩터라는 이름의 직원을 호출한다. 잠시 후, 녹색 제복과 두꺼운 부츠 차림의 젊은 남자가 나타난다. 그는 금발로 염색한 머리를 뒤로 묶어놓았다. 우리는 그를 따라 시멘트 바닥을 걷는다. 낮은 개집과 철사 울타리가 쳐진 우리 안에서, 인기척을 느낀 개들이 짖어대기 시작한다.

"소개하고 싶은 녀석이 있어요." 랩터가 말한다. "개인적으로 가장 아끼는 녀석입니다. 사람을 굉장히 잘 따라요. 혼자 남겨지는 걸 엄청 싫어하고요. 분리 불안 장애 같은 게 있어서 말이죠."

그는 우리에게 뜰에서 기다리라고 한 뒤 사라진다. 이비는 주머니에 두 손을 찔러 넣은 채 남자가 사라진 쪽을 바라본다. 아이는 내가 갑자기 마음을 바꿀까 봐 바짝 긴장하고 있는 듯하다.

"무슨 꿍꿍이죠?" 아이가 속삭인다.

"꿍꿍이라니?"

"왜 나한테 잘해주는 거죠?"

"바로 그게 문제야, 이비. 사람들이 네게 잘해주는 걸 왜 이상하게 생각하지? 당연한 일인데."

"나더러 당신 집에 계속 머물러달라는 뜻인가요?"

"난 네가 그래주기를 늘 바라왔어."

아이가 돌아서서 얼굴을 감춘다.

"버스 터미널에 갔었어요. 런던으로 가려고. 하지만 돈이 없어서 그럴 수 없었어요. 거기서 좌절하고 있을 때 어떤 남자가 다가와 말을 걸었어요. 갈 데 없으면 자기랑 같이 가자고." 이비가 잠시 머뭇거린다. "펠릭스 시핸이었어요. 죽은 애 오빠."

"정확해?"

"네."

나는 깊은숨을 한 번 들이쉰다. "그 애가…… 혹시 널……."

"아뇨."

"병원에선 네가 약물에 취해 있었다고 하던데."

아이는 대답하지 않는다. "펠릭스는 마약 딜러예요. 자기가 직접 운반하지 않고 사람들을 써서 배달시키더라고요."

"너한테도 그걸 시켰어?"

이비가 고개를 끄덕인다.

"경찰에 알려야겠어."

"안 돼요!"

"그가 널 이 지경으로 만들었잖아."

아이는 애원하는 눈빛으로 나를 쳐다본다. "그들이 날 다시 랭포드 홀로 돌려보낼 거예요."

"아니."

"난 가출했어요. 도박도 했고. 게다가 마약 딜러와도 엮이게 됐어요." 이비는 잠시 격해진 감정을 추스른다. "그가 내 사진을 찍은 것 같아요."

"무슨 사진?"

아이가 고개를 젓는다. "제발 경찰엔 알리지 말아요."

나는 이비를 설득하고 싶었지만, 다시 입을 열려는 순간 문이 열리면서 래브라도레트리버 한 마리가 쪼르르 달려 나온다. 개는 목줄이 켕길 정도로 자꾸만 튀어나오며 온몸이 진동할 만큼 격렬하게 꼬리를 흔들어댄다. 랩터는 미친 듯이 코를 킁킁대며 날뛰는 개를 제대로 통제하지 못한다.

"이름은 포피예요." 랩터가 말한다. "18개월쯤 됐습니다. 아직 아기죠. 중성화 수술을 했고, 마이크로칩도 심었어요. 예방접종도 다 마쳤고요."

이비는 무릎을 꿇고 앉아 포피의 머리를 쓰다듬기 시작한다. 아이는 개의 귀 뒷부분과 턱 밑도 살살 간질인다. 포피가 혀를 길게 내밀고 이비의 얼굴을 핥는다. 아이는 웃음을 터뜨리며 개를 부둥켜안는다. 개를 다루는 솜씨가 제법이다. 손놀림에서 오랜 연습을 거친 듯한 노련함이 엿보인다. 사람보다 동물을 상대하는 게 훨씬 편한 모양이다. 그래서 개집에 풀어놓은 시드와 낸시를 두려워하지 않았던 거군. 개들을 위해 음식을 훔친 것도 그런 이유에서였고.

랩터의 설명이 이어진다.

"아주 똑똑한 녀석이에요. 노이로제가 조금 있기는 하지만요. 지난주에 장난감을 물어뜯다가 플라스틱 조각을 삼키는 바람에 급히 수의사를 모셔와야 했죠." 그가 개집을 돌아본다. "다른 녀석들도 보시겠어요?"

"아뇨." 이비가 말한다. "난 포피가 좋아요."

"매일 두 번씩 산책을 시켜야 해요. 가능하면 더 많이 시켜주시고. 자극이 많이 필요한 녀석이에요."

"잘할 수 있어요." 이비가 나를 올려다본다. "만져봐요. 아주 순해요. 눈에 금색 얼룩이 있어요, 보이죠?"

내가 무릎을 꿇자 포피가 내 품으로 뛰어든다. 나는 그 힘에 떠밀려 축축한 잔디에 엉덩방아를 찧고 만다.

"앤 자기가 얼마나 힘이 센지 몰라요." 랩터가 말한다. "잘 키워봐요. 사람들, 특히 다른 개들과 잘 어울리도록 사회화 훈련도 신경 써서 해야 해요."

이비가 고개를 끄덕이며 포피를 끌어안는다.

우리는 꼼꼼히 작성한 서류에 마지막으로 서명을 한 후 제출한다. 나는 옆에 딸린 가게에서 마른 사료 한 봉지와 목줄, 물그릇을 구입한다.

"앨 어디서 재워야 하죠?" 이비가 묻는다.

"세탁실에서 재우는 게 어떨까?"

"거긴 너무 추워요. 내 방에서 재우면 안 돼요?"

"일단 돌아가서 생각해보자."

이비는 포피와 함께 뒷좌석에 오른다. 아이는 개가 바깥 공기 냄새를 맡을 수 있도록 창문을 조금 내려준다. 나는 운전석에 올라 안전띠를 향해 손을 뻗는다. 바로 그때 이비가 내 목을 와락 끌어안고 내 귀에 자기 볼을 갖다 댄다. 뻣뻣한 포옹이다. 어색하고 불분명한 포옹.

"고마워요." 아이가 목멘 소리로 속삭인다. "고마워요."

49

사이러스에게 내가 겪은 모든 일을 들려주고 싶다. 하지만 한편으로는 그러고 싶지 않은 마음도 있다.

그에게 비밀을 털어놓는 건, 내가 배운 모든 걸 부정하는 것이나 같다. 누구도 믿지 마라. 아무것도 믿지 마라. 그건 테리의 가르침이었다. 그는 그걸 몸소 증명해 보였다.

"누군가에게 의지하며 살 수 있을 거라고 생각할지도 몰라." 그는 말했다. "그들의 이름을 안다고, 그들의 최악의 면을 봤다고 생각할 수도 있어. 하지만 그건 순진한 생각이야. 유심히 들여다보면 그게 아니라는 걸 확실히 알게 돼."

나는 주방 식탁에 앉아 카드를 잘 섞은 후 패 하나를 돌린다. 머릿속으로 한 게임 치고 나서 또다시 카드를 섞는다. 사이러스는 싱크대에서 잘 드는 칼로 암소 목살을 써는 중이다. 포피를 위해 얼려 보관할 고기다. 개는 구부정하게 앉아 고기 조각이 바닥에 떨어지기를 기다리고 있다.

"절대 식탁에서 먹이면 안 돼." 사이러스가 말한다.

나는 주머니에서 뺀 손을 의자 밑으로 내려 고기 조각을 떨어뜨린다. 포피는 코를 대고 잠시 킁킁대다가 단숨에 먹어치운다.

"래브라도레트리버는 과식으로 악명이 높아." 사이러스가 말한다. "저 녀석이 살이 뒤룩뒤룩 찌는 걸 바라진 않겠지?"

포피는 내 손가락을 핥고 있다.

사이러스는 뒤뜰에 포피가 마음 놓고 뛰어놀 수 있는 공간을 만들어보자고 제안한다.

"하루 종일 집 안에 두면 안 돼. 아주 파괴적인 녀석이니까."

나는 세탁실 쪽을 돌아본다. 포피에게 물어뜯겨 고무와 그물망과 인조 가죽이 너덜너덜해진 나이키 운동화 한 짝이 뒹굴고 있다.

"운동화는 미안하게 됐어요." 나는 또다시 사과한다. "변상할게요."

"무슨 돈으로?"

"일자리를 찾게 되면요."

사이러스는 대꾸하지 않는다.

개는 꼭 우리 대화를 엿듣고 있는 것 같다. 꼬리를 흔들면서 주방을 맴돌던 녀석이 경쾌한 발소리를 뿌리며 달려가 사이러스의 사타구니에 코를 묻는다. 그가 포피를 밀어낸다. "이러지 못하게 가르쳐야겠어."

"그냥 미안하다고 사과하는 거예요."

"그게 아니라 애원하는 것 같은데."

나는 웃음을 터뜨리며 헐렁한 원피스 주머니에서 휴대폰을 꺼낸다. 오늘 오후, 베개에 놓인 이걸 발견했다. 옆에는 메모가 있었다. '중고폰이긴 해. 새것을 살 형편이 못 돼서.'

휴대폰을 톡톡 두드리자 화면이 살아나면서 다양한 앱 아이콘이 떠오른다. 전화를 걸 사람은 없지만 그런 건 아무래도 상관없다.

"연락처에 내 호출기 번호를 입력해뒀어." 사이러스가 말한다. "다음에 또 위험에 처하게 되면……."

"그런 일 없을 거예요."

"알아. 하지만 만에 하나라도……."

도마에서 고기 한 덩이가 툭 떨어지자 포피가 잽싸게 달려가 게걸스럽게 먹는다.

"아저씨! 포피한테 먹을 걸 주지 말라면서요!"

"실수로 떨어뜨린 거야." 사이러스가 살짝 윙크하며 말한다.

"이 집에 욕조 있죠?" 나는 부드러운 어조로 묻는다.

"응."

"욕조에서 목욕해본 적이 없어요. 적어도 내 기억엔 그래요."

"내 방 욕실에서 목욕해도 돼." 그가 말한다.

"언제요?"

"네가 원할 때 아무 때나."

"지금도요?"

"물론이지."

나는 위층으로 올라가 수건을 챙겨 든다. 사이러스의 욕실에는 네 발 달린 깊은 욕조가 있다. 나는 물을 틀어놓고 '배스 크리스털'이라는 정체 모를 것을 욕조에 쏟아붓는다. 떨어지는 물 아래서 뽀얀 거품이 빠르게 일기 시작한다. 너무 과하게 부은 모양이다.

알몸으로 선 나는 거울을 보지 않으려 애쓴다. 온몸에 난 멍 자국들이 거스리의 잉크 반점 테스트를 연상시키기 때문이다.

"이게 뭐 같아 보여, 이비?" 그는 물었었다.

"질."

"그럼 이건?"

"그것도 질 같아 보여요."

그는 오래가지 않아 나를 포기했다.

욕조 안으로 들어가자 쓰나미처럼 출렁이는 거품이 양옆으로 넘쳐 흐른다. 물에 잠긴 채 덩그러니 앉은 나는 무엇을 어떻게 해야 하는지 알 길이 없다. 샤워할 땐 그냥 몸을 훑어 씻기만 하면 되는데. 영화 속 주인공들처럼 욕조에 누워 잡지를 읽거나 샴페인을 마시거나 잠에 빠져들어야 하나? 나는 접은 수건에 머리를 얹어놓고 눈을 감는다. 따뜻한 물이 근육과 멍 자국들로 서서히 스며드는 걸 느낀다.

왜 사람들이 목욕에 열광하는지 이제야 알 것 같다. 그럴 수만 있다면 영원히 이렇게 누워 있고만 싶다.

사이러스가 밖에서 노크한다. 화들짝 놀란 나는 잽싸게 몸을 가린다. 욕실 문이 굳게 걸려 있음에도.

"괜찮니?" 그가 묻는다.

"네."

"혹시 그 안에서 익사라도 한 게 아닌지 걱정했어."

"괜찮아요."

"알았어."

"사이러스?"

"응?"

"괴혈병은 어떻게 걸려요?"

"과일을 안 먹으면 그렇게 돼."

"아."

"그건 왜 묻지?"

"손가락이 하얗게 질렸어요. 쪼글쪼글해졌고." 나는 말한다.
"왜 웃어요?"

"아니, 그냥."

50

다음 날 아침, 라디오에서 뉴스가 흘러나온다.

"조디 시핸 살인사건의 용의자가 자살 기도 후 병원으로 이송되었습니다. HMP 노팅엄 교도소 감방에서 침대 시트로 목을 맨 채 발견된 스물여섯 살 크레이그 팔리가 교도소 의료진의 신속한 조치 덕분에 목숨을 건진 것으로 알려졌습니다.

팔리는 2주 전, 인적 많은 오솔길 인근에서 숨진 채 발견된 노팅엄의 조디 시핸을 강간하고 살인한 혐의로 기소됐습니다."

호출기가 진동한다. 레니의 번호다. 나는 노트북 컴퓨터를 열고 스카이프를 걸어본다.

잠시 후, 그녀의 얼굴이 화면에 떠오른다. "뉴스 들었어?"

"방금 전에요."

"죄책감에 그랬겠지."

"뭐, 그랬는지도 모르죠."

예상과 달리 레니는 그다지 의기양양하지 않다. "팔리의 변호사가 괜찮다고 했으니, 네가 가서 그 친구 만나봐."

"왜 하필 지금이죠?"

"그는 자살 충동에 시달리고 있어. 넌 심리학자고." 그녀는 단순한 이치라는 듯이 말한다.

"병원에도 정신병동이 있을 텐데요."

"알아. 하지만 그가 널 지목했어."

복도를 지키는 경관은 의자에 앉아 졸고 있다. 흘러내린 모자가 그의 눈을 완전히 가려놓았다. 내가 온다는 소식을 전달받지 못한 그는 나지막한 소리로 투덜대며 확인차 상관에게 연락한다. 그렇게 아까운 30분이 흘러가버린다.

중환자실에서 치료를 받던 팔리는 1인실로 옮겨졌다. 나는 문에 노크를 한다. 안으로 들어서니 창문 쪽으로 돌아누워 있는 그가 눈에 들어온다. 블라인드가 걷힌 창문 밖으로, 하얀 그릇에 뿌려진 담뱃재 같은 색을 띤 하늘이 내다보인다.

"안녕하세요, 크레이그." 나는 말한다.

그가 내 쪽으로 고개를 돌린다. 그의 목에는 멍 자국이 선명히 남아 있다. 호기심에 찬 눈으로 나를 쳐다보는 그의 미간이 찌푸려진다. 예상보다 젊은 놈이 나타나서일까? 기대했던 구원자가 아니라서? 어린아이를 강간하고 살해한 혐의를 받고 있는 용의자에게 미래는 한없이 두렵기만 할 것이다. 교도소는 그들의 종착지가 아니다. 소아성애자와 아동 살해범들은 감옥에 갇혀서도 쓰레기 취급을 받는다. 그들은 나머지 재소자들로부터 철저히 분리되고, 안전을 이유로 독방에 감금된다. 팔리는 그다지 똑똑해 보이지는 않지만 교도소에서 어떠한 삶이 자신을 기다리고 있는지는 잘 알 것이다. 구타, 모욕 그리고 사방에서 던져지는 배설물. 그러다가 조잡스럽게 제작된 날카로운 흉기가 불시에 날아들면 꼼짝없이 소변 주머니와 여생을 함께하는 기구한 운명을 맞게 될 것이다.

그는 지난번 웨스트 브리지포드 경찰서 취조실에서 봤을 때보다 수척해져 있다. 얼굴은 반쪽이 돼버렸고, 옴폭 들어간 눈에는 그림자만 남겨졌다.

"사이러스입니다." 나는 말한다. "앉아도 되겠습니까?"

그는 대답이 없다. 나는 의자를 침대 가까이 끌어와 앉는다.

"좀 어떻습니까?"

무반응.

"불을 켜도 되겠습니까?" 나는 그의 대답을 기다리지 않는다. 불을 켜자 그의 파란 눈과 이마에 핀 버짐이 뚜렷이 보인다.

"언제든 다시 시도할 수 있어요." 나는 말한다.

"네?"

"정말 죽고 싶다면…… 언제든 다시 시도할 수 있다고요."

뜻밖의 발언에 그는 어리둥절해한다.

"지금 몇 살이죠, 크레이그? 이십 대 중반쯤 됐죠? 아직 창창한 나이잖아요. 건강만 잘 유지하면 아흔 살까지도 살 수 있어요. 새털같이 많은 날 중 아무 때나 골라 목숨을 끊을 수 있는데, 왜 그리 서두르는 거예요?"

나는 그의 대답을 기다린다. 침묵이 길어지자 병실 안에 흐르던 긴장감이 잡아 늘인 고무줄처럼 팽팽해진다.

"죽지 말라고 날 설득하러 온 거 아닙니까?" 목을 맨 끈에 성대가 손상됐는지 그가 꺽꺽대며 말한다.

"누구나 결국엔 죽게 돼 있어요, 크레이그."

"알아요. 하지만 그건 내 경우랑 다르잖아요."

"나이 들어 죽거나, 병에 걸려 죽거나, 예기치 못한 사고를 당해 죽거나 하는 평범한 죽음과는 다르다는 얘긴가요?"

"그래요."

나는 상체를 앞으로 기울이고 무릎에 양쪽 팔꿈치를 얹어놓는다.

"당신은 전혀 특별하지 않아요, 크레이그. 누구나 살아가면서 한 번쯤은 자살 충동에 시달리죠. 자신의 장례식에 누가 참석할지, 그리고 그들이 연단에 올라 무슨 얘길 늘어놓을지 상상하는 선에서 끝나는 경우도 있지만요. 인간의 삶은 진화학적이지 않아요. 우린 아무 때나 방아쇠를 당길 수 있죠. 예를 들면 절벽에서 뛰어내린다든지, 맹렬히 달려오는 기차 앞으로 걸어간다든지, 침대 시트를 찢어 만든 올가미를 목에 두른다든지요. 대부분의 사람들은 그러지 않아요. 그냥 진득하게 기다리며 지켜볼 뿐이죠."

팔리는 못 들은 척한다. 그는 빨대 꽂힌 컵을 집어 목을 축이면서 나를 응시한다.

"난 당신이 조디 시핸을 죽였다고 생각하지 않아요." 나는 말한다.

그가 말없이 눈을 깜빡인다.

"당신이 그 사건에서 어떤 역할을 했을 수는 있겠지만 그 앨 죽이지는 않았을 거예요."

병실에 내려앉은 정적이 에어컨의 소음을 증폭시킨다.

"당신이 왜 기소됐는지 이해가 됩니다. 당신이 왜 유죄 선고를 받게 될지도 알겠고요. 당신은 그 애 청바지와 속옷을 벗겼어요. 그런 다음 그 아이 머리에 대고 자위를 했습니다. 사실 그 자체만으로도 당신은 용서받지 못할 인간이에요. 세상은 기꺼이 당신을 감옥으로, 형장으로 보내려 할 겁니다. 하지만 그 전에 꼭 알고 싶은 게 있어요. 대체 왜? 조디가 바로 당신 눈앞에 있었잖아요. 그 앤 당신이 갈망하던 모든 것이었어요. 어리고, 예쁘고, 거기에다 의식까지 잃은 상태였죠. 마음만 먹으면 무슨 짓이든 해댈 수 있었을 텐데, 당신은 그러지 않았어요."

"당신 미쳤군."

"아이 안에 집어넣으려는데 물건에 힘이 쭉 빠져버리던가요? 아니, 그 앨 욕보이고 싶었어요?"

수갑이 채워진 팔리의 주먹이 침대 옆에서 부들거린다.

"당신은 그 애 시체에 나뭇가지를 덮어놨지만 사방에 남겨놓은 발자국까진 어쩌지 못했어요. 끌고 나온 개는 가까운 나무에 묶어놨었죠? 당신은 한 아이에게 경찰이 조디를 찾았다고 떠벌리기까지 했어요. 마치 체포되고 싶어 안달하는 사람처럼."

"난 바보가 아니에요."

"증명해봐요."

팔리는 다시 입을 닫는다. 나는 침묵이 방의 구석구석을 채울 때까지 잠자코 기다린다. 침묵은 그의 귀와 가슴과 방광과 창자와 머릿속의 모든 어두운 곳으로 스며든다. 침묵을 불편해하지 않는 사람은 흔치 않다. 항공기나 열차의 객실, 또는 사람들로 북적이는 대기실에서 주변 환경을 모른 척하기란 어려운 일이 아니다. 하지만 답을 기다리는 상대를 눈앞에 두고 있는 상황에서는 완전히 다르다.

"어떻게 증명하란 얘기죠?" 그가 웅얼거린다.

"사건의 전말을 밝히면 돼요. 난 경찰이 아닙니다. 카메라도, 녹음기도, 수첩도 없어요. 증인도 없고요. 난 사제가 아니라서 당신의 고백을 듣고 어떤 조치도 취할 수가 없어요. 당신이 유죄라고 해도, 당신 스스로 유죄라고 여긴다 해도 말입니다. 난 그저 진실을 알고 싶을 뿐입니다."

팔리가 다시 창밖으로 시선을 돌린다. 끝내 입을 열지 않기로 한 건가?

"난 겁을 먹고 꽁무니를 뺀 게 아니었어요." 그가 속삭인다.

"오솔길에선 뭘 하고 있었던 겁니까?"

"불면증이 심할 때면 개를 끌고 산책을 나가요."

"왜 하필 그 코스였죠?"

"집에서 가까우니까요."

"더 가까운 공원이 있을 텐데요."

팔리가 어깨를 한번 들썩인다. 그냥 으쓱여 보인 것인지, 아니면 체념의 표현인지 알 수 없다.

"나도 어제 개를 입양했어요." 나는 말한다. "포피라는 래브라도레트리버예요. 내 개는 아니고, 나와 같이 지내는 친구의 소유예요. 우린 교대로 개를 산책시키기로 합의했어요. 밤엔 내가 할 거예요. 그 친구 혼자 밖에 내보내는 게 불안해서."

팔리는 내 말을 묵묵히 듣고 있다.

"우리 집에서 가까운 공원이 있는데 저녁 이후엔 출입을 못하게 하더군요. 그래서 어젯밤엔 포피를 데리고 동네를 몇 바퀴 돌다 들어왔어요. 그 시간에 나가보니 완전 딴 세상이더라고요. 당연히 한산할 거라고 생각했는데 전혀 그렇지 않았어요. 개를 데리고 나온 사람들로 북적댔죠. 멈춰 서서 날씨나 밤하늘을 수놓은 별들에 대해 수다를 떠는 사람들도 보였고요. 집에서 두 블록 떨어진 곳을 걷고 있을 때 잠자리에 들 준비를 하는 여자가 눈에 들어왔어요. 창문에 커튼을 걷어놨더군요."

"벌거벗고 있던가요?" 귀가 솔깃해졌는지 팔리가 다시 나를 돌아보며 묻는다.

"가운을 걸친 채로 머리를 말리고 있었어요."

"어디까지 보이던가요?"

"거울 속 자기 모습을 유심히 살피더군요. 고개를 좌우로 돌려가면서. 마치 잃어버린 뭔가를 찾는 사람처럼 말이죠."

"뭘 잃어버린 거죠?"

"젊음이요."

팔리는 어리둥절해하는 모습이다.

"그녀를 보고 있노라니 측은한 마음이 들더군요. 많이 외로워 보였어요. 어쩌면 그녀는 외로워서 커튼을 걷어놓았는지도 몰라요. 사람들 눈에 띄고 싶어서."

"그런 사람들이 많죠." 그가 말한다.

"정말 그런가요?"

"그럼요."

"그게 당신이 밤마다 산책을 다니는 이유인가요?"

그는 또다시 입을 닫아버린다.

"조디를 봤던 날 밤에도 그래서 나갔던 거예요? 남의 집 창문을 들여다보려고?"

여전히 무반응.

"오솔길에서 조디를 봤습니까?"

"아뇨."

"그럼 어디서 봤죠?"

"물속."

"물에 들어간 그 앨 봤다고요?"

"소리를 들었어요."

"무슨 소리였죠?"

그가 하소연하는 듯한 눈빛으로 나를 본다. "첨벙대는 소리였어요."

나는 그에게 처음으로 돌아가 다시 시작할 것을 주문한다. 그는 개를 데리고 집을 나선 순간으로 되돌아간다. 그는 과거에 적잖은 '볼거리'를 제공해준 코스를 골라 산책을 시작했다. 그리고 어느 시점에서 코스를 이탈해 실버데일 워크로 발길을 돌렸다. 그는 학교를 지나 전차 궤도를 가로질러 나갔다. 그가 오솔길에 막 들어섰을 때, 첨벙대는 소리와 함께 비명이 들려왔다.

"처음에는 짐승이 우는 소리인 줄 알았어요."

"그 소릴 듣고 어떻게 했습니까?"

"오솔길로 들어가 양옆을 살펴봤죠. 그리고 그 앨 발견했어요."

"조디를요?"

그가 고개를 끄덕인다. "개가 조디라는 건 몰랐어요. 누군가가 연못에 쓰레기를 던졌다고만 생각했었죠. 아무튼 그쪽으로 가봤어요. 누가 쓸 만한 걸 버리고 갔을 수도 있으니까요. 하지만 막상 가보니, 그 애가 물속에서 갈대를 헤치고 기어나오는 게 보이더라고요."

그가 눈을 크게 뜨고 나를 돌아본다. 믿어달라고 애원하는 것

454

처럼. 들썩이는 몸에서 땀과 소변 냄새가 희미하게 풍겨온다.

"그래서요?"

"허둥대며 연못으로 내려가봤죠. 도움이 필요할 것 같아서요. 걘 기침을 해댔어요. 온몸이 물에 젖었으니 얼마나 추웠겠어요. 난 그 애 몸을 덮혀주고 싶었어요. 그래서 재킷을 벗어 내밀었죠."

"걔가 뭐라던가요?"

"아무 말도 안 하던데요."

비참해 보이는 표정으로 눈을 깜빡이는 그는 차마 말을 잇지 못한다.

"걘 달아났어요. 당신은 그 앨 뒤쫓았고요."

"걜 해치려고 그런 건 아니었어요. 그냥 몸을 덮혀주고 싶었을 뿐이에요."

"하지만 당신은 그러지 않았어요. 개를 나무에 묶어놓고 그 애 옷을 벗겼잖아요. 강간하려고."

그의 고개가 좌우로 흔들린다.

"이미 죽었거나 죽어가는 아이와 섹스를 하려고 했던 거 아닌가요?"

"제발 그런 말 말아요."

"그래서 삽입을 할 수 없었던 거잖아요."

"아니, 아니에요." 수갑이 침대 프레임에 부딪혀 달각거린다.

"애초에 그 앨 살릴 마음이 있었다면 구급차를 불렀을 겁니다. 어떻게든 그 앨 살리려 했을 거예요. 당신이 조디를 구할 수 있었다는 말입니다."

흘러내린 콧물이 그의 윗입술을 넘어 입안으로 스며든다.

"미안하다고 전해줘요."

"누구한테 말입니까?"

"그 애 부모한테요."

51

앤젤 페이스

잡초는 내 무릎 높이까지 자라 있다. 쐐기풀과 조뱅이, 데이지 그리고 민들레. 내 발이 또 다른 잡초가 되어 깨진 콘크리트 틈 속으로 뿌리를 내린 듯한 기분이다.

지난 두 시간 동안 코치 하우스 인을 들락인 사람은 아무도 없었다. 울타리를 돌아 들어간 나는 몸을 숙인 채 부서진 게이트를 지나 정문으로 다가가본다. 내 겨드랑이 밑에는 60센티미터 길이의 쇠 파이프가 끼워져 있다. 속이 비었음에도 꽤 묵직하다. 도어 록 키패드에는 플라스틱 우유병을 비 막는 용도로 씌워놓았다. 손가락으로 번호를 입력하고 문을 연 후 귀를 쫑긋 세워본다.

로비를 가로질러 복도로 들어선 나는 지난번 이곳에 발을 들였을 때의 기억을 더듬으며 끈적거리는 카펫 바닥을 디딘다. 라운지로 통하는 문은 열려 있다. 탁자 위에는 맥주병이 널려 있고, 재떨이에는 담배꽁초가 수북이 쌓여 있다. 나는 금세 자물쇠가 걸린 펠릭스의 방을 찾아낸다.

문 앞에 무릎을 꿇고 앉아 자물쇠에 꽂아 넣은 머리핀을 휘휘 돌려본다. 조디의 사물함을 열 때만큼 손쉬운 작업은 아니다. 나는 자물쇠가 풀릴 때까지 필사적으로 손을 놀려댄다. 땀에 젖어 끈적대는 손가락이 욱신거린다. 손을 문질러 닦은 후 작업을 이어나간다. 핀을 휘젓는 동안, 자물쇠 속에서 그토록 기다렸던 딸깍 소리가 차례로 흘러나온다. 하나만 더…… 하나만 더…….

마침내 자물쇠가 탁 풀리며 문이 안쪽으로 벌컥 열린다. 방 안 풍경은 내가 기억하고 있는 그대로다. 침대, 구겨진 시트, 지저분한 매트리스, 삼각대에 놓인 카메라. 옷들은 바닥에 아무렇게나 널려 있다. 이곳 풍경이 또 다른 집의 또 다른 방을 연상시킨다. 고약한 악취를 풍기는 테리의 시체가 점점 부풀어 오르고 변색되어가는 걸 지켜봤던 곳.

나는 쇠 파이프를 휘둘러 카메라를 박살 낸다. 깨진 플라스틱과 유리 파편이 자갈을 한 움큼 쥔 주먹처럼 날아가 벽에 뿌려진다. 삼각대가 찌그러진다. 나는 시트를 북북 찢고, 매트리스에 구멍을 낸다. 옷도 보이는 대로 찢어댄다. 가쁜 숨을 몰아쉬며 내가 만들어놓은 아수라장을 찬찬히 둘러본다. 아직 성에 차지 않는다. 이 정도론 부족해. 더 처절히 응징해야 해.

나는 복잡해진 머릿속을 비워내고, 무언가를 숨길 만한 곳을 찾아보기 시작한다. 이건 내 특기다. 그 누구도 나를 능가할 수 없다. 나는 매트리스를 바닥으로 끌어 내리고 폭 좁은 수평 널 사이로 쇠 파이프를 꽂아 넣는다. 그런 다음 파이프의 끝부분을 지렛대처럼 내려 못을 뽑고 나무를 부순다. 바닥이 드러나자 침대 밑으로 기어 들어가 굽도리널을 가볍게 두드려본다. 바닥 밑 텅 빈 공간을 찾기 위함이다. 화들짝 놀란 좀벌레들이 빠르게 달아난다. 카펫도 유심히 살펴본다. 닳아서 해진 부분이나 무언가가 감춰진 흔적은 없는지. 아쉽게도 수상한 부분은 보이지 않는다.

나는 보폭을 줄이고 다시 한번 방 안을 샅샅이 뒤진다. 내딛은 오른발 아래서 삐걱 소리가 들린다. 나는 무릎을 꿇고 앉아 카펫을 벗겨본다. 얇은 합판 한 장이 기둥 사이 공간을 덮고 있다. 그것을 들추자 감춰져 있던 신발 상자가 모습을 드러낸다. 상자 안에는 테이프로 칭칭 감긴 꾸러미가 있다. 나는 이로 테이프를 뜯고 내용물을 확인한다. 크리스털. 아이스. 메타암페타민. 기름때로 얼룩진 검은 누더기에는 묵직한 무언가가 싸여 있다. 갈색의 손잡이와 길고 가는 총열을 가진 권총. 박물관에서 훔쳐 온 듯한 총은 꽤 낡아 보인다.

나는 다른 손으로 총의 안전장치 버튼과 슬라이드를 차례로 테스트해본다. 탄창은 총알로 가득 채워진 상태다.

예전에도 총을 만져본 적이 있다. 테리의 총. 그는 주방 식탁에 앉아 총을 정비하곤 했다. 그는 총을 분해해 퍼즐처럼 펼쳐놓고, 못 입는 티셔츠에 용제와 기름을 묻혀 부품을 하나하나 닦았다. 총열 안은 놋쇠 막대를 사용해 닦았다.

어느 날, 그가 내 손목을 움켜잡고 총을 집게 했다. 격렬히 저항해봤지만 소용없었다.

"자, 손에 쥐어봐." 그가 말했다. "무게를 느껴보라고."

나는 마지못해 두 손으로 총을 쥐어보았다.

"이번엔 방아쇠에 손가락을 걸어봐."

나는 시키는 대로 했다.

"총구를 내게 겨눠."

"싫어요."

"여길 겨눠봐." 그가 자신의 가슴 한복판을 톡톡 두드렸다.

"싫어요."

"어서 시키는 대로 해. 난 나쁜 놈이야. 명심하라고."

나는 고개를 저었다.

"해보라니까! 어서! 방아쇠를 당겨!"

총을 쥔 내 손이 덜덜 떨렸다.

테리는 못마땅한 듯 한숨을 내쉬며 내 손에서 권총을 거두었다. "장전도 안 된 총이야, 바보야." 그는 탄창을 뽑고 슬라이드를 당겨 약실이 비었음을 확인시켜주었다.

"다음엔 꼭 내가 시키는 대로 해야 돼. 쏘라고 하면 주저 없이 방아쇠를 당기라고."

나는 권총을 해진 천 조각으로 잘 싸서 청바지 허리 밴드에 꽂아 넣는다. 등의 잘록한 허리 부분에. 그런 다음 빈 신발 상자와 합판과 카펫을 원위치로 돌려놓은 후 마약 꾸러미를 화장실로 가져간다. 포장을 뜯어 변기에 크리스털을 쏟아붓자 물에 뜬 약이 비누 같은 거품을 만들어낸다. 나는 미련 없이, 물을 내린다. 물에 섞인 약이 소용돌이치며 사라진다. 나는 또다시 물을 내린다. "안녕, 잘 가."

목소리야! 그들이 돌아왔어!

나는 잽싸게 달려가 문에 귀를 가져다 댄다. 킬리. 투바. 펠릭스. 그들이 점점 다가온다.

"장례식이 몇 시지?" 투바가 묻는다.

"3시."

내가 아무렇게나 던져둔 자물쇠는 아직도 바닥을 뒹굴고 있다. 펠릭스가 밑을 내려다보면 어쩌지? 저게 그의 눈에 띄기라도 하면?

그들은 문을 지나 거실로 향한다. 나는 문을 조금 열고 복도 상황을 살핀다. 투바는 냉장고에 맥주를 채워 넣는 중이다. 펠릭스는 코트와 넥타이 차림이다. 기름을 바른 그의 머리가 번들거린다. 나는 계속 이렇게 숨어 있고 싶다. 몸을 웅크린 채 앉아 그들이 사라질 때까지 기다리고 싶다. 하지만 자물쇠가 펠릭스의 눈에 띄기라도 하면 꼼짝 없이 죽음을 맞게 될 것이다.

네겐 총이 있잖아.

저 자식이 빼앗아 갈 거야.

네가 먼저 저 새끼를 쏘면 되잖아.

펠릭스는 담배에 불을 붙이고 라이터를 탁자 위로 휙 던진다. 그는 재떨이를 배에 얹어놓고 고개를 뒤로 젖힌다. 투바가 음악을 튼다. 그들은 영국 랩이 미국 랩보다 더 나은지를 놓고 언쟁을 벌이기 시작한다. 내게 절호의 기회가 온 것이다.

나는 천을 벗겨낸 권총을 가슴에 붙인 채 텅 빈 복도로 나온다. 신속하게, 그리고 소리 없이 거실 앞을 지나가지만 소파에 늘어진 펠릭스는 나를 보지 못한다. 나는 정면을 주시한 채 계속 걸음을 옮겨나간다.

뒤에서 바닥이 삐걱대는 소리가 들려온다. 킬리가 휴대폰 화면을 들여다보면서 복도로 나온다. 나는 조각상이 돼버린 듯 순간 얼어붙는다.

마침내 고개를 든 킬리가 나를 발견하고 입을 벌린다. 나는 잽싸게 달려들어 그녀의 머리채를 움켜잡는다. 그리고 우악스럽게 바닥에 메다꽂는다. 다른 손으로는 입을 단단히 틀어막는다.

461

"아무 소리도 내지 마!" 나는 속삭인다. "닥치고 있으라고!"

나는 그녀의 귓불을 깨물 것처럼 이를 바짝 가져다 댄다. 은으로 된 귀걸이가 혀끝에 닿는다. 킬리가 훌쩍이기 시작한다.

나는 권총을 슬쩍 내보인 후 총구를 킬리의 이마에 갖다 붙인다. 그리고 손가락을 펴 그녀의 입을 막으며 말한다. "소리 내지 마."

킬리가 몸을 잔뜩 움츠린다.

나는 몸을 일으키고 뒷걸음질 쳐 현관으로 이동한다. 밖으로 빠져나와서는 주차장과 도로가 있는 곳까지 전력으로 내달린다. 헐렁한 스웨터 안에 권총을 꽁꽁 숨긴 채로.

52

상황실은 서서히 해체 작업에 들어갔다. 쓰레기통마다 파쇄된 종이로 넘쳐나고, 사진과 지도로 뒤덮였던 화이트보드는 깨끗이 정리된 상태다. 형사들에게는 다른 사건이 맡겨졌다. 끝까지 남아 뒷정리를 마친 몇몇 형사는 수사 보고서를 작성하고 있다.

레니의 사무실은 반쯤 채워진 상자와 빈 서류 캐비닛으로 가득 차 있다. 그녀의 부서 이동과 은퇴 가능성에 대해서는 아직 진지한 대화를 나눠보지 못했다. 손을 털고 떠나기에는 그녀의 재능이 너무나 아깝다. 하지만 조직 내 정치적 기류에 약게 반응하지 못하는 그녀로서는 다른 선택의 여지가 없을 것이다.

"일주일 안에 조디 시핸 수사를 완전히 종결지을 거야." 그녀가 문서 보관함을 상자에 넣으며 말한다. "우리가 수사 보고서를 검찰에 넘기면 변호사들이 인계받게 돼."

"팔리의 자백이 받아들여지지 않으면요?"

"그 부분은 걱정 마. DNA랑 섬유 조직과 개털 샘플이 확보돼 있으니까. 그런 증거들이 그의 자백보다 훨씬 나아. 신이나 유령이나 인공의 기후 변화를 믿지 않는 사람들도 법의학적 증거는 철석같이 믿으니까."

나는 상자를 치우고 의자에 앉는다. "팔리를 만나봤어요. 그는 조디가 다리에서 던져지는 소릴 들었다고 했어요."

"이제 그만하면 됐어, 사이러스."

"타스민은 파티오 문을 열어놓지 않았어요. 조디는 안으로 들어올 수 없었고, 그래서 하는 수 없이 집으로 걸어갔던 거예요."

레니는 파일의 또 다른 라벨로 분류된 서류를 훑어나간다. 그녀 뒤편 문가에서 안토니아가 나타난다. "네스 박사님이 하실 말씀이 있대요."

"연결해줘요." 레니가 말한다.

"밖에 와 계세요."

레니가 나를 보며 눈썹을 치켜세운다. 법의학자는 사건 현장이나 골프장을 찾을 때를 제외하고는 시체 안치소를 비우는 법이 없다. 안토니아를 빙 돌아 사무실로 들어선 네스가 멋쩍게 미소 짓는다. 그의 눈은 언제나처럼 번뜩이고, 곱슬한 머리는 꼭 털로 된 헬멧을 쓴 듯하다. 그는 마치 집을 보러 온 사람처럼 레니의 사무실을 천천히 둘러보다가 내 옆으로 다가온다. 빈 의자를 끌어와 앉은 그가 부드러운 가죽 장갑을 조심스레 벗는다.

"새로 확인된 내용이 있습니다." 그가 말한다. "조디 시핸의 배 속 태아의 DNA 말인데요, 오늘 아침에 보스턴 연구소에서 이메일이 하나 왔어요. 그 아이 허벅지에서 검출된 정액과 거의 일치한다더군요. 태아의 친부는 조디와 아주 가까운 인물일 거랍니다."

레니의 미간이 찌푸려진다. "'가까운 인물'이라면……."

"동형 접합성을 지녔다는 뜻이죠."

"동형…… 뭐요?"

"그가 가족이라는 뜻이에요." 과학 지식이 조금 있는 내가 설명한다.

레니가 네스와 나를 번갈아 본다. "정확히 누구란 얘기죠?"

네스는 염색체와 DNA에 대한 간단한 설명에 들어간다.

"근친상간으로 태어난 아이들의 게놈은 이형 접합성을 지니고 있지 않아요. 왜냐하면 아이가 물려받은 어머니와 아버지의 DNA가 동일하거든요. 유전자 코드가 동일한 건 말할 것도 없고요. 그게 바로 '인접한 동형 유전자형의 길이'라고 하는 겁니다. 어머니와 아버지가 물려준 DNA가 근접하게 일치할수록 그들이 근친 관계일 가능성이 크다는 뜻이죠."

"그럼 우린 누굴 살펴봐야 하는 거죠?" 레니가 묻는다.

네스는 서두르지 않는다. "형제자매는 DNA가 50퍼센트 일치합니다. 그들의 아이는 부모의 DNA와 대략 25퍼센트가 일치하겠죠. 아버지와 딸이 근친상간으로 만든 아이 역시 같은 퍼센티지일 거고요.

삼촌과 조카는 25퍼센트, 그들의 자식은 12.5퍼센트 일치합니다. 이복형제자매들과 같은 수치죠. 사촌은 12.5퍼센트고, 그들의 자손은 당연히 그보다 낮습니다. 절대적인 수치는 아니지만 혈족과 Y염색체가 매치를 이룬다면 근친상간이라 결론지을 수 있습니다."

레니가 조바심을 낸다. "그래서 누가 조디를 임신시켰다는 거죠?"

네스는 말없이 눈을 깜빡인다. 그리고 이내 자신의 설명이 턱없이 부족했음을 깨닫는다. "태아 샘플은 12.5퍼센트 일치하는 것으로 확인됐어요. 그러니까 친부는 조디의 삼촌, 즉 브라이언 휘터커라는 얘기겠죠. 그를 검사해봐요. 그래야 확인이 되지 않겠습니까."

나는 레니를 돌아본다. 그녀는 창백해질 정도로 주먹을 불끈 쥐고 있다.

"그날 밤 그는 집에 있었어요." 나는 말한다. "조디가 배 속 아이를 무기로 그를 협박했는지도 몰라요."

레니가 벽에 걸린 코트를 챙겨 들고 사무실 문을 벌컥 열어젖힌다. "안토니아, 당장 차를 대기시켜요. 어서요!"

우리는 빠르게 움직인다. 레니의 우렁찬 목소리가 상황실에 쩌렁쩌렁 울린다. "에드거, 자넨 날 따라와. 먼로, 자넨 휘터커의 집과 차를 수색할 수 있게 영장을 받아 오고. 브라이언 휘터커에 대한 모든 걸 샅샅이 뒤져봐야 해. 성희롱 혐의로 고소된 적이 있었는지 알아봐. 그런 소문이 돌았었는지도. 통화 기록과 인터넷 검색 기록도 빠뜨리면 안 돼."

레니는 앞장서서 복도를 걸어간다. 네스는 저만치 뒤처져 따라온다. 레니가 어깨 너머로 나를 돌아본다.

"휘터커를 어디서 찾지?"

"장례식장에 있지 않을까요?"

53

브라이언 휘터커는 장례식이 끝난 코퍼스 크리스티 성당 주차장에서 체포된다. 문상객들이 우르르 몰려나오고 있다. 대부분 노란색 모자와 스카프를 걸쳤거나 노란색 풍선을 손에 쥐고 있다.

레니는 수갑을 꺼내 휘터커의 손목에 채우며 한 번의 통화 기회가 있음을 고지한다. 그는 어리석게도 변호사 대신 자신의 아내에게 전화를 건다. 펠리시티는 아직도 성당 안에 남아 매기를 위로하고 있다. 어쩌면 짜증을 불러일으키는 동정자와 기자들로부터 시누이를 보호하고 있는 건지도 모른다.

"대체 왜 이러는 겁니까?" 휘터커가 순찰차 뒷좌석에서 말한다. "내가 뭘 어쨌길래 이러는 거죠?"

"아까 우리가 미란다 원칙에 대해 설명했죠?" 레니가 말한다.

"대체 무슨 혐의로 날 체포하는 겁니까? 적어도 그건 알려줘야 하는 거 아닙니까?"

"살인 혐의로 체포한 겁니다."

"말도 안 돼."

레니는 끊임없이 이어지는 그의 질문과 항의를 무시해버린다. 그녀는 휘터커의 좌절을 은근히 즐기는 듯하다.

경찰서에 거의 도착했을 때, 앞좌석에 앉은 레니가 어깨 너머를 돌아본다. "독실한 신자인가요, 브라이언?"

그는 대답하지 않는다.

"성경에 이런 구절이 나와요. 마태복음에서였나? '누구든지 나를 믿는 이 작은 자들 중에 하나라도 실족하게 하면 차라리 연자맷돌이 그 목에 매여 바다에 던져지는 것이 나으리라.'"

"난 아이들에게 그런 몹쓸 짓을 한 적이 없어요."

"당신이 제자들을 끔찍이 아낀다는 거 알아요."

휘터커의 얼굴이 일그러진다. 그는 주먹을 쥐었다가 펴기를 반복한다.

레니는 그를 더 이상 자극하지 않는다. 그녀는 그를 취조실에 앉혀놓고 몇 시간 동안 공포와 불안에 떨게 만든다.

그러는 동안 형사들은 영장을 앞세우고 달려가 그의 집에서 노트북과 태블릿, 휴대폰을 압수해 온다. 연락을 받고 도착한 펠리시티 휘터커는 뒷문을 통해 경찰서로 들어온다. 구속 상태가 아님에도 그녀는 마치 납으로 된 부츠를 신고 해저를 걷는 심해 잠수부만치나 천근만근 무거워 보인다.

"마실 거라도 가져올까요?" 성폭행 피해자들을 위해 마련된 공간에서 심문을 기다리는 그녀에게 나는 묻는다.

"아뇨, 괜찮아요."

그녀에게 차 한 잔을 가져다준다. 그녀는 두 손으로 티백이 담긴 컵을 조심스럽게 집어 든다.

"얼마나 오래 여기 붙잡혀 있어야 하죠?" 그녀가 묻는다.

"글쎄요."

그녀는 이따금 고양이를 쓰다듬듯 가죽 핸드백을 만지작거린다.

"자리를 피해드릴까요?" 나는 묻는다.

"아뇨. 같이 있어줘요." 그녀가 차를 한 모금 홀짝인다. "경찰서에 온 건 처음이에요. TV로만 보던 곳인데. 한때 〈더 빌〉이랑 〈조지 젠틀리 경위〉 같은 범죄 드라마를 즐겨 봤어요. 난 그런 수사물을 좋아해요."

"범인이 누군지 잘 맞히셨나요?"

"전혀요. 스토리를 복잡하게 꼬아놔서 범인을 예측하기가 쉽지 않더군요. 나중에 덜미를 잡히는 범인들을 보면 대개 의외의 인물이었죠." 그녀의 두 손이 바르르 떨린다. "브라이언이 당신에게 고함쳤던 거, 대신 사과할게요. 원래 그렇게 무례한 사람은 아니에요. 그나저나 이게 다 무슨 일이죠?"

"조디는 임신 중이었습니다."

"네, 알아요. 하지만 그게 브라이언과 무슨 상관이죠?"

"그 애가 실종된 날 밤, 브라이언이 당신과 함께 불꽃놀이를 보러 갔었나요?"

"아뇨. 그 사람은 셔우드의 감리교회에 갔어요. 알코올 중독자 모임이 있었거든요. 매주 한 번씩 그 모임에 참석해요. 술을 끊은 지는 거의 9년 됐고요."

"주사가 좀 심한 편이었나요?"

"그래도 아이들에게 손을 대거나 하진 않았어요."

"당신에겐요?"

그녀가 한숨을 내쉰다. "우린 결혼한 지 오래됐어요. 부부싸움을 하다 보면 다른 때보다 감정이 격해질 때가 있어요."

"그날 밤 몇 시쯤 귀가하셨습니까?"

"저는 9시 반쯤. 술에 좀 취해 있었어요. 매기가 계속 샴페인을 권하는 바람에."

"브라이언을 보셨습니까?"

"침대에 누워서 남편이 들어오는 소릴 들었어요."

"정확히 어떤 소리였습니까?"

"현관문 열리는 소리. 테이블에 열쇠 내려놓는 소리. 샤워하는 소리."

"그날 밤 남편이 자다가 깨서 침대를 내려간 적이 있었나요?"

펠리시티는 순간 굳어져 컵 바닥에 가라앉은 티백을 물끄러미 내려다본다. "우린 각방을 쓴 지가 꽤 됐어요. 그 일이 있은 후로 지금껏 쭉……." 그녀가 고개를 젓는다. "설마 브라이언이 조디를 건드렸다는 얘길 하려는 건 아니겠죠?"

"DNA 검사 결과 조디가 그의 아이를 임신했던 것으로 확인됐습니다."

펠리시티는 마치 또 다른 충격적인 말이 나오기를 기다리듯 나를 빤히 응시한다. 잠시 후, 그녀가 입을 벌리고 고개를 좌우로 흔들어댄다. "세상에. 그걸 알면 매기가 뭐라고 할지……. 날 영원히 용서하지 않을 텐데……."

"당신 잘못이 아니잖아요."

"그는 내 남편이라고요."

레니가 출력된 인쇄물과 파일을 한 아름 안고 취조실로 들어온다. 그녀는 그것들을 브라이언 휘터커 앞 탁자 위에 보란 듯이 내려놓는다. 이건 연극의 일부이고, 파일은 용의자를 불안하게 만들 소품인 셈이다. 지금 그는 자신이 어떻게 이 짧은 시간에 이토록 많은 서류를 발생시켰는지 의아해하고 있을 것이다.

파일을 하나 골라 펼쳐 든 레니가 말없이 서류를 훑어 내려간다. 에드거는 의자에 앉아 녹음 장비를 체크한 후 자신의 이름과 시간, 날짜 그리고 장소를 차례로 읊는다.

"결혼한 지는 얼마나 됐죠, 브라이언?" 레니가 묻는다.

"22년 됐습니다."

"꽤 오래됐군요. 아직도 아내의 눈을 들여다보며 사랑한다고 하나요?"

"그 사람은 여기 끌어들이지 말아요."

"아니라고 답변한 걸로 치겠습니다." 레니가 말한다. "하긴, 22년 차 부부에게서 더 이상 욕정은 기대하기 힘들겠죠. 물론 남아 있는 척 연기를 할 순 있겠지만 말입니다. 잠깐 눈을 감아보겠어요? 자, 아내가 아닌 누군가와 함께 있다고 상상해봐요. 보니 다울링에 대해 들려줄 수 있어요?"

그 이름이 언급되자 휘터커의 눈이 번뜩인다. "그녀는 번쇄한 항의를 제기했어요."

"'번쇄한'이라……. 변호사들이나 쓸 법한 꽤 고급스러운 표현을 쓰는군요. 당신은 그 애가 샤워하고 있을 때 들어가 사진을 찍었어요, 아닌가요?"

"그런 일 없어요."

"탈의실에 불쑥 들어간 건 사실이잖아요."

"그건 실수였어요. 우연히 그렇게 된 거라고요."

"그 애가 뭐하러 거짓말을 하겠어요?"

"그 애 아버지가 나한테 레슨비 400파운드를 빚진 상태였어요. 계속 모른 척하길래 고소하겠다고 으름장을 놨죠. 그랬더니만 날 변태로 몰아가더라고요."

"하지만 결국 돈을 주고 합의하지 않았습니까."

"밀린 레슨비를 탕감해준 거예요. 고소는 오히려 내가 해야 하는 건데. 비방죄로 말이죠."

"그럴듯한 해명처럼 들리는군요." 레니가 말한다. "하지만 당신은 경찰이 수사에 착수하기 직전에 휴대폰을 도난당했다고 진술했어요. 다행인지 불행인지 모르겠지만. 아무튼 좀 수상하지 않아요?"

"내 휴대폰엔 사진이 없었어요." 휘터커가 말한다. "그건 다 거짓 주장이었다고요."

그는 나름 철벽 방어 중이지만 심문 초반과 달리 자신감은 조금 줄어든 모습이다.

"언제부터 조디를 가르쳤죠?" 에드거가 묻는다.

"걔가 스케이트에 관심을 보이기 시작했을 때부터요."

"'그루밍'은요?"

"그런 적 없어요."

"그 애 학교 사물함에서 발견된 콘돔에서 당신의 지문이 나왔어요." 레니가 말한다.

그 말에 애써 여유를 부리던 그가 흔들리기 시작한다. "성적으로 왕성한 시기가 온 것 같아서 콘돔을 사다 줬어요. 훈련에 집중해야 할 때 덜컥 임신이라도 하게 되면 큰일이니까요."

"아주 삼촌다운 반응이네요. 당신이 조카한테 콘돔을 사다 준 사실을 조디의 부모도 알고 있었나요?"

"당연히 몰랐죠."

"조디가 비밀로 해달라고 요청하던가요?"

"아뇨."

"걔가 성적으로 왕성한 시기에 접어들었다는 건 어떻게 알았죠?"

"그냥…… 그런 것 같았어요. 덜컥 겁이 나더라고요. 예전에도 그런 일이 있었거든요. 어린 스케이터들이 이성에 관심을 갖기 시작하면 아무래도 훈련에 지장이……."

"그게 얼마나 엽기적으로 비쳐지는지 알아요, 브라이언? 당신은 그 애 삼촌이었어요. 스케이트 코치였고. 그런데 그런 당신이 조카에게 콘돔을 사 줬다? 당신은 미성년자인 그 애가 섹스에 눈을 뜨도록 부추긴 거예요. 당신이 그 애 순결을 빼앗았나요?"

"헛소리 말아요!"

"어떻게 된 일인지 대충 그려지네요. 당신과 조디는 대회 참가를 이유로 늘 함께 다녔어요. 돈을 아낀다면서 한방에 묵었고요. 처음엔 각자 다른 침대를 썼을 거예요. 그러다가 어느 날부턴 슬그머니……."

휘터커가 뜨거운 콧김을 씩씩 뿜어대기 시작한다. 그의 독기 서린 눈이 레니의 이마를 뚫어버릴 듯이 노려보고 있다.

"당신이 잘못 짚었어요!"

"당신은 그 앨 임신시켰어요, 브라이언."

"아니에요."

"당신 노트북에서 검색 기록을 살펴봤어요. 낙태 시술 클리닉을 알아봤더군요."

"그 앨 도우려고 했을 뿐이에요."

"경찰에 거짓말을 늘어놓는 것으로 말이죠?"

"아니에요! 내 말은…… 조디가 먼저 날 찾아왔어요. 임신했다고 털어놓더군요. 피겨 커리어도 있고, 나이도 그렇고…… 아이를 낳기에는 너무 어리잖아요. 조디는 부모에게 차마 그 사실을 알릴 수 없었어요. 매기는 독실한 가톨릭 신자인 데다가 두걸은 아무도 못 말리는 다혈질이라서요. 그래서 비밀리에 처리할 방법을 찾게 된 거라고요."

"그래서 조디에게 낙태를 권했나요?"

"조디도 그러는 게 낫겠다고 했어요."

"하지만 나중에 생각을 바꿨죠?"

휘터커는 대답하지 않는다.

"DNA 검사 결과가 어떻게 나왔는지 알아요, 브라이언? 당신이 그 애 배 속 아이의 아버지라는 게 확인됐어요."

"뭐라고요? 그럴 리 없어요!"

"조디의 동의 여부는 중요하지 않았겠죠. 당신은 신임받는 위치에 있었고, 그 앤 미성년자였으니까요. 이제 몇 시간 후면 기술자들이 삼각 측량법으로 조디 휴대폰의 신호를 추적해낼 거고, 그 애가 죽기 직전의 이동 경로가 밝혀지게 될 거예요. 그게 조디가 살해된 날 밤, 당신과 그 아이가 함께 있었다는 걸 증명해줄 겁니다. 당신은 그 애랑 섹스를 했고, 그 후엔 그 앨 따라가 아이를 지워달라고 애원했어요. 하지만 걘 매몰차게 거부했죠. 그뿐만 아니라 당신의 커리어와 가족과 명성에 먹칠을 하겠다고 협박까지 했습니다. 당신은 분을 참지 못하고 뒤에서 그 앨 가격한 다음 다리 너머로 떨어뜨렸어요. 조디는 춥고 어두운 빈터에서 쓸쓸히 죽어갔죠. 당신이 바랐던 대로."

"아니에요." 그가 신음에 가까운 음성으로 말한다. 그의 가슴이 무릎에 닿을 듯 숙여지고, 이마가 탁자 위로 떨어진다.

레니는 또 다른 파일에서 현장 사진을 뽑아 들고 하나씩 탁자 위에 내려놓는다. "시선 돌리지 말아요, 브라이언. 당신이 무슨 짓을 했는지 똑똑히 보라고요."

휘터커는 말없이 그녀를 올려다본다. 깊이 팬 눈가의 주름은 고통을 한껏 머금고 있다.

"난 그러지 않았어요. 내가 어떻게⋯⋯. 펠리시티에게 물어봐요."

"부인도 이미 만나봤어요. 그날 밤 당신이 귀가하지 않았다고 하던데요."

"난 집에 있었어요. 밤에 돌아와 샤워를 하고 잠자리에 들었다고요."

"부인과는 각방을 쓴다던데, 맞죠?"

"난 다시 나가지 않았어요."

레니는 한숨을 쉬며 사진을 주섬주섬 챙긴다. "법정에 가서도 계속 그렇게 주장해봐요. 어차피 배심원단도 당신 거짓 증언을 꿰뚫어 볼 테니까. 당신만 더 난처해질 뿐이에요."

"경찰이 범인을 잡아 기소했잖아요."

"크레이그 팔리는 많은 죄를 지었지만 조디를 임신시키지는 않았어요. 뒤에서 그 앨 가격하지도 않았고, 다리 밑으로 떨어뜨리지도 않았어요."

휘터커는 두 손으로 머리를 감싸쥐고 끙 앓는 소리를 낸다.

"당신들이 실수한 거예요! 난 아니라고요! 펠리시티를 만나게 해줘요. 이치에 닿게 다 설명할 수 있어요."

54

호출기에 짧은 메시지가 떠오른다. "포피가 사라졌어요."

나는 이비의 휴대폰으로 전화를 걸어본다. 몹시 당황한 아이가 숨을 할딱이며 응답한다.

"울타리 밑에 구덩이가 파여 있어요. 대문 가까이에요. 목걸이는 체인에 걸려 있었고요. 사방을 다 뒤져봤는데도 찾을 수가 없어요."

"알았어. 흥분 좀 가라앉혀. 멀리 가진 못했을 거야."

"차에 치이기라도 했으면 어쩌죠? 누군가가 훔쳐 갔으면요?"

"금방 찾을 수 있을 거야."

나는 황급히 차에 오른다. 과속 중임을 깨달을 때마다 나는 마지못해 브레이크를 밟으며 지옥 같은 교통 상황을 저주한다. 왜 하필 초보운전자들이 오늘 다 쏟아져 나왔지? 자그마한 노파, 둔하게 움직이는 트럭, 벨기에인, 아우디 운전자, 그리고 론볼(컬링과 유사한 규칙을 가진, 공을 가지고 하는 영국의 대표적인 생활 체육—옮긴이) 선수만큼이나 굼뜬 사람들.

포피를 영영 잃게 되는 상황은 상상하고 싶지 않다. 녀석과 정이 들어서가 아니라, 이비 때문에. 애초에 개를 선물한 게 잘못이었는지도 모른다. 이런 일이 발생했을 때 고스란히 떠안게 되는 부정적 위험 요소가 너무나 크다. 아이는 지금껏 그 무엇도, 그 누구도 그렇게 오래 사랑해본 적이 없었다. 그리고 나는 이비에게, 아이가 다시 상처받을지 모를 가능성을 제공했다. 혼자 남겨질지도 모를 가능성을.

집에 도착하니, 벽돌담에 올라서서 포피의 이름을 목이 터져라 불러대는 이비가 눈에 들어온다. 두 팔로 어깨를 감싼 아이는 바르르 떨고 있다.

아이는 목걸이와 울타리에 대해 다시 설명한다. 동네를 돌며 이웃들을 일일이 만나보기까지 했단다. 낯선 이들에게 먼저 말을 걸고 소통하는 게 이비에게 얼마나 힘든 일인지 나는 잘 알고 있다.

"포스터를 만들어야겠어." 나는 제안한다. 아이에게 좌절할 틈을 내주어선 안 되니까. "사진 찍어놓은 거 있지?"

아이가 휴대폰을 꺼내 내민다.

"좋아. 사진을 내 노트북에 다운로드해서 포스터와 전단지를 만들어보자. 가로등이랑 우편함에 붙여놓게."

나는 위층으로 올라가 옷을 갈아입는다. 티셔츠와 압박 타이츠, 그리고 안감이 플리스로 된 재킷. 구멍이 나기 직전인 낡은 운동화도 찾아 신는다.

"어디 가게요?" 이비가 묻는다.

"나가서 녀석을 찾아봐야지."

"그럼 나는요?"

"넌 포스터를 붙여야지."

아이가 A4 용지를 하나 건넨다. 뜰에서 찍은 포피의 사진과 표제. '이 개를 보셨나요?' 그 밑에는 포피에 대한 상세한 묘사와 이비의 전화번호가 적혀 있다. 그리고 맨 아래 덧붙여진 한마디. '사례하겠습니다.'

"사례라니?" 나는 묻는다.

"뭐라도 쥐여줘야죠." 아이가 기대에 찬 얼굴로 말한다.

우리는 작전을 세운다. 내가 공원과 월라턴가를 살펴보는 동안 이비는 이웃들에게 전단지를 나눠주기로. 나는 익숙한 조깅 코스인 파크사이드를 따라 달려간다. 월라턴 공원에 들어서서 숨을 헐떡거리며 포피의 이름을 불러본다. 이따금 멈춰 서서 지나는 사람들에게 땀에 젖어 축축해진 이비의 포스터를 보여주며 혼자 다니는 개를 보지 못했는지 묻기도 한다. 나는 그렇게 계속 뛰고…… 부르고…… 묻는다.

공원을 한 바퀴 돌고 난 뒤에는 더비가를 건너 대학교 구내로 들어간다. 호수와 학부 건물들을 차례로 살펴보지만 헛수고다. 노팅엄이 갑자기 거대한 미로처럼 느껴진다. 어쩌면 포피는 생울타리 아래나 누군가의 뜰에서 곯아떨어져 있는지도 모른다. 이미 몇 킬로미터 떨어져 있거나 내가 녀석을 미처 보지 못하고 지나쳐버렸을 수도 있다.

사람들은 인간의 감정이 겨우 네 가지뿐이며 그중 하나가 슬픔이라고 말한다. 하지만 슬픔에도 여러 종류가 있다. 상실, 실패, 버려짐, 우울. 이 중 몇몇은 불가피한 것들이다. 어떤 것들은 필연적이고. 또 어떤 것들은 우리를 완전한 인간으로 만들어준다. 마이클 루닉이 그린 만화에 중 이런 게 있다. 목에 올가미가 씌워진 슬픈 눈을 가진 남자. 밧줄은 대들보에 걸쳐 있고, 그 끝에는 커다란 양동이가 묶여 있다. 남자가 흘린 눈물이 양동이를 조금씩 채워갈 때마다 그의 몸은 위로 점점 들린다. 지금 이비의 상황이 그와 다르지 않다. 아이 역시 발끝으로 서서 눈물로 양동이를 채워가는 중이다. 아이의 눈물을 멎게 할 수만 있다면…….

날은 빠르게 저물어가고 있다. 나는 완전히 녹초가 돼버린 상태다. 더 이상 달릴 수도, 비틀대며 걸을 수도 없다. 나는 단념하고 천근만근이 된 발길을 돌린다. 이비를 어떻게 위로할지 벌써부터 걱정이 앞선다.

모퉁이를 돌자, 대문 앞에 서서 손을 흔드는 아이의 모습이 눈에 들어온다.

"집에 왔어요! 집에 돌아왔다고요!"

순간 압도적인 안도감이 밀려들면서 입에서 나지막한 속삭임이 새어 나온다. "하느님, 감사합니다!"

55

앤젤 페이스

"네가 개를 찾으러 올 줄 알았어." 여자는 말했었다.

전단지를 우편함에 밀어 넣고 있을 때 그녀가 현관문을 벌컥 열고 나오며 말했다. "래브라도레트리버지? 금색? 개 이름이 뭐지?"

"포피요."

"자! 이쪽이야. 뒤뜰에 있어."

그녀는 나를 이끌고 복도를 걸어갔다. 파티오 문을 열자 작지만 깔끔하게 정리된 뜰이 나타났다. 바닥은 포석으로 덮여 있고, 한쪽에는 높은 화단이 자리하고 있다. 포피는 관상용 식물이 가득 담긴 손수레에 묶여 있다.

"목걸이는 없지만, 왠지 이 동네 누군가 잃어버렸을 것 같더라고. 개가 되게 귀엽네."

키 작은 여자는 땅딸막한 체구였고, 푸딩 그릇 같은 머리 스타일을 하고 있었다. 그녀는 사납게 짖어대는 개를 품에 안고 있었는데, 코커스패니얼 두 마리가 그녀에게 바짝 붙어 연신 펄쩍 펄쩍 뛰어오르는 중이었다.

나는 포피에게 달려가 녀석의 목에 얼굴을 파묻었다. 내가 있는 힘껏 끌어안자 포피는 낑낑거리면서도 계속해서 꼬리를 흔들어댔다.

"에이젝스와 존 브라운을 데리고 공원에 나가 산책을 하고 있었는데, 갑자기 포피가 다가와서 우리 개들이랑 어울려 놀더라고." 여자가 말했다. "이 녀석들이 얼마나 신나게 놀던지. 포피의 주인이 나타날 때까지 기다려봤는데 아무도 오지 않았어. 포피는 우릴 따라 집에 와서는 현관문 앞에 자리를 잡고 앉더라고. 난 나중에라도 주인이 찾아올 거라 믿고 포피를 집 안으로 들였어."

목이 메어와 제대로 대꾸할 수가 없었다. 그 사연을 사이러스에게 들려주는 지금도 마찬가지다. 그는 운동화를 벗고 물집 잡힌 뒤꿈치를 유심히 내려다본다. 그러는 동안 포피는 세탁실 깔개 위에 앉아 꼼짝도 하지 않는다. 자신이 오늘 무슨 짓을 저질렀는지 전혀 관심이 없는 모양이다.

"그 여자한테 사례하겠다고 약속했어요." 나는 말한다.

"그 여자가 돈을 기대하고 있을까?"

"꽃을 선물해도 되겠죠, 뭐."

"그거 좋은 생각인데."

"몇 집 건너에 예쁘게 꾸민 정원이 있어요."

"훔치는 건 절대 안 돼."

"알았어요." 물집 잡힌 발의 상태가 제법 심각하다. "포피의 목걸이를 조금 줄여봤어요. 또 빠지지 않게. 하지만 뒤뜰 울타리 밑에 아직도 구덩이가 있어서 당분간은 데리고 나갈 수 없겠어요.”

“그 문제는 내가 해결할게.” 사이러스가 운동화 끈을 다시 묶으면서 말한다.

“꼭 지금 할 필욘 없어요.”

“지금 하고 싶어.”

사이러스가 계단 아래에서 철제 공구 통을 챙겨 뜰의 헛간으로 향한다. 몇 분 후, 오른쪽 겨드랑이에 톱질용 모탕을 끼고 왼쪽 어깨에는 널빤지 몇 개를 얹은 그가 모습을 드러낸다.

그는 무릎을 꿇고 앉아 울타리 밑에 생긴 구덩이를 유심히 살핀다. 썩어 있는 말뚝 밑부분은 손가락으로 살짝만 건드려도 부서질 정도다. 그가 주변 흙을 떠내기 시작한다.

“도와줄까요?” 나는 묻는다.

사이러스가 내게 손전등을 건넨 뒤 땀에 젖은 티셔츠를 벗어 계단에 휙 던져놓는다. 그런 다음 줄자를 꺼내 메워야 하는 구멍의 크기를 잰다.

나는 그의 문신을 흥미롭게 내려다본다. 그의 몸통에는 새들이 그려져 있다. 손전등 불빛을 받은 팔뚝의 신화 속 존재들이, 그가 움직일 때마다 꿈틀대며 새로운 형태로 변신한다. 측정과 표시 작업을 마친 그가 연필을 귀 뒤에 꽂고 작은 톱을 집어 든다. 그는 능숙한 손놀림으로 톱질을 시작한다. 잔디 위로 톱밥이 자그마한 눈송이처럼 뿌려진다.

“그건 어디서 배웠어요?” 나는 묻는다.

“아버지가 가르쳐주셨어. 이게 다 아버지가 쓰시던 연장들이야.”

나는 공구 통의 접이식 서랍들을 들여다본다. 낡은 나무 손잡이가 달린 끌과 드라이버들. 작은 도끼도 보인다. 나는 문득 사이러스의 가족에게 무슨 일이 있었는지 궁금해졌다.

사이러스가 다시 무릎을 꿇고 널빤지를 구멍에 가져다 댄다. 나는 그의 팔뚝에서 불끈거리는 정맥과 꿈틀대는 등 근육에 시선을 두지 않으려 애쓴다. 문신으로 새겨진 아름다운 날개를 보고 있자니 자꾸 손끝으로 그 부드러운 깃털을 만져보고 싶다는 충동이 인다.

"불 좀 비춰줘."

"네?"

"너무 어두워서 안 보여."

"아, 미안해요."

나는 손전등으로 사이러스의 손을 비춘다. 그는 또 다른 널빤지의 크기를 재고 나서 톱질을 시작한다. 잠시 후, 작업을 마친 그가 허리를 펴고 일어난다. 그의 배꼽 밑으로 돋아난 검은 털과 관골 위로 끌어 올려진 레깅스의 허리 밴드에 그림자 진 부분이 눈에 들어온다.

"추워요?" 나는 묻는다. "스웨터 가져올까요?"

"괜찮아." 그가 대답한다.

"차 한잔할래요?"

"차보단 맥주가 낫겠는데."

나는 집으로 들어가 주방 창문으로 그를 내다본다. 나는 제멋대로 음흉하게 반응하는 시선을 나무라며 냉장고에서 하이네켄 두 병을 꺼내 뚜껑을 딴다.

맥주를 건네받은 사이러스가 단숨에 한 병을 비워낸다. 그의 시선이 내 손에 쥐어진 맥주로 돌아온다.

"그것도 나 주려고?" 그가 묻는다.

나는 웅얼거리며 그의 앞으로 맥주를 내민다.

그가 미소를 흘리며 말한다. "네가 마셔." 그러고는 돌아서서 작업을 계속 이어간다.

나는 다시 손전등으로 그를 비춘다. 하지만 주책없는 시선은 또다시 그의 몸을 훑어나가기 시작한다. 나는 그의 입을 빤히 응시하며 큐피드의 활처럼 생긴 그의 얇은 윗입술과 도톰한 분홍빛 아랫입술에 키스하는 기분이 어떨지 상상해본다. 혀끝으로 그의 이를 훑는 기분은 또 어떨지.

바보같이 굴지 마!

한심하게 왜 그래?

나는 섹스에 환장한 사람도, 관능적인 사람도 아니다. 신체적 접촉을 갈망하지도 않고, 성적 해방이 필요하지도 않다. 그럼에도 사이러스와 함께 있으면 내 몸이 이상하게 반응한다. 평소와 다르게.

열린 문으로 쏟아져 나온 황금색 불빛이 뜰에서 그림자가 가장 짙게 드리워진 부분을 파고든다. 말을 멈춘 사이러스가 나를 올려다보고 있다. 딴 데 정신을 팔고 있던 나는 그의 질문을 듣지 못했다.

그가 무릎에 묻은 흙을 떨어낸다. "어디 아프니, 이비?"

"네?"

"저녁으로 뭘 먹고 싶은지 물었잖아."

"오."

"모퉁이 펍에서 파는 스테이크가 꽤 먹을 만해. 고기 두께가 이렇다니까." 그가 엄지와 검지를 3센티미터가량 벌려 보인다.

"난 채식주의자예요."

"거기 가면 다른 메뉴도 있어."

"그럼 좋아요." 나는 속삭인다.

56

이비는 올린 머리를 핀으로 고정시켜놓았다. 머리카락 몇 올이 아이의 얼굴로 흘러내려와 있다. 마스카라와 아이섀도가 아이의 눈을 몇 배 더 커 보이게, 피부는 몇 배 더 창백해 보이게 만든다. 나는 이비의 화장기 없는 얼굴이 좋다. 나이에 어울리는 주근깨 가득한 얼굴.

우리는 북적이는 앞쪽의 술집 구역 대신 뒤편의 레스토랑 구역에서 빈 테이블을 찾아 앉는다. TV로 유러피언 컵 축구 중계를 지켜보는 술꾼들은 인상적인 플레이가 펼쳐질 때마다 환호하거나 야유를 보낸다.

이비는 나를 따라 냅킨을 펼쳐 무릎에 깔고 메뉴를 훑는다. 이럴 때 보면 이비는 전혀 문제아 같지 않다. 아이가 모처럼 내보인 당당하고 똑 부러진 모습이 보기 좋다. 아이는 평범해지려고 애쓰는 중이다. 이 모든 게 이비에게는 훈련인 셈이다.

우리의 관계는 이미 공사의 경계를 넘어버린 상태다. 치유 과정에서 자연스레 접하게 되는 감정들 때문이다. 변호사 선임에 있어서 그 또는 그녀가 의뢰자의 결백을 믿는지, 또 의뢰자가 그 또는 그녀와 함께하는 시간을 좋아하는지 여부는 조금도 중요하지 않다. 외과 의사도 마찬가지다. 맡겨진 작업만 성실히 수행할 뿐 사사로운 개인감정이 끼어들 틈이 없다. 하지만 심리학자는 다르다. 관찰과 신뢰와 참여와 공감이 필연적으로 수반되기 때문이다. 이비를 상대하는 건 마치 외줄 타기를 하는 것과 같다. 과연 내가 아이가 필요로 하는 모든 존재가 되어줄 수 있는지 자꾸만 의문이 들기 때문이다. 보호자, 치료사, 친구, 그리고 동반자.

이비에게는 재능이 있다. 아이는 그걸 저주라고 부른다. 어쩌면 그 말이 맞는지도 모른다. 어쩌면 아이는 평범한 삶을 영영 누려보지 못할 수도 있다. 그러나 내가 보호해줄 수도 있을 것이다. 누군가가 이비의 재능을 알게 된다면 결코 아이를 놓아주지 않을 터다. 그 점은 거스리의 말이 옳았다. 질문과 연구, 임상실험은 끝없이 이어질 것이고, 이비는 서서히 기니피그로, 실험실 쥐로, 괴물로, 그리고 무기로 변해갈 것이다. 내가 할 일은 그걸 막는 것이다.

일손이 모자란 레스토랑의 유일한 웨이트리스는 바 테이블에 나란히 앉은 두 젊은 남자와 신나게 수다를 떨고 있다. 나는 손을 들어 불러보지만 그녀는 무시해버린다. 한 청년이 이비를 바라본다. 아이와 눈을 맞추고 싶은 모양이다. 이비는 자신에게 고정된 시선을 감지하지 못하고 있다. 나는 다시 손을 흔들어 웨이트리스를 불러본다. 이번에도 그녀는 못 본 척한다.

이비가 자리에서 벌떡 일어난다. 그리고 테이블을 요리조리 돌아 나가 웨이트리스와 두 청년 사이를 파고든다.

"오늘 밤 셋이 모여서 스리섬을 어떻게 할지 의논 중이었죠?

방해해서 미안한데, 와서 우리 주문 좀 받을래요?"

그 말에 세 사람의 고개가 일제히 돌아간다. 충격을 받은 웨이트리스가 진저리를 친다. 두 남자는 웃음을 터뜨린다. 뒤이어 이비는 검지로 한 남자의 가슴을 쿡 찌른다. "또 날 쳐다보면 그땐 저 글라스로 당신 얼굴을 박살 내버릴 거예요."

그의 얼굴에서 미소가 싹 가신다. 당황하는 표정으로 주춤 물러난다.

다시 테이블로 돌아온 이비는 잔을 들고 물을 홀짝인다. 아무 일도 없었다는 듯이 태연하게.

"굳이 그럴 필요까진 없었잖아." 나는 말한다.

"뭐 말이에요?"

"저 사람들을 난처하게 만든 거."

"자꾸 날 쳐다보잖아요."

"그야 네가 예쁘게 생겼으니까."

"네?"

"오늘 밤엔 특히 더 예쁘다고."

뜻밖의 칭찬에 민망해진 이비가 미간을 찡그린다. 아이는 찬사를 이해하지 못한다. 그것이 기대를 높여주기 때문이다. 아이는 내가 마음에도 없는 말을 했다고 생각할 것이다. 내가 추켜세워야 할 사람은 따로 있다고.

마침내 웨이트리스가 다가온다. 그녀는 불안한 눈빛으로 이비를 힐끔 본다.

"난 럼앤콕으로 줘요." 이비가 말한다. "버섯 리소토랑."

나는 미디엄 레어로 구운 안심 스테이크와 페퍼콘 소스를 주문한다. 우리는 샐러드를 하나 시켜 나눠 먹기로 한다.

음식을 기다리는 동안 이비는 주문한 칵테일을 집어 들고 몸을 살짝 뉘어 의자 등받이에 붙인다. 아이가 잔을 입술에 갖다 댄 채로 나를 빤히 쳐다본다.

"뭘 하며 살고 싶은지 생각해봤어?" 나는 묻는다.

모처럼 진지한 질문을 받은 이비는 잠시 생각에 잠긴다.

"동물을 돌보는 일을 해보고 싶어요."

"수의사 보조 같은?"

"아니면, 개 산책 도우미. 오늘 공원에서 개 여섯 마리를 산책시키는 여자를 봤어요. 그 여자가 타고 온 밴에 회사 로고가 큼지막하게 붙어 있더라고요."

"넌 운전면허가 없잖아."

"알아요."

"임시 면허를 신청해볼까?"

내 제안에 아이의 얼굴이 밝아진다. "정말요?"

"출생증명서나 여권만 있으면 돼."

"난 둘 다 없는데요."

"법원이 새 신원을 내줬잖아."

"하지만 그걸 증명하는 문서는 받지 못했어요."

뜻밖의 정보에 나는 흠칫 놀란다. 하지만 이비는 새삼스럽지 않다는 듯 무덤덤한 모습이다. 살인의 집 비밀의 방에 숨어 지내기 전까지의 아이의 과거는 공식적으로 인정받지 못했다. 대부분의 사람들은 어딘가에 소속되어 있다. 가족, 학교, 동네, 국가. 그들은 관심사를 공유하고, 그룹에 가입하고, 팀을 지지하고, 정당에 표를 던지며, 집단을 형성한다. 하지만 이비에게는 딴 세상 얘기다.

"내가 한번 알아볼게." 나는 말한다. 당장 어디에 연락해야 하는지도 모르면서. 어쩌면 캐롤라인 페어팩스가 도움을 줄지도 모른다.

식사가 끝나갈 무렵 호출기가 울어댄다. 화면에는 레니의 번호가 떠올라 있다. 나는 담배 자동판매기 옆에 붙은 공중전화로 그녀에게 연락한다.

"브라이언 휘터커가 자백을 하지 않고 있어." 그녀가 말한다. "아침에 다시 들볶아볼 생각이야. 미성년자와 성관계를 한 혐의만으로도 2년은 거뜬히 때릴 수 있지만, 난 모든 걸 자백받을 때까지 계속 밀어붙일 거야."

수화기에서 요란한 음악이 흘러나온다. 그녀가 잠시 말을 멈추고 누군가에게 볼륨을 줄이라고 소리친다.

"조디 시핸의 대포 폰 분석 결과가 나왔어. 한 달 전에 이베이 판매자한테서 구입한 싸구려야. 휴대폰 신호 기록을 통해 그 애가 불꽃놀이 현장과 피시앤칩스 가게, 지미 버빅의 파티장에 다녀온 걸 확인했어."

"거기선 얼마나 머물렀죠?"

"15분 정도. 펠릭스의 주문을 받고 마약을 배달하러 갔을 거야. 하지만 그 내용은 수사 보고서에서 뺐어."

"버빅이 그렇게 두렵나요?"

"그래." 그녀가 퉁명스럽게 대답한다. "파티엔 200명가량의 손님이 참석해 있었어. 지서장도 그중 한 명이었고."

이제야 그녀 입장이 이해된다. "버빅의 집을 나선 후 조디는 어디로 갔습니까?"

"곧장 올드 마켓 광장으로 향했고, 거기서 10시쯤 전차에 올랐어. 그리고 클리프턴 사우스로 갔더라고. 러딩턴 레인에서 내린 걸 보면 휘터커의 집으로 가려고 했던 것 같아. 거기서 10분 거리거든. 갠 A52 아래 지하보도를 따라 서머턴가로 향했어."

"몇 시쯤에요?"

"10시 45분."

"타스민 휘터커는 조디가 귀가하지 않았다고 했어요."

"시그널 기록에 의하면, 조디는 집에서 세 시간 가까이 머물렀어. 그게 사실이라면 브라이언 휘터커는 유력한 용의자가 되는 거지. 그 애 휴대폰은 새벽 2시 직전에 신호가 멈췄어."

"어디서요?"

"그 보행자 다리에서."

이로써 모든 팩트가 타임라인에 완벽히 들어맞은 셈이다. 알코올 중독자 모임에서 돌아온 휘터커는 집에서 조디와 맞닥뜨렸다. 두 사람이 집에서 만나기로 사전에 약속했을 수도 있고. 아무튼 그들은 섹스를 했고, 조디는 그를 협박하려 했다. 그렇게 언쟁이 벌어진 뒤, 그는 집을 나선 조카를 미행해 살해했다.

이비는 테이블에서 나를 기다리고 있다. 접시에는 계산서와 박하사탕 한 알이 놓여 있다. 이비는 자신의 몫으로 받은 사탕을 쪽쪽 빨아대는 중이다. 나는 지갑을 열고 신용카드를 꺼낸다.

"고마워요." 아이가 엄지와 검지로 머리카락 몇 가닥을 비비면서 말한다.

"고맙긴, 뭐."

"나중에 다 갚을게요."

"그럴 필요 없어."

우리는 계단 옆 못걸이에서 코트를 챙겨 칼바람이 쌩쌩 부는 밖으로 나온다. 날이 맑을수록 밤은 더 춥다. 잠시 망설이던 이비가 용기를 내어 내 팔짱을 낀다. 내가 어떻게 반응할지 걱정이 되는 모양이다. 걸음을 내디딜 때마다 우리의 허리와 어깨가 가볍게 맞닿는다.

"클레어는 어떤 여자예요?"

"참해." 나는 단어의 온순함을 느끼며 대답한다.

"예뻐요?"

"응."

"변호사라는 걸 보니 아주 똑똑한가 봐요."

"맞아, 똑똑해."

"그녀가 보고 싶어요?"

"가끔."

"나중에 결혼할 건가요?"

"우리가 아직도 연인 사이인지 잘 모르겠어."

"상대가 꼭 그녀일 필요는 없죠. 좋은 여자는 세상에 얼마든지 있으니까."

"글쎄."

이비는 패션쇼의 모델이라도 된 것처럼 발끝으로 조심조심 걷는다.

마침내 집에 도착한다. 나는 현관문을 열고 아이가 먼저 들어갈 수 있게 옆으로 비켜선다. 이비가 갑자기 내게 달려들어 와락 안긴다. 순간 내 온몸이 얼어붙는다. 이비는 거침없이 키스를 퍼붓기 시작한다. 솔직히 키스라기보다는 레슬링에 더 가깝다. 몇 시간에 걸쳐 자기 손등에 입을 맞추며 연습해온 사람처럼 어색하기 그지없다.

나는 힘겹게 밀어내보지만 아이는 다시 달려든다. 나는 좀 더 강하게 아이를 떼어낸다.

"이러지 마!" 나는 버럭 소리친다. 아이의 얼굴이 하얗게 질려 있다. "대체 왜 이러는 거야?"

"내가 못생겼죠."

"그게 아니야."

"문제아고요."

"그게 아니라니까."

"거짓말 말아요!"

"내 눈을 똑바로 봐, 이비. 그리고 다시 물어봐."

"내가 구제불능 문제아라고 생각해요?"

"아니."

"내가 못생겼다고 생각해요?"

"아니."

이제야 아이가 내 말을 믿어주는 것 같다.

"그럼 왜요?" 아이가 묻는다.

"전문가답지 않은 일이니까."

"당신은 내 치료사도 아니잖아요."

"난 네 보호자야."

"아무에게도 얘기 안 할게요."

"그래도 안 돼, 이비."

"그럼 얼마나 더 기다려야 하죠?"

"시간이 문제가 아니야. 우린 절대 이래선 안 돼."

이비는 한동안 내 얼굴을 빤히 살피고 나서야 이것이 내 진심임을 깨달은 듯하다. 아이는 분한 모양이다. 당혹스러울 테고, 민망하기도 하고.

진작 눈치를 챘어야 했는데. 사실 낌새를 채기는 했다. 아이와의 가까운 거리가 늘 두려웠고, 내 행동이 잘못 해석돼 오해를 살까 걱정했었다. 이비는 오랫동안 시스템에서 벗어나 살아왔다. 이야기를 귀담아들어주어야 할 상대가 아니라 엄격히 통제해야 할 존재로서, 아이에게는 '관리에 문제 있음'이라는 꼬리표가 붙여졌다. 그러다 아이 앞에 어떠한 압력도 가하지 않고, 성급히 재단하지도 않으며, 실수에 대한 책임도 묻지 않는 내가 나타났다. 오히려 나는 아이가 보인 최악의 품행에 벌 대신 상을 내렸다. 그런 태도가 어디서 비롯됐는지 알기 때문이다. 이비 같은 사람은 분명히 이런 내 방식에 강력히 이끌렸을 것이다.

우리는 아직도 문가에 서 있다. 내게서 도망을 치려나? 무섭게 달려들어 싸움이라도 걸면 어쩌지? 어쩌면 그냥 멀뚱히 서서 세상이 자기를 집어삼켜주기를 간절히 바랄지도 몰라. 그때 아이가 내 뺨을 냅다 올려붙인다.

"왜 그래?"

"아무것도 아니에요. 미안해요. 날 한 대 때려도 돼요." 아이가 스스로를 다잡는 모양새다.

"됐어."

"괜찮으니까 때려요."

"싫어."

바보!

멍청이!

사이러스의 뺨을 올려붙인 내 손은 아직도 욱신거린다. 그의 얼굴에는 내 손자국이 선명히 남아 있다. 하얗게 변한 손자국의 윤곽을 보니 꼭 분필 가루로 덮인 손으로 얻어맞은 사람 같다.

내 몸이 좌우로 흔들린다. 나는 그의 눈을 똑바로 쳐다보지 못한다. 그의 눈빛이 무엇을 머금고 있을지 두렵다. 내가 기습적으로 입을 맞췄을 때, 그는 순간적으로 바짝 얼어붙어버렸다. 그는 나를 만지고 싶어 하지 않았다. 내 얼굴도, 내 입도, 내 몸도. 그동안 많은 남자가 나를 건드렸다. 그들은 허락도 없이 내 몸을 건드렸고, 입을 맞추었으며, 온갖 방법으로 내게서 거부감을 유발시켰다. 하지만 상대가 사이러스와 같은 사람이라면 왠지 다를 것 같았다. 그는 사악하지 않으니 불쾌한 느낌도 없을 거라고 생각했다.

"얼음을 가져올게요." 나는 말한다.

"아니야, 괜찮아."

"내가 자꾸 일을 벌이네요."

"이 얘긴 그만하자."

왜 화를 내지 않는 거지? 왜 날 때리지 않는 거지?

그는 문을 닫지 않았다.

"어디 가려고요?" 나는 묻는다.

"잠깐 나갔다 오려고."

"나 때문에요?"

"아니. 경찰이 조디 시핸의 마지막 이동 경로를 확인했어. 그 애가 죽기 직전의 발자취를 따라가볼까 해."

"나도 같이 가면 안 돼요?"

"전차를 타고 갈 거야. 네가 생각하는 것처럼 신나는 일은 아 닐 텐데."

"같이 가고 싶어요."

사이러스는 잠시 고민에 빠진다.

제발 같이 가게 해줘요! 제발 따라가게 해줘요!

마침내 그가 고개를 끄덕인다. 나는 안도의 한숨을 내쉬며 말한다. "아깐 정말 미안했어요."

"아까라니?"

"키스한 거요."

"무슨 키스?"

우버는 우리를 노팅엄 중심부에 내려준다. 맞은편에는 하얗 고 거대한 마지팬(으깬 아몬드나 아몬드 반죽, 설탕, 달걀 흰자로 만든 말랑말랑한 식감의 과자—옮긴이) 같은 웅장한 빅토리아 시대풍 저택이 우뚝 서 있다. 안개는 가로등 불빛을 투명 끈에 매달린 희미한 노란 공으로 만들어놓았다.

나는 전차를 타고 이동하는 내내 입을 열지 않았다. 아직도 나 자신에게 화가 많이 난 상태다. 대체 무슨 생각으로 그랬지? 심지어 잘생기지도 않았잖아. 그도 그들과 한패라고. 하얀 가운을 입은 갱. 게다가 심리학자이기까지 한데. 웩!

우리는 칼바람 부는 도로변에 나란히 서 있다.

"조디가 여기서 뭘 하고 있었어요?" 나는 묻는다.

사이러스는 턱으로 어둠을 가리킨다. "저 집 파티에 갔어."

반쪽짜리 진실.

"펠릭스의 주문을 받고 약을 배달하러 왔던 걸까요?"

그는 대답이 없다. 대답할 필요가 없다.

우리는 조디의 발자취를 따라 리젠트가를 걷는다. 사이러스와 보폭을 맞추는 건 쉽지 않다.

시내 중심지라 그런지 꽤 북적인다. 펍과 술집과 레스토랑에서 사람들이 쏟아져 나온다. 피리피리 치킨(고추로 만든 소스를 바른 닭 요리—옮긴이), 햄버거, 피자, 그리고 케밥 냄새를 풍기는 패스트푸드 가게에서도. 우리는 도서관을 지나 올드 마켓 광장을 가로지른다. 임대 아파트가 드리우는 그림자에 파묻힌 전차 정거장을 향해서. 열 명 남짓 되는 사람이 전차를 기다리고 있다. 술에 취한 사람도 있고, 키스하는 커플도 있고, 휴대폰 화면에서 눈을 떼지 못하는 사람들도 보인다.

"그 앤 여기서 다음 차에 올랐어." 사이러스가 시간을 체크하며 말한다. 그는 자동판매기에서 티켓을 구입한다.

5분쯤 기다리자 현대식 전차가 플랫폼에 도착한다. 우리는 전차 앞쪽에 나란히 앉는다. 고민이다. 사이러스에게 말을 걸어야 할지, 아니면 그가 집중할 수 있게 얌전히 있어야 할지. 그는 골똘한 생각에 잠겼을 때 미간을 찌푸리는 버릇이 있다. 눈도 유리 몽돌 같은 녹색으로 변하는 것 같고. 아이디어를 찾아 머리를 굴려대고 있는 걸까? 어쩌면 슬그머니 정보를 흘리는, 눈에 보이지 않는 아득한 무언가에 귀를 기울이고 있는지도 모른다.

전차는 칩사이드를 따라 동쪽으로 나아가다가 위크데이 크로스가 자리한 남쪽으로 방향을 튼다. 언젠가 모처럼 랭포드 홀을 벗어나 당일치기로 이곳을 찾은 적이 있다.

"카메라가 붙어 있어요." 나는 운전사의 머리 위를 가리킨다. "누군가가 걜 미행했을까요?"

"어쩌면."

나는 두 발을 끌어 올려 양쪽 정강이를 끌어안는다.

"형이 정상이 아니라는 걸 알았어요?" 나는 묻는다. "그가 아저씨 가족을 죽였을 때?"

"형은 열여섯 살 때부터 약을 먹었어."

"아직도 모든 게 형 탓이었다고 생각해요?"

"아니."

"음." 나는 그의 대답을 믿지 않는다. "엘리어스는 지금 어디 있죠?"

"램턴이라는 곳에 있어. 여기서 북쪽으로 한 시간 거리에 있는 보안이 철저한 정신병원이야."

"면회는 안 가요?"

"가지."

그것도 거짓말일 것이다. 어느 정도는.

"마지막으로 면회를 갔을 때 엘리어스가 난동을 부렸어. 젤리 베이비를 사 오지 않았다는 이유로."

"젤리 베이비?"

"형이 가장 좋아하는 캔디야. 하지만 규정상 면회자는 음식물을 반입할 수 없거든."

"살인사건 이후 그는 어떻게 됐죠?"

"한정 책임 능력을 조건으로 과실 치사 혐의를 인정했어."

"그럼 언젠가는 풀려난다는 얘긴가요?"

"아마도."

"그래서 심리학자가 됐어요?"

"사람들은 그렇게들 넘겨짚지."

"그럼 정답을 들려줘요."

"난 자기 분석을 좋아하지 않아."

그 또한 거짓말일 것이다.

"조부모님은 내가 외과 의사가 되기를 바라셨지만 난 심리학을 선택했어. 그게 세상에서 가장 어렵다고 생각했거든."

"왜죠?"

"외과 수술엔 규칙이 있어. 풀어야 할 문제는 기술적이고 분명히 실재해. 반면 심리학은 그보다 본능과 공감에 많이 의지하지. 의사는 작업의 결과를 눈으로 똑똑히 확인할 수 있어. 수술후 모든 답이 풀리거든. 자신이 내린 결정이 옳았는지, 아니면 틀렸는지. 앞을 내다보고, 뒤를 이해하면서. 그게 바로 우리 인간이 사는 방식 아니겠어? 하지만 심리학자는 확신이란 게 없어. 뇌 안으로 손을 집어넣어 필요한 부분을 재배열할 수도 없고, 손끝으로 구멍을 찾아볼 수도 없지, 설령 찾는다 해도 봉합선과 죔쇠로는 고쳐지지도 않아. 그래도 난 그래보려고 무던히 애를 써. 하다못해 종잇조각이라도 끼워 구멍을 메워보려고 하지. 고치고, 보상하고. 내가 쓸 수 있는 도구는 오로지 말과 아이디어와 생각뿐이야."

"세상을 치유하고 싶어요?" 나는 말한다.

"어쩌면 나 자신을 구제하고 싶은 건지도 몰라."

너무나도 깔끔하고 완벽한 답변이다.

"내가 보기엔 아저씨는 형을 만나고 싶어 하지 않는 것 같아요." 나는 말한다. "형의 눈을 보면서 그가 한 짓을 떠올리고 싶지 않을 테니까요. 그래도 형은 형이고, 동생으로서 애정을 가져주긴 해야 하는데, 아무리 그러려고 해도 잘 안 될 거예요."

사이러스는 화를 내는 대신 비통한 표정을 지어 보인다. "이제 그만하면 됐어."

"뭘요?"

"지금 하고 있는 거."

전차는 소리 없이 나아간다. 정거장을 지날 때마다 객차 안이 조금씩 비워진다. 강을 건넌 전차는 연못을 돌아 직선 레일로 접어든다.

"다 왔어." 전차가 속도를 줄이자 사이러스가 말한다.

지붕이 없는 러딩턴 레인 플랫폼은 희미한 선로 조명에 물들어 있다.

"이쪽이야." 사이러스가 말한다.

우리는 콘크리트 오솔길을 따라 걸어간다. 어둠에 파묻힌 말쑥한 연립주택과 작은 시골집을 지날 때마다 보안등이 속속 켜진다. 이따금 커튼 안으로 TV 화면이 깜빡이는 게 보이곤 한다.

"누가 조디를 임신시켰는지 알아요?" 나는 묻는다.

"그 애 삼촌."

"삼촌이 조카를 강간한 거예요?"

"그건 아직 몰라."

"크레이그 팔리는요?"

"그는 그저 조디를 발견했을 뿐이야."

"살아 있을 때요?"

"숨이 끊어지기 바로 직전에."

나는 콧김을 뿜으며 끙 앓는 소리를 낸다. "그런데도 사람들은 나더러 맛이 갔다는 건가요."

58

휘터커의 집은 어둠에 잠겨 있다. 블라인드가 내려진 네모난 위층 창문 뒤로는 불이 들어와 있다.

전후에 지어진 방갈로의 구조는 내게 아주 익숙하다. 침실 세 개와 화장실이 갖춰진 위층, 폭 좁은 계단. 아래층에는 현관 홀과 거실, 주방, 세탁실, 그리고 파티오와 뒤뜰이 내다보이는 식당이 자리하고 있다.

나는 그날 밤 이곳에 도착한 조디를 상상해본다. 모닥불 연기와 화약 냄새가 실내에 감돌았을 것이다.

"조디에겐 열쇠가 없었어." 나는 큰 소리로 말한다. "타스민이 파티오 문을 잠그지 않겠다고 약속했거든."

"그 약속을 지켰나요?" 이비가 묻는다.

"아니, 걘 비밀이 많은 조디를 난처하게 만들고 싶어 했어."

"그래서 집까지 걸어간 거였군요."

휴대폰 신호 기록에 의하면 조디는 이곳에 세 시간가량 머물렀다. 아이는 분명 문을 두드리거나 안으로 들어갈 수 있는 다른 방법을 찾으려고 했을 것이다. 어쩌면 브라이언 휘터커가 문을 열어주었는지도 모른다.

옆길 너머로 은색의 소형 이동식 주택이 눈에 들어온다. 에이든은 그날 밤 집에 있었고 조디를 보지 못했다고 경찰에 진술했다. 그는 분명 집 열쇠를 가지고 있었을 것이다.

저만치 앞 모퉁이를 돌아 나온 차 한 대가 우리 얼굴에 눈부신 헤드라이트 빛을 뿌린다. 이비는 본능적으로 한 손을 들어 눈을 가린다.

나는 검은 택시의 뚜렷한 윤곽을 바로 알아본다. 급제동으로 차를 세운 후 문을 벌컥 열고 나온 그는 우리를 보지 못한다. 잠시 후, 그가 플라스틱으로 된 초인종 버튼을 누르면서 현관문을 거칠게 두드리기 시작한다.

아무도 응답하지 않는다. 그는 넌더리를 내며 앓는 소리를 내다가 낮은 생울타리를 풀쩍 뛰어넘어 이동식 주택이 덩그러니 놓인 뒤뜰로 향한다.

"에이든!" 그가 소리친다. "안에 있어?"

그는 손잡이를 돌려본다. 문은 잠겨 있다. 그는 애꿎은 손잡이를 두들겨대다가 어깨로 밴의 측면을 냅다 들이받는다. 녹슨 스프링이 삐걱대며 차체가 흔들린다.

"빨리 나와, 겁쟁이 자식아!"

"여기서 기다려." 나는 이비에게 당부한 후 내달린다.

두걸 시행은 삽으로 이동식 주택의 뒤편 창문을 내리찍고 있다. 그리고 단 세 번의 시도 끝에 창문을 박살 내는 데 성공한다. 산산조각 난 유리 파편이 밴 안쪽으로 우수수 쏟아진다. 거기서 멈추지 않고 그는 오른편 창문마저 부수기 시작한다.

"네가 그 앨 건드렸지?" 그가 소리친다. "네가 그런 거지?"

밴 안에 갇힌 에이든은 살려달라고 소리치는 중이다. 집에서 가운과 슬리퍼 차림의 펠리시티 휘터커가 달려 나온다. 주저 없이 두걸에게로 몸을 날린 그녀는 그의 두 팔을 움켜잡고 삽을 빼앗으려 안간힘을 다한다. 그가 그녀를 우악스럽게 밀쳐낸다. 펠리시티는 잔디 위로 힘없이 떨어진다. 이내 몸을 일으킨 그녀는 에이든을 괴롭히지 말라고 고함치며 주먹으로 그의 등을 망치질한다.

"남편이었어!" 그녀가 격하게 흐느껴 울며 말한다. "브라이언이었다고."

두걸이 쥐고 있던 삽을 이동식 주택 쪽으로 휙 던진다. 삽은 알루미늄 문에 맞고 떨어지면서 뚜렷한 흠집을 남긴다.

"그러니까 제발 에이든을 탓하지 마." 펠리시티가 그를 잡아끌어 무릎을 꿇린다. 그리고 다친 아이를 달래주는 어머니처럼 머리를 꼭 끌어안는다. 흥분을 삭이지 못한 두걸이 입을 열자 그녀가 잽싸게 손가락을 그의 입술에 가져다 댄다. "우리 그냥 묻어두자, 응? 그러는 게 모두를 위해 나아."

그때 또 다른 목소리가 들려온다. 타스민이 잠옷 차림으로 파티오에 나와 있다. "엄마? 무슨 일이에요?"

"아무 일도 없어. 방으로 돌아가." 펠리시티가 젖은 볼을 훔치며 말한다. 마침내 그녀가 나를 발견한다. 잠시 할 말을 잊고 멍하니 보고만 있던 그녀의 눈이 갑자기 번뜩인다.

"여긴 왜 왔죠?" 그녀가 비난조로 말한다. "우리 집을 몰래 훔쳐봐온 거예요?"

"아닙니다."

두걸은 어느새 벌떡 일어나 있다. "날 미행한 겁니까?"

"조디의 마지막 발자취를 따라가다 보니 여기까지 오게 됐어요."

펠리시티의 목소리는 거친 속삭임으로 변해 있다. "이건 무단침입이에요!"

나는 두걸을 돌아보며 묻는다. "에이든이 무슨 짓을 한 겁니까?"

"내 집에서 당장 꺼져요!" 펠리시티가 빽 소리친다. "우리 가족을 그냥 내버려둬요."

두 주먹을 불끈 쥔 그녀의 얼굴은 격노로 심하게 일그러져 있다. 그녀의 체구는 두걸의 절반밖에 되지 않는다. 하지만 나는 그녀가 더 두렵다. 이성을 상실한 듯하기 때문이다.

그녀 뒤에서 밴의 문이 벌컥 열리더니 에이든이 뛰어내린다. 잔디에 착지한 그가 무서운 속도로 내달리기 시작한다. 그는 검은 택시와 이비 코맥을 지나 도로로 들어선다. 등 뒤에서 짙은 색의 작은 배낭이 들썩거린다.

펠리시티가 아들에게 멈추라고 외친다. "괜찮아, 에이든. 넌 아무 잘못 없어."

두걸이 아들을 뒤쫓으려 하자 펠리시티가 그를 붙잡고 제발 가지 말라고 애원한다. 거구의 남자는 이미 큰길 쪽으로 자취를 감춰버린 에이든을 결코 따라잡지 못할 것이다.

"저쪽으로 갔어요." 이비가 실버데일 워크 쪽을 가리킨다.

나는 귀를 쫑긋 세워본다. 왠지 아스팔트 길을 힘차게 구르는 소년의 발소리가 아득하게 들려올 것만 같다. 다리를 건너고, 목초지를 멀리 돌아서 달려가는 소리. 하지만 실제로 들리는 것이

라고는 펠리시티가 아들의 이름을 불러대며 돌아오라고 눈물로
호소하는 소리뿐이었다.

나는 사이러스에게 바짝 붙어선 채로 오솔길을 걷는다. 그러다 다리에 올라서서 난간 너머 연못을 내려다본다.

"조디가 왜 이쪽으로 왔을까요?" 나는 묻는다.

"집으로 가는 지름길이니까."

나는 입 모양으로만 소리 없이 '집'이라고 말해본다. 단순한 개념이지만 나는 그 의미를 이해하지 못했다. 집은 장소인가? 언어인가? 문화나 기후나 지형인가? 사람들은 집을 떠나 향수병을 앓고 노숙자가 된다. '집'의 의미가 사람마다 다른가? 그 의미는 각자가 만들어가야 하는 건가? 그게 우리를 완전하게 만들어주나?

나는 소매로 코를 훔친다. "아까 걘 왜 달아난 거예요?"

"나도 모르겠어."

"겁먹은 모습이던데요."

"그래."

사이러스가 걸음을 멈추고 고개를 뒤로 젖혀 나무를 올려다본다. 산들바람을 타고 온 무언가의 냄새를 맡아보려는 듯이. 잠시 후, 그는 예고도 없이 몸을 홱 틀어 오솔길을 벗어난다.

"어디 가는 거예요?"

"저 나무들 너머에 사냥꾼들이 쓰는 낡은 오두막이 하나 있어. 거길 둘러보고 싶어."

그는 내 손을 잡고 진창을 헤쳐 나가기 시작한다. 부츠 밑에서 부드러운 흙이 질퍽거린다. 나뭇가지에 걸린 거미줄이 내 볼을 간질인다. 희미한 밤의 소음이 우리의 발소리에 곁들여진다.

사이러스가 말한 건물이 눈에 들어온다. 지붕의 일부가 꼭 카드로 만든 집처럼 내려앉아 있다. 서까래를 칭칭 감싼 덩굴은 당장이라도 위태롭게 서 있는 벽을 끌어 내릴 기세다.

"여기서 기다려." 그가 말한다.

"가지 말아요."

"휴대폰 있지?"

나는 고개를 끄덕인다.

"15분이 지나도 돌아오지 않으면 경찰에 신고해."

"10분."

"알았어."

밤의 그림자를 헤치며 나아가는 그의 윤곽은 금세 내 시야에서 사라진다. 그의 체중이 실릴 때마다 삐걱대는 나무 계단 소리만이 아득하게 들려올 뿐이다.

그의 목소리가 부른다. "에이든?" 하지만 응답이 없다.

밤보다 더 검은 주위의 나무들은 나를 향해 기울어져 있다. 머리 위로 덮개를 만들어놓은 나뭇가지들에는 은색을 띤 거미줄과 이슬방울이 드문드문 붙어 있다. 밤의 소음은 내게는 아주 익숙하다. 벌레나 새 소리가 아닌, 마룻널의 삐걱거림. 그리고 나뭇가지의 신음. 그리고 어둠을 가르며 들려오는 누군가의 숨소리.

시간은 계속 흘러간다. 나는 휴대폰을 들여다본다. 화면의 눈부신 불빛이 잠시 내 눈을 멀게 한다. 사이러스가 사라진 지 몇 분이나 됐을까? 그가 출발할 때 시간을 봐뒀어야 하는데. 아무튼 10분은 훨씬 넘은 것 같다. 나는 나지막이 그를 불러본다. 그리고 살짝 커진 목소리로 또다시.

'나만 두고 가지 마요.' 나는 그렇게 말하고 싶었다.

날 놀리려고 어디 숨어버렸나? 혹시 다치기라도 했으면?

잠시 후, 목소리가 희미하게 들려온다. 사이러스가 모습을 드러낸다. 그는 소년과 함께다. 시선을 떨어뜨린 에이든은 나를 보려 하지 않는다. 그의 머리는 산발이 된 상태다. 그가 발끝으로 낙엽을 짓이겨댄다.

"앤 이비라고 해." 사이러스가 말한다. 우리는 악수도 청하지 않고, 눈도 마주치지 않는다.

"이제 집에 가도 돼요?" 나는 묻는다.

"그래."

자정을 넘긴 시간. 차는 우려졌고, 주전자는 식어가고 있다. 에이든은 다리 사이에 가방을 끼워놓은 채 탁자 앞에 앉아 있다. 그는 이따금 손으로 흘러내린 머리를 쓸어 올린다. 그는 꼭 여자 같다. 아니, 웬만한 여자애들보다 더 예쁘장하다. 나보다도 더.

사이러스가 에이든에게 배가 고픈지 묻는다. 그는 고개를 젓는다.

"담배 있어요?"

나는 세탁실 건조기 위 선반에서 내 담배를 가져와 건넨다. 커다란 고리버들 바구니 안에서 포피가 고개를 든다.

"밖에서 피우고 와야 해." 나는 말한다. "사이러스는 간접흡연을 싫어하거든."

"오늘 밤만 예외로 해줄게." 사이러스가 말한다.

나는 그를 쳐다보며 한쪽 눈썹을 추켜세운다.

"넌 이만 올라가서 자, 이비."

"안 졸려요."

그가 문 쪽으로 고개를 까딱여 자리를 피해달라는 신호를 보내지만, 나는 못 본 척 담배에 불을 붙이고 에이든과 나 사이에 재떨이를 놓아둔다. 사이러스가 창문을 열고 돌아와 앉는다.

"아까 네 집에서 고모부와 왜 싸운 거지?"

에이든이 어깨를 으쓱인다. 그의 시선은 여전히 탁자에 고정돼 있다.

사이러스가 다시 입을 연다. "조디가 살해된 날 밤, 걘 너희 집에 왔었어. 조디가 밴에도 와서 노크를 했었지?"

에이든은 말이 없다. 하지만 굳이 대답을 들을 필요는 없다. 너무나도 명백한 사실이니까.

"너희들, 대체 언제부터……."

"5개월 됐어요." 에이든이 담배를 깊게 한 번 빨아들이고는 대답한다.

"그 사실을 누가 알고 있었지?"

"아무도 몰랐어요."

"확실해?"

에이든은 창문에 비친 자신의 모습을 응시한다.

"아무한테도 얘기할 수 없었어요. 매기 외숙모가 알았다면 까무러쳤을 거예요. 워낙 독실하잖아요. 조디와 난 어릴 적부터 친했어요. 그땐 그냥 타스민처럼 말괄량이라고만 생각했는데, 그러다……." 그가 잠시 말을 멈춘다. "타스민의 열여섯 번째 생일에 집에서 밤샘 파티가 열렸어요. 여자애들이 잠옷 차림으로 게임도 하고, 형편없는 팝송에 맞춰 춤도 추고, 뭐 그런 파티였죠. 걔들은 레모네이드에 보드카를 몰래 섞어 마시기도 했어요. 오빠인 내가 말렸어야 하지만 그냥 모른 척 눈감아줬죠. 아무튼 난 애들한테 피자를 사주고 나서 밴으로 돌아갔어요. 혼자 조용히 있었죠.

타스민은 친구들이랑 숨바꼭질을 하고 싶어 했어요. 애들이 뒤뜰과 위층에 숨는 소리가 들려왔죠. 그러던 중에 조디가 밴으로 불쑥 들어와 자기 좀 숨겨달라고 애원하더라고요. 난 다른 데가서 숨으라고 했어요. 내 밴을 봤죠? 숨을 곳은커녕 기어 들어갈 작은 공간조차 없잖아요. 타스민이 카운트다운을 마치고 '준비됐든 안 됐든 난 간다'라고 소리쳤어요. 다급해진 조디가 갑자기 내 이불 속으로 쏙 들어오더라고요. 걘 내 가슴을 베고 엎드려 날 꼭 끌어안았어요."

에이든이 고개를 들고 탄원하는 눈빛으로 사이러스를 쳐다본다.

"무슨 생각 하는지 알아요. 하지만 그건 절대 아니었어요. 그날 밤까지 조디는 내게 그냥 조디였을 뿐이에요. 우린 어릴 적부터 함께 자랐어요. 물놀이장에서 첨벙대고, 모노폴리 게임을 하고, TV 리모컨을 차지하려고 몸싸움도 하면서요. 걔 내 사촌동생이었어요. 내 눈엔 여자가 아닌, 그냥 꼬마로만 보였었죠. 하지만 그렇게 이불 속에서 끌어안고 있으니 기분이 이상하더라고요. 뜨거운 입김이 뿌려지고, 향긋한 샴푸 냄새도 풍겼어요. 그러고 있을 때 타스민이 밴 문을 벌컥 열고 들어와 조디를 봤느냐고 물었어요. 못 봤다고 하니까 쌩하고 나가버리더군요. 조디는 미동도 하지 않았어요. 걔 몇 분 동안 그렇게 내게 달라붙어 있었죠. 얼굴은 보이지 않았지만 몸은 따뜻했어요. 한참 후에 걔가 이불을 걷어차고 일어나 나를 올려다봤어요. 조디의 눈은 반짝거리고 있었죠. 우린 그때까지만 해도 볼에조차 입을 맞춰본 적이 없었어요. 둘 다 그때 처음으로 제대로 된 키스를 경험한 셈이죠. 영화에 나오는 그런 키스 말이에요. 걔 그때 껌을 씹고 있었는데, 키스를 하고 나니 그게 내 입에 들어와 있더라고요. 마치 서로에게 숨을 불어넣는 듯한 기분이었어요."

"그날 밤 걔랑 같이 잤어?"

"그땐 아니고요, 나중에."

"네가 그 애의 첫 번째 섹스 파트너였고?"

그가 고개를 끄덕인다.

"걔가 임신 중이었다는 거 알고 있었어?"

"네."

사이러스가 나를 힐끗 본다. 그는 무언의 질문을 던지고 있다. 나는 고개를 끄덕인다. 에이든이 진실을 말하고 있다는 뜻으로.

그가 말을 잇는다. "피임 대책은 꽤 꼼꼼히 챙긴 편이었어요.

조디는 약을 먹겠다고 했지만 나중에 발각되면 매기 외숙모가 어떻게 반응할지 덜컥 겁이 나더라고요."

"그래서 누구한테 얘기했지?"

"처음엔 비밀로 했어요. 그러다 조디가 우리 아빠한테 임신 사실을 털어놨죠. 훈련할 때 더 이상 난도 높은 점프를 할 수 없었으니까요. 아빠는 조디가 트리플 악셀을 마스터하길 바랐지만 갠 엄두를 내지 못했어요. 잘못 넘어졌다간 배 속의 아이가 위험해질 수 있었으니까요."

"아버지도 너에 대해 알고 계셨고?"

"아뇨. 조디는 끝까지 입을 열지 않았어요. 아빤 조디한테 낙태를 권했어요. 조용히 처리하면 우리만의 비밀로 묻어버릴 수 있다면서 말이죠. 조디도 계속 스케이트를 탈 수 있고, 학교를 그만두지 않아도 된다면서."

"하지만 갠 아이를 낳고 싶어 했지?" 사이러스가 말한다.

에이든이 담배를 비벼 끄며 고개를 끄덕인다. 그리고 이내 담뱃갑을 향해 손을 뻗는다.

"이게 불법은 아니에요. 알아봤는데 사촌끼리 결혼하고 아이를 낳는 건 드문 일이 아니더라고요. 찰스 다윈도 사촌이랑 결혼했잖아요. 아인슈타인도 마찬가지였고요. 빅토리아 여왕과 앨버트 공도 사촌 관계였어요. 이건 터부가 아니에요. 우리 아이도 아무 문제 없었을 거라고요."

"도망칠 생각이었지?" 사이러스가 말한다. "어디로 갈 참이었어?"

"런던에 가서 방을 구해보기로 했어요."

"네 공부는? 법대에서 장학금을 받기로 돼 있었잖아."

"난 변호사가 되고 싶지 않아요. 한 번도 그런 꿈을 가져본 적 없어요. 그저 엄마의 성화에 못 이겨 지원했을 뿐이라고요. 그건 엄마의 숙원이었어요. 내가 원했던 게 아니라."

"넌 뭐가 되고 싶은데?"

"곡도 쓰고 프로듀싱도 하고 싶어요. 사람들은 비현실적이고 황당한 꿈이라고 하지만 난 개의치 않아요. 내가 쓴 곡들을 들어보면 깜짝 놀랄걸요." 그가 바닥에 놓인 가방을 뒤적여 USB 스틱을 꺼내 든다. 그리고 '침실 녹음'이라고 적혀 있는 그것을 사이러스에게 건넨다.

"죽이 되든 밥이 되든 한번 부딪쳐는 봐야죠. 안 그래요?" 에이든이 말한다. "해봤다가 안 되면 그때 학교로 돌아가든지 하면 되고요."

그는 동조를 구하듯 우리 얼굴을 번갈아 쳐다본다. 보나 마나 머릿속으로 수천 번에 걸쳐 같은 토론을 거듭했을 것이다. 부모에게 털어놓기 전에 자기 자신부터 납득시키기 위해서.

"경찰이 조디 배 속 아이의 DNA를 분석했어." 사이러스가 말한다. "걘 네 아이가 아니었어."

"아니에요! 당신이 틀렸어요. 아빠 절대 그럴 사람이…… 조디는 절대로……."

사이러스가 다시 나를 본다. 나는 이번에도 고개를 끄덕여 답한다. 에이든은 자신의 주장을 철석같이 믿고 있다. 하지만 믿음이 그 말을 진실로 만들어주지는 않는다.

"너와 조디의 관계를 누가 알고 있었지?" 사이러스가 묻는다.

"아무도 몰랐어요."

"네 어머니는?"

"엄마도 몰라요. 언젠가 엄마한테 덜미를 잡힐 뻔했는데 거짓말로 위기를 모면했죠. 이상한 관계가 아니라 그냥 사촌끼리 노닥거리는 것뿐이라고 말이에요. 엄마는 조디가 미성년자인데다 내 사촌이라는 사실을 자꾸 상기시켰어요. 두걸 삼촌과 매기 외숙모가 알면 엄청 충격을 받을 거라면서 두 번 다시 걜 건드리지 말라고 경고했죠. 난 아무 일도 없었고, 앞으로도 없을 거라고 안심시켰어요."

"그게 언제였지?"

에이든이 잠시 기억을 더듬는다. "9월 초쯤이었을 거예요."

"조디가 임신한 사실을 몰랐을 때?"

"네."

사이러스는 머릿속으로 타임라인을 맞춰보고 있는 듯하다. "조디가 밴에 왔던 날 밤, 무슨 일이 있었지?"

"아무 일도 없었어요. 걘 춥고 피곤하다고 했어요. 파티에서 어떤 놈이 자기 몸을 더듬었다나요. 돈을 줄 테니 섹스하자고 해서 도망쳐 왔대요."

"그래서 넌 어떻게 반응했지?"

"차를 끓여줬어요. 같이 얘길 나누고……."

"걔랑 같이 잤어?"

에이든이 고개를 끄덕인다.

"콘돔은 왜 썼지?"

"습관이에요." 그가 진지하게 대답한다.

"그날 밤 조디는 왜 집으로 돌아가려고 했던 거야?" 사이러스가 묻는다.

에이든이 고개를 젓는다. 자기도 이해가 안 된다는 듯이. "난 걔가 집 안으로 들어가려는 줄 알았어요. 타스민의 방에서 자려고 말이죠. 걘 늘 그랬거든요. 그래서 걔가 밴을 나설 때 집 열쇠를 줬어요."

"그게 정확히 몇 시였지?"

"이른 새벽이었어요. 조디는 6시에 훈련이 있다고 했어요."

사이러스는 싱크대 위에 걸린 시계를 돌아본다. 새벽 2시.

"오늘 밤엔 여기서 자. 경찰에 알리는 건 아침에 하기로 하고." 그가 나를 돌아본다. "에이든이 쓸 침대 준비하는 걸 도와주겠니?"

나는 고개를 끄덕이고 재떨이를 비운 후 머그잔을 싱크대로 가져간다.

"어머니한테 연락해서 무사히 잘 있다고 말씀드려." 사이러스가 말한다.

에이든이 주저하는 모습을 보인다. "엄마랑은 얘기하고 싶지 않아요."

"그것도 아침에 하지, 뭐."

위층에 올라온 사이러스는 여분의 시트와 담요가 보관된 곳을 알려준다. 우리는 함께 에이든의 잠자리를 준비한다. 그는 침대 정리가 서툴다. 노련한 간호사처럼 시트를 깔끔하게 까는 건 내 전문이다. 랭포드 홀에서 매일 침대 검사를 받다 보면 자연스레 달인이 돼버린다.

"그는 진실을 얘기했어요." 나는 말한다.

"자기가 진실이라고 믿는 걸 얘기했는지도 모르지." 사이러스가 말한다.

"이제 어쩔 셈이죠?"

"그건 경찰이 알아서 결정할 일이지."

나는 베개를 턱으로 잡고 능숙하게 베갯잇을 씌운다.

"누가 조디 시핸을 죽였는지 알아요?" 나는 묻는다.

"아직은 몰라."

"흠."

사이러스가 미간을 찡그린다. "날 의심할 때마다 그런 소리를 내더라."

"흠."

60

물처럼 흐느적대는 태양은 낮게 깔려 있다. 블라인드 틈으로 새어 들어온 햇빛이 상황실의 모니터 화면과 화이트보드를 환히 비춘다. 어제 입었던 옷을 고스란히 다시 걸친 에이든은 내 옆에 앉아 있다. 그래도 샤워를 하고 머리를 단정하게 빗어놓으니 그럭저럭 봐줄 만하다.

레니도 미팅에 참석해 있다. 굳게 닫힌 사무실 문밖에서 누군가가 언성을 높이고 있다. 내 귀에 익숙한 목소리도 들린다.

책상을 지키고 있던 안토니아가 고개를 든다.

나는 속삭인다. "누구죠?"

그녀가 들릴락 말락 한 소리로 대답한다. "티머시 헬러-스미스와 지미 버빅이에요."

"저 사람들이 왜 온 겁니까?"

그녀가 좀 더 가까이 와보라고 손짓한다. 그리고 목소리가 새어 나가지 않도록 한 손을 내 귀에 가져다 댄다.

"잘은 모르겠지만, 펠릭스 시행 일로 오신 것 같아요. 턱뼈가 부러져서 병원에 입원해 있다더군요. 내출혈도 있었다고 하고요."

"무슨 일이 있었나요?"

"레니는 그가 공급자를 등쳐 먹다가 걸려서 흠씬 두들겨 맞았을 거라고 하던데요. 처음엔 경찰에 보호를 요청했다는데, 웬일인지 갑자기 생각을 바꿨대요."

그때 사무실 문이 벌컥 열린다. 안토니아는 화들짝 놀라며 자리에서 튀어 오른다. 마치 몸속 모터가 작동하기라도 한 양. 그녀는 부산스럽게 코트와 모자와 목도리를 받아 챙긴다.

헬러-스미스가 나를 알아보고 조롱하듯 미소를 짓는다.

"아! 줄어들지(shrink) 않는 심리학자(shrink), 헤이븐 박사님."

"절 아세요?" 나는 묻는다.

"인사한 적은 없습니다. 하지만 난 당신에 대해 모르는 게 없어요. 파벨 경감의 총애를 받고 있다죠? 이제 당신이 남자로 보이는 모양입니다."

그는 자신의 농담이 우스운 모양이다. 레니의 얼굴에는 혐오의 표정이 떠올라 있다. 하지만 그녀는 상관의 말에 토를 달지 않을 것이다.

"서로 잘 아는 사이죠?" 헬러-스미스가 지미를 가리키며 말한다.

우리는 말없이 고개만 끄덕인다.

"버빅 의원님은 노팅엄서 경찰국에 공식적인 사과를 요구하셨어요. 지서장님이 경찰을 대표해 사과하셨고요."

"경감은 그저 자기 임무에 충실했을 뿐입니다." 지미가 말한다. "내게 무슨 개인적인 감정이 있어서 그랬던 건 아닐 거예요."

"그렇습니다." 레니가 말한다.

헬러-스미스는 그 말을 못 들은 척한다. "시핸 가족에게서도 항의를 받았어. 경찰이 너무 둔감하고 고압적이라나."

"조만간 그 부분에 대해 공식 입장을 내도록 하겠습니다." 레니가 말한다.

"그래, 그렇게 해."

헬러-스미스가 에이든을 돌아본다.

"새로운 용의자신가? 이번엔 누구지?"

에이든은 꿈쩍도 하지 않는다. 나는 레니를 슬쩍 돌아본다. 그녀를 따로 불러내 할 이야기가 있지만, 때와 장소를 가려야 하는 만큼 꾹 참는다.

"에이든 휘터커입니다." 나는 말한다. "진술서를 작성하려고 데려왔습니다."

"이 친구가 조디 시핸을 살해한 거야?"

"아뇨, 그 아이를 임신시킨 장본인이라고 합니다."

"배 속 아이의 아빠가 또 나타나셨군! 이러다 정식으로 명단을 만들게 될지도 모르겠는데."

"그 앤 살해됐습니다." 나는 이를 갈며 말한다.

"그 사건은 종결됐어요." 헬러-스미스가 말한다.

"죄송하지만 그건 총경님이 결정하실 일이 아닙니다." 레니가 앞으로 한 걸음 내디디며 말한다. "이건 아직도 제 사건입니다. 종결 여부도 제가 결정하는 거고요."

헬러-스미스가 능글맞게 미소를 흘리며 볼을 살살 긁는다. 그는 보이지 않는 원장에 오늘의 모욕과 수치를 오롯이 기록해 둘 것이다. 나중에 몇 배로 갚아주기 위해.

"자네가 이래서 다른 부서로 쫓겨나게 된 거야." 그가 무뚝뚝하게 내뱉는다.

"하지만 월요일까진 여기 소속이죠."

두 남자가 사무실을 나선다. 헬러-스미스는 모두가 똑똑히 들을 수 있도록 요란한 목소리로 레니를 비난하며 복도를 걸어간다.

레니는 멀뚱하게 서서 나를 돌아본다. 하지만 그녀의 시선은 내게서 금세 떨어져 나간다.

"네가 나타난 타이밍은 최악이었어." 그녀가 에이든을 응시하며 내게 말한다.

"그날 밤 에이든이 조디와 함께 있었어요." 나는 설명한다. "이 친구 밴에서 함께 있었답니다. 자기가 배 속 아이의 아버지래요."

"그럴 리 없어. 사촌들끼린 DNA 프로필이 매치되지 않는다고."

에이든이 고개를 젓는다. "틀림없어요. 걘 내 아이가 맞아요."

"아버지를 보호하기 위해 거짓말을 하는 게 아니란 걸 내가 어떻게 알지?"

"거짓말이 아니에요. 난 그 앨 사랑했어요."

레니가 한숨을 쉬며 안토니아에게 소리친다. "네스를 불러줘요."

"전화로요?"

"아뇨, 당장 이리로 오라고 해요!"

포피는 뜰에 나타난 다람쥐를 보고 요란하게 짖어대고 있다. "조용히 해." 나는 녀석에게 말한다. 동네 주민들이 개 짖는 소리를 얼마나 더 참고 이해해줄지 걱정이다. 개가 제자리를 빙 빙 맴돌다가 질척거리는 잔디를 척척 걸어 나아간다. 그리고 잠 시 멈춰 서서 다람쥐를 돌아본다. 다음에 또 눈에 띄면 가만두지 않겠다고 경고하듯이.

잠옷 차림의 나는 담요를 몸에 두른 채 맨발로 나와 계단에 앉아 있다. 포피의 귀 뒤를 살살 간질이자 녀석의 꼬리가 내 허 벅지를 토닥인다. 이런 게 행복이라는 걸까?

문득 사이러스가 보고 싶다. 그의 발소리도 듣고 싶다. 그가 물을 틀 때 들려오는 파이프의 삐걱거림도, 그가 바벨을 내려놓 을 때 들려오는 둔탁한 금속 소리도. 그가 없으면 집은 텅 빈 느 낌이 든다.

나는 다시 안으로 들어가 무엇을 할지 고민에 빠진다. 책을 꺼내 읽어볼까? 머리에 구슬을 달아볼까? 아니면 그냥 TV나 볼까? 나는 TV를 켜고 채널을 찬찬히 돌려본다. 시골 부동산 매물을 소개하는 채널, 주방용품을 과시하는 채널, 법정에서 사람들이 빽빽 소리를 질러대는 채널.

우편함 뚜껑 소리가 복도에 쩌렁쩌렁 울린다. 비닐에 싸인 신문과 편지 두 통, 그리고 아일랜드 우표가 붙은 엽서 하나가 도어 매트에 떨어져 있다. 엽서에는 애런 제도의 바위투성이 해안지대 풍경이 담겨 있다. 주소 옆에 휘갈겨 쓴 짧은 문장이 눈에 들어온다. "우리 부모님을 괴롭히지 마."

이게 무슨 얘기지? 나는 호기심을 억누르고 엽서를 가져가 사이러스의 책상에 놓아둔다.

비닐을 벗기고 신문을 펼쳐 드니 브라이언 휘터커 체포 소식이 가장 먼저 눈에 들어온다. 순찰차 뒷좌석에 앉아 있는 그의 사진이 실려 있다. 머리에 코트를 덮어놔서 정말 그가 맞는지 확인할 방법이 없다. 기사는 피겨 스케이터로서의 그의 생애와 조디 시핸을 걸음마 시절부터 지도해온 사연을 담고 있다.

초인종이 울리기 시작한다. 누구인지는 몰라도 버튼에서 손을 뗄 줄 모른다. 짜증을 내며 현관문을 여는 순간, 한 여자가 나를 거칠게 떠밀치고 안으로 들어온다. 하마터면 중심을 잃고 고꾸라질 뻔했다.

"그 사람, 어딨어?"

"사이러스는 집에 없어요."

그녀는 방을 하나하나 꼼꼼히 뒤진다.

"에이든은?"

"사이러스가 경찰서로 데려갔어요."

"어서 데려와!"

"네?"

"데려오라고!"

"난 못 해요."

"당장 데려와!" 그녀가 소리지른다. 정신 나간 사람처럼. 필사적으로.

나는 움찔하며 뒤로 물러난다. "사이러스는 휴대폰이 없어요."

그녀가 심호흡을 한 번 하고 나서 사과한다. "에이든에게 할 말이 있어, 부탁이야."

펠리시티 휘터커인 모양이다. 에이든의 어머니. 어젯밤 그녀도 집에 있었지만 나는 제대로 보지 못했다.

"호출기에 메시지를 보낼 순 있어요."

휴대폰을 꺼내 메시지를 찍고 있을 때 휘터커 부인이 바짝 다가온다.

"반드시 그가 에이든을 데려와야 해. 다른 사람은 안 돼. 경찰도 안 되고."

나는 '전송' 버튼을 누른다. 메시지는 이내 화면에서 사라져 버린다.

포피가 뒷문을 할퀴며 낑낑댄다. 들여보내달라는 신호다.

"저건 뭐야?"

"내가 키우는 개예요."

"어디 가?"

"개를 들이려고요." 나는 말한다. "물지 않으니까 걱정 말아요."

"안 돼! 들여보내지 마."

내 어깨에서 담요가 흘러내린다. 그녀가 내 잠옷을 본다.

"네가 딸이니?"

"네?"

그녀는 모자라는 사람을 상대하듯 천천히 끊어 말한다. "네가…… 그의…… 딸이니?"

"아뇨. 그는…… 난…… 난 그의 양녀예요."

"네 엄마는 어디 있지?"

"죽었어요."

내 무뚝뚝한 대답이 그녀를 흠칫 놀라게 한다.

"어떻게?"

"그건 중요하지 않아요. 차 한잔하시겠어요?"

"됐어."

"그럼 커피라도?"

"됐어."

그녀는 같은 곳을 빙빙 맴돌며 주먹으로 자신의 머리를 툭툭 친다. 마치 머릿속 잡념을 쫓으려는 사람처럼. 그녀는 알아들을 수 없는 말을 계속 웅얼거린다. 포피는 들여보내달라고 짖어대는 중이다. 나는 싱크대 위 시계를 돌아본다. 사이러스가 왜 응답이 없지?

"그에게 전화를 걸어봐." 그녀가 내 휴대폰을 가리키며 말한다.

"얘기했잖아요. 그에겐 휴대폰이 없다고. 황당하지만 사실이에요. 일반 유선 전화조차 없는걸요."

"거짓말 마. 빨리 전화나 해봐."

"거짓말 아니에요."

왠지 그녀에게 한 대 얻어맞을 것만 같다. 하지만 당장 그녀를 저지할 방법은 없다. 그녀가 백핸드로 내 뺨을 올려붙인다. 고개가 옆으로 돌아가면서 나는 문설주에 머리를 부딪힌다. 벽에 기대진 내 몸이 스르르 미끄러져 내려간다. 눈을 깜빡일 때마다 눈앞에서 불꽃이 튄다.

그녀가 내 묶은 머리를 우악스럽게 움켜쥐고 거칠게 흔들어댄다.

"빨리 그에게 전화해! 경찰을 몰고 오지 말고 직접 에이든을 데려와야 한다고 해, 어서!"

62

나는 호출기를 확인한다. 이비의 번호가 떠올라 있다.

에이든을 데리고 돌아와요. 그리고 잠시 후, 또 다른 메시지가 도착한다. 경찰은 빼고요.

나는 레니를 돌아본다.

"왜 그래?" 그녀가 묻는다.

"전화 좀 빌릴게요."

나는 곧바로 이비에게 전화를 걸어본다. 연결음이 흐르고 아이가 응답한다.

"사이러스?"

"집에 무슨 일 있어?"

"그 앨 데려와요! 어서요!" 펠리시티 휘터커가 으르렁거린다.

"펠리시티?"

"에이든을 데려와요."

"지금 형사들과 얘기 중이에요."

"당장 중지시켜요!"

"왜 그래야 하죠? 대체 무슨 일입니까?"

"에이든에게 아무 말도 하지 말라고 해요!"

"지금 웨스트 브리지포드 경찰서에 와 있어요. 거기서 그럴 게 아니라 이쪽으로 오는 게 어때요?"

"어서 데려오라니까요."

"그건 곤란해요."

한동안 무거운 침묵이 흐른다. 나는 그녀의 가쁜 숨소리를 똑똑히 들을 수 있다.

"듣고 있어요, 펠리시티? 이비를 바꿔줘요."

"에이든은 아무 잘못이 없어요." 그녀가 불쑥 내뱉는다.

"알아요."

"그럼 경찰에 그렇게 말해줘요."

"알았어요. 이제 이비를 바꿔줘요."

"안 돼요! 왜 시키는 대로 안 하죠? 당장 에이든을 데려오라니까요!"

"곧 집으로 돌려보낼 겁니다."

"당장 데려오지 않으면 이 아일 해치겠어요. 정말로……. 내가 죽일 거라고요. 에이든을 데려와요. 이 아이가 죽는 걸 원치 않는다면."

그리고 전화는 끊어진다. 심장이 뇌가 있어야 할 자리로 올라온 기분이다. 관자놀이는 쉴 새 없이 꿈틀거린다. 레니는 거의 텅 빈 상황실에 대고 전술 대응팀을 즉시 가동할 것을 지시한다. 사이렌 금지. 무선 침묵 유지.

다급하게 지시를 뿌려대던 그녀가 내게 돌아와 펠리시티 휘터커와 내 집의 구조에 대해서 묻는다. 입구와 접근점이 몇 개인지, 창문에 자물쇠가 걸려 있는지, 그녀가 무장하고 있을 가능성은 없는지, 최근 그녀의 정신 상태가 어땠는지.

"많이 속상해했어요." 나는 대답한다.

"비이성적인 모습은?"

"그런 면도 엿보였고요."

"그 애는? 이비 말이야. 이런 상황에서 쉽게 패닉에 빠질 타입인가?"

나는 잠시 머리를 굴려본다. 랭포드 홀에서 브로디를 무장해제시켰던 이비의 모습이 떠오른다. 당시 아이는 놀라울 만큼 평온한 태도로 상황에 대처했다.

"탈출할 방법을 궁리할 거예요." 나는 말한다.

우리는 이동하며 대화를 이어나간다. 계단을 내려가 주차장으로 들어서자 대기 중인 표식 없는 순찰차 여러 대가 눈에 들어온다. 레니는 맨 앞차의 트렁크에서 검은 방탄조끼를 꺼내 내 쪽으로 휙 던진다.

"이렇게까지 해야 돼요?"

"이걸 걸치든지 여기 남든지 선택해."

내 집으로 향하는 동안에도 그녀의 질문은 계속 이어진다. 대부분 펠리시티의 정신 상태에 대한 것들이다.

"정신병력이 있진 않고?"

"그건 모르겠어요."

"왜 굳이 인질극을 벌이려는 거지?"

"에이든이 경찰에 입을 여는 걸 원치 않으니까요."

"왜?"

"아들의 미래가 걱정돼서겠죠. 케임브리지 법대에서 전액 장학금을 받고 공부하기로 돼 있거든요."

"사촌과 같이 잤다고 해서 불이익 받는 건 없을 텐데."

"조디는 미성년자였잖아요."

"에이든도 어리긴 마찬가지잖아."

레니는 걸려온 전화에 응답한다. 나는 한쪽의 말만을 들을 수 있다.

"헬리콥터는 안 돼……. 드론? 그건 소음이 얼마나 크지? ……그래, 좋아……. 휘터커 부인이 눈치채지 못하도록 조용히 대피시켜. 최대한 조용히."

레니가 나를 돌아본다. "이웃집에서 너희 집을 살펴볼 순 없어? 전면이든 후면이든."

"전면은 모니터가 가능해요."

"좋아. 이젠 네 집의 평면도가 필요해. 급한 대로 네가 그려주면 좋겠는데. 그들이 어느 방에 있을 것 같아?"

"주방에 있을 것 같아요. 집 뒤편이에요."

월라턴 공원이 가까워온다. 호출기가 다시 울린다. 이번에도 이비가 보낸 메시지다.

어디쯤 왔어요?

"미안. 정말 미안해. 널 때릴 생각은 없었어."

휘터커 부인이 냉동 콩을 찾아 냉동고를 뒤적이며 호들갑을 떤다.

"난 원래 이런 사람이 아니야. 에이든과 타스민한테도 손찌검 한 번 안 했어. 갑자기 뭐에 씌었나 봐."

그녀의 눈은 마치 무언가에 취한 듯 좌우로 심하게 흔들린다. 언젠가 마약을 과다 복용한 사람을 눈앞에서 본 적이 있다. 갑자기 이유 없이 버럭 화를 내거나 환청이 들린다며 법석을 떨어대는 아이들도 여럿 보았지만 이런 경우는 처음이다.

"난 위층에 올라가서 기다릴게요." 나는 말한다.

"안 돼."

"옷만 걸치고 올게요."

"여기 있어."

"화장실도 급해요."

나는 당장이라도 오줌을 뿌릴 것처럼 다리를 비비 꼬아댄다.

"아래층에도 화장실이 있을 텐데."

내가 휴대폰을 집어 들자 그녀가 잽싸게 낚아채 간다.

"그가 전화를 걸지도 모르잖아요." 나는 말한다.

"내가 받으면 돼."

화장실은 세탁실 바로 옆에 있다. 나는 문을 걸어 잠그고 창문을 살펴본다. 빠져나가기에는 창문이 너무 작다. 사이러스가 도착할 때까지 여기서 버텨볼까?

"왜 안에서 아무 소리도 안 들리지?" 밖에서 그녀가 말한다.

"그렇게 엿듣고 있으니 긴장해서 안 나오잖아요."

"빨리 싸든지 나오든지 해."

그때 내 휴대폰이 울린다. 그녀가 응답한다. "에이든은 어디 있죠?"

상대의 답은 들리지 않는다. 보나 마나 사이러스일 텐데.

짧은 침묵, 그리고 노크.

"너랑 얘기하고 싶대. 무사히 잘 있다고 해."

나는 문을 열고 조심스레 나가본다. 사이러스는 스피커폰으로 연결돼 있다.

"아저씨." 나는 말한다.

"아무 일 없지?"

"네."

"그녀가 협박하진 않고?" 사이러스가 묻는다.

휘터커 부인이 불쑥 끼어든다. "앤 무사히 잘 있어요. 에이든이 어딨는지나 얘기해요."

"밖에 나오면 아들을 볼 수 있어요."

"그건 안 돼요!"

"에이든은 조디를 해치지 않았어요. 아들을 보호할 필요가 없다고요. 그냥 경찰서에 가서 진술서를 작성했을 뿐이에요."

그녀가 나지막한 음성으로 욕을 읊조린다. "아무 말 하지 말라고 했는데!"

"그런 요구는 안 돼요."

"내 아들 데려와요!" 그녀가 스토브 옆의 장작 사이에서 칼을 뽑아 들며 소리친다.

"흥분하지 말아요." 사이러스가 말한다.

"지금 나한테 명령하는 거예요?"

"이 여자가 칼을 뽑아 들었어요!" 나는 큰 소리로 외친다. 그리고 몸을 낮춘 채로 문을 향해 필사적으로 내달리기 시작한다. 그녀가 본능적으로 내 머리채를 움켜쥐고 우악스럽게 잡아끈다. 나는 통증에 비명을 내지르며 바닥을 구른다.

이 소리는 사이러스의 귀로 고스란히 들어간다.

"그 앨 해치지 말아요." 그가 애원한다. "이비? 이비? 내 말 들려?"

휘터커 부인이 칼날을 내 목에 갖다 댄다. "대답해."

"들려요."

"어디 다쳤니?"

"아뇨."

"정말이야?"

"네."

그는 안도의 한숨을 쉰다. 그리고 마치 할 말을 잊은 사람처럼 한동안 침묵을 이어간다. 한참 후, 그의 입이 다시 열린다. "날 들여보내줘요, 펠리시티."

“에이든을 데려와요.”

“그럼 맞교환은 어때요? 이비 대신 날 인질로 붙잡고 있으면 되잖아요.”

“됐어요.”

“걘 아직 어린애라고요.”

“그건 에이든도 마찬가지예요.”

“당신이 인질을 붙잡고 있는데 경찰이 에이든을 순순히 들여보내주겠어요? 당신이 칼로 그 앨 죽일 듯이 위협하고 있는데? 그러지 말고 이제부턴 나랑 얘기해요.”

“에이든을 데려와요. 얘긴 그때 해도 돼요.”

64

경찰은 순찰차를 대각선으로 세워 간이 검문소를 만들어놓았다. 차들의 간격은 조금씩 줄어들게 배치했다. 집에서 100미터쯤 떨어진 지점에서는 제복 경관들이 바리케이드를 쳐놓고 구경 나온 주민들을 통제하고 있다. 이웃들은 테러 사건이니 포위 작전이니 하는 뜬소문을 듣고 불안한 마음에 몰려나왔을 게 뻔하다.

"인질 협상가는 40분 후에나 도착한대." 레니가 말한다.

"협상은 나도 할 수 있어요." 나는 말한다.

"이해가 충돌해서 안 돼."

"저 집의 구조는 제가 제일 잘 안다고요. 펠리시티 휘터커에 대해서도 마찬가지고요."

"저 여자에게 두 번째 인질을 갖다 바칠 순 없어."

"그녀가 이비를 풀어준다면요?"

"방금 거부당했잖아."

추가 인력이 속속 도착한다. 검은 방탄조끼와 헬멧을 착용한 남자들의 손에는 라이플과 배터링 램(군대나 경찰이 진압 작전 중 실내 진입 시 문을 강제 개방하기 위해 사용하는 커다란 금속 뭉치형 도구—옮긴이) 방패가 들려 있다. 기동타격대의 리더는 할리우드 영화에서 튀어나온 배우처럼 잘생겼다. 조지 클루니를 닮은 머리 스타일도 그렇고.

"15분 안에 모든 준비가 완료됩니다." 그가 레니에게 말한다. 레니는 협상이 결렬될 때까지 이곳 현장의 전체 지휘를 맡게 되어 있다.

"내부 상황을 볼 수 있어?" 그녀가 묻는다.

"주방 창문으로 들여다볼 수 있었는데, 그녀가 블라인드를 내려버렸어요." 에드거가 말한다.

"소리는?"

"지향성 마이크에 잘 잡히지 않습니다."

레니가 나를 돌아본다. "다시 전화해봐."

나는 이비의 휴대폰으로 전화를 건다. 하지만 음성 사서함으로 넘어가버린다. 다시 걸어보지만 응답이 없다.

"에이든을 데려올 수 있나요?" 나는 묻는다.

"지금 오는 중이야."

레니가 신호를 보내자 기동타격대원들이 각자 지정된 위치로 이동한다. 생울타리와 세워진 차량들, 그리고 내 집이 들여다보이는 이웃집 창문 뒤로.

"너라면 어떻게 하겠어?" 그녀가 묻는다.

"그녀에게 시간을 좀 더 주겠어요. 저 여잔 두 아이를 키우는 중년의 어머니예요. 지명수배된 테러리스트가 아니라고요."

레니가 집 쪽을 잠시 응시한다. 내일 신문에 어떤 표제가 큼지막하게 실릴지 머릿속에 그려보는 모양이다. "좋아. 하지만 그 전에 이비 코맥이 무사한지부터 확인해야 해."

그녀가 자신의 차 앞좌석에서 확성기를 들더니 내게 따라오라고 손짓한다.

어느새 새들이 조용해졌다. 교통 소음도 한층 잦아들었다. 이제 들리는 것이라곤 우리 발밑에서 씨앗 꼬투리가 짓이겨지는 소리뿐이다. 집 앞 대문에 다다르자 레니가 확성기를 입으로 가져간다.

"휘터커 부인? 제 말 들리시죠? 저는 파벨 경감입니다. 몇 주 전에 만났었죠?"

우리는 펠리시티의 응답을 기다린다. 커튼 뒤에서는 아무런 움직임도 포착되지 않는다.

"아드님은 이곳으로 오는 중입니다. 제가 부인을 도울 수 있게 부인도 절 도와주세요. 먼저 이비 코맥이 무사한지부터 확인하겠습니다."

현관문이 아주 조금 열린다. 펠리시티가 열린 틈으로 소리친다. "이 아인 무사해요!"

"확인시켜주세요."

문이 좀 더 열리고 이비가 모습을 드러낸다. 아이는 맨발에 펭귄이 그려진 빨간 면플란넬 잠옷 차림이다. 이비는 실제 나이인 열여덟보다 훨씬 어려 보인다. 심지어 열네 살로도 보이지 않는다. 너무나 앳된 모습이다.

이비의 목에 펠리시티 휘터커의 팔이 휘감겨 있다. 아이를 인간 방패로 쓰고 있는 것이다. 그녀의 오른손에는 투명한 액체가 담긴 유리병이 들려 있다. 그녀가 그것을 번쩍 들어 이비의 몸

위로 내용물을 쏟아붓기 시작한다. 액체는 아이의 머리와 어깨를 적시고, 눈으로도 스며든다. 이비가 두 손을 얼굴로 가져가며 비명을 지른다. 저게 뭐지? 페인트 희석제? 휘발유? 테레빈유?

이비는 바닥에 주저앉으려 하지만, 펠리시티는 아이를 놓아주지 않는다. 그러면서 빈 병을 앞으로 휙 던져버린다. 계단에 맞고 튀어 오른 병이 잔디 위를 구른다. 그녀는 주머니에서 라이터를 꺼내 이비의 볼에 가져다 댄다.

"내가 뭘 원하는지 알죠?"

펠리시티는 안으로 들어가 문을 닫는다.

눈이 화끈거린다. 입, 콧구멍, 귀는 물론이고 모든 모낭이 타든다. 빨갛게 달궈진 철사가 동공을 뚫고 들어와 뇌를 마구 찔러대는 기분이다. 나는 잠옷 소매로 눈을 비벼보지만 통증은 가시지 않는다. 옷을 흥건히 적신 정체 모를 액체로 온몸이 뒤덮인 상태다.

그녀는 복도를 따라서 나를 질질 끌고가 서재에 팽개쳐버린다. 나는 몸을 웅크린 채 바닥을 뒹굴며 신음한다. 그녀가 책상과 책장에도 액체를 뿌려댄다. 매캐한 가스에 목구멍이 타들어간다.

"대체 왜 이러는 거예요?" 나는 소리친다.

"저 사람들이 내 말을 듣지 않잖아."

"그게 내 잘못이에요?"

그녀가 다시 내 머리채를 움켜잡는다.

"입구가 총 몇 개지?"

"두 개. 앞뒤로 하나씩."

그녀가 나를 끌고 방을 하나씩 살핀다. 창문의 잠금장치가 제대로 걸려 있는지 확인하고 커튼과 블라인드를 쳐놓는다.

"물 좀 줘요." 나는 애원한다. "눈을 못 뜨겠어요."

우리는 주방에 들어와 있다. 그녀가 내 머리를 싱크대로 밀어 넣고 물을 튼다. 나는 황급히 눈을 씻어보지만 시야는 조금도 맑아지지 않는다. 바닥에는 온갖 병과 캔들이 널려 있다. 그녀는 세탁실과 주방의 선반을 전부 뒤져 필요한 것들을 추려냈다. 그리고 불필요한 나머지 것들은 사방에 아무렇게나 던져놓았다. 내가 선반 정리에 들인 시간과 공이 얼만데. 페인트는 한쪽에, 청소용품은 또 다른 쪽에 가지런히 모아놓느라 얼마나 고생했는데. 라벨도 전부 밖을 향하게 돌려놓았고.

그녀는 나를 의자에 앉히고 마스킹 테이프로 내 손목과 팔뚝을 칭칭 감기 시작한다.

"제발 이러지 말아요."

"닥쳐!"

"난 헤이븐 박사의 딸이 아니라고요. 우린 피가 한 방울도 안 섞였어요."

"그래도 이 집에 살고는 있잖아."

"잠깐 놀러 온 거예요."

"그에게 조금이라도 의미가 있는 존재면 됐어."

그 말이 내 마음을 뒤흔든다. 사이러스는 정말로 내게 애정을 갖고 있을까? 분명, 그럴 거야. 날 랭포드 홀로 돌려보내지 않은 걸 보면. 내게 포피도 선물해줬고. 사랑하는 포피. 가엾은 포피. 녀석은 뒤뜰 계단에서 낑낑대고 있다. 왜 모두가 자기를 외면하는지 의아해하면서.

테리가 고문을 받고 죽어갈 때, 개들이 요란하게 짖어댔다. 내가 예전 집에서 또 다른 삶을 살았을 때. 한참을 고통 속에서 버텨온 그는 어느 순간엔가 입을 닫아버렸다. 애원도 하지 않았고. 그의 달라진 반응이 그들을 극도로 화나게 만들었다. 그는 신음하며 울부짖었고, 나는 그들이 서둘러 그의 목숨을 끊어주기를 간절히 바랐다. 그의 수난이 어서 끝나기를.

사람들이 죽어가는 소리는 예전에도 들어보았다. 찍소리 한 번 내지 않는 사람도 있고, 부대 자루에 담겨 물에 던져진 고양이같이 필사적으로 허우적대는 사람도 있었다. 우리 아버지. 우리 어머니. 우리 언니. 그들은 정체 모를 남자들에게 나를 맡겨놓고 작업을 이어갔다. 나는 그들 모두를 똑똑히 기억하고 있다. 다음에 기회가 오면 나는 방아쇠를 당길 것이다. 다음에는 절대 주저하지 않을 것이다.

66

레니는 송수신 겸용 무전기에 대고 지시 내용을 외쳐대고 있다. 그녀는 소방대원들을 다급히 호출한 후 집의 가스와 전기를 끊을 것을 지시한다. 인근 병원의 화상 전문 치료 센터는 만반의 준비를 갖춘 채 대기 중이다. 그녀의 눈은 새로운 에너지로 번뜩인다. 마치 남들과 다른 시각으로 몇 수 앞을 내다보고 있기라도 한 듯이.

"에이든 휘터커는 어디 있지?"

"10분쯤 후에 도착합니다." 에드거가 말한다.

"사이렌은 켜지 마." 레니가 말한다. 그녀가 나를 돌아본다. "내가 모르는 걸 들려줘봐."

"저 여잔 자포자기한 상태예요."

"그야 당연하잖아. 고작 그게 다야?"

"자기만의 망상에 빠져 있고요."

"어째서?"

"아들 문제잖아요. 어떻게든 보호하려고 하겠죠."

"어째서?"

"자기 아들이 조디를 죽였다고 생각하는 모양이에요."

"정말로 그 애가 죽인 게 아닐까? 거짓 진술을 늘어놓은 건지 도 모르잖아."

"적어도 거짓말은 아니에요."

"그걸 어떻게 확신하지?"

그녀에게 이비와 그 아이의 특별한 재능에 대해 들려줄 수는 없다. 어젯밤, 이비는 내게 범인의 이름을 아느냐고 물었다. 모른 다고 대답했지만 아이는 믿지 못하겠다는 반응이었다. 나는 이 비가 실수했다고 생각했다. 항상 적중하는 것은 아닐 거라고.

무의식 속 깊은 곳에서 아이디어 하나가 스멀스멀 떠오른다. 그것은 수면에 가까워지면서 점점 또렷해진다.

교회에서 매기 시핸과 대화했을 때 그녀는 펠리시티가 불임 으로 고생한 사실을 들려주었다. 고통스러운 체외 수정을 오랫 동안 시도해야 했고, 그 과정에서 그녀가 거의 미쳐버릴 뻔했다 는 진술. 기적적으로 에이든이 태어나자 그녀는 자신의 모든 꿈 과 이루지 못한 야망을 아들에게 투영했다. 어머니가 할 일은 아 이들을 안전하게 보호하는 것이다. 지금 펠리시티는 에이든의 방패를 자처하며 저 난리를 치고 있다. 대체 아들을 무엇으로부 터 보호하려는 걸까?

문득 그 답이 떠오른다. 에이든. 조디. 브라이언. 두걸. 펠리시 티. 그들은 포커 패와 같다. 풀하우스. 어젯밤 이비도 바로 그걸 본 것이다. 내 잠재의식 속에서 번뜩였던 불빛. 은밀한 메시지.

"내가 들어가볼게요." 나는 말한다. "그녀가 왜 이러는지 알 것 같아요."

레니는 망설이며 기동타격대원들을 돌아본다. 그녀는 내게 무전기를 건네고, 나는 그걸 벨트에 꽂는다.

"상황 봐서 필요할 때 불러. 우리가 쳐들어갈 테니까. 바닥에 납작 엎드려 있는 거 잊지 말고."

잠시 후, 나는 세워진 차들을 지나 앞뜰로 들어선다. 대문에 다다라 초인종을 누른다. 문지방에 뿌려진 테레빈유 냄새가 코를 자극한다.

안에서 목소리가 응답한다. "에이든?"

"아뇨, 사이러스입니다."

"에이든은요?"

"지금 오는 중이에요."

"이 집에 불을 지르겠어요! 그 전에 이 아이부터 태워 죽일 거예요!"

"에이든이 오고 있다니까요."

펠리시티는 복도에 나와 있다. 이제 우리 사이를 막고 있는 건 현관문뿐이다.

"여기 좀 앉을게요." 나는 현관 앞 계단에 앉아 벽에 등을 기댄다. 마구 자란 잔디 틈에서 꽃 한 송이를 꺾어 들고는 꽃잎을 하나씩 뜯기 시작한다. 나지막한 숨소리가 정적을 채워나간다.

"학교 다닐 때 펜팔이 하나 있었어요." 펠리시티의 냉장고에 붙어 있던 엽서를 떠올리며 나는 말한다. "카밀이라는 여자아이였죠. 걘 마닐라에 살고 있었어요. 필리핀에. 우린 10년 동안 매달 한 번씩 서로에게 편지를 썼죠. 처음엔 편지로만 소통하다가 나중엔 이메일을 쓰게 됐어요. 언젠가 꼭 한번 만나자고 약속했는데……."

"만나보긴 했어요?"

"거의 만날 뻔했어요. 싱가포르에서 만나 스물다섯 번째 생일을 같이 보내자고 했었죠."

"그런데요?"

"걔가 아이를 낳았어요. 아들이요."

나는 꽃잎을 하나 더 뜯어낸다.

"당신도 언젠가는 평생 숙원이라는 세계여행을 할 수 있을 거예요. 여기저기 다니면서 친구들을 만나봐야죠." 나는 말한다.

문 뒤에서 펠리시티의 비웃는 소리가 흘러나온다. 목소리가 방금 전보다 조금 더 가까이 접근해 있다. 나는 문에 등을 기댄 채 앉아 있을 그녀를 상상해본다.

"에이든이 만든 곡을 좀 들어봤어요. 꽤 괜찮더군요."

"음악은 그냥 취미예요. 걘 케임브리지에서 공부할 몸이에요. 전액 장학금도 받았다고요."

"에이든이 직접 지원했나요, 아니면 당신이 했나요?"

펠리시티는 내 질문을 무시한다. "걘 우등생이었어요. 선생님들도 우리 에이든이 최고라고 입을 모았죠. 걘 변호사가 될 거예요. 세상에 나가 큰일을 하게 될 거라고요."

"누굴 위해 큰일을 하게 된다는 거죠?" 내가 묻는다.

펠리시티는 대답이 없다. 침묵이 길어지자, 문득 궁금해진다. 그녀는 아직도 문에 등을 기대고 앉아 있을까?

"에이든이 뭘 원하는지 알아요?" 나는 묻는다. "에이든에게 한 번이라도 물어본 적 있어요?"

여전히 무응답.

"에이든을 성공시켜 보답받는 것도 물론 좋겠죠. 하지만 부모의 기대를 충족시키는 데만 열심인 아이들은 인생의 다른 소중한 기회들을 놓치게 돼요. 아이들 입장에선 숨이 막히지 않겠어요? 아들이 그렇게 억압받으며 살길 바라요?"

"내 아들에 대해선 내가 제일 잘 알아요."

"물론 그렇겠죠. 하지만 에이든은 어머니를 실망시킬까 봐 엄청난 부담을 느끼고 있어요. 걘 어머니가 자기 이야길 귀담아 들어주길 바라고 있을 거예요. 난 이런 운명의 굴레에 갇혀 괴로워하는 아이들을 많이 만나봤어요. 그중엔 훌륭히 잘 큰 경우도 있지만 극심한 불안감과 우울증에 시달리다가 결국 마약중독에 빠진 경우도 적지 않아요. 또 개중에는 무리한 부모의 기대에 어떻게든 부응해야 한다는 부담감에 스트레스를 받고 자해나 자살에 이르는 경우도 있습니다."

"그건 다 남들 얘기일 뿐이에요." 그녀가 차갑게 말한다.

"에이든과 이야기를 해봤습니다. 당신 아들은 조디와 성관계를 가졌고, 걜 임신시키기까지 했어요."

"아니에요! 그건 브라이언이었다고요."

"당신도 진작 알고 있었죠? 아닌가요?"

침묵. 그녀의 가빠진 숨소리가 똑똑히 들린다.

나는 앞뜰 너머로 레니를 바라본다. 그녀는 에이든과 나란히 서 있다. 그들 모두 방탄조끼를 걸친 상태다. 소방대원들은 만약의 경우를 대비해 호스를 가까운 소화전에 연결해놓았다.

"난 당신이 한 짓을 알고 있어요, 펠리시티. 당신이 왜 그랬는지도 알고요. 당신은 끝내 임신에 실패했어요. 그건 당신 잘못이 아니었죠. 당신은 의사들이 제안한 모든 방법을 다 시도해봤으니까요. 비타민과 다이어트 요법, 그리고 거듭된 체외 수정까지.

정확히 몇 번이나 시도했었죠?"

"네 번." 그녀가 속삭인다.

"돈이 많이 깨졌죠?"

"파산 직전까지 몰렸어요. 브라이언은 더는 못 버티겠다고 했어요. '어차피 생길 아이라면 이러지 않아도 생겨'라고 말하더 군요."

"두 사람 모두 힘들었을 거예요. 매기를 볼 때마다 더더욱 그랬을 거고요. 그녀에겐 펠릭스가 있었으니까. 그들을 지켜보면서 신세 한탄을 많이 했겠죠?"

그녀는 딸꾹질을 하며 흐느낀다.

"그럴수록 아이를 갖고 싶다는 갈망은 점점 커져갔고, 당신은 다급한 마음에 두걸과 잠자리를 하게 됐어요. 에이든의 친부는 브라이언이 아니라, 두걸이죠?"

펠리시티가 끙 앓는 소리를 낸다.

"누구도 그 사실을 몰랐어요. 매기도, 에이든도, 당신 남편도. 그래서 에이든이 조디와 사랑에 빠지는 걸 원치 않았겠죠. 당신은 두려웠던 거예요. 그 애들이 관계를 갖는 것도, 그러다 덜컥 아이를 갖게 되는 상황도."

"그건 근친상간이잖아요. 그러면 안 되는 거잖아요." 그녀가 속삭인다.

"브라이언이 당신에게 조디의 임신 사실을 들려줬을 때만 해도 당신은 에이든이 아이의 아버지라는 걸 몰랐어요. 그러다 그날 밤, 걔들이 밴에서 나누는 대화를 엿듣고 충격적인 사실을 알게 됐죠. 당신은 조디를 설득했어요. 아이를 지워달라고 애원했죠."

"걔가 이해해줄 거라 생각했어요." 펠리시티가 말한다. "하지만 내 말을 들으려고도 하지 않더군요."

"그래서 그 앨 미행했죠?"

"걘 너무 어리석었어요. 에이든은 물론이고 자기 자신의 미래까지 망쳐놓으려 했죠. 우리 앤 케임브리지에서 공부해야 하잖아요. 걘 올림픽에 나갈 몸이고."

"조디에게 에이든과 이복남매라는 거, 알려줬나요?"

안에서 또다시 흐느끼는 소리가 새어 나온다. "알려줬어도 믿지 않았을 거예요."

"그래서 어떻게 됐죠?"

"난 어떻게든 그 앨 설득하려 했어요. 냉정하게 현실을 봐달라고 했죠. 계속 고집을 부리면 모두가 불행해진다고."

"그 앨 물리적으로 막으려 했군요."

"세게 때리진 않았어요."

"뭘 썼죠?"

"쇠로 된…… 울타리 말뚝. 땅에 버려져 있더라고요. 다리 근처에. 그걸로 딱 한 번 내리쳤어요. 난 걔가 죽은 척하는 줄 알았어요. 몸도 흔들어보고, 이름도 불러보고, 그 애 가슴에 손도 얹어봤는데……."

"당신이 조디를 물에 빠뜨렸죠?"

"걔가 죽은 줄 알았다니까요. 내가 죽인 줄 알고……."

"그 앤 살아 있었어요."

펠리시티가 신음을 토한다.

먼발치에서 레니가 신호를 보내온다. 에이든도 그녀 옆에 서서 이쪽을 지켜보고 있다.

"에이든이 왔어요." 나는 말한다. "경찰이 당신 아들을 데려왔어요."

펠리시티가 몸을 일으켰는지 바닥이 삐걱거린다. 잠시 후, 서재 창문에서 커튼이 살짝 걷힌다.

"에이든을 들여보내줘요." 그녀가 말한다. "그 애한테 할 얘기가 있어요."

"얘기는 나와서 해요."

"안 돼요! 걜 들여보내요."

"그럴 수 없어요."

그녀의 톤이 이내 바뀐다. **"당장 들여보내지 않으면 이 앨 죽이겠어!"**

"흥분하지 말아요." 나는 말한다. "당신이 이성을 잃는 순간 경찰이 들이닥칠 겁니다."

"그러라고 해요."

"당신도 그걸 원치 않는다는 거 알아요. 날 들여보내줘요. 내가 인질이 돼줄 테니 이비를 풀어줘요. 경찰은 내가 설득할 수 있어요. 에이든을 보고 싶다면 그렇게 해요."

한동안 침묵이 흐른 후 잠금장치가 풀린다. 문이 안쪽으로 벌컥 열린다. 펠리시티의 팔은 다시 이비의 목을 휘감고 있다.

"그 앨 풀어줘요."

"당신 먼저 안으로 들어와요."

"이 여잘 믿지 말아요." 이비가 소리친다. 퉁퉁 부은 아이의 눈은 제대로 감기지도 않는다. 아이의 잠옷에는 구토의 흔적이 뚜렷이 남아 있다. 나는 그들을 조심스럽게 지나 복도로 들어선다. 사방에서 테레빈유와 휘발유와 알코올 냄새가 진동한다.

적당히 거리를 두고 떨어진 펠리시티가 싸구려 라이터를 이비의 볼에 가져다 댄다.

"두 손을 난간 사이로 내밀어요." 그녀가 계단을 가리키며 말한다.

펠리시티가 바닥에 뒹굴고 있던 포장용 테이프를 발로 툭 차며 이비에게 내 손목을 꽁꽁 묶으라고 지시한다. 이미 손목이 묶인 이비는 몇 번의 시도 끝에 테이프를 뜯는 데 성공한다. 아이가 내 손목에 테이프를 칭칭 감는 동안 펠리시티는 말없이 서서 지켜본다.

"가스를 끄고 창문을 열어요." 나는 말한다. "환기시키지 않으면 위험해요."

펠리시티는 내 말을 무시하고 엄지손가락을 펴 현관문을 가리키며 이비에게 나가라고 말한다.

"사이러스만 두고 갈 순 없어요."

"제발, 이비. 시키는 대로 해." 나는 말한다.

"이 여자가 집에 불을 붙일 거라고요. 아저씨 책들에도 기름을 부어놨어요."

펠리시티가 당장이라도 불을 켤 것처럼 이비의 얼굴 앞에서 라이터를 흔들어 보인다. "마지막 기회야."

순간 이비의 본능이 폭주한다. 아이가 몸을 홱 틀고 휘청대며 계단을 뛰어오르기 시작한다. 벽에 부딪혀 쓰러질 듯하면서도 필사적으로 올라가 위층으로 사라져버린다. 미친 짓이야. 아이는 여길 벗어나야 한다고.

"미련한 것." 펠리시티가 나를 지나 위층으로 향한다.

"그냥 놔둬요." 나는 말한다. "지금 저 애한테 신경 쓸 때가 아니잖아요."

　그때 확성기에서 레니의 목소리가 터져 나온다.

　"휘터커 부인…… 아들이 도착했어요."

67

앤젤 페이스

나는 다락에 올라가 보드상자들 틈을 비집고 들어간다. 반쯤 실명한 상태라 손으로 더듬어 방향을 가늠할 수밖에 없다. 나는 기름 묻은 걸레가 만져질 때까지 베개 밑으로 손을 밀어 넣는다. 권총. 슬라이드를 뒤로 빼고 총알 하나를 약실에 넣는다. 그리고 총구를 문 쪽으로 겨눈다. 계단에서는 발소리가 들리지 않는다. 문앞을 어슬렁대는 흐릿한 그림자도 없다.

나는 권총을 내려놓고 칼을 집어 든다. 칼자루를 서랍에 끼워놓고 허리로 밀어 칼을 단단히 고정시킨 뒤, 손목에 감긴 마스킹 테이프를 칼날에 가져다 댄다. 그렇게 대충 뜯어낸 테이프는 이로 갈아 마저 끊어버린다. 입에 붙은 테이프 조각을 바닥에 뱉는다.

아래층에서는 사이러스가 나를 부르고 있다. 그는 서둘러 집을 벗어날 것을 주문한다. 그때 밖에서 들려온 누군가의 목소리가 그의 입을 닫아버린다.

상자들을 헤치고 창가로 다가간 나는 발끝으로 서서 밖을 살펴본다. 흐릿해진 시야에, 대문 앞에 나란히 선 두 개의 형체가 들어온다.

귀에 익은 에이든의 목소리가 말한다. "엄마? 저예요."

휘터커 부인은 아들이 맞는지 확인하려는 듯 에이든의 이름을 몇 번 불러본다.

"그 안에서 뭐 하세요, 엄마?" 에이든이 큰 소리로 묻는다.

"미안해. 이러려고 했던 건 아닌데…… 네게 들려줄 말이 있어."

"알았어요. 일단 나오세요."

"잘 들어, 에이든." 그녀가 목멘 소리로 말한다. "넌 앞으로 엄마에 대해 많은 얘길 듣게 될 거야. 하지만 네가 이것만은 꼭 알아줬으면 좋겠어. 모든 게 다 널 위한 일이었다는 거."

"절 위해 뭘 어쩌셨는데요?"

"엄만 널 보호하려고 노력했어. 널 행복하게 해주려고."

"난 충분히 행복했어요."

"너랑 조디는…… 서로 엮이면 안 되는 관계였어. 너흰 함께해선 안 되는 관계였다고."

"왜죠?"

아들의 질문이 펠리시티의 말문을 막아버린다. 에이든이 다시 묻는다. "엄마? 왜 제가 조디와 함께하면 안 되는 거였죠?"

펠리시티는 아들을 달래는 듯한 슬픈 어조로 대답한다. "사실 걘 네 이복 동생이었어."

"그게 아니라 사촌동생이겠죠." 당황한 에이든이 말한다.

"아니."

"어떻게 걔가 제 이복 동생일 수 있죠?"

"엄만 네 아빠랑…… 아이를 가질 수가 없었어."

"그럼 제 아버진 누구죠?" 에이든이 묻는다.

펠리시티가 갈라지는 목소리로 대답한다. "두걸. 네 고모부."

에이든은 대꾸가 없다.

"엄마 말 듣고 있니? 많이 놀랐지? 진작 네게 털어놨어야 했는데."

에이든이 확 바뀐 톤으로 말한다. "엄마가 조디를 죽인 거예요?"

잠시 침묵을 지키던 펠리시티가 체념한 듯 신음을 내뱉는다. "그건 사고였어. 그 앨 죽일 생각은 없었어. 엄마를 용서해주겠니?"

그는 말이 없다.

"에이든?"

조용히 돌아선 에이든은 입을 꼭 다문 채 순찰차와 바리케이드와 구경꾼들을 차례로 헤치고 나간다. 제발 돌아와달라는 휘터커 부인의 애원에도 그는 걸음을 멈추지 않는다.

68

"이제 다 끝났어요, 펠리시티. 라이터 내려놔요."

펠리시티는 복도 깔개 위에 무릎을 꿇고 앉아 있다. 몸을 웅
크린 채 숨을 헐떡이는 그녀는 몇 번의 시도 끝에 간신히 입을
연다.

"내가 무슨 짓을 한 거죠? 내가 대체 무슨 짓을 한 거죠?"

"내 말 들어요. 일단 창문부터 열어요. 집 안이 가스로 가득
찼다고요."

그녀는 복부를 감싸쥔 채 신음한다.

"나중에 잘 설명하면 에이든이 이해해줄 거예요. 아직 늦지
않았어요. 어서 여길 빠져나가자고요."

그녀는 내 말이 들리지 않는 모양이다.

밖에서 확성기를 통과한 레니의 목소리가 들려온다. "휘터커
부인, 제 말 들리세요? 저희가 약속을 지켰으니 이제 나오세요."

그녀는 반응이 없다.

나는 당장이라도 문을 박차고 들이닥칠 태세를 마쳤을 기동

타격대를 상상해본다. 자그마한 불꽃 하나로 집 전체가 송두리째 날아가버릴 수도 있는 위태로운 상황이다.

"1분만 기다려줘요." 나는 레니에게 소리친다.

나는 펠리시티에게 집중한다. 그녀는 이 상황이 얼마나 엄중한지 모르는 듯하다.

"그건 사고였어요." 나는 말한다. "당신이 조디를 해칠 마음을 품었었다고는 생각하지 않아요. 하지만 당신이 지금 하고 있는 행동은 이 상황을 더 악화시킬 뿐이에요. 어서 창문을 열어요. 그리고 나랑 같이 여기서 나가요."

"난 이미 모든 걸 망쳤어요." 그녀가 흐느낀다. "에이든은 날 결코 용서하지 않을 거예요."

"당신은 이미 현명치 못한 결정을 한 번 내렸어요. 그러니 같은 실수를 반복하지 말아요. 창문을 열어요. 나와 같이 나가요."

"너무 늦었어요."

"여기서 포기해버리면 모두가 더 큰 시련을 겪게 될 거예요." 나는 말한다. "당신이 여기서 어떻게 되기라도 하면, 그걸로 고통도 끝나버릴 것 같죠? 천만에요. 그 고통은 에이든과 타스민이 고스란히 떠안게 될 거예요."

"내가 죽어 사라지는 게 아이들을 위한 일이에요."

"당신 때문에 아이들이 고통받아도 좋아요? 그건 아이들을 거부하고, 배신하는 거라고요."

그녀는 제물처럼 두 손에 꼭 쥐고 있는 라이터를 내려다본다. 답을. 열쇠를.

"난 부모와 누이들을 잃었어요. 당신도 내 사연을 알죠? 난 아직도 가족을 구하지 못한 죄책감에 사로잡혀 살고 있어요. 그날 축구 연습이 끝나자마자 돌아갔더라면, 집으로 돌아가는 길에 가게에 들러 감자튀김을 사 먹지 않았더라면, 자전거를 타고 에일사 파이퍼의 집으로 가지 않았더라면. 만약? 어쩌면? 이랬다면, 저랬다면? 제발 에이든에게 같은 짐을 지워주지 말아요. 자, 나랑 같이 나가요."

나는 계단에 대고 소리친다. "이비, 어서 내려와!"

아이는 대답이 없다.

"내 말 안 들려, 이비? 지금 당장 나가야 한다고."

69

"들려요."

나는 층계참에 서서 나무 난간 너머를 내려다보고 있다. 퉁퉁 부어 감긴 눈으로는 모든 게 모호하고 흐릿하게만 보일 뿐이다. 마치 수영장 바닥에서 수면 위를 올려다보듯.

난간 기둥에 손이 묶인 사이러스는 계단 맨 아래 단에 앉아 있다. 휘터커 부인은 복도에 무릎을 꿇고 앉아 있다.

"문과 창문을 열어요. 그리고 밖으로 나가요. 이 집에서 멀리 벗어나야 해요."

나는 오른손으로 벽을 짚으며 계단을 내려간다. 권총을 쥔 왼손은 등 뒤로 숨겨놓았다. 시야에 흐릿하게 들어온 휘터커 부인의 모습이 점점 선명해진다. 하지만 얼굴은 제대로 보이지 않는다. 어떤 얼굴을 하고 있는지 궁금한데.

"창문을 열어주겠니, 이비? 그리고 밖으로 나가."

"아저씨는요?"

"경찰이 들어와 날 풀어줄 거야."

"거기 멈춰!" 휘터커 부인이 갑자기 휘청대며 몸을 일으킨다. 그녀는 땀을 비 오듯 쏟고 있다.

나는 두 개의 단 사이에 멈춰 선다. 왼팔에 묵직한 권총의 무게가 느껴진다. 나는 손을 앞으로 뻗어, 총구를 그녀의 가슴 한복판에 겨눈다. 나를 본 사이러스는 숨이 턱 막혀버린 듯하다. 그가 내 이름을 부르며 안 된다고, 큰 소리로 내지른다.

그녀가 돌아서서 나를 본다. 손에는 아직도 라이터가 쥐어져 있다. 부싯돌 바퀴에는 엄지손가락이 얹어져 있다.

"하지 말아요!" 사이러스가 소리친다. "가스!"

그 순간 나는 내 실수를 깨닫는다. 하지만 그녀를 겨눈 총구는 내리지 않는다.

"저 여잔 우릴 끝내 보내주지 않을 거예요." 나는 말한다.

"보내줄 거야. 우리 셋이 함께 여길 빠져나갈 거야."

"정말 우릴 보내줄 건가요?" 나는 묻는다.

그녀는 대답이 없다.

유독 가스가 머리를 알딸딸하게 만든다. 몸이 앞뒤로 흔들리면서 또다시 휘청대지만 간신히 균형을 되찾는다. 나는 권총을 무릎에 놓아두고 미끄럼 타듯 계단을 내려간다.

사이러스가 나를 올려다본다. "우린 같이 나갈 수 있어."

"저 여자가 우릴 순순히 보내주지 않을 거라니까요." 내가 말한다.

"보내줄 거야, 정말로."

"아니에요."

휘터커 부인은 한동안 침묵을 지킨다. 나는 그녀를 매섭게 쏘아본다. 랭포드 홀에서 나를 열받게 한 거스리와 미스 매크레디와 아이들에게 종종 보냈던 눈빛이다.

"우릴 풀어주기에 당신은 너무 이기적이에요." 나는 말한다. "모든 게 당신 중심으로 돌아가야 직성이 풀리잖아요. 당신은 아이가 너무 갖고 싶어서 남편을 속였어요. 에이든을 굳이 케임브리지에 보내려는 건 당신의 과시욕 때문이고요. 조디에게 아이를 지우라고 닦달해댄 것도 당신의 치명적인 비밀이 만천하에 드러날까 봐 두려워서였겠죠. 비겁한 당신은 혼자 조용히 죽지도 못해요."

그녀의 눈에서 분노가 뿜어져 나온다.

"우리 어머니에 대해 물었었죠? 이거 보여요?" 나는 왼쪽 손바닥을 펴 그녀에게 50펜스 동전 크기의 거북딱지 단추를 내보인다. "내게 남겨진 어머니에 대한 기억은 달랑 이것뿐이에요. 어머니에겐 깃 안쪽에 털가죽을 댄 새빨간 코트가 있었어요. 그걸 걸칠 때마다 어머닌 꼭 러시아 황후가 된 기분이라고 했죠. 숨진 채로 발견됐을 때도 어머닌 그 코트를 걸치고 있었어요. 어머니에게 거머리처럼 달라붙어 있으니까 그들이 내 손가락을 꺾어 떼어냈어요. 어머니가 실려 간 후 보니 내 손에 이 단추가 쥐어져 있더라고요."

나는 다시 꼭 쥔 주먹을 내 볼에 가져다 붙인다.

"우리 어머니도 당신이 지금 하는 것처럼 포기하고 주저앉아버렸어요. 자기 인생에서 딸을 매몰차게 내쫓아버렸죠. 그 후로 오랫동안 난 스스로를 납득시키려고 애썼어요. 그게 어머니 탓이 아니었다고요. 하지만 그 이유도 들려주지 않고 떠나버린 어머니만은 영원히 용서할 수가 없어요."

듣는 사람도 없는데 나 혼자 떠들어대고 있는 건 아닐까?

휘터커 부인이 천천히 몸을 일으킨다. 그녀의 시선이 주방 쪽으로 돌아간다.

"난 가서 가스를 끌 테니까 넌 문을 열어." 그녀가 말한다.

나는 사이러스가 묶여 있는 곳까지 미끄러져 내려간다. 안타깝게도 내게는 칼이 없다.

"현관문을 열어." 그가 턱으로 복도를 가리키며 말한다.

그를 지나쳐 내려가려는 순간 주방에서 욕설 섞인 비명이 터져 나온다. 이내 집이 숨을 한 번 깊이 들이쉬었다가 길게 내뿜은 듯한 묘한 기분이 찾아든다. 달리는 차의 창문이 갑자기 내려진 것처럼. 바닥에 덮인 먼지와 쓰레기가 일제히 붕 떠오른다. 눈앞의 세상이 폭발하면서 나무와 석고와 먼지와 잔해가 실내를 가득 채운다. 주방으로 통하는 복도에서 불길이 맹렬히 뿜어져 나왔다가 금세 다시 안으로 빨려들어가버린다. 휘어버린 벽들은 당장이라도 무너져 내릴 것만 같다.

휘터커 부인이 모습을 드러낸다. 그녀의 얼굴은 검어졌고, 새하얗게 질린 눈은 휘둥그레져 있다. 그녀는 연기가 피어오르는 머리를 손으로 더듬으며 의아한 듯 나를 쳐다보다가 앞으로 고꾸라진다. 그녀의 뒤통수는 완전히 날아가버렸고, 옷은 불에 너무 가까이 가져다 댄 플라스틱 인형처럼 타버렸다.

쉭쉭대는 소리와 함께 뿜어져 나온 불길이 복도 천장을 타고 서재로 향한다. 나는 테레빈유에 젖은 잠옷을 내려다보며 나 또한 죽을 운명임을 깨닫는다.

사이러스는 내게 밖으로 나가라고 외친다. 하지만 어떻게? 빠져나갈 구멍이 보이지 않는다. 주방 천장은 진작 내려앉은 상태다. 식탁이 있던 자리에는 위층 욕실에서 떨어진 네발 달린 욕조가 덩그러니 놓여 있다. 앞쪽 방들을 삼켜버린 불길이 복도를 막아버렸다. 어딘가에서 유리 깨지는 소리가 들려온다. 소방 호스들이 박살 난 창문 안으로 일제히 물을 뿌려대기 시작한다. 사방에서 김이 피어오르지만 불길은 쉬이 잡히지 않는다.

"어서 나가, 이비! 어서!"

나는 그의 손목에 감긴 테이프를 잡아당겨본다. 다리를 구부렸다가 난간 축을 힘껏 차보지만 소용이 없다. 나는 맨발인 데다가 나무를 부술 만큼 기운이 남아 있지도 않다. 나는 다시 계단을 올라 권총을 가져온다. 총열을 난간 축에 가져다 붙인 후 안전장치를 풀고 방아쇠를 당긴다. 총성은 TV나 영화에 나온 것보다 훨씬 요란하다. 마침내 구속에서 풀려난 사이러스가 비틀대며 일어나 나를 와락 끌어안는다.

"이쪽이야." 그가 내 소매를 잡아끌며 말한다.

"저 여자는요?"

"이미 죽었어."

70

맙소사, 이비! 대체 그 총은 어디서 난 거야?

우리는 층계참에 다다른다. 계단통은 자욱한 검은 연기로 가
득 차 있다. 이비는 몸을 웅크린 채 바닥에 엎드려 기침을 한다.

"내게서 떨어지지 마." 나는 아이의 손을 끌어와 내 벨트를 꼭
쥐게 한 후 소리친다. "절대 놓아선 안 돼."

나는 연기를 헤치며 층계참을 가로지른다. 앞으로 내젓는 손
에 이비의 침실 문과 침대가 차례로 닿는다. 무언가에 이마를 부
딪히고 나서야 우리가 벽에 다다랐음을 깨닫는다. 나는 내리닫
이창을 황급히 올리고 밖으로 고개를 불쑥 내밀어 신선한 공기
를 들이마신다.

이비?

어딘가에서 아이를 잃어버리고 말았다. 나는 바닥에 납작 엎
드려 주변을 더듬기 시작한다. 아이의 머리가 손끝을 스친다. 그
때 침실 문 앞을 훑어나가던 불길이, 열린 창문으로 스며든 산소
의 냄새를 맡고 방 안으로 쏟아져 들어온다.

나는 아이를 일으켜 세우고 창밖으로 상체를 떠밀어 바깥 공기를 마시게 한다. 포피는 뒤뜰에서 우리를 올려다보며 요란하게 짖고 있다. 녀석은 벽을 타고 오르려는 듯 앞발로 벽돌을 할퀴며 깡충깡충 뛰는 중이다.

나는 급한 대로 이비를 번쩍 안아 창턱에 앉혀놓는다. 6미터 높이에서 뛰어내리면 다리가 부러질 게 뻔하다. 사다리는 어딨지? 소방관들은? 다들 집 앞에 모여 있나?

나는 이비의 손목을 잡고 창밖으로 내려준다. 아이의 발이 포피의 머리 위에서 흐느적거린다. 부상 없이 뛰어내리기에는 여전히 높은 위치다.

"놔줘요." 아래층 창문이 폭발하자 아이가 외친다. 유리 파편이 관목 위로 우수수 떨어진다.

그때 오른편에 붙은 수직 홈통이 눈에 들어온다. 하지만 그것은 이비의 손이 닿지 않을 만큼 멀리 떨어져 있다. 1미터 이상. 나는 어깨를 움직여 대롱대롱 매달린 아이를 그네처럼 좌우로 흔들기 시작한다. 아이도 타이밍에 맞춰 다리를 굴러본다. 더 이상 아이를 붙잡고 있을 기운이 없다.

아이의 손끝이 홈통에 닿는다. 하지만 그걸 붙잡고 내려가기에는 아직 부족하다. 나는 마지막으로 아이를 힘껏 끌어 올린 후 손을 놓는다. 이비가 검게 칠해진 금속에 찰싹 달라붙는다. 그리고 안전하게 미끄러져 내려간다. 이제는 내 차례. 나는 아이처럼 가볍게 뛸 수 없다. 홈통이 내 체중을 버텨줄지도 의문이다.

오래된 집의 바짝 마른 대들보와 외풍 드는 방들은 빠르게 타드는 중이다. 나의 역사도 집과 함께 불길 속에서 사라져간다. 가족사진. 책. 가보. 추억.

홈통은 쉴 새 없이 뿜어져 나오는 매캐한 연기에 파묻혀버린다. 이비도, 포피도 보이지 않는다. 숨을 쉴 수도 없고.

누군가의 목소리가 들려온다. 무슨 말인지 당최 알아들을 수가 없다. 나는 창턱에 위태롭게 매달린다. 신발은 적당한 발판을 찾아 모르타르가 발라진 벽을 미친 듯이 훑어댄다. 손을 놓아버릴 준비가 됐다. 아래에서 어떤 운명이 기다리고 있을지 모르지만. 눈을 꼭 감고 손을 놓으려는 순간, 억센 손이 내 발을 움켜잡고 옆에 기대어진 사다리로 이끈다. 나는 기적처럼 나타난 구조자를 따라 사다리를 천천히 내려간다. 잠시 후, 푹신한 땅에 발이 닿자 나는 홱 돌아서서 몇 걸음 내디뎌본다. 하지만 열 걸음도 채 나아가지 못하고 다리가 풀려버린다. 무릎을 꿇고 앉아 격한 기침을 토해낸다. 폐가 목구멍을 타고 올라와 잔디 위로 쏟아져 내릴 것만 같다.

이비가 달려와 내게 안긴다. 아이의 머리가 내 목을 파고든다. 눈물 없는 아이가 지금 내 앞에서 펑펑 울고 있다. 아이의 젖은 볼에는 검댕이 또 다른 피부처럼 들러붙어 있다. 끔뻑이는 커다란 눈을 보고 있자니 만화에 나오는 수척한 판다가 떠오른다.

나는 흐느끼는 아이를 꼭 끌어안는다.

지붕에 뿌려진 물이 우리 머리 위로 비처럼 쏟아진다.

"대체 그 총은 어디서 난 거야?"

"펠릭스한테서 훔쳤어요."

"왜?"

"언제 그들이 나타날지 모르니까요."

71

앤젤 페이스

나는 침대에 앉아 스크랩북에 사진을 꽂아 넣고 있다. 사이러스가 곧 도착할 것이다. 그는 매일 담배와 초콜릿 핑거비스킷과 포피 사진을 챙겨 나를 찾아온다. 공원에서 산책하는 포피. 다람쥐를 쫓는 포피. 새 물그릇에서 목을 축이는 포피. 연못에 들어가 첨벙거리는 포피.

랭포드 홀은 조금도 변하지 않았다. 음식들, 절차들, 직원들…… 어느새 많이 익숙해졌다. 여기서는 마음 놓고 지낼 수 있을 것 같다.

감옥 생활에 익숙해진 재소자들이 석방을 거부하는 경우도 적잖이 있다고 한다. 나는 절대 그렇게 되지 않을 것이다. 하지만 잘 버텨낼 자신은 있다. 이보다 훨씬 더한 상황도 거뜬히 이겨냈으니까.

또래 아이들은 파티를 즐기거나 돈을 벌거나 친구들과 놀러 다닌다. 하지만 나는 그러고 싶지 않다. 그런 삶은 내게 어울리지 않는다. 그래서 나는 벽에 달력이나 시계를 걸어놓지 않았다. 시간의 흐름을 알고 싶지 않아서. 그 대신 나는 특별한 일 없이 무료하고 평범하게 살아가는 데 달인이 됐다.

포피가 보고 싶다. 사이러스도. 그가 이번 일을 자기 탓으로 돌리지 않았으면 좋겠다.

"이건 누구의 잘못도 아니에요." 나는 그에게 말했다. "내가 가는 곳마다 불운이 따라다녀서 그래요."

"넌 그런 거 안 믿는 줄 알았는데." 그가 말했다.

사이러스는 더 이상 나를 맡아 키울 수 없게 됐다. 그들은 그가 나를 위험에 빠뜨렸으며, 나를 살인사건 수사에 끌어들이기까지 했다고 주장한다. 내가 훔친 권총이 그러한 주장에 쐐기를 박았다. 나는 그 모든 것에 대해 책임질 각오가 돼 있었다. 하지만 사이러스는, 그랬다가는 거스리가 원하는 대로 소년원에 장기 수감될 수 있다고 했다. 성인 교도소나 정신병원으로 보내질 수 있다고도 했다. 그래서 나는 펠리시티가 권총의 주인이었다고 진술했다. 다행히 누구도 그 부분을 의심하지 않았다.

다비나가 문에 노크한다. "남자친구가 왔어."

"남자친구 아니에요."

"남자친구도 아닌데 왜 싱글벙글 웃고 있지?"

"꺼져요!"

"나도 널 사랑해." 그녀가 웃음을 터뜨리며 말한다. 그리고 길게 꼰 머리와 골반을 경쾌하게 흔들며 방을 나선다.

잠시 후, 사이러스가 방 안으로 고개를 불쑥 들이민다.

"안녕!"

"어서 와요."

그가 나를 끌어안는다. 내 몸이 자동적으로 얼어붙는다. 언제쯤이면 이런 스킨십에 익숙해질지 의문이다.

"깜짝 놀랄 선물이 있어." 그가 말한다.

"또 사진 가져왔어요?"

"그것보다 더 좋은 거야."

그는 눈을 감아보라고 한다. 나는 그를 수상쩍게 쳐다보다가 순순히 시키는 대로 한다. 그가 나를 이끌고 복도로 나간다. 그는 미닫이문을 열고 나를 안뜰로 데려간다.

포피가 작은 나무에 묶여 있다. 끈을 풀어주자 녀석이 맹렬하게 달려와 내게 뛰어든다. 나는 포피에게 떠밀려 잔디에 벌렁 드러눕는다. 녀석이 내 얼굴과 손을 미친 듯이 핥기 시작한다.

사이러스는 콘크리트 벤치에 앉아 신나게 엉겨 붙어 노는 우리를 지켜본다. 한참 후, 진이 빠져버린 나는 그의 옆으로 다가가 앉는다. 평소 같으면 습관적으로 담배부터 꺼내 물었겠지만, 금연 중이라 꾹 참아본다.

"어떻게 지냈어?" 그가 묻는다.

"그럭저럭요."

"잠은 잘 자고?"

"네."

그는 늘 이렇게 대화를 시작한다. 가벼운 질문을 툭툭 던지는 것으로. 그러다가 밤마다 꾸는 꿈과 어린 시절의 기억에 대해 조심스레 묻는다. 내가 무엇을 두려워하는지, 또 무엇을 후회하는지.

"아동학대 피해자들은 스스로를 분리시키려는 경향이 있어." 그가 교과서를 읽듯이 말한다. "인지적인 연결고리와 감정을 차단하려는 경향. 너처럼 그런 트라우마를 의식적으로, 마치 겪지 않았던 것처럼 완전히 차단해버리는 경우도 있어. 그래서 네겐 그 시절의 기억이 별로 없는 거야."

"그럴지도 모르죠." 나는 말한다.

"네가 어릴 적에 어떤 일을 겪었든 그건 네 잘못이 아니야."

"알아요."

"그러니까 너 자신을 탓하지 마."

"안 그래요."

나는 사이러스가 원하는 게 무엇인지 알고 있다. **디테일. 팩트.** 그는 내가 필사적으로 탈출한 바로 그 하수관으로 내려가고 싶어 한다. 그는 그 오물 속에서 나를 또 한 번 꺼내주려 하고 있다. 그는 거기서 버텨낸 시간 동안 내가 무엇을 하고 또 무슨 생각을 했는지 알고 싶어 한다. 내가 무엇을 들었는지, 왜 거기에 숨어 지냈는지, 어떻게 죽지 않고 살아남을 수 있었는지.

나는 모든 걸 생생히 기억하고 있다. 아주 하찮고 사소한 것까지도.

"네가 당시 일을 잊고 싶어 한다는 거 알아." 그가 말한다. "하지만 네가 누구인지, 네게 가족이 있는지 궁금하지 않니?"

"내겐 가족이 없어요."

"네가 어머니 얘길 했잖아."

"이젠 안 할 거예요."

"네 어린 시절 얘기는?"

"그건 더 이상 중요하지 않아요."

"내겐 중요해." 사이러스가 말한다. "너한테도 중요하게 될 거야."

나는 한숨을 쉬며 눈을 감는다. "내가 숨어 지냈던 곳에 들어가고 싶어요?"

"그래."

"내가 목격한 것도 보고 싶고요?"

"이젠 그럴 자격이 생기지 않았을까?"

"난 거기로 돌아가고 싶지 않아요."

"그곳으로 돌아가라는 게 아니야."

"거짓말 말아요. 마음의 문을 열고 그 안을 들여다보라는 거 잖아요. 하지만 난 노리개가 아니에요. 난 실험 도구가 아니라고요."

"그가 네게 무슨 짓을 했는지 알아. 네게서 뭘 앗아 갔는지도 알고."

속에서 뜨거운 분노가 치밀어 오른다. "아저씬 아무것도 몰라요."

"그가 널 어디서 찾았지?"

"그가 날 찾은 게 아니었어요."

"이비, 제발 날 도와줘. 네가 계속 이러면 그 괴물이 이기는 거야."

"그는 괴물이 아니에요."

"그는 널 유괴했어. 널 감금했고."

"아니에요."

"그는 죽어 마땅해."

"함부로 말하지 말아요!"

"인질들이 자신을 억류한 사람과 정이 드는 경우가 종종 있어. 하지만 그건 사랑이 아니야, 이비. 어린아이를 유괴하고, 감금하고, 학대하고. 어떻게 그게 사랑일 수 있지?"

"아저씬 이해 못 해요."

"그럼 이해할 수 있게 설명해봐."

나는 터져 나오려는 눈물을 애써 참아본다. "사랑이 뭔지 알고 싶어요?" 나는 속삭인다. "사랑은, 모진 고문을 받고 죽어가면서도 누가 어디에 숨었는지 끝까지 불지 않는 거예요. 사랑은 아주 천천히, 그리고 참혹하게 죽어가면서도 끝까지 배신하지 않는 거라고요. 아저씨는 테리를 괴물로 생각하죠? 그가 날 방에 가둬놓고 학대했다고 생각하죠? 아저씨가 틀렸어요. 그는 그들에게 내가 숨은 곳을 부는 대신 죽음을 택했어요. 그가 내 목숨을 구해준 거라고요."

"누구로부터 구해줬다는 거지?"

"그건 말할 수 없어요."

"어째서?"

"그와 약속했거든요."

"그건 약속이 아니야, 이비. 그건 협박이라고."

나는 측은하게 그를 쳐다보다가 고개를 젓는다.

"그럼 네 본명이라도 알려줘." 그가 말한다. "설마 그조차도 안 된다곤 못 하겠지."

"안 돼요."

"왜?"

"내가 사랑하는 모두가 죽음을 면치 못했어요. 난 아저씨까지 잃고 싶지 않아요."

72

내가 꾸는 악몽에는 더 이상 우리 가족이 등장하지 않는다. 그 대신 이비가 자주 나와 내 이름을 불러댄다. 아니면 난장판 속에 조용히 숨어 있거나. 나는 이비를 구해줄 수가 없다. 시커먼 공동에 빠져버린 아이를 건져내기에는 내가 너무 느리고 약해빠졌다. 나는 늘 비명을 지르며 잠에서 깬다. 식은땀에 흠뻑 젖은 채로. 심장은 터질 듯이 요동치고, 내 입술에는 아이의 이름이 희미하게 묻어 있다.

펠리시티 휘터커를 죽음으로 몰아넣고 내 집의 일부를 날려버린 폭발. 과연 무엇이 그걸 촉발시켰는지 알 수 없다.

중앙난방 장치가 작동하면서 불꽃이 튀었는지도 모른다. 어쩌면 정전기 때문이었는지도 모르고, 또 어쩌면 펠리시티가 생각을 바꾸었는지도 모른다. 이비는 그걸 믿지 않는다. 아이는 진실을 알고 있다.

내가 오판한 게 한둘이 아니다. 테리 볼랜드는 이비를 유괴하지도, 그 아이를 비밀의 방에 감금하지도 않았다. 그는 이비를 성폭행하지도 않았으며, 아이에게 음식 찌꺼기와 개 사료를 먹이지도 않았다. 그가 정말 결백했을지 모른다는 생각보다 더 불편한 건, 그가 아이를 보호하기 위해 자신을 희생했다는 사실이다.

그보다 더 거슬리는 건 이비가 모든 소리를 고스란히 엿들었다는 사실이고. 그들은 테리의 귓구멍에 염산을 들이붓고, 시뻘겋게 달구어진 부지깽이로 그의 눈꺼풀을 지져댔다. 아이는 그가 극심한 고통 속에서 짐승처럼 울부짖는 소리를 똑똑히 들었다. 그들이 카펫을 갈기갈기 찢고, 가구를 쓰러뜨리고, 벽에 구멍을 내가며 자기 이름을 불러대는 소리도.

그들은 며칠 동안 그 앨 찾아 헤맸을까? 며칠 밤 동안 수색을 이어나갔을까? 꼭꼭 숨어라, 머리카락 보일라.

이비는 꼭꼭 숨어 지냈다. 아직도 숨어 지내고 있고. 아이는 그래서 권총을 훔친 것이다. 매일 밤, 베개 밑에 칼을 숨겨놓고 잠이 드는 것도 바로 그래서다. 틈날 때마다 어깨 너머를 살피는 것도, 수상한 형체를 찾아 그림자 속을 샅샅이 뒤지는 것도, 문간이나 주차된 차량이나 하얀 밴 안에서 자기를 지켜보는 사람들을 야단스럽게 경계하는 것도.

이따금 한밤중에 차 문이 거칠게 닫히는 소리나 인도를 따라 걷는 발소리가 들려올 때면, 머릿속에 이비가 썼던 침실로 잠입을 시도하는 악한의 모습이 떠오르곤 한다. 나는 침대를 내려와 집 안을 찬찬히 둘러본다. 사방에는 페인트 통과 석고가 담긴 부대가 어지럽게 널려 있다. 대체 공사는 언제나 끝이 나려는지. 나는 창문이 잠겨 있는 걸 확인한 후 침대로 돌아간다. 하지만 한번 달아난 잠은 다시 찾아들지 않는다.

이비는 열여덟 살이 되는 9월까지 랭포드 홀에서 지내게 될 것이다. 내가 아이를 다시 위탁 양육할 수는 없지만, 캐롤라인 페어팩스는 이비가 출소일에 맞춰 풀려날 수 있기를 내심 바라는 분위기다. 그 후로 일이 어떻게 풀릴지는 점칠 수가 없다. 어쩌면 그들이 아이를 레스터에 자리한 정신병원, 아놀드 로지로 보내버릴지도 모른다. 강제로 연수 휴가제 프로그램에 집어넣을 수도 있고. 나는 후자이기를 바란다.

언제쯤이면 이비에게 완전한 자유가 주어질까? 그게 궁금하다. 이비의 상황은 강에 빠져 폭포까지 떠내려간 남자의 이야기와 흡사한 면이 있다. 낚시꾼이 낚싯대를 내밀며 남자에게 말한다. "꼭 잡아요. 내가 끌어당길 테니까." 하지만 남자가 말한다. "괜찮아요. 신이 날 구해주실 거예요." 이번에는 등산객이 죽은 통나무에 올라가 손을 뻗으며 말한다. "내 손을 잡아요. 내가 건져줄게요." 하지만 남자는 손을 내저으며 말한다. "신이 날 구해줄 거예요." 마지막으로 헬리콥터가 다가와 줄사다리를 내려준다. 익사 직전에 내몰린 남자는 이번에도 정중히 사양하며 말한다. "걱정 말아요. 신이 날 구해줄 테니까." 잠시 후, 폭포 밑으로 떨어진 남자는 바위에 부딪혀 죽는다. 나중에 천국의 문에서 남자는 신에게 말한다. "이봐요, 내가 위기에 처한 걸 못 봤어요? 왜 날 구해주지 않았죠?" 그러자 신이 대답한다. "난 세 번이나 널 구하려고 시도했지만 네가 번번이 거부했잖아."

이교도인 내가 이런 종교적 농담을 늘어놓을 자격은 없지만, 어쨌든 이비 코맥 혼자서 이 시련에 맞서 고군분투하는 걸 지켜만 볼 수는 없다.

오래전, 대학교 스승인 조 올로클린은 위험을 무릅쓰고 어둠 속에 뛰어들어 환자를 구해내는 사람이야말로 제대로 된 심리학자라고 강조했다. "물에 빠진 사람을 건져내려면 자신부터 젖을 각오를 해야 해." 그는 말했다.

난 젖을 각오가 됐어, 이비. 조금만 더 참아줘.

감사의 말

소설가는 고독한 직업이다. 하지만 출판은 팀의 노력으로 이루어진다. 편집자, 에이전트, 디자이너, 마케팅 책임자들, 그리고 내 이야기를 세상에 널리 퍼뜨려주는 출판사가 아니었다면 나는 속담처럼 텅 빈 숲속에서 쓰러진 나무 한 그루 신세를 면치 못했을 것이다.

초고를 읽고 항상 거침없는, 그러나 사려 깊은 조언을 아끼지 않은 콜린 해리슨, 루시 맬러고니, 리베카 손더스, 앨릭스 크레이그, 마크 루카스 그리고 리처드 파인에게 감사의 마음을 전하고 싶다.

이 책은 이비 코맥이라는 새로운 캐릭터를 소개하고 있다. 매력적인 천재이자, 어린 시절의 트라우마에 사로잡힌 자멸적인 소녀. 그 캐릭터를 완성하기까지 이비와는 완전히 딴판인 딸 셋을 키워낸 경험이 어느 정도 도움이 되어주었다. 고맙다. 앨릭스, 샬럿 그리고 벨라.

내 인생의 파트너이자 공범, 비비안은 겉도는 우리를 한데 묶어주는 접착제이자 방황하는 우리를 집으로 이끄는 소중한 등대다. 사랑하는 아내에게도 감사의 뜻을 전한다.

'조 올로클린' 시리즈로 국내에서도 큰 팬덤을 거느린 오스트레일리아 출신 영국 작가, 마이클 로보텀. 그가 심리학자 사이러스 헤이븐과 수수께끼의 소녀 이비 코맥을 투톱 주인공으로 내세운 새로운 시리즈를 런칭했다.

스릴러 애호가의 영원한 '믿을맨' 로보텀은 새 시리즈의 첫 번째 이야기인 《굿 걸, 배드 걸》에서 살인, 근친상간, 마약, 학대, 고문 등 어둡고 참혹한 소재를 매혹적인 스토리에 절묘하게 녹여냈다는 찬사를 받으며 2020년 에드거 상 최종 후보에 당당히 이름을 올렸고, 같은 해 CWA 골드대거 상 수상의 영예를 차지했다.

로보텀은 사이러스와 이비라는 매력적이고 복잡하면서 입체적인 캐릭터로 독자를 단숨에 사로잡는다. 그들에게는 끔찍한 트라우마에 시달린다는 점 외에도 상대의 마음속을 훤히 들여다볼 수 있는 능력을 가졌다는 공통점이 있다.

다층 구조로 치밀하게 설계된 플롯을 끌고 가는 이들에 대한 묘사는 매우 생생해서 설득력이 있고, 두 캐릭터 사이에 존재하는 긴장감과 그로부터 비롯된 역동성은 독자들에게 강렬한 인상을 심어주기에 충분하다. 로보텀의 세상을 향한 예리한 관찰력이 훌륭한 묘사와 간결한 대사, 화끈한 액션과 매끄럽게 융합되어 매우 현실적인 성찰로 발전해나가는 과정은, 마지막 페이지까지 독자들을 붙들어놓는 데 지대한 역할을 한다. 조디라는 소녀가 죽음에 이르게 되기까지의 타임라인이 완전한 그림으로 완성되는 과정에서 보여주는 수많은 복선의 깔끔한 회수 또한 로보텀의 여느 작품같이 대단히 만족스럽다.

이처럼 로보텀은 《굿 걸, 배드 걸》의 메인 플롯인 살인 사건의 수사는 스릴 넘치고 만족스러운 결론으로 깔끔하게 마무리하면서도, 새로운 시리즈의 시작이라 할 이 작품에서 사이러스와 이비를 옭아맨 실타래를 완전히 풀어주지는 않는다. 독자들은 조디의 실종과 살인사건에 대한 모든 답을 얻지만 켜켜이 베일에 싸인 이비의 과거와 비밀은 아쉽게도 미스터리로 남겨지는 것이다. 스티그 라르손의 '밀레니엄' 시리즈에 등장하는 주인공 듀오에 버금가는, 흥미롭고 매력적인 이 두 사람의 다음 행보를 독자들로 하여금 궁금해서 미치게 만들기 위함이리라.

로보텀은 자칫 독자들의 짜증을 불러일으킬 수 있는 '클리프행어 엔딩'을 위해 거두지도 못할 소위 '떡밥'을 마구 뿌려놓는 우를 범하지도 않았다. 하지만 상대의 거짓말을 식별해내는 이비의 특별하고 흥미로운 능력을 이왕에 소개했음에도 그에 대한 근거와 사연을 제대로 다루지 않았다는 점에서는 살짝 아쉬움이 남는다. 물론 이에 대한 상세한 설명은 작가가 속편을 위해 아껴두었으리라 믿어 의심치 않는다.

또 한 가지 눈여겨보아야 할 재미있는 점은, 에필로그에서 로보텀이 가장 사랑하는 캐릭터인 조 올로클린이 살짝 언급된다는 것이다. 앞으로 소개될 시리즈의 속편 《그녀가 착했을 때When She Was Good》와 《당신 옆에 누워Lying Beside You》에서 사이러스와 이비가 올로클린과 어떻게 조우하고 엮이게 되는지 지켜보는 것도 흥미진진한 관전 포인트가 되지 않을까 싶다.

　개인적으로 애정하는 작가인 마이클 로보텀과의 재회를 허락해준 북로드에 감사의 마음을 전한다.

최필원

옮긴이 **최필원**

캐나다 웨스턴 온타리오 대학에서 통계학을 전공하고, 현재 번역가와 기획자로 활동하고 있다. 장르문학 브랜드인 '모중석 스릴러 클럽'을 기획했다. 옮긴 책으로 할런 코벤의 《숲》《단 한 번의 시선》《영원히 사라지다》《결백》《아무에게도 말하지 마》, 제프리 디버의 《고독한 강》《도로변 십자가》, 정윤의 《안전한 나의 집》, 그 밖에 《내가 죽기를 바라는 자들》《대통령이 사라졌다》《에블린 하드캐슬의 일곱 번의 죽음》 등이 있다.

굿 걸, 배드 걸

초판 1쇄 발행 2023년 3월 10일
초판 2쇄 발행 2023년 4월 7일

지은이 마이클 로보텀
옮긴이 최필원
펴낸이 신경렬

상무 강용구
책임편집 최장욱
기획편집부 송규인
마케팅 신동우
디자인 박현경
경영지원 김정숙 김윤하
제작 유수경

교정 박은경
본문 디자인 허성준

펴낸곳 ㈜더난콘텐츠그룹
출판등록 2011년 6월 2일 제2011-000158호
주소 04043 서울시 마포구 양화로 12길 16, 7층(서교동, 더난빌딩)
전화 (02)325-2525 | **팩스** (02)325-9007
이메일 longest@thenanbiz.com | **홈페이지** www.thenanbiz.com

ISBN 979-11-5879-202-2 03840